A EXCEÇÃO

Christian Jungersen

A exceção

tradução de
Ryta Magalhães Vinagre

intrínseca

TÍTULO ORIGINAL
Undtagelsen

CAPA
Kathleen DiGrado

DIAGRAMAÇÃO
Ilustrarte Design e Produção Editorial

REVISÃO
Marcos Antonio Batista de Carvalho
José Figueiredo
Isabel Newlands

IMAGENS DA CAPA
Martin Slivka/Millennium Images, UK; Emilio Brizzi/Millennium Images, UK;
Ryan McVay/Getty Images (capa, da esquerda para a direita);
Ron Krisel/Getty Images (lombada)

FOTO DO AUTOR
Hans Ole Madsen

CIP-BRASIL. CATALOGAÇÃO-NA-FONTE. SINDICATO NACIONAL DOS EDITORES DE LIVROS, RJ.

J92e Jungersen, Christian, 1962-
A exceção / Christian Jungersen ; tradução de Ryta Magalhães Vinagre. - Rio de Janeiro : Intrínseca, 2008.

Tradução de: The exception
ISBN 978-85-98078-22-9

1. Ameaças - Ficção. 2. Ficção dinamarquesa. I. Vinagre, Ryta. II. Título.

08-0013. CDD 839.813
CDU 821.113.4

[2008]

Editora Intrínseca Ltda.
Rua dos Oitis, 50
22451-050 – Gávea
Rio de Janeiro – RJ
Telefone: (21) 3874-0914
Fax: (21) 3874-0578
www.intrinseca.com.br

IBEN

I

— Será possível que eles só pensam em matar uns aos outros? — pergunta Roberto. Normalmente ele não diria nada tão ríspido.

O caminhão, com os quatro funcionários da ajuda humanitária e dois dos seqüestradores na carroceria, estava parado havia uma hora ou mais. Carros incendiados bloqueavam a rua à frente, mas devia ser possível dar a volta e flanqueá-los, dirigindo por caminhos ladeados por barracos pequenos e frágeis.

— O que estamos esperando? Por que eles não passam por cima dessa gente?

A pronúncia do inglês de Roberto em geral é perfeita, mas agora, pela primeira vez, era possível perceber que ele era italiano. Respira com dificuldade. O suor escorre por seu rosto e pelos cantos da boca.

A favela os cerca. Tem o cheiro e a aparência de um curral imundo. O carro está parado numa superfície lamacenta, ainda sulcada com os rastros deixados com as últimas chuvas, agora ressecados e endurecidos como cerâmica pelo sol. Os núbios haviam construído seus barracos marrom-acinzentados a partir de uma estrutura de galhos quebrados, cobertos de esterco de boi. Aglomerados densos de choças espalhavam-se pela planície poeirenta.

Roberto, o chefe imediato de Iben, olha os companheiros reféns.

— Por que eles não podem pelo menos estacionar na sombra? — Ele fica em silêncio e ergue a mão bem lentamente, até a borda inferior dos óculos de sol.

Um dos seqüestradores vira a cabeça, deixando de observar os moradores para olhar Roberto, e sacode a *panga*, uma faca africana, de lâmina afiada, com cerca de meio metro. É o suficiente para que Roberto baixe o braço com a mesma lentidão estudada.

Iben suspira. Gotas de suor se demoram em suas orelhas, e tudo parece abafado, meio como o zumbido de um ventilador.

O lixo, principalmente restos verdes misturados com excremento humano, empilha-se junto à parede de um barraco de esterco próximo. O monte íngreme de um metro desprende o fedor inconfundível da existência miserável.

O mais jovem dos seqüestradores invoca o Sagrado Nome de Jesus.

— Ah, glorioso Nome de Jesus, gracioso Nome, Nome de amor e poder! Através de Ti os pecados são perdoados, os inimigos são derrotados, os doentes...

Iben olha para ele. É bastante diferente dos soldados muito jovens sobre quem escrevia quando ainda estava em casa, em Copenhague. É fácil ver que ele é novo em tudo isso e cede sob pressão. Até agora, estava bastante drogado, mas o efeito está passando, e o pavor o dilacera. Ele fica parado ali, os olhos fixos no mar de gente que cerca o carro a curta distância; uma turba que se torna maior e mais bem armada a cada minuto que passa.

Lágrimas escorrem pelo rosto do rapaz. Ele agarra a metralhadora preta e arranhada com uma das mãos enquanto com a outra afaga o crucifixo numa corrente no pescoço, por fora da camiseta vermelha e azul "I love Hong Kong".

O rapaz deve ter sido membro de uma igreja de língua inglesa, porque deixou de usar o *dholuo* nativo e balbucia, em inglês, orações e longas citações da Bíblia, em um tom solene, como se estivesse lendo a missa em latim:

— Certamente a bondade e a misericórdia me seguirão por toda a minha vida. E habitarei na casa do Senhor até o fim dos meus dias...

É outono em Copenhague, mas, além da mudança das estações, tudo permaneceu igual. As casas das pessoas parecem as mesmas de sempre. Os amigos de Iben usam as roupas de sempre e falam das mesmas coisas.

Iben recomeçou a trabalhar. Passaram-se três meses desde que ela e os outros foram feitos reféns e tornaram-se prisioneiros em uma pequena choça africana, em algum lugar perto de Nairóbi. Ela se lembra de como parecera tornar-se importante para todos eles. Lembra-se da diarréia, dos guardas armados, do calor e do medo que dominavam a vida de todos.

Agora uma voz dentro dela insiste em que aquilo não era verdade, nem era real. Suas experiências no Quênia resistem a fazer parte da vida sossegada e organizada em seu país. Ela não pode ser aquela mulher deitada no chão lamacento com o cano de uma metralhadora pressionando sua têmpora. Tem uma lembrança enevoada, como se fosse uma cena de um distante filme experimental.

Neste final de tarde, Iben veio ver a melhor amiga, Malene. Elas pretendem ir mais tarde a uma festa oferecida por uma velha amiga da época da universidade.

Iben prepara um *mojito* grande para cada uma. Ela espera Malene escolher algo para vestir. Começa outra faixa do CD afro-funk de Fela Kuti. Depois de mais um gole, ela consegue ver o fundo do copo.

Malene surge e se olha no espelho.

— Por que é que sempre tenho a impressão de acabar usando uma coisa menos excitante do que as roupas que experimentei em casa?

Ela se analisa dentro de um vestido preto e quase transparente que teria sido adequado para uma festa de ano-novo em Nova York, mas é equivocado para uma reuniãozinha de sexta-feira à noite dada por uma mulher que vive enfiada em suéteres grossos.

— Acho que só vamos a festas chatas.

Malene já está voltando ao quarto para tentar encontrar algo menos chamativo.

Iben lhe grita:

— E você pode apostar que hoje à noite vai ser bem tranqüilo! Na casa da... Sophie! — Ela faz uma pausa. Só por tempo suficiente para sugerir que "Sophie" diz tudo.

Num tom de voz alto e tolo, Malene responde:

— Ah, sim... Na casa da Sophie.

As duas riem.

Iben beberica enquanto dá uma olhada na estante, como fez muitas vezes. Quando chega a um lugar novo, sempre gosta de ver os livros assim que é possível. Nas festas, ela olha discretamente os títulos e os nomes dos autores, filtrando a música e o tagarelar distante.

Ela puxa um volume pesado, uma coletânea de artigos de antropologia. Prendendo-o nos braços, ginga ao ritmo de uma das faixas mais lentas. Sua bebida é forte o bastante para criar uma alegre sensação de cócegas.

Ela segura o copo de vidro, aperta-o de encontro ao peito e delicadamente valsa com o livro enquanto lê sobre o ritual de iniciação à vida adulta das índias do Xingu. As jovens são obrigadas a permanecer em ocas sem janelas, às vezes até por três anos, e saem para a luz do sol gordas e pálidas, com o cabelo comprido, volumoso e quebradiço. Só então a tribo as aceita como verdadeiras mulheres.

Também na estante está a fita que o companheiro de Malene, Rasmus, gravou dos programas de televisão em que Iben apareceu quando voltou do Quênia. Está ali, na prateleira diante dela.

Mordiscando um biscoito, Iben coloca a fita no aparelho e aperta o "Play" sem se dar ao trabalho de abaixar o volume da música. À medida que as imagens surgem na tela, ela procura um lugar para sentar.

De vez em quando, ri, ao ver Iben, a bonequinha, sentada ali, na frente das câmeras do *Notícias da TV2* e do *Repórter TV*, fingindo-se tão sábia e séria — enquanto explica como o Centro Dinamarquês de Informações sobre Genocídios, onde trabalha como analista de informações, cedeu-a a uma organização humanitária sediada no Quênia. Há uma curta seqüência filmada em uma favela de Nairóbi antes que a câmera registre a chegada dos primeiros reféns à embaixada dos Estados Unidos para a primeira coletiva à imprensa. Ela analisa as imagens. Sempre que as vê, parecem novas e desconhecidas.

Trazendo um ligeiro aroma de perfume, Malene volta, metida em um vestido fino cor de chocolate. Combina com ela. É fácil entender o que os homens vêem em Malene. Com os cabelos castanhos espessos e a pele levemente bronzeada, ela parece positivamente apetitosa, como um doce grande, macio e reluzente.

Malene imediatamente nota a fita a que Iben está assistindo e dá um breve abraço na amiga antes de se sentar ao lado dela no sofá.

Iben abaixa a música. Roberto, ainda em Nairóbi, está falando aos jornalistas: "No cativeiro, era Iben quem não parava de nos dizer que devíamos conversar sobre o que estava acontecendo, repetindo as palavras sem parar, até que elas não tivessem mais sentido, ou quase como se pudéssemos..."

Ele sorri, mas parece cansado. Todos foram examinados por médicos e psicólogos, mas Roberto precisou de mais tempo do que os outros até estar pronto para voltar para casa.

"Iben explicou que havia muitos estudos que demonstravam como isso podia ser benéfico para evitar o estresse pós-traumático..."

O *Repórter TV* corta para Iben falando em um estúdio de Copenhague. "Para evitar o distúrbio de estresse pós-traumático, é essencial começar a dar depoimentos assim que for possível. Não fazíamos idéia de quanto tempo íamos ficar presos. Podia durar meses, e por isso era uma boa idéia começar a tentar estruturar nossas respostas ao que vivemos durante o cativeiro..."

Segura no apartamento de Malene, Iben geme e estende a mão para a bebida.

— Eu estou... totalmente insuportável.

— Você não é nem de longe insuportável. A questão é que você sabia disso, e a maioria das pessoas, não.

— Mas é exatamente o tipo de coisa que os jornalistas sempre procuram. Eu pareço uma psicóloga nerd... Como se não tivesse emoções.

Malene larga o copo, sorri e pega a mão de Iben.

— Mas não pode ser que eles simplesmente estivessem fascinados com o modo como você conseguiu manter o controle naquele cativeiro de esterco? Você se portou de modo heróico. Ninguém sabe o que acontece na mente de um herói, e você certamente não estava acostumada a ser uma.

Iben não consegue pensar em nada para dizer. As duas riem.

Ela balança a cabeça, aprovando o vestido de Malene.

— Sabe que você não pode aparecer na casa da Sophie assim?

— É claro que eu sei.

Nas gravações seguintes estão as participações de Iben no *Bom-dia, Dinamarca* e no *Ponto Final*. Na tela, ela parece alguém muito diferente da velha Iben caseira. Normalmente seus cabelos louros na altura dos ombros são cheios, mas sem o brilho que o sol confere à maioria das louras. A luminosidade da África, porém, fora forte o bastante para clareá-los. Desde então, ela pede ao cabeleireiro para fazer umas luzes a fim de manter a aparência banhada de sol.

Ela também queria manter o bronzeado que, nas entrevistas, estava quase tão bom quanto o de Malene. E achava que as olheiras habituais eram visíveis demais para alguém que ainda nem tinha trinta anos, então seguiu o exemplo da amiga. Foi a um salão de bronzeamento, mas não precisou de muito tempo para perceber que ficar fritando dentro de uma máquina barulhenta não era para ela. Agora sua pele está tão clara e transparente que as sombras em meia-lua sob cada olho parecem violáceas.

Na época, sua história tornou-se uma atração na mídia. O que quer que Iben dissesse era editado até se encaixar na narrativa que eles queriam: uma jovem dinamarquesa idealista, confrontando o mundo grande e mau lá fora e revelando-se uma heroína. Ela era a única que conseguira escapar dos seqüestradores. Depois disso saiu de seu esconderijo seguro e correu de volta aos prisioneiros numa tentativa de fazer com que os brutais policiais mudassem de lado no meio de uma rixa.

Os jornais adoravam citar os outros reféns quando eles descreviam Iben como "o membro mais forte do grupo". Um tablóide telefonou para um deles e não o deixou em paz até que ele admitisse que, "sem Iben, o resultado poderia muito bem ter sido menos feliz". A mídia perseguiu a notícia por uma semana e depois perdeu totalmente o interesse. O cativeiro do grupo durara quatro dias, o que significava que Iben não se classificava entre os reféns realmente famosos. Agora, os jornalistas já se esqueceram dela.

Iben percebe que Malene está tentando lhe roubar um olhar para descobrir se "há alguma coisa errada".

— Malene, eu estou bem. Por que não vai se trocar?

— Tem certeza disso?

— Tenho. Claro.

Os móveis do apartamento vivem em mudança constante. O encosto de algumas cadeiras dobráveis da IKEA ainda está coberto de tapetes indianos de uma loja de Fair Trade. Os tapetes, assim como as estatuetas polinésias baratas, são lembretes da época em que Malene fazia o curso de Desenvolvimento Internacional na universidade. Três anos se passaram desde que ela recebeu seu diploma. Logo em seguida, o estágio no Centro Dinamarquês de Informações sobre Genocídios se transformou em um emprego propriamente dito e bem remunerado. Rasmus, que tinha um diploma universitário inútil em Estudos de Cinema, também ganhava bem como vendedor de equipamentos de hardware para computadores. Agora seus móveis incluíam peças de designers importantes, como o sofá e um par de poltronas italianas.

O telefone toca. Iben atende e reconhece a voz masculina e grave com o sotaque da Jutlândia. Ela ouviu muitas vezes Gunnar Hartvig Nielsen no programa de atualidades *Orientação*.

Iben chama Malene, que agora está usando jeans e uma blusa da moda de seda colorida. Parece a sua última aposta em vestir-se com elegância, porque já está se maquiando.

Iben ouve Malene rejeitar a sugestão de Gunnar de que eles deviam se encontrar para jantar e o convida a se juntar a elas na casa de Sophie.

Quando Malene desliga, Iben especula em voz alta:

— Será que ele vai mesmo se dar ao trabalho de aparecer na Sophie?

— E por que não?

— Mas o que ele vai fazer lá?

— Conhecer gente, conversar comigo. Divertir-se. Como nós.

— Tá... É claro.

Iben desliga a televisão. Malene quer terminar a maquiagem.

Iben ouviu o nome de Gunnar Nielsen pela primeira vez quando ainda era estudante. Todas em seu alojamento dividiam um exemplar diário do jornal *Information*, que publicou uma série de artigos de Gunnar sobre política internacional. Elas analisavam palavra por palavra e admiravam particularmente seus relatos sobre a África.

Como Malene, Gunnar fora criado na Dinamarca rural. Aos 19 anos, foi para a Tanzânia trabalhar em um projeto de desenvolvimento, em vez de ir para a universidade. Aprendeu o idioma *swahili* sozinho e ficou na África, viajando pelo continente por quase quatro anos. Seu primeiro livro sobre o continente teve como título *Os ritmos da sobrevivência*. Não só se tornou leitura obrigatória para jovens mochileiros, como também foi levado a sério pelas pessoas que se preocupavam com as questões internacionais.

Aos 25 anos, Gunnar já era um jornalista de sólida reputação. Tinha voltado à África várias vezes. A certa altura, tentou combinar os estudos acadêmicos com suas atribuições no *Information* — cobrir reuniões de cúpula e conferências —, mas o mundo apático da vida acadêmica não podia competir com a empolgação de estar no centro dos acontecimentos, então ele largou o curso depois de pouco mais de um ano.

Iben e Malene ainda estavam na universidade quando os artigos de jornal de Gunnar cessaram de repente. Sua fama de jornalista de esquerda rapidamente desapareceu.

Quatro anos atrás, quando era estagiária no CDIG, Malene descobriu o que tinha acontecido. Ela conseguira uma entrevista com ele sobre o horrendo genocídio, na época não reconhecido, no Sudão. Gunnar aceitara o cargo de editor da *Desenvolvimento*, uma revista publicada pela Danida, a organização estatal dinamarquesa para o desenvolvimento internacional. Ele contou a Malene que, depois do divórcio, precisava de uma renda estável para pagar a pensão dos filhos e alugar um novo apartamento, com espaço suficiente para a visita das crianças. Seus artigos eram bons, como sempre, mas passavam quase despercebidos pelas pessoas de fora do círculo das iniciativas da Danida.

Iben, que na época cursava Literatura Comparada, sentiu inveja da amiga, que sempre conhecia homens bastante empolgantes por intermédio de seu trabalho, e era bonita o suficiente para atrair muitos deles. Sua inveja aumentou quando Gunnar convidou Malene para jantar.

Outros jantares se seguiram. Malene e Gunnar exploraram os restaurantes de cada canto da cidade, mas não passou disso. Graças ao corpo avantajado de Gunnar, à sua atitude de "socialista desiludido" e, sobretudo, ao fato de que ele tinha bem mais de quarenta anos, Malene achava que não havia química entre os dois, por mais que adorasse jantar com ele. De vez em quando ela dizia a Iben que ficava cansada quando via a súplica nos olhos grandes de Gunnar.

Certa vez, Iben se manifestou.

— Não é justo continuar saindo com Gunnar e deixar que ele banque um jantar depois do outro. Ele está apaixonado por você e você nem quer dormir com ele.

— Ah, sem essa. A gente sempre se diverte muito. E ele disse que não está esperando mais nada... Sabe como é, tipo amor ou sexo.

— Mas assim mesmo ele precisa pagar nos restaurantes para você?

— Não, não é assim. É simples: ele gosta de ir a restaurantes e eu também, mas estou na pior. Se ele não pudesse pagar e eu sim, eu pagaria por ele.

Quando Malene conheceu Rasmus, mais novo e mais descolado, e se tornou namorada dele, ele também tentou impedir que ela saísse com Gunnar. Iben entreouviu Malene dizer: "Rasmus, não há nada de sexual entre mim e Gunnar. Somos só bons amigos." Ainda assim, Rasmus insistira para que ela pagasse a parte dela na conta.

Antes de sair, Iben e Malene devoraram restos de petiscos e esvaziaram os copos de *mojito*. No corredor, Malene trocou rapidamente seus sapatos por um par de calçados ortopédicos caros, que precisava usar por causa da artrite.

• • •

Iben e Malene penduraram os casacos no estreito hall do apartamento de Sophie. O ar estava pesado com o cheiro de fritura, vinho e gente.

Sophie foi recebê-las. Depois dos abraços e gritos de "Que bom ver vocês", ela percebe as roupas e a maquiagem de Malene.

— Mas, Malene, não é esse tipo de festa... — Alguns convidados entrando e saindo pela porta da sala esbarram em Sophie.

Distraidamente, ela termina a frase:

— ...é só a mesma turma de sempre que vem tomar uns drinques. Vocês sabem que vou embora amanhã, não é?

Quando telefonou para falar da festa, Sophie, que tinha morado no mesmo alojamento universitário de Iben e Malene, explicou que estava saindo da Dinamarca para se juntar ao namorado, um biólogo que trabalhava no Canadá em um projeto de dois anos.

Alguém na sala grita:

— Ei, olha, é a Iben. Chegou a heroína!

— Voltou para proteger os outros, em vez de só procurar ver quem era o manda-chuva — acrescenta outra amiga da faculdade.

Iben sorri. Só Deus sabe quantas vezes ela explicou tudo isso.

— Eu não tinha a menor idéia do que estava fazendo. Tudo foi tão confuso. Simplesmente não pensei nas conseqüências.

— Mas foi exatamente isso que fez de você uma heroína, Iben. Você teve os instintos certos. Ou o que quer que tenha aparecido quando você precisou tomar uma decisão em uma fração de segundo.

Sophie dá outro abraço rápido em Iben e a olha nos olhos.

— A maioria das pessoas teria fugido.

A sala está cheia de rostos conhecidos. Cinco anos antes, todos eram colegas de faculdade, com vinte e poucos anos. Iben se lembra de que eles vadiavam pelo gramado do parque Fælled quando havia um show qualquer. Agora quase todos terminaram a educação formal. Alguns têm emprego, mas muitos vivem de benefícios previdenciários, integrais ou parciais. Apesar do fracasso no mercado de trabalho, eles ainda se sentem menos pobres agora, porque o seguro-desemprego é uma melhoria e tanto com relação às bolsas de estudo. A vida de cada um está sendo impelida em direções completamente imprevistas junto com a carreira profissional, às vezes seguindo rotas definidas e ocasionalmente por becos sem saída. Alguns deles já têm filhos.

Estão em toda parte, de pé ou sentados, tomando cerveja ou vinho tinto, batendo papo à luz baixa que vem de alguns abajures. Três jovens mães zanzam com os bebês nos braços. Iben e Malene trocam olhares. É óbvio que não é possível dançar.

Há mais perguntas sobre Nairóbi, mas Iben apenas sorri.

— Já me perguntaram sobre tudo isso tantas vezes que não consigo mais discutir o assunto. Quem sabe numa outra ocasião? Mas e você, como está?

Ela circula pela sala e depois se enfia em um canto, onde pode se sentar meio de lado, recostando-se em uma mesa. Um homem começa a recordar as noites de baladas do passado. É dentista, recém-saído dos exames de capacitação e já a ponto de se tornar um alcoólatra.

Ela olha para cima e, do outro lado da sala, vê Gunnar. Malene certa vez falou dele como "um cara grandalhão", e Iben teve a impressão de que ele tinha o tamanho de John Goodman. Agora percebe que ele está mais para Gérard Depardieu quando jovem.

Iben vê Malene se levantar de uma poltrona inflável e ir até Gunnar; o dentista se vira para ver.

Iben esmaga uma batata chip entre os dentes. Ela imagina que algumas mulheres ficariam mortalmente irritadas se uma amiga exercesse tal efeito em todo solteiro que conhecesse. Observa Malene levar Gunnar para a relativa paz do corredor.

Mais tarde, Iben e um dos melhores amigos de Rasmus acabam se sentando lado a lado no sofá. Ele está com um casaco azul-neon com pespontos contrastantes e conta com orgulho que acabou de conseguir um emprego de redator em uma agência de publicidade. A voz dele parece ficar mais alta e os risos parecem mais mecânicos.

— Direitos humanos e arte... Grandes coisas, mas não dão dinheiro nenhum!

Ele vê a expressão estampada no rosto de Iben.

— É claro que não é tão ruim ser mais ou menos duro. Mas desemprego, isso é outra coisa. É terrível. Quer dizer, olha só o modo como você é tratado por seus possíveis empregadores. Eles não dão a mínima. Sabem perfeitamente que podem escolher entre milhares de formados. — Algumas pessoas paradas por perto estão escutando e ele se vira para elas também. — Mas, numa boa agência, você é tratado de forma diferente. Os chefes sabem que pouca gente tem talento e vigor para suportar aquele tipo de trabalho — ele sorri. — O importante é gostar, prestar atenção ao estilo; foda-se a essência.

Ele menciona o nome de sua agência, que Iben obviamente deveria reconhecer.

— Estivemos na TV. Como você.

Iben se serve de suco de frutas em um copo de plástico enquanto fica de olho em Gunnar, que voltou à sala. Ele não está cercado de admiradoras. Talvez porque agora elas sejam velhas demais e se sintam acanhadas ou porque achem que, pessoalmente, ele não corresponde tanto às fantasias delas. Ou talvez porque ele simplesmente esteja velho demais.

O amigo de Rasmus ainda está contando sua história. Agora diz a todos que sua agência lhe paga e ao resto da turma para tirar três dias de folga no Natal, para comemorar em Barcelona, e como isso vale a pena, considerando-se o investimento da empresa em seus salários.

Os ouvintes parecem céticos e Iben decide se intrometer e defender os valores tradicionais, como "O dinheiro não é tudo" e "A felicidade não se compra". Logo ela percebe que essa discussão é apenas uma reprise de seus velhos debates, como se todos fossem políticos esgotados nos últimos dias de uma campanha eleitoral, capazes de prever os argumentos dos oponentes.

Evitando o contato visual, ela se desvia deliberadamente da discussão e tenta escutar a conversa de dois estranhos sentados do outro lado.

Mas o amigo de Rasmus ainda não terminou.

— Iben, seu trabalho é diferente. Eu mesmo ia gostar. Você pesquisa coisas sérias. Questões humanitárias. É realmente digno. Tem significado. — Ele afaga o casaco azul-neon. — Você tenta fazer do mundo um lugar melhor, é claro. Mas não estou convencido de que isso vá acontecer. Não é prioridade em pauta. — Ele se interrompe, aparentemente entretido com o próprio paradoxo.

Mais tarde, Iben se vê parada ao lado de um berço de criança, todo de alumínio e náilon, como um minúsculo equipamento de camping. Ela está balançando uma taça de vinho tinto e três biscoitos esfarelados.

De repente Gunnar se materializa ao lado dela.

— Como é voltar para casa?

Aquela voz calma dele.

Ela o olha. Ele tem olhos azul-acinzentados.

— Não tenho certeza se voltei.

Eles riem.

Iben não sabe para onde olhar. Sophie colocou um de seus CDs do Buddha Bar. Do outro lado da sala, Malene se aproxima de uma cadeira de madeira e se senta. Só Iben sabe exatamente como Malene está quando os pés dela começam a doer. Ela vai querer voltar para casa logo.

Gunnar fala com ela sobre uma viagem a Dar es Salaam, na Tanzânia, para entrevistar Habyalimana, ex-presidente de Ruanda. Não muito tempo depois, o avião presidencial foi derrubado, e a viúva se manteve ocupada matando tutsis ruandeses. Apenas esses assassinatos de revanche levaram a meio milhão de mortes. Ele conta sobre a ocasião em que manipulou um dos porretes pesados e crivados de pregos usados para quebrar crânios humanos.

— Muitos assassinatos foram cometidos dentro de igrejas, onde muitos tutsis procuraram refúgio. Era um trabalho árduo matar seres humanos com o que quer que estivesse à mão... Principalmente instrumentos domésticos e ferramentas agrícolas. Diante de centenas de vítimas, os hutus descobriram que era vantajoso cortar logo os tendões de Aquiles de suas vítimas. Assim eles podiam ter tempo para a matança... Teriam dias, se fosse necessário.

Na companhia dele, Iben acha mais fácil se lembrar dos três meses que passou em Nairóbi, antes de ser capturada. Ela tenta expressar como tudo foi surreal. A maioria dos convidados fica perturbada, mas Gunnar conhece a África.

Os dois se apóiam numa das estantes de Sophie. Iben perde a noção do tempo. Depois, alguém que está passando esbarra nela acidentalmente, e ela descobre que ficou parada ali por tempo demais, com a boca entreaberta, olhando os traços harmoniosos de Gunnar, sorvendo suas longas e absorventes explicações. Ela se sacode um pouco, como um cachorro saindo da água. É melhor ir conversar com outra pessoa, diz Iben para si mesma. Mas então vê Malene indo se juntar a eles. Isso não é bom.

Malene não olha para Iben, só para Gunnar, quando lhe fala de como foi estranho o encontro com um jornalista amigo dele no Centro.

Iben quer um copo d'água. Vira-se para sair dali, mas Gunnar a pega pelo pulso.

— Quem sabe eu posso levá-la um dia no Metro Bar?

— Metro Bar?

— Não conhece? Eu tinha certeza de ter visto você lá. É o café, ao lado da sede da rádio. Vou lá várias vezes por semana.

— Não, eu não conheço.

Iben percebe o que ele acabou de dizer e olha rapidamente para Malene.

Malene dá uns tapinhas nos ombros largos de Gunnar.

— Olha, na verdade vim lhe dizer que acho melhor ir embora. Meus pés... — Ela sorri como despedida, em vez de terminar a frase.

Gunnar e Iben assentem em silêncio, olhando para as mãos e os pés artríticos da moça.

Malene sorri novamente.

— Iben, você vem comigo?

2

O Centro Dinamarquês de Informações sobre Genocídios (ou, para abreviar, CDIG) foi criado para coletar informações sobre o tema e disponibilizá-las, na Dinamarca e no exterior, a pesquisadores, políticos, organizações humanitárias e qualquer pessoa que se interesse verdadeiramente pelo extermínio de comunidades, grupos étnicos, raciais ou religiosos. Com o passar dos anos, a organização acumulou a maior coleção escandinava de livros e documentos sobre o assunto.

O CDIG é sediado em um antigo prédio restaurado de tijolos aparentes, em uma rua no bairro de Østerbro, no centro de Copenhague. Seus escritórios e a biblioteca tomam todo o sótão, espaço que antes era ocupado pelos arquivos da Câmara de Vereadores.

A biblioteca está em eterna expansão. Estantes de aço cinza revestem as paredes em quase toda parte — na copa, no corredor e no espaço que chamam de Salinha de Reuniões. Invadiram também o salão maior, utilizado como escritório compartilhado por Iben, Malene e Camilla. Estantes maiores e mais pesadas de estilo industrial, de aço laqueado de verde-escuro, foram enfiadas nos cantos menos acessíveis e estão atulhadas de caixas de papelão, cheias de documentos como relatórios diplomáticos e transcrições de autos de tribunais estrangeiros.

Só cinco pessoas estão empregadas para administrar o Centro e lidar com a montanha de material impresso. Além de Iben (a analista de informações) e

Malene (a gerente de projetos), estão lá Paul, o diretor do Centro, Camilla, a secretária de Paul, e Anne-Lise, a bibliotecária.

Com exceção da sala de Paul, o espaçoso escritório principal é o lugar mais iluminado e mais agradável. Iben e Malene sentam-se de frente uma para a outra em mesas ergonomicamente corretas. Embora a maioria das paredes esteja praticamente forrada de livros, as estantes não são tão abarrotadas como as da biblioteca. Malene colocou vasos de plantas nos peitoris diante das três janelas, e é por isso que a sala é carinhosamente chamada de "Jardim de Inverno". O engraçado é que, evidentemente, a sala sempre parecerá uma biblioteca, independentemente da vegetação que consigam atulhar ali.

Iben e Malene também tentaram tornar a sala mais aconchegante de outras formas. Instalaram um quadro de avisos e com o passar do tempo ele ficou coberto de fotos, convites para conferências, recortes de jornais e postais com mensagens debochadas, em que o remetente afirma estar aproveitando ótimas férias enquanto elas trabalham como escravas em um escritório.

É manhã de segunda-feira, depois da festinha de Sophie, e Iben e Malene estão no trabalho, como sempre. Às vezes conversam entre si, às vezes com Camilla, cuja mesa fica na outra ponta da grande sala, ao lado da porta de Paul.

Iben pode sentir alguma coisa — algo nos olhos de Malene.

A certa altura, Malene suspira alto, e Iben olha para ela.

— O que foi?

— Ah... Nada.

Malene imprime um texto em que estava trabalhando e começa a corrigi-lo, primeiro com um marcador verde e depois com um vermelho. Passado algum tempo, suspira novamente.

Iben desvia os olhos da tela, hesita e dá um pequeno sorriso. Elas são tão boas amigas que Malene não consegue deixar de sorrir também.

— Que foi? — pergunta Iben.

Malene bate o impresso no apoio de pulso diante de seu teclado.

— Não consigo fazer isso direito. Não sai do jeito que eu quero.

— Qual é o problema?

— Tenho que preparar o texto para pelo menos três cartazes sobre como os dinamarqueses resgataram um monte de judeus nascidos na Dinamarca. É para a exposição. É tão difícil... Tudo o que eu escrevo sai uma porcaria. Parece tão presunçoso e tão... apostolar!

Iben se inclina para a frente, satisfeita porque Malene parece ter-se esquecido do leve constrangimento na festa de Sophie.

— Já reescrevi tudo quatro vezes, mas simplesmente... Como é que posso deixar de escrever coisas como: "O único país do mundo", e assim por diante?

— Por que não acrescenta algo sobre a política restritiva de asilo para com os judeus estrangeiros na década de 1930?

— Eu pensei nisso, mas não combina com o tema principal da exposição. Além disso, o que escrevi também ficou um lixo — Malene começa a escrever novamente.

Iben desiste e volta à própria tela. Não consegue tirar Malene da cabeça, embora saiba que não existe um conflito verdadeiro entre elas e que a amiga provavelmente só está passando por uma manhã ruim.

As duas estão trabalhando em uma exposição baseada em uma idéia que Malene teve quando Iben estava na África. Malene imaginou que muitas pessoas podiam sentir o mesmo cansaço com relação a todos os atos cruéis no mundo genocida e talvez quisessem saber mais sobre as exceções reconfortantes. Pensou em um tema para uma exposição de cartazes que comemoraria a pequena minoria de pessoas boas e corajosas nas regiões controladas pelos nazistas — pessoas que salvaram vidas durante o Holocausto. Conversou com Paul, e ele gostou da idéia. A Biblioteca Municipal de Copenhague concordou em ceder espaço e tempo, e, depois disso, a exposição seria disponibilizada para escolas e qualquer outra instituição interessada.

Algo ocorre a Iben.

— Talvez funcionasse melhor se você descrevesse os servidores públicos por trás da política de asilo dos anos 1930. Combinaria com sua abordagem de ver os indivíduos por trás das histórias de resgate.

Malene leva algum tempo para responder e Iben não quer parecer mandona.

— Olha, é só uma idéia.

O trabalho de Iben é fazer a pesquisa de base para os cartazes de Malene. Ela está revisando suas anotações sobre a história do pastor polonês Antoni Gawrylkiewicz. Ele arriscou a própria vida cavando abrigos subterrâneos, onde acolheu 16 sobreviventes judeus do massacre do gueto de Radyn. Os judeus conseguiram fugir, escondendo-se em um sótão. Quando os alemães deram uma busca na casa, um pai judeu teve que estrangular o filho mais novo, um menino pequeno, porque ele começara a chorar.

Como acontece com bastante freqüência no trabalho, Iben se sente irremediavelmente mimada. Como alguém pode pensar que o que ela viveu em Nairóbi teve alguma importância? Ela fora mantida prisioneira por quatro dias. Quando voltou para casa, ofereceram-lhe toda a ajuda psicológica de que precisava, paga pela organização humanitária para a qual trabalhava. Antoni Gawrylkiewicz nunca teve nenhum apoio nem assistência.

Na verdade, suas conversas supostamente terapêuticas não foram particularmente úteis. O terapeuta perguntara sobre as crises de depressão e pânico que abalaram Iben depois da morte do pai, nove anos atrás. Na época, conversar com os amigos e com um psicólogo foi realmente útil, mas depois de Nairóbi, com o novo terapeuta, parecia-lhe não surgir nada que já não soubesse.

As pessoas que desafiaram o sistema durante a guerra ficaram terrivelmente sós com seus temores. Iben descobriu outro item sobre um homem, um transeunte, que de repente foi abatido a tiros na rua por um oficial da SS. O crime do homem foi dar um jarro d'água aos prisioneiros de um transporte de judeus.

Apesar do terror, Antoni Gawrylkiewicz e outros semelhantes deram alimento e abrigo a judeus desconhecidos durante anos. Noite após noite devem ter dormido sabendo que a família poderia ser despertada a qualquer hora por uma batida na porta e deportada para um campo de concentração, junto com seus hóspedes secretos.

Ninguém ousava falar dos riscos mortais que assumiam. Por dois anos, Antoni Gawrylkiewicz cozinhou para 16 judeus e, para ter certeza de que não havia pistas da existência deles, retirava seus excrementos do abrigo clandestino em que viviam. Muitas unidades do movimento de resistência polonês eram tão impelidas pelo ódio anti-semita quanto os nazistas, e uma unidade local desconfiou de que Gawrylkiewicz escondesse alguém. Ele foi torturado, mas não revelou nada.

Depois da libertação, os judeus que ele salvara finalmente foram resgatados e puderam voltar às suas casas. Embora os combatentes da resistência continuassem com seus ataques homicidas contra judeus, no final da guerra havia muitos sobreviventes, graças a ele.

E, como se diz em vários credos religiosos, inclusive no judaísmo: "Aquele que salva uma vida salva o mundo todo."

• • •

Iben sente falta dos risos que em geral compartilha com Malene. Ostensivamente, não há problema algum. Elas conversam, como sempre, sobre temas relacionados com o trabalho. Não brigaram de verdade uma com a outra. Se alguém tem o direito de estar zangada, Iben acha que é ela própria. Malene, sempre tão segura de ser atraente para os homens, está fazendo muito barulho por nada.

A voz suave de Camilla flutua pela sala partindo de sua mesa.

— Paul ligou para dizer que não virá esta tarde. Estará aqui amanhã de manhã.

— Obrigada, Camilla.

Camilla é pelo menos dez anos mais velha do que Iben e Malene. Tem pouco em comum com as duas mulheres mais novas, mas Iben gosta dela. Camilla é generosa e brilhante em seu trabalho, sempre feliz só por contar uma piada e rir junto com o ouvinte.

Iben quer esticar as pernas. Vai à cozinha, enche de café a garrafa térmica e volta com uma idéia.

— Pensei que talvez a exposição possa ser batizada de algo como "Todo Mundo Pode Fazer a Diferença". Faria referência ao que a exposição pretende: fazer com que as pessoas queiram criar um futuro melhor, e não apenas se prendam ao passado. O nome destacaria isso.

Camilla é rápida em pegar o espírito da coisa.

— É uma idéia incrível.

Depois de um momento, Malene responde.

— Arrã... Tudo bem... — Ela desvia os olhos do texto, que obviamente ainda a frustra. Estalando os nós dos dedos de uma das mãos, Malene gira na cadeira e olha primeiro para Camilla, depois para Iben. — Vou colocar na minha lista. É melhor passar logo nossas idéias ao Paul.

Paul tem um talento extraordinário para formular frases concisas e interessantes que sempre funcionam bem na mídia. Ele certa vez disse em uma entrevista para a televisão que o CDIG devia sobreviver porque "a proposta do Centro Dinamarquês de Informações sobre Genocídios é desenvolver uma vacina contra o que, no passado, foi a pior forma de doença política. Nosso objetivo é estimular a resistência nas comunidades do futuro".

Paul é um trintão esguio e bonito. O cabelo é muito curto, e ele quase sempre usa suéter preto. Às vezes se produz melhor, acrescentando um paletó preto. Desempenha com perfeição o papel do intelectual politicamente engajado que entende a mídia. Durante um dia típico de trabalho, Paul passa mais tempo articulando sua rede de relacionamentos em um almoço demorado do que no escritório. Sua prioridade máxima é aumentar a consciência do público sobre o genocídio, e ele se ocupa disso tentando certificar-se de que será ouvido pela imprensa na cobertura de assuntos internacionais. Tem conexões excelentes com toda uma série de editores e repórteres, o que ajuda a garantir uma incrível quantidade de publicidade gratuita.

Iben certa vez contou a amigas que Paul, apesar de parecer a encarnação da sobriedade vestida de preto, dirige um Alfa Romeo e mantém o celular ligado quando está correndo no bosque Hare, a melhor trilha natural da cidade.

As amigas dela logo o rotularam como uma fraude. Mas Iben discorda. É tarefa de Paul se relacionar, e ele se adapta cem por cento porque se preocupa apaixonadamente com a causa. Sem Paul, o novo governo conservador teria colocado o Centro sob um controle mais cerrado logo depois das eleições. Poderiam até tê-lo fechado, como fizeram com tantos outros projetos social-democratas. Mas isso não aconteceu, provavelmente porque Paul passou vários dias no centro da cidade, almoçando com as pessoas certas, nos lugares certos e na hora certa.

Iben já o vê promovendo sua exposição em algum noticiário e imagina o tipo de papo de vendedor que ele terá com base no slogan "Todo Mundo Pode Fazer a Diferença".

"Cada vez é mais comum ouvir alguém dizer que a ação individual é inútil. A nova exposição do CDIG manda um recado fundamental: a responsabilidade individual ainda importa. O que você decide pode fazer uma diferença enorme."

É Malene quem trabalha no CDIG há mais tempo. Como estagiária, ainda estudante, ela era excepcionalmente capaz e, depois de se formar, propuseram-lhe o cargo de gerente de projetos. Uma de suas principais responsabilidades é cuidar dos membros da comunidade acadêmica e de funcionários públicos que entram em contato com o Centro.

Dois anos atrás, quando o cargo de analista de informações ficou vago, Malene recomendou Iben, mas não contou ao comitê de seleção que ela era sua melhor amiga. Disse-lhes que conhecera Iben na faculdade e atuara com ela em algumas associações estudantis. Na opinião de Malene, Iben era incomumente inteligente, eficiente e de fácil convívio no trabalho.

Depois que Iben entrou na lista de candidatos, Malene a preparou cuidadosamente, dando-lhe conselhos sobre as coisas certas a dizer. No final, Iben conseguiu o cargo, competindo com outros 285 candidatos. Ela e Malene tiveram o cuidado de não demonstrar como se conheciam bem e tentaram fingir que sua amizade íntima se desenvolvera em tempo recorde depois que começaram a trabalhar juntas.

Após algumas semanas, Paul chegava às mesas das duas, conversava por algum tempo e depois parava, sorrindo ao olhar para elas.

"Vocês duas aprenderam a se dar bem rapidamente. Que bom!" Ele dava um tapinha no novo computador de Iben. "É uma dupla de que eu me orgulho. Uma promessa e tanto!"

O emprego de Iben no Centro fora sua recompensa por dar apoio a Malene ao longo dos anos.

Numa noite, seis anos antes disso, Malene despertara sentindo uma dor lancinante. Três de seus dedos estavam vermelhos e inflamados. A coisa piorou e às quatro horas da manhã os dedos estavam grotescamente inchados e imóveis. Ela foi até o corredor e bateu com a outra mão na porta de Iben, que chamou um médico. O diagnóstico foi um início repentino de artrite reumatóide e Malene teve que ficar hospitalizada por vários dias.

Ela se recuperou, mas soube que deveria fazer check-ups freqüentes e que a doença não tinha uma cura definitiva. Ficaria indo e voltando pelo resto da vida. Poderia atingir qualquer articulação, por períodos variados de tempo, mas em especial as das mãos, dos pés, joelhos, cotovelos e ombros. As articulações afetadas ficariam rígidas e muito doloridas.

Depois disso, formou-se uma espécie de padrão. Por alguns dias, mais ou menos a cada dois meses, Malene tornava-se incapaz de fazer coisas como usar o teclado do computador ou segurar o guidom da bicicleta. Os analgésicos eram úteis, mas suas mãos ficavam tão fracas que Iben tinha de ajudá-la a carregar as sacolas de compras e assim por diante.

Os prontuários do hospital não mencionavam decréscimo no apetite, mas Malene perdia peso rapidamente. Nos seis meses seguintes, a bonita e rechonchuda mulher da Jutlândia, cheia de atitudes radicais, transformara-se em uma Barbie socialista.

Enquanto as dores da amiga iam e vinham, Iben se sentia a escudeira de Malene, sempre pronta para ajudar e lhe dar apoio. Só a Iben era permitido saber quando Malene não conseguia abrir tampas de vidros, abotoar as blusas ou destrancar portas sozinha.

Pouco antes da hora do almoço, Malene telefona para Frederik Thorsteinsson, o cortês e sofisticado presidente do Centro para a Democracia do Ministério das Relações Exteriores e vice-presidente do conselho do CDIG. É aniversário dele.

Malene conhece bem Frederik e se entende melhor com ele do que com Paul. Ela brinca com Frederik quando Iben grita, alto o suficiente para que ele a ouça: "Feliz aniversário, Frederik!" Ela gesticula para que os outros se aproximem e canta "Parabéns para você" no fone. Camilla se une a elas de imediato, mas depois Malene acena para que se afastem e continua a conversa.

Depois do almoço, a tarde é atarefada. Iben escreve a resenha de um novo livro intitulado *Tortura sistemática como um método de opressão: O Chile, 1973-76;* encontra um tradutor para um artigo em letão sobre a classificação, na legislação internacional, de seis milhões e meio de camponeses soviéticos assassinados (são uma classe social ou um grupo étnico?); e passa a testar o novo software projetado para ajudar a exportar textos para o website do CDIG. Também produz os convites para uma palestra denominada "A Importância da Divisão por Sexo Durante o Genocídio Bósnio". À medida que o dia se esvai, Iben começa a se sentir um tanto mal-humorada e quer ficar sozinha.

Pouco antes de ir para casa, porém, Camilla descobre na Internet um novo episódio do programa popular de rádio *Chris e a Fábrica de Chocolate* e aumenta o volume para que todas possam ouvir. Anne-Lise sai da biblioteca e todas se reúnem em volta da mesa de Camilla. Juntas, elas selecionam mais algumas sátiras, rindo ao ouvir Chris fazer sua engraçada voz de telefone. Como sempre, ele está engendrando novos motivos para matar o trabalho.

"Tudo bem, chefe... Mas o senhor entende que existe esse problema que me impede de aparecer hoje. Não podia ser mais infeliz, quase... Mas olha, o que eu posso fazer? Hein, chefe?... O caso é que fiquei preso na minha rede de dormir. Não consigo mais lutar. Tudo o que eu quero é sair daqui, mas o que posso fazer?"

Malene, que sempre foi brilhante com imitações, junta-se a elas, improvisando as palavras de Chris. De vez em quando ela diverte as outras com paródias dos clientes do Centro, membros do conselho, ou os momentos mais presunçosos de Paul. É uma de suas melhores imitações. Sorrindo, ela bate no computador de Camilla com os nós dos dedos e depois anuncia: "Vocês duas aprenderam a se dar bem rapidamente. Estou certo ou estou certo? É uma dupla de que realmente me orgulho." Ela estala os dedos e sacode a cabeça de leve. "É uma promessa e tanto!"

É muito engraçado. Até Iben rola de rir.

3

Às sete horas da noite, Iben é a única que ainda está no trabalho. Às oito, arrasta duas enormes sacolas de supermercado para seu apartamento. Fez estoque de mantimentos: arroz, mel, papel higiênico, três pacotes de bolachas orgânicas que estavam em oferta especial, iogurte e legumes. Para o jantar, ela fatia um punhado de verduras, acrescenta tempero e azeite de oliva, mistura com o prato do dia — um pedaço de bacalhau congelado — e coloca tudo no microondas.

Por enquanto, ela não fez muita coisa no apartamento. As paredes ainda são brancas, como eram quando se mudou para lá. Seus poucos móveis são herdados ou comprados de segunda mão.

Enquanto o microondas zumbe, ela verifica a secretária eletrônica. Nenhum recado. Depois que o forno apita, ela abre a caixa de e-mails. Há apenas uma nova mensagem, em inglês:

VOCÊ, IBEN HØJGAARD, POR SEUS ATOS,
FOI RECONHECIDA COMO
"HIPÓCRITA ENTRE OS SERES HUMANOS".
É, PORTANTO, UM PRIVILÉGIO E UM PRAZER
LEVÁ-LA À MORTE
AGORA.

O que é isso? Ela se inclina para a frente e lê tudo de novo. Sem mesmo raciocinar, ela instintivamente sabe que não deve tocar em nada.

É uma ameaça de morte. Não há dúvida. Fique calma e pense. Estão circulando histórias sobre jornalistas que recebem mensagens com ameaças de adolescentes neonazistas. Agora é a vez dela. Talvez.

O endereço do remetente é "revenge_is_near@imhidden.com". "A vingança está próxima." O inglês é razoável e a ortografia é correta, o que exime quase todos os neonazistas locais. A expressão "hipócrita entre os seres humanos" ["self-righteous among the humans"] é uma tentativa de fazer um jogo de palavras com "justo entre as nações" ["righteous among the nations"], parte da citação da mais alta honraria dada a estrangeiros no memorial nacional do Holocausto em Israel. Isso pode ter sido escrito por um estrangeiro que saiba um pouco da história do genocídio.

Sua primeira reação é de pura tristeza, nada mais. Ela pode sentir seu rosto se dissolvendo e o corpo todo parece amarfanhado.

Aquele terrível calor africano a subjuga de novo. Pode ser um dos amigos de Omoro, ou a família dele, pensa ela. Ou um membro da tribo luo. Ela se sente tonta; é o calor e o cheiro. Vê a choça do cativeiro, as moscas, a milícia, as árvores altas e o sangue dele. Os luos descobriram o que aconteceu. Eles sabem quem ela é e vieram de Nairóbi. Ela terá de aceitar ser morta, se é o que eles decidiram.

Ela olha em volta. A porta do quarto está aberta. Não esteve lá desde que chegou em casa. E fechou a porta naquela manhã.

De pé e imóvel, ela verifica a sala. Nada de incomum na pilha de livros, nem no armário, nem na estante. E a escrivaninha? A pilha de papéis parece mais arrumada do que a deixou. Alguém andou vasculhando os papéis de Iben.

Nenhum som, a não ser sua própria respiração e os ruídos fracos de um aparelho de TV no apartamento de baixo. Suas narinas parecem secas, como quando a poeira quente sopra no vento do deserto. O ar tem um cheiro de homens coléricos e suados, atentos ao perigo.

Ela não sabe dizer por que, mas está convencida de que há alguém escondido no apartamento.

Não desligue o computador. Não corra para pegar um casaco no hall.

Em vez disso, ela anda calmamente até a cozinha. Tenta dar a impressão de que está relaxada, prestes a fazer uma coisa completamente comum. Tira a comida do microondas, que fica em cima da geladeira, ao lado da porta que leva à saída de serviço.

Respire lenta e profundamente.

Pega o celular na mesa da cozinha, vai até a porta e a abre cuidadosamente. Ninguém a aguarda no hall. Engrena e desce voando a escada estreita, os pés mal tocando os degraus. É importante ser mais rápida do que o homem em seu apartamento, mas também ser silenciosa o suficiente para que ele demore a descobrir que ela não está mais lá.

Não fecha a porta, nem mesmo a empurra.

Está com pouca roupa para a noite fria de outubro.

A porta para o quintal. Ela pára, só a alguns passos de distância.

Não deve ser um dos amigos de Omoro. Alguma coisa a fez chegar a conclusões. Ela deve ter bom senso, perguntando-se quem mais pode ser. Sabe que há muitos suspeitos para escolher. Não que isso ajude. Iben sempre tentou se esquecer do fato óbvio de que todos os criminosos de guerra sobreviventes, aqueles mesmos sobre quem continua escrevendo no site do CDIG, também podem acessar o site. Podem procurar os próprios nomes no Google em qualquer lugar do mundo e, em segundos, os artigos dela — em inglês e em dinamarquês — aparecerão na tela. A redatora fica sentada em uma sala modesta de Copenhague, sem nenhuma segurança especial, enquanto seus dados para contato — endereço, telefone, e-mail — são exibidos facilmente.

Mas um experiente autor de assassinatos em massa teria o trabalho de viajar à Dinamarca? É claro que sim. Uma passagem aérea não seria grande coisa para um mercenário. E não seria uma boa posição para um soldado experiente ficar bem ali fora, do outro lado da porta para o quintal? Ele teria uma rota de fuga direta para a rua e seria ainda mais fácil encobrir sua pista. Talvez ele pretenda fazê-la disparar escada abaixo e abrir a porta.

Ela escuta. Nenhum som.

Depois um estalo, enquanto a luz da escada se apaga sozinha. Tudo rápido demais, como sempre. Agora está muito escuro. Mas seus olhos não têm tempo para se acostumar ao breu. Acima dela, na escada, alguém acende a luz novamente.

Ela espera um segundo, sem querer acreditar que está segura — que não há ninguém no apartamento; quem quer que seja, está no andar de cima, vindo em seu encalço.

O som de pesadas botas masculinas na escada. Antes que ela sequer vire a maçaneta, os passos chegaram ao andar seguinte. Não há tempo para pensar. Se alguém estiver esperando por ela do lado de fora, terá que pegá-lo de surpresa.

No alto, o homem passa por mais dois andares. Um suspiro profundo. Iben escancara a porta e, no mesmo movimento, começa a correr para a calçada.

Tropeça em bicicletas e lixeiras e pula uma cerca para o quintal vizinho. Mais um metro antes de encontrar um portão aberto. Ela corre para uma rua que não é a sua.

Depois de quase cem metros, pára e olha para trás. Há algumas pessoas, mas nenhuma parece estar perseguindo alguém. Ali será mais difícil localizá-la.

Sobre quem ela escreveu recentemente?

Barzan Aziz, um dentista baixinho com um bigode grande, que mora em uma cobertura e consta ter tirado pessoalmente a vida de pelo menos 120 curdos e muitos jornalistas e intelectuais iraquianos. Aziz estrangulou suas vítimas com um arame de aço, a não ser em alguns casos, quando martelou pregos em seus crânios.

Romulus Tokay, ex-membro da polícia secreta romena, foi colocado em um orfanato com um ano e meio de idade. Fugiu depois de matar um dos professores e atualmente está empregado na Colômbia, onde sua prática habitual tem sido pendurar pessoas de cabeça para baixo em árvores e acender fogueiras embaixo de suas cabeças.

E George Bokan? Foi criado nos Estados Unidos e jogou futebol na universidade, mas voltou à Sérvia no início da década de 1990 para ajudar na guerra. Bokan treinou atiradores de elite, cem homens ao mesmo tempo, na habilidade de matar civis inocentes a partir de pontos de observação nas colinas que cercam Sarajevo.

São tantos outros. Iben compilou as declarações de testemunhas e outras provas das atividades de assassinos em massa tais como Najo Silvano, Bertem Ygar, William Hamye e outros, que mataram centenas de milhares de seus compatriotas. Está tudo no site, como as condenações que ela relatou sobre toda uma série de unidades militares, regimes e ditadores enlouquecidos pelo poder.

Por acaso eles não teriam verificado seus próprios computadores na Sérvia, nas Filipinas, no Iraque, na Turquia — onde quer que fosse —, examinando os relatos sobre os crimes que cometeram?

Ela olha em todas as direções enquanto segue para a rua Nørrebro. O ar de outono atravessa a blusa fina, e o suor está começando a secar em sua pele, aumentando o frio. Ela ultrapassa uma garota pálida com um piercing no nariz, botas militares e reflexos cor-de-rosa no cabelo.

Iben disca 112 — o serviço de emergência — no celular e tenta explicar rapidamente à mulher do outro lado da linha o que aconteceu.

— Espere, por favor. Disse que alguém lhe mandou um e-mail e agora está correndo na rua?

— Sim... Não. Não exatamente. Era uma ameaça de morte. O remetente deve ser um criminoso de guerra. Talvez do Iraque!

A voz da mulher é seca e tensa.

— Este é um número de emergência. É reservado para chamadas sérias. Tenho que lhe pedir para sair da linha. Amanhã poderá telefonar para a delegacia de seu bairro... Isto é, se ainda achar que esta questão é importante.

Iben tenta explicar que é seu trabalho escrever sobre criminosos de guerra internacionais e que a ameaça não é só um trote de um ex-namorado, ou o que quer que a mulher esteja imaginando. Mas ela não se convence e responde abruptamente:

— A senhora está obstruindo uma linha de emergência importante. Isso é um delito e a senhora pode ser multada. Posso ver seu número na minha frente. Se não encerrar esta ligação, teremos de multá-la.

Iben está prestes a responder quando a mulher desliga.

Será que ela tem razão?, pergunta-se. Não estaria tendo um ataque de histeria? Seria bom pensar assim. Depois ela poderia simplesmente dar meia-volta e retornar para casa.

Ela agora está andando rápido, atenta a qualquer sujeito que pareça suspeito. O problema é que eles estão em toda parte. Pequenos grupos de homens morenos mal-encarados, passando de um lado a outro da rua Nørrebro em carros envenenados e saindo dos muitos restaurantes de entrega de comida do Oriente Médio. Homens de jaqueta de couro preta andam na direção dela, seguem atrás dela.

Quem sabe como reage um criminoso de guerra quando lê pela primeira vez a descrição de si mesmo em um site? Seria um golpe em sua honra? Afetaria seu pedido de asilo em um país europeu ou seu processo pendente nos tribunais? Alguns daqueles homens cortariam a garganta dela com a facilidade com que esmagam uma mosca. Ela viu fotos de pessoas massacradas e ouviu os sobreviventes que falaram em conferências de comissões de justiça. Aqueles homens não assassinam porque têm ódio; basta que estejam vagamente irritados.

Mas por que um assassino teria o trabalho de ir atrás dela? Iben é tão insignificante. Ou não é? Seus artigos e notas descrevem eventos que envolvem muitas centenas de milhares de homens, todos assassinos experientes e mentalmente instáveis. Se apenas um deles estiver suficientemente "irritado", o destino de Iben pode estar selado.

Não há carros de polícia por perto, e, quando chega à praça Nørrebro, ela decide telefonar para o número de emergência de novo. Desta vez vai tentar explicar melhor as coisas e insistir em falar com quem estiver preparado para ouvir.

Naquele momento, seu celular toca. É Malene.

— Iben! Fiquei ligando para a sua casa. Onde você está?

— Na praça Nørrebro. Sem casaco. Estou congelando. — Iben começa a descrever o que aconteceu, mas não vai muito longe, com a interrupção de Malene.

— Eu também recebi uma ameaça por e-mail! Diz que eu sou cruel e devo morrer. Acabei de abrir!

Iben não reprime o grito.

— Você não pode ficar em casa!

Malene parece confusa.

— Não posso ficar aqui? Não sei... Não levei isso a sério. Deveria levar?

Iben hesita. É reconfortante que outra pessoa também tenha sido ameaçada. Todo mundo no Centro pode ter recebido um e-mail daqueles e talvez dezenas de pessoas em organizações similares no exterior.

— Malene, tenho certeza de que tinha alguém no meu apartamento. Eu não podia... Quer dizer, se não houvesse nenhum estranho dentro de casa... De qualquer forma, podem estar tentando nos assustar. Se realmente querem matar alguém, seria idiotice mandar um e-mail primeiro.

— Foi o que eu pensei.

Iben está perfeitamente ciente do que sua amiga Grith, uma psicóloga experiente, diria sobre sua reação: é uma resposta condicionada por suas experiências no Quênia, um caso de precaução exagerada — "hiperalerta" — que é o efeito duradouro de uma exposição anterior ao perigo.

De repente ocorre uma idéia a Malene:

— Iben! Acha que sua reação é por causa de Nairóbi e tudo aquilo?

— Eu acho que...

— Escute, chame um táxi e venha para cá. Vou esperar você na rua e pagar a corrida.

— Mas, se essas pessoas entraram na sua casa, vão pegar nós duas.

— Iben, eu não acho isso. Olha aqui, não vai acontecer.

Iben não responde, então Malene hesita.

— Tudo bem. O que você sugere, então?

— Que tal a gente se encontrar em um café?

— Mas vamos ter que voltar para casa depois.

Iben odeia fazer o papel de mulher frágil, em especial com Malene, mas sugere que elas podem ir para a casa de um monte de gente até terem melhor idéia do perigo que correm.

— Ah, Iben. Tudo bem, eu vou. — Elas concordam em se encontrar no Props Café.

Iben sente que está influenciando demais a amiga e não consegue deixar de pedir a Malene que se certifique de não estar sendo seguida.

Iben parte para o café pela rua que passa pelo cemitério Assistens. De repente, sem motivo nenhum, começa a correr. Nunca praticou qualquer esporte, apesar das tentativas das amigas de convencê-la, mas agora o melhor era correr. Ultrapassa pedestres na calçada larga, onde sombras profundas são perfuradas pelos dardos de luz das lojas e dos veículos que passam.

Um carro branco canta os pneus e pára não muito à frente; dois homens pulam para fora com tanta rapidez que um ciclista quase se choca com um deles. Ele grita com raiva. Os homens respondem aos gritos, e Iben escapole pelo fluxo lento do trânsito para chegar ao outro lado da rua.

Está na hora de se acalmar e avaliar a situação. Ela se vira para olhar os dois homens. Estão parados na rua falando com um terceiro, que devem ter visto do carro. Os três têm costeletas escuras, e um deles usa óculos de aros de metal com lentes pequenas e redondas.

Ela parte novamente, agora andando com rapidez. A calçada ali é mais estreita e atravancada de bancas dos armazéns, cavaletes de bicicletas e cartazes de propaganda.

Ocorre-lhe que o remetente do e-mail pode não ter precisado viajar tanto. Há milhares de refugiados políticos em Copenhague, todos com experiências terríveis e cujos familiares ou amigos foram vítimas de conflitos armados, perseguições, tortura e assassinato. Alguns podem até mesmo ter realizado atos de violência. Se Iben revelou alguém, aquela pode ser a reação de qualquer um deles.

Ela perde o fôlego e diminui o ritmo. À frente está um homem alto e de aparência doentia com o cabelo louro-claro desgrenhado, metido num casaco de camuflagem rasgado.

Nos últimos dez anos, quase quinhentos jornalistas foram mortos em todo o mundo, principalmente em Estados não-democráticos. Algum deles teria recebido e-mails de revenge_is_near@imhidden.com? Iben não teve conhecimento de que qualquer jornalista estivesse sendo seguido na Europa Ocidental. Quem estaria bem informado sobre isso?

Gunnar, é claro.

Quando o sinal abre, um BMW velho acelera, os pneus cantando, e dispara para o cruzamento seguinte. O sinal fecha e o motorista é obrigado a frear. Um transeunte ri.

Iben quer telefonar para Gunnar imediatamente.

Ela teve sentimentos estranhos com relação a ele durante todo o fim de semana, especulando sobre como seriam seu apartamento e seu estilo de vida. A fantasia de se mudar para a casa dele lhe dá uma estranha sensação, embora reconfortante. Ela se adaptaria bem, sentia isso. Mas como poderia saber — um homem com quem ela se encontrou uma vez e conversou por uma hora, no máximo? Então, ela raciocina, com o passar dos anos os textos de Gunnar devem ter ensinado muito sobre o funcionamento da mente dele, quais são suas palavras preferidas e a natureza de seus pensamentos.

Ela se desvia para evitar um grupo de adolescentes ruidosos.

Depois pensa na palavra "hipócrita" do e-mail. Parece que eles usaram palavras diferentes na mensagem de Malene.

Iben começa a correr de novo.

Malene

4

Malene está no trem, voltando de uma série de palestras na Jutlândia, sob os auspícios do CDIG. As palestras foram boas, mas ela está acostumada a isso.

Rasmus está fora, em uma de suas viagens de vendas, então o apartamento dos dois fica vazio. Iben está em Nairóbi. Está fora há um mês e lhe aconteceu tanta coisa que por dias seguidos ela não respondeu aos e-mails ou telefonemas de Malene. Três das melhores amigas de Malene tiveram filhos no ano anterior; todas se mudaram para o centro da cidade e estão completamente absorvidas com suas novas famílias.

É isso: Malene precisa ampliar seu círculo de amizades. De maneira nenhuma vai conseguir suportar aquilo por mais dois meses, esperando que Iben escreva ou telefone. Por esse motivo, Malene foi a Odense antes de ir para Copenhague. Marcou de ver Charlotte, um contato que fizera por intermédio da Associação de Jovens Artríticos, que oferece "amigos" voluntários como forma de apoio. Elas não se conhecem pessoalmente, mas já trocaram um monte de e-mails e se falaram ao telefone. O espírito de luta de Charlotte é tremendo. Enfim elas têm a oportunidade de se conhecer.

Malene desce do táxi diante de uma casa modesta com varanda e tijolinhos amarelo-claros. Toca a campainha. Protegida sob o telhado da varanda, há uma planta bem-cuidada em um vaso velho esmaltado de azul. Atrás do vidro da porta está pendurada uma pequena guirlanda de palha, suspensa por uma fita prateada.

A face de Charlotte é branca, sob uma massa de cachos louros. Com a blusa azul-bebê, ela é bonita e suave, como uma modelo de catálogo, completamente diferente de todas as amigas de Malene.

Elas sorriem e se abraçam.

— Ah, como você é elegante. Tão chique! Só de olhar, a gente vê que é da cidade.

Estranho conhecer alguém para quem se escreveu com tanta freqüência. Charlotte continua sorrindo. Seus lábios brilham com o batom cor-de-rosa.

— Vamos ficar mais à vontade.

Malene deixa o casaco no hall. Charlotte segue na frente, andando devagar e com hesitação. A sala está quente demais.

— Sente-se onde preferir, por favor. O café está pronto.

Malene se acomoda em uma poltrona de estofado creme diante de um sofá de mesma padronagem. Um grande pôster emoldurado está pendurado na parede atrás do sofá. Assim como nos e-mails e telefonemas, Charlotte está explodindo de energia e otimismo, e há nela algo essencialmente receptivo e simpático, mas Malene percebe que ela tem dificuldade para se acomodar no sofá.

— Desculpe... É uma pena que hoje seja um de seus dias ruins.

— De forma alguma. Não deve se lamentar por mim. Eu estou bem. Vamos simplesmente curtir isso. — Charlotte sorri novamente, retraindo os lábios pequenos e lindamente modelados por sobre os dentes perfeitos.

— Mas deve ser... — Alguma coisa faz com que Malene pare.

Seus olhos passeiam rapidamente pela sala. Cada móvel é mais afastado do que o normal. Ela toma o café, pensando no que vê. Os espaços são iguais em toda parte, entre cadeira e mesa, cadeira e cadeira, cadeira e parede. A resposta simples é que aquela sala é mobiliada para alguém que em geral precisa usar uma cadeira de rodas para se locomover, até em casa. Não há nenhuma cadeira de rodas à vista, mas pode estar em outro lugar. Talvez no quarto.

Ela percebe que os interruptores são operados por cordões. Viu esse tipo de coisa em lojas que vendem dispositivos para incapacitados. As pessoas com problemas graves nas articulações acham que puxar um cordão é mais fácil do que girar um interruptor. E as almofadas no sofá? São muitas, não em uma quantidade absurda, mas em excesso para combinar com a mobília simples e as cores muito discretas da sala. As almofadas, empilhadas, permitem que Charlotte fique reclinada no sofá.

Malene fica desconcertada por encontrar Charlotte em um estado muito pior do que o dela. Como é que ela consegue agüentar seu trabalho na Câmara de Vereadores de Odense? Por que Malene acreditava que elas eram mais ou menos do mesmo jeito? Uma série de perguntas discretas sobre o trabalho revela o fato de que é um cargo especialmente concebido, de apenas 12 horas por semana, criado exclusivamente para Charlotte. À medida que Charlotte fala, Malene sente que ouviu aquilo antes, provavelmente em uma das conversas que tiveram ao telefone. Também é provável que ela simplesmente tenha se esquecido disso, as más notícias superadas por todas as histórias boas e animadas da vida de Charlotte.

A conversa prossegue. Elas falam de uma série de programas de rádio, da melhor maneira de fatiar amêndoas quando suas mãos doem e de como seria bom ter botas de borracha de cano alto projetadas para pés artríticos.

É terrivelmente aviltante. Por que, pergunta-se Malene, eu sei tão pouco sobre essa mulher? Especialmente tendo imaginado que tínhamos tanto em comum. Devo ter batido papos com ela ao telefone sem fazer as perguntas certas, sem ouvir corretamente.

Charlotte ri baixinho ao admitir que pode tirar uma licença do trabalho sem que nenhuma pergunta lhe seja feita. Como naquele dia. Enquanto isso, Malene viu outras coisinhas nesta sala que dão a impressão de que é compartilhada por uma jovem e sua avó. Há por perto ataduras de lã para as articulações caprichosamente enroladas, assim como uma coleção de CDs de música pop. Charlotte é alguns anos mais nova do que Malene, mas vem sofrendo de artrite há oito anos, ao passo que Malene tem a doença há seis.

Ainda falando com a vivacidade de sempre, Charlotte descreve o calendário social da AJA — as festas e seminários. Os associados passam muito tempo juntos em seus passeios de fim de semana, quando fazem os corpos doloridos se mexerem pelos jardins de um hotel durante as noites claras de verão. Depois ela pergunta sobre Rasmus, e Malene se questiona o quanto deve contar.

A essa altura, Charlotte diz, de um jeito mais monocórdio e claramente constrangido, que não tem namorado. Elas conversaram sobre isso ao telefone, mas Malene sempre supôs que era só uma questão de tempo antes que Charlotte encontrasse alguém. Será mais grave do que isso? Agora, olhando para ela, Malene pode ver como a moça está doente. Talvez Charlotte nunca encontre ninguém.

Malene percebe que acaba de soltar um clichê antigo e batido sobre o efeito que tem um Príncipe Encantado (ou uma Princesinha) para todo mundo.

Charlotte faz uma cara feliz e se empertiga.

— É verdade, eu sei. E enquanto estou de prontidão, não vou perder meu tempo reclamando — ela mergulha delicadamente o bolo no café.

Os pensamentos voam pela cabeça de Malene. Como é que elas conseguem, essas pessoas que são gravemente incapacitadas? Como suportam tudo isso sem pular de uma ponte? Charlotte nunca terá um homem e sabe disso. Nunca escapará do inferno deste buraco de residências subvencionadas pelo governo. E como eu lidaria com isso? Não poderia ser tão feliz com tão pouco.

Pessoalmente, Charlotte não é diferente da pessoa que escreve os e-mails. É só que encontrá-la aqui, entre suas almofadas e acessórios especiais, muda a percepção que Malene tem dela. Para Malene, essa percepção é muito mais difícil devido à piora da situação entre ela e Rasmus. É como disseram no seriado *Seinfeld*: "Terminar é como derrubar uma máquina de Coca-Cola. Não se pode fazer isso com um empurrão, é preciso balançar algumas vezes." Malene percebeu que Rasmus está claramente balançando. Logo será a minha vez, pensa. Vou sorrir mecanicamente ao dizer às pessoas que Rasmus e eu não estamos mais juntos. Pouco importa, eu direi, existem tantas coisas divertidas para fazer quando se está solteira.

Ela se levanta, pede licença e vai ao banheiro. Lá dentro, chora sem fazer barulho em meio a todos os acessórios especiais de banho e puxadores de que Charlotte precisa para conseguir se lavar. Ou alguém vem para ajudá-la? Será que o banheiro da própria Malene ficará daquele jeito daqui a alguns anos?

Malene se demora no banheiro. Passa um pouco da base de Charlotte na pele sob os olhos. Melhor do que precisar explicar a Charlotte que apenas estar junto dela dá vontade de chorar.

Ela respira fundo algumas vezes e abre a porta. Desnorteada, reconhece o cheiro antes mesmo de ver Charlotte. Aquele aroma resinoso e adocicado é a última coisa que esperava. Charlotte está sentada em sua poltrona, fumando vigorosamente um grande baseado.

— Ah, que bom, aí está você. Fiquei preocupada. Pensei que teria de soprar uma fumaça por debaixo da porta para convencer você a sair.

Malene ouviu outros artríticos falando das vantagens de se fumar haxixe. Tomar vinho em geral causa enrijecimento e dor, e pode provocar uma reação imprevisível junto com os medicamentos. Ela se senta novamente na poltrona e começa a comer um pouco do bolo de chocolate. É melhor pular no mundo dos incapacitados aqui e agora, pensa.

Charlotte lhe passa o baseado.

— Quanto mais tempo prender a fumaça nos pulmões, mais vai pegar. Nem pense em tossir!

— Obrigada. Vários amigos meus costumavam fumar. Eu também experimentei. O problema é que não fez efeito nenhum comigo.

Malene inala vigorosamente. Devia ser o suficiente para eu ficar chapada, pensa. Mas, como antes, fumar maconha parece não ter nada a ver com ela. Elas acendem outro baseado pouco depois e Malene tenta novamente. Nada ainda, a não ser pelo suor, e este se deve principalmente à sala aquecida demais.

É apenas quando se levanta para ir embora que finalmente percebe que sua cabeça está bem estranha.

Elas se abraçam.

— Foi ótimo finalmente conhecer você!

— É, foi mesmo. Eu lhe mando um e-mail do escritório amanhã.

— Talvez eu lhe mande um e-mail antes. Enquanto você estiver no trem, voltando para casa.

Mais um abraço.

Não há muita coisa esperando por Malene em Copenhague: quando uma amiga tem dado tanto apoio como Iben, não se pode racionalmente esperar mais, como, por exemplo, que ela se lembre de mandar um e-mail de Nairóbi. Mesmo que você tenha escrito a ela que está preocupada com o relacionamento com o homem de sua vida.

As mãos e os pés de Malene estão formigando. Agora, a qualquer momento, ela pode tombar no desconhecido. Em um acesso incontrolável de riso, talvez.

Se eu não tivesse mexido os pauzinhos para colocar Iben naquele emprego, eu é que teria sido mandada para a África. E então eu teria todas aquelas experiências novas e empolgantes e faria todos os contatos internacionais.

Malene chora no banheiro do trem. A *cannabis* bateu e o ar borbulha em seu rosto. As superfícies plásticas brancas e sujas parecem flutuar, o chão cinza e sujo também, seguido pelas maçanetas de metal, e depois placas, cheiros, sons, tudo dispara para cima, ainda mais rápido, passando pelos cabos de eletricidade. Ou talvez seja o contrário. Malene se deixa levar com o barulho do trem.

5

Na segunda-feira seguinte à festa de Sophie, Malene está à mesa em seu escritório, trabalhando no texto para três cartazes que contarão histórias sobre dinamarqueses que ajudaram judeus a escapar na Segunda Guerra Mundial. O subtexto é de que as pessoas devem ter coragem de enfrentar qualquer perseguição contra uma minoria, mas o fato de que milhares de dinamarqueses arriscaram a vida e salvaram mais de 90% dos judeus da Dinamarca confere ainda outra dimensão ao projeto de Malene.

Certa vez Gunnar expôs o tema enquanto ele e Malene beliscavam azeitonas, esperando pelo cardápio.

— O resgate em massa de judeus fortaleceu a auto-estima nacional. Todas as nações se prendem a crenças como "Este nosso país é especial" e "Nós é que somos decentes". Os dinamarqueses simplesmente se comprazem mais do que a maioria com esse tipo de coisa e se sentem reabilitados. A história nos conta que não somos maus e, portanto, não temos culpa.

Malene não quer que a exposição reforce essa falta nacional de discernimento. E, como sempre, Iben está cheia de sugestões. Malene pensa em contra-atacar com a citação de Gunnar, mas se decide pelo contrário.

Ela se inclina para a frente em sua cadeira ergonômica, comprada para aliviar a dor da artrite, e tenta se concentrar no que está escrevendo. "O Hospital

Bispebjerg registrou duzentos judeus como pacientes sob nomes falsos e não judaicos quando os alemães cercaram o hospital..." Ela sabe muito bem que não deve se deixar irritar com Iben e Gunnar.

Iben realmente está em plena forma hoje. Em geral, Malene fica feliz por tê-la de volta ao trabalho — o ambiente ficou muito mais apático quando ela estava no Quênia. No início Malene se preocupara quanto ao fato de que a amiga inteligente viesse a trabalhar no Centro. Em primeiro lugar, com apenas cinco colegas, podia ter sido meio claustrofóbico. Além disso, apoiar o pedido de emprego de Iben podia ter arruinado a amizade de que Malene se tornara tão dependente.

As primeiras coisas que ela percebeu em Iben quando se conheceram foram seus olhos azul-claros e o vinco meio acentuado entre as sobrancelhas. Naquela época, a pele de Iben era mais branca e suas maneiras, mais sérias. Ainda assim, era fácil fazê-la rir, debulhar-se no riso alto e borbulhante que a tornava tão encantadora. Depois ela se recompunha rapidamente, pronta para debater qualquer questão com mais seriedade.

Mas Iben também era perfeccionista. Tudo tinha que ser bem elaborado, executado à perfeição, completamente. Qualquer coisa a menos parecia indigna dela. Aparentemente, Iben precisou de terapia para crises de pânico depois da morte do pai. Malene não a conhecia na época, mas sempre foi óbvio para ela que Iben era frágil.

Provavelmente ninguém, a não ser Malene, sabe que Iben não suporta ter a cabeça e o corpo debaixo da água ao mesmo tempo. Ela mantém a cabeça seca quando lava o corpo e fica completamente vestida quando lava o cabelo. Deve ser sintoma de alguma coisa.

Todos ficaram pasmos ao saber como Iben se comportara durante a história do seqüestro. É claro que ela teria preferido fazer "a coisa certa", mas agir tão dramaticamente — bem, isso era inesperado. Ela disse a si mesma que fora "outra pessoa" no Quênia. Era por isso que Frederik a chamava de "Batgirl". Ele deve ter pensado que era lisonjeiro sugerir que Iben tinha uma identidade secreta. Mas teve sensibilidade suficiente para ver o quanto Iben detestou a idéia e não voltou a fazer a brincadeira.

Dois anos atrás, apesar de todas as suas dúvidas, Malene achava que tinha de apoiar Iben para o cargo no CDIG. Todos os estudantes de literatura esperavam conseguir empregos como editores, resenhistas de livros ou jornalistas da área de artes. Em vez disso, e apesar de seu brilhantismo, na melhor das hipóteses recebiam encomendas de serviços freelance, sustentando-se com o seguro-desemprego. Os empregos públicos decentes eram poucos e demoravam a aparecer. Quando Iben estava à procura de uma colocação, sua falta de experiência profissional se transformou em um grande revés. Ela voltava das agências de recrutamento com histórias horríveis de bacharéis que estavam naquele sistema havia anos. Eles topavam qualquer coisa, mas os possíveis empregadores os chamavam de "superqualificados".

— Dá para identificar essa gente de imediato. Bastam dez segundos. Esses caras estão sem dinheiro e nenhum patrão sensato sonharia em empregá-los. E eles também sabem disso.

Quando foi anunciado o cargo de analista de informações do CDIG, Iben não batalhou por ele. Sequer falou no assunto. Em vez disso, candidatou-se a outros empregos, com certo desespero.

Malene sabia dos riscos quando telefonou para Iben e insistiu para que ela se candidatasse.

— Quando recebermos sua solicitação, vou dizer a todos que você é talentosa e muito trabalhadora. E vou lhes dizer o quanto quero ter o prazer de trabalhar com você.

— Ah, sem essa, eles não vão aceitar sua melhor amiga.

— Não vou contar isso a eles. Vou dizer que estudamos juntas e que eu a conheci quando moramos no mesmo alojamento. E que eu me lembro de que você era incrivelmente eficiente e confiável. É só a verdade.

— Então eles não vão saber que somos amigas íntimas?

— Bom, não... Amigas íntimas, não. Mas "conhecidas".

— Ainda assim não quero o emprego. Milhares de pessoas mais experientes estão atrás dele.

— Vou lhe contar exatamente o que você deve dizer aos diferentes membros do conselho na entrevista final. Isso vai ajudar.

Silêncio.

— Iben! É um emprego. É o emprego de seus sonhos!

É hora do almoço e Paul ainda não voltou. Iben, Malene, Camilla e Anne-Lise almoçam juntas pão de centeio fresco da padaria, dois queijos diferentes e patê de fígado magro — o especial de Camilla. Nada diferente do de tantos outros dias.

Camilla está um pouco acima do peso, mas não tão rechonchuda que precise vestir as blusas largas e compridas sob as quais se esconde. Ela e Anne-Lise estão com quarenta e poucos anos. Isso as torna mais velhas do que Iben e Malene só uns dez anos, mas há uma grande lacuna entre gerações. Camilla e Anne-Lise mal vão à cidade. Vivem sossegadamente nos subúrbios com seus respectivos maridos e filhos. Coisas como filmes novos ou as músicas atuais dificilmente importam para elas.

Camilla está falando do quanto economizou quando foi ao dentista na Suécia.

— E se você levar em conta que Finn também foi, economizamos mais de 3 mil coroas no ano passado. — Camilla aprimorou sua voz ao telefone ao longo de muitos anos de trabalho como secretária, e todo mundo comenta sobre sua jovialidade, inesperada em um escritório dedicado à tragédia humana. Ainda assim, o otimismo é importante para que se suporte o trabalho rotineiro do Centro.

Elas conversam por algum tempo sobre um determinado jornalista de um vespertino que entrevistou Iben sobre o tempo que ela passou como refém.

Depois Camilla desvia o assunto novamente para as viagens da família à Suécia.

—Vejam só, depois de tratarmos dos dentes em Malmö, vamos passear de carro. Às vezes nós simplesmente colocamos as crianças no carro e fazemos um piquenique. Na última vez, fomos ao Parque dos Dinossauros. É tão divertido... — Ela olha para Malene e hesita. — Pelo menos, enfim... se você está lá com os filhos...

Malene se levanta.

— Agora é melhor sermos boazinhas.

Isso indica que o almoço terminou. Elas se servem de novas canecas de café e voltam para suas mesas.

Naquela tarde, Camilla descobre na Internet alguns clipes interessantes de *Chris e a Fábrica de Chocolate*. Elas riem tanto que Anne-Lise sai da biblioteca para se juntar a elas.

Malene sentiu a tensão entre Iben e ela o dia todo. Iben, provavelmente, pensa que a amiga vai tentar evitar que ela veja Gunnar mais vezes. Malene decide diverti-las com algumas imitações.

— Sabe de uma coisa, acho que se divertir em grupo de vez em quando é importante. Une as pessoas. — Ela se vira para Camilla, a voz ainda cheia de riso. — Imagine se alguém patrocinasse uma espécie de projeto de reconciliação em que comediantes fossem entreter grupos mistos de sérvios e bósnios, para que eles pudessem ter a experiência de rir juntos.

Anne-Lise pára na porta da biblioteca e se vira para Malene.

— Existem 12 milhões de sérvios e quatro milhões de bósnios.

Malene quer ser legal com ela e sorri.

— Ah, foi só uma idéia. Um pouco de diversão. Eu não falei literalmente.

Naquela noite, ao voltar para casa, Malene encontra um e-mail esperando por ela no computador:

VOCÊ, MALENE JENSEN, JUROU A SEU DEMÔNIO SECRETO,
LÍDER E CHANCELER DE SEU REICH, LEALDADE E BRAVURA.
VOCÊ PROMETEU AO MAL, E AOS SUPERIORES NOMEADOS
PELO MAL, OBEDIÊNCIA ATÉ A MORTE.*
ENTÃO, DEUS A AJUDE.
*A MORTE QUE EU LHE TRAREI MUITO EM BREVE.

Nada acontece quando ela clica duas vezes no endereço do remetente, que é revenge_is_near@imhidden.com.

Ela reconhece muitas das palavras do juramento de submissão feito pelos oficiais da SS a Hitler, mas alteradas de forma que "Hitler" seja substituído por "seu demônio secreto" e assim por diante. Vai até a janela que dá para a rua, olha e depois fecha as cortinas.

Depois de pegar um pedaço de chocolate, ela liga para Rasmus em Colônia, mas ele deve estar em uma reunião ou coisa parecida, porque o celular está desligado.

Então telefona para Iben. Acontece que Iben também recebeu um e-mail ameaçador e está completamente desnorteada. Ela saiu sem casaco e está em algum lugar na rua Nørrebro.

Malene acha que a reação de Iben é exagerada, mesmo quando se considera o lugar onde trabalham. Afinal, é só um e-mail. Ela tenta ser solidária e acalmar Iben ao mesmo tempo. Porém, vê-se ouvindo sons em seu próprio apartamento, embora não consiga se levar a sério.

Sair na noite fria não a deixa satisfeita. Ela acabou de colocar a roupa na máquina e o apartamento está uma bagunça. Ainda assim, concorda em se encontrar com Iben no Props. Depois pretende dormir em sua própria cama, Iben que fique onde quiser.

Antes de sair, Malene telefona para Paul. Ele está dando uma palestra fora da cidade, mas por sorte ela consegue pegá-lo no intervalo para o café.

Ele não parece se perturbar com a novidade.

— É o tipo de coisa que se pode esperar quando se está envolvido em alguma atividade política. Você precisa aprender a tolerar isso. É claro que vamos checar essas ameaças mas, por outro lado, não deixe que isso a assuste.

Malene não está assustada.

— Então você também recebeu e-mails assim?

— Sim.

— Gente ameaçando você de morte?

— É isso mesmo.

— E eles foram mandados por criminosos de guerra, é o que você acha?

— Não, eu não acho isso. São principalmente uns idiotas de direita que escrevem para mim... Neonazistas, essa gente. Cedo ou tarde, todo mundo em nosso tipo de trabalho recebe ameaças. Você não pode fazer nada a não ser ignorar.

Malene está quebrando pedacinhos de sua barra de chocolate, mas não come nenhum.

— Acabei de falar com a Iben sobre isso. Sobre até que ponto devemos levar essas ameaças a sério.

— Sei que é desagradável. Rasmus está em casa?

— Não, está em Colônia. Em uma feira de negócios.

— Isso não é bom.

Malene não responde. Ela pode ouvir as vozes da platéia de Paul ao fundo.

O Props está quase vazio. É cedo demais. Alguns anos atrás, Malene e Iben começaram a ir ao Props, onde a maioria dos fregueses era de homens, em geral gente criativa com uma cara meio angustiada. Muitos paqueraram Malene pelas mesas do café, que parecem remanescentes de uma casa de veraneio da década de 1960.

Iben acena para ela.

Mesmo antes de Malene ter a chance de se sentar, Iben começa a falar com urgência, com a mesma rapidez e exatidão que usa no trabalho. Sua voz se sobrepõe à música baixa do Steely Dan que toca ao fundo.

— Olha, liguei para Camilla e Anne-Lise. Camilla não recebeu um desses e-mails, mas Anne-Lise não estava. E telefonei para Lotta e Henk, dos centros de genocídios da Suécia e da Holanda. Nenhum dos dois recebeu e-mails como os que recebemos, e eles não sabem de ninguém que tenha recebido. — Ela sorri um pouco, segurando uma xícara de café quente com as duas mãos. — Então entrei em contato com Anders e Karen, dos Direitos Humanos, e Svend, dos Estudos Internacionais. E Paul...

— Eu também liguei para o Paul.

— Eu sei. Ele me disse. Depois que você ligou, ele telefonou para a mulher dele pedindo que ela verificasse. Ele não recebeu e-mails como os nossos. Parece que você e eu somos as únicas.

Malene queria abraçar Iben porque ela estava muito assustada, mas o jorro de palavras não permitia. Em vez disso, passou-lhe um suéter que tinha levado e pediu outro café para ela e uma taça de vinho branco para si mesma. Ambas concordaram que Paul seria o alvo mais provável para as ameaças de um criminoso de guerra. Ele está constantemente na mídia e assina a maioria das declarações públicas do Centro, apesar de serem redigidas por elas. Então por que Paul, ou alguém proeminente do setor de direitos humanos, não recebeu mensagens ameaçadoras?

Elas tentam pensar em um criminoso de guerra que tenham exposto na Internet, alguém que Paul não tenha mencionado publicamente, mas ninguém parece se encaixar nessa descrição.

Na mesa do canto, dois homens com camisas de futebol começam a discutir em voz alta. Iben interrompe sua linha de raciocínio e pisca os olhos, virando-se para examinar a escuridão lá fora pela grande vidraça que dá para a rua Blågård. Malene não consegue deixar de seguir seu olhar, mas não há nada para se ver. Iben, definitivamente, não está em seu juízo perfeito.

Metida no suéter cor de café de Malene, Iben se curva para a frente. O que ela diz pouco revela sobre como se sente. É preciso ver seus olhos e sua boca.

— Aqui estamos nós, boas pessoas, com diploma universitário. Dia após dia, saímos para nosso trabalho no Centro, ou no Instituto pelos Direitos Humanos, ou na Anistia Internacional, ou com os Médicos Sem Fronteiras. Discutimos as novidades no intervalo do almoço, molhamos as plantas e penduramos cartazes das datas especiais da ONU. E não percebemos que a qualquer momento podemos ter que enfrentar torturadores, carrascos ou chefes de milícia. Porque, embora nunca pensemos nisso, somos soldados em guerra.

Iben fala com os lábios crispados, indicando, como Malene sabe, que o que ela está dizendo é de suprema importância.

Malene sente o impulso de ser calorosa com a melhor amiga e propõe um brinde:

— A nós. As Mulheres em Guerra.

Iben reage com ansiedade, como se Malene tivesse acabado de pronunciar a frase que ela andara procurando.

— É, é isso que nós somos!... Mulheres em Guerra. Nunca percebemos isso, até agora. Nenhuma de nós pensou em nós mesmas desse jeito...

Iben disse isso num tom de voz tão alto que os dois homens de camisa de futebol se viram para olhar.

— Mas não somos muito boas no combate de verdade. É fácil nos encontrar na Internet. Se criminosos de guerra notórios quiserem saber o que escrevemos sobre eles na mídia, podem nos achar sem problema nenhum.

Parece a Malene que Iben acredita realmente que sua vida está em perigo. Ela aparenta estar passando por muitos dos sentimentos que Malene vem suportando há anos, desde que soube de sua doença. Malene se sente mais ligada à velha amiga do que nunca. Ela sorri e diz que vai pegar outra taça de vinho. Desta vez Iben também quer uma.

De volta à mesa, Malene mais uma vez olha de relance para a rua escura.

— Por que agora, o que você acha?

— Porque desafiamos alguém.

Ela se senta ereta.

— É isso. Alguém acha que estamos fazendo alguma diferença. O bastante para se sentir desconfortável.

Malene quer ligar para Rasmus e sair, para escapar da música. A Blågård é uma rua tranqüila de pedestres. Ela procura os homens de Iben, de cara morena e roupa militar. Há dezenas deles. Àquela hora da noite, a rua está cheia de imigrantes reunidos em pequenos grupos, quase todos só de homens.

Rasmus desta vez atende. Ele está em um táxi, levando alguns clientes a um bar.

Malene lhe conta sobre os e-mails e o conselho de Paul. Acrescenta que Iben está levando as ameaças muito mais a sério do que ela podia esperar.

— Nunca vi a Iben desse jeito. Pelo menos agora ela parece que vai admitir que não havia ninguém no apartamento dela.

Dois anos mais novo do que Malene, o estilo relaxado e juvenil de Rasmus acentua ainda mais a diferença de idade entre eles. E, no entanto, ele é sensível ao estado de espírito dela e capaz de deixar imediatamente de lado seu jeito narcisista para lhe dar apoio.

— Se pelo menos eu estivesse em casa com você, nós poderíamos descobrir mais sobre isso juntos.

Eles conversam por mais alguns minutos. Malene se sente feliz porque tem alguém especial a quem recorrer, mas está ciente de que, se levar mais tempo discutindo suas preocupações — até sua doença —, Rasmus ficará inquieto. Ela odeia pensar nisso, mas a paciência dele parece cada vez menor.

— Será que algum dos seus especialistas em TI sabe como rastrear o remetente?

A voz dele fica repentinamente animada.

— Na verdade eu conheço um pouco disso. Se seu remetente é inteligente, terá mandado a mensagem através de um site *anonymiser*. Se mandou, não vamos poder rastreá-lo com tanta facilidade. Mas vamos dar uma olhada. Mande para mim o cabeçalho do e-mail dele. Você deve achar o endereço do IP se clicar com o botão direito na mensagem. Escolha Propriedades e depois Detalhes. Se usa um link fixo na Internet, vamos encurralá-lo. Se não, teremos o nome do provedor, então vamos saber de que parte do mundo ele está mandando... Isto é, a não ser que use um site *anonymiser*. Se for assim, vamos escrever um *spyware* e mandar para ele usando Responder. Se fizermos tudo certo, o *spyware* vai pegar os detalhes pessoais dele e mandar por e-mail para nós.

— É difícil escrever um *spyware*?

— Não se preocupe. Vou tentar quando chegar em casa. — Rasmus não parece ansioso para desligar, mas precisa ir. — Vamos rastrear esse maluco, não tem problema.

No café, a música passou de Steely Dan para Gotan Project. Iben esteve falando com gente da Inglaterra e da França, e está se sentindo energizada.

— Todos mandaram lembranças.

— Obrigada.

— E eles têm um monte de idéias sobre quem pode ter mandado os e-mails para a gente. Peguei um bloco emprestado do bar e comecei a fazer uma lista. Olha aqui. — A lista já tinha mais de vinte nomes.

Malene se senta.

— Não sei por onde começar.

— Vamos a um cybercafé.

Malene não tinha terminado o vinho, mas sabe que Iben lida com o estresse coletando informações, então esvazia a taça rapidamente.

Enquanto elas se preparam para sair, o celular de Malene toca. É Lotta, do programa sueco de estudos sobre o Holocausto e genocídios.

— Iben me ligou mais cedo. O telefone dela estava ocupado, então pensei em tentar o seu. Queria que vocês soubessem que dei alguns telefonemas. Ninguém parece ter recebido e-mail nenhum. Acabou aí, mesmo. Fora isso, todos com quem falei sugeriram gente que possa ter feito isso. Tem caneta e papel?

Malene aumenta a lista de Iben.

— Obrigada. Isso é ótimo.

— De nada. Entenda como um agradecimento por seu artigo. Estava ótimo.

— Qual? Que artigo?

— "Um Guitarrista de Banja Luka". Sobre Mirko Zigic. Nós traduzimos e imprimimos em nosso boletim semanal.

— Mas foi Iben quem escreveu.

— Foi ela? Pensei que tivesse sido você.

— Não, não fui eu. Foi ela. — Iben deve ter retirado seu crédito da versão em Word do artigo. Então ocorreu-lhe o que significava o erro. — Meu Deus!

— Que foi?

Malene não tem certeza.

— Lotta, esse artigo está no seu site agora com o meu nome?

— Acho que sim. Quer dizer, o que publicamos impresso entra de imediato no nosso site também. Automaticamente. Não que eu...

Iben interrompe.

— Conta. O que aconteceu?

Malene precisa se sentar, mas em outro lugar, onde elas não estejam visíveis da rua. Segurando o telefone, ela coloca o braço em torno de Iben.

— Iben, eu lamento tanto. Na Suécia, seu artigo sobre Zigic foi publicado na Internet como sendo de minha autoria.

Iben recua.

— Entendo. Agora sabemos. Não pode ser outra pessoa, pode?

Malene não gosta do tom de voz dela.

— Não.

— Mirko Zigic é a única pessoa sobre quem nós duas escrevemos.

Um Guitarrista de Banja Luka

Velhos amigos do criminoso de guerra sérvio Mirko Zigic não entendem por que seu colega de escola é procurado pelo Tribunal Internacional de Crimes de Guerra de Haia

Por Iben Højgaard

"Mirko era um guitarrista na banda e compôs a maioria das músicas", disse Ljiljana Peric, que fez o secundário na mesma turma de Mirko Zigic.

"Sem dúvida nenhuma ele tinha algo de especial. Acreditava que poderia viver do rock depois de sair da escola. A banda tocava um rock intenso e poético que só entrou na moda alguns anos depois. Ele era bom, e todos nós gostávamos dele, mas ninguém acreditava realmente que ele faria sucesso, além dos meninos da banda e de algumas tietes."

Ljiljana Peric é uma cientista política da Sérvia que participou da conferência de Oslo "O Fortalecimento da Mídia Democrática no Pós-guerra". Nossos quartos de hotel ficavam no mesmo andar e, batendo papo no elevador certa tarde, Peric falou sobre a amizade que teve com Mirko Zigic. Zigic foi acusado de crimes de guerra e é procurado pelo Tribunal Internacional de Crimes de Guerra de Haia.

Concordamos em nos encontrar no bar do hotel naquela noite; eu levaria meu gravador.

Os bons tempos: até 1990

Naquela noite, Peric começou pela descrição da escola secundária em Banja Luka, cidade onde ela e Zigic foram criados.

"Era uma escola grande, tinha mais de mil alunos e foi construída na década de 1970. Mirko era bonito, tinha uma cabeleira loura e um rosto fino que o deixavam parecido com um astro do rock. Ele arrumava apresentações em bares, não só para sua banda, mas também para outras. Podia ter feito sucesso se a moda da música grunge americana tivesse chegado alguns anos antes, e não quando a guerra começou.

"Eu costumava fofocar sobre ele com minhas amigas. Algumas eram loucas por ele. E tenho uma imagem clara de Mirko colocando cartazes para shows que ele mesmo organizara. Era muito apaixonado por música, sempre insistindo para que todo mundo aderisse à sua música preferida e não perdesse tempo com o pop pasteurizado.

"Éramos uma escola mista – sérvios, muçulmanos, croatas –, mas nunca demos muita atenção a divisões raciais. Depois da crise econômica dos anos 1980, o futuro parecia luminoso para os jovens. Havia esperança para a economia iugoslava e o país era politicamente independente dos blocos oriental e ocidental. Muita gente ia comprar roupas na Itália e viajava a lugares como Budapeste para ver shows ou peças de teatro. Graças ao recente passado comunista, os ingressos eram muito mais baratos.

"Em 1990, um ano depois de sairmos da escola, houve relatos ocasionais na TV sobre pequenos grupos paramilitares que paravam carros em bloqueios de estrada para checar os documentos. Só parecia estar acontecendo no interior, então imaginávamos que deviam ser quadrilhas de caipiras estúpidos que não tinham nada melhor para fazer do que bancar os soldados. Ninguém que eu conhecesse jamais pensou que aquilo podia anteceder a guerra.

"Mas apenas alguns meses depois a guerra começou. De repente, aqueles camponeses idiotas se metamorfosearam em soldados de verdade. Os noticiários da TV se encheram de massacres, um após outro. Os locutores, várias vezes por dia, aconselhavam os espectadores a retirar crianças e idosos da sala porque iam mostrar corpos de sérvios decapitados ou em decomposição, boiando nos rios – esse tipo de coisa."

A propaganda

"É claro que essas imagens nos deixaram tristes e com raiva. Todos tínhamos um desejo desesperado de ajudar, de fazer alguma coisa.

"Essa emissora de TV era controlada pelos sérvios e, justamente quando os espectadores estavam no auge da irritação e mais vulneráveis, as telas se enchiam de propaganda de guerra. Disseram-nos que os muçulmanos e os croatas estavam agitados, matando civis sérvios, lembrando-nos de que aquela era uma repetição do que acontecera durante a Segunda Guerra Mundial, quando 'eles' assassinaram 400 mil de 'nós'. Víamos esse tipo de coisa dia sim, dia não.

"Naturalmente discutimos o que estava acontecendo, mas o governo sérvio tinha controle estrito sobre todas as informações. E então, um dia, um amigo meu que era muçulmano disse: 'Ljiljana, ouça a si mesma. Percebe o que está dizendo? Como você sabe? Quem disse que é isso que está acontecendo?'

"Tive que admitir que a propaganda me afetara. Eu, que tinha certeza de enxergar através das mentiras deles! Decidi evitar os porta-vozes oficiais a partir daquele dia e parei de ver TV, ouvir rádio ou ler jornais – mas é difícil fazer isso quando seu país está em guerra.

"Nem todos tinham amigos que pudessem ajudá-los a se ater à verdade. De qualquer forma, logo nossa geração se espalhou por todo o mundo. Fugiu gente para a Grã-Bretanha, Escandinávia, Itália, Estados Unidos. Não só muçulmanos e croatas, mas jovens sérvios que queriam evitar o serviço militar. Muitos de nossos jovens foram convocados e outros se apresentaram como voluntários. A maioria de nós não conseguia entender o que estava se passando na cabeça dos que se dispunham a ir para a guerra. Ainda assim, Mirko não foi o único a se apresentar – longe disso."

Deve ser um erro

"A guerra não parava. Dezenas de milhares morreram, vizinho se voltava contra vizinho e velhos amigos deduravam uns aos outros, levando à prisão ou à execução. Era incompreensível. Não podíamos confiar no rádio nem na televisão, e no entanto as histórias circulavam sem parar.

"Soubemos de Mirko pelo boca a boca. O que falaram sobre ele era diferente... Bom, muito pior. Como líder de esquadrão, ele aparecera com seus homens na casa de uma muçulmana, prima dele em segundo grau, e a estuprara. Ele depois a matou. E cortou as orelhas e a língua de um jovem soldado sérvio que falara em desertar.

"Claro que nada disso foi contado nos jornais, mas as histórias continuavam aparecendo. Sempre começavam com algo como: 'Já soube do que disseram do Mirko? Que ele...?' Até então, a conversa era sobre o tipo de crime de que ele agora é acusado em Haia. Diziam que ele se apresentara ao serviço militar só para se divertir. Ele fazia com que os prisioneiros estuprassem e matassem uns aos outros e assistia, com aquele sorriso largo e atrevido dele.

"Um amigo meu tem uma amiga que conheceu bem Mirko. O namorado dela, muçulmano, tinha sido mandado ao campo de Omarska. Um dia, um homem telefonou para ela – ela tem certeza de que era Mirko. A voz ao telefone perguntou como ela estava. Depois disse-lhe que tinha um martelo na mão, que o namorado dela estava com ele na sala e, porque ela saía com um muçulmano, devia continuar na linha e ouvir bem. Ela ouviu o namorado ser espancado até a morte. Ele gritava. Ela estava certa de ter reconhecido a voz. Disse que foi impossível baixar o fone no gancho.

"Nós ouvíamos essas coisas e não encontrávamos sentido algum nelas.

"Mirko tinha só 21 anos. Nós, as mulheres que ficaram para trás, discutíamos os boatos. Argumentei que, quanto mais assustador ele parecesse nessas histórias, mais as pessoas iam querer se esquivar da guerra. Talvez ele estivesse inventando mentiras, sacrificando sua reputação para salvar inocentes.

"Todos queríamos que isso fosse verdade. Queríamos tanto."

Tem visto algum deles?

"Um dia, uns dois anos depois do início da guerra, encontrei Mirko em Banja Luka, numa rua para pedestres chamada Gospodska Ulica.

"Fazia um lindo dia de sol. Tudo parecia tão tranqüilo. Um dos bares do outro lado da rua tocava dance music. O ar tinha cheiro de pó de cimento, da obra de restauração da igreja ortodoxa sérvia; caminhões chegavam e saíam com estrondo do lugar.

"Mirko ainda estava magro, porém mais musculoso. Vestia jeans desbotados e o cabelo estava mais comprido do que nunca. Ele saía de uma sapataria. Não havia nenhuma escolta de soldados nem insígnia militar à vista.

"Pareceu satisfeito em me ver. Senti que não devia ter deixado que me abraçasse, mas ele o fez. Eu lhe disse o que andava fazendo, falando rapidamente. Não queria deixar espaço para que eu mesma perguntasse o que ele estava fazendo.

"Não havia sinais que o denunciassem no rosto dele – ele podia ter um emprego em uma seguradora ou como vendedor ou uma dessas coisas completamente comuns. Depois ele perguntou: 'Tem visto algum deles – do pessoal do nosso tempo?'

"A saliva pareceu secar na minha boca. Um calafrio percorreu minha coluna. Desviei os olhos. Aquelas poucas palavras foram piores do que qualquer coisa que eu tinha ouvido.

"Eu sou sérvia. Não corria risco nenhum, mas tive que ir embora de imediato. Até hoje não consigo entender como, a partir daquele momento, soube que tudo o que disseram sobre ele era verdade. Passei o resto do dia chorando e muitos outros telefonando a velhos amigos, contando-lhes que vira Mirko. Precisava encontrar alívio para a pressão que havia dentro de mim. Era como a tensão que você sente quando um amigo morre de repente."

Outros soldados

Dez anos depois desses acontecimentos, Peric ainda está profundamente abalada. Ficamos sentadas em silêncio por algum tempo.

Ela me perguntou sobre meu trabalho no CDIG. Descobri que era impossível resistir à tentação de colocar o relato dela em um contexto teórico. Vários pesquisadores relacionados com o CDIG estão fazendo estudos sobre homens que se envolveram em genocídios.

Christopher Browning realizou uma das investigações mais clássicas sobre esse tipo de comportamento. Descrevemos seu trabalho em um artigo anterior do *Jornal do Genocídio* com o título "A Psicologia do Mal". Browning baseou suas observações em um estudo de quinhentos alemães comuns, todos homens, que foram mandados à Polônia e, uma vez lá, receberam ordens de matar judeus. Aqui estão suas descobertas:

> Entre 10% e 20% se candidataram a outras tarefas e foram transferidos, em geral sem nenhum problema.
> Entre 50% e 80% não se candidataram a outras tarefas. Realizaram os assassinatos que lhes ordenaram fazer, mas pararam depois disso.
> Entre 10% e 30% começaram a assassinar mais judeus do que o ordenado e continuaram matando depois de darem baixa do serviço militar.

Este último grupo de homens podia sair diretamente de bares e cinemas para guetos judaicos; lá, usavam os habitantes para a prática de tiro ao alvo. Em geral, faziam uma farra de torturas, estupros e assassinatos.

Mas os dados estatísticos não apreendem o que impele uma pessoa. Quais são os homens que conseguem evitar essas atribuições? E os homens que parecem preparados para levar o assassinato bem além do que lhes foi ordenado? Conversamos por algum tempo sobre o mistério da crueldade.

Peric me falou de outro rapaz de sua turma na escola que se apresentou como voluntário junto com Mirko Zigic.

"Predrag queria ser engenheiro, mas isso agora está fora de cogitação. É provável que ele respeitasse Mirko na escola. Depois de se apresentarem, eles foram colocados na mesma unidade paramilitar, mas em Banja Luka não circulou nenhuma história sobre Predrag. Quando foi mandado para casa nove meses depois, sua cabeça tremia como se ele tivesse doença de Parkinson.

"Predrag não falou muito depois disso e recusou-se terminantemente a contar qualquer coisa sobre Mirko ou sobre as experiências que compartilharam na guerra. Os amigos o convenceram a procurar um médico, mas o tremor era incurável. É claro que todos sabíamos qual era a causa. Muitos soldados que voltaram sofriam de estranhos problemas de saúde."

Depois da guerra

Antes de conhecer Ljiljana Peric, eu havia lido sobre o que aconteceu com Mirko Zigic pouco antes do Acordo de Paz de Dayton. Ele fora dispensado de sua unidade paramilitar e emigrara para a Rússia, onde se ligou a extremistas eslavos, possivelmente também à máfia local.

Até recentemente, em geral se pensava que os participantes ativos de genocídios não tinham nenhuma dificuldade para distinguir entre a época dos assassinatos e a paz. Este pressuposto é baseado em estudos sobre exterminadores alemães que mostram que, depois do fim da Segunda Guerra Mundial, esses homens não tinham um índice mais alto de condenações por crimes comuns do que outros homens. Em outras palavras, embora na guerra alguns homens venham a atirar na rua em civis porque estes não os cumprimentaram corretamente, em tempos de paz eles são tão capazes quanto qualquer um de controlar o próprio comportamento. Entre os criminosos de guerra alemães, os mais notáveis efeitos do pós-guerra incluíam pesadelos, deficiência de concentração, capacidade reduzida de trabalho e alta incidência de suicídios – mas não aumento da criminalidade.

Porém, agora está claro que não devemos generalizar com base nas descobertas pós-Holocausto. Atualmente, os criminosos de guerra dos antigos estados iugoslavos mostram um índice significativamente mais elevado de violência e atos criminosos, e muitos ingressaram na máfia.

Banja Luka, a maior cidade da recém-declarada República Srpska, a República Sérvio-bósnia, fica a aproximadamente apenas cinqüenta quilômetros dos campos de concentração de Prijedor. Peric tentou evitar se encontrar com Mirko Zigic depois da guerra, mas o via de tempos em tempos.

"A pele de Mirko mudou. Ficara mais limpa desde a adolescência, mas parecia estranhamente emborrachada, quase como se fosse revestida de cera. Antigamente seus dentes estavam em péssimas condições, mas agora eram brancos e regulares. Imaginei que ele usasse dentadura, embora ainda não tivesse 24 anos. Ele prendia o cabelo louro e comprido num rabo-de-cavalo e tinha a tradicional barba cerrada dos ortodoxos sérvios.

"Eu ia pegar uma ruazinha no momento em que localizei sua figura alta, mas sabia que mais cedo ou mais tarde não conseguiria escapar da companhia dele. Alguns de nossos amigos em comum o convidariam a festas sem avisar ao restante de nós."

Na companhia de amigos

"Você precisa levar em consideração que antes da guerra todos íamos às mesmas festas — as futuras vítimas e os futuros carrascos. Tentamos novamente depois da guerra, mas o clima era muito estranho. Por exemplo, as emissoras de rádio só tocavam músicas dos anos 1970 e 1980. E de muitas outras formas nos comportávamos como se os anos 1990 jamais tivessem acontecido. As festas faziam parte disso: tentar evitar o passado.

"É claro que eu percebi que tínhamos de olhar para o futuro e confiar em nossas velhas amizades para construir uma nova nação. Só que as pessoas têm visões bem diferentes quanto aos limites para se manter um clima social aceitável. Quer dizer, você pode estar na cozinha às três da manhã, batendo papo com alguns homens e então, de repente, percebe que eles pertenciam aos Águias Brancas ou a alguma das outras famosas unidades paramilitares.

"A primeira vez em que me vi cara a cara com Mirko em uma sala lotada foi pouco depois de circular um novo boato. Ao que parecia, ele tinha matado dois jornalistas croatas depois da guerra. Uma amiga e eu saímos da festa para nos sentarmos em um jardim ali perto. Ao contrário de muitas outras garotas da escola, eu nunca me apaixonei por Mirko, mas a mulher com quem eu estava tinha sido namorada dele.

"Uma coisa que perguntei a ela foi: 'Lembra-se de como nós interrogávamos as meninas sobre os rapazes com quem elas estavam saindo? Como conseguiam suportar um ou outro? E elas diziam que o cara era diferente quando os dois ficavam sozinhos: ele ficava relaxado e era tão doce e gentil que não o reconheceríamos. Era o contrário com você e Mirko? Todas nós pensávamos que ele era o tipo de cara gentil e poético, e que só se importava com a música. Tínhamos certeza de que vocês dois se divertiam juntos. Ele mudava quando vocês estavam sozinhos? Mostrava um lado totalmente inesperado?'

"Ela disse que não."

A manhã seguinte

Peric tinha algo a acrescentar quando nos encontramos na manhã seguinte.

"Ouvi aqueles que disseram que sempre souberam como Mirko realmente era. É no que querem acreditar, agora que sabem da verdade. Antigamente eu ia a passeios de bicicleta nos bosques sozinha com ele. Agora que sei que ele é um estuprador, gostaria de pensar que sentia uma imperfeição profunda nele, mas a verdade é que não senti."

Anne-Lise

6

É manhã de segunda-feira. Anne-Lise chega ao CDIG e entra no Jardim de Inverno. Tenta clarear a cabeça e parece animada e simpática.

— Bom-dia.

Camilla é a única pessoa presente. Seus olhos estão fixos no monitor.

— Bom-dia.

Com o casaco no braço, Anne-Lise pára e olha para ela. A porta da biblioteca está fechada, como sempre. O único som vem do zumbido fraco do computador de Camilla.

Camilla continua a olhar a tela, e Anne-Lise vai para a biblioteca. Pendura o casaco e verifica o cabelo em um pequeno espelho que mantém dentro de um armário. Parece que está tudo bem, mas ela passa a escova mesmo assim. O cabelo é escuro e cuidadosamente cortado no estilo pajem, cobrindo as laterais do queixo largo, mas seu rosto ainda parece quadrado demais. Ela se inclina mais para o espelho. A pele sob os olhos não envelheceu mais do que se esperaria de uma pessoa de mais de quarenta anos.

Ela pega alguns fios de cabelo no suéter preto de gola rulê e dá uma olhada rápida para ter certeza de que não há nenhum na saia cor de caramelo. Está pronta para começar a trabalhar.

Desde o início, uma de suas principais atribuições tem sido a de escanear as listas de palavras-chave do verso de cada volume da biblioteca e usar um programa de reconhecimento de texto para transformá-las em arquivos do Word. Depois de editar as listas, ela entra com as palavras-chave no banco de dados da biblioteca. Está imersa em seu trabalho quando ouve Malene chegar. Alguns minutos depois, ouve a voz de Iben.

Anne-Lise sabe, pela conversa da última sexta-feira, que Malene e Iben foram convidadas a uma festa. Ela vai até o Jardim de Inverno.

— Oi. Com foi a festa?

Malene responde, mas olha para Iben.

— Foi boa.

Anne-Lise vê que as outras têm pratinhos com pãezinhos frescos com manteiga. Também há uma bandeja com um pão a mais, manteiga, prato e faca.

— Ah, olha só, pão fresco! Foi você que trouxe, Camilla?

— Foi.

— Hoje é um dia especial?

— Não.

— Obrigada assim mesmo. Vou trazer também na segunda que vem.

Anne-Lise passa manteiga em uma metade do pão. Segurando o prato, dá alguns passos até a mesa de Iben, que está absorta em alguma coisa no computador.

Anne-Lise fica imóvel por alguns segundos. Ninguém dá por sua presença, então ela se afasta, de volta à biblioteca.

Tenta se concentrar na tarefa seguinte de edição de palavras-chave. Há uma pilha arrumada de relatórios à direita na mesa, e cada um deles precisa ser verificado para asseverar que as palavras-chave são relevantes. Ela começa com um relatório que descreve o massacre de pelo menos dois mil muçulmanos na Índia.

Agora pode ouvir as outras conversando e, certamente, estão comentando sobre a festa. É difícil acompanhar o que dizem de trás da porta fechada. Anne-Lise se concentra na tela, de modo a bloquear a voz das outras. O computador lista as palavras-chave "elétrico", "alimento" e "sexo". Genérico demais. Ela rapidamente faz uma pesquisa nas páginas do relatório, corrige as palavras-chave e as amplia, permitindo buscas sobre detalhes tais como choques elétricos em órgãos genitais, alimentos estragados e violação sexual.

A voz de Iben agora está mais alta e o que ela diz parece importante. Anne-Lise corre para a porta. Precisa se familiarizar com o que estão falando ou ficará perdida quando conversar com elas no almoço.

O Jardim de Inverno se enche de uma conversa animada. Elas estão brincando sobre uma jornalista que entrevistou Iben quando ela voltou do Quênia. Iben diz que ela ficou lhe perguntando sobre o que eles comiam no cativeiro.

Depois que as outras se pronunciaram, Anne-Lise tenta se juntar a elas.

— Foi porque ela estava fazendo uma matéria sobre comida?

— Não, de jeito nenhum. Independentemente do que eu dissesse, ela não desistia. Sempre vinha com outra pergunta sobre a comida.

Iben parece impaciente, mas Anne-Lise continua.

— E ela escreveu sobre isso no jornal?

— Escreveu.

Iben volta ao seu computador.

Anne-Lise olha para Malene. Ela está olhando para cá? Não. Mais uma tentativa.

— Acho que você se sentiu estranha ao ler as entrevistas depois de sua experiência, não é?

Iben clica repetidamente, vasculhando um arquivo. Anne-Lise ainda não quer ir embora. Afinal, Iben em geral continua trabalhando enquanto fala com outras pessoas.

Mas Iben se vira para Camilla.

— Camilla, você se lembra daquele e-mail que nos mandaram, com os novos links franceses? Você tem?

— Tenho.

— Pode encaminhar para mim, por favor?

— Claro. Vai receber em um minutinho.

As três olham para suas telas. Anne-Lise mexe em coisas que acha na estante ao lado do aparelho de fax.

— Eu não devia fazer mais nenhuma pergunta, não é?

Iben olha para ela e sorri por uma fração de segundo.

— É claro que deve, eu estou bem, Anne-Lise... Mas depois, quando eu tiver tempo para explicar. Agora minha cabeça está cheia das coisas que preciso fazer.

De volta à biblioteca, Anne-Lise as ouve rindo. Malene disse alguma coisa engraçada.

Anne-Lise mencionou algumas vezes que também gostaria de ficar no Jardim de Inverno. No início, Paul costumava dizer-lhe que achava uma boa idéia, mas depois de algum tempo recuou. Seria pouco prático, disse ele, culpando a falta de espaço e problemas com as linhas telefônicas e as conexões de computador. Acrescentou que seria melhor se o espaço de trabalho dela ficasse perto da principal coleção de livros.

Ela achava que o verdadeiro motivo era que as outras tinham conspirado para manter seu trio aconchegante. Presumivelmente Paul pedira a opinião delas.

Anne-Lise começara a trabalhar no CDIG poucos dias depois da morte da tia de Malene, e pareceu bastante natural que elas a excluíssem na época. Ela achou que ficaria mais fácil quanto mais tempo trabalhassem juntas. Agora parecia que as barreiras nunca seriam eliminadas.

Paul enfatizara que Anne-Lise deveria ir ao Jardim de Inverno sempre que quisesse. Ele repete isso de vez em quando, e ela se fia na palavra dele, mesmo quando se sente estranha com isso.

Durante o intervalo para o almoço, Camilla repete a pergunta de Anne-Lise e quer saber de Iben se ela se sente estranha lendo as entrevistas depois de ter sido entrevistada. Iben responde longamente.

Alguns dias, em geral depois de um feriado ou de um bom fim de semana, Anne-Lise entra no escritório esperando ingenuamente que as coisas logo mudem para melhor. Na noite anterior mesmo ela disse a Henrik que se sentia muito mais capaz de lidar com a situação, e que tentaria ter uma conversa apropriada com todo mundo. Mas a maior parte do almoço se passa numa discussão sobre dentistas suecos. Três horas na semana de trabalho e Anne-Lise já se sente vacilante e apática. Ainda assim, ela se enche de coragem, fazendo mais uma tentativa de se integrar.

Ela aproveita alguma coisa do que Camilla acabou de dizer.

— Não sai caro dirigir até Malmö? Quero dizer, o pedágio na ponte. Sabe, aconteceu uma coisa comigo quando... — Ela se vira para Malene e, exatamente quanto está prestes a continuar, Malene a interrompe, e a conversa passa de Anne-Lise para Iben e Camilla. Não há oportunidade naquele diálogo a três.

Anne-Lise não agüenta mais.

O almoço acaba e ela anda por uma das passagens remotas atrás da coleção do Leste Europeu da biblioteca. Ultimamente sempre carrega um pó compacto; seu rosto não deve revelar que andou chorando.

Vinte minutos depois Anne-Lise volta para sua mesa. Mais uma vez, ela decide ignorá-las pelo resto do dia.

Obviamente, uma pessoa não pode condenar um grupo ao ostracismo. É mais provável que elas nem percebam, mas a questão não é essa. Ela precisa se proteger, em especial hoje. Depois do trabalho, tem que preparar um jantar especial de aniversário para Henrik e precisa ter energia suficiente para seus convidados.

Ela se atira ao trabalho. Há relatórios à espera para serem escaneados, arquivos em Word a transferir para o banco de dados e palavras-chave a verificar.

Ela faz o próprio café na copa, para evitar usar a garrafa térmica no Jardim de Inverno. Depois de um tempo, telefona para Henrik, desejando-lhe um feliz aniversário, e conversa com ele um pouco mais, usando um tom de voz que evidencia um sinal do problema pelo qual está passando. Para ela, é bom pensar que ele entende sua situação.

Como Malene é a pessoa responsável no Centro pelos contatos com todos que desejem usar as instalações do CDIG, inclusive todos os usuários que pegam livros emprestados na biblioteca, Anne-Lise trabalha sozinha e quase exclusivamente fazendo arquivamento. Caixas cheias de documentos chegam constantemente e há poucas chances de conversar com alguém durante um dia comum de trabalho.

Anne-Lise telefona a um colega na biblioteca sobre genocídios de Estrasburgo, que conheceu durante um curso sobre o sistema de catalogação HURIDOCS. Ela conta que encontrou uma referência a um artigo em um relatório da ONU que seria do interesse dele. Menciona outros relatórios e continua falando, estendendo a conversa.

Ele a ouve. Ela espera que ele não perceba que ela está sorvendo cada palavra dele. Falar com ele a fará continuar por mais algumas horas. Ela precisa de uma voz simpática para mascarar o silêncio das colegas.

Depois Anne-Lise volta sua atenção para a revisão de provas de texto. Observadores alemães, espanhóis e ingleses têm relatado incêndios criminosos de aldeias nigerianas; os nomes dos responsáveis devem ser verificados, e as remissões, preparadas. O programa de reconhecimento de texto registrou seus nomes, mas basta um pequeno deslize para haver confusão depois.

Malene entra para pegar alguns volumes, trazendo consigo uma pilha grande de livros. Ainda animada pela conversa com o colega de Estrasburgo, Anne-Lise sorri para Malene, mas esta sai da sala sem dizer uma só palavra.

Anne-Lise pára de trabalhar. Pela enésima vez começa a preencher outra solicitação de emprego. Enquanto digita, percebe que está perdendo o controle. Eu não devia me sentir assim, pensa. Elas estão me transformando em uma Anne-Lise diferente. Este pode não ser o emprego perfeito. Ela imagina cada batida no teclado como uma faca que afunda no corpo de Malene. Ou de Iben.

Malene! Anne-Lise grita por dentro enquanto digita as teclas com a maior força que pode.

Mas esta não é a verdadeira Anne-Lise.

Perto do final da tarde, o Jardim de Inverno está animado por risos. Um dos computadores reproduz os arquivos de áudio de *Chris e a Fábrica de Chocolate*.

É verdade que Anne-Lise decidira ficar longe delas pelo resto do dia, mas, da última vez que ouviram *Chris*, elas quatro tinham se divertido bastante juntas. Anne-Lise tinha se juntado às brincadeiras e riu como se tudo fosse perfeitamente normal.

A familiaridade não durou, mas naquela noite ela encontrara Henrik na estrada, a caminho de casa.

"Hoje nós rimos muito juntas!" Em seguida, contara que parecia que as outras enfim estavam cedendo. Não foi bom que tivesse insistido, apesar de tudo?

Mais tarde Henrik copiou um CD com episódios de *Chris* que um colega havia gravado de um programa matinal de rádio. Anne-Lise colocara o CD na bolsa e ele continuava ali. Não tinha havido momento oportuno para falar disso com as outras mulheres.

A voz de Chris vem do computador de Camilla.

Iben e Malene estão de pé junto à mesa de Camilla. Anne-Lise se junta a elas, tentando agir com naturalidade. Quando Malene faz a imitação de Paul, Anne-Lise ri. Depois se vira para as outras.

— Tenho um CD com episódios de *Chris* que não estão na Internet. Querem ouvir?

— Claro! Por que não vai lá e pega?

— Ótima idéia.

Ela vai até a biblioteca e segundos depois, quando retorna com o CD, Iben e Malene já estão de volta às suas mesas.

Anne-Lise pára.

— Ah, vocês agora estão ocupadas. Podemos ouvir outra hora?

Malene olha para ela.

— Não, não. Pode colocar, sem dúvida.

— Mas vocês ainda querem ouvir?

— É claro que queremos. Coloque.

Anne-Lise coloca o CD no computador de Camilla. Camilla afastou a cadeira para folhear uma pasta de documentos. Anne-Lise se vira para olhar as outras. O ambiente mudou. Ela não devia ter ido em frente — não agora, quando todas voltaram ao trabalho.

Camilla está olhando para ela, na expectativa.

Anne-Lise escolhe a faixa oito, um episódio que ela acha o mais engraçado. Ela aperta o "Play".

— Espero que gostem desse.

É um esquete brilhante, mas ninguém vem ouvir e ninguém ri. De vez em quando Camilla desvia os olhos dos documentos. Malene e Iben estão examinando as telas de seus computadores.

Anne-Lise continua parada junto à mesa de Camilla. Depois de mais de trinta segundos, ela fala.

— Vou parar agora. Vocês não estão ouvindo.

— Não, não. Deixe.

— Mas vocês não estão gostando.

Malene volta-se para olhar para Anne-Lise.

— Eu sempre trabalho enquanto ouço alguma coisa.

Agora Iben olha para ela.

— Aqui é nosso local de trabalho, você sabe disso. Precisamos fazer as coisas. Não pode ser só diversão e brincadeiras.

Anne-Lise deixa o CD tocar. Ela se lembra de ter ouvido alguns desses episódios em casa, e de como Henrik e ela praticamente choraram de rir. Numa tentativa de trabalhar e ouvir como as outras estão fazendo, ela vira as páginas de um jornal americano, mas é incapaz de absorver uma palavra que seja. Quando o episódio termina, ela aperta o "Stop".

Camilla baixa sua pasta.

— Por que fez isso?

— Vou tirar o CD. Vocês agora estão ocupadas.

— Não. Deixe aí.

— Mas vocês não estão ouvindo.

— Como sabe disso? Eu estava.

— Mas... Não como deve ser... Vocês todas estão...

Iben bate com força na tecla "Enter".

— Eu também estava ouvindo. Você disse que queria que a gente ouvisse. Por que está mudando de idéia?

Malene olha para cima e suspira.

— Anne-Lise, por favor. Pare de se lamentar.

Começa a faixa seguinte. Mais uma vez elas estão imersas no trabalho. Ninguém emite um único som.

7

Eles preferiram convidar apenas os parentes mais próximos e um casal de velhos amigos. Qualquer coisa maior do que isso para comemorar o aniversário de Henrik não seria prático — não no meio da semana. Mesmo assim, ainda seria uma festa, com um total de oito adultos e sete crianças. É um desafio e tanto servir um bom jantar que agrade a todos.

Depois de chegar em casa, Anne-Lise foi direto para a cozinha e agora, com os convidados para chegar em 45 minutos, Henrik se junta a ela. Eles mandam as crianças brincarem no jardim, mas Ulrik e Clara estão agitados demais e voltam a todo instante à cozinha, correndo. Para mantê-los ocupados no jardim, Anne-Lise lhes dá um jogo de argolas para brincar para que ela e Henrik tenham tempo de preparar a comida.

A idéia deles é fazer um menu de outono. Anne-Lise corta legumes para a sopa, enquanto os pedaços de bacon para a guarnição fritam em uma frigideira. Henrik lava os cogumelos para um de seus três famosos pratos de festa, uma caçarola, que ficará bem com os filés de veado. Ele se curva muito na pia e seu físico de um metro e oitenta o faz parecer deslocado. Eles conversaram sobre a instalação de uma pia mais alta, mas não faz sentido, uma vez que Henrik pouco usa a cozinha.

Seria melhor para Henrik se ele conseguisse mudar o modo como se senta no trabalho. Por causa das sessenta horas semanais no banco, sua postura vem piorando.

Enquanto fatia os cogumelos, Henrik se queixa.

— Sempre fantasiei que sou convidado para um jantar e que descubro que Malene e vários familiares e amigos dela também foram convidados. Quando a anfitriã me diz que devo me sentar ao lado de Malene, respondo que não quero me sentar em lugar algum perto dela. Digo isso calmamente, mas num tom alto o bastante para que todos ouçam: "Desculpe... Qualquer uma, menos Malene Jensen." E a anfitriã vai se perguntar por quê. "Qual é o problema com Malene, tão nova, talentosa e bonita? E também com um emprego fascinante."

Anne-Lise olha para ele. Henrik ainda está com as roupas do escritório: camisa branca e calças bem passadas. Há uma ruga de preocupação no rosto dele.

— Tenho que explicar, e é o que faço. Eu digo: "É ofensivo, eu sei, mas simplesmente não suporto ter Malene ao meu lado na mesa. Se eu não puder me sentar longe dela, vou ter que ir embora." Na minha fantasia, os outros convidados ficam preocupados e me encaram, mas eu não me incomodo. Diante daquelas pessoas, que julgam conhecê-la, eu continuo: "Todo dia no trabalho Malene atormenta minha esposa Anne-Lise. Minha esposa está desenvolvendo problemas de estresse como resultado direto do comportamento de Malene. Prefiro me sentar ao lado de um gângster drogado. Ela é muito cruel e egoísta. Pode parecer bem-educada e privilegiada, mas claramente não liga a mínima que seu comportamento esteja fazendo toda a minha família sofrer."

Anne-Lise coloca os legumes fatiados no liquidificador.

— Não acha que eu sou uma mãe ruim, acha?

— Não, não. De jeito nenhum! Você sabe disso. Mas e se Malene realmente a estiver deixando fisicamente doente?

Ela puxa o rosto dele para mais perto, para beijar-lhe a bochecha rapidamente, antes de acrescentar aipo ao conteúdo do liquidificador.

— Você acha que faria realmente tudo isso... que acabou de dizer?

— Claro que sim.

— Algo me diz que os convidados ainda vão acreditar que Malene é uma pessoa maravilhosa. E você nunca mais será convidado.

— Eles não vão levar tudo numa boa, é claro. Nos jantares, você deve se comportar e ter uma conversa educada. É em casa e no trabalho que as pessoas mostram sua verdadeira face. Acho que as pessoas devem pensar que ela é uma mulher excelente.

Clara, a filha deles, entra reclamando que Ulrik, o irmão mais velho, bateu nela.

Anne-Lise tira do fogão a panela que chia.

— Ele bateu em você? Mostre para mim onde dói que eu vou soprar.

Clara soluça, mas a coisa não parece tão ruim assim.

Anne-Lise e Henrik vivem juntos há quase vinte anos, mas esperaram mais tempo do que a maioria das pessoas para começar a formar uma família. Anne-Lise queria dar a Henrik espaço e tempo para satisfazer suas ambições juvenis e sua capacidade de trabalhar duro. Se esperassem, pensava ela, teriam mais tempo para desfrutar das crianças e da vida doméstica. Muitos anos se passaram antes que ela percebesse que Henrik jamais mudaria. Era uma escolha inflexível: ela assumiria todo o fardo de criar os filhos, ou se resignaria a não tê-los? Anne-Lise tomou a decisão e lidou bem com isso, sentindo que tinha crescido como pessoa. Henrik está trabalhando pelo menos tanto quanto ela. Ele teve uma carreira meteórica como economista de um grande banco dinamarquês. Foi graças à renda dele que puderam comprar uma casa grande e transformá-la no lar que sempre desejaram.

— Mas, mesmo que eu nunca seja convidado de novo, eles terão alguma coisa em que pensar. Depois disso, talvez vejam Malene de forma diferente e lhes ocorra especular sobre ela de vez em quando. "O que se passa na cabeça dela quando não está se divertindo? Quando ela não está produzida e sorrindo para nós? Só Deus sabe. Será que ela é realmente uma bruxa, como disse aquele homem?" E eu faria o mesmo com Iben e Camilla. Todas elas merecem.

— Eu não fazia idéia de que você andava sonhando em se vingar por mim.

— Não estou. Eu só quero dizer a verdade. Elas estão conspirando contra a minha adorável mulher.

Clara tem permissão para pegar algumas amoras reservadas para o pudim e corre para Ulrik novamente. Anne-Lise devolve a panela ao fogão.

— Henrik, o que posso dizer? Você pintou um quadro e tanto!

Uma batida na porta. Vozes de crianças na entrada de carros.

Anne-Lise grita do quarto.

— Abra! Ainda não estou pronta!

Ela se atira na cama. Não teve um minuto de tranqüilidade desde que fechou a porta do CDIG ao sair de lá aquela tarde. Ela olha o teto branco. Uma superfície grande e lisa, como uma geleira. Estica os braços. A colcha branca acompanha seu movimento, e as dobras formam um desenho. Parecem asas de anjo na neve.

Como se eu estivesse morta, pensa. O pensamento não tem sentido.

Ulrik entra correndo no quarto. O fragmento de paz de Anne-Lise se estilhaça. Ela se levanta e ajuda o menino a encontrar um lagarto de plástico que ele quer mostrar às outras crianças. Depois desce ao primeiro andar.

— Que bom ver vocês!

— Que essa data se repita muitas vezes! Obrigada pelo convite!

— Claro. Estamos muito contentes por poderem vir.

Os rostos estão brilhando enquanto eles saem do ar da noite fria de outono e entram na luz dourada do hall.

— Que cheirinho bom!

— Espero que vocês gostem.

As crianças se acotovelam para tirar os casacos no pequeno hall. Mette se curva para dar dois pacotinhos ao filho.

— Agora vá encontrar o Ulrik e a Clara, e dê os presentes a eles.

Os adultos, ainda tentando lidar com seus próprios casacos, ficam se esbarrando.

— Desculpe!

— Não se preocupe. Aqui, pegue um cabide.

— Oh, Henrik, oi! Feliz aniversário!

— Obrigado. Nós queríamos esperar e dar uma grande festa, mas como nem Lotte e Michael, nem Rikke e Morten poderiam vir nos próximos dois fins de semana, pensamos...

— Feliz aniversário! E, para você, uma lembrancinha...

— Obrigado! É muita gentileza sua.

Henrik os conduz à sala, onde oferece taças de vinho branco a todos.

Anne-Lise pára diante do espelho do hall. Seu corpo ainda está tenso. É assim que se sente a cada manhã, quando o despertador a arranca do meio de um sonho. Mesmo dormindo, ela pode sentir que alguma coisa está errada. E logo tudo se despedaça.

Mas ela está em casa, e está acordada. Deve se obrigar a acreditar que o Centro não é a única realidade da vida. Sua ansiedade permanece, porém, enquanto ela se junta aos outros.

Henrik ergue a taça.

— Tintim! E bem-vindos!

No andar superior, o despertador marca a hora na mesinha de cabeceira cinza. O sonho vai terminar e logo ela estará atravessando a manhã sombria para enfrentar outro dia.

Estudar para se tornar bibliotecária foi algo que atraiu Anne-Lise talvez pelo fato de ela ter muitas lembranças felizes das idas à biblioteca na infância. Todo final de tarde, quando os pais fechavam o armazém, ela ia para a cama em seu quarto no alto da loja e lia romances longos e complicados. Sempre sonhou em trabalhar com livros.

Depois da escola, ela costumava ajudar na loja. Ficava constrangida porque os produtos eram mais caros e de pior qualidade do que aqueles dos supermercados. Os clientes eram principalmente gente velha ou vizinhos que compravam os ingredientes da última hora para o jantar, ou seus colegas de escola que queriam cigarros e doces.

Muitos de seus amigos dos tempos da escola vinham de lares abastados, e a maioria foi estudar Direito, Economia ou Administração de Empresas, todos afinados com as ambições das famílias. Anne-Lise não queria decidir seu futuro desta forma.

Foi só depois que a carreira bancária de Henrik decolou que ela experimentou a riqueza. Agora os velhos amigos fariam observações como: "Deve ser divertido ter muito dinheiro." E era divertido; mas o sucesso de Henrik também levou a brigas, em especial porque Anne-Lise nunca se importou com o estilo de vida que muitos dos colegas dele consideravam adequado para as esposas.

A sopa ficou boa. Está com a consistência exata, graças ao acréscimo de última hora de alcachofras. Os filés de veado talvez tenham ficado bem-passados demais, mas ainda assim estão saborosos com a caçarola de cogumelos. E a seleção especial de vinho tinto de Henrik combina à perfeição com o prato principal. As crianças devoraram torta de peixe e batatas fritas em uma mesa à parte e já saíram para brincar. A mãe de Anne-Lise deixa a mesa para ver o que elas estão aprontando. Os adultos propõem brindes, bebem, conversam e riem.

Anne-Lise vai ao banheiro. Pega três chumaços de algodão em um saco plástico pendurado ao lado do armário, separa-os e rola a penugem em bolinhas pequenas e duras.

A sobremesa é um pudim à moda espanhola com uma cobertura de frutas silvestres.

Mette, que é casada com o irmão de Henrik, inclina-se para falar com Anne-Lise no outro canto da mesa.

— Como está o trabalho?

— Bem. Estou ocupada, mas é bom saber que você se importa. Só nesta semana tivemos pedidos de Buenos Aires e de Roma, assim como de Nova York e de Bruxelas, embora isso não seja incomum. Muitas outras pesquisas também. E o principal projeto que toma a maior parte dos pedidos é o de fazer palestras em algumas ocasiões, e então era eu que...

— Henrik disse que as outras mulheres nem sempre... Sabe como é, tratam você direito.

— Ele disse isso?

— Bom, às vezes pode ser difícil passar por isso.

— O que, exatamente, ele disse?

— Ah, por favor... Nada de especial. Só que às vezes você ficou aborrecida quando as coisas não saíram muito bem.

— Sei. E foi só isso?

Mette olha para Henrik como quem se desculpa, e ele parece alarmado.

— Foi assim — diz ela, falando mais rápido do que antes. — Eu estava contando a Henrik sobre um de meus superiores, que é uma pessoa difícil. Ele me persegue, entendeu? E Henrik disse que é normal ter problemas com as pessoas no trabalho. A certa altura, quando estávamos conversando sobre como isso é comum, ele disse que, para ele, suas colegas parecem extremamente desagradáveis. Ele também disse que você é muito, muito boa no trabalho e que sempre as trata com a maior simpatia, mas elas não conversam com você.

— Não é tão ruim, sabe?

Anne-Lise olha para Mette e depois para Henrik. É incapaz de organizar os pensamentos o suficiente para que a cunhada saiba que ela não disse nada de errado. Em vez disso, fica em silêncio. Sorri para Mette, mas pode sentir os cantos da boca começarem a se enrijecer num esgar.

Ela sabe o que aconteceu. É o ambiente do escritório — sua mera maldade; ela o levou para casa e o está infligindo àquelas pessoas inocentes.

Precisa se afastar.

Henrik corre atrás dela e a alcança no alto da escada. Ela o puxa para dentro do quarto e bate a porta.

— Todos julgam os outros pelo modo como se saem no trabalho. E acreditam que a culpa é sua se as coisas não vão bem. Eu não preciso de que meus amigos pensem que não posso me dar bem com minhas colegas.

— É claro que eles não pensam isso.

— Ah, não? Pensam, sim, pode apostar! Neste exato momento alguns estão se perguntando se não é Anne-Lise que está sendo difícil, Anne-Lise que está com problemas. Ela é uma figurinha intratável.

— Tenho certeza de que está enganada.

— E eu tenho certeza de que estou certa. Eu confiei em você e me confidenciei com você, e agora você traiu essa confiança. Por que não conta a todo mundo seus próprios segredos em vez dos meus?

— Anne-Lise...

Ela se atira na cama e enterra a cabeça no travesseiro, mas não sai nenhuma lágrima.

— Só o que eu queria era um lugar onde eu fosse livre para ser eu mesma... Onde eu não fosse rotulada de bibliotecária desprezível e chata.

— Ninguém jamais a chamou de nada assim.

— Se as pessoas não respeitam você, começam a tratá-lo como lixo.

Ela sente Henrik afagando-lhe a nuca e a parte de trás da cabeça.

— Querida, calma. Por favor, me perdoe por ter falado no assunto. Eu nunca vou desprezar você. Nem nossos filhos, nem nossos amigos farão isso. Isso simplesmente não vai acontecer.

— Se eu perder você, se eu perder o que temos juntos, não vai me restar mais nada. Nada.

8

Na manhã seguinte, dois policiais param Anne-Lise quando ela entra no saguão do prédio do CDIG.

— Para onde vai, senhora?

Os policiais parecem tão sérios que ela pensa que alguém no prédio morreu. As maneiras deles a afetam.

— Trabalho no Centro Dinamarquês de Informações sobre Genocídios.

— Tem alguma identificação?

— Claro. Mas podem me dizer do que se trata?

Os homens falam sem emoção: houve ameaças contra os funcionários do Centro.

— Alguém se machucou?

— Não aconteceu nada. Mas é melhor falar com nossos colegas. Eles estão em seu escritório agora.

Eles deixam Anne-Lise passar. Ela corre para o elevador e telefona para Henrik no caminho, mas ele não chegou no trabalho.

Nenhum policial no hall de entrada. Ninguém guarda a porta do Centro. Anne-Lise entra no Jardim de Inverno. Camilla está saindo da sala de Paul e quando vê Anne-Lise seu rosto se ilumina como se estivesse prestes a abraçar a colega por puro alívio.

— Ah, Anne-Lise! Aí está você! Nós não fazíamos idéia de onde estava.

— Eu só...

— Entre! Estamos todas na sala de Paul.

As outras estão sentadas em volta da mesa de reuniões de Paul. Dois policiais estão à cabeceira. Um deles tem um rosto sensível que lhe lembra um professor da creche de Clara; o outro parece mais velho e presumivelmente é policial há mais tempo. Iben abre espaço para Anne-Lise, retirando uma pilha de pastas com informações sobre o Timor Leste.

— Tentamos entrar em contato com você ontem à noite. Telefonamos várias vezes, mas você não atendeu e não retornou os recados na secretária eletrônica. E depois, quando você não apareceu na hora de sempre...

— Eu só me atrasei um pouco. Desculpe, não sabia de nada.

Agora Paul assume o comando.

— Veja só, ficamos muito preocupados com você, com medo de que alguma coisa tivesse acontecido. Escuta, você recebeu algum dos e-mails?

Todas as colegas de Anne-Lise a olham com interesse. Isso é novidade.

— E-mails? Não. O que quer dizer? De qualquer forma, eu estava em casa ontem à noite.

— Estava?

— Estava. Foi aniversário do Henrik.

Anne-Lise se senta. Iben olha a agenda e percebe que o número do telefone de Anne-Lise está errado.

Iben se vira para os policiais.

— Bom, até agora, parece que só Malene e eu recebemos aquelas mensagens.

Anne-Lise se serve de uma xícara de café enquanto Paul explica o que aconteceu e Iben dá mais detalhes.

— Foi só quando descobrimos que os e-mails devem ter sido enviados por Mirko Zigic que a polícia...

O mais velho dos policiais interrompe.

— A Interpol está procurando Zigic. Esperamos que haja uma possibilidade de ele ser capturado aqui na Dinamarca.

Aparentemente, Iben e Malene passaram horas em um cybercafé na noite anterior, mas nada descobriram que as levasse a Zigic. Os e-mails foram mandados por um site *anonymiser* e era impossível rastreá-los. As duas parecem exaustas, em especial Iben, que exibe olheiras profundas. Ainda assim, estão explodindo de energia — em um pico de adrenalina. Os olhos parecem incitar todos, inclusive Anne-Lise, a manterem-se unidos.

Os policiais tinham dado uma busca preliminar no escritório e verificado os apartamentos de Iben e de Malene, mas até então não encontraram nenhuma pista. Fizeram perguntas genéricas sobre o trabalho das mulheres no CDIG.

Cerca de meia hora depois, o policial mais velho começa a tamborilar na mesa.

— Por enquanto, é tudo. Não podemos fazer muito mais do que isso agora. A investigação será entregue à Unidade de Crimes de Informática daqui de Copenhague.

Iben empurra uma pilha de fotocópias.

— Sei. Então estão indo embora?

— É isso mesmo.

— E se Zigic aparecer por aqui?

— Dois de nossos homens ficarão lá embaixo, guardando a portaria. Eles sabem dos fatos. Não se preocupe.

Todos o encaram.

— Posso lhes garantir que é muito improvável... extremamente improvável... que Zigic venha aqui. Se o fizer, estará nos fazendo um favor, porque assim poderemos prendê-lo.

Iben se recusa a ficar tranqüila.

— Está me dizendo que os dois guardas lá embaixo sabem tudo sobre prender um mercenário experiente? Um assassino em massa, que matou e torturou pessoalmente centenas de vítimas?

O policial mais novo assente tranqüilamente.

— A senhora está obviamente perturbada, mas, por favor, lembre-se de que homens como Zigic não se dão ao trabalho de mandar e-mails para suas vítimas antes de assassiná-las.

— Claro. Ele só se esgueira de repente por trás da vítima na rua... como o assassino de Olof Palme, não é? — pergunta Malene.

O policial mais velho olha para ela e afasta a xícara de café.

— Esse foi um problema da polícia sueca. Uma tragédia. Mas é um caso sueco.

Ele começa e fechar a pasta.

— Todos somos pessoas ocupadas. Meu colega e eu temos que voltar à delegacia. Se houver mais alguma coisa, liguem para a Unidade de Crimes de Informática.

Em seguida, os policiais se retiram.

Os cinco funcionários ficam na sala de reuniões para discutir a situação.

Iben fala sem a compostura de sempre e se repete várias vezes.

— É claro que os policiais têm razão. Isto não é grave.

Mas alguma coisa mudou.

Anne-Lise olha os outros, tentando achar indícios de medo. E Camilla, Paul e Malene? Estão realmente assustados? Ou também estão disfarçando?

Eles conversam sobre os riscos e sobre quem pode ter mandado os e-mails, além de Mirko Zigic. Na maior parte do tempo, simplesmente fazem as mesmas observações repetidamente. Depois de cerca de uma hora, Paul se levanta.

— Vocês fiquem aqui. Sei que têm muito o que conversar. O problema é que eu simplesmente preciso sair. Tenho um compromisso no Ministério das Relações Exteriores. Mais tarde, me informem se surgir alguma coisa.

Camilla olha com descrença.

— Paul! Vai nos deixar sozinhas aqui?

— A idéia é essa. Algum problema?

— Mas pense no perigo!

— O que é isso? Não acho que vá acontecer nada de ruim.

Iben interrompe.

— Acredito que devemos considerar esta uma questão muito séria.

O rosto de Paul está grave e ele se senta na beira da cadeira.

— Acreditem em mim, eu estou levando isso a sério. Sinceramente. Muito a sério.

Ele analisa cada rosto. Anne-Lise gosta da atenção.

— Mas o que o policial disse certamente é verdade — continua Paul. — Nenhum soldado experiente se daria ao trabalho de mandar um e-mail para suas vítimas antes de assassiná-las. O objetivo de quem mandou as mensagens é nos assustar. Talvez nos distrair de nosso trabalho aqui, o que me parece ser o verdadeiro perigo. Não podemos deixar que isso aconteça.

Ele se levanta.

— De qualquer modo, continuem conversando. Não espero que vocês façam muito mais do que isso hoje. Ao longo da semana, agilizaremos o trabalho.

Elas ficam sentadas à mesa e discutem alternativas para se protegerem e pegarem Zigic, cientes de que há alguma coisa meio insultante nos modos de Paul. Para ele não é problema nenhum dizer: "Entendo que vocês têm muito o que conversar", mas ele deixou óbvio que, pessoalmente, não tem a menor necessidade de conversar. Será que acha que elas precisam se sentar e se solidarizar o dia todo só porque são mulheres?

Elas decidem tentar se concentrar no trabalho.

Na biblioteca, Anne-Lise liga para Henrik.

— Elas olharam para mim... Como deve ser! — Anne-Lise não consegue entender. — E falaram comigo como se eu realmente estivesse ali. Sem barreiras!

Henrik fica satisfeito.

— Agradeça de coração a quem mandou aqueles e-mails.

Ela enrola o fio do telefone no dedo.

— Pssssss.

Todas no trabalho sabem que uma coisa que pode perturbar o comportamento sereno de Paul é a perspectiva de outra reunião no Ministério das Relações Exteriores, uma vez que o resultado dessas visitas determina a capacidade de crescimento e a futura existência do CDIG. Embora o Ministério de Ciência, Tecnologia e Desenvolvimento pague os custos administrativos, o Centro é uma organização independente e precisa levantar dinheiro para seus projetos, publicações e conferências, candidatando-se a dotações de fundações privadas e estatais. De uma forma ou de outra, uma proporção substancial de suas finanças pode ter origem no Ministério das Relações Exteriores.

Paul tem uma responsabilidade enorme. Para evitar demissões por excesso de pessoal, a cada ano deve convencer o ministro das Relações Exteriores de que o Centro é eficaz o bastante para justificar a aprovação de financiamento de novos projetos. Como disse à equipe, esse não é o único problema. Os homens do ministério podem muito bem decidir que o CDIG não é eficaz. Pode ocorrer a eles que seria desejável, considerando-se todas as coisas, transferir a dotação de manutenção do CDIG para seu ministério. Na verdade, à primeira vista pode não parecer importar qual setor do governo apóia o Centro, mas Paul sabe que não é assim.

As missões do CDIG e do Instituto de Direitos Humanos da Dinamarca são muito parecidas. O IDHD também é uma organização independente, mas seus custos fixos são pagos pelo Ministério das Relações Exteriores. Pode chegar o dia em que um consultor inexperiente e jovem do serviço público veja as vantagens de tornar o CDIG parte do IDHD, com seus cento e tantos membros. Para Paul o resultado seria a perda de seu direito especial de dar entrevistas na TV. Na opinião dele, seria solapado o dever do CDIG de informar o púbico sobre questões de genocídio.

E no entanto, pelo que todos sabem, a reunião de hoje no ministério não é particularmente importante. Aparentemente, Paul só foi até lá para causar boa impressão.

Anne-Lise passa o resto da manhã abrindo pacotes de impressos do exterior e gravando seu conteúdo.

Na hora do almoço, Paul ainda não voltou. As mulheres comem como sempre na salinha de reuniões, a não ser pelo pão velho, porque nenhuma delas pôde enfrentar o cordão policial para comprar pão fresco.

Camilla mal comeu. Parece vencida, os braços pendurados frouxamente ao lado do corpo.

— Mas e se não for Zigic? Pode ser tanta gente, não pode?

Iben responde com vigor, engolindo rapidamente o último pedaço:

— Você tem razão. Outro dia tentei calcular quantos homens que se sabe terem participado ativamente de genocídios ainda estão vivos. Quinze milhões, pelo menos! Mais de cinco vezes a população masculina da Dinamarca hoje. Se você contar as pessoas que em algum momento deram apoio a um assassino, o número é muito, muito maior... Talvez várias centenas de milhões. Isso equivale a toda a população da Europa. Ou dos Estados Unidos. Então, seja ou não Zigic, não há como saber quem mais pode ter sido provocado pelo que está em nosso site.

Malene a olha de um jeito confuso.

Iben responde à pergunta dela antes mesmo que seja feita.

— Eu calculei um número aproximado desse jeito: um milhão em Ruanda e mais ou menos o mesmo número no Sudão e no Camboja. Pelo menos cinco milhões na China e três milhões na Rússia. Depois reuni todo o resto.

Iben se vira para Camilla.

— Alguma coisa acontece, algo muda na maioria dos homens numa guerra. Já leu as três reportagens de Stjernfelt sobre o genocídio na Bósnia, que foram publicadas em *A Semana*, alguns anos atrás?

— Não. Não li.

— Basicamente, foi a mesma história de sempre. Uma mulher encontra um homem legal, a família dela gosta dele e ela se sente segura com ele. Ela não tem idéia do lado sombrio de sua personalidade, nem ele mesmo. Provavelmente. De qualquer forma, ninguém adivinharia o que ele era capaz de fazer. E então começa a guerra.

Anne-Lise sempre pensou que Iben, e não Malene, devesse fazer as palestras. Iben sempre ficava tão absorta no que dizia.

— E então, numa manhã, a mulher se levanta da cama e descobre que ele foi embora. Talvez haja um bilhete dizendo que ele partiu para se alistar em uma ou outra unidade militar obscura. Se a mulher tiver sorte, ele vai voltar para ela e para os filhos. Pode levar alguns anos, ou só alguns meses. Na época, ela terá sabido que ele atirou em civis, conduziu pessoas para a frente de pelotões de fuzilamento ou torturou prisioneiros. Ele pode muito bem ter estuprado mulheres e depois as matado, ou saqueado e incendiado casas. Mas lá está ele, de volta, pronto para assumir sua vida normal no ponto onde parou.

— E o que acontece?

— Escrevi sobre isso muitas vezes. Por exemplo, no artigo sobre Zigic. Alguns homens simplesmente desprezam toda a experiência. "Isso foi durante a guerra!", dizem eles, e se acomodam na vida pacífica, como se o estupro e o assassinato não pudessem estar mais distantes de sua mente. Outros nunca abandonam o passado. Eles mudaram.

— Está dizendo que todos os homens têm uma espécie de botão ou controle remoto para acionar a guerra? Por exemplo, você aperta e eles começam a matar?

— Colocando dessa forma... Sim, é o que estou dizendo. Nem todos, mas a maioria dos homens. É uma realidade. Se não acredita em mim, dê uma olhada em nossa biblioteca. Não é assim, Malene?

— Sim, é isso mesmo.

Camilla fica em silêncio, mas parece aflita com o rumo que a conversa está tomando.

Iben ainda está agitada. Pega uma fatia de *chorizo* em uma das caixas e retira o envoltório plástico.

— Vou lhes contar uma história. Quando eu era pequena, tínhamos um cachorro, um pastor alemão chamado Max. Todas as crianças da rua gostavam de brincar com Max e às vezes não era muito divertido para ele. A gente puxava o rabo dele ou o cutucava no olho, sem querer, ou enfiava os dedos em sua boca, mas ele tolerava. Max estava conosco há anos quando um dia o levamos para um longo passeio. Nós o deixamos sem a guia porque sabíamos que ele sempre vinha quando era chamado. — Ela hesita, antes de prosseguir. — De qualquer modo, nesse dia saímos para passear em um trecho próximo de um bosque. De repente Max sumiu. Chamamos por ele, sem resultado nenhum. Quando meu pai finalmente o descobriu, ele estava num bosque adjacente muito maior. Max matara um cervo jovem e estava louco de excitação. Havia sangue em toda a cabeça dele. Ele nunca vira um cervo na vida, mas sabia o que fazer. Tinha perseguido o animal e saltado direto na garganta dele.

Camilla escuta, boquiaberta.

— Conversamos com o veterinário sobre o que tinha acontecido e ele disse que Max se tornara perigoso, depois de ter experimentado o desejo de sangue. Caçar e matar o transformaram. De certa forma, ele se tornou outro cão. Percebemos que éramos mais culpados do que ele, mas não havia mais nada que pudéssemos fazer. Minha mãe e meu pai tiveram que pedir ao veterinário para sacrificar Max. Todas as crianças da rua choraram.

Iben e Malene trocam um olhar rápido. Anne-Lise percebe que Malene já ouviu tudo aquilo antes. Depois do intervalo, ela e Iben irão à cozinha ou à sala da copiadora para conversar em particular.

Camilla afasta o prato. Olha para Iben.

— Então o que está dizendo é que os homens são como o cachorro da sua história?

Malene se inclina para a frente na mesa.

— Iben acha que todos somos meio como animais, não é, Iben?

— De certa forma, sim, acho que somos. Nós devíamos saber e não deixar Max correr livre no bosque. Foi instinto... Ele não conseguiu evitar.

Havia algo em tudo aquilo que parecia deixar Camilla mais arrebatada do que Anne-Lise já vira. Ela abandonou a voz encantadora que usava ao telefone.

— Então você acha que Mirko Zigic é um desses homens. Nós lamentamos muito por ele, porque ele tem esse instinto para... digamos, matar pessoas penduradas de cabeça para baixo em árvores?

— Ele é um homem assustador, independentemente de sua motivação. Assim como Max se tornou um cão assustador, em particular com crianças por perto.

Anne-Lise entra na conversa pela primeira vez.

— Se há uma coisa nos homens que faz deles assassinos em potencial, então está presente nas mulheres também?

Iben responde:

— Pode ser... Mas nunca se lê sobre milícias femininas violentas pelo interior dos países, matando, pilhando e incendiando tudo o que vêem.

Camilla pega um garfo nas mãos como se estivesse tentando entortá-lo.

— De certa forma me parece que você está defendendo o homem que ameaçou matá-la. Ou todas nós.

— Só estou dizendo que esses homens também são vítimas da guerra. A guerra revela algo dentro deles que normalmente passaria despercebido. Quando a guerra termina, eles provavelmente estão tão abalados quanto os sobreviventes. Em choque, se preferir, perguntando-se: "O que aconteceu? O que foi que eu fiz?"

Camilla olha para as outras de relance.

— Bom, para mim não faz sentido comparar o sofrimento do carrasco com o sofrimento das pessoas que ele matou.

Malene suspira com afetação.

— Lá vamos nós de novo. De volta ao velho debate: "Quanto do comportamento humano se deve ao instinto e quanto ao livre-arbítrio?"

Iben fala bruscamente com Malene:

— O debate pode ser velho, mas não me lembro de nós termos conversado sobre isso.

Malene fica confusa.

— Do ponto de vista puramente ético, é importante aferrar-se ao que as vítimas têm o direito de exigir... Ah, esqueçam; eu não sei onde isso vai parar.

As três mostram uma nova tensão na voz. Será pelo medo de Mirko Zigic? O que quer que seja, elas estão diferentes. Mais veementes.

Anne-Lise tem vontade de se retirar para a biblioteca. Sente que a qualquer momento uma delas pode perder o controle e toda a possibilidade de reconciliação entre elas estaria perdida.

Camilla baixa o garfo.

— O que estou ouvindo, Iben, é que você acha que todos são vítimas... os estupradores, todos eles.

— Acho que sim.

— E um homem que estupra em tempos de paz... e ele? Seus instintos básicos levam a melhor sobre ele, não é?

— O que estou dizendo é só que fiquei surpresa em constatar quantos homens parecem ter essa tendência embutida... Uma coisa que normalmente é reprimida.

— E isso significa que devemos ter pena deles, não é? Dar apoio e lhes oferecer sessões de terapia porque eles não têm ninguém com quem conversar sobre as mulheres que estupraram? — A voz em geral gentil de Camilla está tingida de raiva. — Estamos falando de homens que podem nos matar!

— Então não vamos falar mais deles.

Malene fala com calma:

— Iben quer entender cada ponto de vista, qualquer que seja.

Silêncio.

— Iben acha que Zigic está escondido em algum lugar, talvez aqui em Copenhague, e está angustiado. Sabe como é, tipo... "Eu estuprei as esposas e filhas dos meus amigos. Eu pintei a águia da Sérvia nas paredes de suas casas usando como pincel as partes de seus corpos molhadas em seu sangue... Mas vejam bem! Isso me torna um ser humano ruim?"

Malene começa a rir da própria ironia, mas ninguém está sorrindo.

— Ele estaria totalmente... desorientado.

— É claro que sim.

Malene olha para Iben com solidariedade, depois para Camilla.

— Se pensarmos que ele é "normal" de algum jeito, então imaginem o que deve ser conviver com tudo isso e não ter com quem conversar.

Anne-Lise de repente sente que alguma coisa está sendo dirigida a ela. Quer se levantar e sair, mas ser incluída no grupo por elas é o que sempre quis.

Camilla interrompe Malene.

— De jeito nenhum eu deixaria que ele conversasse comigo, pode ter certeza! Estou preparada para tentar entender muita gente e fazer concessões, mas esse tipo de coisa... Não, é aí que imponho um limite.

Iben é mais direta.

— Eu me pergunto se a solidão dele o está dominando. Quem sabe ele simplesmente escreveu esses e-mails porque está muito isolado? Será que podemos fazer uso disso?

Anne-Lise empurra a cadeira para trás. Enquanto se levanta, as palavras de Malene a alcançam. De leve.

— Talvez só as pessoas como nós tenham essa necessidade de conversar. Alguém como ele pode não sentir a mesma coisa.

Os olhos de Malene param calmamente, quase amistosos, em Anne-Lise.

Anne-Lise se vira para sair, mas se lembra de que deve fazer sua parte na limpeza da mesa. Pega um dos pratos e vê Malene sorrir com suavidade.

— Mas então somos claramente diferentes de algumas pessoas. Quanto a mim, acho que nunca suportaria trabalhar como você, Anne-Lise. Sabe como é, sozinha o dia todo, entra ano, sai ano.

9

Malene, Iben e Camilla ficam sentadas em silêncio. Estão esperando, as mãos pousadas na mesa. Como Anne-Lise responderá?

Segurando o pratinho de queijo e patê de fígado, Anne-Lise pára, os olhos grudados no tampo da mesa. Murmura uma resposta tão baixo que é difícil entender o que está dizendo.

— Eu sinto o mesmo que vocês, gostaria de ter alguém com quem conversar.

As respostas vêm em uma lufada.

— Como assim?

— Você pode conversar conosco, a hora que quiser.

— Nós estamos aqui à disposição.

Ela não consegue ver como pode responder a elas, como pode ser simpática e sincera ao mesmo tempo. Não pode permitir a menor rachadura no muro de mentiras que construiu para se proteger, ou a verdade inundará tudo — a verdade cheia de raiva, lágrimas e uivos de ódio. Ela não consegue mais imaginar uma forma construtiva de ser verdadeira.

Anne-Lise continua em silêncio.

Malene aparentemente não percebe. Ela se volta para as outras duas.

— Nós sabemos que Anne-Lise não trabalha perto de ninguém. Não como nós fazemos.

Iben e Camilla se juntam a ela, as vozes confiantes e crédulas.

— Ela não pode conversar como nós fazemos quando estamos sentadas em nossas mesas.

— Mas não é nossa culpa, certamente.

— Ah, sem essa, ninguém disse que é culpa de alguém.

— Anne-Lise, você sabe que sempre pode vir se juntar a nós. Até parece que nossa sala fica trancada, não é?

— Mas de certa forma parece que estamos fazendo alguma coisa errada.

— Ah, não. Não.

— Anne-Lise, o que quer dizer com isso?

— Acha que não queremos conversar com você? Pareceu meio assim.

— Você não acredita nisso, não é? Sabe que sempre pode vir nos ver, não sabe?

As três estão olhando para ela. Anne-Lise reúne toda a sua coragem. Quase cospe as palavras, enunciando cada uma delas energicamente:

— Vocês três são tão boas amigas. É claro que é por isso que vocês conversam entre si de uma forma diferente de como falam comigo. — Ela encara o prato que tem na mão, depois a mesa do almoço. O cheiro de comida a invade.

Malene sorri.

— É verdade. Iben e eu somos velhas amigas e isso... sabe como é... é diferente de ser apenas amistosa com as pessoas com quem se trabalha.

Novamente, o que as três dizem sai quase em uníssono.

— Naturalmente.

— As pessoas que trabalham juntas devem se tratar bem... Não é preciso dizer. Mas isso é bem diferente de ser amiga.

— Eu entro na biblioteca um monte de vezes para perguntar se você quer alguma coisa, por exemplo, quando vou à padaria ou ao supermercado.

— E quando fazemos uma pausa, sempre chamamos você.

Iben se inclina para a frente e seu rosto tem uma expressão sincera.

— Nem sempre nos lembramos de ir à biblioteca e dizer a Anne-Lise se estivermos tendo uma discussão interessante. Provavelmente podemos agir de uma maneira melhor, não podemos?

A garganta de Anne-Lise se aperta. A conversa ainda não acabou.

Malene olha para ela e ergue a voz o suficiente para ser ouvida, sobrepujando as outras duas.

— Agora, você precisa admitir que é compreensível se alguém fala mais com uma amiga íntima do que com uma colega.

Camilla também não deixa passar:

— Nós não podemos saber o quanto isso significa para você, se você não nos diz nada. Muita gente realmente prefere guardar as coisas para si.

Malene assente, satisfeita, em direção a Camilla.

— Gostaria de ouvir o que Anne-Lise tem a dizer.

Anne-Lise percebe que precisa ir ao banheiro. Sua voz está fraca.

— É...

Malene a está encarando com um interesse autêntico. Anne-Lise finalmente tenta dizer alguma coisa, mais para si mesma.

— É claro que eu entendo.

Ela sabe que, quando contar isso a Henrik, ele vai ficar irritado com ela por ter recuado.

As outras continuam a afirmar inocência.

Depois de algum tempo, Anne-Lise tenta acrescentar alguma coisa.

— Seria melhor, talvez, se eu não fosse tão... — Ela pensa em Henrik e procura terminar a frase com convicção. — Bom, é um peso para mim ter que manter minha porta fechada.

Camilla de repente se levanta. Com as duas mãos na mesa, inclina-se para Anne-Lise.

— O que é isso? Nós já passamos por isso antes, Anne-Lise. — Camilla respira fundo e olha para Malene e Iben em busca de apoio. — Nós concordamos! E não queremos passar por isso de novo!

Iben faz um pequeno gesto para Camilla se sentar, mas Camilla ainda não terminou.

— Não vou colocar minha saúde na reta só para que a porta fique aberta. Simplesmente não vou!

Iben responde delicadamente.

— Mas Anne-Lise não está dizendo que a porta tem que ficar aberta. Ela só está dizendo que faz diferença para ela que fique fechada.

A raiva está criando manchas vermelhas no pescoço de Camilla.

— Eu já li sobre isso. São as correntes de ar que você não percebe que são as mais perigosas. Uma corrente de ar pode deixar você inválida!... Levar à aposentadoria precoce!

Todas fazem uma pausa, esperando que Anne-Lise fale. É demais. Do lado de fora, o sol irrompe pelas nuvens, iluminando de repente a sala.

Ela abre a boca, mas as palavras não saem. De repente, fica ciente da pressão por trás dos olhos. Consegue conter as lágrimas, mas suas mãos e braços começam a tremer. Não pode ser assim. Ela não pode ficar sentada aqui, muda e trêmula.

As outras se entreolham.

Ah, elas serão capazes de usar isso contra ela. De agora em diante, vão dizer que ela é mentalmente instável. Ela nunca tremeu desse jeito, como se fosse uma alcoólatra ou uma viciada em drogas.

Suas palavras saem rápido demais:

— E tem toda a história dos usuários da biblioteca, o fato de que não tenho permissão para falar com eles. Se eu pudesse, faria diferença. Em outras bibliotecas, os pesquisadores entram em contato com o bibliotecário. Pensei que seria a bibliotecária do Centro, e as pessoas me procurariam. Não pensei que fosse fazer só trabalho de arquivamento. Foi o que me disseram quando me entrevistaram...

Malene interrompe. Sua voz parece verdadeiramente carinhosa, calorosa e tranqüilizadora.

— Anne-Lise, se você se sente uma estranha aqui, é bom que a gente saiba. Podemos fazer alguma coisa a respeito disso. Devo dizer que não acredito que este seja o único motivo para você estar tão infeliz, mas mesmo que este lugar não seja tão ruim quanto você acha, ainda precisamos pensar em alguma coisa. Você não deve se sentir tão mal. Pode ter certeza absoluta de que todas nós queremos ajudá-la.

Anne-Lise ergue a mão e vê Malene olhar de relance para as outras duas, que assentem nervosas.

— Acho que você teve um bom começo nos falando sobre como tem se sentido. Talvez a próxima coisa a fazer seja marcar uma reunião com Paul e decidir por algumas mudanças juntos. O que acha disso?

— Parece uma boa idéia.

— Ótimo! Vamos fazer tudo o que pudermos para transformar este escritório em um bom lugar para se trabalhar.

— Tudo bem. — Anne-Lise não pode agüentar mais. Agora está chorando baixinho. A súbita gentileza foi demais para ela.

Malene tem mais a dizer.

— Mas as mudanças não podem acontecer à custa das pessoas que usam o Centro.

— Não, claro que não.

— O que você disse sobre ter contato com outros usuários é que é problemático. Deve haver muitas outras coisas que possamos fazer para que você fique mais feliz. Os usuários gostam de ter uma pessoa que lide com todas as necessidades deles, sabe como é isso, de compromissos a eventos e projetos de pesquisa. E isso inclui solicitações de livros.

Anne-Lise ouve a própria voz. Aguda, quase um guincho.

— Mas eles nem sempre gostam disso! Em geral querem que eu ajude.

— Não, Anne-Lise. Isso não está certo. Se alguém dissesse que preferia falar com você, teria sido passado a você de imediato. Não há dúvida disso.

— Mas você se zangou com a Camilla porque ela transferiu a ligação de Stephan Colwitz de Genebra para o meu telefone.

— Não, eu não fiz isso.

— Quando você estava doente, eu falei com ele. Cuidei do pedido dele e, depois que você voltou, ele telefonou novamente e pediu a Camilla para colocá-lo em contato comigo. Era sobre alguns livros em que ele estava interessado. E então eu ouvi você censurar Camilla. Disse que ela não devia fazer isso novamente.

— Anne-Lise, talvez você deva ir para casa. Você não está bem. É uma espécie de esgotamento nervoso. O que está dizendo simplesmente não é verdade.

A pele de Anne-Lise parece toda úmida. Ela se vira para Camilla.

— Camilla, a Malene não lhe disse para não transferir Stephan Colwitz para mim?

Camilla esteve sentada na beira da cadeira esse tempo todo. Agora ela se levanta com um pulo e vocifera contra Anne-Lise.

— Não pode virar este lugar de cabeça para baixo só para que seja adequado para você. Não é o seu escritório. Precisa considerar o restante de nós também.

— Mas a Malene lhe disse que você não deve transferir as pessoas para mim quando elas procuram pela bibliotecária, não disse?

Camilla olha para Malene.

— Não agüento mais isso. Para mim, já chega.

Malene quase se atira da cadeira e se afasta. Na soleira da porta, ela pára, vira-se para Anne-Lise e diz com sarcasmo:

— Eu podia enumerar centenas de exemplos em que demos uma atenção particular ao que você queria. Você não podia ter encontrado um lugar onde suas colegas a tratassem melhor; simplesmente esse lugar não existe! Quando penso em todo o tempo que passamos explicando suas tarefas e os problemas de pesquisa e...

— Mas não faziam parte do meu treinamento! Por que você sempre me dá tarefas para as quais sabe que não fui preparada? Precisei de quatro anos para me tornar uma bibliotecária qualificada. Não pode simplesmente me deixar fazer o que eu devia fazer?

Iben se intromete:

— Muita gente fica muito satisfeita por ter uma grande variedade de tarefas no trabalho.

— Mas... Eu sou especialista em livros. Vejam, só o que estou fazendo é arquivar, como se fosse uma secretária.

Malene faz questão de olhar para Camilla como quem se desculpa antes de se virar para Anne-Lise.

— Não foi muito inteligente de sua parte dizer isso.

Iben lhe dá apoio.

— As secretárias também são importantes.

— Eu sei. Por que estão me dizendo isso?

— Porque você disse...

De repente, Camilla sai às pressas. Ouviu o telefone tocar.

As outras a seguem mais lentamente. A meio caminho de sair da sala, param, como se quisessem dizer alguma coisa. Mas não dizem.

Anne-Lise fica sentada imóvel, a respiração pesada, os braços pousados sobre a mesa. Ela olha os braços e pisca várias vezes. Este almoço voltará para assombrá-la. Tudo. Seu tremor — elas vão usar isso contra ela também.

MALENE

10

Malene se lembra da época em que era pequena e chegava correndo em casa depois de brincar com uma das amigas. Disparava direto para a sala onde a mãe, Jytte, estaria sentada. A amiga da mãe, Susan, também estaria lá, sempre no mesmo lugar, no confortável sofá de veludo marrom. A mãe diria a Malene para sair e ir brincar em outro lugar, no quarto ou no jardim. Malene se lembra de ver o rosto molhado da mãe ao olhar nos olhos a amiga.

Quando Malene mencionou isso anos depois, a mãe explicou que, para proteger a filha, ela normalmente chorava por causa de seu trabalho no banheiro ou no quarto. Só chorava na sala quando Susan estava lá.

A mãe de Malene era secretária em uma grande firma de contabilidade e o pai era corretor de seguros. Os dois trabalhavam em Kolding. Malene foi a única da família a ir para a universidade.

A mãe trabalhava na firma havia cerca de dez anos quando a sede passou a ter um novo diretor administrativo. Era responsável pelas agendas da equipe, mas ele retirou essa atribuição dela. Ele lhe alocou trabalho de secretariado de nível inferior e conseguia ver defeitos em tudo o que ela fazia.

Depois de algumas semanas o chefe começou a fazer troça dela, até quando ela estava presente. Ele também deixou claro que as pessoas que não riam com ele o irritavam, sugerindo que logo uma delas se tornaria o alvo da zombaria.

Aos poucos as pessoas passaram a ficar ansiosas quando ela estava presente. Começaram a evitar olhá-la nos olhos e sua simples presença no escritório parecia criar tensão e tornar todo o ambiente desagradável. Logo depois disso, várias pessoas a reprovavam, independentemente de o chefe estar ali ou não.

Depois veio a novidade de que o chefe fora promovido. Fora transferido para outra filial. Novamente a mãe de Malene chorou, mas dessa vez de alegria. Houve comemorações em casa e o pai de Malene abriu uma garrafa de vinho do Porto que estava no armário desde o Natal anterior.

A vida de Jytte, porém, não mudou. Todos ainda se sentiam pouco à vontade no momento em que ela chegava. Esperavam que saísse tranqüilamente e encontrasse outro emprego. Logo ficou claro para ela, e também para os outros, que ela perdera suas antigas maneiras afáveis.

A mãe foi encaminhada por seu médico a um psicólogo, mas nunca mais voltou a trabalhar. A jovem Malene morria de vergonha quando a mãe falava cheia de autopiedade em público, mesmo na frente de pessoas que mal conhecia.

— No meu antigo emprego, costumavam se comportar como se quisessem me ver morta. Como as pessoas podem se comportar assim?

Camilla está sentada à sua mesa. Iben e Malene estão de pé juntas para que não possam ser ouvidas da biblioteca. O intervalo do almoço acabou. Nenhuma delas esperava ser atacada por Anne-Lise no meio de uma situação tão estressante.

Malene brinca com o grampeador de Camilla, batendo grampos achatados e inúteis.

— É justo, não é, que eu demonstre mais afeto para com minha melhor amiga do que para com uma colega? Não é esse o sentido de se ter uma amiga íntima? O que ela espera?

Iben afaga o braço de Malene, reconfortando-a.

— Em vez de nos propor alguma coisa em que possamos basear nossa amizade, ela simplesmente exige favores. É tão imatura, parece uma criança mimada.

Malene fica olhando alternadamente para Iben e para Camilla. As duas parecem tão esgotadas quanto a própria Malene se sente. Ela pode perceber como sua voz soa cansada.

— Não acho que jamais tenha conhecido uma pessoa tão incapaz de dar um pouco de si.

— É típico da atitude dela. É como essa história de não trabalhar na biblioteca. Quer dizer, ela é bibliotecária formada, ou não é? O que ela acha que deve estar fazendo ali? Não quer trabalhar com livros e ter sua mesa onde os livros estão?

Malene suspira.Varre com a mão os grampos amassados e os atira na lixeira de Camilla.

— Anne-Lise simplesmente não faz idéia do que acontece quando as colegas realmente perseguem você. Isso é bem óbvio.

Malene conta a Camilla um pouco do que aconteceu à mãe dela.

— Veja você, é por isso que eu acho Anne-Lise tão especialmente difícil. Ela sem querer tocou numa ferida que ainda me dói.

Iben a interrompe.

— Mas, Malene, não é porque você é mais vulnerável do que a maioria. Qualquer um ficaria aborrecido por ter que ouvir esse tipo de coisa.

— É, você tem razão.

— E me deixa ainda mais furiosa quando parte de alguém que todas nos esforçamos para manter feliz.

A porta do corredor se abre. Anne-Lise anuncia que está indo para casa. Está com dor de cabeça. Malene está tão irritada com ela que mal consegue olhá-la. Ninguém fala nada.

Depois Malene decide dizer alguma coisa.

— Melhoras.

Do hall de entrada, elas ouvem o gemido baixo do elevador descendo. Iben começa a escolher as palavras lentamente.

— Agora sabemos... por que ela sempre parece tão distante. E por que todas nós temos achado difícil conviver com ela. É porque, na visão distorcida dela, nós não passamos de um bando de tiranas que querem derrubá-la.

— É inacreditável. Há quanto tempo vocês acham que ela nos odeia por trás de todos aqueles sorrisos, sempre fingindo que está tudo bem?

Camilla olha as outras.

— Como foi que ela agüentou? Mentindo para nós dia após dia? Nem consigo imaginar uma pessoa tão falsa, entra mês, sai mês.

De repente Iben fica mais controlada e séria.

— Mas talvez seja exatamente isso o que ela não faz.

— Como assim?

— Talvez ela não consiga ficar mentindo para nós para sempre. Talvez ela esteja ardendo por dentro e sinta que achou uma válvula de escape.

As outras duas ficam em silêncio.

— Uma válvula de escape, por exemplo, nos mandando e-mails, entenderam? — sugere Iben.

As outras entendem logo o que ela quer dizer.

— Se Anne-Lise mandou os e-mails de ontem à noite, ela pode estar se sentindo culpada hoje. Para lidar com isso, uma estratégia óbvia seria provar a si mesma que nós todas somos desagradáveis... Piores do que ela. Isso explicaria por que ela perdeu o controle justamente agora, no almoço.

Camilla acrescenta uma idéia.

— Ela não parecia nem um pouco nervosa hoje de manhã, quando soube dos e-mails.

A idéia faz sentido também para Malene.

— É evidente que ela odeia demais Iben, tanto quanto a mim. Isso também explicaria por que Paul não recebeu um e-mail.

É claro que isso é só uma hipótese. Ainda assim, não precisa ter sido Mirko Zigic ou outro assassino em massa quem mandou os e-mails.

Malene percebe que não está furiosa com Anne-Lise, embora devesse. As outras sentem o mesmo — ela pode ver no rosto delas. Mais do que qualquer outra coisa, estão aliviadas. Iben não precisa aparecer no apartamento de Grith à noite de novo. Malene não acha tão difícil dormir como na noite anterior. Um confronto com um assassino treinado — isso seria uma questão de vida ou morte. Mas um conflito no trabalho — pode-se lidar com um problema desses.

A porta da frente se abre. A soleira emoldura um homem de pescoço musculoso, com um casaco safári. As mulheres ficam paralisadas. Mas depois percebem que ele não as está ameaçando.

Malene sorri.

— Olá! Como passou pela polícia lá embaixo?

— Polícia? Que polícia?

— Não havia dois guardas no saguão do prédio?

— Ninguém me parou. Vim aqui porque seu site mostra que vocês têm o livro de Ben Kiernan sobre o Camboja, *The Pol Pot Regime*. Gostaria de pegar emprestado, se for possível. E ficaria grato se pudessem me recomendar outros livros sobre o genocídio cambojano.

Elas se entreolham.

Ele explica:

— Eu preciso dele para dar uma aula à turma do terceiro ano do secundário.

Outro momento de silêncio.

— Então, se tiverem algum material introdutório, gostaria de dar uma olhada também.

Os usuários do Centro não devem ser perturbados com problemas internos. Malene se encaminha até o visitante.

— Entre, por favor. Vamos ver o que podemos encontrar. Temos muita coisa sobre esse assunto. Conhece o livro de Marcher e Frederiksen, não conhece?

— Sim. Vocês o têm?

— Claro que sim. E temos alguns arquivos de material didático inédito. Li todos e são muito bons. Vamos à biblioteca dar uma olhada.

Malene está pronta para conduzi-lo.

Iben se levanta.

— Acho melhor eu descer e descobrir o que aconteceu.

O professor é curioso e instruído. Malene fala do Camboja, tentando parecer relaxada. Fala das palestras que a equipe do CDIG realiza gratuitamente. Ela pode ir à escola dele.

Enquanto eles conversam, a mente de Malene vagueia. Ela tenta entender Anne-Lise, mas não consegue se lembrar de ter sido dura com ela. Ao contrário, sempre foi simpática e profissional. Tem certeza? Elas sempre comunicavam a Anne-Lise quando faziam uma pausa, embora ela possa ser um tanto limitada. Todas tentaram ser agradáveis com ela, mas, afinal, os outros devem se divertir também. E há trabalho a ser feito.

Ela passa a falar de um recente seminário do CDIG sobre o Camboja que teve Chandra Lor como principal orador. Lor, um sobrevivente do genocídio, foi o primeiro diretor do Museu do Genocídio Tuol Sleng, em Phnom Penh. A história dele é miraculosa. Na década de 1970, tropas do governo e forças guerrilheiras mataram quase 3,3 milhões da população de 7,1 milhões do país. O regime de Pol Pot exterminava praticamente todos que tinham qualquer relação de parentesco com o governo anterior ou, simplesmente, tinham educação formal. Chandra Lor era filho de um senador cassado e de uma estudante universitária. O vídeo do seminário mostra Lor falando de sua luta diária para escapar da morte. O professor pode exibi-lo aos alunos.

Malene ouve Iben voltar e pede licença por um momento.

Iben confirma que não há policial nenhum na entrada. Ela pretende ligar para o número que os dois policiais lhes deram e perguntar o que está havendo.

Malene volta ao professor. Eles começam a conversar sobre o comunismo da Europa Ocidental. Na década de 1950, Pol Pot e alguns dos principais homens de seu governo eram estudantes em Paris e sua visão foi fortemente influenciada pelo Partido Comunista Francês. Deveriam os comunistas franceses admitir sua parcela de culpa pela tragédia cambojana? Ela pega um livro de fotos da coleção do Museu Tuol Sleng. O prédio era na época uma prisão famosa. As fotos mostram os instrumentos primitivos de tortura e as celas da prisão. Muitas celas não tinham janelas e eram tão pequenas que os prisioneiros não conseguiam se deitar nem ficar de pé.

Iben os interrompe, desculpando-se com o professor.

— Falei com a mulher encarregada da investigação e a atitude dela é totalmente diferente. Ela disse que "as evidências que apontam para Zigic são absurdamente vagas e, sendo assim, a polícia perdeu tempo demais com os dois e-mails". Agora está encarregada do caso, mas não pode dedicar mais tempo a ele.

— O que você disse?

— Bom, é claro que tentei argumentar que nossa segurança deve ter supremacia e que, devido ao nosso trabalho, somos um caso especial, mas não consegui nada. Ela sequer me ouviu.

Talvez Iben não tenha sido tão convincente. Como convencer alguém de que você corre perigo de vida se você na verdade se sente enormemente aliviada porque tem certeza absoluta de que uma bibliotecária tímida mandou os e-mails?

A idéia de que os e-mails possam ser inofensivos não é contestada pelos telefonemas que elas recebem de prestativos colegas do exterior durante a tarde. Os criminosos de guerra que eles sugerem só aumentam a já longa lista difícil de administrar.

Depois da manhã tensa e ansiosa, nem mesmo um telefonema de Lotta, da Suécia, sobre Zigic parece importante. Há boatos de que Zigic está escondido em algum lugar da Escandinávia, possivelmente naquele país.

11

Se Anne-Lise mandou os e-mails, é óbvio que deve estar emocionalmente perturbada; talvez até seja uma psicótica *borderline*. Se assim for, até agora tem conseguido esconder das colegas seu estado mental.

É por isso que Iben achava que Malene deveria acompanhá-la para ver a amiga Grith, psicóloga clínica. Malene é um tanto cética, mas só esteve com Grith algumas vezes e não faz idéia de que insight ela possa dar. Além disso, Malene concorda que é sensato conseguir uma avaliação profissional do comportamento de Anne-Lise.

Grith é uma mulher alta e magra com seios grandes e meio caídos. Tem o tipo de corpo que, como se costuma dizer, enlouquece os homens. Olhando-a, Malene acha que o apelo erótico de Grith certamente se limita aos momentos em que ela se senta ou fica de pé. Quando suas longas pernas estão em movimento, ela parece uma menina desajeitada de 14 anos. A impressão de que ela a qualquer minuto vai cair deixa Malene bastante nervosa.

Grith trabalha no Hospital Nacional de Copenhague. Elas se sentam nas grandes almofadas quadradas do sofá cinza na sala de visitas.

— A primeira providência é fazer da experiência do paciente o seu ponto de partida. A idéia é sempre apoiar o que quer que ele pense. É a realidade dele, afinal, independentemente de como o resto do mundo a vê. Os pacientes em geral sentem-se inseguros, então só avançamos quando compreendemos como eles percebem o que aconteceu.

Ela se inclina para a frente em seu lugar no sofá. Ocorre a Malene que há algo de pouco feminino nela, apesar dos olhos escuros e grandes.

Grith se volta para Malene.

— De qualquer modo, por que não me conta seu problema?

— Eu não tenho nenhum! Estamos aqui porque uma de nossas colegas tem um problema.

— Tudo bem. Como você vê esse problema?

— Mas, olha, mesmo antes de a gente se sentar para conversar com você... — Malene pára e recomeça, tentando ecoar o tom levemente erudito que Grith e Iben parecem adotar quando estão juntas. — Anne-Lise me dá a impressão de ter uma raiva terrível. Ela pode nos ter mandado e-mails ameaçadores.

Malene faz uma pausa para pegar um pedaço de passa de manga em uma tigela de Tropical Mix.

— Iben, você precisa me ajudar nisso.

— Grith, eu lhe contei.

— Claro, mas preciso tomar pé da situação. Tente descrever por que essa mulher sente tanta raiva.

Malene não diz nada. Em vez disso, capta o olhar de Grith e depois o de Iben.

Pouco tempo depois, Iben fala.

— Anne-Lise acredita que ser colega significa ser amiga. E como não a tratamos como uma amiga íntima, ela chegou à conclusão de que todas somos pessoas más e que a estamos maltratando.

— Está me dando a visão de fora. Será que poderia...?

Iben não deixa Grith interrompê-la e prossegue:

— Sermos vistas desta forma é incrivelmente desagradável para todas nós. A hostilidade dela é palpável... mesmo que ela não tenha mandado os e-mails.

— Iben, vamos ficar com a percepção dela de ser excluída de uma comunidade. Ora, esta também é uma sensação muito desagradável.

— Não conseguimos imaginar como fazê-la entender que só estamos seguindo as regras comuns dos locais de trabalho e que ninguém a está perseguindo, nem nada.

— Iben, lembre-se de que se sentir excluída é terrível. Ser considerada uma pessoa de fora dá raiva em qualquer um.

— Claro, mas...

— E se escolhêssemos a percepção dela? Parte da história dela deve ser verdadeira. Quando vocês acham que ela fica com raiva? Algum momento em particular, ou alguns momentos?

— Ela pode ter ficado furiosa ontem à noite, quando os e-mails foram mandados. Mas, escute, ninguém está tentando excluí-la.

A voz de Grith, sempre calma, fica mais profunda e vagarosa.

— Espere um minuto, vamos nos prender a ela por enquanto. Na noite passada, você disse. Aconteceu alguma coisa em especial no trabalho ontem?

— Passamos um dia agradável juntas. Conversamos muito. Eu me lembro de ter falado sobre aquela jornalista, a mulher que não parava de me perguntar sobre o que comemos na África. Depois, à tarde, ouvimos *Chris e a Fábrica de Chocolate.* — Ela olha para Malene. — Foi divertido, não foi?

— Sim, foi.

Os olhos grandes de Grith estão fixos em Iben.

— Pelo que vocês sabem, alguém no trabalho tem sido duro com essa mulher?

— As pessoas ficaram irritadas com ela, mas isso é normal. Todos temos nossos altos e baixos, mas não há nada de incomum nisso, não é?

— De forma alguma. É muito normal.

— Então, ela pode interpretar erroneamente as oscilações de humor que atingem o resto de nós, já que ela tem outro tipo de personalidade. É o tipo de coisa sobre a qual pensei que poderíamos conversar.

Grith se recosta, esticando um braço no encosto do sofá. Sua flexibilidade a deixa magra, o membro alongado parece fluir pela almofada.

— Iben, você nunca viu ninguém atacar essa mulher?

— Não consigo pensar em nada disso. Tentamos ser prestativas e gentis. Não tentamos, Malene?

— Sim, tentamos.

Iben fica em silêncio por um momento.

— Ainda assim, é difícil saber o que passa pela cabeça dela, porque ela se retrai muito em sua concha. Ela pode parecer bem esquisita. Era sobre isso que queríamos conversar com você...

Grith usa as duas mãos para levar a xícara de chá à boca, como Malene às vezes precisa fazer. Não que Grith tenha artrite, é claro. Ela escuta e sopra a bebida antes de interromper Iben.

— Você disse que a porta para o local de trabalho dela está sempre fechada?

— Sim, Camilla prefere a porta da biblioteca fechada, para evitar correntes de ar. É discutível...

— E nós discutimos isso — assinala Malene.

— É verdade. Mas Camilla trabalha naquele escritório há mais tempo do que ela. E a porta sempre ficou fechada. É meio demais.

Grith faz mais perguntas, em especial sobre Camilla. Será que ela hostiliza Anne-Lise quando as outras não podem ouvir?

Ainda é Iben quem responde à pergunta.

— Ela não faria isso... Olha, a Camilla é legal, não é?

A pergunta de Iben impõe uma pausa na sessão de exercícios de Malene para os dedos. É a esta hora da tarde que ela em geral massageia as articulações.

Ela assente.

— Sim. É fácil trabalhar com a Camilla.

Grith tira do rosto uma mecha fina de cabelo.

— Pode ser só uma coisinha — diz. — É possível que vocês duas não percebam. Estão comprometidas em criar um bom ambiente de trabalho para todo o escritório, e isso é ótimo. Vocês conversam com essa mulher e a convidam a se juntar ao seu grupo, embora não gostem tanto assim dela. O que fazem as outras pessoas? Alguém em seu trabalho está dificultando a vida dela. E se vocês não assumem o lado dela perceptivelmente, ela pode muito bem sentir que todas vocês a maltratam. É o suficiente para deixar qualquer um infeliz e com muita raiva...

Iben tenta interromper, mas Grith continua.

— Isso explica por que ela fica reservada e insegura na companhia de vocês. É muito compreensível.

— Grith, não é que...

— Procurem ver as coisas do ponto de vista dela, e as peças se encaixarão. Não ignorem a perspectiva dela.

Iben ficou tanto tempo ansiosa para falar que agora precisa tomar fôlego. Então dispara:

— Grith, escute. Além do chefe do Centro... e ele está quase sempre fora... não há outra pessoa lá. Só Camilla e nós!

— Só?

Malene se inclina para a frente com o objetivo de chegar um pouco mais perto de Iben. Ela olha para Grith.

— Grith, só nós. Está entendendo? Ninguém a está hostilizando.

Agora a abordagem moderada de Grith se torna ainda mais estudada.

— É assim? Pensei que houvesse mais gente... Que fosse uma equipe grande.

— Não é. Somos nós.

Silêncio. Os olhos de Grith adejam pela sala, varrendo a estante, as paredes nuas, a mesinha do telefone, a mesa grande feita de vigas pesadas de madeira.

Depois ela olha calmamente para as visitas e sorri.

— Arrá...

Elas conversam sobre a possibilidade de que Anne-Lise tenha inveja delas, talvez devido à amizade que têm, ou porque seus cargos são mais empolgantes, ou seu relacionamento com Paul é melhor do que o dela; qualquer inveja que possa lembrá-la de outras situações perturbadoras do passado, quando ela se sentia desvalorizada e excluída. Talvez ela não tenha se permitido demonstrar raiva na época.

Por fim, elas chegaram ao ponto em que a experiência na psicologia pode ajudá-las a entender.

Malene resume:

— Alguma coisa na personalidade de Anne-Lise torna as reações dela imprevisíveis. O que nos intriga é se essa "coisa" significa que seja essencial que a tratemos com um cuidado especial. Será que ela pode agüentar se a confrontarmos e lhe dissermos que achamos que foi ela que mandou os e-mails?

Malene espera que Grith diga alguma coisa esclarecedora.

Ela não diz.

Malene tenta novamente.

— É claro que também procuramos você porque queremos ajudar Anne-Lise. Acha que ela precisa de aconselhamento psicológico?

Grith diz que elas não devem esperar respostas do tipo sim ou não, ou dicas psicológicas saídas de uma coluna de consulta sentimental.

Malene começa a examinar a mobília. O abajur grande de bronze atrás de Iben é elegante e lança uma boa luz. O cachepô no peitoril da janela também tem estilo e ficaria perfeito na sua própria casa.

Que sessão decepcionante. Ou assim seria, se ela tivesse esperado alguma coisa de especial.

Malene percebe que sua principal reação é de alívio. Se você fica íntima de alguém, pode facilmente desenvolver todo tipo de idéias estranhas sobre os relacionamentos da pessoa com os outros. Agora que ela viu Iben com a "outra amiga", pode tranqüilizar-se, porque Iben é muito mais íntima dela do que de Grith.

Malene aquece as mãos na xícara. Só Deus sabe o que Grith observou esta noite e o que ela pensa de todo o episódio.

Grith abre sacos de batatas fritas e elas as devoram de imediato. Malene acha que devem ir embora logo.

Grith começa a falar de uma de suas pacientes.

— É uma mulher com o que as pessoas costumavam chamar de personalidade dividida ou múltipla.

— Meu Deus! Uma de suas pacientes?

Malene sempre foi fascinada por histórias de pessoas com personalidade dividida, mas nunca conheceu ninguém que realmente conhecesse alguém assim. Seu interesse faz Grith falar com ardor do tema.

— É. Só que a nova classificação para problemas psiquiátricos chama a isso de distúrbio de identidade dissociativa, ou DID, para resumir. Minha paciente tem pelo menos duas personalidades, além da dominante. Uma delas é uma garotinha. É muito comum.

Por fim Grith está voltando à vida. É impossível dizer o que a fez se retrair, mas ela agora está completamente animada; seus olhos parecem ainda maiores e, à medida que fala, os braços finos se agitam.

— Em psiquiatria, passamos a ter um interesse muito maior no DID do que antes. Acho que todos aqueles filmes de Hollywood cheios de clichês sobre personalidades divididas desviaram o foco de todo mundo. De certo modo fizeram com que os psicólogos e psiquiatras levassem seus casos menos a sério do que deveriam. A maioria das pessoas neste ramo achava constrangedor e desinteressante relatar casos de DID em publicações profissionais, mas não é mais assim... As coisas estão mudando rapidamente. Nos últimos vinte anos, mais ou menos, o número de casos registrados nos Estados Unidos aumentou acentuadamente, e temos casos *borderline* muito mais comuns.

— Quantas pessoas acha que sofrem de DID, inclusive os casos menores?

— Cerca de seis bilhões, pode acreditar.

— Mas isso é todo...

— Pense só nisso. Todos fazemos coisas que mal acreditamos ser capazes. É especialmente comum entre os jovens, enquanto, até certo ponto, a personalidade ainda está em transição. Você faz coisas e depois se esquece de que fez.

Grith olha para Iben e depois para Malene.

— Alguma de vocês consegue se lembrar de ter feito algo assim?

Ambas se esforçam para lembrar. Nenhuma delas fala.

Depois de algum tempo, Grith continua:

— Entendem o que quero dizer com esquecer? Continuem tentando. Podem se lembrar de ter vivido uma sensação profunda de arrependimento?

— Acho que sim...

— Talvez eu possa...

— Estão vendo? Comportar-se mal é dramático, logo, deve ser uma coisa de que vocês se lembrem. Mas ficar sentada sozinha na sua cozinha arrependida diante de um copo de leite é triste e melancólico, então, em tese, deve ser mais difícil lembrar disso. Mas na prática nos lembramos desses momentos pavorosos de arrependimento com muita facilidade. Vocês sabem disso e eu também. É porque todos somos divididos... um pouco, de qualquer forma. Na cozinha, com o copo de leite, somos quem sabemos ser.

A voz de Malene parece fraca no começo.

— Grith, você descreve isso tão bem... todo o cenário, o copo de leite, tudo.

— Obrigada. Todo mundo sabe que, quando você está deprimida, só consegue se lembrar de coisas tristes e é difícil pensar em algo alegre. É como se as experiências felizes desaparecessem. O importante a lembrar é que a divisão entre um aspecto de uma personalidade e outro não precisa ser nada tão radical como os personagens que vemos nos filmes. Em geral os lados da personalidade dissociada são muito menos diferenciados mas, mesmo assim, a divisão pode ser suficiente para que um paciente se esqueça do que fez dez minutos antes. Ou pode fazer com que dias, meses e até anos de uma vida desapareçam nas sombras.

Malene tem uma pergunta:

— Então, só como exemplo, é concebível que Anne-Lise possa ter mandado os e-mails, mas não consiga se lembrar de ter feito isso?

— Com certeza. Ela pode não ter uma identidade alternativa completa, com um nome e assim por diante, mas mesmo assim poderia ter mandado os e-mails e se esquecido disso.

Malene tirara os sapatos anteriormente. Ela esfrega delicadamente a sola de um dos pés no tapete de Grith, registrando a superfície áspera com os dedos.

— Nunca teríamos medo de Anne-Lise — diz ela. — Pelo menos, a Anne-Lise que conhecemos... É por isso que não levaríamos a sério uma ameaça dela de nos matar. Mas até que ponto a outra personalidade pode ser diferente?

— Se entendi bem, ninguém sabe se Anne-Lise escreveu os e-mails. Eles podem ter sido mandados por outra pessoa. Não é assim?

— É verdade. Absolutamente qualquer um. Só estou conjeturando, sabe como é, "se... então".

— Se foi Anne-Lise, então ela pode ser como os outros casos que vi. Cada identidade pode ter uma combinação de características, e as outras identidades são inteiramente independentes da pessoa que você acha que conhece. A "outra" pode ser o extremo oposto.

Iben olha as fatias de frutas tropicais. Levanta um pouco a mão, mas na verdade não a leva à tigela.

— O que você está dizendo é que, hipoteticamente, todos nós podemos ter muitas facetas de nossa personalidade de que não temos conhecimento. E esses "outros" podem sair de controle, fazendo todo o tipo de coisas, enquanto não temos lembrança delas?

— É isso mesmo.

— Logicamente, então, é impossível que uma pessoa saiba se existem os "outros".

— Sim... Bem, não. As pessoas sempre parecem ter uma idéia de que alguma coisa está acontecendo se elas se permitem ver os sinais. A possibilidade de limites fluidos de identidade é uma das novas áreas de pesquisa. O mesmo é válido para as implicações da descoberta de que a divisão é relativamente comum. Mesmo que você seja um dos raros casos de consciência zero de outras identidades, em geral dá certo procurar vestígios físicos: objetos em sua casa em lugares inesperados, algo tão simples como uma sacola de compras no cômodo errado... Esse tipo de coisa.

Malene chuta acidentalmente com um dos pés, e os dedos atingem a perna da mesa. Dói, mas não muito. As outras não percebem. Ela se abaixa para examinar o pé e massageia um dedo artrítico e delicado.

Ela ouve Iben rir.

— Mas, Grith, se nos limitarmos a esses dois e-mails... E então? Eles podem ter sido mandados por qualquer um. Menos por nós mesmas, quer dizer?

Grith parece se atrapalhar por um momento.

— O que estou querendo dizer não é isso... É claro que não podem... Mas em termos puramente teóricos... — Por fim ela encontra uma forma de expressar o que realmente quer dizer. — Olha, se eu não conhecesse você, teria conjeturado que seria mais provável que uma personalidade dividida estivesse mandando mensagens para si mesma. Não estamos falando de dois lados da mesma personalidade, mas de dois indivíduos separados, embora habitem o mesmo corpo. Um deles pode se lembrar de tudo da vida do outro, mas não vice-versa. É comum que uma identidade odeie a outra, acusando-a de ser "má" ou "hipócrita". — Ela pára por um momento e olha para Malene.

Deixando de lado seus cacoetes profissionais, ela fica mais relaxada.

— Mas por que deveria ser uma de vocês? Por que os e-mails deveriam ter alguma coisa a ver com uma personalidade dividida? As pessoas que desenvolvem uma divisão mais profunda do que o normal têm outros problemas psicológicos, tipo uma infância traumática.

O astral na sala mudou. Parece tão estranho estarem neste lugar, sentadas neste sofá, observando e se perguntando sobre cada uma delas. Vinte anos de ciência provaram que coisas estranhas podem estar ocultas na mente. Absolutamente qualquer coisa. Ou qualquer pessoa. E, ao mesmo tempo, elas estão olhando para você e se perguntando sobre você.

Por algum tempo, ninguém fala.

Este clima... Será que Grith planejou isso?

Malene não consegue deixar de lembrar como Iben disse a todos tantas vezes que ela era "outra pessoa" em Nairóbi. E, embora a polícia tivesse certeza de que ninguém invadiu o apartamento dela, Iben insistiu em que a porta estava aberta e uma pilha de papéis estava mais arrumada do que ela a deixava. Iben sabe tanto de aspectos de sua personalidade e usa terminologia científica quando discute sua própria psicologia com Malene e Grith. Mas talvez haja outra identidade oculta, uma identidade que ela não pode conhecer "logicamente", para usar uma palavra dela.

Malene faz um pacto consigo mesma de não pensar mais nisso, independentemente do que a outra melhor amiga de Iben e sua ciência possam dizer.

É tarde da noite quando Malene telefona para Iben.

— Está deitada?

— Estou.
— Desculpe. Acordei você?
— Não, não se preocupe. Eu estava lendo.
— Não consigo parar de pensar que pode ser qualquer um.
— Eu não devia ter levado você comigo?
— É claro que devia! Foi bom. Fascinante.
— Foi o que eu pensei. A Grith sempre diz alguma coisa inesperada.

12

Na manhã seguinte, ao chegar ao trabalho, Malene percebe que a porta da biblioteca está fechada, como sempre.

Tenta chamar a atenção de Camilla.

— Ela está aí?

Camilla assente.

Malene verifica o corredor. Sem dúvida, a porta da entrada para a biblioteca está aberta, então Anne-Lise veio trabalhar hoje.

Ela cochicha para Camilla:

— O que aconteceu?

— Nada de especial.

— Ela disse alguma coisa?

— Não. Só "bom-dia".

Camilla é sempre concisa de manhã. Malene se senta à sua mesa. Há alguma coisa errada, mas ela não consegue situar o que é. Enquanto o computador passa pela rotina de inicialização, ela pensa no estranho ambiente do escritório. O que pode ter causado isso? Nada parece fora do comum. Será que foi ela quem mudou?

Depois de uma boa noite de sono, Malene decidira que todas tinham exagerado no dia anterior. Se você é atacada, é isso que faz: fica na defensiva.

Mas elas deviam ser capazes de ser superiores à raiva. Trabalhar ali traz certas obrigações. Elas passam cada dia compilando e transmitindo informações sobre as tragédias que acontecem quando a raiva sobrepuja o bom senso. Então, se nem mesmo Malene, Iben e Camilla conseguiam demonstrar autocontrole, quem poderia?

Evidentemente Anne-Lise agora está em péssimas condições. Talvez sua vida familiar não seja tão boa e, se for assim, as colegas deviam lhe dar apoio. Malene pensa em visitar Anne-Lise na biblioteca e perguntar como ela vai, mas acha que estaria exagerando. Em vez disso, fica onde está, lidando com algumas tarefas que não concluiu na tarde anterior. Ela espera por Iben.

Iben aparece às nove e quinze. Ela e Malene conversam em voz baixa, inclinando-se por sobre a mesa. É difícil saber o quanto Anne-Lise pode ouvir pela porta fechada. Para entender o que estão dizendo, Camilla precisa andar até as duas.

Malene explica o que concluiu:

— Quando alguém se comporta como Anne-Lise, a reação normal dos colegas de trabalho é crucificá-la. Nós não fizemos isso e isso é bom. Mas não é o suficiente.

As outras ouvem com atenção.

— Podemos agir como se nada tivesse acontecido, ou ficar mais distantes do que antes, porque ela se comportou de forma muito agressiva. Mais cedo ou mais tarde, esse tipo de tratamento faria qualquer um entregar os pontos.

Ao olhar para Iben, Malene diz:

— Seria fácil fazer isso: apenas deixar as coisas tomarem seu rumo natural. Assim conseguimos tudo o que queremos: paz e tranqüilidade, e uma nova colega que pode ser vantajosa para o Centro. Ótimo, mas seria o mesmo que excluí-la deliberadamente, e precisamos tentar fazer algo mais.

— O quê, então?

— Precisamos aprender com os projetos de solução de conflitos que escrevemos. O primeiro passo crucial é conseguir que os lados opostos se sentem à mesa e conversem sobre seus problemas. E sabemos que um mediador independente deve participar das reuniões.

Camilla fica confusa.

— É meio pesado, não acha?

Mas Iben concorda.

— Eu gostaria de ter uma reunião com ela.

— Tenho certeza de que ela vai gostar da idéia — diz Malene. — Em geral, é a parte mais forte que tem mais reservas com o processo de reconciliação. Nesta situação, nós somos as mais fortes. E precisamos falar com Paul. Vamos precisar de um mediador neutro, alguém com autoridade.

Camilla está cética.

— Mas os projetos lidam com soluções de conflitos internacionais; e você está sugerindo que Paul seja nosso juiz e força de paz, tudo ao mesmo tempo?

Malene dá uma risadinha.

Quando Paul chega, eles conversam sobre uma coisa e outra, e depois ele se enfia em sua sala. Malene olha a porta fechada e hesita. A apresentação do caso delas pode esperar até a hora do almoço.

Seu dia de trabalho é tomado principalmente por telefonemas para fundações na Alemanha em busca de apoio para uma equipe de pesquisa do Instituto de História da Universidade de Copenhague. A equipe está organizando uma conferência sobre crimes contra a humanidade no final da Segunda Guerra Mundial, quando a Alemanha foi derrotada. Quinze milhões de alemães foram expulsos da Europa Central e Oriental, e cerca de dois milhões de mulheres foram estupradas. Os pesquisadores procuraram a ajuda do CDIG para obter fundos, e Malene sugeriu que apelassem a fontes de financiamento alemãs, bem como dinamarquesas. Sua primeira indicação foi um instituto de direitos humanos chamado Schutzgemeinschaft für Menschenrechte, Humanität und Toleranz.

Suas mãos estão sensíveis. Ela espera que isso não signifique a chegada de outra crise de artrite. Seria tão irritante agora, quando é importante estar no trabalho. Além disso, esta noite Rasmus volta de Colônia.

Toda a manhã se passa sem que Paul saia de sua sala. Anne-Lise também está no seu canto. Ninguém a viu fora da biblioteca.

Às onze e meia, Paul chama Camilla pelo interfone — apesar do fato de ela só estar a alguns passos de distância — para dizer que vai sair para almoçar. Camilla transmite essa informação às outras, e todas trocam olhares. No fim, Malene responde com um dar-de-ombros do tipo "Ah, eu vou fazer isso".

Ela vai lentamente até a sala de Paul e bate na porta.

— Sim?

Ela murmura algo sobre a conferência alemã de direitos humanos, mas depois de alguns minutos chega ao que interessa.

— Não tenho certeza se você soube, mas... Sabia que Anne-Lise teve uma espécie de ataque nervoso ontem, aqui no escritório?

— Não, eu não sabia!

Malene lhe conta o que aconteceu. Ela acrescenta que está na hora de todos se sentarem juntos, para que possam expressar suas opiniões.

Paul se endireita na cadeira.

— Tem razão, Malene. Foi bom você me contar.

— Quando acha que devemos nos reunir?

— Agora. Precisamos cortar esse mal pela raiz.

Malene vai contar às outras. No caminho para a biblioteca, ela reflete que se comportar dessa forma certamente é uma prova de maturidade. Uma colega lança acusações desvairadas na sua cara e manda-lhe um e-mail ameaçador de ódio, embora possa não ter sido ela. Você vence sua repulsa e a convida para conversar sobre trabalhar juntas. Pode haver alguma coisa mais construtiva?

Anne-Lise está sentada atrás de pilhas de livros em sua mesa. Aqui, os livros absorvem a luz e sempre parece mais escuro do que no Jardim de Inverno, embora haja o mesmo número de lâmpadas e janelas nas duas salas.

— Anne-Lise, Paul gostaria de nos ver na sala dele agora.

Malene não sorri, tampouco Anne-Lise.

— Estou indo.

Sentadas à pequena mesa de reuniões da sala de Paul, elas começam a conversa. É organizada, sem as emoções subliminares do dia anterior. Sobriamente, elas dizem o que aconteceu e o que devem fazer no futuro. Todas são muito obsequiosas. Iben até se desculpa com Anne-Lise.

— Anne-Lise, podemos não ter dado atenção suficiente a você. Vamos fazer o máximo para compensá-la, agora que sabemos que você não gosta de trabalhar sozinha como vem fazendo.

— Pensar que você se sentiu infeliz esse tempo todo me aborrece — acrescenta Camilla. — Devia nos ter contado há séculos. Ninguém precisa suportar um sentimento desses. Todas devemos gostar de vir trabalhar aqui.

Anne-Lise as encara, os olhos arregalados.

Paul parece satisfeito. Depois de um tempo surpreendentemente curto, ele faz um sumário.

— É tão fácil julgar equivocadamente os outros, não é? Receio ter que admitir minha parcela de responsabilidade. Nós devemos conversar com mais freqüência sobre como trabalhamos em equipe, como estamos fazendo agora.

Ele se volta para Anne-Lise.

— Acha que as outras estão hostilizando você?

Quando ela fala, a voz parece espessa, e ela dá vários pigarros.

— Não... Não, eu não acho.

— Então você simplesmente perdeu o equilíbrio? É tudo um mal-entendido?

— Sim.

— Que bom. Então está combinado!

A voz de Paul soa como se ele tivesse tirado uma ótima mão no carteado. Devagar, ele olha em volta da mesa, fazendo contato visual com cada uma das mulheres.

Depois fala diretamente com Anne-Lise de novo.

— Mas você acha que fica sozinha demais na biblioteca?

— Sim.

— E gostaria de ter mais contato com os usuários da biblioteca?

— Sim.

Ele toma um longo gole de café.

— E vocês? Agora que estamos falando do que queremos uns dos outros... O que vocês querem de Anne-Lise?

Iben responde primeiro.

— Anne-Lise, você deve deixar claro quais são suas necessidades. Mais do que tem feito até agora. — Ela olha para as outras. — Se Anne-Lise não nos contar, não temos nada em que nos basear.

— Evidentemente. Anne-Lise, vai fazer isso?

— Sim.

Paul sorri com prazer para todas.

— Que bom! Tenho certeza de que todos aprendemos alguma coisa hoje. Vamos trocar um aperto de mãos e prometer que faremos o que pudermos para criar um ambiente de trabalho melhor.

De uma forma desajeitada, as mãos se estendem entre as xícaras de café sobre a mesa.

Paul continua a falar enquanto se levanta para sair.

— De agora em diante, a porta entre o escritório maior e a biblioteca ficará sempre aberta. E todas as pesquisas de usuários sobre livros ou outro material da biblioteca serão imediatamente transferidas a Anne-Lise. Pronto, conseguimos. Incrível!

— *Espere aí!*

— Paul, nós não concordamos com esse tipo de coisa!

— É impossível travar contatos com os usuários desse jeito!

— Eu não fico sentada em uma corrente de ar!

— Não pode decidir desse jeito!

Paul é obrigado a se sentar novamente. Tenta sorrir, mas está impaciente.

Iben está rodando a xícara de café com pequenos movimentos circulares. Depois ela se endireita na cadeira e olha para Camilla.

— Camilla, eu pensei em uma solução, mas cabe a você dizer se acha que vai dar certo. É claro que você não deve ficar sentada em um lugar que pode deixá-la doente. Mas e se mudássemos sua mesa para que não fique no caminho de nenhuma corrente de ar da porta?

— Eu acho...

Malene agora assume — na verdade, ela e Iben pensaram nesta hipótese antes, quando estavam sozinhas na sala da copiadora.

— É mais prático para você ficar perto da sala de Paul, mas não faria grande diferença se não ficasse. Além disso, ele não passa muito tempo aqui.

— Não... — Camilla parece confusa, o olhar distante.

Malene tenta dourar a pílula.

— E se mudássemos sua mesa para mais perto da nossa? Afinal, você fala mais conosco do que com Paul. Seria bom. — Malene olha ansiosamente para Iben. Elas não discutiram isso.

Iben sorri.

— Claro, seria ótimo se você ficasse mais perto da gente. E nunca sentimos nenhuma corrente de ar ali, onde estamos.

Camilla agora parece mais satisfeita, embora meio atordoada. A questão está resolvida. A mesa de Camilla será removida para perto de Iben e Malene, e a porta da biblioteca ficará aberta.

Mais uma vez Paul está pronto para encerrar a reunião.

Malene fala rapidamente.

— Paul, mais uma coisa. Sobre os contatos dos usuários e a biblioteca!

Ele olha de um jeito um tanto irritado.

— O que tem?

— É fundamental que o CDIG preste o melhor serviço possível. Devemos organizar nosso escritório com esse objetivo em mente. Afinal, estamos aqui para nos adaptar às necessidades dos usuários, e não o contrário.

Paul murmura em aprovação, e Malene continua:

— Os clientes não gostam de ser passados a um membro diferente da equipe a cada vez que querem fazer outras perguntas.

— Mas isso acontece.

— O ideal é que não aconteça, a não ser que o contato estabelecido não possa dar uma resposta. Pense em uma instituição financeira. O banco ou a firma cuida para que a mesma pessoa sempre lide com os mesmos clientes. Os especialistas não são consultados, a não ser que o consultor designado não possa resolver o problema.

Malene pára por um momento e olha em volta da mesa.

— Precisamos dar aos nossos clientes o melhor serviço possível. Além disso, uma das demandas de Anne-Lise já foi atendida.

Iben lhe dá apoio.

— Eu concordo com Malene.

Camilla segue seu exemplo.

— E eu também.

Uma das mãos de Malene parece ter uma comichão e ela a coça.

— Pense nisso — diz ela. — Se Anne-Lise de repente assumir parte do meu trabalho, todos de fora do Centro vão pensar que de alguma forma eu fracassei nele. É a única conclusão a que podem chegar.

Paul toma a iniciativa.

— Malene, ninguém tem dúvida nenhuma de que você é boa em seu trabalho. É claro que você é capaz de lidar perfeitamente bem com as solicitações da biblioteca. Na verdade, você é um verdadeiro ativo para o Centro e todos valorizamos seu trabalho aqui. Isso nunca esteve em questão.

Anne-Lise não diz nada.

Malene olha de lado as mãos de Anne-Lise. Estarão tremendo, como ontem? Não, não estão. Ela tenta fazer contato visual com Anne-Lise.

— Anne-Lise, certamente deixar a porta da biblioteca aberta fará uma diferença enorme, não acha?

Anne-Lise hesita, demorando a responder.

— Acho que sim — diz ela, a voz ainda rouca.

Paul também hesita.

— Malene, deixe-me pensar no assunto.

• • •

Elas estão de volta às suas mesas, com exceção de Anne-Lise. Paul lhe pediu para ficar. Será que ele quer discutir sobre os e-mails e quem pode ser o remetente? As outras trabalham, tentando parecer indiferentes ao que está acontecendo por trás da porta da sala de Paul.

Uma das janelas no monitor de Malene mostra a hora de chegada do vôo de Rasmus. Ela já entrou no site do aeroporto para verificar os atrasos, mas ainda é cedo demais.

A porta de Paul se abre, e Anne-Lise sai primeiro. Ela e Paul parecem bem, o que deve significar que ela não admitiu ter mandado os e-mails. Ou ela teria confessado, em troca de ele não contar às outras?

Paul está saindo.

— Bom almoço para todas! E quanto a você, Malene, decidi que continua a fazer os contatos com os usuários, exceto para solicitações de livros. Qualquer coisa sobre livros vai direto para Anne-Lise.

Malene chega ao elevador bem a tempo de entrar com Paul. Paul precisa elevar a voz acima do zumbido do elevador.

— Anne-Lise acha que tem havido alguns problemas: a ventilação na sala da copiadora; falta de reconhecimento pelo trabalho dela. Está na hora de admitirmos alguns pedidos dela. Espero que as coisas tenham melhor resultado no futuro.

Quando Malene volta, Iben e Camilla olham para ela de um jeito inquisitivo. O impulso de Malene é bater no tampo da mesa com o punho, mas não pode, por causa dos dedos inflamados. O que vai dizer às pessoas que estão acostumadas a procurá-la o dia todo? Agora elas esperam que Malene responda a todas as suas perguntas. Será que ela deveria dizer algo como: "Lamento muito, mas não tenho mais permissão para ajudá-lo com os livros porque Paul me proibiu"? Ou talvez um ríspido: "Não tenho mais permissão para lidar com essas questões"?

Malene é a única no escritório que está familiarizada com cada projeto de pesquisa corrente; ela conhece as personalidades envolvidas e suas solicitações. Sua rica experiência vem sendo fundamentada cuidadosamente há mais de três anos. Agora que Anne-Lise desceu as garras em Paul, ele estragou tudo em menos tempo do que o elevador leva para chegar ao térreo.

Malene se obriga a sorrir para Iben e Camilla, sabendo que elas podem facilmente ver como está aborrecida. Depois ela sorri de novo, mais genuinamente, porque há uma coisa engraçada em sua incapacidade de esconder o que sente.

Ela sabe que deve rever seu artigo para o *Jornal do Genocídio*, mas não consegue se concentrar. Se ao menos pudesse falar com Iben agora, sem ter Camilla por perto e sem Anne-Lise espreitando por trás da porta que, ironicamente, ainda está fechada.

Ela recebe um novo e-mail, uma mensagem curta:

"Encontra comigo na copa?"

Malene concorda. Ela baixa o artigo "O Genocídio Esquecido da Europa", pega a xícara e vai até a garrafa térmica, dá-lhe uma pequena sacudida e finge que está vazia. Segue para a copa, ostensivamente para encher a garrafa térmica. Pouco tempo depois, Iben se junta a ela.

É uma copa minúscula e bem ordinária, mas há um artigo de qualidade: uma cafeteira reluzente. Malene enche a garrafa térmica até a boca.

— Isso não me incomodaria tanto se não fosse Anne-Lise que assumisse o trabalho. Ela gasta muito tempo e energia cuidando dos usuários.

— Eu sei, eu sei. Não faz sentido algum.

— Ela vai estragar tudo em algumas semanas. Não consigo suportar isso.

— Eu entendo, eu realmente entendo...

— Todo o lugar vai se tornar tão monótono e morto! Sem humor, exatamente como Anne-Lise. Quer dizer, olhe só para ela. Ela será uma representante do Centro no mundo... É disso que precisamos? Eu não acho!

— Tenho certeza de que Paul não pensou no assunto como deveria.

— Se o próprio Paul assumisse, o conhecimento que construí ainda estaria perdido, mas pelo menos ele trabalharia com estilo. Mas Anne-Lise! Vê se pode! Não tem sentido.

— E você percebeu que ninguém quis falar de como vamos prestar o melhor serviço possível?

— Ah, percebi, sim. É óbvio que eles simplesmente não se importam! Há um motivo e só um para o que aconteceu: Paul é homem. O que ele faz quando descobre que Anne-Lise falou bobagens durante o almoço inteiro? Toma uma decisão imediata a favor dela. É melhor começar a chorar lágrimas de crocodilo também. Meu Deus! Imagine as mudanças que talvez a gente tenha que fazer.

13

Até agora, Malene só teve que fazer uma cirurgia para tratar das mãos, mas é impossível prever o que o futuro trará. O problema de articulações artríticas pode deteriorar de repente, e irreversivelmente, ou pode continuar estável por longos períodos. A doença pode migrar para novas partes do corpo e começar seu processo incapacitante ali. A artrite de Malene tem estado no nível atual, que é relativamente brando, há vários anos. Suas mãos e pés lhe provocam dores intensas, mas um dos joelhos também tem sido problemático. Seus pés inflamados impossibilitam correr ou praticar muitos esportes.

Além de ter de enfrentar um futuro imprevisível, o pior problema de Malene são as crises súbitas, quando a doença se torna aguda. Há dias em que ela não consegue trabalhar e não há analgésico que dê jeito e a permita caminhar. A cada dois ou três meses — até agora — Rasmus precisa carregá-la até um táxi, que a leva à Clínica de Reumatologia, no Hospital Nacional, onde ela toma injeções diretamente nas articulações afetadas. Depois de mais ou menos um dia, o pior da dor já passou.

Ela sabe que alguns pacientes artríticos definem sua identidade segundo sua doença. A artrite dita os livros que lêem, os amigos com quem querem ficar e as reuniões que freqüentam. Malene resiste a isso. Tenta não chamar a atenção para as diferenças entre ela e as pessoas saudáveis. Uma maneira é ir trabalhar, mesmo quando a dor é violenta, e fazer uso de acessórios de escritório, como seu mouse e sua cadeira ergonômicos. Ela fala o mínimo possível da doença e nunca se queixa com ninguém, a não ser com Rasmus e com Iben.

É difícil para Malene se levantar da cadeira, a não ser que consiga afastá-la da mesa, transferir o peso do corpo para o pé e depois se colocar ereta. No escritório, todas têm cadeiras com rodas, mas em seu apartamento a cadeira com rodas à mesa de jantar fica um tanto deslocada. Normalmente ninguém nota isso.

As facas de cozinha de Malene têm cabos verticais que ela pode pegar como a uma serra, e assim não precisa dobrar o pulso quando as usa; possui também uma seleção de utensílios de cozinha com cabos grossos e macios para facilitar o manuseio. Com um pouco de boa vontade, os formatos arredondados e coloridos podem ser considerados peças de designer. Alguns convidados na verdade lhe perguntaram onde os comprou, porque também gostariam de tê-los. Mas no fundo sempre há o medo subjacente de que outra crise apareça a qualquer momento; a possibilidade pavorosa de que amanhã ela possa cair doente de novo.

Sempre temos esperança, sempre tentamos nos convencer. "Estou indo muito bem. Quase não senti uma pontada sequer nas últimas cinco semanas. Talvez tenha acabado."

Nos dias bons, Malene se lembra de como era ser livre e fisicamente independente dos outros. Às vezes, talvez com maior freqüência na primavera, ela até se permite uma extravagância, do tipo comprar sapatos que não são feitos por sapateiros ortopédicos. E depois, sempre, suas esperanças são esmagadas. Parece tão arbitrário não poder se virar sozinha, e então você começa a procurar explicações. Será que eu devia parar de comer chocolate? Ou pão fermentado? Estou dormindo o suficiente? Ou talvez demais? As crises estão relacionadas com o estresse? Estou sendo castigada? O que foi que eu fiz?

E assim continua, ano após ano. Malene não consegue discernir uma ordem. O que acontece sempre parece ser algo aleatório.

Quando começa, a crise traz não só a dor que incapacita, mas também mal-estar psicológico e decepção. Assim, não surtem efeito as três semanas de uma dieta sem nenhum açúcar, tampouco evitar o estresse. Não ajuda em nada meditar ou comparecer a sessões com um curandeiro. A decepção se mescla à dor, à impotência e à humilhação de ter que ser carregada escada abaixo mais uma vez.

Nada disso combina com Malene — ela, que lutou por uma carreira acadêmica, que agora mora em uma cidade grande apesar da vida provinciana que lhe foi traçada; ela que viajou sozinha por países da África, da América Latina e da Ásia. Algumas pessoas a aconselham a desistir, parar de fantasiar com dias melhores. Mas ela não gosta disso — simplesmente não consegue se resignar. Precisa derrotar o sistema. Mas, a cada novo revés, ela sucumbe a uma raiva amargurada que é socada goela abaixo por não ter controle de seu próprio corpo.

O avião de Rasmus que partiu de Colônia deve pousar pouco antes das oito da noite. A empresa dele paga por um táxi do aeroporto, então, com um pouco de sorte, ele deve chegar por volta das nove. Depois de todos aqueles hotéis inteligentes na Alemanha, Malene quer que ele sinta que ainda é excelente voltar para casa. Mas como planejar uma noite festiva para alguém que passou dez dias se entupindo de comida e bebida em restaurantes elegantes?

A idéia dela é uma refeição leve e fácil, algo que eles possam desfrutar na cama. Ela decide servir *prosciutto*, azeitonas, tomates orgânicos com azeite, queijo de cabra e pão de espelta de baixa fermentação do Emmery. Rasmus adora um bom pão e come satisfeito uma fatia após a outra, só com manteiga e sal por cima.

Para compensar o cardápio simples, ela se empenha nas bebidas, recriando as misturas de sucos de frutas frescas que os dois adoraram nas férias no Vietnã. Ela comprou quatro tipos de fruta: lima, laranja, pêra e melão. Eles vão misturar o suco com a tequila de outra das viagens de Rasmus. Como complemento, ela também conseguiu o programa do Cinematek para o mês seguinte — o cinema está exibindo uma retrospectiva de John Cassavetes. Malene não mencionou isso quando eles se falaram ao telefone. Quer fazer uma surpresa.

No momento em que Rasmus passa pela porta, basta uma olhada para que ela entenda. Não é da comida nem da bebida que ele sente falta. Ele percebe que ela não está com humor para preliminares no chão do hall e, em vez disso, eles vão direto para a cama.

Ela se deita com a cabeça no peito dele, sentindo-lhe o aroma. O sabonete líquido desconhecido do hotel acrescenta uma nova e sutil percepção.

Ele está verdadeiramente aceso esta noite. Parece fácil tirar o CDIG da mente por algum tempo. O corpo de Malene lhe diz que ela está conseguindo. Mas então se vê olhando a porta do armário, que não estava bem fechada e se projeta na parede no mesmo ângulo da janela aberta. E, da cama, é difícil distinguir a imagem do pôster de cinema de Rasmus perto da porta. Parece um retângulo escuro com trechos de luz refletida da lâmpada do teto.

Ela tenta se concentrar no que estão fazendo, mas não é fácil.

— Rasmus, não, eu não estou acompanhando você. Vamos esperar um pouco.

Ele rola na cama e se afasta dela. Um músculo no rosto dele se retorce de irritação, mas, quando ele fala, sua voz é doce.

— Malene, qual é o problema?

— Não sei. É... Não é nada. Só acho que não estou no clima.

Ele suspira, mas é gentil com ela.

— Vou preparar uma bebida para você. Um pouco mais de lima e sem melão... O que acha?

Ela se senta.

— Desculpe, me perdoe. De certa forma não parece...

Ela se senta à altura da barriga dele, olhando seu corpo bonito.

— Deixe eu ajudar você.

— Eu não sou uma vaca que precisa ser ordenhada — rebate ele.

— Eu não quis dizer isso.

Eles vão para a cozinha e começam a comer. Malene fala dos acontecimentos no trabalho, mas Rasmus já ouviu a maior parte daquilo porque ela ligou para o celular dele no aeroporto de Colônia.

Rasmus é o único do curso de Estudos de Cinema que partiu para a TI. Dois anos antes, quando Malene o conheceu, ele ainda era membro do grupo de cinema, e todos foram rodar uma entrevista no lago Peblinge, em que entrevistador e entrevistado ficaram com água até o peito. Malene passou andando enquanto Rasmus gritava orientações na trilha à margem do lago. A curiosidade a fez parar e olhar, e logo Rasmus estava batendo papo com ela. Um ano se passou desde que ele se mudou para o apartamento dela.

Ouvindo-a falar sobre o dia que teve, ele parece bem melancólico. Ela lhe pergunta por quê e, depois de hesitar por um momento, ele diz:

— Malene, fico feliz em apoiá-la... Mas é só isso o tempo todo, não pára nunca. Sempre tem alguma coisa na sua cabeça. Você não relaxa nunca?

Malene está farta do modo como Anne-Lise e toda a situação do trabalho estragaram sua noite. Isso a vem corroendo.

— Rasmus! Não é minha culpa que alguém me mande uma ameaça de morte. E não é minha culpa que eu tenha perdido toda uma área do meu trabalho hoje.

— É verdade, claro que não.

— Mas você dá a impressão de que está me culpando. Qualquer pessoa ficaria com raiva se fosse orientada a passar um trabalho importante para uma colega que é uma inútil.

— Eu disse que é verdade. Sei que não é sua culpa e que é realmente grave. E mesmo assim você deixou esse problema de lado para preparar uma comida ótima. E bebidas incríveis. — Ele começa a fatiar os tomates enquanto fala. — Mas você sabe o que eu quero dizer. Você sempre tem que se preocupar com alguma coisa.

— Lá vai você de novo. Ainda acha que a culpa é minha.

— Não, escute aqui. Eu me diverti muito em Colônia. Gostei de estar lá, assim como gostei de minhas viagens à Noruega, à Áustria e a Portugal. Toda vez que estou fora preciso me convencer de que vou gostar de voltar para casa e para você da mesma forma.

— Rasmus, não comece. Agora não, com tudo o que está acontecendo na minha vida.

Ele baixa a faca.

— Da última vez que voltei, foi exatamente a mesma coisa. Você estava infeliz porque sua melhor amiga a havia decepcionado por não ter escrito quando estava no Quênia. Era importante para você, eu entendo isso. Antes disso, você estava no meio de uma de suas crises... Mas está tudo bem. Não é a artrite que me incomoda. Mas houve uma vez em que você estava infeliz porque tinha acabado de voltar da viagem em que viu sua amiga Charlotte.

A expressão dele se suaviza.

— Eu me perguntava se podia ficar ansioso para voltar para casa e ficar com você. — Ele deve ter visto que acertou na mosca com seu desabafo. — Malene, estou tentando lhe dizer que tudo isso fragiliza nossa relação.

Ela não tem a menor vontade de cooperar. Se ele sente que precisa falar de como o relacionamento dos dois é "frágil", então, problema dele. Mas ela começa a questioná-lo assim mesmo e depois não consegue reprimir as lágrimas.

Rasmus recua, falando que simplesmente quis dizer que o relacionamento dos dois vale a pena e que eles deviam fazer tudo o que pudessem para fortalecê-lo. Aos poucos, ele a reconforta, afagando-lhe delicadamente os dedos inflamados. Às vezes ela sente que ele também encontra alguma paz só por lhe afagar as articulações doentes. Os dois estão recostados no sofá novo. Ele massageia os ombros de Malene, a cabeça dela pousada no seu colo. Um pouco depois, eles riem por terem ficado tão passionais e fazem piada dos desenhos formados pelas lágrimas de Malene na superfície do coquetel de suco de melão.

Malene se pergunta sobre Anne-Lise e o marido — se eles seriam assim. Em uma casa de subúrbio, compartilhada com os dois filhos, tudo deve ser diferente. Será que Anne-Lise e Henrik estão felizes esta noite? Agora que Paul passou a Anne-Lise a responsabilidade pelas solicitações de livros, será que eles estão brindando ao sucesso dela com champanhe? Malene acha esta cena difícil de visualizar. Além disso, ela nunca viu Anne-Lise verdadeiramente feliz e à vontade. Por que a conquista das solicitações de livros a mudaria?

A massagem de Rasmus está fazendo com que ela relaxe. Seus pensamentos vagam. Ela pensa em Iben. Imagine: Iben não tem a quem amar. Como as noites devem ser vazias para ela, sozinha com sua comida de microondas. Como Iben deve ansiar por alguém para amar.

Rasmus passou a afagar o couro cabeludo de Malene. A sensação de formigamento é maravilhosa. Ela encheu a sala de velas. Rasmus e ela não falam.

Talvez Gunnar e Iben não formem um casal tão maluco. Iben obviamente se sentiu atraída por Gunnar, mas no início não parecia uma boa combinação. Não que Malene tivesse tentado impedir, naturalmente.

Ela vislumbra o futuro de Iben e Gunnar. Eles moram no apartamento de Gunnar, compartilhando-o com os móveis africanos dele, o bebê dos dois e visitas das duas filhas do primeiro casamento dele. Sem querer, de repente Malene faz parte deste cenário. Rasmus a deixara e ela, como uma tia descasada e enferma, aparece para ver os amigos de vez em quando. Ela se livra da imagem antes que se forme em sua mente.

Pouco depois, ela e Rasmus estão na cama juntos, e agora Malene toma a iniciativa. Ela nota de novo o cheiro desconhecido de produtos de toalete do hotel e faz o que pode para que seja especial para ele. O peso dele em seu corpo é perfeito, e ela desfruta de suas mãos fortes e saudáveis. Ela desta vez tem um orgasmo, embora pouco intenso.

Rasmus quer se levantar e comer mais alguma coisa. Ele agora está contente, é mais fácil conversar. Ela tem menos certeza de seus próprios sentimentos.

Na cama de novo, eles se deitam e conversam. Ela lhe mostra a cópia do e-mail de revenge_is_near. Ele lhe diz que não deve ter medo, que tudo ficará bem. Ela fala sobre a noite que elas passaram com Grith e sobre o distúrbio mental que leva a identidade de uma pessoa a se dividir e se dissociar. Isso o interessa. Ele está sentado, comendo *prosciutto* com os pedaços que restaram do melão. Há uma fatia de pão com manteiga e sal ao lado.

— O que Grith diz é que quem mandou o e-mail pode se comportar como uma pessoa perfeitamente normal... Isto é, não como alguém obviamente violento. Pode ser alguém que nos conhece. E seja lá quem for, também entende muito de genocídios.

— Então, como vocês descobririam quem é? — pergunta Rasmus.

— Bom, pode ser alguém relacionado com o Centro e cuja personalidade se dividiu para isolar seu ódio... Alguém que vemos com freqüência, talvez todo dia.

Mais tarde, quando Malene começa os exercícios da noite para os dedos usando sua bola azul, Rasmus ainda pondera sobre o que ela disse. Sua boca brilha de suco de melão.

— Grith explicou como descobrir se uma pessoa isolou seu ódio e tudo o mais em uma personalidade separada?

— Não, não explicou.

— Então você pode pensar que Anne-Lise fez isso, mas não pode provar? Tem que tratá-la como se ela fosse inocente?

Malene sorri para que ele saiba que acertou em cheio.

— É isso mesmo.

Eles se deitam próximos, confortavelmente juntos, e fantasiam que podem pegar o remetente dos e-mails. A cabeça de Malene está pousada no peito de Rasmus, e seus braços estão em torno dele. Ela olha pela janela.

Ela pensa em Iben, e em como há apenas 48 horas a amiga estava assustada a ponto de ir passar a noite lá porque realmente acreditava que alguém podia invadir a casa e matá-la enquanto dormia. O que mudou desde então?

Às vezes a gente sente uma tristeza profunda no primeiro dia realmente lindo da primavera. Às vezes a gente se sente renovada e alerta depois de uma madrugada estúpida. Agora Malene se sente exatamente o contrário do que esperava: sente-se segura. Adora abraçar com força seu amante provisório e pensa que faria qualquer coisa para que ele ficasse mais feliz por estar com ela.

O Genocídio Esquecido da Europa

Em maio, uma conferência organizada pelo Centro Dinamarquês de Informações sobre Genocídios examinará a expulsão de 15 milhões de alemães de seus lares na Europa Oriental. Esta foi uma das maiores operações de limpeza étnica do mundo, mas até recentemente era discutida com mais freqüência entre os que negam o Holocausto do que entre pesquisadores sérios.

Por Malene Jensen

A Segunda Guerra Mundial estava quase no fim, e o Exército Vermelho soviético forçava sua entrada na Alemanha. Os soldados russos combateram por dois anos na Rússia e na Polônia ocupadas pelos alemães, marchando por paisagens sulcadas pela tentativa nazista de conquistar a raça eslava.

Antes mesmo da declaração de guerra, Hitler instruíra os líderes do exército alemão a matar "todos os homens, mulheres e crianças de origem polonesa, sem demonstrar piedade nem compaixão". Além dos atos de guerra, os soldados alemães participaram deste genocídio baleando, executando e obrigando à morte pela fome pelo menos 10 milhões de russos e poloneses. Agora a situação se invertera. Os soldados soviéticos encontraram o interior da Alemanha e suas aldeias sem nenhum homem fisicamente apto. A agressão alemã custou praticamente a cada soldado russo a vida de um ente querido – um familiar, um velho amigo, um companheiro de armas – e por quatro anos todos ficaram famintos, enregelados e sem mulheres.

Os homens ficaram furiosos. Houve relatos infindáveis de testemunhas oculares sobre como todas as mulheres, dos dez aos oitenta anos, foram estupradas. Algumas morreram após estupros múltiplos. Nem todas as mulheres foram mortas a tiros depois disso, mas o oficial russo Aleksandr Soljenitsin, mais tarde um escritor laureado com o prêmio Nobel, escreveu sobre o que viu no longo poema épico *Noites da Prússia*: "Virgens eram feitas mulheres, e logo as mulheres seriam cadáveres, enquanto, mentalmente enfermas e de olhos injetados, imploravam: 'Mate-me, soldado!'"

Os estupros de que ninguém quer se lembrar

Depois todos os envolvidos tentaram suprimir a consciência dessas violações. O tema foi tabu até a publicação de um livro alemão sobre o assunto em 1992, *Befreier und Befreite* (*Os libertadores tomam liberdades*), uma coletânea de artigos organizada por Helke Sander e Barbara Johr. Em um artigo, o estatístico Gerhard Reichling estima que 1,9 milhão de mulheres alemãs foram estupradas durante os meses da invasão. O número exato de estupros é muito maior, uma vez que era raro que uma mulher fosse estuprada apenas uma vez. Uma proporção maior dos 40 mil relatos escritos de testemunhas oculares mantidos no Bundesarchiv-Ostdokumentation alemão (um arquivo estatal para a documentação sobre o *front* oriental, instalado na prefeitura de Bayreuth) descreve como grupos de mulheres foram mantidas em cativeiro em porões para serem usadas pelos soldados como quisessem, a qualquer momento.

Há vários relatos de testemunhas oculares que descrevem o que aconteceu em Nemmersdorf, cidade do interior no leste da Prússia, onde mulheres nuas eram crucificadas nas portas, os pregos martelados em suas mãos e pés. Crianças, soldados feridos do exército alemão e homens idosos que nunca foram convocados foram baleados na nuca, transportados para campos de concentração russos ou espancados até a morte.

Ilya Ehrenburg, escritor stalinista, escreveu em um panfleto distribuído aos soldados russos: "Contem não os dias, nem os quilômetros percorridos. Contem apenas o número de alemães que mataram. Matem alemães — este é o seu lema. Matem alemães — este é o apelo da terra da Rússia. Não hesitem. Não parem. Matem."

Os soldados não eram apenas russos, mas incluíam a cavalaria da Mongólia e contingentes de outras 150 nacionalidades, principalmente asiáticas, sob o domínio soviético. Todos estavam livres para fazer qualquer coisa e tudo o que quisessem, exceto demonstrar piedade. As curras eram recomendadas como se fossem atos heróicos. Deixar de participar da matança de civis alemães podia levar à corte marcial e resultava em punição com a prisão (como no caso de Soljenitsin) ou a execução.

O inverno de 1945 foi rigoroso. O êxodo dos alemães do leste da Prússia aconteceu a temperaturas de 18 a 25 graus abaixo de zero. A força aérea soviética e mais tarde as divisões de blindados abriram fogo e bombardearam os refugiados. Em uma manobra pelos flancos, a infantaria interceptou rotas de fuga para o oeste da Alemanha, e muitos refugiados preferiram seguir a pé para a costa, onde tentavam embarcar em navios. Um desses navios, o *Wilhelm Gustloff*, projetado para transportar 1.460 passageiros, foi afundado por um submarino soviético. Dos 11 mil civis a bordo, 9 mil morreram naquele único ataque — aproximadamente seis vezes o número de afogados no naufrágio do *Titanic*.

Königsberg torna-se Kaliningrado

Muitos fugitivos ficaram retidos em Königsberg, a capital sitiada do leste da Prússia. A cidade portuária de Königsberg era antigamente uma das mais elegantes, mais refinadas e cultas da Alemanha, cheia de lindos prédios antigos, inclusive uma famosa catedral, museus e teatros. Antes da ascensão de Hitler ao poder, a universidade de Königsberg era aclamada internacionalmente. A cidade ostentava sete jornais e a maior livraria da Alemanha, que supria — entre outros — seus muitos cientistas e artistas. Em julho de 1944 um grupo de oficiais de Königsberg perpetrou uma tentativa frustrada de matar Hitler.

Nos seus mais de setecentos anos de existência, a população de Königsberg crescera para 380 mil habitantes, mas, quando a cidade se rendeu, permaneceram apenas cerca de 100 mil. Muitos tinham fugido para a cidade, vindos do campo para o leste; outros eram famílias foragidas dos bombardeios de Berlim.

O diplomata e historiador americano George Frost Kennan sobrevoou o leste deserto da Prússia. Ele escreveu em suas memórias: "A invasão russa é uma catástrofe para esta região, incontrastável na Europa contemporânea. Em muitas áreas, a população original foi dizimada de tal forma que dificilmente um homem, mulher ou criança continua vivo; é impossível acreditar que todos tenham conseguido escapar para a região ocidental."

Depois da derrota da Alemanha, esta parte do antigo território da Prússia passou a ser dominada pelos soviéticos. Em conseqüência, três quartos da população remanescente de Königsberg morreram de doenças e fome. Os 25 mil sobreviventes foram deportados em 1947 para o que se tornaria a recém-batizada República Democrática Alemã. Alguns terminaram em campos de concentração construídos pelos nazistas, que então eram usados pelos poloneses e soviéticos. Ali, cerca de 75% dos prisioneiros morreram, principalmente de inanição, tifo e tortura.

Expulsões nos anos pós-guerra

O deslocamento forçado de civis das antigas províncias alemãs da Prússia Oriental, da Silésia e da Pomerânia continuou durante os anos pós-guerra. Stalin, em seus encontros com Churchill e Roosevelt, insistiu em manter as partes da Polônia que a União Soviética anexara depois do pacto de Stalin com Hitler em 1939. Portanto a Polônia tinha de ser compensada. Na conferência de Teerã em dezembro de 1943, Churchill usou três fósforos para demonstrar como isso podia ser feito: ele primeiro baixou dois fósforos, retirou o da direita e acrescentou um novo fósforo à esquerda do que restava.

No mundo real, esta mudança no território da Polônia levou à retirada de 3 milhões de alemães de sua antiga terra natal, que agora pertencia à Polônia, e à realocação das pessoas deslocadas. Elas foram abandonadas para prover sua subsistência por conta própria, da melhor forma que pudessem. As áreas rurais e cidades esvaziadas foram então repovoadas pelos 3 milhões de poloneses deportados do novo território soviético.

Com uma brutalidade desumana, também foram expulsos alemães de regiões germanófonas na Tchecoslováquia, na Hungria, na Iugoslávia e em outros países europeus. Eles perderam seus lares e todos os bens que não conseguissem transportar.

A maior operação de limpeza étnica da Europa

Mais de 15 milhões de alemães foram expulsos de suas regiões natais. Além disso, mais de 2 milhões de civis alemães foram assassinados ou morreram de inanição, de frio ou por conta das terríveis dificuldades por que passaram em 1945 e nos cinco primeiros anos depois que a paz foi declarada. Os meros números fazem deste o maior genocídio da Europa e aniquilaram a cultura da Alemanha Oriental.

Ninguém duvida da exatidão desses números, que se baseiam em documentação dos arquivos alemães. Apesar disso, a pesquisa internacional dá relativamente pouca atenção a esse extermínio em massa.

Na *Encyclopedia of Genocide*, a deportação de alemães é tratada em uma tabela que relaciona os maiores genocídios do século XX, mas não há um artigo separado com sua descrição. Essa obra de referência, porém, inclui longos artigos sobre outros genocídios numericamente menores.

Um ponto fraco semelhante é encontrado em outras obras capitais, como *Century of Genocide* e *The History and Sociology of Genocide*. Ninguém contradiz o fato de que o deslocamento forçado de alemães no pós-guerra foi um dos maiores que a Europa já vira, mas também é verdade que ninguém quis escrever sobre ele. Não é difícil entender por que as coisas são assim.

"Foram os alemães que começaram."

Nenhum pesquisador sério gostaria de se ver associado com a mudança de ênfase na matança alemã de judeus, eslavos, ciganos e homossexuais. Foram na verdade os alemães que sistematizaram o genocídio e construíram a máquina que tornou o assassinato de pessoas mais eficiente do que nunca.

Segue-se que a questão da culpa é fundamental. As crianças alemãs podem ser consideradas responsáveis por crimes inimagináveis contra a humanidade cometidos por homens que eram seus parentes mais velhos? Os próprios nazistas argumentariam que é o que acontece: de acordo com seus princípios, populações inteiras são punidas pelos crimes cometidos por indivíduos.

Mas será que hoje ainda pensamos assim?

Um hiato de informações

Embora o interesse acadêmico pela limpeza étnica de alemães tenha aumentado muito nos últimos anos — tanto dentro como fora da Alemanha —, ainda pode ser difícil encontrar informações objetivas e exatas. Por exemplo, se tentarmos localizar o maior desastre de navio do mundo — o naufrágio do *Wilhelm Gustloff* —, não há referência na *Enciclopédia Nacional da Dinamarca*, na *Encyclopaedia Britannica* nem na grande enciclopédia alemã *Brockhaus*.

As pesquisas na Internet das palavras alemãs "*Vertreibung*" ("expulsão") e "*deutsche*" ("alemães") e sobre "1945" geraram muitos milhares de links, principalmente de grandes sociedades que apóiam alemães expatriados. A objetividade dessas sociedades é obviamente questionável. Uma busca correspondente em inglês resulta em um conjunto muito mais compacto de links.

Porém, muitos desses sites exibem narrativas distorcidas da história da Segunda Guerra Mundial e, em especial, do Holocausto. Embora afirmem dar resultados de pesquisa neutros e academicamente válidos, muitos na realidade são escritos por aqueles que negam a realidade do Holocausto. Em muitos casos, tal negação é um sintoma de alinhamento com organizações neonazistas.

CDIG organiza uma conferência sobre a expulsão dos alemães

Em outras palavras, ainda é difícil encontrar informações confiáveis sobre este genocídio em particular, especialmente para aqueles que não estão profissionalmente interessados na pesquisa do genocídio. Livros e sites muito tendenciosos se misturam a fontes mais fidedignas.

É por esse motivo que o CDIG dará uma conferência pública sobre a expulsão. A conferência acontecerá entre os dias 15 e 17 de maio. O Centro espera que ela ajude a dar suporte a novas pesquisas e a dissociar a compreensão dessa tragédia das home pages criadas por aqueles que têm como objetivo falsear a história.

Reserve essas datas agora.

Mais informações sobre o programa e o registro estarão disponíveis em edição posterior do Jornal do Genocídio.

14

Frederik Thorsteinsson, presidente do Centro para a Democracia, que promove o uso de práticas democráticas nos países do Leste Europeu, também é vice-presidente do conselho do CDIG. Frederik é o único homem do conselho que é mais novo do que Paul, e isso pode ter alguma relação com o fato de Paul não gostar dele.

A principal formação acadêmica de Frederik era história. Sua tese de doutorado, *As origens da tradição democrática na Dinamarca*, concluída numa idade extraordinariamente precoce, foi premiada com a Medalha de Ouro da Universidade de Copenhague. Depois de uma passagem pela Unidade de Pesquisa em História Moderna da Universidade Roskilde, ele assumiu o cargo no Centro para a Democracia e depois a vaga no conselho diretor do CDIG.

Em pouco tempo Frederik e Paul tiveram sua primeira escaramuça. Discordaram a respeito de como lidar com um projeto de informações na Republika Srpska, a república sérvio-bósnia. Durante a semana da pior rixa, a equipe do CDIG fez sua festa de Natal em um restaurante sofisticado à margem do lago. Mais tarde, naquela noite, Paul, Malene e Iben terminaram em uma boate em Nørrebro, cheia de gente desviada dos numerosos jantares de Natal.

No meio do barulho e da música, de repente Paul confidenciou a Malene:

— Malene, não vê que Frederik só pensa em si mesmo? É por isso que ele é sempre tão astucioso e politicamente correto. Só pensa na carreira. Quer dizer, você consegue apontar um único valor ético a que se prenda que não seja do próprio interesse dele?

Na segunda-feira seguinte, Paul pediu a Malene para ter uma conversa com ele em sua sala. Tentou retirar o que disse, mas não foi muito bem-sucedido.

— Malene, não estou satisfeito com o que falei a você na sexta à noite. Você entendeu o que eu quis dizer... sobre Frederik. Não tenho nenhum motivo pessoal para suspeitar de má-fé por parte dele, e foi péssimo manifestar minhas dúvidas a você. Eu me arrependo disso. Então, será que pode ficar entre nós dois?

— É claro que sim — disse ela.

— Deve ser preconceito meu — continuou Paul. — Ele me lembra um oficial da SS num daqueles filmes de guerra americanos dos anos 1960. Isto é, tirando o corte de cabelo.

Malene riu. Na verdade, a descrição de Paul parecia bem adequada: Frederik era tranqüilamente 15 centímetros mais alto do que todos os outros homens do conselho diretor e de aparência muito agradável, com o cabelo louro, as maçãs do rosto altas e o nariz pequeno e reto.

As mulheres tendem a gostar de Frederik, que pode ser charmoso apesar de seus maneirismos da classe alta. Na verdade Malene suspeita de que ele poderia ter qualquer uma das quatro mulheres que trabalham no Centro, mas ninguém fala nisso quando Paul pode ouvir. A própria Malene tem um ótimo relacionamento com Frederik, com a quantidade exata de flerte.

Três semanas depois da festa de Natal, Paul recebeu a oferta de um lugar no conselho diretor do Centro para a Democracia e aceitou de imediato. De certa forma, embora não fosse o vice-presidente, agora estava em uma posição compatível com a de Frederik.

Na quarta-feira à tarde Frederik telefona para Malene. Está fazendo pesquisas para um livro e precisa ver os processos de antigos casos judiciais poloneses.

É claro que Malene pode conseguir-lhe acesso aos documentos, mas agora vigora a nova regra de Paul. Ela deve transferir Frederik e seu pedido da biblioteca para Anne-Lise. Ela olha rapidamente para Iben. Esta, obviamente, deduziu quem está do outro lado da linha. Elas erguem as sobrancelhas ao mesmo tempo.

Malene faz uma pausa breve e depois diz, satisfeita, que conseguirá que as caixas de documentos sejam colocadas no Salão de Reuniões.

Depois disso, Malene confessa a Iben:

— Olha, eu simplesmente não consegui. Hoje não. — Ela tenta sorrir. — Não quando foi Frederik quem me pediu.

Iben não diz nada, só pega a xícara de café.

Ela localiza o código de registro. É fácil, porque Anne-Lise entrou com os códigos no catálogo da biblioteca. Ela conversa com Iben por alguns minutos para se acalmar antes de buscar as caixas. Enquanto passa pela mesa de Anne-Lise, faz um esforço para dizer um olá.

Os documentos poloneses estão enterrados no fundo da biblioteca, na estante da esquerda, do tempo em que a Câmara Municipal mantinha os arquivos ali. Ao sair, empurrando um carrinho com cinco caixas, Malene sente que deve dizer alguma coisa.

— Como está indo?

— Bem. — Anne-Lise não faz perguntas.

Malene empurra o carrinho para o Salão de Reuniões. O conselho se reúne ali a cada dois meses, mas aos poucos a sala também se encheu de estantes e, apesar de seu nome, é usada principalmente por visitantes que querem ler em paz.

Frederik pára junto às mesas de Iben e Malene para bater um papo antes de começar a trabalhar nas caixas junto com Malene.

Depois do almoço, Paul aparece. Ele verifica a correspondência em sua sala e depois volta ao Jardim de Inverno. Elas vêem de imediato sua falsa indiferença e sabem que significa problemas.

— Olhe, Malene, temos que discutir uma coisa, você e eu. Por que não vem me ver assim que puder?

Malene se levanta.

— Agora, se preferir.

Camilla está à mesa dela. Malene se certifica de fechar a porta da sala de Paul.

— Sente-se, Malene. — Uma das mãos de Paul se move para o queixo. — Olha, fizemos um acordo ontem.

— É verdade, fizemos.

— Agora é responsabilidade de Anne-Lise trabalhar diretamente com os usuários em qualquer coisa que tenha a ver com a biblioteca.

— É verdade.

Paul sempre fala com cuidado quando precisa se portar como um executivo.

—Você decidiu... não cumprir a promessa?

— De jeito nenhum. É só que Frederik e eu trabalhamos muito juntos. Eu só queria ajudá-lo.

— Só Frederik. Então você mandou mais alguém para Anne-Lise?

— Ainda não. Só combinamos isso ontem, mas vou fazer.

Paul não diz nada, só olha para ela.

Malene analisa o verso do porta-retratos na mesa de Paul. Ele lança sombras pálidas e angulosas nas pilhas de papel. Depois ela ergue os olhos.

—Você deve ter falado com Anne-Lise.

— Não. Perguntei a Frederik como o novo sistema estava funcionando.

Malene pensa que isso é improvável.

Depois, num tom de voz diferente, Paul diz:

— O que conseguiu com os contatos com as fundações austríacas foi bem impressionante.

— Obrigada. A embaixada fez muitas sugestões boas.

Depois, repentinamente, Paul muda de assunto de novo.

— Tinha a impressão de que a porta para a biblioteca devia ficar aberta. Não é verdade?

— Vai ficar, mas só podemos abrir depois que a mesa de Camilla mudar de lugar. E isso só pode ser feito depois que Bjarne instalar os links de rede e todas as tomadas.

Paul inspira, exala um suspiro revigorante.

Malene fala rapidamente.

— Não sou a única a ter que lidar com isso.

— Acho que não, Malene. Mas você disse a Camilla que as tomadas e o resto devem ficar prontos o mais rápido possível?

— Sim, na verdade eu disse. Não falei dessa forma, mas disse a ela. E lembrei que deve ser rápido. Ela disse que é mais barato se deixarmos Bjarne escolher um dia em que não esteja muito ocupado. Ao que parece, ele tem muito trabalho esta semana.

Paul começa a remexer alguns papéis.

— Tudo bem. Vou falar com Camilla sobre isso.

Depois da reunião na sala de Paul, Malene vai à copa para fazer café fresco. Iben aparece, mas também Frederik: ele quer ver mais documentos forenses da Polônia.

O arquivo do CDIG mantém uma das maiores coleções do mundo de documentos relacionados com limpeza étnica de alemães das regiões polonesas. É o resultado dos métodos às vezes nada convencionais de Paul de desenvolver os ativos do Centro. Cerca de dois anos antes, ele convenceu um amigo acadêmico a oferecer uma bolsa de pesquisa de um ano a um sociólogo polonês a quem Paul prometera ajudar. Em troca, o sociólogo ficou encarregado de andar de carro pelas províncias polonesas e fotocopiar todos os documentos relevantes que pudesse encontrar, principalmente de prefeituras, tribunais e igrejas.

Malene conheceu o polonês, um homem magro e obstinado, que tinha opiniões mais direitistas do que as de qualquer sociólogo dinamarquês que ela já conhecera. Ele deve ter feito fotocópias por um ano sem parar — ou outra pessoa fez por ele. A coleção desse material, nunca arquivada no mesmo lugar, chegou dentro de 278 caixas de papelão, enchendo três contêineres. Alguns documentos pareciam-se extraordinariamente com os originais.

O polonês obteve uma permissão de trabalho temporária através de canais inescrutáveis e, antes que ela expirasse, encontrou uma esposa dinamarquesa e passou a morar com ela em Odense. Quando Frederik anuncia que precisa de mais documentação, Iben e Malene trocam um olhar rápido.

Iben acena para Malene, convidando-a a dizer a ele o que foi decidido. Malene explica com rapidez e precisão — de modo bem adequado — que, de agora em diante, todos os pedidos de livros e documentos devem ser apresentados a Anne-Lise.

Frederik, evidentemente, acha a nova ordem estranha e diz alguma coisa nesse sentido.

Malene olha dele para Iben e volta a olhar para ele, antes de falar, sem se importar com o tom de voz sarcástico.

— Bom, trabalho em equipe é isso: adaptar-se ao que o outro precisa ou quer. — Ela ergue uma xícara em uma espécie de brinde. O movimento é tão vigoroso que derrama parte do café. — Então, é assim que vai ser.

Frederik se recosta no balcão da cozinha e olha para ela de modo inquisitivo.

— Parece estranhamente formal para mim.

Malene enxuga as gotas na xícara com os dedos.

— Não estamos sendo tão formais, estamos, Iben?

— Acho que não.

Malene toca o braço de Frederik a fim de conduzi-lo para a porta.

— Frederik, volte para suas leituras. Vou dizer a Anne-Lise o que você quer e depois ela levará para você.

— Obrigado.

— Não há de quê. De agora em diante, você vai trabalhar com Anne-Lise. Exatamente como todas estamos tentando fazer.

Mais tarde, Malene e Frederik se juntam na sala de reuniões para discutir a versão inglesa do convite à conferência. Eles se sentam um ao lado do outro na mesa grande, fazendo revisões nos impressos de Malene. O marcador verde de Malene domina o alto da folha, enquanto os acréscimos de Frederik em esferográfica azul serpenteiam pelas frases do último parágrafo.

Anne-Lise bate na porta e entra na sala.

— Olá. Estou incomodando?

— De jeito nenhum.

— Que bom.

Anne-Lise faz uma pausa breve e olha para Frederik.

— Frederik, temos os documentos que você quer dos tribunais de Grufice, Lobez e Nowograd, mas não de Koszalin.

Anne-Lise vai até a mesa. Parece bastante autoconfiante, mas de alguma forma sua expressão incomumente séria parece prestes a se desintegrar.

— É claro que os lugares ali têm vários nomes, então, quando registrei os itens em nossa coleção polonesa, tive o cuidado de colocar links automáticos para o banco de dados. As referências cruzadas devem garantir que tudo seja fácil de localizar, independentemente de a busca ser pelo nome alemão ou pelo polonês. Mesmo assim, tomei a precaução de começar uma nova busca usando o termo alemão para Koszalin, que é Köslin, com um "ö" alemão, e também não há documentos sob este nome.

Anne-Lise deve ter preparado esse pequeno discurso, o primeiro cliente desde a diretiva de Paul. Malene percebe que ela acabara de passar delineador nos olhos, provavelmente pouco antes de entrar.

Com um esforço óbvio, ela se volta para Malene.

— Então, telefonei a uma série de gabinetes em Koszalin. Disseram-me que todos os documentos da cidade foram levados para a divisão "Ostdok" do *Bundesarchiv* alemão em Bayreuth. Telefonei a Bayreuth e consegui que me dessem os detalhes de onde estão guardados os documentos de Koszalin. Olha, anotei o número do telefone e também tirei cópia do e-mail.

Os braços de Malene estão esticados por cima da mesa. Um cotovelo cobre parte do texto em que ela e Frederik estavam trabalhando.

Ela hesita, depois olha para Frederik.

— Eu podia jurar que os documentos estavam aqui. Que coisa estranha.

Anne-Lise parece ter mais certeza agora.

— Mas não estão. Verifiquei tudo cuidadosamente. Tenho certeza absoluta.

— Está bem, é claro. Se é o que você diz.

Anne-Lise coloca uma folha de papel na mesa. Ela escreveu alguns nomes, um número de telefone e um e-mail.

— Ela vai conseguir seus documentos. Eu só queria informar a vocês. Vou telefonar eu mesma a estas pessoas.

Frederik também colocou um cotovelo nos impressos da conferência. Ele olha para Anne-Lise e parece meio confuso.

— Você disse "todos os documentos da cidade" agora há pouco? Você sabia, não é, que eu não estava procurando documentos da cidade de Koszalin?

Anne-Lise pestaneja.

— Como assim?

— Koszalin é nome de uma província e também de uma cidade. É dos documentos dos pequenos tribunais da província que eu preciso.

— Da província...?

Malene pega a folha de papel com o endereço.

— Ah, Frederik, olha! É o endereço de Ilona!

Frederik dá uma olhada no papel.

— É? Não me lembro.

— É claro que é!

Antes que Frederik tenha tempo de responder, Anne-Lise fala.

— Malene! Você não me disse para procurar o tribunal de Koszalin?

— Não, eu não disse. — Malene olha para ela suavemente. — Nunca disse isso. Sei muito bem que não temos um só documento de uma cidade desse tamanho. O que eu disse foi "os documentos de Koszalin e dos tribunais de Grufice, Lobez e Nowograd".

Um dos saltos dos sapatos de Anne-Lise bate audivelmente no piso de linóleo.

— Talvez tenha dito...

— Eu disse "os documentos de Koszalin".

Anne-Lise faz um biquinho. Seus lábios se apertam. Ela parece prestes a dizer alguma coisa agressiva, mas pensa duas vezes antes de falar.

A sala se enche por um momento do ronco surdo de um ônibus que passa na rua.

Malene rompe o silêncio.

— Tenho total certeza do que eu disse, você sabe disso.

Anne-Lise não responde.

Malene tenta um sorriso.

— Anne-Lise, posso entender perfeitamente como deve ser irritante cometer um erro que atrapalha tudo. Talvez eu devesse ter me expressado com maior clareza, mas parecia muito mais complicado de dizer. Temos documentos de cinco tribunais da província de Koszalin. Os nomes são Bielograd, Darłowo, Swidwin, Złocieniek e Kołobrzeg.

Na rua, outro veículo a diesel segue-se ao ônibus.

Depois Malene continua:

— Mas foi você quem passou semanas a fio digitando todas as informações no banco de dados. Simplesmente não me ocorreu que você não ia saber. — Malene se interrompe a essa altura.

Frederik tenta ser igualmente solidário.

— Não se preocupe. Não tem importância.

Anne-Lise não está mais olhando para nenhum dos dois. Ela se apruma e parece determinada.

— Vou encontrar o que quer imediatamente. Agora que sei exatamente o que procurar, não vai demorar nada.

Malene entrelaça uma das mãos na outra.

— Ótimo. Você vai se sair bem.

15

No final da tarde de quarta-feira um velho amigo de Rasmus aparece para conversar. Malene se enfurna em outros lugares, no quarto, na cozinha, no corredor.

Ela não consegue deixar de pensar no trabalho. Eu disse "os documentos de Koszalin", diz a si mesma de mau humor. Depois, de repente, a noite acaba. Quando o amigo de Rasmus vai embora, ela já tomou um comprimido para dor de cabeça.

Malene e Rasmus estão cansados. Sentam-se nas almofadas do sofá, um em cada canto, com os pés no colo do outro. Malene faz os exercícios com os dedos.

Ela pergunta a Rasmus o que Jonas queria. Parece que ele tem problemas no trabalho.

O som do rádio-relógio. Dedos no piso de ladrilhos do banheiro. Creme dental. Ondas de ar úmido do boxe. O cheiro do desodorante de Rasmus. Algodão. Iogurte desnatado. Café.

Quando Malene aparece no Centro na quinta de manhã, todas as outras estão no Jardim de Inverno, paradas em volta da cadeira de Camilla. Malene olha rapidamente para Camilla e vê que ela deve ter chorado.

Antes mesmo que Malene baixe a bolsa, Paul explica:

— Camilla também recebeu um dos e-mails.

Ele passa a cópia a Malene.

QUALQUER UM QUE ABRIGUE OU AJUDE NOSSOS INIMIGOS É NOSSO INIMIGO. VOCÊ, CAMILLA BATZ, DESCOBRIRÁ QUE OS COLABORADORES QUE SE JULGAM INOCENTES TAMBÉM COSTUMAM MORRER.

O e-mail foi enviado naquela noite, às 21h57min. O remetente, como antes, é revenge_is_near@imhidden.com.

Malene fica enfurecida. Ela desvia os olhos do impresso e encara Anne-Lise, que evita os olhos dela.

Anne-Lise está recostada no arquivo de Camilla e pousa uma das mãos nele, perto da máquina de postagem. Não parece tão tensa como era de se esperar. Como podia ser uma mentirosa tão rematada? Era uma das boas, certamente. Só de pensar como conseguiu esconder o fato de que odeia as colegas durante meses. Além disso, ela pode ter esquecido que escreveu todos os e-mails, como nos casos de personalidade dividida de que Grith lhes falou. Talvez ela tenha uma consciência tênue de ter feito isso, como se fosse um sonho. Malene não consegue sequer suportar olhar para Anne-Lise e dá as costas para se envolver no que o resto do grupo está dizendo.

Camilla indica a garrafa de uísque diante dela.

— Já tomei duas doses.

A garrafa foi um presente que Paul recebeu depois de uma palestra. Ele a levou para lá, junto com alguns copinhos. Camilla dá uma risada nervosa. É impossível saber o que está sentindo.

Malene quer dizer a Camilla o quanto sente por ela, mas não consegue pensar em uma maneira de colocar o assunto.

— Você ligou para Finn?

Camilla treme.

— Liguei. Ele queria vir direto para cá, mas eu disse que não havia necessidade.

Finn é viúvo da melhor amiga de Camilla. O câncer uterino avançado da amiga foi diagnosticado dias depois de ela dar à luz uma menina. Nos dois primeiros meses depois do diagnóstico, Camilla se ausentou muito do trabalho. Mais tarde, ela se mudou para ajudar Finn a cuidar da esposa e do recém-nascido.

No período de um ano e meio que se seguiu, a amiga de Camilla enfraquecia constantemente e por fim morreu. No começo Camilla voltou a morar na própria casa, mas agora tinha um filho com Finn e se mudou para a casa dele, na ilha Amager. Finn trabalha como encanador, principalmente em Amager. Camilla o traz no verão e nas festas de Natal oficiais do trabalho. Ele é um homem baixinho e careca, mas simpático e sempre de bom humor.

Malene vai até Camilla e a abraça. É um impulso; elas nunca se abraçaram antes. O corpo de Camilla é quente e Malene percebe, para sua surpresa, que ela também está perto das lágrimas. Mas não começa a chorar. Em vez disso grita, em uma voz estranha que parece sair de algum lugar bem profundo:

— Camilla, não vamos deixar que se safem dessa!

Ela ouve Iben falar às suas costas.

— Malene! Você não reagiu dessa forma quando recebeu o e-mail.

Malene se afasta de Camilla. É verdade. Ela está furiosa com quem quer que tenha feito aquilo, mas não consegue pensar no motivo para reagir com tal intensidade.

— Eu sei. Mas é tão...

Iben a observa.

— Não deviam mandar essas coisas a Camilla! — Ela pára e se vira para Camilla. — Você não fez nada. Nós é que escrevemos os artigos. Não é justo atormentar você!

Eles ouviram o elevador parar no hall do prédio. A porta se abre e Bjarne sai. Ele é o consultor e técnico em TI do Centro e veio mudar as conexões que servem a mesa de Camilla.

A voz de Anne-Lise é estridente.

— Precisamos fazer o que pudermos para descobrir quem está escrevendo estes e-mails.

Eles concordam com gestos de cabeça, mas ninguém olha na direção dela.

E assim ficam. Todos estão de acordo, naturalmente. Mas o que podem fazer?

Nada que já não tivessem feito.

Quando toma conhecimento de onde a mesa deve ficar, Bjarne vai até o pequeno depósito onde fica o servidor do escritório, bem como fios e outros equipamentos de que precisa. Paul é o único que está sentado. Ele pergunta a Camilla se ela prefere ir para casa e tentar se recuperar do choque.

— Obrigada, Paul. Mas não, não quero. Não tem ninguém lá em casa. Prefiro ficar aqui com vocês todos.

— Camilla, por que não se senta na sala de reuniões para ficar em um lugar mais sossegado? — sugere Iben.

— O que eu gostaria de fazer mesmo é me deitar. Só um pouco, no sofá da biblioteca.

Malene lhe aperta o braço.

— Faça o que for melhor para você. Vou cuidar de todas as ligações telefônicas hoje.

— Todos estão sendo tão doces e gentis comigo. — Camilla olha de uma colega para outra. Sua expressão ainda é aflita, mas de um modo mais familiar. — Eu nem fui muito agradável com vocês quando receberam esses e-mails.

Malene a reconforta.

— Mas, Camilla, as coisas agora são diferentes. Nossos e-mails chegaram ao mesmo tempo. Agora está claro para todos nós que não é só um caso isolado. Isso torna toda a história mais grave. Para nós também.

Malene olha para Anne-Lise. Ela não parece tão assustada. Por que não? Agora parece que toda a equipe do Centro está sendo ameaçada, então a linguagem corporal dela não devia ser mais tensa?

Camilla se preocupa.

— Mas eu não devia ter...

Malene a interrompe.

— Camilla, não deve se culpar. Só o que tem que fazer agora é decidir se prefere ficar aqui e me deixar atender o telefone ou se prefere descansar no sofá. Ou qualquer outra coisa que queira.

Camilla agradece, mas recomeça a chorar. Paul se levanta e diz que deve notificar a polícia.

Malene e Iben acompanham Camilla até o sofá, com Anne-Lise seguindo-as. Depois que estão nos corredores da biblioteca, Anne-Lise parece achar que Camilla entrou em sua área de responsabilidade e chega mais perto.

— Quer que o tire daqui? Tem um cobertor em algum lugar e uma água, e se houver mais alguma coisa, tenho certeza de que...

Mas o que Camilla quer é apenas descansar em silêncio, então Malene e Iben a deixam a sós.

Bjarne agora está de volta ao Jardim de Inverno, ajoelhado atrás do jogo de tomadas que puxou de uma parede. Para verificar as novas conexões da mesa de Camilla, ele quer que a tirem do lugar. Malene e Iben concluem que conseguem fazer isso. Para proteger o chão, colocam maços de propagandas de mala-direta sob as pernas da mesa e juntas a empurram para a nova posição. Malene empurra a mesa para evitar qualquer peso diretamente em suas mãos. Depois elas movem algumas prateleiras pequenas, o monitor, as plantas e as outras miudezas de Camilla, tentando arrumar tudo com o maior capricho possível. Anne-Lise vem se juntar a elas, deixando a porta aberta entre o Jardim de Inverno e a biblioteca pela primeira vez.

Impacientes, as três fazem hora por algum tempo. Iben e Anne-Lise empurram duas grande estantes de lado para dar mais luz e ventilação em volta do espaço de trabalho de Camilla. Bjarne xinga quando descobre que os cabos de rede foram dispostos de uma forma estranha, o que significa que deve ser instalado um novo jogo no servidor.

Tudo isso parece satisfazer Anne-Lise. Elas estão trabalhando juntas "como uma equipe", e Iben bate papo com ela. Malene devia participar, mas não consegue encontrar nada para dizer.

Quando Anne-Lise volta à sua mesa, a porta ainda fica aberta. Todos poderão ouvir o que os outros dizem de agora em diante. Pelo menos, ele pode perceber o que as outras estão falando. É claro que a própria Anne-Lise nunca diz nada.

Está quase na hora do almoço. Iben e Malene ainda não trabalharam nada. Iben acena para Malene sinalizando que precisam conversar. Elas se encontram na sala da copiadora.

Iben fica muito perto de Malene e fala aos sussurros.

— Tenho a impressão de que Camilla está com medo de um homem, alguém que ela conhece.

— Como assim?

— Não deve ser nada... Sei que não devíamos especular sobre cada coisinha, mas não percebeu a intensidade com que ela reagiu a isso? Duas boas doses de uísque às nove horas da manhã. Depois descansar no sofá ou dormir ou sei lá o quê, porque ela não quer ir para casa e também não quer voltar a trabalhar?

Malene não tinha pensado nisso, mas o que Iben diz faz sentido.

Iben tem mais a dizer.

— Quando Camilla telefonou para Finn, eu a ouvi dizer "Eu sabia que ele tinha voltado".

— Mais alguma coisa?

— Mais nada. Só isso.

— O que isso quer dizer?

— Não faço a menor idéia. Tentei perguntar, mas ela evitou a questão.

A luz na sala da copiadora é fria. Malene recua um pouco.

— Será que ela pode explicar tudo isso? Não seria um amigo vindo visitar ou coisa assim?

— Não. Não faço idéia do que ela quis dizer, mas não é isso. Eu posso ter ouvido mal, é claro.

— Bom, sim, quer dizer, Camilla é tão sensível. Ela não nos arrastaria para uma coisa perigosa. Perguntou a ela novamente?

— Perguntei, mas indiretamente. Ela pode estar com medo de alguém que conhece, e é por isso que está levando o e-mail mais a sério do que nós.

Malene se recosta na copiadora.

— Também vou perguntar a ela.

A voz de Iben ainda é muito baixa.

— Faça isso. Mas de certo modo não acho que vá chegar a algum lugar.

Malene atende o telefone naquela tarde, como foi combinado. Quando Finn liga para perguntar como Camilla está, Malene vai à biblioteca para descobrir e a acorda. Camilla a segue de volta ao Jardim de Inverno, mas pára na soleira da porta.

— Ah, veja só! É assim que vai ser de agora em diante?

Malene olha para Iben antes de responder.

— Sim, bom, não, você é quem vai decidir. Nós só mudamos sua mesa porque Bjarne queria que ela ficasse mais próxima da conexão nova. Assim ele poderia verificar se estava tudo funcionando.

Iben se intromete.

— É só temporário, Camilla. Vamos ajudar você se quiser mudar a mesa para outro lugar.

Camilla se senta no lugar de Malene para atender ao telefonema de Finn, uma vez que seu telefone ainda não está conectado. Quando a chamada é encerrada, ela passa a considerar a nova posição de sua mesa.

— Acho que fica bem assim.

Malene estava procurando na estante por um determinado exemplar de *La Lettre de la Fédération Internationale des Ligues des Droits de l'Homme.* Ela sorri.

— Também achamos que sim.

Iben desvia os olhos do monitor, preocupada.

— Experimente por alguns dias. Você precisa se acostumar com a nova disposição antes de se decidir.

— A conexão de rede no meu antigo lugar acabou, não é?

— É. De qualquer forma, Bjarne disse que tinha alguma coisa errada com ela. Ele está na sala do servidor agora.

Anne-Lise aparece pela porta aberta e Camilla a encara por uma fração de segundo a mais do que o normal, como se ainda não estivesse totalmente acordada.

Bjarne almoça com elas e hoje Paul também participa do almoço. Os seis têm uma discussão sobre até que ponto o crescimento econômico contínuo no Ocidente é uma condição essencial para o desenvolvimento africano. E, por outro lado, como alguns mecanismos econômicos levam a conflitos de interesses entre os Estados industrializados e o Terceiro Mundo.

Depois do almoço, eles voltam ao trabalho, mas estão bem cientes da porta aberta para a biblioteca. Iben fala, num tom claro e bem alto:

— Como está indo aí?

A mesa de Anne-Lise está situada de forma que ela não pode ver o Jardim de Inverno. Então sua resposta vem de trás da soleira da porta.

— Estou bem.

Iben e Camilla conversam educadamente, como se fossem estranhas que comparecessem a uma recepção. Malene tenta pensar em idéias para uma palestra que concordou em redigir para Paul. Ela olha o monitor em silêncio. Se é assim que vai ser a partir de agora, pensa ela, vou ter que ir embora.

Ela se pergunta o que Iben pensa das novas circunstâncias de todas. Houve ocasiões em que Iben parecia ter achado Anne-Lise digna de atenção. Será que este novo tom formal entre elas é mais conveniente para Iben?

IBEN

16

A minúscula contração muscular nas bochechas de Iben é suficiente para fazer com que mais gotas de suor surjam em seu couro cabeludo. Ela pode senti-las escorrendo pela pele por baixo da camiseta que enrolou no alto da cabeça e na nuca para se proteger do sol. O suor escorre atrás dos óculos de sol grandes, pelo nariz e pelo resto da face, deslizando por sobre a grossa camada de protetor solar que recobre sua pele. Por mais que semicerre os olhos, ela não consegue escapar da cor, do brilho vermelho do sol enquanto a luz perfura os óculos escuros e suas pálpebras.

O caminhão deles pára na estrada de terra que serpenteia entre as choças lamacentas da favela. Estão quase cercados por uma multidão que não pára de crescer. As pessoas parecem assustadas e agitadas, mas ninguém ousa chegar a menos de uns 15 metros, por medo dos homens armados que guardam os quatro reféns. Há gritos e conversas vindos da multidão. Quando abre bem os olhos novamente, Iben vê um mar de cabeças, uma superfície ondulante formada pelos turbantes coloridos das mulheres e os cachos pretos e tosados dos homens.

Houve um ataque mais cedo, quando as pessoas quase chegaram à cabine do motorista antes que duas delas fossem baleadas e a turba se retirasse novamente. Agora os corpos devem ter sido levados pelo esgoto a céu aberto que também serve de caminho entre a miríade de choças. Mais alto que o barulho de emissoras de rádio transmitindo em árabe e *swahili*, Iben pode ouvir choros e gritos de algum lugar por ali.

Depois dos tiros, alguns núbios formaram um cordão para evitar que a crescente massa de gente chegasse mais perto. Esses homens são tão coordenados quanto militares em trajes civis. Todos têm roupas iguais, calças e camisas espalhafatosas, possivelmente restos europeus da década de 1970. Eles ficam de pé como se estivessem pregados no lugar, mas estão atentos. Um deles porta uma metralhadora pesada do mesmo tipo das dos seqüestradores; o resto está armado apenas com porretes e *pangas* compridas e afiadas. Eles esperam.

O menino está parado bem na frente de Iben, agarrado à metralhadora e entoando longas orações e citações da Bíblia enquanto olha o mar de gente. A turba aumenta o tempo todo e se torna mais fortemente armada. Como os outros seqüestradores, o menino pertence à tribo luo. Iben o observa enquanto ele aos poucos vai perdendo o autocontrole.

É impossível prever o que fará em seguida. Iben move um pouco a coxa ao longo da folha de metal, parte da armação do carro que serve de assento. Está quente demais e ela puxa a perna de volta.

No horizonte, para além dos telhados de zinco dos barracos, os arranha-céus no centro de Nairóbi se erguem contra o fundo do céu azul-claro. Se um dos núbios que cercam o carro chamou a polícia, eles já deveriam ter chegado aqui. A força policial é famosa por sua corrupção e violência, mas que outra esperança existe?

O cordão de homens na frente do carro avança alguns passos. Agora são dois homens com metralhadoras, e as duas estão apontadas para a cabine do motorista. Talvez em pouco tempo venham a ser dez.

Um dos dois luos que estão na cabine grita de medo. O menino se posta na frente de Iben. Sua boca se retorce enquanto ele aponta a arma.

A turba em frente ao caminhão chega um pouco mais perto, depois recua. A linha de frente de núbios passou por este tipo de avanço e retirada antes. Cathy, que trabalha com Iben, sacode a cabeça de tempos em tempos. Agora sussurra:

— O que isso significa? Por que estão fazendo isso?

Ninguém responde, porque não parece haver sentido no movimento. Talvez a turba esteja reagindo a alguma coisa que acontece dentro da cabine.

Os dois núbios que foram baleados não tiveram uma morte fácil. Nos filmes, mata-se rapidamente, de uma forma quase limpa. Isto era diferente. Os dois homens, com suas camisas de náilon antiquadas, desabaram na lama esturricada e rachada diante do caminhão, debulhando-se em espasmos, as manchas de urina espalhando-se pelas calças.

Cathy está impaciente. Parece querer mais protetor solar para os pés calçados em sandálias, mas não ousa pedir permissão para procurar pelo tubo na mochila. Ao lado dela, Roberto deve temer que os seqüestradores matem primeiro o líder. De constituição leve e com o tipo de aparência italiana que pode dar uma impressão meio efeminada, ele não se parece nada com um líder.

O outro luo na caçamba olha Iben nos olhos. Ele perdeu alguns dentes, é mais alto do que os outros e tem um cheiro mais forte da favela.

Ela baixa os olhos de uma vez, mas não com rapidez suficiente.

— Você. É, você!

Ele coloca a *panga* sob o queixo dela. É tão larga que ela pode ver sua ponta enquanto a lâmina afiada toca a garganta. Este é o momento em que eu devia pensar em meus entes queridos no meu país, diz uma voz dentro dela. Ninguém lhe vem à mente.

Ela tenta, obriga-se a isso. Todos que eu amo, todos que me amam.

Ninguém ainda. Só a idéia de que desperdicei minha vida, vou morrer e nenhum homem vai chorar por amor e por me perder. Não tenho filhos, nem pai. Minha mãe vai chorar, e também as duas mulheres que são minhas melhores amigas. Mas isso não é o bastante, nem chega perto.

Você merece morrer, murmura a voz em sua cabeça. Tem 28 anos e não fez nada que valha a pena até agora.

Depois a voz a repreende. Você sempre pensa demais, sempre em si mesma, sempre autocrítica. Agora deve agir.

O luo alto interrompe seus pensamentos.

— Você sai do caminhão. Tira o motorista. Depois pega o volante.

Iben olha para ele. Ela faz o máximo que pode para que seus movimentos sejam tranqüilos e controlados.

— Tirar o motorista? Por quê?

A cara negra do luo alto é contorcida e inescrutável, como um cadáver preservado em um pântano.

— Você abre a porta. Você tira o motorista. Depois vai se sentar ao volante.

— Como... Por que tirá-lo?

— Ele está morto.

Iben percebe que o homem que segura a *panga* em sua garganta afinal sente alguma coisa, por trás de suas feições tensas e fechadas. É o ritmo entrecortado de sua respiração que o denuncia, e o leve tremor da lâmina na pele dela.

— Eles avançaram. Cortaram a garganta dele.

Esta voz dentro de sua cabeça, nos seus pensamentos, a lembra dos cadáveres sobre os quais ela escreve o tempo todo. Eles mereciam mais do que apenas 28 anos de vida. Todos merecem. Todos merecem encontrar alguém para amar, um filho para criar. E "todos" inclui a mim.

Iben levanta a mão lentamente para apontar a *panga* colocada em seu pescoço. Ela quer que os próprios olhos pareçam suplicantes, mas não faz idéia de que tipo de expressão se insinua em seu rosto. O algodão fino de suas calças está ensopado de suor onde o corpo toca o assento de metal branco.

Ela percebe que por um momento o homem hesita em causar mais mortes. Mas isso só dura alguns segundos, e o rosto dele parece pétreo de novo.

Sua voz é grave.

— Você abre a porta. Você tira meu amigo dali.

Um rápido olhar para Roberto, Cathy e Mark a convence de que eles também se perguntaram por que, de vez em quando, os núbios avançam para o caminhão e apontam suas armas. O que os incita é algum movimento do seqüestrador no banco do carona. Ele precisa empurrar o morto da cabine para poder dirigir o caminhão. A cada vez que tenta fazer isso, os núbios avançam até que ele desista. O homem assomando sobre Iben quer que ela faça uma coisa que nenhum dos luos ousa fazer.

Com a *panga* em seu pescoço, Iben olha para o chão, a crosta seca de lama misturada com excremento e lixo. Poderia correr os vinte metros entre o caminhão e o cordão de núbios para se esconder entre eles? Se os seqüestradores a matarem a tiros, a vingança será imediata, então eles não têm nada a ganhar com sua morte. Mas não há como saber se eles pensam racionalmente.

Sem uma palavra, ela se levanta, os olhos fixos nos colegas. Cathy começa a chorar.

Os núbios gritam quando vêem Iben descendo da caçamba do caminhão. Alguns avançam um passo. Um deles deve estar confuso, porque solta a lança larga e preta. Mas ainda assim ninguém se atreve a se mover para aquela terra de ninguém. Em vez disso, a maioria se espreme para retroceder às posições anteriores, atrás da linha de frente.

Na poeira da estrada que pode levar à liberdade, Iben olha em torno com olhos renovados. Poderia adiar o cumprimento da ordem só por mais um tempinho?

Ela se pergunta se deve gritar "Lá vou eu", para que o seqüestrador na cabine não atire nela por mera surpresa quando a vir subindo de trás. Em contrapartida, isso daria aos núbios mais tempo para reagir, e eles podem muito bem concluir que vale a pena atirar em um dos reféns para impedir que os outros três sejam levados dali.

Ela olha o homem alto na caçamba e fala com ele em voz baixa.

— Diga a ele que estou indo. Não posso assustá-lo.

Os dois luos falam por um momento. Nenhum dos núbios reage. Parece que Iben tem razão ao pensar que ninguém ali entende o *dholuo*.

O conflito entre núbios e luos na favela começou quando uma família luo recusou-se a pagar aluguel a um proprietário núbio. O proprietário convocou um grupo de homens de sua tribo para encontrar com ele na choça da família. Eles feriram seis inquilinos e mataram outros dois. Em seguida o grupo desafiou outros inquilinos e atacou qualquer um que não pudesse pagar. Depois de chacinar e esquartejar outras dez vítimas, bem mais de mil homens de cada tribo entraram em choque na favela, roubando, estuprando e matando no território do outro. A polícia separou os dois exércitos usando gás lacrimogêneo e balas de borracha, mas também foi acusada de ter aproveitado a oportunidade para ela mesma estuprar e roubar.

O motivo original para a recusa em pagar aluguel foi que o presidente do Quênia, Daniel arap Moi, instruiu os luos no sentido de que as cobranças eram extorsivas, uma vez que o Estado era dono da terra na região de Kibera, e não os núbios. Foi a administração colonial britânica que deu aos núbios seus direitos de gestão.

Iben hesita. Será que o rapaz na traseira do caminhão realmente atiraria nela se ela não retirasse o motorista morto?

Há uma inocência nele que o destaca dos outros, os meninos embrutecidos daqui, alguns com apenas oito anos de idade.

Ela procura ver qual dos dois núbios de metralhadora está de prontidão. Um deles, atrás do caminhão, não está à vista. O outro está bem ali, vestido com uma camisa branca, calças verde-escuras e um boné. A essa distância, ela não consegue distinguir seu rosto, sua disposição de matar.

Fedor. Poeira. Luz do sol.

O núbio com a arma. O menino no caminhão com a arma. A horda de espectadores. Uma mosca, insistindo em se arrastar pela orelha dela.

Na caçamba, os seqüestradores agitam as armas e gritam.

No tranqüilo escritório de Copenhague, o lugar de Iben, de frente para Malene, fica vazio. Ela tem uma visão da luz pálida da tarde de inverno caindo em sua mesa despojada, com o teclado e os bilhetes enroscados esperando por ela. A luz que desvanece no escritório parece se fundir com o vazio de sua vida recordada.

Ela pega a maçaneta da porta do motorista e ouve a turba se agitar, depois gritar. Sua língua é tão incompreensível para ela quanto o *dholuo*. O motorista morto foi recostado na porta e, quando ela a abre, o corpo cai do carro. Iben dá um pulo para trás para não ser derrubada.

Até hoje, o único cadáver que ela vira na vida foi o do pai. Foi há nove anos, e a equipe do Hospital do Distrito de Roskilde lavara o corpo, fechara os olhos e o colocara em uma pequena sala privativa com janelas de cortina de renda.

O motorista morto pende com os pés presos debaixo dos pedais. Seu peito e a cabeça estão pendurados para fora, tombados, batendo no chão diante de Iben. Um enxame de moscas sobe de seu tórax, onde a camisa e as calças ensopadas de sangue já endureceram no calor.

O rosto dele está retorcido; a boca, aberta; e a pele, cinzenta por conta da perda de sangue.

Iben recua em uma nuvem de poeira. É como se ela não fosse mais ela mesma.

Ela não pensou em como o homem apavorado no banco do carona poderia reagir. Por acaso ele tem uma pistola automática.

Como todos aqui, ele está acostumado com as moscas, mas elas são muitas e voam em volta dele por um motivo diferente: ele está respingado com o sangue do amigo dentro da cabine quente. Os braços que seguram a arma agora estão cansados, depois da batalha com os insetos grandes e insistentes.

Ele gira a arma para apontar para Iben. Sua voz é rouca.

— Você tem que sentar... Sente.

Iben se sente nauseada. Fita os sulcos na estrada. Alguns segundos (são minutos?) se passam e ainda assim ela sente ser outra pessoa.

Ela se senta no banco do motorista. O homem não pode correr o risco de manter a arma apontada para ela o tempo todo e precisa se virar para olhar o muro de núbios diante dele.

— A polícia virá — diz Iben. — A polícia vai chegar logo.

— Você dirige!

Mas ela não começa a dirigir. Sabe que girar a ignição significará o fim para os dois.

— Dirige!

De repente, ele pula. Deve ter pensado que alguém estava se esgueirando para a porta no lado dele. Alguém que cortaria sua garganta, como fizeram com o amigo. Abre a porta num átimo e aponta a arma para fora.

Ele está de costas para ela. Deu-lhe uma fração de segundo. Iben chispa e sai correndo do caminhão em diagonal. Para mirar em Iben, ele precisa ir para o lugar onde ela estava.

Os pés de Iben pisam, levantando nuvens de poeira. Agora, logo, o matraquear da metralhadora. O sangue, o baque enquanto ela atinge o chão. Mas tudo fica estranhamente silencioso. Iben corre sem parar.

Por fim alcança o muro humano. As pessoas se separam e se fecham em torno dela como uma água escura. Ela corre, caindo na multidão. Depois, embora suas pernas continuem chutando, não consegue se mover mais. A massa escura que a salvou agora a segura. Reconhece alguns dos homens e mulheres com quem travou contato nas partidas de futebol, nos dias de treinamento ou nas reuniões de conciliação. Eles vão passar fome e morrer se a renda proveniente do aluguel dos luos for ainda mais reduzida, assim como os luos podem morrer se os aluguéis não forem abaixados.

O corpo dela parece derreter, mas muitas mãos a mantêm de pé. Eles lhe dão água, despejam-na em sua boca e por sobre a cabeça e o corpo. Ela bebe de seus baldes de plástico e cabaças, sabendo que lhe causará diarréia por pelo menos uma semana. Não importa.

A parte sempre alerta de sua mente se pergunta se ela não deveria passar para o lado mais denso da multidão, para observar os colegas em relativa segurança. Mas é impossível: toda a sua força se foi, ela está ensopada e ainda com pavor de que os homens armados no caminhão consigam vê-la. Em vez disso, termina sentada no chão, apoiada em uma parede de esterco dura, abraçada a uma idosa desdentada que ela não reconhece, mas que se comporta como se fossem velhas amigas.

Iben estava trabalhando no Quênia para uma organização internacional chamada Pare a Limpeza Étnica, que tenta permanecer neutra nos conflitos tribais. Nas favelas de Nairóbi, as organizações humanitárias tendem a ficar nervosas com a política do governo queniano, simpática aos luos, e isso às vezes faz com que a PLE pareça pró-núbios — e daí, presumivelmente, antiluos.

Não é provável que a turba de núbios esteja reunida aqui simplesmente para salvar a vida de quatro estrangeiros, mas eles gostariam que o seqüestro fracassasse. Eles precisam garantir que a PLE não se retire do trabalho de conciliação nas favelas por temer pela vida de seus funcionários. Essas pessoas vieram lutar por sua própria vida.

Os pés de Iben batem na poeira, como se ainda quisessem correr. Ela ouve a própria respiração ruidosa. Sua mente está num turbilhão, analisando tudo o que conduziu a isso.

Foi a secretária de Roberto quem recebeu o convite para que a equipe da PLE se encontrasse com um importante líder tribal. Quando o rapaz com a camiseta "Hong Kong" apareceu oferecendo-se como guia para lhes mostrar o caminho, a secretária de Roberto garantiu que isso era perfeitamente normal. Será que ela sabia o tempo todo do plano de emboscar o grupo e levá-los como reféns?

Iben se lembra da expressão da secretária (carinhosa) e do tom de sua voz (animado). Nenhum motivo para apontar o dedo para ela. A não ser que... ela soubesse o que estava fazendo. É claro que sabia. Ela é uma luo e, uma vez que todos em volta dela acreditam em alianças tribais, ela também deve acreditar. Ela se limita a perguntar a si mesma se outras pessoas apoiarão sua família e seu modo de vida. Ou estão ali para destruí-los? Qualquer conversa de imparcialidade pareceria deslealdade.

O som de uma sirene de carro provoca um susto. Enfim, a polícia está chegando.

Iben sobe pela parede em que estava encostada, descobrindo apoios para os pés em pedaços que se projetam da estrutura de galhos. É tão baixa que só há meio metro a subir, mas, na sombra do telhado de estanho pendente, sua cara branca fica menos evidente.

Encosta um caminhão aberto, cheio de policiais. Outro caminhão pára do outro lado da multidão. Os reféns e seus guardas permanecem onde estavam quando ela correu. Todos se sentam e ficam exatamente na mesma posição. Até com a polícia ali, os prisioneiros parecem intimidados.

O uivo das sirenes é penetrante, mas Iben sente alívio — até perceber o que está acontecendo. A polícia está atacando a turba com cassetetes compridos e brancos. Vários núbios espancados ficam feridos demais para se levantar novamente.

Iben quer correr até o policial no comando e gritar: "Não! Não! Eles querem nos libertar. Vocês entenderam tudo errado! Não os machuquem." Ela quer fazer com que parem os espancamentos, antes que alguém fique aleijado para o resto da vida.

Sua companheira desdentada sobe até ela e tenta fazer com que Iben a siga até a teia de esgotos que escorrem entre as casas. Ela fala o tempo todo, um tagarelar rápido, balbuciando sons sem significado, mas Iben não consegue encarar a possibilidade de fugir da multidão que a ajudara quando a vida dela e dos companheiros estava em perigo. A mulher atira os braços em volta de Iben e a puxa para baixo, chorando impotente.

Já distante, Iben grita para a polícia que eles estão batendo nas pessoas erradas. Mas a estrada se esvazia rapidamente, enquanto a multidão foge para a rede estreita de becos. A polícia não os persegue ali. Só os feridos ficam para trás, espalhados aqui e lá na estrada. E, no meio disso tudo, o grande caminhão branco da PLE fica intocado.

A alguns metros da polícia, Iben começa a pensar novamente. Pára de gritar e olha rapidamente por sobre o ombro. Será que a velha ainda está ali? Haverá um lugar onde desaparecer?

Então dois policiais a vêem. Eles não batem nela, só a obrigam a andar para reuni-la a seus companheiros reféns e seus captores. Ela tenta explicar o que aconteceu. Várias vezes. Ainda assim, eles a escoltam para o lugar de onde ela conseguira fugir.

Cathy enterra o rosto nas mãos. Cochicha para Roberto, a voz desesperada.

— Você é quem devia saber da polícia. Eles protegem estes homens. Você devia saber disso.

Ela parece estar transbordando em um misto de lágrimas, raiva e algo mais, algo novo pelo menos para Iben. Cathy fica se repetindo, murmurando como a velha do saco que anda pela esquina perto do escritório do CDIG.

— A culpa é sua. Sua tarefa é nos proteger.

Iben olha de lado para Roberto, mas ele parece inexpressivo.

Dois policiais carregam o corpo do motorista para a carroceria do caminhão.

O caminho à frente está desobstruído e agora os seqüestradores podem prosseguir.

17

Certa vez, ao entardecer, Iben estava andando por ruas do subúrbio. Não foi muito tempo depois da morte do pai. A neve refletia a luz de inverno tingida de azul. Ela respirava lentamente, ouvindo os cristais de neve sendo esmagados por suas botas. Embaixo de uma árvore com os galhos cobertos de branco, duas mulheres chamavam seus gatos. Deve haver outras nesta cidade sossegada que vêm chamar os gatos ao cair da noite.

— Gatinho, gatinho, vem. Gatinho bonito, vem com a mamãe.

Iben de repente sentiu que todas essas mulheres estavam chamando o pai morto. Em toda a cidade, mães endireitavam as costas e se levantavam de suas mesas de cozinha, do canto de seus sofás ou das camas de casal com um só edredom e um travesseiro manchado de lágrimas. Elas se levantavam e ficavam nas soleiras iluminadas das portas, gritando para a escuridão tranqüila de Roskilde.

— Gatinho, gatinho, vem com a mamãe. Entra. Gatinho, vem comigo.

Iben está vasculhando as caixas de promoções na Company's, procurando blusas. Ao lado de uma caixa, vê pedaços de pele que parecem couro de gato.

Seriam mesmo?

Ela já foi a sete lojas sem encontrar nada que quisesse. Todo esse bater de pernas por lojas é culpa de Gunnar. Ele não parece se interessar pelo modo como as pessoas se vestem, mas se deixa seduzir por Malene, e as duas conhecem e gostam de roupas.

Enquanto examina uma blusa creme para ver se se ajusta bem à sua cintura, Iben diz a si mesma que não importa o que veste.

Por que eu começaria a esbarrar com ele agora? Aliás, onde? Nunca o encontrei por acaso antes.

Começa a olhar a próxima caixa, lutando com seus pensamentos.

Na manhã seguinte, Paul, carregando um maço de papéis, entra na biblioteca para dizer alguma coisa a Anne-Lise. Ele parece irritado. Devido aos novos arranjos, todo o escritório pode ouvi-los.

— Anne-Lise, tem umas manchas misteriosas nas cópias que você me deu. Estão cheias de digitais e de uma coisa que parece toner, mas é marrom.

Quando Iben desvia os olhos do monitor, Malene já está olhando para ela. Elas se esforçam ao máximo para não sorrir.

— Ah, não — responde Anne-Lise. — Essa coisa está em minhas mãos também. O que pode ser?

Agora Paul parece mais confuso do que irritado.

— E também no seu nariz. Uma marca grande. Você deve ter esfregado com o dedo. E tem umas manchas na sua blusa.

— Ah, não!

Há sons de Anne-Lise vasculhando papéis e, depois, de gavetas abrindo e fechando. Ela não consegue descobrir a origem do pó. Paul sai e volta à sala dele. Iben e Malene não se mexem.

Pouco tempo depois, Anne-Lise entra no Jardim de Inverno para pedir a opinião das outras.

— Sabe de uma coisa, no começo pensei que talvez meu batom tivesse se despedaçado, mas ele está bom. Minha bolsa está totalmente limpa por dentro. E agora eu não faço a menor idéia.

Iben observa Anne-Lise. Será que ela suspeita que elas lhe pregaram uma peça? Anne-Lise lhes mostra as mãos. O material marrom-avermelhado se meteu por baixo de suas cutículas e nas fissuras dos nós dos dedos.

Iben pergunta se tem cheiro de alguma coisa.

Anne-Lise ergue uma das mãos a pouca distância do nariz e examina o odor.

— Não sei. Tem cheiro de comida. Meio doce, quem sabe?

Mais tarde, de volta à biblioteca, Anne-Lise grita. Todas pulam da cadeira e correm até ela.

Ela está parada no meio do chão, as mãos esticadas e rígidas diante de si, os dedos abertos.

— Veio da prateleira... E eu pensei que ia...

É fácil ver o que aconteceu. Anne-Lise percebeu mais manchas marrom-avermelhadas em uma estante que sempre utiliza. Tirou livros e caixas e descobriu uma trilha de gotas ressecadas que aparentemente vinham de uma caixa de revistas na prateleira de cima. Quando tentou pegá-la, a caixa escorregou de sua mão. Anne-Lise pulou para trás e a caixa caiu bem na frente dela, espirrando aquilo em suas roupas e seu rosto. Felizmente, não era uma grande quantidade. Ainda assim, agora estava em seus cabelos e no rosto, e a mão e o braço direitos estavam úmidos e pegajosos de sangue.

Ela fica imóvel, arfando, sem fala. Ninguém tem muita vontade de chegar perto demais dela, uma vez que isso significa pisar na poça em volta de seus pés.

Iben toma coragem para fazer alguma coisa.

— Anne-Lise, isso é horrível! Eu não... Olha, sente-se aqui. Vamos limpar...

Iben arqueja e prende a respiração numa tentativa inútil de escapar do fedor adocicado e nauseante do sangue coagulando que cobre o chão. Ela gostaria de ajudar, mas precisa correr ao banheiro. Enquanto se curva por sobre a privada, perguntando-se se vai vomitar, Malene se junta a ela. Diz que também está passando mal.

Quando elas voltam, Camilla tinha aberto todas as janelas e achara um pano e um balde. Está limpando o chão. Anne-Lise está sentada sem firmeza na própria cadeira, prestes a desmaiar. Tirou o cardigã, largou-o no chão e tentou se limpar com lenços umedecidos, mas ainda estava pavorosa.

Elas não conseguem pensar no que dizer. O que significa isso? Quem teria tramado uma coisa dessas?

Quando Paul descobre, sua primeira reação é andar até cada janela e cada porta, sem dizer uma palavra, para procurar sinais de arrombamento.

— Quando isso foi feito? — Iben pergunta a Anne-Lise. — Quer dizer, o sangue... Quando pode ter sido colocado ali?

A voz de Anne-Lise é um sussurro.

— Eu não... Não uso essa caixa com freqüência. Ela... Quando foi isso... na semana passada?

Todas estão imersas em seus próprios pensamentos enquanto limpam os livros e papéis de Anne-Lise. Cada objeto precisa ser esfregado com um pano úmido.

Momentos depois, Anne-Lise se recompõe e vai ao banheiro para se lavar. Paul volta e diz que, pelo que pôde ver, ninguém mexeu em nenhuma fechadura. Ele consegue arriar a estante até o chão para que elas limpem atrás.

Mais provavelmente é sangue de porco, de um açougue, elas dizem entre si, enquanto trabalham. Estão fazendo absolutamente tudo o que não devem na cena de um crime, pensa Iben. Cada pista está sendo lavada. Mas elas continuam, da mesma forma. Parece que todos ali, inclusive Paul, concordam tacitamente que a polícia não deve ser solicitada a lidar com aquilo, o que também significa que eles devem pensar que o responsável é alguém relacionado com o Centro.

Depois de limparem o grosso da sujeira e Anne-Lise voltar do banheiro, Paul assume o comando.

— Precisamos fazer uma reunião sobre isso. Anne-Lise, há algo que possamos fazer por você? Deve ter sido apavorante. Quero deixar claro que o Centro dará o dinheiro para pagar por roupas novas. Mas, bem, não sei. Gostaria de procurar um psicólogo?

Anne-Lise parece melhor — refeita novamente. Não quer aconselhamento nenhum, diz ela, mas gostaria de ir para casa. Agora. Não está com espírito para uma reunião.

Paul pede um táxi para ela. Todos tentam consolá-la e apoiá-la até que o táxi a leva embora. Depois vão para a sala de Paul para conversar.

Paul está calmo.

— Sei que isso foi um choque terrível para todos, em especial para Anne-Lise. Mas, olhando de uma perspectiva mais ampla... Sabem, acho que devíamos nos permitir sentir um pouco de alívio. Com certeza não é Mirko Zigic nem outro assassino experiente que está ameaçando o Centro. Eles não desperdiçariam energia nesse tipo de brincadeira. É um alívio, não concordam? Mais parece obra de algum desses adolescentes neonazistas. Eles ficam me mandando cartas, mas nunca fizeram nada pior do que quebrar três janelas da minha casa. E colocaram um peixe podre na caixa de correio. Isto foi desagradável, mas... no final das contas... também esclareceu a situação: não estamos sendo perseguidos por Zigic, nem por ninguém como ele.

Paul, evidentemente, preparara esse pequeno discurso para elas, e elas ouviram em silêncio, sem disposição para interrompê-lo.

— Agora, muitos de nós vão chegar à conclusão de que quem quer que esteja nos incomodando deve ter ligação com o Centro. Não podemos ter certeza, é claro. Nossa porta da frente não fica trancada durante o expediente, então qualquer pessoa pode entrar de mansinho. — Pausa. —Vou tomar medidas imediatas. Naturalmente, o conselho deve ser consultado e vou explicar que precisamos de uma porta segura e de câmeras de circuito interno na escada. Se a câmera for conectada aos nossos computadores, todos teremos acesso a uma janela que nos mostrará quem está se aproximando do nosso andar. E poderemos trancar a porta da frente e a da rua com uma tecla, sem sairmos de nossas mesas. O conselho precisa aceitar o fato de que vale a pena gastar logo de uma vez na obtenção de nosso sistema de segurança. — Outra pausa. — Eles vão me perguntar como posso ter certeza de que isto não é interno. Ora, não consigo imaginar que uma de vocês quisesse fazer esse tipo de coisa com Anne-Lise... É simplesmente inacreditável. Mas, novamente, tenho que dizer que não podemos ter certeza a esta altura... O que podemos fazer é simplesmente escolher entre confiar ou não uns nos outros.

Paul parece satisfeito consigo mesmo.

— Minha experiência me diz que a confiança sempre estimula o melhor das pessoas. É muito mais eficaz do que tentar controlar a todos, e é isso que vou dizer ao conselho. A não ser que haja um motivo forte para mudar de idéia, prefiro confiar nas pessoas com quem trabalho.

Faz uma pausa, mas ninguém diz nada.

—Vocês concordam? Ou alguém tem algum comentário a fazer?

Ninguém tem.

Todos ficam ali para conversar, principalmente sobre os motivos para uma guerra particular contra o CDIG, e sobre quando a pessoa pode ter entrado sorrateiramente. Iben percebe que Paul, apesar de sua fé declarada nas colegas, está atento e as observa rigorosamente. Será que alguém vai se entregar? As perguntas casuais e o modo atento com que ele ouve as respostas são muito evidentes.

Mas ele não é o único. Todas elas insistem em declarar suas boas intenções, cada uma dizendo, com pequenas variações: "Quem fez isso deve ser apanhado!", o que significa: "Não fui eu!"

— Se todos concordamos que nenhum de nós fez isso — pergunta Malene —, não devíamos chamar a polícia?

Paul sorri.

— Sim, claro que sim. Você tem razão. Vou chamar imediatamente.

À tardinha, Iben visita a mãe em Roskilde. É o nono aniversário da morte do pai, e elas se encontram naquele dia desde que ele morreu. Tornou-se uma tradição se encontrarem para um jantar especial, com bons vinhos e a boa comida de que o pai de Iben gostava tanto. À mesa, na metade do primeiro prato, o cheiro apetitoso do cordeiro *sauté* vem flutuando da cozinha. Como sempre, o silêncio é grande.

A mãe quer falar do Centro e da segurança de Iben. Iben preferia mudar de assunto, mas explica pacientemente:

— Mãe, não pode ter sido um dos homens sobre quem você leu em nosso boletim. A polícia verificou as fechaduras e disse que não havia sinais de arrombamento.

— Mas alguém entrou assim mesmo.

— Não acho que criminosos de guerra sérvios se dêem ao trabalho de mandar e-mails ou pregar peças, colocando sangue em uma caixa de revistas.

Iben poderia ter admitido que, desde que recebeu o e-mail ameaçador, levava a faca de combate consigo a todo lugar onde ia. Na verdade, colou a bainha de cabeça para baixo em sua perna, o punho no nível do alto da meia, e treinou sacar a faca para o caso de um ataque violento. Seu tempo mais rápido foi de três segundos. Mas não contou a ninguém sobre a faca, nem mesmo a Grith ou a Malene. Seu próprio nervosismo começava a irritá-la, mas, apesar disso, ela não se deixou abater.

A mãe parece estar concentrada no final de sua porção de *terrine* de salmão, mas olha rapidamente quando Iben respira fundo. Ela não diz nada e a mãe comenta:

— Sei que deve parecer forçado para você, mas o que Grith disse sobre identidades divididas é a única coisa que faz sentido para mim. É razoável que uma personalidade não precise saber o que a outra está fazendo. E, se tudo isso for verdade, a própria Anne-Lise pode ter colocado o sangue na caixa. Talvez uma parte dela odeie o ego do dia-a-dia. Sei que parece estranho, mas... Consegue pensar numa explicação melhor?

Tudo isso é de certa forma insuportavelmente horrível. Iben pestaneja algumas vezes antes de recomeçar.

— Grith disse que isso não é incomum. E Anne-Lise parece diferente... Quer dizer, acho que ela tem problemas psicológicos.

A mãe de Iben mastiga com cuidado a última garfada de *terrine* antes de manifestar o que tem em mente.

— Você está lá há bastante tempo, não é? Tudo ficaria bem se você procurasse outro emprego, eu acho.

— Não quero me candidatar a outro emprego.

— Lá vem você... Bom, só pensei que...

Iben a interrompe.

— O que fazemos tem importância. Alguém tem que fazer isso. E, de qualquer forma, Malene também trabalha lá.

— Sim, é claro.

As duas levam os pratos para a cozinha. A mãe volta com o prato de carne, e Iben o acompanha com vinho tinto e salada.

A mãe de Iben é enfermeira e o pai era médico. Quando reflete sobre sua infância, em geral Iben pensa que ela e o pai não eram nada gentis com a mãe. Desde os seis anos de idade, Iben devorava livros e adorava discuti-los com o pai. A mãe nunca foi membro dessa pequena sociedade de admiração mútua. Grith argumentou mais de uma vez que Iben colaborava com o pai porque tinha pavor de que ele a menosprezasse, como fazia com a mãe. Mais tarde, Iben resolveu seguir a carreira de medicina, como o pai. Um ano depois da morte dele, uma das conseqüências do colapso nervoso de Iben foi ter abandonado a faculdade de medicina e passado a estudar literatura.

Elas fazem um brinde ao morto, falam um pouco mais dele e lembram algumas coisas que os três fizeram juntos. Depois Iben pergunta à mãe como foi a semana.

Ainda assim, Iben não consegue deixar de se irritar com a observação da mãe de que ela deveria procurar outro emprego. A mãe não ia deixar por isso mesmo, embora ela tentasse mudar de assunto.

— Mas parece um lugar medonho. Você não quer ficar lá para sempre, quer?

— Não é nada medonho!

— Sangue caindo das estantes e...

— Mãe, isso foi uma exceção! Eu já estou lá há dois anos, pelo amor de Deus! Outras coisas aconteceram. Por favor, pare de insistir nisso.

— Mas é claro... Eu não quis dizer...

Iben realmente quer ser gentil, comportar-se como a pessoa simpática que ela acha fácil ser quando está com outras pessoas. É estranho, mas, no minuto em que põe o pé naquela, ela se sente ressentida, enclausurada, lutando para se libertar. Sempre que vai lá, não demora muito para que comece a se curvar e arrastar os pés pelo piso de taco bem cuidado. Ela agita os braços mais do que o comum quando se exibe à mesa de jantar. Desta vez, no meio da conversa, ela se ouve fazer uma alusão à sua vida sexual em Copenhague (ela não tem nenhuma). Além disso, quer seja verdade ou não, ela nunca disse nada parecido com isso, nem às amigas.

É uma realidade: "de volta a Roskilde", Iben se torna outra pessoa. Ela entende perfeitamente por que a mãe acha difícil conviver com ela.

Junto ao cordeiro lindamente preparado, Iben tenta se explicar.

— Isak Dinesen escreveu uma coisa sobre o efeito que adotamos na identidade das máscaras que usamos. Nos livros sobre psicologia de interação social, as pessoas sempre discutem representação de papéis e como escolhemos papéis uns para os outros. Mas não é bem isso o que acontece. É exatamente o contrário...

Falar de "papéis" lembra à mãe de Iben um antigo vizinho que certa vez participara de um grupo de teatro amador que se apresentava em palcos ao ar livre, no parque Dyrehaven. Mas Iben não ia se distrair com historinhas.

— Nós não colocamos simplesmente uma máscara, nem escolhemos representar nosso papel. A mudança não é exterior, assim como não é voluntária. Em vez disso, somos transformados em pessoas mutáveis, mas plenamente realizadas, ou "identidades". Cada um de nós contém uma variedade de identidades.

A mãe de Iben precisa se levantar para ver a torta de maçã na cozinha. Depois disso, Iben não consegue encontrar um jeito de voltar ao assunto.

Iben volta para Copenhague de trem. Ela se senta muito quieta, olhando a escuridão. As luzes em Høje Taastrup passam por ela. É bom que mamãe esteja preocupada comigo, pensa. Eu teria ficado muito mais perturbada se ela não se importasse.

O tempo passa, mas ela ainda medita sobre a noite com a mãe. Será que eu realmente lhe dei chance de entender do que eu estava falando? Aquela parte sobre Isak Dinesen e identidades... Será que fui muito enigmática?

O interior do vagão se reflete na janela escura. Ela precisa encostar o rosto no vidro e cercar os olhos com as mãos para ver o que há lá fora.

Será que eu nem me incomodei em tentar me fazer entender? Quis dar a impressão de que estava compartilhando minhas idéias com ela, mas na realidade estava sendo impiedosa. Não dei a ela a oportunidade de entender. Foi quase como se quisesse puni-la. Isak Dinesen? Meu Deus, até que ponto se pode ser tão idiota? Ali estava eu, tentando fazer uma análise distanciada da identidade e o tempo todo agarrada a mim mesma, presa na cabeça de uma adolescente rebelde!

Iben se recosta e pára de tentar penetrar na escuridão fora do trem. Dentro do vagão, não há muito para ver. Ela está quase sozinha. O único passageiro além dela é um homem a vários bancos de distância. Só a parte posterior de sua cabeça redonda e careca é visível.

Ela pensa nas outras pessoas do CDIG. Que outros personagens podem assumir?

18

Na manhã seguinte, quando Iben chega ao trabalho, Camilla não está lá. Iben aperta o "Play" na secretária eletrônica que piscava e ouve a voz de Camilla dizendo que não está se sentindo bem e não vem trabalhar hoje.

Camilla não atendeu em sua linha fixa, mas havia uma mensagem gravada dando o número do celular; então Iben telefonou para ele.

Camilla é reticente.

— É pessoal. Prefiro não envolver nenhuma de vocês nisso. — Sua voz é melodiosa e calorosa, como sempre, mas meio cautelosa.

Iben tenta descobrir qual é o problema, mas Camilla evita respostas diretas. Está com medo. — Isso é bem óbvio, mas Iben está curiosa.

— Onde você está?

— Ah, em nenhum lugar especial.

— Mas não quer ficar em casa?

— Não, agora não. É melhor não.

— Olha, Camilla, se tiver alguma idéia de quem pode estar por trás do trote com o sangue, acho que deve nos contar.

— Tem razão, eu sei disso. Mas tenho certeza absoluta de que a pessoa que me preocupa não está atrás de nenhuma de vocês.

— Camilla, ouça. Fomos nós que recebemos os e-mails. E o sangue estava na estante de Anne-Lise.

Camilla não responde. Elas conversam por um tempo, e depois ela explode em lágrimas.

— Uma vez houve um homem... Foi uma tolice minha, mas eu o namorei. Há muito tempo. Eu não queria contar a você. Toda a história é tão... Eu simplesmente não queria que ninguém soubesse.

— Ah, Camilla, não precisa se preocupar. — Iben se sente amolecer. Ela segura o fone com as duas mãos, como Malene faz de vez em quando. — Pode confiar em nós! Sinceramente, todas nós... e eu quero dizer todas... sabemos como é se apaixonar por alguém que não merece. Não se sinta mal. Todas passamos por isso!

Iben dá tempo a Camilla para que ela responda, mas a linha continua em silêncio. Iben a tranqüiliza novamente.

— Ninguém vai julgar você, não importa por quem se apaixonou. Mas tem certeza de que não precisamos ter medo desse homem... De que ele não está atrás de alguma de nós?

— Não! Não deve pensar assim. Por favor, não se preocupe.

— Finn está aí para ajudar você?

— Ah, sim. Bom, não... Mas vai chegar, quando voltar do trabalho. Ele pode sair cedo hoje.

— Seria bom saber onde você está.

— Prefiro não dizer.

— Só estou perguntando porque pode haver alguma coisa que possamos fazer por você.

— Não, obrigada. Mas quanto menos gente souber, melhor, eu acho.

Paul aparece no meio da conversa das duas e também quer falar com Camilla. Ela lhe promete que vai voltar em alguns dias, quando as novas medidas de segurança estiverem implantadas.

Malene chega em seguida. Iben nota seu cabelo e sua pele impecáveis graças a uma corrida de táxi — ela não está despenteada pelo vento nem vermelha por pedalar no frio. A artrite de Malene deve ter atacado esta manhã, mas Iben não fala no assunto. Elas conversam sobre Camilla e sobre quem pode ser o homem que a está assustando.

De acordo com Malene, Camilla está imaginando coisas.

— Os e-mails não podem ter vindo de um dos ex-namorados dela. Independente de quem seja, não faz sentido algum.

Anne-Lise se aproxima para conversar com elas. Depois do que passou ontem, poderia muito bem ter alegado doença. Paul insistiu com ela para tirar uma licença, mas ela deve ter mais coragem do que qualquer um pensava.

Malene segura os dedos de uma das mãos. Ela espera até que Anne-Lise tenha saído.

— Iben, a Camilla já contou para você com quem ela saía antes de ficar com Finn?

Naquela tarde, Iben está ao telefone, falando com outro recém-formado desempregado. Praticamente toda semana, alguns daqueles aflitos jovens ex-universitários entram em contato com o Centro e querem saber se haveria algum cargo disponível, ou pelo menos um trabalho freelance, ou uma vaga de assistente em algum projeto — ou uma oportunidade de fazer o café, qualquer coisa. Iben tenta demovê-los com a maior gentileza possível, mas muitos não aceitam um não como resposta.

Enquanto Iben ouve a longa lista de qualificações do candidato a emprego, Anne-Lise sai da biblioteca. Ela parece profundamente séria.

— Malene, poderia dar uma palavrinha com você?

— Claro.

Malene não dá sinal de que vai se levantar, então Anne-Lise pergunta novamente:

— Pode vir à biblioteca por um momento?

A calma de Malene parece quase afetada.

— Por quê? Não pode falar na frente de Iben?

— Pensei que talvez preferisse...

— Não há nada que possa dizer a mim que Iben não possa ouvir. — Malene se vira para olhar a porta da sala de Paul. Hoje, pela primeira vez, a porta ficou escancarada e ela dá um sorriso amarelo, como se ele pudesse vê-la. — E o mesmo é válido para Paul. Agora que estamos numa política de portas abertas...

Anne-Lise ainda espera.

Por fim Malene desiste. Com uma piscadela rápida para Iben, ela segue Anne-Lise até a biblioteca.

Nenhuma das duas fecha a porta, mas Anne-Lise a conduz por entre as estantes, de modo que Iben só consegue ouvir um murmúrio distante das vozes.

O interlocutor ansioso de Iben desiste, e ela volta a trabalhar em um novo artigo para o *Jornal do Genocídio* sobre os assassinatos em massa no Sudão. Dois milhões de pessoas assassinadas nos últimos vinte anos. Ela nunca escrevera nada mais extenso sobre o Sudão, e sua mesa está abarrotada de livros e artigos.

As vozes na biblioteca agora se elevaram. Provavelmente Paul não consegue ouvir o que está sendo dito, mas Iben pode. Anne-Lise está falando alto, mas parece insegura.

— ...disse que eles nunca ouviram falar de nenhuma instalação de busca aqui na biblioteca, a não ser o que está disponível on-line.

Malene enuncia energicamente cada palavra — um sinal de raiva que Iben reconhece.

— E quem ia gostar de saber sobre outras opções de busca?

— Isso não é importante.

— Anne-Lise, normalmente eu digo às pessoas o que está disponível. Se falhei nisso, gostaria de saber quem deu a informação errada. É óbvio. Como eu poderia consertar meu erro?

A resposta é inaudível, mas a voz de Malene interrompe o murmúrio.

— Anne-Lise, por favor, acabe com isso. Tenho mais o que fazer.

Uma curta pausa. Agora Anne-Lise fala com muita rapidez.

— O que eu ouvi, em muitas palavras, é que você tentou manter os clientes longe da biblioteca.

— Então me diga a quem está se referindo!

— Certamente isso não importa.

Agora Malene parece ainda mais autoritária.

— Desculpe, mas eu discordo. Você e eu estamos nisso juntas. Qualquer problema que você saiba sobre uma de suas colegas deve ser comunicado... Faz parte do fato de sermos uma equipe. Devemos trabalhar juntas aqui... E você também! O que importa é o Centro. E, por isso, todo mundo deve ter a oportunidade de reparar seus erros, para que possamos melhorar nossos serviços.

Anne-Lise abaixa a voz novamente, mas agora o tom é melancólico. Um instante depois, Malene volta e cochicha com Iben:

— Anne-Lise falou de mim com Erik Prins.

— De você?

— Essa mulher é inacreditável.

— Eu ouvi parte da conversa.

— Achei que podia ouvir.

Erik Prins é um baixinho barrigudo de pele estranhamente brilhante. Suas roupas parecem ser dele há décadas. Provavelmente, ainda não chegou aos quarenta, mas as pessoas acham que é muito mais velho.

Durante anos, Erik trabalhou em um livro enorme sobre a política externa escandinava depois da Segunda Guerra Mundial. Ninguém sabe como os anos de compilação dessa obra foram financiados — possivelmente uma bolsa, ou, mais provavelmente, algum tipo de subsídio governamental. Ninguém queria tanto saber a ponto de perguntar.

Erik normamente vinha ao Centro para ler ou procurar livros novos. Quando ficava sentado no Salão de Reuniões, em geral precisavam ventilar o local depois. Ele gosta de comer enquanto lê, e seus pacotes de comida insípida sempre têm um forte cheiro de salsichão de fígado e pão de centeio molhado. Mesmo assim, Malene sempre dá prioridade a Erik entre os usuários do Centro e lhe dá o maior apoio possível. Ela, em geral, também encontra tempo para bater papo com ele. Conversam sobre uma coisa e outra, inclusive sobre o antigo colega de turma de Erik dos tempos de faculdade de história, Frederik Thorsteinsson.

Paul disse a elas que, em várias ocasiões, o conselho do CDIG recebeu elogios de Erik pela excelência dos serviços do Centro. Inevitavelmente, Frederik transmite as opiniões de Erik ao conselho e seus pronunciamentos passaram a ser considerados praticamente infalíveis. Os membros são pesquisadores muito preparados, especialistas em suas áreas, que acham que o baixinho mal-ajambrado fala por todos, e é um perfeito representante do usuário típico do Centro.

Iben sorri, mas está preocupada.

— Devo dizer que nunca ouvi falar de alguém que não tenha ficado satisfeito com seu trabalho. E logo Erik, entre todas as pessoas! Aquele baixinho mimado!

Ela não dá a mínima se Anne-Lise pode ouvir o que está dizendo, mas abaixa o tom de voz um pouco para que Paul não a escute.

— Talvez ele tenha elogiado Anne-Lise. Sabe como você faz quando trabalha pela primeira vez com alguém novo... Conquistando a pessoa. Esse tipo de coisa. Ele deve ter dito algo como "Você é muito boa em seu trabalho e queria tê-la conhecido antes".

Os olhos de Iben se movem inquietos, só por um segundo. Depois ela continua.

— É o tipo de coisa que uma pessoa diria. Ele poderia ter dito isso a você. Ou a mim, ou a qualquer outra pessoa.

Malene se recosta na cadeira com um suspiro pesado.

— É verdade. Todo mundo diz coisas assim, só para ser simpático. É péssimo que Anne-Lise leve tudo tão a sério.

Mais tarde, porém, quando Malene e Iben se reúnem na sala da copiadora, Malene traz o assunto à baila novamente. Iben percebe que a coisa vai render e se senta na beira da mesa. A copiadora batuca sem parar, copiando, separando e grampeando uma grande seleção de recortes de jornais que Camilla deve ter preparado para entregar ao conselho hoje. Agora Iben assumiu o trabalho dela.

Malene anda de um lado para o outro, inquieta.

— Andei pensando no que Anne-Lise disse. Como ela pode dizer que eu tentei excluí-la? Ela, obviamente, acredita nisso. Talvez tenha consultado Erik sobre isso.

Iben coloca a mão por baixo das coxas.

— Ou pode ser um pouco de tudo? Ele pensou que seria melhor ser gentil, e ela reagiu interrogando-o.

— Sim, e ele se sentiu pressionado a dizer alguma coisa sobre mim, e eles terminaram discutindo a minha pessoa em detalhes. Não podemos esquecer que agora ele depende dela, mais do que de qualquer outra pessoa daqui. Para Erik, ter boas relações com ela agora é mais importante do que se entender comigo. É Anne-Lise que pode tratá-lo de forma especial.

— É. E agora?

— Iben, isto é importante. Se ela ficar fofocando pelas minhas costas, pode colocar um monte de gente contra mim. Como Frederik. E Ole. Qualquer um.

— Pode mesmo.

— É. Então eu preciso descobrir.

Hoje Paul se juntou a elas no almoço. O clima está tenso, embora ninguém fale de Erik Prins ou da conversa na biblioteca. Mais cedo, Malene foi ao supermercado para comprar pão fresco. Perguntou se podia comprar mais alguma coisa para alguém. Anne-Lise lhe deu dinheiro para comprar uma porção de *carpaccio*, do tipo que já vem com azeite e parmesão ralado. Agora ela diz que todos devem se servir, mas, tirando Paul, ninguém faz isso.

Depois de um tempo, Iben não consegue suportar o silêncio, interrompido somente por conversas breves; ela decide contar a todos sobre o livro que esteve lendo nas primeiras horas da madrugada. Grith lhe emprestou outro dia.

— É sobre personalidades divididas. É fato que nove de cada dez pacientes são mulheres. E quase todas sofreram violência ou outro tipo de maus-tratos na infância. A autora deixa isso muito claro: "Uma personalidade dividida é uma garotinha que imagina que os maus-tratos são dirigidos a outra pessoa." É por isso que, em geral, pelo menos uma das personalidades ainda é uma garotinha.

O livro de Grith é intitulado *Distúrbio de identidade dissociativa: Diagnóstico, características clínicas e tratamento de personalidade múltipla.* Talvez não seja um assunto ideal para se conversar agora, mas Iben tenta falar sem insinuar nenhum subtexto.

— É muito difícil que alguém saiba se tem DID... isto é, uma identidade dividida. Como seu "*self* normal", você não consegue se lembrar de ter tido uma infância ruim. Muitas pacientes esquecem completamente, e podem até se lembrar do homem que abusou delas como uma boa pessoa.

Os outros continuam concentrados na comida e não respondem ao que ela está dizendo. Parecem interessados, porém; então Iben continua.

— O melhor indício é que você não consegue se lembrar do que fez por um período de tempo, ou sente que andou se comportando de forma imprópria. Mas não é predeterminado. Um levantamento de pessoas sem nenhum problema psicológico mostrou que cerca de 75% dos pesquisados tinham experimentado momentos em que fizeram facilmente uma coisa que costumavam achar difícil. Mais de 50% disseram que, depois de dirigir o carro por um longo tempo, havia trechos inteiros da viagem de que não conseguiam se lembrar. E um em cada dez disse que se pegou usando roupas que não conseguia se lembrar de ter vestido.

De repente Malene ri, quando está prestes a dar uma dentada no sanduíche de queijo.

— Iben, você é uma nerd! E depois, vem o quê? Um relato detalhado da tese de literatura pós-colonial de alguém?

Iben pára de tagarelar sobre os resultados da pesquisa.

Depois do intervalo, Iben sente que Malene tem de novo alguma coisa a dizer, só a ela. As duas esperam que as outras saiam da sala. Ole, o presidente do conselho diretor, telefona e quer falar com Paul, que se apressa a atender. Anne-Lise não sai e faz questão de mostrar que está lendo o jornal do dia.

Malene e Iben desistem e voltam às suas mesas. Enquanto estava fora fazendo compras, Malene ligou para Erik Prins.

— Ele jurou que sob nenhuma circunstância teria dito qualquer coisa sobre não estar satisfeito com meu trabalho. Parece que Anne-Lise estava jogando verde para obter alguma coisa que pudesse usar contra mim. Pelo menos, foi a impressão de Erik.

Malene ficou controlada durante todo o horário do almoço. Agora, está cuspindo de raiva.

— Vou pedir a Paul para me receber. Não há como eu agüentar o modo como Anne-Lise fica minando minha reputação com os usuários. Tenho que trabalhar com eles todo dia. Ela fica buscando oportunidades para falar mal de mim. Isso é deslealdade e não é profissional, tentar me apunhalar pelas costas desse jeito. — Ela se inclina para a frente. — O Paul deve entender que já suportamos essa mulher por muito tempo. E é provável que seja ela quem remete os e-mails. A idéia de que é o ex-namorado de Camilla é simplesmente idiota!

Anne-Lise passa por ali, e Iben e Malene fazem silêncio. Como Anne-Lise voltou à biblioteca, elas devem terminar a conversa em outro lugar.

A garrafa térmica está cheia, e elas já passaram muito tempo na sala da copiadora, o que significa que esgotaram as desculpas aceitáveis. Mas isso é péssimo. O assunto de que estavam tratando não pode esperar.

Na copa, a lava-louças raquítica se agita e o cheiro de detergente se mistura com o eterno cheiro de café. O ar está quente e úmido por causa do vapor que escapa da água quente. Lado a lado, elas se empoleiram na beira da mesa da copa.

Malene coloca a mão na testa. Depois pede a Iben para acompanhá-la na conversa com Paul.

— Você sabe que ele sempre leva a sério o que você diz.

— E Camilla? Não seria melhor esperar até que nós três estejamos aqui para que possamos vê-lo juntas?

— Sim, acho que sim. É claro que seria bom. — Malene olha vagamente para o dia melancólico através da vidraça embaçada. — É só que... Não sei bem. Você sabe tão bem quanto eu que, se Paul pressionar Camilla, ela pode recuar. Nós duas somos mais fortes quando agimos juntas... Em especial se ela nos acompanhar e depois, no meio do caminho, começar a dar razão ao Paul.

Iben sabe que é verdade e concorda.

Malene parece triste.

— Acho que tentei de tudo para me dar melhor com Anne-Lise. Mas hoje tive que encarar a realidade de que não consegui.

Iben passa o polegar no tampo da mesa. Não diz nada e Malene continua.

— A única coisa que podemos fazer é nos reagrupar e avançar.

Iben desvia os olhos da mesa e encontra os de Malene.

— Que tal esperar alguns dias? Sabe como é, para que as coisas esfriem um pouco.

19

O bar é mais escuro do que os que Iben costuma freqüentar. Pelo que ela pode deduzir, é um lugar onde jornalistas, técnicos e músicos se encontram, a maioria depois de trabalhar na rádio, do outro lado da rua.

Como sempre, desde o episódio dos e-mails, ela prefere se sentar de costas para a parede em um lugar onde possa ficar de olho na porta, embora isso a faça se sentir a suspeita número 1 de um thriller policial.

É noitinha, mas a escuridão já desceu. O bar é iluminado por alguns spots que lançam feixes estreitos de luz nas paredes de reboco rústico. Iben passa os olhos em uma das revistas de entretenimento que costumava ler anos atrás. Tenta se lembrar do que Malene disse enquanto elas seguiam juntas de bicicleta para casa depois da noite na casa de Sophie.

Foi: "Desde que você não esteja tirando Gunnar de mim."

Não, não foi bem isso. Talvez ela tenha dito: "Você e Gunnar provavelmente se dariam melhor do que eu com ele. Posso ficar preocupada com isso." O que exatamente ela disse?

As palavras de Malene sumiram completamente da cabeça de Iben.

Depois de dar uma olhada na última revista e ler tudo o que queria da pequena coleção de jornais, Iben sai do bar de mau humor. Um vento frio fustiga a calçada, e prendeu um saco plástico entre os raios da roda dianteira da bicicleta. O que Malene disse que sente sobre a vida vem à mente de Iben enquanto ela vasculha o bolso procurando pela chave da bicicleta. Malene se vê como uma *outsider*, isolada da experiência comum que acha que as pessoas saudáveis compartilham.

Mas Malene tem alguém para amar, mesmo que ele viaje tanto a negócios. E não só Malene tem alguém, como também sabe que, se seu relacionamento com Rasmus terminasse, ela é bonita e inteligente o bastante para conseguir qualquer um dos outros vinte homens interessantes e interessados. Gunnar, por exemplo.

Eu é que sou a verdadeira *outsider*, pensa Iben. Eu é que venho morando sozinha nos últimos três anos. Não há ninguém interessado em mim. E quando finalmente conheço alguém, ele é mais velho e já está casado. Eu é que ainda estou esperando que minha vida real comece.

E se Malene tivesse dito: "Não deve tirar Gunnar de mim"? Mas não, ela não diria isso, independentemente do quanto seus pés estivessem doendo naquela noite.

Iben pôs faixas refletoras em volta da bainha das calças e depois, com os dedos enregelados, pegou as lanternas na bolsa e as fixou na frente e atrás da bicicleta. A lanterna da frente funciona, mas a traseira está quebrada. Ainda assim, se a polícia vir, é mais fácil escapar de uma multa se a lanterna pelo menos estiver no lugar.

Ela mal havia se sentado no selim quando tem um sobressalto repentino e seu coração pula no peito. Gunnar tinha saído da rádio e está andando para o bar. Está sozinho. Veste uma jaqueta de couro preto e está com os ombros arqueados de frio.

Ela desce da bicicleta e vai ao encontro dele. Assim que a vê, ele leva os ombros para trás e endireita o corpo. Ela já se sente feliz.

— Iben! Que bom ver você! Por que não entra e toma uma taça de vinho comigo? O lugar de que lhe falei, o Metro Bar, fica bem ali, do outro lado da rua.

Ela havia amarrado a faca do lado interno da perna pouco acima do tornozelo e um pêlo ficou preso na fita adesiva. Fica ferroando a cada passo que ela dá.

Sentam-se à mesma mesa em que ela sentara. Depois de quase duas horas tomando vinho de estômago vazio, Iben está tonta, mas ao mesmo tempo mais calma do que antes de eles se encontrarem. Ela olha as mãos de Gunnar.

São grandes e simétricas. O vinho realmente bateu. Talvez as noites como esta sejam o motivo para que Malene insista em se encontrar com este homem, apesar das objeções de Rasmus.

Gunnar completa a taça de Iben.

— Conheci tanta gente que enlouqueceu, matando amigos, familiares e completos estranhos. Golpeando-os até a morte com enxadas, espadas ou o que tivessem à mão, aparentemente sem pensar duas vezes. Mas não podemos nos esquecer de que essas pessoas, possivelmente as mesmas, também são capazes de uma bondade incrível e inexplicável. Também testemunhei isso. Aldeões que esconderam e protegeram estranhos que surgiam da selva, arriscando a vida por alguém a quem não tinham motivos para ajudar.

Quando Gunnar fala, Iben tem um grande prazer em ouvi-lo, as palavras fluem... Ela sente uma unidade interligando ritmo e velocidade.

— É verdade. Mas, quando o estranho aparece depois de se esconder na selva, o que determina se ele é salvo ou fica por contra própria e encara uma morte quase certa? Ou se ele é morto ou não? É só impulso? Uma reação cuja origem ninguém consegue identificar?

O bar é invadido por um grupo pequeno e ruidoso de músicos clássicos que acabaram de sair do ensaio da orquestra da rádio. Eles pegam a mesa ao lado da de Gunnar e Iben, e fazem estardalhaço tentando colocar as caixas de instrumentos perto de si.

Iben continua:

— Uma vez vi um documentário na TV sobre leões. Imediatamente depois de matar... era um antílope, eu acho... eles lutaram pela carne. Mas depois todos dormiam com tanta tranqüilidade, as cabeças pousadas nas barrigas uns dos outros. Não precisou de muito tempo para que sua desconfiança e agressividade desaparecessem. E naturalmente eles não ficavam discursando sobre "maldade" e "traição".

Não seria melhor parar de falar? Ela dá uma olhada na direção de Gunnar, que parece estar ouvindo com atenção. Toma um gole de vinho e decide continuar.

— Naquela noite, um bando de hienas atacou os leões. Durante a luta, vários leões se comportaram como se estivessem deliberadamente colocando a vida em risco para proteger os companheiros. E, no entanto, eram os mesmos animais que antes tinham lutado entre si com unhas e dentes. — Depois de uma pausa para respirar, Iben prossegue:

— Fico achando que é fácil identificar as causas dessa mudança, de cuidados até a matança e voltando aos cuidados, entre animais da mesma espécie. Se houver escassez de alimentos ou uma forte necessidade de reprodução, eles estão preparados para lutar até a morte. Mas, quando esse tipo de coisa não está em questão, eles são amorosos uns com os outros, como membros confiáveis de uma mesma família. A mudança é rápida como um raio e relativamente simples. Eles simplesmente deixam o passado para trás.

Os homens jovens têm a cara lisa, mas, quando Gunnar sorri, linhas suaves se formam nas laterais de sua boca.

— Não é todo mundo que interpreta a humanidade em termos de leões.

Iben toca a bainha da manga.

— Mas de certa forma não somos iguais aos animais. Quer dizer, para as pessoas não é só o desejo de comida ou sexo que incita o tipo de ação que consideramos cruel. É muito mais complexo do que isso, embora pareça simples: aperte um botão e vamos lutar, talvez matar, aperte outro e nos comportamos como seres humanos decentes. Não sabemos que botões são esses, ou quem os aperta. Nem mesmo sabemos que instinto é esse que nos impele.

Uma das mãos de Gunnar pousa perto do meio da mesa.

— E é disso que se trata seu trabalho no CDIG, não é? Quer dizer, a pesquisa sobre "apertar botões"?

— A idéia é essa, embora eu nunca tenha ouvido uma descrição assim. Apesar de tudo, alguma coisa incita o impulso para matar em um segmento da sociedade e as pessoas começam a se assassinar. Qual é o gatilho? E o que incita a bondade? Se ao menos pudéssemos aprender os mecanismos, então seria possível intervir numa fase inicial e impedir que todo o processo se desenvolvesse.

— E quando isso acontecer, o Centro ganhará os prêmios Nobel da Paz, da Medicina e da Literatura ao mesmo tempo.

Os dois riem.

O barulho da mesa ao lado parou. Uma mulher entre os músicos tirou o violoncelo da caixa e, no silêncio súbito, moveu o arco pelas cordas. Soou uma única nota, funda e duradoura. Não parecia o lamento de um animal?, pensa Iben. Talvez o choro de um filhote de leão. Mas não era. A nota é pura demais, cultivada demais.

Quando o som morre, a conversa recomeça na mesa dos músicos. A violoncelista, obviamente, está usando seu instrumento para ilustrar um argumento. Agora ela o pousa amorosamente.

Debaixo da mesa, a perna de Gunnar toca a de Iben. Ela está com medo de que ele vá perceber a faca e pensar que está paranóica, então afasta a perna.

Gunnar quebra o silêncio.

— Não consigo me lembrar da última vez em que estive com alguém capaz de tornar uma conversa tão... natural.

Ele falou desse jeito com Malene também? De repente, Iben se lembra das crises agudas de doença que obrigam Malene a ir para a clínica de reumatologia. Sua lembrança lampeja uma imagem da cara da amiga contorcida de dor.

A vela grande e fraca da mesa derrete enquanto chega um novo grupo de pessoas.

Iben olha para Gunnar. De certa forma ele é grande demais para a frágil cadeira do bar. Ela percebe um vestígio de tensão no rosto dele.

— Iben, se quiser ir à minha casa, a qualquer hora, será muito bem-vinda.

Na manhã seguinte, Iben e Malene estão na sala de Paul, juntas, de pé, enquanto ele gira irritadiço de um lado para outro em sua cadeira chique de executivo. Ele parecia irritado desde o início da reunião. Iben estava se sentindo pouco à vontade mesmo antes de elas irem vê-lo. Parte do motivo é Malene e seu acordo de que Iben deva apresentar a realidade dos fatos.

Ela fala rapidamente.

— De modo geral, nós achamos que seria bom que Anne-Lise tirasse uma licença médica. Ela precisa se recuperar longe do Centro. Ela não está em seu juízo perfeito agora.

O giro seguinte da cadeira de Paul é especialmente vigoroso.

— De jeito nenhum.

Por um momento, nem Iben nem Malene conseguem pensar em alguma coisa para fazer ou dizer.

— Por quê...? — fala por fim Malene.

Paul encara as duas.

— Ela não está doente. É simples.

Iben e Malene se encolhem com a idéia de ter de apresentar uma análise do estado mental de Anne-Lise sem nenhuma prova concreta.

— Vamos falar com franqueza — diz Paul. — Obrigar uma funcionária a tirar licença médica é uma coisa que se faz quando se está desesperado por uma oportunidade de demiti-la. Isso quer dizer que o problema fica fora de sua alçada por algum tempo e por sorte vai desaparecer sozinho. Mas isso nunca acontece.

Iben e Malene se esforçam ao máximo para se distanciar do que ele está sugerindo.

— Não, não é isso...

— Ah, não.

Iben estremece.

— Não deve pensar assim. Só o que queremos dizer é que talvez Anne-Lise deva tirar uns dias de folga. Ela pode estar sendo perturbada por um problema em casa. De qualquer forma, ela claramente não está equilibrada agora. Você sequer lhe deu a chance de procurar um psicólogo.

Malene segue essa linha de raciocínio.

— O que nós achamos é que ela pode resvalar para uma doença mental real se não tiver alguma calma.

Paul é incomumente direto.

— Olha, vocês sabem tão bem quanto eu que mandar alguém para casa nestes termos é empurrá-lo na ladeira escorregadia para a demissão. Para Anne-Lise, seria quase impossível voltar a trabalhar aqui. Ela tem marido e filhos que serão afetados, de uma forma ou de outra. Além disso, o trabalho que ela faz aqui é excelente. Nós mal demos tempo às novas medidas. Vocês devem fazer o que é decente e dar uma oportunidade a Anne-Lise.

Iben sente o sangue subir-lhe ao rosto. Uma pulsação começa a latejar nas têmporas.

— Só demos a sugestão porque estamos trabalhando muito perto e no momento é muito difícil colaborar com ela. Achamos que seria razoável lhe dar algum tempo para que consiga se estabilizar... e tentarmos outra coisa. Malene se encarregou de que nós, e você, tivéssemos uma reunião com Anne-Lise. E estamos mudando os métodos de trabalho...

Malene a interrompe. Ela parece mais aborrecida do que gostaria.

— Também pode ser perigoso deixá-la continuar. Mesmo que seja difícil para nós pensar nela como... desequilibrada, existe a questão das ameaças de morte.

Paul a detém.

— Que história é essa de a situação ser perigosa para você? Ela é que estava lá e tomou o banho de sangue.

— Ela poderia muito bem ter armado isso sozinha!

Malene capta o olhar de Paul e depois olha para Iben. A intenção é desviar a atenção de Paul.

— Iben, conte a Paul novamente sobre os livros que andou lendo.

Iben adoraria que isso terminasse logo ou, de preferência, que nunca tivesse começado. Ela tenta transmitir parte de seus insights em psiquiatria, mas o novo conhecimento parece deslocado.

Paul a observa, os olhos toldados por tamanha decepção que Iben acha que não pode suportar isso por muito tempo. Ele a interrompe.

— Estou convencido de que os e-mails não foram mandados por ninguém de nossa equipe. Espero que confiem umas nas outras da mesma forma.

Malene tenta dar algum apoio à amiga.

— Mas...

Ele agora quase grita:

— Isso está fora de cogitação!

Depois pára de girar a cadeira e fala num tom mais baixo.

— Nenhum de nós suspeita de Anne-Lise. Nem de Camilla. E ponto final! A câmera de vídeo em breve será instalada na porta da frente. Depois que todos nos sentirmos seguros, tudo vai se ajeitar.

Malene abre a boca, mas um olhar rápido de Paul a obriga a fechá-la novamente.

Todos refletem por um instante.

Paul é o primeiro a romper o silêncio.

— Olha, eu ouvi o que vocês estão dizendo. É lógico que existem problemas, mas não vou mencionar nada disso na reunião do conselho de hoje. Vou esquecer o que ouvi, a não ser, é claro, que vocês queiram o contrário. É na verdade para proteger vocês. Receio que esse comportamento não pareça lá muito bom.

20

Iben e Malene estão sentadas no trem da linha litorânea a caminho do Museu de Arte Moderna de Louisiana da Dinamarca. O CDIG e o Instituto de Direitos Humanos uniram forças para fazer um ciclo de conferências de dois dias, intitulado "O Restabelecimento da Democracia e da Confiança Cívica na Ex-Iugoslávia". Espera-se a presença de muitas pessoas, inclusive 140 delegados internacionais.

O trem está relativamente vazio, porque a esta hora da manhã os passageiros habituais vão a Copenhague. A forte luz da manhã de novembro se derrama pelo vagão. O sol está tão baixo no horizonte que brilha diretamente nos olhos enquanto elas tentam ver as suntuosas casas de veraneio à beira-mar.

Na semana seguinte à horrível reunião na sala de Paul, Malene sugeriu-lhe que investissem em um software novo. Instalado em uma parte de acesso restrito do site do CDIG, o programa permitiria que os pesquisadores lessem e analisassem os artigos uns dos outros. Os assinantes poderiam organizar reuniões on-line e conversar 24 horas por dia, bem como interagir por meio de recados no quadro de avisos.

Malene assumiria o papel de webmaster nesta parte restrita do site. Depois que estivesse em operação, o CDIG estaria prestes a se tornar um centro de pesquisa virtual a um custo comparativamente mínimo. Antes de levar a idéia a Paul, Malene investigou os custos administrativos e procurou saber o que outras organizações achavam de locais de reuniões virtuais semelhantes. Ela calculou os prós e os contras, acrescentando comentários bem fundamentados.

Apesar de tudo isso, Paul disse não.

Malene volta o tempo todo à recusa de Paul.

— Só o que ele tinha de fazer era ver o que eu preparei para ele. Se os suecos fizerem isso primeiro, vamos ficar numa posição secundária quando se tratar de apoio à pesquisa. Não entendo o que ele pretende.

Iben não consegue pensar em nada de novo para dizer. Elas já haviam passado pelo assunto várias vezes.

Malene toma um gole do café no copo grande comprado na estação e depois recomeça. O hálito de café quente envolve Iben.

— Não consigo deixar de me perguntar se ele está planejando assumir outro cargo e quer levar minha idéia com ele.

Iben não pensa dessa forma. Malene pode ler isso em seu rosto.

— E aí? Acha que ele tem outro emprego em mente para mim, alguma coisa de que ainda não ouvi falar?

O trem passou por uma floresta e a luz do sol atinge os olhos de Iben.

— Pode ter alguma coisa a ver com a redução de nossas atividades, não pode? Como trabalhar com menos contato com os pesquisadores?

Isso seria uma idiotice e foi o que Iben disse. As duas olharam as casas que passavam.

— Malene, há mais um motivo possível para a decisão dele — disse Iben. — Andei pensando nisso por um tempinho.

— O que é?

— Olha, é só um pressentimento. Não é nada consistente.

— Continue.

— Pelo que lembro, quando cheguei ao Centro, você sempre teve o apoio de Paul para suas idéias, não só para esse tipo de projeto. Não é?

Malene assente.

— E Paul não tinha essa atenção toda para as possíveis necessidades da biblioteca.

— É verdade.

— Para mim, entre essa época e agora, alguma coisa mudou... Algo de que ninguém queria falar até agora.

Malene havia afastado o café e agora seus olhos estavam fixos em Iben.

— O que me ocorre é que Paul está muito ansioso com o gerenciamento de uma unidade tão pequena. Ele está ciente do risco de que alguém em posição superior possa olhar o CDIG e decidir que está na hora de fundi-lo com outra organização, inevitavelmente maior. Seríamos absorvidos, mais cedo ou mais tarde. Até há bem pouco tempo, Paul acreditava que o Centro ou ia crescer, ou morrer, e é por isso que ele costumava estimular você a trabalhar feito uma louca em quaisquer iniciativas de pesquisa que você inventasse, de modo que pudéssemos garantir novas áreas seguras de expertise e, portanto, mais apoio através de verbas.

— Sim, antes era exatamente assim. E agora parece...

— E se Paul teve alguma dica de que vamos ser cortados do Ministério de Ciência, Tecnologia e Desenvolvimento? É claro que eu não sei de nada. Mas e se for isso? Neste caso, é quase certo que a gente seja transferida para o Ministério das Relações Exteriores. E aí, em uma de suas ações de cortes de custos e fusões, os Direitos Humanos vão engolir a gente. É tudo muito simples. Se Paul ouviu esse tipo de boato, isso explicaria por que ele sempre fica tão nervoso antes das reuniões no Ministério. E, sendo Paul quem é, ele já pensou nos próximos vinte movimentos do jogo e está planejando maneiras de vencer. Digamos que ele tenha percebido que as bibliotecas estatais de pesquisa são unidades pequenas espalhadas entre diferentes ministérios. Agora há uma tábua de salvação, porque, quanto maior o vigor da expansão de nossa biblioteca, maior a chance de Paul apresentar o CDIG como "uma importante biblioteca com instalações adicionais de pesquisa". Isso por sua vez lhe daria escopo para colocar o CDIG nos braços de outro ministério, como o da Cultura ou o da Justiça, ou o de Asilo, Imigrantes e Integração... O que quer que ele fantasie. Então ele estaria seguro em seu cargo de direção, e ninguém ficaria no cangote dele, porque o sistema admite que as bibliotecas de pesquisa sejam unidades independentes, embora pequenas.

Iben vê claramente que nada disso tinha ocorrido a Malene. Pelo menos havia algumas vantagens em ficar acordada e sozinha à noite, pensa.

— Olha, Malene, se este é o plano de resgate dele, então suas iniciativas poderiam arruiná-lo. Ele prefere fazer parte de qualquer ministério, desde que não seja o das Relações Exteriores. Se evitar isso significa rejeitar tudo o que você propôs em apoio à pesquisa, então será assim.

— Mas ele ficou tão entusiasmado com a associação do Centro com esta conferência e com aquela sobre os alemães em 1945. O que você conclui disso?

No corredor ao lado delas, uma senhora idosa se atrapalha com a pequena mala de rodinhas. Malene parece não dar pela presença dela.

Iben agora fala rapidamente.

— Paul está numa corda bamba. Daqui a alguns anos, ele e Frederik estarão competindo pelo mesmo cargo. Os dois já sabem disso. Antes, Paul precisa demonstrar que é mais capaz do que Frederik para construir uma organização melhor e mais forte. Mas, na situação atual, ele acha que todas as iniciativas de pesquisa devem ser isoladas, como conferências e assim por diante. Isso significaria que, a partir de agora, sua função no trabalho diário do Centro seria apoiar Anne-Lise.

Malene se recosta pesadamente na poltrona, observando à meia distância.

— Não ouvi ninguém falar disso e não tenho certeza de nada — diz Iben —, mas não consigo deixar de especular.

Iben não consegue se lembrar de ter visto um sol tão brilhante em novembro. Os delegados se reuniram no restaurante e no terraço externo, desfrutando da vista do parque de esculturas na rampa que descia para o mar. Iben reconhece algumas pessoas. Malene, que gerenciara a assistência à pesquisa praticamente sozinha por três anos, está muito bem informada sobre quem é todo mundo. Poucas pessoas comentam as ameaças por e-mail ou os artigos na revista on-line do CDIG. Outras, que não viam Iben desde sua volta da África, dizem-lhe como ficaram felizes em saber que o episódio dos reféns terminou de forma tão satisfatória. "É ótimo que você tenha sobrevivido", dizem eles, embora já tenham se passado quatro meses.

Novos delegados chegam o tempo todo. Malene percebe que um dos oradores da Bósnia parece perdido e vai lhe explicar o esquema da conferência. Paul está lá fora no parque com Morten Kjærum, diretor-executivo do Instituto de Direitos Humanos, e Birte Weiss, ex-ministro de Pesquisa e Tecnologia de Informação. Anne-Lise fica ao lado dele e parece tentar acompanhar a conversa. Esta é a primeira vez que Paul convida a bibliotecária do Centro para assistir a uma conferência.

Às dez horas, Morten Kjærum recebe os delegados no grande saguão do térreo e é seguido pelo primeiro orador, um jovem prefeito do interior da Bósnia.

Seu corpo é tenso e forte como o de um soldado, mesmo sob a camada de gordura que a dieta do sul da Europa depositou desde o Acordo de Paz de Dayton. De onde Iben e Malene estão sentadas, ele parece quase infantil. Como os outros delegados da antiga Iugoslávia, mas, diferentemente de seus anfitriões dinamarqueses, ele está de terno escuro, camisa branca e gravata larga. O estilo de seu cabelo remete Iben aos russos dos filmes antigos de espionagem.

A palestra refere-se à limpeza étnica sérvia em seu município, mas apesar disso a apresentação não é nada sentimental e bastante instrutiva.

Ele lê estatísticas no projetor do alto:

184 pessoas foram mortas;

416 casas fora completamente incendiadas;

1.783 pessoas foram expulsas;

73 pessoas sofreram estupro ou tortura, ou ambos.

Ele se prende ao básico pelo resto da palestra. A maioria dos presentes já sabe das informações e não toma notas. No final, muitas pessoas se perguntam por que diabos ele foi convidado.

Alguém faz uma pergunta:

— Como o senhor sobreviveu?

Ele responde com cuidado, em um tom que permanece factual e distanciado:

— Alguns de nós já temíamos que isso acontecesse. Tínhamos nos reunido. Disseram-nos para entregar as armas, mas compramos rifles novos dos soldados sérvios. Depois os chefes sérvios ordenaram que todos os homens fossem para a escola na cidade. Nós fugimos para a floresta. Balearam os homens na escola naquele mesmo dia. Vivemos na floresta por vários meses.

O prefeito está de pé, meio de costas para a platéia, olhando o quadrado brilhante com seus números em tabela. Ele fala em tom monocórdio.

— Depois os sérvios cercaram a floresta. Disseram que nos deixariam viver se nos rendêssemos e que nos matariam se recusássemos. Eu estava no comando de todo o grupo, e decidi que não nos renderíamos. Mais tarde soubemos que cada um de nós teria sido morto se eu tivesse decidido o contrário. Emboscamos vinte sérvios na floresta e os tomamos como prisioneiros. Depois fizemos um acordo. Os prisioneiros seriam libertados se pudéssemos seguir para um enclave bósnio. Ali, nos reunimos ao exército bósnio. Participei dos combates e logo fui promovido a coronel. Liderei meus homens na libertação de minha cidade. Depois fui eleito prefeito.

Ninguém consegue pensar numa forma de comentar. Por alguns segundos toda a platéia hesita, e depois são feitas algumas perguntas baseadas na palestra.

Durante o intervalo para o café, Iben sai para ver Paul e o encontra no terraço, imerso numa conversa com o presidente do conselho, Ole Henningsen. Ole é um homem corpulento no início dos sessenta anos que exibe uma barba grande e branca. Antes de passar a se interessar por pesquisa de genocídios, escreveu várias obras históricas sobre a União Soviética. É um dos especialistas em história contemporânea que regularmente aparecem na televisão. Às vezes também participa de *quiz shows*.

Iben percebe a cabeça loura de Frederik acima da multidão. Ele está se afastando, possivelmente depois de ter acabado de deixar os outros dois. Paul está inclinado para a frente para falar confidencialmente com Ole, que notoriamente fica satisfeito com o modo como Paul cuida das coisas. À medida que se aproxima, Iben ouve as últimas palavras do que claramente era uma queixa sobre o modo como o Instituto de Direitos Humanos da Dinamarca tentou excluir o Centro da co-organização desta conferência.

— ...me parece que eles simplesmente não estão interessados em usar nosso conhecimento.

Os olhos de Paul estão ocultos por trás dos óculos de sol e é possível que ele ainda não tenha percebido que Iben se juntara a eles.

— Estou pensando em discutir a questão com Morten.

Iben sabe que o CDIG só está participando porque Paul soube por um de seus contatos que o IDHD estava planejando a conferência. Ele conseguiu garantir o envolvimento do Centro na última hora, pouco antes da emissão dos convites e dos comunicados à imprensa.

Um resultado dessa cooperação é a duração da conferência, dois dias em vez de um, o que a torna mais atraente para os delegados do exterior. O CDIG contribuiu com apenas 15 mil coroas, mas acrescentou sua inigualável lista de mala-direta de pesquisadores europeus interessados na Iugoslávia pós-guerra. Iben também passou várias horas trabalhando no layout dos artigos e dos documentos da conferência, e Paul escreveu um artigo de uma página sobre o evento para a *Information*, descrevendo o currículo dos oradores e especulando sobre o provável resultado.

Como os arranjos foram feitos de última hora, não houve tempo para informar os membros do conselho — inclusive seu vice-presidente, Frederik Thorsteinsson. E como Frederik não sabia dos planos, seu Centro para a Democracia só soube da conferência quando era tarde demais para se unir à organização. Paul, na qualidade de membro do conselho do Centro para a Democracia, poderia ter falado no assunto com Frederik, mas parece que não o fez. Pelo menos, Iben achava que não.

Quando Iben se junta a Paul e Ole no terraço, Ole imediatamente muda de assunto e, com sua voz agradável, pergunta como ela está. Todos os membros do conselho têm sido muito atenciosos com Iben desde que ela voltou do Quênia. Ole passa a elogiar seus artigos recentes.

De volta ao salão, o orador seguinte é um envelhecido jornalista e intelectual bósnio.

— Agora temos que nos obrigar a ter esperanças novamente. Queremos um futuro melhor para a Bósnia. E vamos conseguir, com a ajuda de organizações como as que estão representadas aqui hoje.

As descrições elaboradas que o orador faz de seu cativeiro em um abrigo nos arredores de Sarajevo fazem com que Iben se sinta estranhamente sem foco, como se seu passado estivesse tentando voltar.

Omoro permanece no círculo. Ele canta.

Ela empurra a carapaça de um besouro morto na parede de lama.

Mas ela não quer pensar nisso. Agora não.

Eles param para almoçar e Iben se senta ao lado de Malene em uma das mesas comunitárias do restaurante do Louisiana. A mesa deles é perpendicular à enorme vidraça e à vista panorâmica da água cintilante do Øresund. Para além dos canais, a silhueta da costa sueca está incomumente clara.

Todos os delegados estão ocupados, trocando informações em uma mistura de idiomas, principalmente o inglês ou uma língua escandinava, e o nível de ruído é terrível.

Malene espalha um monte de sal em sua comida. Ela está numa verdadeira embriaguez de conferência.

— Tive uma conversa com Frederik e deixei escapar a questão de Erik Prins. Pelo que eu pude deduzir, Erik não disse nada de ruim sobre mim a Frederik. Óbvio que não perguntei a ele diretamente; de qualquer forma, ele não teria dito nada. Só senti que ele agiu com relação a mim do mesmo jeito de sempre.

Iben então localiza Anne-Lise sentada em uma das mesas no meio do salão e cochicha para Malene:

— Olha. A Anne-Lise está conversando com Lea.

Lea é uma socióloga jovem e bem-sucedida que trabalha diretamente com a única mulher do conselho diretor do CDIG, Tatiana Blumenfeld. Tatiana é muitíssimo respeitada por praticamente todos. Seria muito ruim se Lea tivesse a impressão de que Malene é uma encrenqueira no trabalho.

— Vou falar com Lea durante um dos intervalos — disse Iben de um jeito tranqüilizador. — Quando for oportuno, vou explicar a verdadeira situação.

— Obrigada.

Iben termina de mastigar um pedaço de quiche de espinafre antes de falar novamente.

— Brigitte está aqui, sabia? Eu a vi. Se der uma palavrinha com ela, Tatiana saberá a verdade de duas fontes independentes.

Brigitte é uma das alunas de doutorado de Tatiana.

Iben se recosta para olhar por trás das pessoas de sua mesa. Observa que Lea parece ter se divertido com alguma coisa que Anne-Lise disse.

O tema da primeira palestra depois do almoço é: "Os Intelectuais Sérvios e a Universidade de Belgrado Depois da Democratização nos Bálcãs".

No intervalo seguinte, Iben serpenteia entre os grupos no restaurante. Ela sente o peso da faca na perna. E se foi um destes delegados que bolou o plano de mandar os e-mails e colocou o sangue na estante?

Um dos acadêmicos que costumam aparecer para estudar no CDIG detém Iben. Ele parece confuso.

— Alguma coisa mudou em você. O que é?

— Por que a pergunta?

— Nada que eu possa destacar... É alguma coisa.

— Talvez eu esteja meio cansada.

— Não, não. Não é isso.

Ele começa a falar dos e-mails, que soube deles quando Zigic encabeçava a lista de suspeitos. Agora estava ansioso para lhe contar as últimas novidades.

— A história é que o grupo de Zigic, da máfia sérvia, está expandindo sua rede na Rússia e nos Estados Unidos. Zigic foi visto recentemente na América e na Alemanha.

De repente, Lea aparece ao lado de Iben. Diz que gosta verdadeiramente de tudo do CDIG.

— Mês a mês vocês sempre parecem melhorar algum aspecto do que fazem!

— Ah, que bom. Obrigada.

— Pense no que sua colega Anne-Lise acabou de me dizer sobre arrumar a biblioteca para que haja espaço para os leitores novamente... Afastando as estantes das mesas de leitura e assim por diante.

Esta é a primeira vez que Iben ouve falar desse plano. Ela sabe que Malene vai explodir quando souber disso. Obviamente, ela terá de se dar melhor com Lea a partir de agora.

— Sim, foi uma das melhores idéias que tivemos.

As pessoas estão voltando para ouvir a palestra seguinte, e Lea se junta ao movimento na direção da sala de concerto, mas faz uma última observação:

— É muito melhor poder ler com Anne-Lise por perto. E os livros também. É uma melhoria e tanto com relação ao uso da sala de reuniões.

21

O silêncio está em toda parte — nas mesas e entre as estantes. Provoca sensações estranhas ao se andar pelo Centro. A iluminação fria e despojada, a quietude. Apesar das pilhas de papel, das telas de computador e de toda a desordem habitual de um escritório, Iben tem a impressão de andar na névoa que recobre uma campina úmida.

De certo modo pode ser que sua mente esteja mais permeável porque ela acordou cedo demais, depois de outra noite insone. Tudo no escritório e nela mesma parecia irreal e onírico.

Se por acaso Anne-Lise anormalmente também aparecer cedo no trabalho e pegar Iben no computador da biblioteca, Iben tem uma desculpa pronta. Sua história é que ela quer acrescentar algumas palavras-chave dos artigos sobre o Sudão em que está trabalhando. Os códigos de acesso ao banco de dados são guardados no computador de Anne-Lise. Iben nunca usou o programa, mas isso pouco importava.

Ela se senta na cadeira de Anne-Lise e não consegue deixar de olhar a foto do marido e dos filhos da outra. Está colocada bem ao lado de um relógio digital; ele pisca 07:18.

O computador está no modo stand-by. Iben aperta uma tecla e aparece uma caixa de diálogo. Nega acesso e pede uma senha. Ela experimenta teclar o "Enter", que em geral funciona na maioria dos computadores do Centro, mas Anne-Lise realmente instalou uma proteção por senha. Iben tenta "Anne-Lise", mas o sistema ainda não a deixa entrar.

Silêncio completo.

Iben e Malene precisam de alguma coisa tangível para mostrar a Paul, se quiserem defender o Centro e elas mesmas contra Anne-Lise. Sem uma prova de que Anne-Lise mandou os e-mails, ele não a obrigará a tirar licença médica e ela continuará vagando entre as estantes, ficando cada vez mais estranha o tempo todo, até que sua raiva reprimida acabe explodindo.

Iben não ousa experimentar mais alguma senha, porque o computador pode bloquear qualquer tentativa posterior de entrada e Anne-Lise não deve descobrir que alguém andou mexendo ali. Iben apaga a luz, fecha a porta e se acomoda à própria mesa, onde tenta se concentrar no que um grupo de especialistas dinamarqueses escreveu sobre os muçulmanos nas repúblicas autônomas do sul da Rússia.

As outras chegam. Ela conta a Malene, aos cochichos, o que aconteceu, e depois, no meio da manhã, vai à biblioteca.

— Anne-Lise, me diga uma coisa: se eu tiver novas palavras-chave que achar que devam ser acrescentadas ao banco de dados da biblioteca, o que devo fazer?

— Deve falar comigo. Eu as insiro. Não tem problema algum.

— Sim, claro. Mas e se eu achar que posso fazer eu mesma? Como consigo isso?

— Iben, será muito mais fácil se me der. Eu farei.

— Obrigada. Mas gostaria de poder fazer isso sozinha.

— Bom, agora... Normalmente eu administro o banco de dados. Tenho a perspectiva geral necessária. Por que não deixa isso comigo?

— Mas e se eu quiser aprender?

Iben está ciente de que isso não parece nada plausível, mas ela não liga. Como Anne-Lise pode fazer objeção? Elas se repetem mais algumas vezes, mas no final Anne-Lise mostra a Iben como as novas palavras-chave são inseridas para um título de livro ou artigo. Depois Iben chega ao que interessa.

— Se eu estiver aqui na sua ausência, posso ligar seu computador e entrar com elas?

— Como assim... "na minha ausência"? Por que eu não estaria aqui?

— Ah, sei lá. Se você ficar doente, tiver que sair cedo ou coisa parecida.

É óbvio que Anne-Lise não gosta do rumo da conversa, mas não procura descobrir o que Iben realmente quer.

— Você simplesmente liga meu computador.

Iben sorri e tenta manter a expressão inocente.

— Tudo bem. Não tem senha pessoal nem nada disso?

— Não.

Anne-Lise dá a impressão de estar falando a verdade. Ela é boa nisso e não deixa transparecer que aquilo seja algo além de uma conversa sobre incluir novas palavras-chave. Isso era esperado. Ela se mostrou perfeitamente capaz de aparecer todo dia, durante meses, sem mostrar o quanto odeia a todas.

Iben sonda um pouco mais.

— E se seu computador estiver em stand-by?

— Isso não faz diferença.

— Ainda assim não tem senha de proteção?

— Não. Não deve ser necessário, não é? Vocês usam senha?

Iben olha para ela.

— Não, não usamos. É útil ter acesso ao computador de todos, se quisermos procurar alguma coisa.

— Tem toda a razão. Concordo.

Elas sorriem uma para a outra. Irritada, Iben volta ao Jardim de Inverno.

Hoje foi a última oportunidade de ficar sozinha no escritório antes das nove horas. Amanhã Bjarne vai instalar a nova tranca controlada por computador e a câmera de circuito interno no hall do andar. Isso significa que Camilla estará de volta ao trabalho e ela sempre chega muito mais cedo do que todos, porque Paul permitiu que ela tivesse o mesmo horário do marido.

Não leva muito tempo para Bjarne instalar a câmera, mas depois há o cabo ao longo do Jardim de Inverno até o servidor e o novo software a ser instalado no computador de todos. Camilla carrega o dela primeiro, e Iben e Malene fazem fila para testá-lo. Malene saiu para o hall de entrada.

— Ei, pode salvar minha foto?

Iben mexe no novo menu de opções e comandos de teclado.

— Sim, acho que sim... Pronto, salvei.

Malene corre até a tela de Camilla.

— Ah, não! Eu estou horrível!

Iben tem que rir, porque é verdade. A cara de Malene é uma máscara enorme e inchada. A pele cinzenta é salpicada de manchas brancas.

—Você deve ter ficado perto demais! Espere.

Iben sai da sala.

— Agora me salva também!

De volta ao computador de Camilla, elas dão uma gargalhada.

— Parece você mesma!

— Acho que se você ficar mais distante...

— Só que aí será difícil ver quem é.

— Que tipo de câmera de vigilância é essa? Deixa todo mundo com a mesma cara.

Malene quer que Iben tire outra foto dela e corre para fora de novo. Ela grita do hall:

— Imagine as descrições de procurados pela polícia ou de desaparecidos! "Duas mulheres, as duas parecendo sapos brancos e gorduchos, procuradas por..."

Malene deve ter tido um bom dia ou não seria capaz de correr desse jeito. Elas não conseguem parar de rir.

Bjarne se une à brincadeira. Ele se vira para a porta da biblioteca.

— Oi, você aí dentro! Anne-Lise, quer vir aqui e tirar sua foto também?

Anne-Lise diz que está ocupada.

Malene olha rapidamente para Iben antes de gritar.

— Ah, Anne-Lise! Por que não faz alguma coisa só para se divertir? Só desta vez!

Parece que Anne-Lise não a ouviu, embora a porta esteja aberta, é claro.

Mas o intervalo termina. O telefone toca. Existem e-mails a serem enviados.

Bjarne ainda está ali na hora do almoço e ajuda a demover a tensão. Ele come satisfeito um sanduíche de presunto com beterraba que trouxera em sua marmita volumosa e ri muito, desfrutando da atenção que as mulheres lhe dão. Enquanto isso, Iben reflete sobre o comportamento de Anne-Lise. Ela é esquisita desde o primeiro dia, mas agora é diferente. Ela não estava esquisita de um jeito novo?

Anne-Lise come um sanduíche de patê de peixe. Do jeito que olha para baixo o tempo todo, é possível ver mais as sobrancelhas dela do que os olhos. Saber o tipo de coisa de que ela é capaz é o bastante para deixar uma pessoa nervosa por ficar sozinha com ela no escritório.

Bjarne está falando da namorada, uma paisagista, e sobre como é difícil para ela conseguir trabalhos. Conta-lhes sobre algumas solicitações de emprego que ela fez recentemente.

Iben olha a boca de Anne-Lise, bem fechada quando mastiga, e suas bochechas, estufando-se enquanto o bolo de comida muda de lado por trás dos lábios fechados. Há tão pouco que a diferencie de outras pessoas retraídas, pensa Iben. Se eu não soubesse o que sei sobre ela, será que veria que tipo de pessoa ela é?

Naquele final de tarde, Iben pedala para casa sob chuva forte pelas ruas escuras, iluminadas somente pelo reflexo dos faróis dos carros no chão molhado. Por sorte estava preparada para esse temporal. No hall do térreo, tira a capa de chuva. Por baixo, está molhada de suor.

Subindo para o apartamento, Iben sempre fica feliz em saber que a faca está ali, presa à sua perna. Antes de abrir a porta, ela sempre se abaixa para tocar a faca através das calças. Iben brinca mentalmente com a rapidez com que a saca. Não é muito racional. Com ou sem faca, ela não seria páreo para um combatente experiente. Além do mais, isso não tem nenhuma relevância, agora que está claro que Anne-Lise mandou os e-mails.

Mais uma vez ela passa por cima da pilha de panfletos de mala-direta no capacho; mais uma vez ela anda pelo apartamento para se asseverar de que ninguém está escondido ali; mais uma vez ela coloca um pedaço quadrado de bacalhau congelado no microondas. E mais uma vez ela vê os e-mails — nada além de spam — e verifica a secretária eletrônica, que não está piscando.

Senta-se para comer à pequena mesa redonda de jantar, um móvel que herdou da avó. Sua sala de estar é mobiliada com peças adquiridas aos poucos e parece bem despojada. Um dia, em breve, diz ela a si mesma, devo seguir o exemplo de Malene — comprar pelo menos um sofá, para o caso de ter visita. Mas ela não ia achar um confortável ou bonito, como o de Malene. Talvez ajudasse uma padronagem ousada, em cores vivas. Então a sala não ficaria tão simples — as paredes completamente brancas, as estantes de madeira escura. Ela pensava nesse tipo de coisa com freqüência, mas agora se sentia pronta para seguir em frente e tomar uma atitude.

Ela apóia o livro e lê enquanto come seu pedaço de bacalhau com pimenta vermelha e torradas orgânicas. O título é *The Destruction of the Europeans Jews*, de Raul Hilberg, que comprou de segunda mão pela Internet.

Depois do jantar, ela lava os cabelos. Em seguida, com o cabelo molhado enrolado na toalha e uma xícara de chá na mão, se acomoda para telefonar para Grith, só para fofocar. Ninguém atende.

Iben não tem o número de Gunnar na agenda, mas sabe de cor depois de ter ouvido apenas uma vez. Ela nunca o usou e não ia ligar para ele esta noite. Em vez disso, liga para a mãe e conversa, enquanto a televisão murmura ao fundo. A mãe diz que esteve com umas amigas recentemente e elas acharam que foi ótimo ver Iben sendo entrevistada na televisão, falando sobre o cativeiro. Mandaram lembranças. A mãe fala que elas pediram para dizer a Iben que ficaram felizes por tudo ter terminado tão bem.

22

Quando Iben sai novamente naquela noite, ainda está chovendo. É tarde — já passa das dez. Ela não gosta de sair quando está escuro demais para ver quem passa por você ou atravessa a rua na sua direção. Intimamente, pragueja contra o plano elaborado por ela e Malene, que a mantém afastada de sua cama aconchegante e do livro de Hilberg.

Malene e Rasmus a pegam em um táxi, que os leva ao prédio do CDIG. Enquanto Iben olha as janelas do escritório por baixo do guarda-chuva, a água escorre por sua nuca.

— Nenhuma luz acesa.

Elas precisam passar pelo menos uma hora no escritório sem serem perturbadas, e seu maior medo é que Paul apareça.

Ao entrar, o coração de Iben bate mais rápido. Esta não é uma invasão "de verdade", diz a si mesma. Se tivéssemos de enfrentar um segurança, ou o conselho do CDIG, poderíamos justificar isso.

A respiração de Malene diz a Iben que ela também está ansiosa. Ela parece que leu os pensamentos de Iben.

— Não é uma invasão de verdade. Por que não podemos entrar em nosso próprio trabalho?

Elas tentam ouvir algum som. Nada. Depois de pegar o antigo elevador para o último andar, apuram os ouvidos novamente. Alguma coisa abaixo delas, uma pessoa sai de uma sala. Elas quase param de respirar. A pessoa chama o elevador, sua porta bate e elas ouvem o gemido costumeiro enquanto ele desce. Será um segurança? Ou alguém que trabalhou até tarde? Um zelador? O que Paul faria se um segurança ligasse para ele no meio da noite? Desde o confronto sobre a doença mental de Anne-Lise, o relacionamento delas com Paul tem estado um tanto tenso. Paul teria de informar a Ole, a Frederik e ao resto do conselho.

Qual é a pior hipótese? Só pode ser que Anne-Lise não tenha escrito aqueles e-mails e que em algum lugar na escuridão Mirko Zigic esteja esperando por elas.

Quando a pessoa do andar de baixo parte, Malene entra com o código de segurança — é 110795, a data de início do massacre em Srebenica.

No Jardim de Inverno, muitos pontinhos vermelhos e verdes brilham nos computadores, telefones e outros aparelhos. Dificilmente qualquer luz da cidade penetra a cortina de chuva, mas depois de ficar na sala escura por um tempo, as pilhas de papéis assumem um brilho fraco, como luas retangulares.

Elas evitam acender as luzes. Iben e Malene, que conhecem o lugar bem o suficiente para encontrar o caminho às cegas, andam para a biblioteca. Malene na frente, Rasmus e Iben atrás.

A escuridão é mais opaca na biblioteca, mas Iben e Malene levaram as lanternas das bicicletas. Rasmus se senta na cadeira de Anne-Lise e as mulheres se colocam ao seu redor. Ele usa o teclado com uma familiaridade veloz.

— É, tem senha de proteção. Não posso contornar isso, mas está tudo bem. Só estou verificando. Vamos encontrar o servidor.

Eles vão para a pequena sala sem janelas do depósito, onde fica o servidor, fecham a porta e acendem as luzes.

— Preciso da senha do administrador. Vamos procurá-la.

Rasmus tem faro para descobrir onde as pessoas escrevem coisas que não devem escrever. Ele olha por baixo do mouse pad e do teclado, e atrás do monitor. Nesse meio tempo, olha em cima das pastas na estante. As outras ajudam, mas no final desistem.

— Parece que vou ter que desconectar o servidor.

Sem esperar uma resposta e sem fechar o Windows, Rasmus o desconecta da tomada da parede. Iben se apóia na estante de papelão sem pintura, cheia de material de escritório. Sentindo-se segura atrás de uma porta fechada e com a luz acesa, ela respira fundo várias vezes, quase aos suspiros.

Rasmus coloca um CD no drive e liga o terminal novamente. Depois de um tempo, exclama:

— Exatamente o que eu esperava! Está programado para um CD de inicialização no drive antes de começar a rodar o programa do disco rígido. Assim, se houver algum problema, o administrador pode inicializar a partir do CD. Coloquei meu próprio programa de inicialização, que vai orientar o computador a ler minha cópia do Windows. Eu trouxe o CD.

Sua pequena bolsa preta contém incontáveis CDs caseiros. Ele carrega um deles no computador. A máquina responde e um fluxo de números e letras flui na tela.

— Ótimo. O truque deu certo. — Rasmus, como todo verdadeiro entusiasta, está começando a se desligar do ambiente. Todo o seu ser se concentra, feliz, no computador. — Olhem! Está rodando meu programa. Vou conseguir a senha do administrador rapidinho.

Iben o observa. Há algo de tocante nas relações dos homens com os computadores — tão embriagados pelas possibilidades misteriosas da máquina. É estranho: só agora ela pode ver com clareza o que sentiu antes. Rasmus simplesmente não é o homem certo para Malene. Perceber esta realidade na verdade a entristece.

Rasmus está absorto.

— ...e para isso, tenho o companheiro perfeito do hacker.

Ele carrega outro programa de um CD. Este gera outro fluxo de janelas e opções. Caixas de diálogo atravessam a tela e Rasmus as preenche mais rápido do que Iben consegue ler.

As mulheres trocam olhares.

Iben escuta atentamente, procurando por qualquer barulho do outro lado da porta fechada, mas até agora os únicos sons são os produzidos pelo computador e Rasmus, que fica dizendo: "É!", ou xingando.

Depois de digitar mais, Rasmus diz que conseguiu entrar. Ele retira os CDs, desliga o computador e o liga de novo. A inicialização traz o pedido habitual de senha e Rasmus digita o código que acabou de descobrir. Bjarne escolheu proteger o sistema de computadores com a palavra "Superbaseado".

Eles riem um pouco, inseguros. Rasmus parece mais vivo do que nunca para Iben.

— Pronto, estou logado como administrador de toda a rede. Está configurada de uma forma ultrapassada, mas isso significa que podemos ler o que está em qualquer um dos computadores do escritório.

— O quê? Paul e Bjarne podem ler tudo nos nossos computadores?

— Tudinho! Não há como se esconder. — Ele não se dá ao trabalho de olhar para Iben e Malene. — Primeiro, vou procurar por qualquer arquivo que contenha esse endereço de e-mail "revenge_is_near".

Os computadores de Paul e Camilla estão desligados e não podem ser examinados. Rasmus pode ligá-los, mas não tem sentido fazer isso. Aparecem vários arquivos de Iben e Malene, porque elas mandaram e-mails para pessoas do mundo todo perguntando sobre a possível identidade do remetente. Anne-Lise, por outro lado, não parece ter escrito um só e-mail contendo a frase "revenge_is_near". Que estranho. Será que ela teria contado a alguém o que se passou?

Rasmus começa a procurar outras frases reveladoras.

— É claro que o que estamos buscando especificamente é uma pista de qualquer endereço eletrônico que ela possa ter na rede em vez de neste computador. Isto é, tirando o Outlook, ela andou usando o Explorer para verificar contas de e-mail de outro lugar? Talvez um site *anonymiser*?

Ele faz várias buscas, mas não encontra nada. Seu passo seguinte é repassar as pastas de computador dela, procurando por quaisquer arquivos de interesse.

— Que coisa estranha... A maioria das pessoas mantém coisas pessoais em algum lugar do disco rígido. — Rasmus olha a tela, completamente petrificado. De repente ele grita: — Ei! Olhem isso aqui!

— O que é?

— É um programa que apaga todos os vestígios de sua atividade na Internet. Ela deve ter baixado da net. É por isso que não conseguimos encontrar nada. Significa que ela sabe o que está fazendo. Vocês sabiam que ela era boa nesse tipo de coisa?

— Não.

— Eu não fazia idéia.

— Com isso, ela poderia criar seus próprios endereços na Internet e encobrir os rastros depois... esse tipo de coisa? — pergunta Malene.

— É exatamente o que estou pensando.

Enquanto Rasmus faz buscas nos arquivos de Anne-Lise, Iben e Malene vão à biblioteca para olhar a papelada dela.

O corredor também não tem janelas, então elas acendem as luzes, mas não precisam disso. Seus corpos memorizaram o desenho preciso do escritório. Iben se lembra de um sonho que teve em que as passagens estreitas entre as estantes do Centro se fundiam com imagens de um filme sobre um submarino alemão indo a pique. Ela vira o filme na televisão alguns meses antes. A ação acontece principalmente dentro do submarino torpedeado e fatalmente danificado. No sonho, a tripulação ficou trancada nos corredores estreitos entre as estantes do escritório. Luzes piscavam "Alerta Vermelho", avisando-os da descida lenta e silenciosa do Centro para o fundo do mar.

Enquanto esperam por Rasmus, Iben e Malene decidem brincar de andar pelo escuro cada vez mais rápido para descobrir até que ponto sabem instintivamente onde estão os obstáculos. Iben começa a correr e Malene corre atrás dela.

Elas passam correndo pelo Jardim de Inverno. Os corpos computam as distâncias e a direção com precisão. Não há necessidade de usar a cabeça, nem os olhos. Malene deve estar emocionada por ser capaz de se movimentar com tanta liberdade sem dor.

Iben toma fôlego.

— Sabe de uma coisa, é ótimo estar aqui e dizer e fazer o que se quer. Pelo menos uma vez. — Malene fala alto o suficiente para que Rasmus a ouça. — Não é mesmo? Olha, eu posso dizer, por exemplo: Paul, você simplesmente tem que transferir Anne-Lise para uma fábrica de filé de peixe em Svalbard, porque ela está acabando com tudo por aqui.

— E eu posso dizer: Paul, está na hora de você acordar. Se não trancá-la em uma cabine telefônica com estoque de sanduíches de pasta de peixe para um ano...

— E um relógio. Ela vai precisar de um relógio.

— ...o Centro vai se tornar uma pocilga tão grande que Frederik é quem vai ficar com o cargo de Kjærum nos Direitos Humanos, e não você!

— Entendeu, Paul?

— Você não tem a menor idéia, não é? Sempre fora, em suas malditas reuniões, ou sei lá o quê.

Elas passam algum tempo na mesa de Anne-Lise, vasculhando os papéis dela em busca de provas, antes de voltar para ver o que Rasmus descobriu. Ele está ocupado rastreando fragmentos preservados dos e-mails de Anne-Lise, os pedaços que o programa de limpeza não conseguiu deletar.

— A gente devia ter trazido umas cervejas.

— Não tem problema. Tem uma garrafa de uísque no armário do Paul.

— Acha que é realmente seguro bebermos um pouco?

— Claro. Ele nunca vai perceber. Camilla bebeu outro dia.

O uísque é de uma marca exclusiva de malte, mas com o tempo Paul recebeu tantas garrafas parecidas que não se importou de deixar uma no escritório. Iben vai pegar o uísque e três copos.

— Olha, trouxe água também. Li que a água "abre" um bom uísque. Só um pouco, para liberar o aroma.

— Não é uma pena diluir?

— Mas não é diluição... Isto sim seria uma pena. Só uma ou duas gotas. Vou colocar no meu copo e você pode deixar sua bebida pura. Depois vamos trocar para ver se sentimos a diferença.

Quando todos provaram várias vezes o uísque, misturado com diferentes quantidades de água, Iben e Malene voltam à mesa de Anne-Lise. Desta vez elas acendem as luzes do teto. Não é preciso ficar neurótica. Isso torna sua busca muito mais rápida e mais fácil e, de qualquer modo, quem estaria de pé na rua olhando para as janelas do último andar?

Uma das gavetas da mesa de Anne-Lise está trancada. Elas tentam abrir a tranca com uma régua, mas a régua se parte. Iben coloca os pedaços no bolso traseiro da calça jeans. E daí que Anne-Lise não a encontre amanhã? Só o que qualquer um pode dizer é que se perdeu.

Elas tentam então inserir um cortador de papel. Nenhuma das duas entende nada de fechaduras, mas desta vez funciona. É uma mesa barata e as trancas estão ali principalmente só para constar, mas é divertido do mesmo jeito. Elas devem ter um talento inesperado para o roubo.

É como se as regras normais não valessem mais. Tudo no escritório é conhecido e ao mesmo tempo estranho e novo.

— Agora finalmente podemos fechar aquela porra de porta! — Malene quase grita.

Ela bate a porta e as duas riem.

Rasmus aparece e mostra surpresa com as luzes e o barulho.

— Não importa. Ninguém vai aparecer aqui a esta hora! — Iben agora está falando alto.

— De qualquer forma, temos permissão. Nós trabalhamos aqui.

— Trabalhamos a qualquer hora!

— Está vendo? Somos umas fanáticas!

Rasmus fala baixo.

— Olhem, encontrei uma coisa.

Elas apagam as luzes e ele explica enquanto caminham.

— Carreguei um programa que varre toda a rede procurando por fragmentos de arquivos deletados.

De volta à sala do servidor, ele lhes mostra algumas frases de um arquivo que devia estar no disco rígido de Anne-Lise. Em duas linhas de caracteres aparentemente aleatórios, aparece a palavra "Malene" e, um pouco depois, uma frase: "Não me reconheço mais. Nunca tive tanto ódio de alguém da forma como a odeio... Eu poderia fazer qualquer coisa com ela... Eu poderia fazer qualquer coisa com ela... Ela me deixa totalmente doente."

Eles ficam parados em silêncio, olhando a tela.

Malene de repente precisa se sentar.

— Estão vendo... Qual é a novidade?

Iben se sente meio grogue por não ter dormido. Ela se inclina para o ombro de Malene.

— Não acho que isso será o bastante para Paul. Será que ele aceitaria isso como prova?

— Não, não vai aceitar. Ele sabe muito bem que ela não me suporta. A única reação dele até agora foi transferir minhas responsabilidades para ela. É como eu disse: não é nada que já não saibamos.

Rasmus sai para fazer xixi. Enquanto ele está fora, elas lêem os últimos e-mails que Anne-Lise recebeu. Só dois estão marcados como não lidos. O primeiro é uma solicitação.

"Prezada Anne-Lise. Preciso saber o máximo possível sobre assassinatos de crianças no Timor Leste. Por favor, prepare uma lista do que há na biblioteca e me mande por e-mail assim que puder. Seria possível amanhã? Atenciosamente, Tatiana."

Malene o deleta rapidamente.

A mensagem seguinte vem da Suécia.

"Oi, Anne-Lise. Obrigada um milhão de vezes por essa lista. Brilhante! Um abraço, Lotta."

Elas deletam este e-mail também.

Anne-Lise havia lido todos os outros e-mails; então elas os deixam intocados.

Depois, tomam mais um uísque, antes de voltarem à mesa de Anne-Lise. Mantêm as luzes apagadas e andam devagar no escuro, felizes porque o Centro temporariamente lhes pertence.

Iben avalia mal a disposição das salas, num relance. Segue então direto para a porta entre o Jardim de Inverno e a biblioteca, esquecendo-se de que Malene a fechou. Cai e derruba algumas pastas de revistas de uma prateleira, mas não se machuca. Põe-se de pé rapidamente. Algumas revistas caíram no chão, mas acender as luzes parece arriscado demais, então ela pega as que estão mais perto e as empilha no lugar em que estavam. Haverá tempo suficiente para arrumá-las amanhã.

Malene está de volta à biblioteca. Iben a ouve revistando as mesas dos leitores. Há um barulho enorme.

Malene não ri alto, mas sua voz treme um pouco.

— Epa!

Iben percebe de imediato o que aconteceu. Malene derrubou uma das pilhas altas de livros que Anne-Lise colocara no chão enquanto os classificava.

Iben vai verificar os danos.

— Olha, isso não importa. De certa forma ela caiu sozinha. — Malene não parece ter se perturbado.

Iben dá um tapa rápido em outra pilha.

— Quer dizer, assim? Ah, olha! Caiu também.

Malene empurra uma terceira pilha.

— Parece um efeito dominó!

Iben está a caminho do Jardim de Inverno para devolver a garrafa de uísque ao armário de Paul quando ouve o gemido do elevador. O som dura só um instante, depois cessa. Alguém saiu no andar delas.

Iben corre em silêncio de volta à biblioteca, e diz a Malene em um sussurro alto:

— Zigic! É Zigic!

Ela anda em direção à voz de Malene, que sussurra no escuro.

— Não. Não...

Estende a mão e toca a blusa de Malene.

— Não, não pode ser.

Ambas ficam paradas uma ao lado da outra, de mãos dadas, as costas apoiadas na estante, o mais distante possível da porta do Jardim de Inverno.

Alguém está mexendo nas trancas da porta da frente.

A voz de Malene é baixa.

— Todas as luzes estão apagadas?

— Menos na sala do servidor. Onde Rasmus está.

— Será que ele pode ouvir...

Há muitos esconderijos no labirinto de estantes nos fundos da biblioteca, mas Iben não tem coragem de ir até lá. Mais uma vez, ela tem uma impressão transitória da rede de passagens do Centro transformando-se no submarino torpedeado enquanto desce inexoravelmente para o abismo do fundo do mar com sua pressão intolerável.

A porta principal se abre. As luzes são acesas. Como elas poderiam saber se é Zigic só de ouvir?

Há duas pessoas do lado de fora da porta. Uma anda com seus sapatos de solado duro até a sala de Paul, a outra anda de um jeito mais silencioso. O silencioso pára na mesa de Malene e mexe em sua papelada, procurando por alguma coisa.

Iben está absolutamente imóvel, o coração martelando no peito. A pessoa no Jardim de Inverno está a apenas alguns metros de distância. Ela sente o suor empapando a blusa; uma gota escorre pela perna até parar na fita que prende a faca.

Uma mulher fala:

— Você devia ter alguma coisa em mente quando a levou ao Århus.

É a voz de Helen, mulher de Paul. Iben relaxa.

Helen é professora do secundário. Apesar de estar com a aparência acabada, seus traços e os cabelos louros cacheados ainda sugerem como foi bonita. Seu comportamento também mudou, e com o tempo ela se tornou bem estranha. Ela sempre arruma uma desculpa para não ir às reuniões do Centro, como o almoço de Natal, e sempre na última hora.

A voz de Paul vem da sala dele.

— Cale a boca! Chega de tagarelar sobre isso!

Helen agora está gritando.

— A culpa é sua! Você me deixou assim, pelo jeito como evita minhas perguntas. Eu me lembro.

— Mas que porcaria!

Iben nunca ouviu Paul falar desse jeito — desesperado, superior e colérico, como alguém que briga com uma criança inábil por importuná-lo.

A voz de Helen ainda é muito alta. Talvez eles tenham saído e ela tenha bebido demais.

— Mas é verdade! Você sempre evita os problemas... É o que você faz.

— Besteira! Estou lhe dizendo a verdade. Fim de papo. — Paul agora está mais perto, em algum lugar do Jardim de Inverno. Ele deve ter pegado alguns documentos de que vai precisar amanhã, uma vez que deve passar o dia todo fora do Centro.

Ele fala novamente, parecendo mais resignado do que qualquer outra coisa.

— Se eu realmente achasse a Malene tão bonita, teria almoçado com essas pessoas de vez em quando, não é? — Um monte de papéis pousa em uma mesa. — É o que deveria fazer. Eu sou o chefe delas. Mas não agüento ficar ouvindo toda aquela tagarelice. Não penso isso de Malene, pode acreditar.

Helen não diz nada, mas parece estar girando em uma das cadeiras do escritório.

Silêncio.

Quando fala novamente, Paul usa o tom de voz mais conhecido, embora meio controlado demais, do escritório.

— Ei, dê uma olhada nisso.

— O que é?

—Venha ver a biblioteca. Anne-Lise começou a limpar as mesas dos leitores. Está ficando muito bom.

— Não estou com humor para isso.

— Ah, venha. É a porta ao lado.

Paul anda até a porta da biblioteca. Agora ele está a apenas alguns metros de distância.

Iben pula quando Helen grita de raiva:

— Eu não ligo para a droga das mesas dos leitores. Não dá para enfiar isso na sua cabeça dura?

Nada mais pode ser ouvido por um momento, a não ser o tamborilar da chuva. Depois Paul solta um suspiro fundo. Alguma coisa faz um barulho de tapa.

A porta da frente se abre, a luz é apagada, a porta se fecha num baque.

Eles foram embora.

O coração de Iben ainda martela no peito. Ela fica onde está, apertada na estante.

Além disso, Paul e Helen podem muito bem voltar. Malene pega a mão de Iben e a coloca no coração. Bate enlouquecidamente. E ela também está suando.

Apesar do escuro, Iben sabe que as duas estão sorrindo tensas uma para a outra. Elas ouvem o elevador descer e parar.

Não conseguem ouvir ninguém no saguão do prédio.

Não conseguem ouvir a porta da rua que se abre e fecha, nem um carro dando a partida na chuva.

Mesmo assim, depois de vários minutos, precisam supor que Paul não vai voltar.

Elas ainda estão no mesmo lugar. Iben se sente estranha — bêbada e nauseada. Como não bebeu tanto assim, deve ser o medo que a está deixando enjoada.

Pouco depois, Rasmus entra.

— Mas que merda! — sussurra para elas.

Eles riem de puro alívio.

— Olha, meninas, eu não me importaria de ir para casa agora.

— Vamos com você!

— Apaguei a luz e fiquei debaixo da mesa do servidor o tempo todo em que estavam aqui. Agora tenho que restaurar tudo no servidor, como fiz antes.

Elas ficaram perto dele enquanto saíam da biblioteca e usavam as lanternas da bicicleta para entrar na sala do servidor, onde a luz estava acesa. É bom poder enxergar direito.

Rasmus ajeita o computador enquanto Iben e Malene olham distraídas. A certa altura, aparecem na tela os e-mails de Tatiana e Lotta para Anne-Lise.

— Por que vocês os deletaram?

Malene dá de ombros.

Rasmus lê os e-mails.

— Hummm...

Ele tecla o comando certo.

— Precisam removê-los inteiramente do sistema.

Ele deletou os e-mails não lidos de Anne-Lise. E ninguém fala mais nesse assunto.

23

Na manhã seguinte, Iben é acordada pelo toque do telefone. É Malene, que andou chorando. Iben não precisa de muito tempo para deduzir o que há de errado. Ela sabe que a amiga andou tomando analgésicos recentemente mas ainda não conseguia dormir muito bem.

— Iben, vou ter que ir para a clínica.

Iben se senta e puxa um travesseiro nas costas.

— Ah, Malene, coitadinha. Mas você parecia tão bem ontem!

— Não sei o que aconteceu. Normalmente isso não me derruba desse jeito.

— Está muito mal?

— Pavoroso. Começou à noite. Não costuma acontecer com essa rapidez. Eu não sei... Ah, meu Deus, não posso confiar em mais nada. E dói tanto, embora eu esteja tomando meus comprimidos. Mal consigo pensar. Meu joelho está enorme e a pele parece toda repuxada. Nunca soube que aparecia com tanta rapidez.

— Quer que eu vá?

— Vai suportar isso?

— Claro que sim.

— É só que Rasmus foi para o aeroporto há pouco tempo. Liguei para o ambulatório e eles vão tentar me encaixar logo depois das nove.

— Estarei aí em meia hora.

Iben foi várias vezes com Malene à clínica de reumatologia, quando a amiga estava doente demais para descer a escada sozinha. No hospital, Iben sempre permanecia ao lado dela, enquanto Malene ficava deitada na maca coberta de papel da sala de exames do médico. Ela segurava a mão da amiga, enquanto o médico inseria uma agulha grossa na articulação do joelho de Malene, drenando seringas inteiras de líquido, uma após a outra.

Da última vez, as duas achavam que por algum tempo não haveria mais consultas, mas o médico ficara preocupado.

— Sabe que não devíamos fazer isso com muita freqüência. A recorrência dos episódios inflamatórios pode erodir a superfície das articulações. Vou receitar algo que deve ajudar.

Malene passou a tomar metotrexato. Ajudou muito. Isto é, até hoje.

— Não consigo andar... Mal consigo ficar de pé. Só posso ficar sentada aqui.

Fracamente, Iben ouve Malene tossir ou chorar, ou talvez as duas coisas. Ela deve ter colocado a mão no fone.

Depois Malene fala num tom que não é conhecido.

— Não posso fazer nada. Porque dói tanto. Não posso fazer absolutamente nada.

— Malene, não tente. Só espere. Vou chegar logo.

Pedalando para a casa de Malene, ela pensa, como fez sem parar à noite toda, que elas não deviam ter deletado o e-mail de Tatiana. Independentemente do que Anne-Lise tenha feito a nós, diz ela a si mesma, devemos nos certificar de que não somos igualmente culpadas. Não devemos ser tentadas a fazer coisas que são simplesmente erradas, ou vamos descer ao nível dela. E depois não vamos poder argumentar que estamos apenas lutando pelo que é melhor para o Centro. Iben pega o celular e disca para o CDIG para dizer que vai se atrasar e que Malene está doente.

Anne-Lise atende; Camilla ainda não está lá.

Iben conta-lhe sobre a crise de artrite de Malene.

— Que coisa horrível. É grave? — Quem não a conhece não teria a menor idéia de que ela odiava Malene.

Iben ultrapassa uma bicicleta que puxava um reboque.

— Anne-Lise, mais uma coisa. No Louisiana, Lea falou que Tatiana está prestes a começar um artigo importante. Achei que você seria a pessoa certa para sugerir livros de nossa biblioteca para a pesquisa dela.

— Posso fazer isso. Qual é o tema?

— Não sei. Mas, olha só, por que não telefona para ela e pergunta se pode ajudar?

Anne-Lise pára brevemente antes de responder.

— É muito gentil de sua parte. Vou fazer isso. Obrigada pela sugestão.

— Não agradeça. Só estou ajudando uma colega.

— Não, Iben, é diferente. Nem imagina como isso me agrada.

Anne-Lise parece incomumente feliz. Iben perde a concentração um pouco enquanto olha por cima dos carros estacionados para tentar encontrar um espaço no trânsito e atravessar a rua Østerbro.

Ela abre a porta do apartamento de Malene com a chave que guarda para ocasiões como esta. Malene está deitada no sofá. Antes de sair, Rasmus a ajudou a vestir um conjunto de moletom folgado, preparou o café-da-manhã e a ajudou a ir ao banheiro. Rasmus está a caminho de Glasgow com um grupo de vendedores.

Malene está pálida mas, mesmo sem a maquiagem, ainda é linda.

— Malene, que falta de sorte.

— Hmmm.

— O que você tomou?

— Dois ibuprofenos às cinco da manhã. Depois dois comprimidos de paracetamol e mais dois ibuprofenos. Não posso tomar mais nada.

— E estava ruim desse jeito a noite toda?

— É, estava.

Iben prepara a mala. Depois, enquanto Malene ainda está deitada, Iben calça-lhe delicadamente os sapatos, amarra-os frouxos, mas com nós firmes. Coloca o braço de Malene em volta do próprio pescoço, com o cuidado de não balançar a mão da amiga, e depois, da maneira mais eficaz, ajuda ela a se levantar. Quando as duas chegam ao corredor, Iben veste o casaco em Malene.

No hall de entrada, Iben a deixa apoiada no corrimão enquanto rapidamente pega o casaco dela e as bolsas das duas. Iben pode ver que os olhos de Malene estão cheios de dor, mas também de outra coisa — algo que certamente ninguém mais viu, a não ser Rasmus.

A parte mais difícil é descer a escada, mas, juntas, elas conseguem. Iben diz ao taxista à espera como ajudar Malene a entrar.

Depois que elas passam pelo portão 42 do hospital, é mais fácil manobrar, porque ali os corredores são amplos e os elevadores, espaçosos. O ambulatório da clínica de reumatologia não tem sala de espera, só algumas cadeiras e revistas colocadas em um nicho no corredor. Iben ajuda Malene a tirar o casaco, encontra uma cadeira para ela e outra para sua perna, e depois vai registrar sua chegada.

Agora levará uma hora até que um médico venha drenar o fluido da articulação inflamada do joelho. Se tivesse energia, Malene poderia ter sentido algum alívio. Do jeito que está, só o que pode fazer é suportar.

Iben se senta ao lado dela.

— Há alguma coisa que eu possa fazer por você?

Malene pôs uma das mãos de leve no joelho inchado. Ela olha para a frente, com os olhos arregalados.

— Não, Iben, mais nada. Muito obrigada.

—Você sabe que só precisa falar...

— Está tudo bem. Pode ir para o trabalho agora, se quiser.

— De jeito nenhum. Vou ficar aqui com você. Mas preciso descer e dar uns telefonemas. Não vai demorar muito. Quer que eu traga alguma coisa do quiosque?

Malene não se mexe.

— Não, obrigada.

Iben anda a passos largos e rápidos, ciente da facilidade com que pode se movimentar. Meu bom Deus, obrigada, pensa, e depois sente vergonha.

Mas ela não tem por que se envergonhar. Afinal, está fazendo tudo o que pode para ajudar Malene. Não tem motivos para se sentir tão mal.

E, pensa, ela também foi útil para Anne-Lise.

O ar está gelado e ainda úmido depois da chuva da noite. Algumas pessoas vagam entre os carros estacionados, fumando ou falando ao celular. Iben telefona para Nisa, do Instituto de Estudos Internacionais da Dinamarca, para pedir as estatísticas atualizadas sobre o genocídio contínuo de índios do Amazonas. Nisa lhe pergunta como vão as coisas no CDIG.

Iben tem uma idéia do que ela está insinuando.

—Vão muito bem. Estamos preparando a edição sobre a Chechênia.

É claro que Nisa logo chega ao que interessa.

— Alguém me contou que vocês estão tendo problemas com Anne-Lise.

Iben tem que sorrir para a rapidez com que a fofoca se espalha. Ela fica feliz por ela e Malene terem conseguido se defender, mas sabe que deve ser discreta.

— É mesmo? Quem disse isso a você?

— Foi só uma coisa que Erling falou.

Está tudo bem. Erling integra o mesmo comitê de pesquisa que Ole Henningsen. Não seria ruim se a informação vazasse desta forma.

— Erling? O que ele lhe disse?

— Ele me contou que Anne-Lise tem problemas com álcool.

— Nisa, não tenho certeza. Mas agora que você falou... Bom, isso explicaria muita coisa.

Nisa tenta descobrir mais, mas as respostas curtas de Iben demonstram que no CDIG eles pretendem manter os problemas de Anne-Lise lá dentro.

Depois da conferência no Louisiana, uma semana e meia atrás, Iben e Malene se encontraram no apartamento de Malene para planejar uma estratégia de autodefesa. Se Anne-Lise continuasse criticando-as pelas costas, elas poderiam acabar demitidas e depois nunca mais conseguiriam emprego no setor de direitos humanos. Com todas as mudanças que aconteciam no momento, sabiam que não tinham muito tempo. Precisavam deixar claro que Anne-Lise tinha uma percepção muito distorcida das colegas. Então Iben entrou em ação. No dia seguinte, ligou para Lea a fim de "conversar sobre a conferência". Falou sobre como Malene e ela viam os acontecimentos recentes no CDIG. Foi quando Lea, que já teve que dividir uma sala com uma alcoólatra, perguntou se Anne-Lise bebia muito.

Iben não havia parado para pensar nisso, mas agora as coisas de repente se encaixavam. Faria perfeito sentido se Anne-Lise estivesse tomando porres devido a algum problema em casa.

Lea deve ter passado a história adiante, porque houve outras perguntas vagas de contatos da universidade. Iben e Malene perceberam que insinuar suas dúvidas sobre o possível problema com álcool de Anne-Lise era a maneira mais sensata de fazer com que as pessoas percebessem que Anne-Lise era uma colega de trabalho difícil e instável. Em toda essa história desagradável, Iben insistiu que não iriam prejudicar Anne-Lise nada além do que precisavam. É importante para ela que se comporte como uma "boa" pessoa, dadas as circunstâncias. Tentou então se prender a essa abordagem apesar de Anne-Lise se insinuar com Lea, Brigitte e outras na rede; apesar do modo como Anne-Lise parece não se deixar afetar pelo ambiente desagradável no trabalho, que pesa tanto para Iben e Malene. Anne-Lise parece preparada para brigar para sempre, como se estivesse em seu elemento no campo de batalha.

Quando Iben volta à clínica de reumatologia, Malene ainda está esperando pelo médico. Seus olhos estão fixos na parede à sua frente e a respiração é superficial e irregular. Ela mantém os braços apertados junto ao corpo.

A agulha que o médico logo vai usar é enorme, um tubo pequeno com uma ponta afiada, projetada para permitir o fluxo do fluido viscoso. Iben sabe que deve entrar na sala de exames com Malene e segurar a mão dela durante o procedimento.

Ela começa a contar a Malene sobre o telefonema, mas logo desiste; Malene está distraída demais para responder. As duas ficam sentadas ali por quase uma hora antes que o médico chame Malene. Ele é desconhecido para ambas, mas parece digno de confiança. A barba branca cuidadosamente aparada e os movimentos relaxados lembram a Iben o aspecto de Ole, só que mais novo e com uns dez quilos a menos.

Iben e o médico ajudam Malene a se deitar na maca. Ele apalpa o joelho para avaliar a extensão do inchaço. A pressão dentro da articulação é tão grande que uma protuberância, inchada com fluido, abriu caminho entre os dois tendões musculares atrás do joelho. Ele fica confuso.

— E está me dizendo que estava tudo bem ontem à noite?

— Sim.

Ele passa a mão pela perna dela, atrás do joelho.

— Sei. Bom, é incomum que o inchaço chegue a esse ponto com tanta rapidez.

— Eu sei. Nunca foi assim.

— O que você fez ontem? Algum movimento súbito ou diferente?

Iben repara várias pequenas contrações de dor no rosto de Malene que vêm e vão. Ela queria poder fazer alguma coisa para ajudar.

Malene tenta parecer agradável, mas sua voz é seca e áspera.

— Bom, eu fiz.

O médico concentra toda a atenção no joelho.

Malene tenta explicar.

— Eu corri e me mexi mais rápido do que o normal. Mas me senti bem o tempo todo.

Por fim ele olha para cima, encarando-a calmamente.

— Sem dúvida você conseguiu estragar o joelho.

Embora esteja se dirigindo a Malene, ele olha para Iben, quase como se pensasse que ela era a companheira da amiga.

— O que você sempre deve ter em mente é que suas articulações não são mais o que eram. As superfícies dos ossos estão, ao mesmo tempo, mais porosas e mais rígidas, e é por isso que é mais fácil lesioná-las. Além disso, como o osso está mais exposto, tem mais tendência a quebrar. Os fragmentos podem entrar na articulação. Sua dor pode muito bem se dever a uma dessas pequenas fraturas locais. O que significa que vamos ter que mandá-la para os raios X antes de drenar a articulação.

— Mas... Quanto tempo vai levar?

— Vou telefonar para eles agora e descobrir quando podem ver você. A agenda está apertada por aqui, mas esperemos que possam encaixá-la.

Ele já havia erguido o fone quando Malene explode em lágrimas.

— Não pode drenar meu joelho agora? Só um pouco?

— Receio que não. Pode causar danos.

— Por favor, não pode fazer alguma coisa? Tire um pouco. Só um pouco.

De onde está deitada na maca, a cabeça está virada para o médico. Ele se inclina por cima da mesa.

— Quando lhe digo que não posso, não é porque quero que se sinta péssima, mas porque estou fazendo o que é melhor para você... Para o seu joelho.

Ele consegue com a recepcionista dos raios X que Malene seja atendida em cerca de uma hora, se tudo correr bem.

— Vou telefonar para a recepção. Eles vão mandar alguém para levar você.

As lágrimas escorrem pelo rosto de Malene, mas ela não emite nenhum som.

A voz de Iben é estridente.

— Pode dar alguma coisa para aliviar a dor dela? Não está certo deixá-la nesse estado!

— É claro. Diga-me, Malene, o que tomou até agora?

Quando ouve a quantidade de analgésicos que Malene engoliu esta manhã, ele diz que é essencial que ela espere antes de tomar mais alguma coisa. Ele promete que, quando ela puder tomar mais algum remédio, ele já terá drenado a articulação do joelho.

Enquanto Iben ajuda Malene a sair da sala, o médico lhes garante que vai entrar em contato com o departamento de raios X novamente e tentar agendar Malene para mais cedo. Aparece um enfermeiro com uma cadeira de rodas e a empurra pelos corredores maltratados. Iben os acompanha, levando os casacos.

Depois elas aguardam. De novo. A área de espera dos raios X é uma passagem comprida e estreita onde os pacientes, presos a seus soros, dormem nas macas. É difícil pensar em um tema para conversar. Iben sente que não é certo matraquear sobre qualquer um dos velhos assuntos, mas não há muito mais a dizer. Dói e pronto.

Depois de meia hora, Malene finalmente fala.

— Rasmus vai aterrissar logo.

— Claro. É irritante que você não possa usar o celular.

Há gotas de suor no lábio superior rígido de Malene. Ela não diz nada, então Iben continua com a conversa.

— Ele teria telefonado. Não há dúvida sobre isso.

Iben ouve a respiração cautelosa de Malene. Entra. Pausa. Sai. Pausa. Entra. Pausa. É enlouquecedor não poder fazer nada.

— Malene, quer que eu vá lá fora com seu celular para ver se tem recado do Rasmus?

Uma estranha vira o rosto devagar para Iben e assente. O sorriso de Iben parece artificial.

— Ótimo. Vou fazer isso.

Ela pega o celular de Malene no bolso do casaco, sorrindo o tempo todo, e sai.

Há um recado de Rasmus. Contra o ruído de fundo do aeroporto, a voz baixa é como uma carícia.

"Oi, bundinha macia. Vou embarcar logo. Em dois segundos. Peter está bem de novo, como você pensou. 'Vamos fazer uma dezena de conexões USB.' É isso, nem mais uma palavra. Você é tão inteligente! Vou chegar em casa antes que você perceba e depois vou chupar e lamber você toda até que você deixe o pessoal do andar de baixo maluco, e eles comecem a bater no teto, e que a janela rache. Mas vamos continuar de qualquer jeito, sem fechar a janela, e depois os vizinhos também vão nos incomodar. Mas não vamos dar a mínima, não é? Meu amor. Beijos."

Iben aperta a tecla para salvar o recado para Malene. Depois fica imóvel, o frio aguilhoando-a. Ninguém falou com ela desse jeito na vida. Ninguém usou esse tom de voz, uma voz doce e sensual.

E daí?

Ela pensa em Gunnar. Malene o mantém como regra-três "só para garantir". Gunnar. Neste momento, ele deve estar sentado na cadeira de editor da sala da *Desenvolvimento*. Só Deus sabe o que ele pensa. O quanto ele inveja Rasmus, talvez. Rasmus, que pode deixar recados desses para Malene.

Quando conhecera Rasmus três anos antes, Malene pensou que ele seria só passageiro. Durante semanas, ela contou histórias sobre ele, falando dos detalhes mais íntimos, as coisas estranhas ou egoístas que ele fazia, seu pau torto — tudo. Depois, de repente, Malene parou de falar dessas ninharias. Iben sabe que agora é Rasmus que está aprendendo coisas incrivelmente pessoais sobre ela. Não há como saber que tipo de imagem ele tem da melhor amiga da amada.

Quando Rasmus não está nas viagens de vendas, Malene em geral reclama de que eles não se vêem muito. Na maioria das noites, ele não volta do trabalho antes da hora de dormir. Ela às vezes parece mais feliz quando ele está viajando a negócios, porque pode ansiar por vê-lo novamente e se esquece de que ele trabalha até tarde quando está em casa.

Uma vez Malene lhe contou deliciada que ela e Rasmus andaram falando em ter um filho. Iben perguntou sobre seus planos por um tempo depois disso, mas agora já faz pelo menos um ano que Malene tocou no assunto.

Nos dias em que está deprimida, Iben pensa na situação da amiga e suspeita de que Rasmus vá cair fora no momento em que encontrar a mulher certa. Mesmo quando não está pessimista, ainda acredita que a relação de Malene e Rasmus só durou graças às constantes viagens dele. E no entanto Iben não ousa pensar na amargura que Malene sentiria se Rasmus a deixasse.

Iben digita o número do telefone de Gunnar no celular mas depois apaga número por número. Em seguida, telefona para a secretária de Tatiana no RTC e pede umas fotos do arquivo deles para o próximo boletim do CDIG.

Iben conhece bem a secretária e casualmente deixa escapar seus problemas no trabalho.

— Não tenho certeza se ela bebe demais. Ou, por outro lado, pode ser que parte dos problemas dela no trabalho seja causada porque está tentando parar. Eu a vi tremer como uma vara verde uma vez... Sim, no escritório.

Iben volta pela longa passagem apinhada de pacientes semiconscientes que esperam pelos raios X.

— Malene, Rasmus deixou um recado para você. É um recado ótimo.

Malene não responde.

— Ele disse... que é louco por você e que você vai se divertir muito quando ele voltar.

Ainda nenhuma resposta. É óbvio que Malene perdeu o contato com o ambiente; há gotas de suor em todo o seu rosto pálido, e ela irradia aflição.

Iben se recosta na cadeira, olhando em volta em busca do estoque habitual de revistas rasgadas. Não há nenhuma. Ela olha a bolsa, mas parece ter se esquecido de colocar nela o magro volume de conferências de Christopher Browning que está lendo. Não pode fazer nada além de ficar sentada ao lado da amiga.

Elas esperam até que Malene seja chamada. Depois esperam que os raios X sejam revelados. E depois esperam que o enfermeiro apareça com a cadeira de rodas.

De volta à clínica de reumatologia, o médico vê de imediato como Malene está mal e as leva ao consultório prontamente.

Malene está sentada extremamente quieta na maca coberta de papel enquanto ele examina os raios X. Ele telefona para a Radiologia para se consultar com um especialista. Os raios X mostram uma linha pequena e escura atravessando um dos ossos da articulação do joelho.

Quando ele encerra o telefonema, ainda parece inseguro.

— Os raios X não mostram nada de incomum. Quero examinar seu joelho novamente com mais profundidade, para procurar por tendões lesionados e coisas assim.

Iben sabe, pela cara de Malene, que não é hora de segurar sua mão dolorida.

Depois de mais exames, logo cinco seringas grandes estão alinhadas na mesinha ao lado da maca, cada uma delas cheia de um fluido túrgido e amarelado.

Enfim, Malene se sente melhor. Ela se senta, mas com cautela.

— Ai...! Droga... Ah, não! — Ela suspira fundo, várias vezes, e olha a sala como se não a tivesse visto antes. — Ah, meu Deus. Ainda dói tanto. Mas pelo menos posso sentir o resto do corpo — Ela pestaneja e vira a cabeça, primeiro para um lado, depois para o outro. — Obrigada — e depois: — Iben... Obrigada.

Iben sente as lágrimas ao olhar a amiga, mas não chora. Agora acabou tudo. Malene aos poucos recupera seu jeito normal.

— Ah, cara! Praticamente tudo ainda dói. Em especial meus pés e mãos. Eu passei a noite tão bem...

O médico está curvado, examinando uma das mãos de Malene.

— Arrá. Ora, isso explica tudo!

— O que explica o quê?

— Olha, você não tomou seus comprimidos ontem. Talvez nem tenha tomado antes de ontem.

— É claro que tomei.

Ele parece cético.

—Vou verificar suas anotações. Da última vez em que esteve aqui, há umas seis semanas, Niels prescreveu metotrexato uma vez por semana.

— Sim.

— E, até que o metotrexato começasse a fazer efeito, você precisava tomar cortisona diariamente.

— Sim, eu sei.

— Mas, se tomasse essas coisas, não teria tido nenhuma crise sem motivo.

— Mas eu tomei meus remédios.

— Então isso não devia ter acontecido. A inflamação em todas as articulações... — Obviamente o médico não acredita nela; ele simplesmente não se incomoda em argumentar. Murmura alguma coisa e começa a escrever suas anotações.

Depois lhe ocorre uma coisa.

— Sua medicação.Você a trouxe?

Iben encontra os remédios na bolsa de Malene. Os comprimidos são guardados em uma cigarreira de prata art-nouveau revestida de veludo, que Malene comprou de segunda mão.

O médico se curva por sobre a mesa. Pega um dos comprimidos e o segura no alto.

— Aqui está você. Não é cortisona.

— Mas... Eu mesma coloquei aí.

O dedo grosso do médico empurra os pequenos comprimidos brancos pela superfície aveludada. Ele se recosta na cadeira, completamente seguro de si.

Quando fala, seus lábios se franzem um pouco.

— Os comprimidos certos são entalhados de uma forma diferente desses. Mas você deve tê-los tomado até antes de ontem, pelo menos, ou teria sofrido uma crise dessas mais cedo.

— Do que está falando? Que ontem alguém trocou meus remédios certos por...? — A voz de Malene falha.

Iben faz um ruído súbito, como se alguém a tivesse atingido com força no plexo solar.

De repente as duas entendem que alguém andou mexendo nos comprimidos de Malene.

Malene guarda os remédios na bolsa, que sempre coloca no chão ao lado da mesa. Ontem, só algumas pessoas teriam acesso a ela.

Malene atira a cabeça para trás e grita.

— Como é que ela pôde fazer isso? Ela é doente. Doente! — Depois começa a chorar. — Não posso... Ah, eu não posso...

Algo passa pela mente de Iben. Anne-Lise não pode ser tão cruel! Ou pode?

Deve ter sido outra pessoa.

Mas então seu bom senso lhe diz que seus instintos devem estar errados. Anne-Lise é capaz de todo tipo de coisas. E, apesar de sua aparente calma, elas sabem que, no fundo, Anne-Lise é furiosa.

Anne-Lise

24

— É preciso dizer que já há algum tempo tínhamos uma suspeita persistente de que você decidiria nos deixar e procurar uma coisa melhor. E é claro que percebemos que você preferia trabalhar em algo significativo, em um lugar que lhe daria oportunidade de tornar o mundo um lugar melhor. É precisamente por isso que estamos todos tristes com sua partida, e tão breve.

Todos os funcionários da Biblioteca Central de Lyngby se reuniram para a festa de despedida no último dia de Anne-Lise. Eles ficaram de pé em círculo no grande saguão, segurando suas taças de vinho branco e pratos de canapés. As vidraças tinham vista panorâmica para o lago Mølle e a paisagem que o cercava.

As palavras da diretora da biblioteca pareciam inteiramente sinceras.

— Vamos sentir falta de sua simpatia e sua capacidade de compartilhar nossa vida como se todos fôssemos seus amigos íntimos. Vamos sentir falta de seu senso de humor. Naturalmente, quem quer que fique no seu lugar achará difícil substituí-la. Acredito que não há nenhum de nós que, quando diante de um banco de dados problemático... na verdade, qualquer problema de computador... não tenha pensado instintivamente em primeiro consultar você. É claro que nos ocorreu, de vez em quando, que não era justo depender de sua boa vontade o tempo todo!

Os colegas de Anne-Lise sorriem radiantes.

— Assim, tentamos consultar uns aos outros. Mas, cedo ou tarde, sempre terminávamos voltando a você. E você tinha a resposta, é claro!

Agora todos estavam dando gargalhadas. Anne-Lise olhou o círculo de rostos. Fora uma decisão difícil partir depois de todos os anos de trabalho neste lugar. Mas ela dera um salto para o desconhecido e esperava que o novo emprego no Centro Dinamarquês de Informações sobre Genocídios lhe trouxesse novas e interessantes responsabilidades, e também lhe desse oportunidade de conhecer toda uma série de novas pessoas fascinantes.

Ela absorveu toda a cena: a água estranhamente verde-escura do lago cintilando lá fora; os patos nadando bem embaixo das janelas da biblioteca; seus colegas conversando em rodinhas; e a gravura pintada à mão do velho prédio da Lyngby, seu presente de despedida.

A diretora da biblioteca ergueu a taça e olhou para Anne-Lise.

— Acredito... não, eu sei... que seu novo emprego será ótimo. Mas talvez, de vez em quando, vá pensar em nós e lembrar com carinho, não é? Gostaria de acreditar nisso também. Sinto que criamos um ambiente especial aqui e dividimos nossos muitos anos juntos. De qualquer forma, pode ter certeza de que sempre pensaremos com carinho em você.

No primeiro dia no CDIG, Anne-Lise veio trabalhar cheia de esperança, mas também meio apreensiva quanto a não ser capaz de atender às expectativas das três novas colegas academicamente qualificadas, que eram mais novas do que ela. Ainda assim, decidira mudar de emprego precisamente porque queria novos desafios. Ela vestiu um conjunto de caxemira e pediu ao cabeleireiro para lhe renovar a tintura do cabelo.

Os três primeiros dias foram bons. Malene lhe ensinou o sistema de catalogação e a preparou para o registro de livros e documentos que haviam chegado enquanto a biblioteca estava sem funcionários. A bibliotecária anterior seguira o marido a seu novo emprego, na Finlândia, havia cerca de um mês.

Catalogar significava que Anne-Lise ia trabalhar na biblioteca sozinha. Parecia um lugar sombrio, como se as prateleiras abarrotadas de certo modo absorvessem toda a luz. Seria bom se juntar às outras em breve, pensou ela. Nesse meio-tempo, seria bom ter mais luzes na biblioteca, mas Anne-Lise percebeu que devia esperar um tempo antes de pedir alguma coisa. Sua prioridade àquela altura era garantir que seu relacionamento com as novas colegas tivesse um bom começo.

Mas havia outro problema. Uma porta ao lado de sua mesa levava a uma salinha que abrigava uma copiadora e uma impressora. Quando ficava aberta, o cheiro dificultava a respiração. Ela mantinha a porta fechada, mas as outras a deixavam aberta sempre que usavam os aparelhos. Anne-Lise se resignou a isso por algum tempo.

A tia de Malene havia morrido alguns dias antes de Anne-Lise começar no trabalho. Foi animador que ela se sentisse capaz de discutir problemas de família e foi, é claro, perfeitamente compreensível que algumas das conversas das outras fossem feitas aos sussurros. Com o passar dos dias, porém, Anne-Lise não se sentia menos excluída. Sentava-se sozinha na biblioteca, trabalhando no catálogo de manhã até a noite, a não ser durante os intervalos.

Anne-Lise tentou contar-lhes coisas sobre si mesma para que elas pudessem se conhecer melhor. Ela queria mostrar que podia ser divertida, mas de algum modo suas piadas não pareciam cair bem com elas. Elas pareciam ter um senso de humor próprio.

Depois de mais de uma semana, Anne-Lise sentia que finalmente podia levantar a questão da porta da sala da copiadora. Ela estava no Jardim de Inverno. Malene e Iben estavam sentadas a suas mesas e obviamente ansiosas para voltar ao trabalho. Ela se sentia meio estranha, parada no meio da sala sem ter o que fazer com as mãos.

Malene sorriu para ela e explicou que elas sempre mantinham a porta aberta porque, se não fizessem isso, o ar na sala da copiadora ficaria insuportável.

— Eu entendo, é claro. Mas certamente o melhor seria deixar a janela aberta ali. Caso contrário, o cheiro horrível invade a biblioteca.

Ninguém respondeu.

Anne-Lise prosseguiu:

— E é claro que a fumaça se espalha para vocês também.

— Tentamos deixar a janela aberta, mas fica frio demais se tiver muita coisa para copiar. Sua predecessora não teve problema algum com isso.

Por alguns dias, Anne-Lise concordou com o que as outras queriam e deixou a porta aberta. Só quando a copiadora grande ficava trabalhando sem parar por mais de uma hora e o cheiro de química tornava-se tão sufocante que ela não conseguia respirar, é que abria a janela. Embora não se dissesse nada, depois ela percebia que a janela fora fechada novamente.

Um dia, Paul as ouviu discutindo a questão e sugeriu que elas deveriam manter a janela e a porta abertas, alternadamente. As outras aparentemente pensaram que Anne-Lise tinha falado do problema perto de Paul de propósito. Pelo resto da tarde, as mulheres ficavam em silêncio sempre que ela passava, castigando-a pelo pecado imperdoável de "puxar o tapete delas com o chefe".

Na cama com Henrik naquela noite, Anne-Lise chorou pela primeira vez, sentindo falta de seu antigo emprego. Para ela, era difícil admitir que não se importava muito com Malene e Iben. Elas tinham um jeito de rir juntas e conversar sobre pessoas que ela não conhecia que parecia excluir todos os outros. Camilla, por outro lado, parecia muito legal. Era casada e tinha filhos, e era mais ou menos da idade dela. Talvez elas se dessem bem depois que se conhecessem melhor.

Na manhã seguinte, ela se recompôs. Tinha que acreditar que tudo isso era só um pequeno revés. Colocou mais maquiagem do que o normal, depois limpou tudo, pouco antes de sair de casa.

Elas ainda não falavam com ela. Enquanto ruminava sobre a melhor maneira de lidar com a situação, Anne-Lise procurou não ficar assustada. "Leva tempo para se adaptar a um novo emprego. Se eu me decidir a ficar calma, no final terminará tudo bem."

Durante o intervalo para o almoço, ela de novo tentou ao máximo fingir que tudo estava bem. Ouviu as histórias juvenis de Malene e Iben, e observou Camilla para ver quando devia apenas sorrir discretamente ou dar boas risadas.

Alguns dias depois, Anne-Lise escolheu um momento em que Paul estava fora para perguntar diretamente às outras se ela havia feito alguma coisa que as tivesse aborrecido. Elas disseram que não, de jeito nenhum, mas Anne-Lise não desistiu. Fez tudo o que pôde para convencê-las de que deviam falar. No final, Iben admitiu que, no caso da janela da sala da copiadora, elas acharam que houve falta de consideração de Anne-Lise.

Essa pequena troca de pontos de vista fez algum bem. Apesar da sugestão de Paul de que a janela ficasse aberta depois de cada segundo de utilização da máquina, Anne-Lise destacou que, no que dizia respeito a ela, não havia problema se elas sempre a fechassem.

Elas passaram a ser mais gentis com ela depois disso. Por um tempo.

Mas então Iben e Malene estavam mandando faxes e parecia haver uma brincadeira particular entre elas. No primeiro dia de trabalho, Anne-Lise tinha mandado um fax para o presidente do conselho por engano. Ela não sabia que o número dele estava na discagem rápida e o fax seguiu no segundo em que Anne-Lise teclou o primeiro dígito. Agora as vozes de Iben e Malene eram altas o bastante para garantir que Anne-Lise pudesse ouvi-las.

— Não posso cometer nenhum erro ao mandar este fax!

Iben riu.

— Para quem é?

— Para Ole.

— Ah, mas é tão fááácil de fazer!

Elas não disseram mais nada, mas o tom de zombaria de suas vozes deixava claro que estavam se divertindo à custa dela.

Camilla também deixou claro que queria manter distância de Anne-Lise, embora as duas tivessem tido algumas boas conversas quando as outras não estavam por perto.

Com apenas cinco meses no emprego, Anne-Lise estava tão magoada que chorava quase toda noite. Chorava no carro a caminho de casa. Chorava na cozinha quando preparava o jantar e os filhos estavam vendo televisão. Mais tarde, na cama com Henrik, ela chorava em seus braços. Menos de meio ano antes, ela era feliz, e o pior problema que tinha no trabalho era o tédio.

Henrik tentou reconfortá-la dizendo que podia muito bem conseguir outro emprego, mas só o que isso provocava era um pranto ainda maior de Anne-Lise.

— Mas não está vendo? Não existem outros empregos. Todo mundo está reduzindo quadros. E se houver vaga em um lugar, vão escolher alguém mais novo!

Anne-Lise se agarrava a Henrik. Ela repassava o que havia feito no trabalho e se arrependia de tudo.

— Se ao menos eu tivesse calado a boca sobre a janela! Se eu tivesse deixado para lá!

Henrik a abraçava com mais força para acalmá-la.

— Vamos lá, isso não vem ao caso. Não é nada demais.

— É, eu sei. Uma coisinha tão idiota! Eu não podia saber, podia? Como é que eu ia saber que simplesmente mencionar o cheiro ia provocar tanto desagrado? As outras fazem tudo do jeito delas, sempre... tudo! E só o que eu queria era fechar a porcaria da porta!

Na manhã seguinte, Anne-Lise foi a um site da Internet onde podia baixar um programa que identificava e recuperava arquivos que foram deletados do disco rígido. Enquanto as outras achavam que ela estava trabalhando em silêncio, imersa em sua chatíssima tarefa de catalogação, ela rodava o programa recém-instalado. E por acaso havia algumas coisinhas fascinantes escondidas em seu computador.

A predecessora de Anne-Lise podia não ter protestado com as colegas sobre as condições de trabalho, mas certamente mandava e-mails para o marido e os amigos para lhes contar com que intensidade detestava cada hora que passava no Centro. Escrevera a uma amiga para dizer que sorte incrível era o marido ter conseguido um emprego na Finlândia, porque era quase impossível encontrar outra vaga de bibliotecária na Dinamarca.

Anne-Lise também encontrou provas de extensas comunicações com os usuários do Centro. Era evidente que a bibliotecária anterior escapara de ficar limitada a apenas escanear arquivos e atualizar o catálogo. Malene assumira toda a área de relações externas do cargo de bibliotecária durante as três semanas antes da nomeação de Anne-Lise. Esta não conseguia imaginar como sua situação ficaria se tentasse reivindicar a posição. O inferno iria se instalar.

25

Quase um ano se passou desde que Anne-Lise começou a trabalhar no CDIG. É final de tarde quando ela entra no velho elevador para sair do trabalho. Pela porta principal fechada do Centro, ela ainda pode ouvir de leve o riso de Malene. Depois o som de diversão some enquanto o zumbido do elevador a encerra nele.

Logo ela estará do lado de fora do prédio, o momento pelo qual ansiou o dia todo; ela até dormiu na noite anterior se reconfortando com essa idéia, seu ciclo interminável: algumas horas agradáveis com a família antes de ser sobrepujada pelo pavor do dia seguinte no trabalho, e depois a idéia consoladora de que esse dia também ia chegar ao fim.

Ela respira fundo várias vezes.

Perto da moldura superior dos painéis de madeira do elevador, alguém arranhou três pequenos desenhos obscenos. Anne-Lise olha os desenhos enquanto a descida trêmula do elevador lentamente a transporta para baixo e para fora do CDIG.

Hoje Henrik vai pegar as crianças. Vai levá-las ao treino de futebol e à aula de dança, e esperar por elas, fazendo parte de seu trabalho no carro. Assim Anne-Lise terá pelo menos uma hora e meia sozinha antes de ter que preparar o jantar. Ela decidiu alguns dias antes que estava na hora de rever a velha amiga Nicola. Elas não tinham uma boa oportunidade de conversar, só as duas, há mais de um ano.

Anne-Lise pára para comprar bolos para o chá da tarde e está a caminho de casa quando, de repente, se vê a leste de Lyngby, dirigindo na via expressa para o norte, na direção de Helsingør. Que estranho. Ela deve ter pegado a pista errada quando a via expressa bifurcou. Ela encontra uma rua secundária e logo segue para o retorno para Lyngby.

Anne-Lise e Henrik moram em uma casa antiquada com paredes caiadas de vermelho perto da reserva natural de Holte. Fica a algumas horas de distância das casas caríssimas com vista para o lago, e possui um jardim maior do que a maioria das casas vizinhas. O local é perfeito para criar filhos, o principal motivo para Anne-Lise e Henrik terem escolhido os bairros mais ricos junto à margem da costa de Øresund.

Quando Anne-Lise finalmente encosta na frente de casa, Nicola está esperando por ela na varanda. Ela parece aquecida com o casaco curto de peles nitidamente caro, calça marrom-escura e botas de couro. Devem ser botas Prada, pensa Anne-Lise. Nicola adora Prada.

Nicola está radiante de prazer. Ela dá um forte abraço em Anne-Lise, e sua amizade imediatamente recomeça onde foi deixada um ano antes.

— Contei a todo mundo que o jantar vai sair bem tarde hoje, porque quero ter a oportunidade de ver Henrik e as crianças também. E estou muito ansiosa para ver o que vocês dois fizeram na casa desde a última vez.

Com o passar dos anos, Anne-Lise e Henrik fizeram algumas mudanças. Derrubaram três paredes para aumentar alguns quartos. Juntos, construíram uma mesa de pedra e um enorme armário na antiga copa nos fundos da casa, e decoraram vários cômodos com ornamentos de estuque trazidos da Itália. Quando estavam mais ou menos satisfeitos com a casa, partiram para o jardim.

Anne-Lise abre a porta da frente e explica que eles não fizeram nada de muito especial desde a última vez.

Nicola entra.

— Ah, o que é isso. Nem acredito. Eu conheço vocês dois. Nada pode detê-los!

Enquanto enche a chaleira elétrica, Anne-Lise pergunta a Nicola como está o filho dela. Anne-Lise gosta muito de Nicola, é estranho que tenha levado tanto tempo para convidá-la novamente.

Elas se conheceram muitos anos atrás por intermédio de Jutta, uma amiga em comum que agora raras vezes viam. O namorado de Jutta estudava administração de empresas, e Anne-Lise e Nicola conheceram seus maridos por intermédio dele. Desde então, o marido de Nicola se tornou diretor administrativo da Maersk Oil. Embora morar numa das ruas mais elegantes de Hellerup tenha mudado um pouco Nicola, ela mantém o emprego de enfermeira e continua o tipo de pessoa em que Anne-Lise sente que pode confiar para contar exatamente o que pensa.

As duas tomam chá com bolinhos. Depois Nicola insiste que dêem um giro pela casa. Elas terminam no jardim, olhando o grupo de rododendros plantado pelo proprietário anterior há pelo menos quarenta anos. A folhagem nas árvores lilases assume um marrom outonal e as folhas do corniso ao lado da macieira estão espalhadas no chão, deixando seus galhos vermelhos quase nus.

Anne-Lise se recorda de que, só alguns anos antes, ela e Henrik acordavam cedo e passavam os sábados e os domingos trabalhando na casa. No final de cada dia, eles ficavam de pé juntos e admiravam suas realizações. Mas a apatia se instalou e agora ela achava difícil avivar interesse suficiente para fazer o que quer que fosse.

As duas mulheres voltam para dentro e se sentam diante da lareira. Elas conversam sobre suas famílias e os velhos amigos.

Anne-Lise acha que Nicola não percebeu nenhuma mudança nela, mas, enquanto está descrevendo a nova roupa de dança de Clara, a amiga a interrompe.

— Anne-Lise?

— Sim?

— Precisa me contar o que há de errado.

Anne-Lise olha para ela.

— Tem alguma coisa a ver com seu novo emprego, não é? O mesmo problema antigo?

Logo depois de começar a trabalhar no CDIG, Anne-Lise contou a Nicola um pouco de como as outras se comportavam, mas guardou o pior para si mesma.

Nicola está preocupada.

— Você mudou tanto. Mal a reconheço.

— Eu não mudei!

— Escute, Anne-Lise. Você não é a mesma. Não se lembra de como era antes? — Nicola olha nos olhos de Anne-Lise e estende a mão para consolá-la. Uma pulseira de ouro escorrega de baixo da manga fina da blusa branca. — Por que não telefona para sua antiga chefe? Ela realmente gostava de você. Talvez eles possam aceitar você de volta.

Anne-Lise fica sem fala. Sente-se tão derrotada. Será que Nicola realmente acredita que seria fácil recuperar o antigo emprego? A sala se obscurece; seus olhos se enchem de lágrimas.

Nicola pega a mão dela.

— Precisa contar a alguém sobre o que suas colegas fazem com você. Se não, elas vão arruinar sua vida fora do trabalho também.

Anne-Lise reprime as lágrimas. Dá um pigarro e Nicola corre para pegar um rolo de toalhas de papel.

Logo tudo sai numa enxurrada. Pela primeira vez Anne-Lise conta a alguém, além de Henrik, como é a sua vida.

— Não consigo entender como podem ser tão insensíveis! E no entanto elas se julgam pessoas tão boas e idealistas...

Nicola afaga o braço dela com delicadeza. É tão diferente do modo como Anne-Lise é tratada no trabalho.

— Elas não ligarão a mínima se eu perder meu emprego, ou se meu marido se divorciar de mim, ou se meus filhos tiverem problemas, mas eu ainda tenho que trabalhar com elas. Tenho que sorrir e falar com elas. Todo santo dia, sou obrigada a olhá-las nos olhos e fingir que não as odeio.

— Anne-Lise, precisa parar de trabalhar lá.

— Mas não posso!

— Pode, sim. Simplesmente pare. Vai encontrar outro emprego em breve.

Anne-Lise se retrai.

— Mas vou ficar... como uma daquelas mulheres!

— Que absurdo. Não vai, não.

— Vou, sim! Como Jutta! Não quero ser igual a ela... Eu ia *odiar* ser igual a ela. Eu não sou a Jutta!

A voz de Nicola é calma e gentil.

— Anne-Lise, você nunca será igual a Jutta. Tenho certeza disso. Independentemente do que acontecer, não será.

Quando Nicola e Anne-Lise eram amigas de Jutta, esta trabalhava em uma empresa de marketing. Ela e o diretor da empresa tiveram uma desavença e

Jutta não suportou mais trabalhar lá. Depois disso, ficou um tempo em outro emprego, mas teve problemas com as colegas.

O marido havia começado a trabalhar como corretor de investimentos autônomo e estava se saindo muito bem, ganhando muito mais do que os maridos de Anne-Lise e Nicola. Largar o emprego não pesava financeiramente para Jutta, mas ela não gostava de ficar em casa o dia todo, então decidiu montar uma lojinha que vendia utensílios de cozinha italianos e franceses exclusivos. O marido entrou com dinheiro para ajudá-la a começar, mas no final ela não conseguiu lidar com o gerenciamento da loja.

Agora Jutta está mais bem vestida do que nunca. Ela transformou a casa em uma exposição incrível de pinho do Oregon, todos os pisos e revestimentos de parede. A mobília foi projetada por um arquiteto sueco, com quem Jutta entrou em contato depois de ver um longo artigo sobre as idéias dele em uma revista de decoração. Quando ela encontra mulheres que trabalham, sempre pergunta como estão se saindo e invariavelmente diz alguma coisa do tipo: "Que maravilha para você!" — mas seu interesse é apenas superficial. Ela aparentemente acredita no mantra pregado por todas as revistas: compre todas essas coisas e elas a tornarão uma pessoa melhor.

Alguns anos antes, Jutta de vez em quando telefonava para Anne-Lise ou Nicola quando estava bêbada. Elas nunca descobriram com que freqüência ela bebia sozinha em casa, mas os telefonemas as incitaram a falar em tentar ajudá-la. Ela não só rejeitou a ajuda das duas como conseguiu fazer isso de uma forma condescendente. Pior ainda, diziam que os filhos dela tinham se tornado agressivos e problemáticos. Seria possível que Jutta tivesse abandonado suas responsabilidades também para com os filhos?

Anne-Lise e Nicola ouviram o carro de Henrik chegando. A família finalmente estava em casa.

Por um momento, ela ficou confusa. Depois partiu para a porta, gritando para Nicola.

— Diga a eles que estou no banheiro! — No corredor, ela de repente se virou e pôs a cabeça na porta. — Nicola, obrigada! Eu só preciso...

Ela correu para o banheiro para dar um jeito no rosto. Fora dali, as vozes das crianças gritam: "Mamãe! Mamãe!", enquanto entram correndo na sala. Ela se sente muito mal por se esconder deles. Henrik entra e bate a porta da frente.

Anne-Lise tira a maquiagem manchada e o batom e lava os olhos com água fria. Enquanto faz os movimentos lentamente, ela ouve Ulrik correndo de um cômodo a outro, procurando por ela. Antes do Centro, Anne-Lise sequer podia imaginar ficar tentada a abandonar tudo, seguir os passos de Jutta. Mas agora, será que já estava indo ladeira abaixo? Talvez todos pensassem que sim, mas Nicola é a única que ousa dizer alguma coisa. O que quer que aconteça, seus problemas não devem afetar Clara e Ulrik. Ela não pode permitir que eles paguem o pato por seus conflitos no CDIG.

Algumas semanas depois da visita de Nicola, Iben e Malene recebem um e-mail anônimo de alguém que as ameaça de morte. O escritório é perturbado por essa guinada nos acontecimentos e pela primeira vez Anne-Lise ousa mencionar que as outras nem sempre a tratam muito bem.

Malene, Iben e Camilla de imediato pulam na garganta dela. Ou são mentirosas rematadas ou são tão desonestas consigo mesmas que sequer estão cientes do que fazem. Para elas, "a bibliotecária" é uma criatura obtusa e insípida com péssimas habilidades de relacionamento social, porque é exatamente isso que esperam que ela seja, e elas não vão permitir que Anne-Lise as faça mudar de idéia.

No dia seguinte ao ataque, Paul pede a Anne-Lise para participar de uma reunião da equipe em sua sala. Na reunião, as outras afirmam que a porta entre o Jardim de Inverno e a biblioteca sempre ficou fechada. Anne-Lise sabe que é o contrário — a porta estava sempre aberta quando ela começou ali, e foi somente um mês depois que Camilla começou a reclamar que teria artrite com a corrente de ar.

Paul não concorda com elas e toma a primeira decisão a favor de Anne-Lise. Depois de ter paciência por um ano inteiro, ela enfim poderá ter contato com os usuários do Centro, como lhe prometeram na entrevista de emprego. Além disso, a porta para a biblioteca não ficará mais fechada.

Leva menos de uma semana para que as outras se vinguem, em um ato mais cruel do que Anne-Lise poderia imaginar. Certa manhã, ela descobre um pó marrom cobrindo suas mãos. Ela também manchou a blusa com ele e sujou o rosto de manchas vermelho-amarronzadas.

Anne-Lise observa a cara de Malene. Essa mulher sabe de alguma coisa; parece a vez em que Malene a humilhou diante de Frederik Thorsteinsson, alguns dias antes. Mas Anne-Lise ainda não consegue deduzir a essência daquilo. Ela vasculha sua área. Quando bate em uma caixa na prateleira de cima, o fluido contido ali espirra em seu corpo. Ela fecha os olhos de imediato, salta para trás e ouve a caixa cair no chão.

Ela grita e abre os olhos. Um fluido grosso e viscoso está espalhado em toda parte. Suas roupas estão cobertas de manchas. É sangue. A pele está pegajosa de sangue. É tão medonho que sua mente se apaga. Só o que ela consegue fazer é olhar para Malene, que apareceu na soleira da porta. Malene age como se estivesse verdadeiramente chocada, mas Anne-Lise não se deixa convencer. Há um sorrisinho afetado pairando por trás do cenho franzido.

Anne-Lise quer sair e ir para casa, e aceita a oferta de Paul de um táxi, embora seu carro esteja estacionado ali perto.

Só quando chega em casa e toma um banho, é que liga para Henrik. Enquanto conversa com ele, ela vaga de um cômodo a outro de camisola branca com o cabelo molhado enrolado numa toalha branca. Alguma coisa significativa aconteceu hoje. Ela se sente profundamente inquieta, mas, depois do banho quente, tudo parece bem distante.

Henrik está gritando ao telefone.

— É isso! Você tem que parar de trabalhar lá! Da próxima vez, vão matá-la!

— Mas sabe de uma coisa, quando me viram coberta de sangue, elas ficaram tão perturbadas. Elas lamentaram de verdade por mim. Pelo menos, Iben e Camilla demonstraram isso.

Anne-Lise está a caminho da cozinha.

— Acho que elas se arrependeram. Talvez agora tenham descarregado seu ódio. Talvez isso venha a ser o fim de tudo.

— Anne-Lise, isso não vai ter fim.

— Mas elas me ajudaram a me limpar, entendeu? Acho que ficaram chocadas com o que fizeram.

— Anne-Lise... Use a cabeça. Elas. Não. Vão. Parar.

Anne-Lise não responde.

Henrik respira fundo. Por um momento ele não consegue pensar no que dizer. Depois se recompõe.

— Vou para casa agora. Vou dizer a todo mundo que não estou me sentindo bem. Estarei com você daqui a alguns minutos.

Na cozinha, Anne-Lise prepara um sanduíche de queijo quente. Caminha aleatoriamente pela casa, descalça, enquanto come.

Talvez não tenham sido só as outras que se livraram de seu ódio. Ela também se purgou de alguma coisa, só que ainda não sabe o que é.

26

Anne-Lise ouve o motor do Audi de Henrik lá fora. Ele irrompe pelo corredor.

— Muito bem, Anne-Lise, você vem comigo. Contei a Yngve o que você passou, e ele disse que pode receber você agora. Vamos. — Henrik teria preferido arrastar Anne-Lise para o carro de uma vez, mas ela precisa se vestir e se arrumar.

Yngve é o médico da família. São clientes dele há anos, muito antes de se mudarem para Holte. Quando Henrik teve problemas com o joelho depois de um acidente de carro, Yngve foi mais útil do que o ortopedista. Mais tarde, quando tentavam ter um filho e Anne-Lise de início não conseguiu engravidar, Yngve novamente os impressionou mais do que o ginecologista que ela procurara.

Yngve agora está com seus cinqüenta anos, mas todos ainda parecem achá-lo excepcionalmente atraente. Ele tem o corte de cabelo curto e mantém barbeado o queixo quadrado e forte. Sua voz é grave e melodiosa.

De certa forma Anne-Lise sempre teve a impressão de que ele é um homem solitário. Ela se pergunta se ele é gay. Definitivamente há alguma coisa diferente nele.

A recepcionista os recebe no consultório. Tem um leve cheiro de sabonete e os aromas médicos de bandagens e anti-sépticos. Henrik e Anne-Lise se acomodam em duas cadeiras baratas de plástico preto. Yngve nunca se preocupou em renovar a mobília do consultório.

Ele entra na sala, senta-se e coloca as mãos grandes na mesa, com as palmas para cima. Depois volta-se para Anne-Lise e lhe pergunta por que apareceu hoje.

Ela não vai muito longe, porque ele a interrompe.

— Desculpe, Anne-Lise. Quero deixar claro desde o começo que qualquer tipo de assédio moral sistemático é mortal... É mais perigoso do que beber ou fumar. As vítimas às vezes acham que podem agüentar e lidar com a situação, mas é impossível.

— Sim.

— Vejo em meu consultório algumas pessoas que foram maltratadas. Às vezes elas cometem suicídio, ou contraem doenças. Algumas morrem. Algumas ficam imprestáveis, outras começam a beber ou a se drogar. De uma forma ou de outra, ser alvo de maus-tratos de terceiros causa um dano enorme.

Henrik se endireita e se vira para Anne-Lise. No momento ele pensa que ele e Yngve estão de acordo.

— Está vendo? Precisa tirar uma licença médica. Diga a eles amanhã e se demita. Nem mais um dia nesse emprego.

Yngve bate um bloquinho na mesa.

— Muito bem. Esta certamente é uma solução. Mas receio acreditar que seja a solução errada.

Anne-Lise olha de lado para Henrik. A única reação dele é ficar empoleirado na cadeira frágil, sorrindo e esperando, curioso para ouvir por que o médico acha que ele está errado.

Anne-Lise quer falar.

— Instalei um programa no computador de minha sala que deleta qualquer evidência de buscas na Internet. Agora posso passar um tempo no trabalho verificando sites de emprego e mandando currículos.

Yngve sorri para ela.

— Boa idéia. Já se candidatou a algum?

— Nos últimos seis meses, mandei 22 currículos, mas não fui chamada para nenhuma entrevista. Acompanhei cada solicitação e telefonei para perguntar qual era o problema, como se deve fazer. Mas eles recebem muitos currículos e sempre escolhem os mais jovens.

Henrik acrescenta:

— E é por isso que vamos parar de mandar currículos por um tempo.

— Sim. Só por um tempo. Preciso de uma folga. Por enquanto.

Yngve junta as mãos.

— Anne-Lise, você tem três opções. Primeira, permitir ser demitida de seu emprego; e, do jeito que o mercado funciona agora, é possível que nunca mais volte a trabalhar. Segunda, ficar e deixar que as outras continuem a atormentá-la. Mas você tem uma terceira opção: ficar e fazer com que as outras parem de persegui-la.

Henrik fica surpreso.

— Pensei que os especialistas concordassem que, quando se é atormentado pelos outros, o melhor a fazer é sair o mais rápido possível. Porque é uma batalha que não se pode vencer, não é isso?

— É o que eles dizem.

O pensamento convencional não influencia Yngve. Enquanto ele fala, fica claro que ele é indiferente aos "especialistas". Seus olhos calmos e castanhos pousam primeiro em Anne-Lise, depois em Henrik.

— Anne-Lise, se você se demitir, ainda vai passar o resto de sua vida considerando-se um fracasso e achando que o mundo é um lugar ruim. É destrutivo. Mas, se deixar que a tratem mal, elas vão destruí-la. Meu conselho é enfrentá-las. Pode fazer isso?

No início Anne-Lise não conseguia entender por que Henrik insistiu em procurar o médico. Agora acha que foi uma idéia muito boa.

— Sim.

— Tem certeza?

— Tenho.

— Ótimo. Fico feliz em ouvi-la dizer isso. Como a conheço há tantos anos, tenho certeza de que pode fazê-lo. E estou convencido de que você será capaz de mudar sua situação no trabalho.

Há alguma coisa nas maneiras do médico, no modo como ele fala com sua voz grave, que faz com que Anne-Lise confie nele sem restrições. Agora ele está sorrindo para ela.

— Acredita em mim quando digo que você pode mudar as coisas no trabalho?

— Sim... Sim, acredito.

— Que bom.

Anne-Lise observa as mãos enormes de Yngve. Ele está inclinado para a frente na cadeira, pronto para passar ao próximo item da agenda.

— Quero que saiba que ninguém conseguiu demonstrar nenhum traço de personalidade comum a pessoas que tenham sido submetidas a assédio moral no trabalho. Isso foi estudado, é claro. A teoria habitual é a de que os molestadores procuram pessoas que sejam socialmente desajustadas de alguma forma... Introvertidas, negligentes ou incompetentes, ou coisa assim. Nada disso é verdade. Ao contrário, em geral são escolhidos os membros mais capazes da equipe. Mas parece haver um aspecto recorrente na personalidade da vítima, que é o de que ela, mais do que os colegas, não gosta de confrontos. É bem passiva, esperando que seus torturadores parem. É claro que isso não acontece. Assim, lá está você, Anne-Lise. Tem medo de enfrentar as colegas?

Anne-Lise pensa em como o médico é uma pessoa especial. Vindo de outra pessoa, seu tom paternal seria quase ofensivo, mas de Yngve parece completamente desejável e convincente.

— Não tive medo em meu emprego anterior. Mas para mim o importante agora é que eu seja incluída no grupo delas, então naturalmente evito fazer estardalhaço. Há outra coisa: sempre senti que alguma coisa horrível vai acontecer se eu expressar minha opinião sobre qualquer assunto.

Há um barulho do lado de fora do consultório — uma bandeja ou coisa assim —, mas a cara de Yngve não demonstra nada.

— Sim, entendo. Torna mais fácil intimidar você. Veja bem.

— Sim?

— Essas pessoas vão se tornar cada vez mais agressivas com o passar do tempo. O essencial é fazer com que percebam que existem limites. É até certo ponto e pronto.

Yngve parece mais pensativo do que o habitual. Será que um dia ele também foi maltratado, talvez há muito tempo? Ela não pode lhe perguntar isso.

— Os maus-tratos são muito comuns entre as crianças, tanto na escola como nos centros de atividades de lazer e assim por diante. Os professores passam horas dizendo às crianças para não atormentar ninguém e criam castigos para elas se são descobertas. As iniciativas políticas objetivam somente dar um fim aos tormentos, e todas estão fadadas ao fracasso, ao que parece. De vez em quando crianças maltratadas são trazidas aqui. Quase invariavelmente elas sofrem de doenças graves ou traumas psicológicos, baseados em sua vitimização.

Ele pega uma esferográfica, balança-a na palma da mão e olha para ela por um momento. Depois encara os dois.

— O assédio moral de adultos é menos perceptível, mas também é comum. Talvez vocês pensem que estou sendo melodramático, mas levo esta questão tão a sério quanto a doença cardíaca ou o câncer. É o que faço e deve ser assim.

Anne-Lise se pergunta se Yngve tem um amante. Quer dizer, caso ele realmente seja gay.

— O fato é que as pessoas se matam. Qualquer que seja a atitude tomada e o que quer que aprendamos, vitimizar os outros faz parte da natureza humana.

O que Yngve diz é bem diferente da opinião dos pesquisadores de genocídio com quem Anne-Lise está familiarizada. No CDIG, ela leu artigos sobre pessoas comuns que matam outras pessoas comuns, mas os pesquisadores sempre argumentam que as circunstâncias foram excepcionais e partem do princípio de que, para os seres humanos, a cooperação e a gentileza são a norma. Nenhum desses ensaios acadêmicos disse que o assassinato é um resultado inevitável da "natureza humana", e, no entanto, a opinião de Yngve tem ressonância.

— Nós comemos, nos reproduzimos, protegemos os mais próximos. E rejeitamos aqueles que são diferentes de nós e matamos nossos rivais. O ser humano tenta exercer controle sobre seus instintos, com maior ou menor eficácia. Somos diferentes dos animais no sentido de que temos uma força de vontade excepcional. Por exemplo, em nenhuma outra espécie há toda uma comunidade onde ninguém faz sexo. Pense no Vaticano. Mas a maioria das pessoas cai em tentação a certa altura. Sua concentração some por um momento e lá está você: sendo infiel, comendo alimentos gordurosos, ou torturando lentamente uma colega até a morte. O último caso, claro, é proibido, então a pessoa pode preferir não ter consciência do que faz... Como uma forma de auto-ilusão. Pense no estado mental de suas colegas, Anne-Lise. Elas se sentem um pouco como você se sentiria se estivesse sozinha numa noite, vendo televisão e beliscando uma tigela grande de batatas fritas colocada na sua frente. Você está decidida a não comer e fica firme em sua resolução, mas, se o programa prende sua atenção, você se esquece e começa a estender a mão para as fritas. Antes que se dê conta, lá se foram. É possível que você sequer seja capaz de lembrar de tê-las comido. É que você é uma tentação para suas colegas. No início, elas podem muito bem ter decidido ser agradáveis com você. Ou talvez nunca o tenham feito. De qualquer forma, elas ainda a vêem como uma rival e, sem que haja intenção, haverá ocasiões em que não vão conseguir deixar de persegui-la. A reação é tão instintiva que, depois, elas nem conseguem lembrar.

Yngve é muito convincente, mas seus argumentos irritam Anne-Lise. Ainda assim, alguma coisa no homem a faz ficar sentada calma, ouvindo. Henrik também ficou muito quieto. Ela pode ouvir a recepcionista de Yngve revirando coisas do outro lado da porta, sem dúvida limpando algo que foi derramado. Anne-Lise considera como sempre pensou em Yngve como um ser solitário, embora não saiba absolutamente nada de sua vida particular. Será que tem alguma coisa a ver com a inteligência dele, ou ela estava reagindo intuitivamente ao tom meio depressivo que nunca abandona a voz daquele homem?

Eles concordam que Anne-Lise não deve acusar as outras de terem montado a armadilha de sangue. Sem provas, ela estaria travando uma batalha perdida e ficaria ainda mais exposta à raiva das colegas.

— Anne-Lise, pode pensar em alguma coisa que elas fizeram que foi claramente errada? Ou uma discussão em que você certamente venceria se tivessem um confronto?

— Não sei bem. Eu tomo decisões erradas o tempo todo e faço coisas idiotas. Minha cabeça está explodindo com o horror de tudo isso. Não estou no meu estado normal.

— É claro, isso é compreensível. Mas as coisas vão mudar. Procure por isso, embora agora seja difícil para você.

A recepcionista entra para dizer que o paciente seguinte está esperando. Ela fala rapidamente, como se temesse Yngve. Ele responde de forma bem simpática e se volta para Anne-Lise.

— Já testemunhou alguma coisa que elas fizeram que contrariasse os interesses do Centro?

Anne-Lise reflete cuidadosamente.

— Um dos usuários, um homem chamado Erik Prins, me disse que Malene lhe deu informações falsas sobre pesquisas na biblioteca só para mantê-lo afastado de mim. Isso pode ser...

— Enfrentou esse tipo de coisa em seu emprego anterior?

— Nem por um momento.

— Aí está! Seja confiante. É inaceitável agora também. — Ele achata as mãos na mesa de novo. — É uma batalha que você pode vencer, não é?

— Sim.

— Acredita realmente nisso?

— Sim, acredito.

— Ótimo. — Ele se levanta e troca apertos de mãos, primeiro com Henrik e depois com Anne-Lise. — Quero vê-la novamente. É minha tarefa lidar com qualquer problema que ameace seriamente seu bem-estar, seja físico ou psicológico. Você não vai permitir que suas colegas a pressionem ao desemprego. Vai lutar contra elas.

— Sim. Sim, eu vou.

— Muito bom. Agora, vamos decidir quando deve voltar e me contar como as coisas progrediram. Quem sabe daqui a umas três semanas?

— Sim.

— Que bom. Marque uma hora na recepção.

Quando estão do lado de fora, Anne-Lise e Henrik ficam surpresos que ainda esteja claro. Parece que já seria noite, mas o incidente no CDIG aconteceu há apenas algumas horas. Eles têm muito tempo antes de precisarem pegar as crianças.

Anne-Lise cumpre a promessa que fez a Yngve, mas depois sua vida no trabalho não melhora em nada. Não lhe fez nenhum bem confrontar Malene a respeito de Erik Prins. Malene simplesmente transfere a responsabilidade e exige saber quem é o usuário. Anne-Lise se sente mais culpada do que nunca.

O Jardim de Inverno parece mais silencioso, agora que a porta está sempre aberta. Elas falam em voz baixa, ou trocam e-mails, ou saem para conversar na copa ou na sala de reuniões. Algumas vezes Anne-Lise as surpreendeu usando uma linguagem de sinais que inventaram e rindo muito.

Durante o almoço, Iben faz suas pequenas palestras, em geral baseadas nos livros que lê quando não consegue dormir. Ultimamente ela parece estar obcecada com livros de psiquiatria. Enquanto fala dos problemas de saúde mental, observa Anne-Lise. Está claro para quem quiser ver que Iben pensa que Anne-Lise deve estar sofrendo de distúrbio de identidade dissociativa.

Certa noite, depois de outro dia hostil de observações ferinas e insinuações de que ela está de algum modo desequilibrada, Anne-Lise está lendo *A casinha da floresta* para os filhos. Ulrik e Clara estão no quarto de Ulrik. Clara está deitada de costas no beliche de baixo, balançando a boneca Barbie na barriga. Às vezes seus lábios formam palavras sem som; às vezes ela murmura. Ela parece não estar ouvindo, mas no dia seguinte vai se lembrar de tudo o que aconteceu na história.

Ulrik está no beliche de cima. Ele afastou o cobertor e pousa a cabeça na beira da cama.

Os murmúrios de Clara ficam mais altos.

Ulrik se inclina para a frente.

— Cala a boca! Pára de fazer esse barulho!

Clara continua brincando com a boneca, mas baixa o tom de voz.

O ar do quarto é quente e cheira um pouco a pasta de dentes. Anne-Lise pode ouvir os sons de Henrik no estúdio. Ele está tentando fazer alguma coisa nova com os dois computadores.

Os murmúrios de Clara estão de novo subindo de tom.

Ulrik grita com ela mais rispidamente do que antes.

— Cala a boca! Cala a boca!

Anne-Lise lê sobre o pai de Laura, que está andando pela floresta e vê uma corça com seu filhote. A voz de Clara diminui e se torna inaudível novamente. De repente, lágrimas aparecem nos olhos de Anne-Lise. O filhote não foge. Fica parado imóvel, olhando arregalado o pai de Laura. As lágrimas estão correndo em silêncio pelo rosto de Anne-Lise. Elas continuam aparecendo, embora não haja nada de triste na história.

Depois de um tempo, Ulrik percebe.

— Mamãe! O que foi?

O pai de Laura promete que não vai caçar até que os filhotes estejam crescidos. Agora Anne-Lise tem que olhar para o filho. Ela sorri. Não tem idéia do que está acontecendo com ela.

— Devo ter pegado uma gripe.

Clara afasta a boneca.

— Você está chorando?

— Não, não. É só um resfriado.

— Não dói?

— Não. Nem um pouco.

— Por que está chorando, então?

Ulrik grita com a irmã.

— A mamãe não está chorando! Ela está gripada.

Anne-Lise percebe que está à beira de um ataque de nervos. Os filhos não devem testemunhar isso. Ela precisa sair dali.

O pânico a domina.

— Pronto. Já chega por esta noite.

— Nã-ão!

Anne-Lise luta para reprimir o choro.

— Sim, está na hora de dormir. Chega de leitura por hoje.

— Nã-ão. Por favor. Leia um pouco mais. Só um pouquinho.

— HENRIK! HENRIK! Venha cá, por favor!

Ela corre. Henrik vai atrás dela. Seu choro está fora de controle.

— Vá ver as crianças. Leia uma história para elas.

Ela cambaleia no quarto, fecha a porta e se atira na cama do casal, cobrindo a cabeça com um travesseiro para abafar o som que está produzindo.

Depois que as crianças dormiram, Henrik volta a Anne-Lise, caminha em silêncio até a cama e se senta ao lado dela. Ela não abre os olhos, mas sente o corpo dele pesando no colchão ao lado de sua cabeça. Fica feliz por ele estar ali e estende a mão às cegas para pegar a mão dele. Ele a pega e lhe afaga a têmpora com a outra mão. Não falam nada.

O choro deixou Anne-Lise cálida e completamente vazia. A sensação de seu corpo se dissolvendo a alivia. Ela sente como se estivesse se infiltrando através do colchão, escorrendo pelas tábuas e vigas da casa, pelos espaços de tijolos e cimento.

Henrik lhe pede que, por favor, diga qual é o problema. Ela murmura uma resposta, apertando o nariz entre a coxa dele e o colchão. É bom sentir o calor dele; a mão dela se coloca entre as pernas de Henrik. Ele pergunta novamente. Ela não responde, só começa a mover a cabeça.

— Anne-Lise, é uma boa idéia?

Ela olha para ele.

Ele se levanta, fecha a porta e diminui a intensidade de luz. Uma das boas coisas em sua casa de construção sólida é que parece inviolável. Depois que a porta é fechada, não há necessidade de se preocupar com as crianças.

O peito dele está encostado nela de novo. Cada poro da pele de Anne-Lise está aberto. Ela transpira.

— O que está havendo? — pergunta Henrik. Ela nunca ficou assim antes.

— Eu adoro isso — diz ele —, não pensei que você sentisse a mesma coisa.

E depois os dois ficam em silêncio.

Um travesseiro cai no chão com um baque fraco, depois vão os cobertores, absorvendo o som da própria queda.

É assim que quero morrer, pensa ela. Desaparecer desse jeito, feliz, porque, na realidade, eu já fui.

Toda vez que ele se comprime nela, formam-se palavras silenciosas em seu interior. Me mate, pensa ela. Ela não deve dizer isso em voz alta. Ele não permitiria.

Agora ela está quase reduzida a nada. Quase sem perceber, ela sonha.

Me mate! Me mate! Me mate!

Anne-Lise nunca viveu nada parecido. Com ninguém. Ela registra o cheiro dele.

Alguma coisa cedeu por dentro do colchão. As molas rangem como um gigante que luta para respirar. Anne-Lise finalmente se deixa levar para longe enquanto sua mente sussurra coisas ininteligíveis.

Me mate! Me mate! Me mate!

27

Anne-Lise passa o dia imaginando que agora tudo vai mudar.

Na verdade, ela sabe que dá atenção demais ao que Malene e Iben fazem, até à expressão que trazem no rosto. Toda a interpretação e a previsão a exaurem. Ainda assim, hoje aconteceu uma coisa radicalmente nova.

Pela manhã, Iben telefonou da Clínica de Reumatologia do Hospital Municipal. Estava lá com Malene, que adoecera. Iben disse que Tatiana pretendia escrever um artigo importante e sugeriu que Anne-Lise ligasse para Tatiana e oferecesse ajuda.

Nenhuma das novas colegas tinha feito uma coisa dessas antes. Anne-Lise telefonou para Henrik de imediato.

— Está vendo? Talvez a partir de agora o pessoal vá colaborar.

Ele disse "Sim" e foi muito delicado com ela. Ela sabe que ele não leva a sério nenhuma das suas "fantasias", como ele as chama.

Uma pequena parte de Anne-Lise está ciente de que não é muito provável que haja uma verdadeira mudança. Isso a deixa mais vulnerável. A cada vez que elas são gentis, Anne-Lise não consegue deixar de pensar que toda a tensão pode se dever a um mal-entendido por parte dela mesma, ou a um acúmulo de mal-entendidos.

O dia no CDIG termina e Anne-Lise está prestes a pegar Clara na creche. Enquanto segue para a pequena escola de tijolinhos amarelos, encontra outros pais e crianças conhecidos. Graças ao bom dia no trabalho, ela não está no estado de espírito esgotado de sempre e uma música animada que ouviu no rádio do carro toca em sua cabeça. Esta tarde ela quase se sente como costumava se sentir antes do CDIG.

Ela atravessa o primeiro, depois o segundo grupo de portas para a sala principal. Está silencioso ali dentro. Depois de cumprimentar um pai que sai com os dois filhos, ela localiza Clara em uma mesa, cortando retalhos de pedaços brilhantes de papel colorido. Anne-Lise se senta e a ajuda a colar os retalhos em uma folha de papel branco.

Quase imediatamente uma professora aparece para lhe dizer que Clara se meteu em brigas duas vezes naquele dia. Da segunda vez, brigou com um menino e o atingiu na cabeça com um galho. A professora teve que fazer um curativo na ferida.

O celular de Anne-Lise toca. É Paul. Ela interrompe a professora.

— Desculpe, é o meu chefe. Importa-se se eu atender?

Paul dá a impressão de urgência.

— Alô, Anne-Lise. Pode falar agora?

— Sim, posso.

— Que bom. Olha, acabei de receber um telefonema de Iben. Ela está no hospital.

— Sim?

— Ela levou Malene à clínica de reumatologia. Elas passaram o dia todo lá.

— Eu sei. Iben me ligou mais cedo.

— E ela me contou, e temo que elas estejam completamente de acordo...

Anne-Lise percebe que ele está prestes a dizer alguma coisa ruim. Paul está sendo incomumente hesitante. Anne-Lise se retira para um canto e dá as costas para a sala.

— Elas acreditam que alguém mexeu nos compridos de Malene e trocou o remédio por algo que não tem efeito nenhum... para a artrite. E é por isso que inflamou; ficou muito mal.

— Que coisa horrível.

— E foi extremamente doloroso.

— Sim, sei. Claro. Como um... — Anne-Lise pára. Ela entende o que Paul está realmente querendo dizer. — Elas acham que "alguém" tirou os remédios certos?

— É o que acreditam. Não sei bem como dizer isso, mas... Elas não querem confrontar você.

Paul respira rapidamente e fala de novo.

— Elas dizem que você é a única que pode ter trocado os comprimidos.

Anne-Lise de repente murcha. Fica encarando um mundo de lápis de cor à frente, com espirais de fumaça das chaminés de casas quadradas e pessoas de pernas de varetas e grandes olhos redondos. Ela vê as tachinhas que prendem cada desenho no quadro. Afunda em uma cadeira de criança; o encosto mal chega à altura de seus joelhos.

Anne-Lise não consegue pensar em nada para dizer. Paul é gentil o bastante para não continuar.

Virando-se para Clara, ela se envolve com a cena: a professora, as outras crianças e seus pais. A professora tenta dar a impressão de que não está ouvindo.

Anne-Lise sussurra.

— Mas, Paul, não pode ser... Paul, você deve entender que isso é uma loucura! Eu nunca faria uma coisa dessas!

— Eu concordo. Naturalmente não acredito que tenha sido você.

Anne-Lise se empoleira na cadeira minúscula, recurvada.

— Não fui eu! Trabalhamos juntos há um ano, Paul. A esta altura você deve me conhecer.

Clara se aproxima. Seus dedos ainda estão nos punhos da tesoura rombuda de criança. Anne-Lise a convence a voltar para a mesa com o papel colorido. Depois ela se lembra de ter ouvido Iben sobre como uma pessoa pode ter diferentes personalidades e não ter consciência delas. Paul também terá ouvido isso, é claro.

É por isso que Iben anda matraqueando essas teorias? Faz parte de um plano para obrigar Paul a demiti-la?

Atrás dela, uma criança está gritando. Anne-Lise se levanta. O movimento é rápido demais e ela se sente tonta. Ela se abaixa para conseguir que o sangue volte à cabeça. Paul ainda está falando, mas ela não consegue entender o que ele diz. Ela corre para fora da sala até o banheiro dos adultos para terminar sua conversa.

Quando volta, a professora está esperando por ela. Ela insiste em falar na briga de Clara. Anne-Lise ainda se sente instável.

A voz da professora adquiriu um tom estridente.

— Tivemos que pedir a Aleksander para se sentar quieto por 15 minutos, para ter certeza de que ele não tinha uma concussão. Por sorte, o curativo funcionou. Ele conseguiu brincar pelo resto do dia, mas Liselotte ficou bem preocupada quando veio e percebeu o inchaço na cabeça dele.

A professora fala sem parar. Anne-Lise se apóia numa parede. Isso vai levar algum tempo.

— E acho que devo informá-la de que Clara tem tido muitas brigas recentemente.

Anne-Lise se sente gritando com ela: "É minha culpa! Culpe a mim! Tudo está ruindo ao meu redor. É porque eu não consigo me lembrar de nada. E choro o tempo todo e minhas colegas acham que sou insuportável." Mas ela consegue manter a compostura. Eles devem achar que ela está muito distante.

Quando o tema da briga se esgota, Anne-Lise pergunta se Clara pode ficar um pouco mais. Ela precisa dar outro telefonema e será muito mais fácil se Clara não estiver com ela.

— Clara, querida, tenho que dar um telefonema. Vai brincar por um tempinho e depois eu vou pegar você. Está bem?

Clara não responde, mas se afasta e corre para ficar com as outras crianças.

De volta ao banheiro, Anne-Lise percebe que não é nada privativo. Qualquer um pode ouvir o que ela está dizendo, em especial se as vozes se elevarem. Ela decide se sentar no carro.

Quando chega ao carro, os pais ainda estão entrando e saindo. Ela decide se afastar algumas quadras.

Anne-Lise estaciona em uma ruazinha que dá na reserva natural de Vaserne. Certamente ninguém da creche virá por aqui. Ela desliga o motor e fica sentada, pensando. As árvores ali fora estão nuas — o inverno se aproxima. Tomando coragem, ela disca o número da casa de Iben.

Paul tem razão. Iben está convencida de que foi Anne-Lise que mandou os e-mails anônimos e trocou os remédios de Malene. Anne-Lise tenta se defender, mas nada do que diz consegue convencer Iben. Não leva muito tempo para que a voz de Anne-Lise se eleve a um grito, enquanto ela jura desesperadamente que não tem nada a ver com isso. Ela jura por tudo em que acredita — o marido, sua saúde, até os filhos. Este último juramento lhe traz uma pontada de remorso — ela nunca, jamais, devia jurar pelos filhos, em especial a alguém tão hostil como Iben.

É claro que ela sabe que não tocou nos comprimidos. Mas, se houver alguma verdade nas teorias sobre personalidades dissociadas, então Iben pode mesmo ser capaz de absolutamente qualquer coisa.

A hora tranqüila de Anne-Lise e Henrik juntos começa logo depois das dez e meia. A casa fica silenciosa e a televisão está desligada. Henrik se senta no sofá preto, lendo vários documentos que trouxe do trabalho.

Algumas noites, Anne-Lise lê a *Information*. Ela convenceu Henrik de que eles deviam fazer uma assinatura, esperando poder ajudá-la a se integrar às conversas no CDIG. Em outras ocasiões, ela se deita no sofá com uma manta por cima das pernas e a cabeça no colo de Henrik. É aí que consegue clarear a mente e recarregar as baterias para enfrentar o dia seguinte. Foram as noites silenciosas com Henrik que lhe deram forças para suportar o ano no CDIG.

Ela agora está descansando no sofá, sentindo o calor das pernas dele em seu rosto. De vez em quando, a mão grande de Henrik lhe afaga a nuca, e, quando ele vira uma página, a manga da camisa às vezes lhe toca o rosto.

Conversaram sobre o remédio de Malene e concordaram que Malene e Iben provavelmente teriam esfriado a cabeça no dia seguinte. Pode ser que a própria Malene, afinal, tenha confundido um lote de comprimidos com outro. Mesmo que Malene e Iben não aceitem esta teoria, é óbvio que outra pessoa poderia ter feito isso, e não apenas Anne-Lise.

Anne-Lise olha a pilha de livros na mesa de centro e a gravura da Biblioteca Central de Lyngby, especulando o que lhe traria o dia seguinte. Ela pensa em Henrik — como ele é inacreditavelmente bom e protetor com ela.

Certa vez, durante um feriado esquiando na Áustria, Henrik recebeu um recado por telefone dizendo que a tia de Anne-Lise tinha adoecido gravemente. Ele se certificou de que vários membros da família de Anne-Lise soubessem o número de seu celular, então eles poderiam alcançá-lo se as condições da tia piorassem. Mas não falou nada com ela. Eles curtiram a semana e depois ele lhe contou, e acrescentou que não tinha sentido estragar o feriado dela se a doença não fosse tão ruim quanto parecia a princípio.

— Henrik!

— Que é?

— Sobre os e-mails...? — Ela tenta parecer o mais delicada possível. Ele não deve interpretar isso mal. Ela coloca a mão na coxa dele, onde ainda sente a quentura de seu próprio rosto. — Olha, acho que você foi um doce mandando os e-mails. Você fez isso para me ajudar, eu sei disso. E as coisas realmente ficaram melhores. Bom, por algum tempo.

— Eu não mandei os e-mails.

— Olha, acho que você foi um doce. Sinceramente.

— Escute aqui, eu não os mandei. — Ele pousa os papéis.

Ela o encara, tentando ler qualquer sinal de que, novamente, ele a está protegendo. Se estiver, ele esconde incrivelmente bem.

— Se você verificar o texto dos e-mails, eles dizem coisas diferentes. Iben é chamada de "hipócrita"; Malene, de "cruel"; e Camilla, de "colaboradora" que acredita que é inocente. Quem, além de você e de mim, sabe que elas são realmente assim?

— Não faço a menor idéia.

— Não, nem eu.

Ela sorri, querendo convencê-lo a dividir seu segredo com ela.

— Vamos lá, pode me contar. Eu amo você por isso.

A expressão dele está ficando mais fria.

— E você acredita que eu troquei os remédios também?

Ela fica confusa.

— Não. Claro que não.

Ele olha através dela. Ela não previu isso. A última coisa que ela quer é azedar o clima entre os dois.

— Só que você disse com muita freqüência que as odeia de verdade. E é claro que eu vou entender se foi você quem fez isso.

— Mas...

Os músculos em volta da boca e dos olhos de Henrik se tensionaram. Uma mudança muito pequena, mas Anne-Lise não suporta vê-la.

Ele coloca a mão nos ombros dela e fala devagar.

— Anne-Lise, eu não fiz essas coisas. Nem uma, nem outra.

— Não, eu sei. Acredito em você. É só que... Sabe como você pode ser.

— E se houver alguma verdade na idéia de identidades dissociadas? — Anne-Lise e Henrik estão escovando os dentes juntos.

— Concordo que parece que foi obra de alguém de dentro. É inacreditável, mas quem mais poderia ter feito isso? Todo mundo sabe da bolsa de

Malene. Ninguém pode ter pensado que era minha bolsa ou que eram meus comprimidos que estavam trocando.

— E tem a Camilla. Ela é a única que pode ter mandado os e-mails e trocado os comprimidos de Malene.

— Mas isso não se encaixa. Não acho que ela seja assim. — Anne-Lise deixa cair o tubo de creme dental. Uma linha de pasta branca acaba no chão de cerâmica. Ela pega a bisnaga. — Mas pode ser por isso que ela ficou em casa tanto tempo depois de receber o e-mail. Tudo foi demasiado para ela. A história do ex-namorado pode ser só um pretexto. Ah, sei lá. Ainda não faz nenhum sentido. Ela simplesmente não é assim!

— Iben disse alguma coisa sobre como se descobre se alguém tem personalidade dividida?

— Bom, mais ou menos. Camilla pode estar escondendo um ódio amargo com relação a Iben e Malene... Nisso eu acharia fácil de acreditar. Elas não se comportam bem com relação a ela, mas não dá para perceber muito se comparado com o modo como me tratam. Haveria ocasiões em sua vida das quais ela não poderia se lembrar. Mas isso vale para a maioria das pessoas.

A tampa do tubo de creme dental não foi fechada corretamente. Anne-Lise pára de tentar e o deixa cair.

— A personalidade dissociada é uma doença mental muito grave e Iben disse que os pacientes em geral tiveram uma infância horrível, sofreram maus-tratos, físicos ou sexuais. Que é uma coisa que eles parecem ter em comum.

— Tudo bem. Como foi a infância de Camilla?

Anne-Lise leva algum tempo para responder.

— Não consigo me lembrar se ela já disse alguma coisa a esse respeito. Ela não é como Iben e Malene... Elas não param de nos falar desse tipo de coisa.

— Pensei que ela conversasse muito durante o almoço.

— Ah, ela conversa. Fala de seu coral e de como gosta de cantar. E de ir à Noruega e à Suécia nas viagens de acampamento da família. E do quanto economizam no Hipermercado Metro... — Quando Anne-Lise pensa no assunto, não houve uma única ocasião em que Camilla tivesse dito alguma coisa mais reveladora sobre o passado dela. — Nem uma palavra sobre onde ou como foi criada. Simplesmente não faço a menor idéia.

— Quatro mulheres almoçando juntas todo dia e você não sabe nada sobre a infância dela? E aí? Tem alguma coisa muito estranha nisso!

Ele ri da própria piada boba, mas Anne-Lise não se incomoda com isso.

— Não consigo lembrar se Malene ou Iben disseram alguma coisa sobre ter o tipo de infância que lhes provocaria agora problemas mentais graves. Mas, pelo menos a julgar como têm se comportado, elas devem ter tido uma infância horrorosa. — Anne-Lise se senta ao lado de Henrik na beira da cama. — Mas é provável que não seja pior do que a da maioria das pessoas.

Quando eles terminam no banheiro, Henrik vai até o estúdio para inserir algumas anotações em sua agenda eletrônica. Anne-Lise olha pela janela do quarto. Além de algumas árvores perto dos postes de luz, o jardim é quase invisível no escuro.

Quando eles estão na cama juntos, Henrik continua a especular.

— Se as outras enfiaram na cabeça que foi você quem mandou os e-mails e mexeu nos remédios dela, então é só uma questão de tempo antes que elas convençam Paul e o conselho disso. Você não tem muito tempo para encontrar provas de que Malene está confundindo os comprimidos. Ou de que Camilla fez isso de propósito. Se não descobrir, você vai ser obrigada a se demitir.

Anne-Lise sabe que Henrik tem razão.

Algumas noites, na escuridão silenciosa do quarto, o cheiro familiar de Henrik flutua para seu lado da cama. Anne-Lise se lembra disso no passado, quando ela estava na faculdade e eles moraram juntos no pequeno quarto do alojamento estudantil. Não é um cheiro forte, mas a deixa à vontade e segura.

Henrik está pensando em voz alta.

— Agora, o marido dela está no ramo de encanamento, não é? Talvez eu deva pedir a ele para consertar alguma coisa para nós e fazê-lo falar enquanto trabalha, o que acha?

— Henrik! Isso está fora de cogitação.

— Tudo bem, tudo bem. Estamos fazendo um *brainstorm*, não é? E quanto a descobrir quem são as amigas delas e levá-las a falar?

Nem Henrik nem Anne-Lise conseguem pensar numa forma de fazer isso. A única esperança é que Anne-Lise consiga convencer Camilla a se abrir sobre si mesma durante o trabalho.

Anne-Lise tem dúvidas.

— Ela não fala abertamente com qualquer um e amanhã elas estarão furiosas comigo.

— Estarão mesmo. Mas, lembre-se, elas também estarão com medo de você. Se elas realmente acreditam que tem personalidade dividida e que é uma doida psicótica, não vão saber como lidar com você. Em situações assim, as pessoas se prendem à rotina. Você vai ver. Desconfio de que um estranho entrando no escritório amanhã não iria perceber nada fora do comum.

— Espero que tenha razão.

Mas Anne-Lise ainda pensa que o tal plano é absurdo. Será que Henrik acredita realmente que com um ambiente tão horrível no CDIG ela possa dizer, de uma hora para outra: "Escute, Camilla, nós nunca tivemos uma conversa franca, não é? Por que não começar hoje? Fale para mim um pouco de sua vida pessoal."

28

Na manhã seguinte, Malene telefona para o escritório para dizer que ainda está doente e não vai trabalhar — uma coisa que Anne-Lise não havia previsto.

Paul também está fora do escritório. Está numa conferência em Odense e vai passar o dia todo lá. Anne-Lise está sozinha com Iben e Camilla, que se comportam exatamente como Henrik previra. Elas podem muito bem estar tensas, mas não demonstram. Ninguém pode provar nada. Anne-Lise acha o Jardim de Inverno um pouco mais silencioso do que o habitual, mas Malene está fora, é claro.

Como as outras duas, Anne-Lise se atira ao trabalho. Sua tarefa seguinte é extrair as melhores palavras-chave do banco de dados para uma coleção de relatos de testemunhas oculares do genocídio de 1971 onde na época era o Paquistão Oriental. Os assassinatos começaram de repente — e de forma inesperada — depois das eleições parlamentares do Paquistão de 1970, vencidas pela maioria oprimida bengali. A minoria governante, das tribos punjabi e pathan, rejeitou o resultado das eleições e tomou o poder após um golpe militar. A população bengali protestou encenando uma greve geral não-violenta, mas o exército os esmagou. As ordens eram matar, pilhar e estuprar. Punjabis e pathans sempre acreditaram que os bengalis são uma raça inferior.

Os soldados paquistaneses empurraram cerca de 40 milhões de compatriotas para o exílio, arrasaram diariamente cidades do interior, estupraram cerca de 250 mil mulheres de todas as idades e mataram, no total, perto de 3 milhões de pessoas.

Anne-Lise leu pilhas de relatos de testemunhas daqueles nove meses terríveis. No momento, está lendo sobre uma mulher bengali de 25 anos, casada com um oficial e mãe de três filhos. Os soldados levaram o marido, apesar dos apelos dela. A mulher se atirou no chão diante da casa deles, implorando pela liberdade do marido. Eles o levaram de volta para ela depois, desfigurado pela tortura e perto da morte. Outro grupo de soldados invadiu a casa da família na manhã seguinte e estuprou a mulher diante do marido e dos filhos. Amarraram o marido e espancaram as crianças quando elas choraram. À tarde, os soldados a levaram a um porão, onde a trancaram e a estupraram noite após noite até que ela perdesse a consciência. Três meses depois, ela voltou para casa. Estava grávida.

Em geral, as famílias rejeitavam a volta de mulheres bengalis violadas, porque eram consideradas uma desonra para os parentes. Essa mulher teve sorte; embora o marido se recusasse a aceitá-la de volta, os vizinhos lhe demonstraram compaixão. Quando pressionaram o marido a aceitá-la novamente como esposa, ele se enforcou.

Depois de ler esse relato, Anne-Lise o percorre de novo para encontrar os melhores termos descritivos para o banco de dados da biblioteca, mas interrompe depois de alguns parágrafos. Ela tenta recomeçar do início, mas não ajuda em nada. Preciso de uma pausa, pensa depois da quarta tentativa.

Enquanto Anne-Lise entra no Jardim de Inverno intensamente iluminado, Camilla está ao telefone, dizendo que deve cancelar o ensaio com o coral esta noite porque precisa comparecer a uma reunião de pais e mestres na escola da filha. A lâmpada fluorescente acima da estante de publicações holandesas está piscando. Camilla baixa o fone e agora Anne-Lise pode falar com as duas.

—Vou até a cozinha preparar uma xícara de chá. Alguém quer um?

Para surpresa dela, Iben diz que gostaria de tomar um chá, obrigada. E a cara dela parece mais relaxada do que o normal; ela até parece amistosa. Mas Malene está fora. Anne-Lise ainda tem sérias dúvidas a respeito das chances de conseguir conhecer Camilla melhor. Tudo aqui seria tão mais fácil se Iben mudasse sua atitude e estimulasse todas a trabalharem juntas. Em especial depois das acusações que Iben fez ontem.

Anne-Lise coloca água na chaleira elétrica e espera que ferva.

Obviamente, Camilla está preocupada com a forma. As colegas procuram não comentar as coisas estranhas que ela traz para o almoço. Agora, não está comendo quase nada, a não ser pepino. No ano passado, Camilla tentou três dietas contraditórias, e nenhuma delas conseguiu gerar resultado. No Lyngby, duas colegas de Anne-Lise também comiam irregularmente, mas faziam piada de suas dietas da moda. O problema de Camilla é que ela leva os problemas de peso muito a sério, embora nem de longe seja tão gorda quanto as ex-colegas de Anne-Lise. Camilla é baixa e tende a ser rechonchuda, mas não mais do que se esperaria de uma mulher de quarenta anos com um filho. Será que o relacionamento obsessivo de Camilla com o corpo se encaixa no tipo de criação que pode causar DID?

Apesar de ter mais ou menos a idade de Camilla, Anne-Lise acha que parece mais jovem do que a colega. Um motivo é o penteado de Camilla, um permanente antiquado que ressecou a cabeleira louro-acinzentada. O efeito geral é solene e sem graça.

Anne-Lise lembra a história dramática da amiga de Camilla que morreu de câncer uterino e o modo como Camilla entrou na vida da amiga para morar com o marido e cuidar da filha dela. Tirando isso, o que Anne-Lise tem são só as observações que ela própria faz do comportamento de Camilla.

Um dia depois de Iben e Malene terem recebido os e-mails, Iben andou falando do que fazia as pessoas cometerem crimes de guerra. Argumentara que, pelo menos em certo sentido, elas também eram vítimas de forças que não podiam controlar. Anne-Lise nunca vira Camilla tão aborrecida. Mas que importância teria isso? E se assim fosse, o que significava? Por que ela não podia discutir o perdão para esses crimes? Depois houve sua forte reação ao receber um dos e-mails ameaçadores. Ela queria apenas se deitar e ficar sozinha. Aquela era uma reação normal, ou seria um sinal de que a pessoa estava perturbada?

A água está quase fervendo quando Iben aparece na cozinha e se encosta na geladeira.

— Sei bem — começa Iben, hesitante — que meu discurso ao telefone ontem não foi racional.

Ela parece mais perto de se desculpar do que qualquer coisa que Anne-Lise ousasse esperar.

— Não havia base alguma para eu estar tão convencida de que foi você quem trocou os comprimidos — continua Iben, desviando os olhos timidamente.

Anne-Lise percebe que deve tentar ser receptiva às tentativas de Iben de conversar ou nunca será capaz de convencer Camilla a lhe contar seus segredos. Ela precisa controlar sua raiva.

— Você devia estar aborrecida, naturalmente. Estava fora de si. Entendo que deve ter sido terrível para você.

— E foi mesmo.

Anne-Lise agradece a Iben mais uma vez pela sugestão sobre telefonar para Tatiana. O telefonema rendeu bem — tão bem, na verdade, que ela quase teve a impressão de que Tatiana estava esperando por ela.

— O mérito foi seu. Vamos ver se Tatiana vai passar a usar mais nossa biblioteca depois disso.

Anne-Lise tem o impulso de telefonar para Henrik, mas é impossível ter uma conversa discreta agora que a porta fica aberta o tempo todo. Não pareceria certo se ela a fechasse novamente, mesmo que por pouco tempo.

Durante o almoço, elas discutem as mudanças na vida de universitários do Paquistão Oriental depois de 1971. O exército indiano interveio em apoio aos bengalis para deter o genocídio e estabelecer o Paquistão Oriental como um Estado independente de Bangladesh. Parte do desdém sentido pelos pathans e punjabis com relação aos bengalis estava relacionada com o fato de que eles não eram uma raça de guerreiros; na verdade, não eram considerados aptos para o serviço militar. Porém, o genocídio forjou muitas mudanças, e os efeitos talvez tenham sido especialmente acentuados nas universidades.

Uma das maiores prioridades dos soldados paquistaneses foi matar o corpo docente, os estudantes e outros intelectuais, para impedir que se tornassem líderes. Em 1971, as universidades se tornaram abatedouros e, depois da secessão, os alunos estavam tão acostumados a portar armas que os conflitos entre facções rivais de estudantes em geral eram resolvidos a tiros. Isso colocou as universidades entre os lugares mais perigosos de Bangladesh. A extrema violência dos estudantes minou todo o sistema acadêmico.

Anne-Lise não consegue se concentrar. Pensa na mudança no comportamento de Iben. A manhã tranqüila foi como um sopro de ar fresco. Ela observa a hesitação de Camilla antes de cobrir o quarto pedaço de torrada com queijo *cottage* desnatado e fatias de pepino. As três parecem bem à vontade entre si. Talvez ela possa convencer Camilla a revelar alguma coisa que mostre sua volatilidade emocional e prove que é ela quem deve estar sob suspeita.

Enquanto Anne-Lise tenta reunir coragem para fazer uma pergunta a Camilla, Iben interrompe:

— Não é incrível como nos conhecemos tão pouco, embora trabalhemos tão próximas?

— É mesmo.

Iben sempre foi pálida, mas ultimamente tem olheiras por causa da insônia. Ela fita Anne-Lise e sorri.

— Então eu estava pensando, Anne-Lise, agora que estamos sentadas aqui: por que não fala um pouco mais de você?

29

Está chovendo forte quando Anne-Lise estaciona em uma rua escura, longe do prédio dos correios. Ela anda rapidamente. Debaixo do grande guarda-chuva que sempre traz na mala do carro, nem seus sapatos se molham. Quando passa pela entrada da Sala de Concerto Tivoli, ela entra à esquerda na Estação Central.

Anne-Lise está assustada. Nunca fez nada parecido e isso contraria sua natureza, mas ela está imprensada contra a parede. Se for demitida, pode não conseguir emprego novamente.

Ela precisa descobrir mais sobre Camilla.

O prédio diante dela não é muito mais do que um edifício simples com uma massa de blocos de concreto unidos: a Agência Central dos Correios de Copenhague.

Do lado de fora de uma das portas, espera um grupo de mulheres, a maioria na faixa de seus cinqüenta anos. Anne-Lise se apresenta:

— Eu sou Brigitte.

Elas parecem satisfeitas por ela ter se juntado ao grupo nesta tarde. Uma das mulheres abre a porta com um cartão de identidade magnético e leva o grupo por um lance de escada de metal.

Uma mulher de cabelo escuro e comprido explica aonde estão indo.

— A sala que vamos usar fica na verdade ao lado da recepção, mas à noite muitos dos alarmes nas portas são ativados, então temos que passar pelo porão.

Elas passam por um labirinto de corredores ladeados por portas, quase todas fechadas. As paredes têm uma camada nova de tinta branca e muitas portas estão fechadas. Elas sobem por outra escada de metal e entram em uma sala grande e simples que parece uma espécie de sala de reuniões. Três de suas paredes são pintadas de branco, e a quarta é de vidro. Atrás do vidro, é possível ver a recepção. Todo o lugar parece projetado tendo em mente o espaço: há muitas salas de estar e só alguns móveis de designer coloridos. Perto da porta, cerca de vinte mulheres de todas as idades estão conversando e rindo. O ar cheira a casacos molhados.

Alguns homens de aparência madura se acomodaram com suas latas de cerveja em uma série de cadeiras ovais de cor escarlate. Há um teclado elétrico junto à parede de vidro e uma jovem parece testá-lo. Deve ser a regente. Anne-Lise se sente quase nauseada ao vê-la, porque ela se parece muito com Malene, só que não é tão bonita.

Anne-Lise verificou a home page do Coral dos Correios de Copenhague e uma das coisas que descobriu foi que a regente acabara de concluir um curso universitário em música. No ano retrasado, Anne-Lise gostava de aproveitar a companhia das jovens artistas, mas agora elas só a irritavam.

A regente lhe deu as boas-vindas.

— É ótimo ver uma cara nova. Como descobriu sobre nós?

— Achei na Internet.

— Ah, que bom, nosso site deve estar dando certo. — Ela se vira para o resto do grupo e fala com eles na voz maravilhosamente controlada de uma cantora, não muito diferente da voz de Camilla. — Ouçam todos. Esta é Brigitte; ela vai cantar conosco esta noite. Procurem não assustá-la! Com sorte, ela vai voltar na quarta-feira que vem.

As mulheres riem e começam a se apresentar. Conversando entre si, contam a Anne-Lise sobre o coral, suas apresentações em igrejas e em outros lugares, e as várias excursões que fazem.

— Cantamos todo ano no Festival de Verão daqui de Copenhague.

— Mas o principal é que sempre nos divertimos muito juntas. Ótimas festas, não acham, senhoras?

Várias delas tagarelam ao mesmo tempo.

A home page informou a Anne-Lise que, embora a maioria dos cantores trabalhasse nos correios, o coral era aberto a pessoas de fora há um bom tempo.

— Já cantou num coral antes? — pergunta uma das mulheres.

— Vai pegar o jeito rapidinho, não se preocupe.

A regente se volta para Anne-Lise.

— Brigitte, conhece a parte de sua música?

— Não sei bem.

— Você parece que tem voz de contralto. Por que não se junta aos contraltos, por enquanto?

Uma mulher de uns sessenta e poucos anos, com o cabelo muito preto, ergue a estante para partitura.

— Brigitte, meu nome é Tess. Venha ficar ao meu lado. Pode cantar com a minha partitura, até que tenha a sua.

Até agora, tudo bem. O nó no estômago de Anne-Lise está se afrouxando. Quando as pessoas em volta da gente são gentis como essas, é impossível ficar com medo por muito tempo. Estava tão preocupada que alguém a reconhecesse e de imediato visse que estava mentindo... Ou — o que seria quase tão ruim — que caísse numa de suas repentinas crises de choro.

A regente bate palmas. Os homens se deslocam de suas cadeiras no outro extremo da sala e se unem às mulheres.

De repente, o nome de Camilla é mencionado.

— Camilla Batz me telefonou do trabalho esta tarde. Não vai poder vir hoje... É a noite de pais e mestres na escola da filha. — A mulher tem um cabelo castanho-avermelhado, que puxou para trás num coque, e está usando um cachecol azul-marinho.

Anne-Lise, tentando parecer surpresa, sussurra para Tess:

— Camilla Batz? Ela não tem um cabelo louro e crespo?

— É isso mesmo. Você a conhece?

— Sim, que coisa extraordinária. Fomos amigas na infância. Como está Camilla? O que anda fazendo agora?

Tess não tem tempo para responder, porque começou o aquecimento. Anne-Lise é nova nos exercícios, mas os acompanha como pode e mantém a voz baixa. Todos os cantores praticam a respiração com o diafragma e são instruídos a ficarem com os pés plantados firmemente no chão. Os ombros e o pescoço devem estar relaxados. Elas começam com "Tears in Heaven", de Eric Clapton.

Durante o primeiro intervalo, Anne-Lise volta ao seu interrogatório.

— E Camilla... O que ela faz agora?

— Trabalha em um escritório que fornece informações sobre... ah, sobre alguma coisa... não sei bem. Mas ela vai estar aqui na quarta-feira que vem, então poderá vê-la. Algumas de nós tomamos uma cerveja depois do ensaio, então vocês duas podem vir conosco e terão a oportunidade de botar o papo em dia.

Anne-Lise fica surpresa ao perceber como é fácil mentir.

Tess tem uma voz linda, mas fraca. Uma das vozes de tenor se ergue acima das outras enquanto eles cantam.

Anne-Lise sente-se animada, quase inebriada com a combinação de sua própria adrenalina e o mero calor daquelas pessoas que a receberam tão bem.

Tess se inclina para cochichar com ela:

— Acho que é também uma ótima canção!

Talvez elas possam ver em seu rosto parte do que sente. As mulheres que estão perto de Anne-Lise acreditam que foi a música que a comoveu tanto. Quando a regente pára para explicar aos homens algumas mudanças no ritmo, Pernille, um contralto na fila da frente, vira-se para cochichar para Anne-Lise:

— Brigitte, isso quer dizer que você vai voltar?

Anne-Lise percebe que aquelas completas estranhas são mais sensíveis ao que ela está sentindo do que as pessoas com quem ela trabalha há um ano inteiro.

O canto recomeça. Anne-Lise pensa na visão melancólica que Yngve tem da natureza humana. Ela se recusa a acreditar nele. As pessoas não são assim. Promete a si mesma descobrir mais sobre a pesquisa da propensão humana para o mal.

É um paradoxo, pensa ela, que — em dinamarquês, pelo menos — a melhor introdução ao tema provavelmente seja de dois artigos escritos por Iben e publicados um ano antes em duas edições consecutivas do *Jornal do Genocídio* sob o título "A Psicologia do Mal". Anne-Lise se decide a ler os artigos novamente quando estiver em casa.

Elas param para um intervalo. Há latas de cerveja e refrigerantes com uma caixa para coletar o dinheiro. Anne-Lise compra uma lata de refrigerante sabor laranja. Uma mulher grandalhona, chamada Ruth, outro contralto, expõe a necessidade de segurar as notas em diferentes períodos de tempo na execução de "When I'm Sixty-Four".

— Os baixos são longos e os tenores, curtos. Imagine isso!

Todas riem. Normalmente Anne-Lise não acharia esse tipo de insinuação engraçada, mas ela esteve tensa o dia todo e agora se sacode de rir, e o refrigerante de laranja sobe a seu nariz. Ela não consegue engolir, mas tenta manter a boca fechada. Não dá certo. A bebida se espalha em toda a blusa de Ruth e pela mesa, escorrendo pelo queixo de Anne-Lise e em sua própria blusa.

— Ah, meu Deus, me desculpe, Ruth. Eu sou uma idiota... — Se ao menos ela pudesse fugir dessa cena. Mas ela fica, as palavras saindo-lhe da boca penosamente. — Vou limpar. Tem algum pano em algum lugar? Vou comprar uma blusa nova para você... — Uma das cantoras já encontrou uma esponja.

A mulher do cachecol azul-marinho sorri, aprofundando as rugas de riso nos cantos dos olhos.

— Para o seu bem, a Ruth é engraçada demais. Estou vendo que você concorda!

Ruth também é gentil.

— Brigitte, não se desculpe. E nem pense em me comprar uma blusa nova. Esta vai ficar boa depois de lavar a seco.

Anne-Lise fita o chão. Um pensamento passa rápido por sua cabeça: não acaba nunca. Nunca, nunca termina! Onde poderei ser a velha Anne-Lise?

Depois de um curto silêncio, Tess se vira para uma mulher de blusa preta.

— Lembra quando consegui derramar uma porção de Coca em você?

A mulher olha para ela, confusa.

— Deve lembrar... Eu estava rindo tanto que não consegui evitar.

Anne-Lise ergue a cabeça a tempo de ver a mulher perceber o que devia dizer.

— Ah, sim, claro! Eu quase me esqueci...

Elas conseguem animar Anne-Lise. Seu estado de espírito estava melhor quando foi ao banheiro das mulheres. A música de Eric Clapton toca em sua cabeça.

Várias mulheres estão paradas em frente ao espelho. Uma soprano chamada Vibeke fala com Anne-Lise.

— Vai gostar de ver Camilla aqui na semana que vem. Especialmente porque você a conhece tão bem.

— Conhecia, antigamente. Éramos da mesma turma até a quarta série, mas não a vejo há anos. Como está ela?

Silêncio.

— Que foi? Eu disse alguma coisa errada?

Vibeke se vira do espelho.

— Era minha impressão que ela não tivesse amigas de escola.

— Bom, faz muito tempo... Eu não faço a menor idéia do que ela faz agora.

—Você foi mesmo da turma dela?

— Sim, por quê?

— O que você acha sobre o que aconteceu?

— Como assim?

— Onde você estava quando sua turma se reunia em volta de Camilla em todo recreio e a atormentava? Quando obrigavam as crianças mais fracas a encostar a mão nela para que elas gritassem, porque todo mundo dizia que ela era suja e fedorenta?

As outras tentaram acalmar Vibeke.

—Vibeke! Acalme-se!

Mas Vibeke consegue seu intento.

— O que você pensou quando uma aluna de outra turma tentou se matar porque era tão maltratada? E o resto de vocês simplesmente agiu como se nada tivesse acontecido? Alguém teria se importado se Camilla tivesse tentado se matar também? O que vocês estavam pensando? —Vibeke se exaltara tanto que Anne-Lise não teve oportunidade de responder antes que ela saísse num rompante, batendo a porta ao passar.

As outras começam a se desculpar de imediato. Dizem a Anne-Lise que Vibeke tinha seus problemas e tem tendência a dar ataques. Teve um deles pouco antes de uma apresentação em Malmö. Garantem a Anne-Lise que, se ela se juntar ao coral, vai descobrir que há um lado muito mais gentil em Vibeke. É provável que Vibeke venha a lhe contar sua história.

Mas ninguém diz nada sobre a verdade das acusações da soprano.

Na volta para a sala de ensaio, ninguém fala. Tess vem recebê-las.

— Está com sorte, Brigitte. — Ela está radiante.

— É mesmo? Por quê?

— Parece que a reunião de pais e mestres de Camilla terminou mais cedo do que ela esperava. Ela decidiu vir esta noite, afinal.

Anne-Lise fica paralisada. Espera que as outras não percebam.

— Ela está tirando o casaco molhado. Contei sobre você e ela achou que poderia reconhecê-la de cara.

Anne-Lise mal consegue engolir.

— Aaaahhh...

Ela se afasta e tenta se recompor.

— Ah, que droga, deixei meu delineador no banheiro. Vão lá e comecem. Vou voltar logo.

— Não se preocupe, Brigitte. Vamos esperar por você.

Enfim não há ninguém no banheiro. Anne-Lise sabe que precisa sair dali. Mas como?

Ela precisa encontrar uma outra escada que a conduza para baixo, para a rede de corredores do porão que leva à saída. Depois se lembra de que seu casaco e o guarda-chuva ainda estão na sala de ensaio. Pelo menos teve a cautela de trazer um casaco que Camilla nunca a viu usar, para o caso de que as outras lhe descrevessem Brigitte. Mas a carteira, com a carteira de motorista e o cartão de crédito, está no bolso do casaco. Como poderá pegar o casaco sem que Camilla a veja?

Por que não coloquei a carteira na minha bolsa? Eu ia fazer isso. Agora aí está, bem debaixo do nariz de Camilla.

Quando não ouve mais vozes no corredor, Anne-Lise escapole do banheiro e sai de fininho. Depois de virar algumas esquinas e passar por dois conjuntos de portas, ela chega ao alto da escada que leva ao porão.

Embaixo, os corredores parecem ainda mais desnorteantes. Ela não faz idéia de onde está naquele labirinto. A iluminação é uniforme e tudo parece igual. Ela vasculha a memória em busca de referências: uma mangueira de incêndio enrolada em um tambor, qualquer coisa, mas não há a menor pichação, nem uma só embalagem de correio descartada. Nada em que se fiar.

Depois de virar várias esquinas, ela localiza uma trilha escura no chão claro. Parece uma marca de escorregão. Anne-Lise não consegue se lembrar de ter visto aquilo antes. Em seguida, ela passa por uma das escadas de metal. Corre para cima e encontra uma porta larga.

Se empurrar a porta, será que o alarme vai disparar?

Em algum lugar lá embaixo eles guardam dinheiro e objetos que valem milhões; seguranças devem patrulhar estes corredores 24 horas por dia. E se for presa e arrastada para a frente do coral, inclusive de Camilla?

Ela fica imóvel e escuta. A porta parece pesada. Será que o som não passa por ela com facilidade? Ela apura os ouvidos, mas não consegue ouvir nada. Nem um latido de cães de guarda. Nenhuma voz.

Ela coloca a mão na maçaneta e a empurra para baixo.

Nenhum alarme, mas a porta está trancada. Ela sente que chegou a alguma coisa, qualquer coisa, mas ordena a si mesma que se acalme.

Andando sem fazer barulho, ela refaz o caminho pelo corredor. É o mesmo? Impossível ter certeza.

Se ao menos ela pudesse chegar até a recepção. Depois poderia espiar o coral pela parede de vidro e ver quando Camilla fosse embora. E depois que ela se fosse, poderia disparar pelos corredores, rezando para não encontrá-la no caminho, e recuperar seu casaco antes que alguém começasse a vasculhar os bolsos e descobrir que ela não é Brigitte. Anne-Lise sabe que precisará de uma sorte improvável para ter sucesso. Ainda assim, que outra opção tem? Ela pode tentar descobrir o caminho que os furgões dos correios tomam para dentro do complexo — deve haver um acesso para veículos em algum lugar —, mas isso não resolveria o problema da bolsa.

Ela chega a outra escada de metal e a porta para o alto não está trancada. Leva a uma ante-sala pequena com três portas — duas trancadas, a terceira com uma grande placa triangular com a palavra "Alarme" pintada no alto. Ela nem tenta experimentar e volta ao porão.

Há quanto tempo está lá embaixo? Vinte e cinto minutos, de acordo com o relógio dela, mas isso não parece certo. Deve ser mais.

Ela ouve uma respiração em algum lugar ali perto, arfando. Possivelmente o som feito por um cão — não, por dois cães, puxando impacientemente as guias, excitados por terem identificado um cheiro.

Anne-Lise pára e tira os sapatos. Em seguida, depois de virar uma esquina, encontra um rolo usado de toalha de papel no chão. Ela o reconhece. Diz-lhe que ela não está longe da escada que leva à porta de entrada.

Agora ela corre de novo, tentando todas as portas para descobrir qual delas não está trancada. O tempo todo ouve o arfar vindo de algum lugar atrás. Enfim, uma das portas se abre. Atrás dela há um armário cheio de caixas, garrafas e equipamento de limpeza. Está escuro, mas ela não ousaria acender a luz mesmo que pudesse encontrar o interruptor.

Pouco depois, ouve dois homens passarem. Ela prende a respiração e se senta completamente imóvel no chão, abraçada a um aspirador de pó. Os homens falam numa língua que ela não reconhece. Seriam sérvios? Bizarras teorias conspiratórias passam por sua cabeça. Ocorre-lhe, quando as vozes desaparecem, que um deles pode muito bem ser Paul, mas isso não faz sentido. Tudo é tão desconhecido, quase de outro mundo, ali no escuro.

Ela sente o cheiro forte de cloreto de amônia.

Depois ouve uma voz do lado de fora, chamando.

— Brigitte! Brigitte! — É a mulher do cachecol azul. — Será que ela se perdeu ao voltar do banheiro?

Outra voz responde:

— Sabe tão bem quanto eu que é tudo culpa da Vibeke. Não sei por que ela precisa ser assim. Lembra quando estávamos com aquele coral sueco em Malmö e ela...

As vozes desaparecem aos poucos.

Anne-Lise se convence de que o arfar não deve ser de cães, mas de uma peça defeituosa em algum lugar do sistema de ventilação. Procura ouvir pessoas falando. Nenhum som.

Depois de tomar coragem para voltar ao corredor, segue-o por mais algumas voltas. Outra escada de metal e, no alto, uma pequena ante-sala. Ela empurra um dos trincos da porta, mas este tem alarme e uma sirene dispara. O som é como o barulho penetrante de um apito gigante de cachorro.

Anne-Lise olha em volta. Está na recepção. O coral a está encarando por trás da parede de vidro.

É o fim.

Como podia contar a Henrik que foi demitida? Agora ele terá que aturá-la deprimindo-se em casa anos seguidos: outra Jutta bêbada e inútil. E as crianças vão sofrer enquanto a mãe se desintegra aos poucos.

Pernille abre a porta que dá para a sala de ensaio. Não importa, agora que o alarme disparou.

— Ah, que bom. Aí está você!

Anne-Lise não consegue responder. Tenta reunir coragem para ficar diante delas, exposta como uma mentirosa.

Alguém chama.

— Ei, Camilla! Sua ex-colega de turma achou o caminho de volta!

Tess se juntou a Pernille.

— Ficamos tão preocupadas com você, Brigitte.

Anne-Lise olha a sala, procurando por Camilla. Não a consegue ver em lugar algum.

Outra voz de trás do grupo.

— Camilla?

Outras se juntam.

— Meu Deus, aonde ela foi? Estamos perdendo as pessoas hoje.

— Camilla? Camilla, onde você está?

—Veja, a bolsa dela sumiu! Estava aqui agorinha mesmo.

Anne-Lise pega o casaco e o guarda-chuva em silêncio. Sorri vagamente para ninguém em particular.

Ela ouve alguém comentar como Camilla reagiu quando soube de "Brigitte". Mesmo depois de todos esses anos, Camilla ficou tão perturbada que escapuliu sem que ninguém percebesse.

Anne-Lise se desculpa.

—Também preciso ir.

As mulheres olham para ela de um jeito simpático.

A Psicologia do Mal I

O interesse na psicologia dos exterminadores aumenta rapidamente. A pesquisa na área é resumida nesta e na próxima edição do Jornal do Genocídio.

Por Iben Højgaard

No Antigo Testamento, populações inteiras são descritas como "varridas da face da Terra" em 27 ocorrências distintas. O fenômeno do genocídio integra não só as culturas do Ocidente, mas também as orientais, embora as últimas tenham surpreendido alguns observadores.

Por milhares de anos sabe-se que os genocídios acontecem em cada canto da Terra e, durante os séculos recentes, sabemos que o número de assassinatos vem aumentando constantemente. No curso do século XX, mais de 100 milhões de pessoas morreram em genocídios e guerras. Isso é mais de cinco vezes o número de mortos da mesma forma no século XIX, e mais de dez vezes o número correspondente ao século XVIII. Atualmente, não há sinais que sugiram que a taxa se reduzirá sem intervenção ativa.

O genocídio é sempre cometido pelo grupo que detém o poder na época. A primeira vez em que os psicólogos conseguiram pesquisar os mecanismos que impelem aqueles que planejam e realizam assassinatos em massa foi depois da derrota dos nazistas no final da Segunda Guerra Mundial.

O tribunal militar de Nuremberg

Depois da derrota do regime nazista na Alemanha, foi criado em Nuremberg um tribunal militar dos Aliados para examinar os casos jurídicos contra 22 nazistas de alta patente acusados de "crimes contra a humanidade".

Durante a guerra, a propaganda dos Aliados retratava o alto comando nazista como loucos sádicos e, mais tarde, documentários de campos de concentração alemães demonstraram ao resto da Europa e aos Estados Unidos que aqueles que administravam o sistema tinham de estar entre as pessoas mais doentias e desumanas que o mundo já vira.

Um grupo considerável de psicólogos e psicanalistas, liderado por Douglas M. Kelley e Gustave Gilbert, teve acesso a 22 prisioneiros com o fim de examinar seu estado mental. O objetivo era descobrir o que havia de errado com a liderança nazista. Para os especialistas, não havia dúvida de que os acusados eram mentalmente perturbados. Era uma tarefa de caráter diagnóstico: que problemas afligiam os exterminadores e até que ponto estes eram mentalmente instáveis?

As principais ferramentas de diagnóstico usadas foram os testes de QI e de Rorschach. A mídia deu uma publicidade comparativamente pequena aos resultados do teste de inteligência, porque os prisioneiros nazistas se mostraram excepcionalmente bem-sucedidos, uma observação que o mundo, definitivamente, não queria ouvir. Nenhum dos acusados tinha QI médio – de 100 – ou inferior, e todos recaíam na faixa de 106-143, com uma média de 128. Este número é substancialmente mais alto do que a média dos universitários formados dos Estados Unidos (118), e vários nazistas de alta patente eram quase gênios. Em outras palavras, se fossem mentalmente doentes, eram loucos extraordinariamente brilhantes.

O teste de Rorschach é um método utilizado para determinar características de personalidade, e não de inteligência. O psicólogo mostra ao sujeito da experiência uma série padronizada de cartões com manchas simétricas e lhe pergunta o que cada imagem pode representar. Os padrões devem estimular a imaginação, mas estritamente não têm significado, no sentido de que não existe uma resposta correta. O psicólogo observa o que a pessoa testada diz, mas também variáveis como o tempo antes de uma resposta, qualquer reação emocional, comentários espontâneos e outras reações às imagens. A sessão pretende cartografar a personalidade do examinado, os padrões de pensamento e a capacidade de se expressar imaginativamente. O método foi desenvolvido na década de 1920 e ainda está em uso.

A hostilidade entre Douglas M. Kelley e Gustave Gilbert aumentou durante a pesquisa e por fim chegou ao ponto em que ambos se recusaram a trabalhar juntos. Kelley, psiquiatra, tinha experiência no uso de imagens de Rorschach e, depois de ter examinado sete dos acusados, não encontrou provas de doença mental. Embora o psicólogo Gustave Gilbert não estivesse familiarizado com os testes de Rorschach, ele prosseguiu, examinando 16 dos prisioneiros.

Gilbert escreveu vários livros e artigos sobre suas experiências com os criminosos de guerra de Nuremberg. Descreveu a liderança nazista como de psicopatas e "robôs assassinos", a quem faltavam consciência e empatia. Porém, apresentou poucas análises dos resultados de seus testes. Em vez disso seus livros citavam principalmente observações de suas conversas informais com os acusados. Essas conversas foram realizadas em um período em que vários prisioneiros tentavam usar, para vantagem própria, a convicção disseminada de que eram psicóticos. Entre outros, o lugar-tenente de Hitler, Rudolf Hess, mais tarde admitiu que simulara doença mental na esperança de ter uma pena menos dura e melhor oportunidade de escapar.

A falta de familiaridade de Gilbert com a análise dos resultados do teste de Rorschach foi o motivo pelo qual suas observações foram entregues a dez especialistas experientes no teste, solicitados a reavaliar os líderes nazistas. Nenhum dos dez especialistas chegou a entregar sua interpretação. Presumivelmente, temiam ser acusados pelas conseqüências dos resultados. A reação seria veemente na Europa e nos Estados Unidos se seus resultados mostrassem que os nazistas não eram mentalmente doentes. O público em geral simplesmente teria concluído que o método de Rorschach, no qual se baseava a suposta expertise dos pesquisadores, devia ser falho. Quase trinta anos se passaram antes que os registros de Gilbert fossem reexaminados.

Em 1975, os registros foram publicados em livro, o que significava que, pela primeira vez, foram submetidos ao exame minucioso de psicólogos interessados. As amplas discussões que se seguiram mostraram como as opiniões ainda estavam divididas. Muitos encontraram provas claras de personalidades psicóticas, depressivas e violentas, enquanto outros contestaram isso, apontando para os resultados de testes cegos. Nestes, os analistas de Rorschach foram incapazes de distinguir entre as respostas de nazistas e aquelas dadas por examinados não nazistas e, presumivelmente, normais.

Porém, nos últimos anos, o método de Rorschach tornou-se ainda mais elaborado e recebeu uma base científica mais sistemática. Em 1985, o grupo de pesquisadores que fez melhor uso da metodologia aprimorada (Eric A. Zillmer, Molly Harrower, Barry A. Retzler e Robert P. Archer) publicou sua conclusão de que a doença mental não predominava entre a liderança nazista.

De modo geral, descobriu-se que os nazistas tinham personalidades normais, funcionais e individualmente distintas — com apenas duas exceções. As características compartilhadas por eles eram uma tendência acentuada a supervalorizar suas próprias capacidades e uma disposição a adaptar seu comportamento a quem quer que fosse interpretado como líder do grupo: em outras palavras, esses homens ou eram incapazes ou não estavam dispostos a seguir as orientações de sua "bússola interna".

Apesar das características em comum, os pesquisadores destacaram que as diferenças entre os nazistas de alta patente eram muito maiores do que as semelhanças. Não existe, concluíram eles, um "tipo de personalidade nazista" uniforme.

A administração do Terceiro Reich

Nos 15 primeiros anos depois do fim da Segunda Guerra Mundial, as tentativas de entender o que motivou os perpetradores do Holocausto concentraram-se nas aberrações psicológicas. Os líderes atraíram toda a atenção, e a documentação do tribunal de Nuremberg foi a fonte primária de informações.

Outra linha de investigação tentou definir a chamada "personalidade autoritária". Pensava-se que as pessoas com tal personalidade faziam exatamente o que lhes mandavam, mesmo quando as ordens contradiziam o bom senso ou a decência. Muitos acreditavam que esse tipo de personalidade era particularmente dominante na cultura germânica.

O início da década de 1960 trouxe uma mudança de ênfase. Três circunstâncias foram essenciais:

1. A publicação, em 1961, de *The Destruction of the European Jews*, de Raul Hilberg, livro pioneiro em que o autor analisou com muitos detalhes a estrutura burocrática que sustentava o regime nazista. Ele mostrou que o governo nazista não era dirigido por uma hierarquia unificada que governava de cima para baixo, como se costumava acreditar. Em vez disso, o Reich dependia da rivalidade pelo poder entre várias organizações distintas, cada uma delas em luta para superar as outras. Esse sistema se expandiu e se tornou uma máquina de matar colossal, que empregava pessoas de cada setor da sociedade alemã.

Hilbert também percebeu a necessidade da criação de uma ampla estrutura administrativa para gerir o extermínio de milhões de pessoas. Administração significava, como sempre, regras, documentação e criação de procedimentos. Uma equipe escolhida por determinados distúrbios mentais ou por um tipo (ou tipos) de personalidade especificamente alemã não poderia ter seguido diretivas operacionais complexas em tal escala.

O livro de Hilberg interessou a muitos e estimulou estudos posteriores sobre a burocracia do Terceiro Reich e os administradores de nível médio encarregados de gerir o sistema de acordo com as diretrizes impostas pela liderança.

2. Hannah Arendt, a famosa filósofa e intelectual americana, escreveu um livro intitulado *Eichmann em Jerusalém: Um relato sobre a banalidade do mal*, lançado em 1963. Seu material bruto consistia do relato de sua experiência como testemunha no julgamento de Adolf Eichmann. Agentes do serviço secreto israelense capturaram-no na Argentina e o entregaram para ser julgado em Jerusalém. O julgamento durou vários meses. Eichmann tinha sido chefe da Seção para Assuntos Judaicos da Gestapo e neste cargo tinha a responsabilidade máxima pela organização dos transportes de judeus pela Europa arrasada pela guerra até a rede de campos de concentração.

Arendt afirmou que o que havia de mais apavorante em Eichmann era precisamente que ele não era um demônio louco, impelido por sua obsessão em exterminar judeus; era um burocrata obtuso, desprovido de quaisquer características pessoais dignas de nota. Era, na opinião dela, destituído de qualquer vontade própria e seguia ordens sem se envolver e sem considerar as conseqüências. A face do mal não era de um ódio frenético, mas de uma mediocridade que, sobretudo, tentava fazer sua carreira progredir dentro da organização.

O livro de Hannah Arendt retratava o mal sob uma nova ótica. A imagem que a autora fazia dele teve uma influência imensa em nossas atitudes com relação à Alemanha nazista e, de modo mais geral, ao fenômeno do mal, bem como às grandes organizações oprimidas por regras. Sua influência foi duradoura, embora os historiadores mais recentes concordem que ela estava equivocada em seu julgamento. A filósofa aceitou sem críticas a história do próprio Eichmann de sua contribuição para o Holocausto, distorcida por ele a fim de apoiar sua defesa.

Parece que Eichmann de fato rejeitava ordens superiores se interferissem na eficiência da gestão dos transportes de judeus de sua seção. Seu desempenho enérgico no trabalho foi bem além do dever. Na verdade, sua paixão pela tarefa era tal que ele estava preparado para debilitar o esforço de guerra alemão de vez em quando, se isso permitisse que mais transportes de judeus fossem concluídos.

3. O ano de 1963 também viu a publicação de resultados experimentais dos laboratórios do psicólogo social Stanley Milgram. Seus dados demonstram até que ponto as pessoas comuns obedecerão a uma autoridade percebida se quem está no comando não tiver meios de recompensar ou punir os que servem a seus propósitos.

Originalmente, Milgram pretendia comparar a subserviência americana e a alemã à autoridade, a fim de ilustrar um suposto aspecto do caráter nacional alemão. Ele nunca começou a parte alemã de seu experimento, porque o primeiro conjunto de resultados dos Estados Unidos foi mais sensacional do que qualquer um teria imaginado.

O mais famoso experimento do mundo em psicologia social

O paradigma experimental de Milgram tornou-se reconhecido internacionalmente com a divulgação em livros para escolas e universidades, jornais, revistas, cinema e programas de televisão. Recentemente, chegou a ser citado em um comercial de TV.

Dois sujeitos são informados de que estão participando de um experimento que pretende testar os efeitos do castigo no aprendizado. Eles sorteiam quem será respectivamente o "professor" e o "aluno". O sorteio é determinado com antecedência. O verdadeiro sujeito da experiência não sabe que o companheiro é um auxiliar no experimento, que está predestinado a ser o aluno. Conseqüentemente, o sujeito da experiência sempre será o professor.

O aluno é amarrado a uma cadeira preparada para dar choques elétricos. O examinado-professor é então levado a outra sala, onde só tem contato com o aluno através de um microfone ou do texto em uma tela, que mostra as respostas do aluno. Se o aluno responder incorretamente, o professor é instruído a lhe dar um choque como castigo, apertando um botão.

No começo, os choques são leves. Outra tela mostra a voltagem e o grau de severidade – por exemplo, em 15 volts: choque leve. A cada resposta errada, o professor deve aumentar aos poucos a voltagem, em etapas de 15 volts. A escala chega a 420 volts: Perigo – choque grave e então, finalmente, 450 volts: XXX.

Para facilitar as comparações internacionais, há regras precisas para o comportamento do líder do experimento e de seu assistente. O aluno nunca leva um choque realmente, mas, quando o sujeito do experimento acredita que está aplicando uma carga de 300 volts, o aluno protesta batendo a cabeça na parede que o separa do professor. Ele bate com um choque de 315 volts e em seguida não faz ou não diz nada. A implicação é a de que, a essa altura, o aluno pode estar inconsciente.

O professor é informado de que qualquer erro em uma resposta deve ser considerado uma resposta incorreta e por isso, apesar do silêncio do aluno, a voltagem deve aumentar na etapa seguinte.

Se o sujeito da experiência protestar, o líder do experimento tem quatro opções de comando. A primeira é: "Por favor, continue"; e depois: "O experimento requer que você continue"; em seguida: "É absolutamente essencial que você continue." A última opção é: "Você não tem escolha. Deve continuar." Se o sujeito da experiência ainda se recusar a prosseguir, o experimento é interrompido.

A reação mais comum até agora é de que o examinado-professor proteste repetidamente e, à medida que o experimento prossiga, comece a suar, tremer, gaguejar, gemer e morder o lábio.

Quando chegam ao laboratório, em geral os participantes estão relaxados e confiantes, mas no curso dos primeiros vinte minutos costumam ficar perto de um colapso. Remexendo-se nervosos, eles andam pela sala, como se tentassem se decidir se saem ou não. Em geral, prosseguem, falando em voz alta que não podem mais suportar aquilo. Os participantes sabem que estão livres para sair a qualquer hora e que a decisão de encerrar o experimento não terá repercussões. Tudo que têm de dizer é que não querem continuar e, depois, realmente parar.

Apesar disso, dois terços dos examinados no experimento original continuaram obedecendo ao líder até o fim. Em outras palavras, eles aumentaram as voltagens dos choques até o nível mais alto, momento em que o líder pode parar o experimento.

A opinião do próprio Stanley Milgram sobre seus resultados era de que eles confirmavam a percepção de Hannah Arendt da "banalidade do mal". O sujeito da experiência, que no papel de professor acreditava que tinha usado potências letais de choque, não é um monstro desequilibrado, mas parte de uma maioria de dois terços da população. O comportamento desse subgrupo não era definido por psicose, racismo nem ódio, mas pela obediência.

O experimento de Milgram foi amplamente testado por vários outros grupos nos Estados Unidos e em outros países, e mais tarde Milgram, bem como muitos outros, repetiu a idéia geral com várias modificações. Agora se sabe que a porcentagem de participantes totalmente obedientes é relativamente constante, independentemente de gênero, nacionalidade e ano do teste (início da década de 1960–dias atuais).

A proporção de sujeitos testados obedientes diminui apenas em poucos pontos percentuais se os gritos e gemidos do aluno são transmitidos por um sistema de intercomunicação, mas cai de cerca de 65% para 40% se o professor e o aluno estão na mesma sala. Psicólogos sociais também obtiveram resultados que demonstram que, se o examinado está em uma situação de trabalho e alguém de cargo superior lhe dá ordens destrutivas, a porcentagem de "obediência" aumenta consideravelmente.

Ao longo das décadas, esses experimentos foram elogiados e condenados. A crítica se concentra na possível diferença fundamental entre dar choques elétricos em alguém por um determinado período de tempo e matar pessoas no decorrer de meses ou anos.

Um ponto de vista interessante é o de que muitos criminosos de guerra, em julgamentos no pós-guerra, defenderam-se declarando que "tinham de obedecer a ordens". Porém, ninguém da defesa conseguiu dar um único exemplo de um soldado alemão punido por se recusar a servir em campos de concentração ou em outros ambientes onde civis eram assassinados.

Os experimentos de Milgram mudaram a percepção dessa questão crucial, transferindo a atenção da obediência forçada para a aceitação espontânea da autoridade.

Homens comuns

Os estudos de perpetradores de genocídios sofreram uma nova guinada na década de 1990. Isso foi alavancado com a publicação, em 1992, de um livro intitulado *Ordinary Men*, do professor americano Christopher Browning, que chamou muita atenção para a participação de soldados rasos alemães no Holocausto. A obra levou outras pessoas a se concentrarem na mesma questão. Por exemplo, em 1995 um museu de Hamburgo expôs uma documentação que mostrava que o exército alemão executara prisioneiros de guerra, bem como judeus e outros civis. O discutido livro de Daniel J. Goldhagen, *Os carrascos voluntários de Hitler*, foi lançado em 1996.

Em seu livro, Christopher Browning descreve como, em 1942, um batalhão de aproximadamente quinhentos policiais reservistas de Hamburgo foi despachado para a Polônia para serviços de guarda — ou era o que eles pensavam. Na época, quase todos os homens mais jovens e mais agressivos combatiam no front, e a maioria dos reservistas era de homens de meia-idade que não se filiaram ao Partido Nazista. A média de idade era de 39 anos, o que significava que eles tinham sido criados e formaram sua atitude em uma Alemanha que não estava sob o regime nazista. A maioria vinha da classe trabalhadora de Hamburgo e, provavelmente, fora comunista ou social-democrata antes de Hitler chegar ao poder.

Vários anos depois do final da guerra, os sobreviventes desse batalhão foram interrogados exaustivamente por uma equipe da Promotoria Pública de Hamburgo. Browning descobriu e analisou as extensas transcrições desses interrogatórios.

Bem cedo, certa manhã, depois de três semanas de serviços de rotina na Polônia, todo o batalhão recebeu a ordem de embarcar em caminhões. Foram levados à cidade rural de Jozefow. Ao chegar, receberam as ordens: matar os 1.800 habitantes judeus da cidade.

O oficial no comando, um major, chorou ao contar aos seus homens o que Berlim exigira deles. Deixou claro repetidamente que os que o procurassem e solicitassem transferência a outros serviços seriam acomodados, mas só dez (possivelmente 13) homens o fizeram, em quinhentos.

A tarefa era nova para os oficiais e os comandados, mas um médico do exército os instruiu no que deveria ser um procedimento eficaz: eles deveriam colocar a ponta da baioneta na nuca da vítima, onde o crânio se une com a coluna vertebral, e puxar o gatilho.

O primeiro lote de vítimas, tanto crianças como jovens e idosos, seguiu a pé para uma clareira de floresta e recebeu a ordem de se deitar de bruços. Os soldados começaram a atirar, mas estavam tão trêmulas que muitos erraram, apesar da distância incomumente curta. Tendiam a mirar os rifles no crânio da vítima, que explodia quando era atingido por balas de alto calibre. Os homens recebiam sem parar respingos de matéria encefálica. Com o passar do dia, muitos desmaiavam, vomitavam e geralmente ficavam fisicamente incapazes de continuar, e um número cada vez maior pedia para deixar de participar do assassínio. Outros se escondiam, ou levavam um tempo implausivelmente longo para revistar casas que sabiam que estavam vazias, ou erravam deliberadamente quando atiravam nos judeus que fugiam.

Quando o sol se pôs em Jozefow, de 10% a 20% dos homens tinham solicitado dispensa do serviço, ou por motivos físicos, ou psicológicos. O restante obedeceu às ordens. Mas isso foi só o começo. Depois de sua iniciação em Jozefow, os homens adotaram e obedeceram às ordens com mais disposição à medida que, durante os meses seguintes, cercaram uma pequena cidade polonesa depois de outra para procurar por judeus. Sua tarefa era mandar os cativos a campos de extermínio ou executá-los no local. Nos quase dez meses seguintes, o batalhão foi responsável pela morte de pelo menos 83 mil judeus. Os homens tinham aprendido a conviver com sua consciência.

A eficiência de toda a máquina de matar alemã aumentou aos saltos. Para enorme alívio de soldados, matar pessoalmente judeus logo se tornou coisa do passado. Em vez disso, a maioria das vítimas podia ser espremida em trens e mandada para Treblinka, o principal campo de extermínio da região. Conduzir civis judeus a trens e mandá-los para a morte certa parecia fácil em comparação a ter de matá-los um por um. Para ajudar os policiais a relaxar à noite, suas rações de bebida alcoólica foram aumentadas, e cantores e atores eram mandados de Berlim para diverti-los. Além disso, agora os prisioneiros de guerra do front oriental podiam ser designados para lidar com os aspectos mais repulsivos de sua tarefa.

A experiência do batalhão os levou a adotar formas muito mais eficazes de matar judeus, que também eram menos perturbadoras do ponto de vista emocional. Os homens perceberam que não tinha sentido fazer com que as vítimas se deitassem antes de atirar nelas e passaram a obrigá-las a fazer fila na beira de um fosso, que as aguardava. A dupla vantagem era que eles podiam ser baleados de uma distância maior e os corpos cairiam direto em sua cova.

Mas esse método implicava que muitos só estariam feridos quando caíssem, e tornou-se tarefa dos prisioneiros de guerra do leste da Europa descer à cova e atirar em qualquer um que se mexesse ou gemesse. Os prisioneiros recebiam rações muito generosas de vodca e estavam fora de si de tão alcoolizados antes de descer aos fossos, onde tinham que andar por um misto de sangue e água do lençol freático na altura dos joelhos. Eles atiravam ao acaso, as balas atravessando perigosamente o *bunker* ao mirarem nos corpos que flutuavam.

A maioria dos policiais se acostumou com a matança como uma ocorrência cotidiana e se habituou com a tarefa. Tinham aprendido a lidar com a situação.

Browning descreve alguns dos homens e a vida que levavam: há o oficial da SS normalmente "rigoroso e inacessível", que fica preso ao leito com diarréia e dores na barriga toda vez que é anunciada outra "ação com judeus". Tomamos conhecimento de como ele tenta esconder esta fraqueza de seus superiores.

Há o oficial talentoso e confiante que gosta de dirigir seu carro de pé, como um general. Ele levou a jovem esposa em lua-de-mel à Polônia e a convida a acompanhá-lo em uma operação no gueto, mas seus homens fazem forte objeção a uma mulher ter permissão para assistir ao que fazem.

Há o grupo de artistas de Berlim, cujos membros imploram para se unir à ação contra os judeus e cometem alguns dos assassinatos. Os oficiais do batalhão permitem isso.

Há o fedor levado pelo vento que sopra sobre a cidade de Lublin enquanto milhares de corpos de judeus são queimados nos arredores.

Há o cuidado observado por alguns soldados quando recebem ordens de matar seus próprios "judeus da cozinha". Eles evitam levantar qualquer suspeita e tomam o cuidado extremo de atirar em seus criados repentinamente pelas costas e a curta distância, de modo que os serviçais não sofram nem vivam o pavor a que os outros judeus são expostos.

Responsabilidade para com os colegas

Antes da publicação do livro de Browning, a obediência à autoridade era considerada o principal mecanismo que permitia que alemães comuns se transformassem em assassinos em massa, uma conclusão baseada em parte nos resultados experimentais de Stanley Milgram e outros.

O relato de Browning muda essa perspectiva. Sua pesquisa indica que, de longe, a maior influência é o senso de responsabilidade para com os colegas, que faz com que os homens prossigam com indiferença. Mais do que qualquer outra coisa, os membros do batalhão de "ação com judeus" não queriam ser considerados fracotes. Além disso, os assassinatos eram detestados por muitos, o que significava que recuar marcava um soldado como egoísta, alguém que carecia de espírito de equipe – afinal, estava transferindo sua parcela de mortes aos colegas.

"Assassinos ávidos"

Com o passar do tempo, alguns homens tornaram-se tão intensamente envolvidos nas sessões de assassinato que "exageravam" na reação a novas ordens. Ou espancavam suas vítimas por motivo nenhum ou se divertiam depois de uma noite de bebedeira, dirigindo para uma cidade para atirar em alvos vivos e móveis. Na expressão usada nessa área de pesquisa, eles se transformaram em "assassinos ávidos", expressão de Browning para "exterminadores imoderados".

Um exemplo é o oficial de 48 anos que, nos primeiros períodos, sempre cuidava para que seus homens não sofressem danos quando outra excursão para matar judeus devia ser realizada. Mais tarde, seu comportamento mudou drasticamente. Durantes as "ações com judeus", em geral ele bebia tanto quanto os prisioneiros de guerra orientais antes de serem mandados para as fossas coletivas. Tornou-se até mais brutal do que os dois jovens capitães da SS do batalhão, e obrigava seus homens a realizarem atos de crueldade degradante, como mandar que judeus idosos de um gueto da cidade tirassem as roupas e se arrastassem nus pelo chão da floresta, ou dizer a seus homens para espancar as vítimas mais velhas com galhos de árvores.

Internacionalmente, ainda não há informações suficientes para que digamos com alguma certeza que proporção de exterminadores tende a se exceder. Mas os cálculos de Browning coincidem com os resultados de um experimento de psicologia social conhecido como Experimento de Prisão de Stanford. Além disso, a confirmação dos números mencionados fará parte do texto do livro do pesquisador dinamarquês e usuário do CDIG Torben Jørgensen, a ser publicado:

> Entre 10% e 20% dos exterminadores tentam obter transferências para outros serviços.
> Entre 50% e 80% fazem o que lhes ordenam.
> Entre 10% e 30% transformam-se em assassinos ávidos e se excedem, contagiados pela tortura, pelos estupros e pelos assassinatos.

O futuro

A pesquisa sobre a natureza e o comportamento dos perpetradores de genocídios ainda é dificultada pela falta de informações confiáveis. Há poucas justificativas estatísticas para se extrapolar e tirar conclusões baseadas em informações de 22 membros importantes do partido e um batalhão de reservistas para a análise dos mecanismos que impelem milhões de seres humanos.

O Holocausto foi, sem dúvida, o genocídio investigado em maiores detalhes. Ainda assim, os hiatos em nossa compreensão são enormes e é extenso o material de arquivo inexplorado. Muitos dos 7.500 guardas de Auschwitz foram interrogados, mas os registros ainda não foram examinados.

A pesquisa recente tem continuado, seguindo a linha sugerida por Christopher Browning. Uma abordagem é a dos estudos regionais, isto é, uma análise precisa de uma determinada região. Isso cria oportunidades para que se investiguem interações entre o Partido Nazista e a polícia local, os militares, a administração e as empresas locais.

Até o presente, pouco trabalho foi realizado sobre a colaboração entre os nazistas e as populações de países em geral fortemente anti-semitas do leste europeu sob ocupação alemã. Agora que os arquivos da antiga União Soviética estão disponíveis aos pesquisadores, muitas novas investigações são realizadas.

Pode parecer estranho priorizar o trabalho sobre o comportamento de indivíduos alemães no contexto de extermínios realizados mais de sessenta anos atrás, quando outros genocídios, por exemplo na União Soviética e na China, que custaram mais vidas, continuam praticamente sem exame. Porém, não há outro genocídio na história conhecida que tenha registros tão detalhados, com um material de arquivo que é ao mesmo tempo extenso e acessível. A expectativa é de que a pesquisa contínua venha a proporcionar insights bem além da Alemanha das décadas de 1930 e 1940, e possa ser aplicada a outros genocídios menos documentados.

Sobretudo, essa maior compreensão pode e deve ser usada para que evitemos catástrofes semelhantes no futuro, eventos que a humanidade vem suportando por tempo demais e preferiria esquecer.

Este artigo é baseado em várias fontes. As mais importantes são:

Becoming Evil. How Ordinary People Commit Genocide and Mass Killing, de James Waller (Oxford University Press, 2002)

Ordinary Men: Reserve Police Battalion 101 and the Final Solution in Poland, de Christopher R. Browning (HarperCollins, 1992)

Um segundo e último artigo sobre o tema "A Psicologia do Mal" *será publicado na próxima edição do* Jornal do Genocídio. *Apresentará uma seleção de pesquisas de psicólogos sociais sobre a mente de perpetradores de genocídios.*

30

— Eu não queria sobrecarregar vocês antes. Afinal, as preocupações cabem a mim.

Paul parecia sério. Estava de pé diante da estante baixa com edições anteriores do *Jornal do Genocídio*, os braços cruzados e os pés separados firmemente plantados no chão — a postura de um comandante demonstrando a natureza grave do que diz às tropas. Ele pedira a Anne-Lise para se juntar às outras no Jardim de Inverno.

— Preciso pedir que acelerem. Os advogados do Ministério das Finanças começaram a trabalhar em uma nova lei que tornará nosso Centro parte do Instituto de Direitos Humanos da Dinamarca.

Ele pára deliberadamente.

Anne-Lise não faz idéia de como as outras vão reagir, mas no fundo sente que a notícia da fusão com o IDHD parece uma intervenção divina em seu favor. A mudança pode ser seu prêmio por suportar esse inferno. Ela pode conservar os aspectos essenciais de seu trabalho e manter contato diário com todo um novo grupo de colegas que podem vir a ser agradáveis, como os antigos companheiros da Biblioteca Central de Lyngby.

Mas ela sabe que não deve demonstrar nenhum sinal de alívio.

A testa de Paul está enrugada de preocupação.

— Isso explica por que estive em tantas reuniões recentemente. — Ele suspira e por um momento seu rosto assume uma expressão de culpa. —Vocês certamente se perguntaram o que me mantinha fora com tanta freqüência. Mas devem saber que eu não ia deixar que arruinassem nosso Centro. Vou lutar com tudo o que eu puder.

Malene está ali, o primeiro dia de volta desde que adoecera. Ela aplicou uma quantidade excessiva de maquiagem, pelo menos demasiada para a luz do dia.

— Paul! Que notícia horrível! — geme ela.

Iben e Camilla seguem seu exemplo.

— O que podemos fazer para manter o Centro como está?

— Há quanto tempo você sabe disso?

Desde que descobriu como Camilla ficou traumatizada por ter sido maltratada na escola, Anne-Lise fica de olho na colega para ver se consegue adivinhar a verdade. Mas Camilla está imóvel e seu rosto não revela nada. Nunca revela.

— Devo admitir que pensei que alguma coisa estava acontecendo. Você tem saído com muita freqüência.

— Bom, já tivemos de encarar de frente outros desafios. Mas desta vez é diferente: é um dos nossos que está solapando nossa luta pela sobrevivência.

Anne-Lise se enrijece. Será que Paul adivinhou de algum modo seus sentimentos? Ela não demonstrou nada. Ele teria descoberto alguma coisa sobre uma das outras? Anne-Lise olha o pequeno círculo. Camilla, Iben, Malene — todas parecem chocadas. Ou será culpa? Ela olha para Paul.

Ele parece não ter ciência do efeito de suas palavras e continua, indiferente.

— Frederik Thorsteinsson aceitou o cargo de coordenador de pesquisa do IDHD. Em outras palavras, ele será um dos subordinados imediatos de Morten Kjærum, a começar daqui a cinco meses. Mas não foi Frederik que me contou. Fui informado por um amigo, integrante do conselho do Instituto... Alguém totalmente confiável.

Paul respira fundo.

— Graças ao novo cargo de Frederik, é do interesse dele ter nosso Centro controlado de dentro do IDHD. Pouco importa que ele seja membro de nosso conselho. Ele tem sido completamente dúbio.

Malene faz várias perguntas que demonstram que ela, como Paul, está ciente de quem toma as decisões, quem é quem nos ministérios e entre os administradores da ONG.

— Para proteger nosso Centro, precisamos tirar Frederik de nosso conselho — continua Paul. — Ele não declarou que está comprometido quando se trata de lidar com este desafio para nossa independência, então não tenho alternativa a não ser comunicar a Ole a fraude de Frederik. Mas nem Ole nem eu podemos destituir um membro do conselho. Só alguém do Ministério pode fazer isso.

Anne-Lise está excluída desse mundo de política de alto nível, mas isso obviamente fascina Iben e Malene. Elas prontamente concordam com tudo o que Paul diz, mas ocorre a Anne-Lise que Malene é mais próxima de Frederik do que qualquer outra pessoa do Centro. Se no próximo ano elas fizerem parte do IDHD, então, de um só golpe, Malene terá se tornado a preferida do chefe, deslocando Iben e suas fortes ligações com Paul. Anne-Lise sente que chegou a alguma coisa digna de reflexão, mas no momento não pode entender o que significa.

— Saibam também que eu já encontrei um bom substituto para Frederik. Há um candidato evidente e eu tenho total confiança nele. Não sei se alguma de vocês o conhece... Talvez vocês sejam novas demais. Antigamente ele aparecia em toda a mídia e até alguns anos atrás ainda escrevia artigos brilhantes para a *Information*. Estou falando do jornalista e especialista em África, Gunnar Hartvig Nielsen.

Malene olha com uma expressão satisfeita.

— Ah, sim! Eu conheço o Gunnar! É claro.

Iben não diz nada, mas sua expressão mudou. Novamente, alguma coisa está acontecendo, mas Anne-Lise não consegue saber o que é.

— Gunnar é muito respeitado por seus textos de destaque sobre a África do Sul, Ruanda, Uganda e muitos outros países. Com ele no conselho, nosso perfil melhoraria muito. As pessoas o levam a sério. Não consigo pensar no motivo para ele já não estar em dezenas de comitês, mas ele não está. Gunnar não se vende, como faz Frederik. De qualquer forma, eu o convidei a vir aqui e nos conhecer, para que possamos lhe mostrar o que fazemos.

Anne-Lise observa Iben enquanto Paul fala. Ela está brincando com uma das molas da luminária de mesa. A mola de repente se solta e bate no braço de metal da luminária com um "ping!" alto. Iben dá um pulo. A luminária é pesada demais para apenas uma mola e tomba lentamente no tampo da mesa.

Anne-Lise viu Gunnar pessoalmente uma vez. Alguns anos antes, ela e Nicola foram à Galeria Nacional da Dinamarca e ele estava lá. Na época, ele era um convidado fixo do *Notícias na TV* como especialista em ligações entre cultura tribal e corrupção na África. Ambas o reconheceram, embora ele fosse bem diferente na vida real.

Elas estavam andando lentamente enquanto ele explicava à mulher linda e muito mais nova ao lado o que ele sentia e pensava da tela *Filocteto ferido*, de Abildgaard. Nicola não havia lido uma linha sequer do que Gunnar escrevera sobre a África ou sobre qualquer outro lugar, mas também achou que ele era especial. Elas passaram discretamente atrás dele várias vezes enquanto ele compartilhava sua experiência de outras pinturas com a companheira.

No dia seguinte, Anne-Lise tirou um tempinho do trabalho e leu um volume com uma coletânea de artigos de Gunnar. Ela na verdade levou o livro para casa e o leu na cama.

Paul interrompe seus devaneios.

— Sabem de uma coisa, tenho certeza de que ele vai se interessar. A carreira dele perdeu o rumo por algum motivo. O conselho do CDIG será exatamente o que o recolocará nos trilhos. Pude imaginá-lo abrindo uma garrafa para comemorar depois que telefonei para ele ontem à noite.

Naquela noite, Henrik ouve Anne-Lise falar dos novos desdobramentos.

— Seu chefe não pode simplesmente destituir um membro do conselho. Acho que ele normalmente faz o que quer, mas isso...

— O que Paul pode fazer para se livrar de Frederik?

— Vai ter que montar alguma armadilha ou inventar um erro que Frederik tenha cometido. Talvez dê certo assim.

— Como o quê?

Henrik ri.

— Que tal o vice-diretor mandando e-mails ameaçadores à equipe de Paul?

Anne-Lise fica tão aliviada que o Centro possa passar a ser subordinado do IDHD, que também ri. Mais tarde, assim que as crianças estão dormindo, Henrik a puxa para o sofá preto. Ela se deita de costas, apoiando a cabeça no colo dele.

— Eu fiz uma coisa que não devia — diz ele.

Ela detecta uma insinuação de sorriso e percebe que não há motivo para se preocupar.

— Foi muito inadequado e eu posso ser demitido, mas se você pode assumir uma identidade falsa e fingir que é uma cantora de coral e não sei o que mais... O caso é que eu imprimi uma cópia do extrato bancário de Camilla. Não vi nada de extraordinário, mas talvez você possa ver. Trouxe para casa.

Eles trocam um sorriso. Henrik tem mais a confessar.

— Por acaso, Malene e Iben também têm conta no nosso banco. Tenho impressos dos extratos delas também.

Anne-Lise se senta e dá um grande beijo nele. Henrik pega os documentos e eles os analisam juntos, a começar pelo de Camilla.

Como era de se esperar, há saques para cobrir cartões de crédito, mensalidade de creche, contas de celular e compras de comida em uma cadeia de supermercados de preços baixos, roupas na H&M e brinquedos na Toys-R-Us. Também há pequenos pagamentos a pousadas e restaurantes baratos na Suécia, mensalidades da União de Camping da Dinamarca e do Coral dos Correios de Copenhague.

Eles se demoram examinando cada entrada. Depois de um tempo, localizam uma coisa surpreendente. Camilla dá dinheiro ao moderado Partido Centro-democrata. Nos últimos anos, ela deve ter passado a se interessar pelas publicações e reuniões do partido. Se foi assim, ela guardou isso para si mesma, sem dúvida porque sentia que suas opiniões políticas não iam cair bem com Iben e Malene — o que teria sido verdade, é claro.

Não havia nada de suspeito no fato de contribuir para o Partido Centro-democrata, mas isso prova que Camilla pensa seriamente em coisas além de geladeiras baratas e viagens a parques de aventura com os filhos. Não é nada demais, mas agora Anne-Lise sabe que Camilla pode guardar um segredo.

Depois que terminam de vasculhar a conta corrente de Camilla, Henrik e Anne-Lise vão à cozinha para preparar um coquetel de sabugueiro. Eles criaram o hábito de tomar coquetéis à noite quando Anne-Lise ainda tinha tempo para fazer seu próprio suco, extraindo o líquido de frutinhas colhidas no jardim. Agora eles continuam o costume com suco comprado na loja.

Anne-Lise está contente. Seus pensamentos constantemente voltam a como as coisas serão melhores depois que ela tiver novos colegas.

Eles retornam ao sofá e pegam o extrato de Iben. A coisa mais óbvia nele é que ela tem um bom saldo, no montante de 183 mil coroas. Houve um crédito de 120 mil três meses antes. Eles conjeturam que foi uma remuneração da organização para a qual ela trabalhou no Quênia. O resto parece ser resultado de poupança constante por vários meses.

Embora Henrik já tenha passado algum tempo à tarde examinando os extratos, ele é um bancário de carreira consciente demais para não se irritar mais uma vez com o consultor financeiro de Iben.

— Que idiotice! Alguém deveria dizer a ela para pagar o crédito educativo. E se ela não quer fazer isso, deveria investir seu dinheiro em títulos do governo ou numa poupança.

Naquela noite, Anne-Lise está num humor bom o bastante para achar divertidos os instintos bancários do marido. Ela não acha que as opções fiscais de Iben sejam tão importantes.

— Iben não será tributada pela remuneração no Quênia? Talvez ela mantenha o dinheiro acessível porque não sabe quanto terá que pagar.

— Mas o pessoal do banco deveria tê-la avisado. É inaceitável. O gerente dela está dando a todos nós má fama. O que ele está fazendo? É evidente que não recebe conselho algum.

Assim como Camilla, Iben recebe menos do que Anne-Lise, mas a diferença é menor. Todas são pagas de acordo com as escalas de serviço público e, embora Iben e Malene ganhem um bom dinheiro em reconhecimento por suas qualificações educacionais, Anne-Lise está à frente devido à idade.

Iben está pagando o crédito educativo em prestações. Ela compra comida principalmente na filial de Nørrebro do mercado Føtex e livros na Athenaeum, a livraria universitária. É membro do Greenpeace e da Anistia Internacional e assina *Information* e *A Semana*. Além desses débitos, ela mal gasta dinheiro. Pagou sete contas de café em um lugar chamado Metro Bar e uma vez comprou algo inespecífico em um quiosque na estação Roskilde. Só havia um detalhe fora do padrão: uma série de transferências para contas nos Estados Unidos, no Reino Unido e na Alemanha.

— Pode descobrir quem está recebendo o dinheiro? — pergunta Anne-Lise.

— Não pelo extrato, mas sempre há um jeito. Deixe isso comigo.

Só nos últimos três meses ela fez 13 transferências para sete contas diferentes.

— Ela compra livros sobre genocídios e psiquiatria na Internet, mas não existe um motivo óbvio para usar sete livrarias diferentes. Então, o que pode ser?

Ambos sabem que os sites *anonymiser* estrangeiros cobram de seus usuários. Quem mandou os e-mails ameaçadores teria que pagar as taxas. Henrik e Anne-Lise não precisam lembrar isso um ao outro.

— Se não for isso, então o que mais ela pode estar comprando pela Internet com tanta freqüência?

Um sorriso brinca na cara de Henrik.

— Recebo spam o tempo todo tentando me vender pornografia. Talvez ela goste desse tipo de coisas.

Anne-Lise ri da idéia da honesta Iben navegando na net em busca de sites eróticos. É tão despropositado.

— Mas podem ser pagamentos de acesso a coisas como salas de bate-papo ou de namoro.

Anne-Lise associa a procura de companhia na Internet à solidão. Anne-Lise só vê Iben com Malene, as duas se comportando como uma dupla de adolescentes. Nunca pensou nelas como solitárias. Mas como é a vida de Iben fora do trabalho? Ela não tem namorado. Raras vezes fala de outras amigas.

Henrik e Anne-Lise passam ao extrato de Malene. Ela tem cheque especial, mas ultrapassa o limite de vez em quando. Isso sem falar que é membro da Anistia Internacional e do Greenpeace, assina *Information* e *A Semana*, e está pagando o crédito educativo. Faz saques vultosos de sua conta na loja de móveis sofisticados Illums e fez vários pagamentos por roupas de grife, compradas principalmente nas butiques da moda que se espremem nas ruas de Strøget. Malene raramente faz compras em supermercados, presumivelmente porque prefere delicatessens e empórios de produtos estrangeiros. Pagou contas de restaurantes algumas vezes e visitou uma boate uma vez. Naquela noite sacou dinheiro quatro vezes.

Os débitos de Malene são bem compreensíveis, mas uma de suas fontes de renda é um mistério. De vez em quando, de 3 a 4 mil coroas são transferidas para a conta dela de uma fonte particular inespecífica — exatamente o apoio de que ela precisa para cobrir seus gastos. Anne-Lise nota.

— *Arrá!*

Henrik baixa o coquetel.

— O que foi?

— Ah, olha só! Não é óbvio?

Henrik hesita.

— Anne-Lise, eu verifiquei as transferências. São feitas de uma conta em Kolding que pertence a uma mulher chamada Jytte Jensen.

— Ah. Entendi — Anne-Lise sabe que é irracional ficar decepcionada. — Jytte Jensen deve ser a mãe de Malene. Devo dizer que tive a impressão de que a mãe de Malene era só uma secretária que se aposentou cedo e não tinha boas condições. Malene disse que foi criada na pobreza.

— Então o que é que você achou tão óbvio agora há pouco?

— É que... Sei lá. — Ela reluta em falar, mas Henrik insiste. — Eu pensei que Malene... estivesse vendo alguém. Um homem rico. E ele pagasse a ela.

Henrik também não gosta de Malene, mas acha que Anne-Lise está exagerando um pouco. Ele se recosta no sofá, irritado.

— Anne-Lise, francamente... Só porque ela se veste daquele jeito?

Anne-Lise estende o braço para ele.

— Não, não. É claro que não. E o dinheiro vem da mãe. Então é isso. — Ela lhe afaga o antebraço. — Isto é, de sua mãe empobrecida, que está sempre na pior...

31

Alguns dias depois da história do remédio de Malene, um policial telefona para o Centro para informar que houve uma evolução no caso dos e-mails.

Camilla, que atende ao telefonema, passa a ligação a Paul imediatamente e depois conta às outras. Iben e Malene se levantam de suas mesas e colocam-se à porta de Paul. Anne-Lise se junta a elas da biblioteca, e elas esperam com ansiedade.

Quando finalmente aparece, Paul lhes conta que a CIA fez buscas em uma grande comunidade sérvia de Chicago e prendeu dois ex-soldados que tinham histórico de crimes de guerra. Interrogados, um dos homens admitiu ter mandado e-mails ao CDIG.

Paul recebe uma enxurrada de perguntas.

— Foi ele mesmo que fez isso?

— E eles o mantêm preso?

— Ele realmente queria nos matar?

— Ele conhece Mirko Zigic?

— Por que mandou as ameaças só para nós? Não escreveu a outras pessoas?

Paul diz que não tem nenhuma das respostas. Contou a elas tudo o que sabia. Há forças poderosas em ação lá fora, caçando Mirko Zigic e seus parceiros. Os três e-mails breves ao CDIG de algum modo ganhavam importância internacional.

Malene telefona ela mesma para a polícia, mas não consegue mais informações. Enquanto isso, Iben dá um telefonema à embaixada dos Estados Unidos, mas eles também não têm nada a acrescentar. As mulheres então ligam para várias instituições americanas e, por fim, para seus contatos com outros centros de genocídio em todo o mundo. Apesar de seus esforços, não chegam a parte alguma.

Enquanto as outras ficam cada vez mais atarefadas, Anne-Lise se retira para a biblioteca e se senta para olhar a foto de Henrik e os filhos em sua mesa. Os e-mails nunca lhe provocaram medo. Mas ela simplesmente não acredita nas supostas declarações daquele criminoso de guerra. Sem dúvida, a "confissão" dele foi resultado de uma boa dose de pressão. Em sua mente, ela tem certeza de que quem escreveu os e-mails conhece o Centro internamente e, no que diz respeito a ela, nada mudou.

Ela ouve as outras discutirem como um criminoso de guerra desconhecido que mora em Chicago pode ter tido acesso aos comprimidos de Malene, e se pode ter sido ele quem montou a armadilha com sangue na biblioteca. Sua conversa é adequadamente educada porque a porta da biblioteca ainda está aberta. Elas discutem o sangue na estante de Anne-Lise, dando a impressão de que não têm nada a ver com o fato de colocá-lo naquele lugar.

Anne-Lise observa a linha de raciocínio que elas assumem quando contam mentiras sobre o remédio de Malene. Obviamente, a explicação mais provável até agora é de que a própria Malene confundiu os comprimidos por acidente, mas ela faz questão de mostrar que sofre perseguição. Lembra a Anne-Lise alguém que perdeu, digamos, uma carteira e faz uma espalhafato interminável sobre quem poderia tê-la roubado e por quê — até que a carteira aparece no bolso do casaco. Camilla e Iben também devem perceber isso, mas ninguém discute com Malene.

Nas semanas seguintes à confissão do soldado sérvio, Malene, Iben e Camilla mudam de atitude com relação a Anne-Lise.

Até agora, sua hostilidade tem sido perturbadora, mas Anne-Lise de vez em quando se pergunta se ela e as outras tinham de algum modo se julgado mal. Talvez, disse a si mesma, tudo não passe de um enorme mal-entendido. Às vezes, uma delas de repente se mostra simpática, como se sempre a tivesse querido bem e a agressividade fosse apenas uma invenção de sua imaginação.

Mas não agora. Elas não precisam mais ter medo do que Iben possa ter chamado de "identidade assassina dissociada de Anne-Lise". Estão livres para destruí-la e as armas estão expostas. O objetivo delas é induzi-la a ir embora. Uma licença médica de longo prazo lhes serviria. Que pena que isso a prejudique e torne impossível para ela trabalhar novamente.

Os dias passam sem nenhum acontecimento digno de nota e, certa tarde, Malene está esperando no corredor quando Anne-Lise sai do banheiro. Ela começa a murmurar alguns versos de uma música mais alto do que o necessário, e a princípio isso não parece fazer sentido.

Mas então fica óbvio que é um sinal.

Anne-Lise ouve a reação de alguém na biblioteca. É fácil reconhecer os passos de Iben enquanto ela sai apressada pela porta da biblioteca para o Jardim de Inverno. Quando Anne-Lise passa por Malene no corredor, Malene a olha nos olhos e abre um sorriso largo, como se Anne-Lise pensasse que a bisbilhotice delas fosse só uma brincadeira inocente. Como se todas só estivessem fazendo um joguinho juntas.

No momento em que Anne-Lise chega à sua mesa, nota o que Iben estava aprontando. Esta manhã, Anne-Lise trouxe algumas mudas de seu jardim e colocou em um copo alto de água, para enfeitar o lugar. O copo agora está inclinado, porque Iben colocou um bloco de Post-it e uma esferográfica debaixo dele. Se Anne-Lise desse o menor esbarrão na mesa por acidente, o copo cairia.

Ela avança cuidadosamente e reposiciona o copo. Uma pilha de documentos valiosos foi salva.

Não tem sentido reclamar com Paul: ela percebe que já o procurou com muita freqüência. Além disso, está claro que as coisas ficariam mais fáceis para ele se ela simplesmente fosse embora e não voltasse. Até agora ele tem tido integridade suficiente para não dizer isso na cara de Anne-Lise, mas ele não a apóia abertamente como costumava fazer.

Ela não pode fazer nada a não ser agüentar a situação e guardar silêncio até o dia em que aconteça a fusão com os Direitos Humanos. E aí ela pode fazer o que disse Yngve — deve enfrentá-las.

Anne-Lise fica parada, respira fundo e fecha os olhos algumas vezes. Não sente lágrimas. Tem a sensação de que sua pele está muito espessa, pesada e presa numa couraça, como a de um rinoceronte.

Ela passa pela porta e entra no Jardim de Inverno. Parada ali, olha as duas mulheres sentadas a suas mesas. Iben olha Malene. Seus olhos dizem: "Agora a pegamos", e ela não liga a mínima se Anne-Lise percebe.

Anne-Lise começa a dizer sua parte, resignada, sabendo que já passou por isso antes.

— Não podem se comportar como profissionais?... Sabem como é: eu não me meto com vocês, e vocês não se metem comigo. Então podemos nos concentrar em nosso trabalho sem desperdiçar energia em... outras coisas.

O sorriso convidativo de Malene não muda.

— Anne-Lise, isso deixaria o ambiente muito frio, e nós não queremos isso. Somos colegas, afinal de contas.

— Apenas parem de fazer essas coisas. Sabe o que eu quero dizer.

— Não, eu não sei.

Iben lhe dá apoio.

— Do que está falando?

— Você sabe muito bem.

— Não.

— Sabe, sim. Não vá à sala de outras pessoas só para causar problemas.

— Porque nós faríamos...

— Anne-Lise, não entendo o que quer dizer. Explique, por favor.

Elas conseguem fazer com que ela descreva o que pensa que elas fizeram, passo a passo. As duas escutam, prontas para responder em uníssono.

— Não. Não, nunca faríamos isso. O que a faz pensar que faríamos?

As vozes e a linguagem corporal borbulham de riso, entregando seu jogo. Elas estão se divertindo com isso. Simplesmente cortariam minha garganta se pensassem que podiam se safar, pensa Anne-Lise. É ainda mais divertido para elas agora que sei qual é a intenção das duas.

Toda noite, nesta última semana, Anne-Lise tem tido os mesmos pesadelos. Ela é atirada na cratera de um vulcão, ou amarrada a uma mesa e torturada com barras de ferro em brasa cravadas em sua carne, ou empalada e enforcada em uma árvore. O tempo todo as bocas de Iben e Malene, retorcidas e risonhas, escancaram-se cada vez mais na expectativa da morte de Anne-Lise.

Ela acorda e anda pelo quarto, tentando afugentar os sonhos. Afaga a cabeça dos filhos adormecidos. Desce à sala e olha as árvores pela janela. Aos poucos, evaporam-se as sensações persistentes do ferro quente tocando-a, ou do corpo afundando na lava dentro do vulcão.

Mais tarde, quando dorme de pura exaustão, os pesadelos voltam e ela acorda abruptamente, enquanto vê de novo as fileiras de dentes entre os lábios repuxados.

— Seu bloco de Post-it deve ter escorregado para debaixo do copo — raciocina Malene —, e você estava ocupada demais para perceber. Que coisa irritante! Quero dizer, você podia ter derrubado a água e tudo.

Iben está mexendo os pés, procurando por alguma coisa, como um sapato perdido. Em seguida começa a olhar embaixo da mesa, mandando a mensagem inconfundível de que toda a história está começando a entediá-la.

Malene também se distrai. Ela olha para Iben.

— O que tem embaixo da mesa? O que está procurando?

Anne-Lise olha para Camilla, que parece estar completamente absorta no trabalho.

Camilla se comporta como se não estivesse ali. Anne-Lise tem vontade de atravessar a sala e gritar no ouvido dela: "Sabe o que está acontecendo? E nem liga? Também ficaria feliz se eu morresse?" Mas Anne-Lise não ousaria provocá-la.

Talvez a inércia de Camilla seja uma estratégia de sobrevivência que ela adotou para se salvar. Talvez Camilla tivesse um colapso nervoso se alguém a obrigasse a perceber o que acontecia no trabalho, bem debaixo do nariz dela. Talvez sua mente instável desse vazão a uma raiva letal — despertando uma personalidade capaz de mandar ameaças de morte por e-mail.

Camilla e as outras desviam os olhos de Anne-Lise, e ela volta à biblioteca.

Naquela mesma tarde, Tatiana Blumenfeld, membro do conselho do CDIG, tinha marcado de aparecer e pegar um material de referência que Anne-Lise encontrara para ela. Tatiana conhece todos os que trabalham na pesquisa de direitos humanos na Dinamarca. É importante que ela leve você a sério, independentemente da organização para a qual trabalhe. Ela também é uma das poucas acadêmicas que fazem uso da expertise de Anne-Lise.

Tatiana é uma mulher baixinha, de sessenta e poucos anos, cabelo preto. Chega às reuniões do conselho usando calças pretas apertadas e suéteres incomuns de cores vivas. Ela dispara pelos corredores com passos extraordinariamente largos para uma pessoa tão baixa. O metralhar de seus saltos extremamente altos e elegantes pode ser ouvido de longe. Embora Anne-Lise nunca tenha visto Tatiana com um cigarro, sua pele tinha o tom da de uma fumante inveterada.

Quando era estudante de psicanálise, Tatiana estabeleceu os alicerces para uma teoria sobre a orientação terapêutica para crianças que foram aprisionadas em campos de concentração e submetidas a tortura ou forçadas a ver os parentes próximos sendo torturados ou assassinados. Tatiana desenvolveu sua teoria a partir das análises que fez de desenhos de crianças dos campos, e sua pesquisa a levou primeiro a um doutorado e depois a um cargo no Departamento de Psicologia na Universidade de Copenhague. Ela também se tornou associada do Conselho Internacional de Reabilitação para Vítimas de Tortura, ou CIRVT, uma organização muito bem-conceituada.

Anne-Lise ainda não se sente próxima de Tatiana. O que sabe sobre ela, aprendeu principalmente por intermédio da amiga e assistente de Tatiana, Lea. Anne-Lise e Lea se conheceram na conferência sobre a Bósnia e, durante um almoço juntas, Lea falou ardorosamente sobre a chefe.

A campainha toca. A imagem em sua tela de computador mostra Tatiana esperando no hall. Anne-Lise digita o código de segurança e vai receber a visitante; quer conduzi-la para dentro da biblioteca antes que as outras tenham oportunidade de ir até ela. Mas, assim que Tatiana coloca os pés no Jardim de Inverno, Malene e Iben já estão a seu lado.

— Precisa ver as novas fotos que colocamos — diz Iben, sorrindo.

Elas se viram e a levam ao quadro de avisos, Tatiana entre as duas. Ela avança um passo, vê Anne-Lise e chama:

— Anne-Lise! Vou dar uma olhada nas fotos malucas de vocês!

Dentre todas as pessoas que conheceu neste lugar, Anne-Lise achou Tatiana a mais gentil. Seu impulso é proteger Tatiana das colegas maldosas, mas ela sabe que Malene e Iben não iam mostrar seu comportamento doentio na frente da visitante estimada.

Tatiana exclama ao ver uma das novas fotos.

— Ah, olha só! É sua antiga bibliotecária! Vocês são uma gracinha! Sentem falta dela?

Ela está olhando uma foto da mulher cujos e-mails mostravam o quanto detestava trabalhar no CDIG. Certo dia, na semana anterior, Iben escaneou uma foto antiga da ex-bibliotecária e imprimiu uma versão ampliada para colocar na parede.

— Sentimos. Mas olhe mais de perto. Temos um monte de fotos das pessoas de quem mais gostamos.

Tatiana aceita a sugestão de Malene e chega mais perto do quadro. Ela coloca os óculos de leitura.

— Não... Sou eu! Pareço tão velha. É Roma, não é?

— É verdade. Ole nos deu. Ele também esteve lá.

Tatiana se diverte. Coloca o casaco na cadeira de Malene e se inclina para examinar a foto.

— Foi na conferência. Meu Deus, parece que estou totalmente de porre.

Nisso ela olha rapidamente para Anne-Lise, aparentemente alarmada, mas com um toque de compaixão. Anne-Lise não entende o que significa aquela expressão.

Iben chega mais perto de Tatiana.

— Nunca! Você não beberia tanto no trabalho!

Ela agora sorri para Anne-Lise, mas continua a se dirigir a Tatiana.

— Ninguém jamais pensaria isso de você. São só o calor e a luz forte. Você parece mais corada, é só isso. E seu sorriso é ótimo. Todo mundo pode ver que está feliz.

Anne-Lise também tenta falar com Tatiana. Acha difícil parecer relaxada e amistosa, sentindo o desejo intenso de Iben e Malene de que ela desapareça.

Iben é muito boa para entreter os visitantes, e Malene é excelente. Quinze minutos depois, o pequeno grupo ainda está batendo papo diante do quadro de avisos.

Iben menciona o plano de fundir o CDIG com o IDHD, parecendo perturbada enquanto explica.

Tatiana é solidária.

— Sim, eu sei. É uma pena. Estão realmente preocupadas com isso?

— Sim, estamos.

Tatiana assente solidariamente e parece preocupada.

— Eu entendo, pode acreditar. Este é um escritório muito eficiente e agradável. É uma pena mesmo. Mas não se preocupem, podem ter certeza de que manterão seus cargos na nova organização. — Ela passa a falar de sua experiência com outras fusões institucionais. — Desconfio de que Paul será o principal afetado. Afinal, ele terá outra pessoa como chefe.

Iben fica passando de um pé para outro.

— Estamos nos perguntando sobre o papel de Frederik no conselho depois que for anunciado seu cargo nos Direitos Humanos. Agora que não é mais do interesse dele manter este lugar independente, pode ser problemático, não é?

Anne-Lise não acha que elas devessem estar discutindo isso com outro membro do conselho, mas Iben tem um conhecimento muito maior sobre as regras e o que é aceitável na política da organização.

Tatiana, porém, parece surpresa.

— Iben, isso não é nem um pouco problemático. Frederik pode muito bem assumir diferentes papéis em ocasiões diferentes. Todos nós podemos, sabe disso. E ele é muito profissional.

Malene olha com atenção para Tatiana e avança até ficar diante de Anne-Lise.

— Então, acha que não haverá conflito de interesses?

— Não, não acho. Absolutamente nenhum. — Tatiana pega o casaco, pronta para ir para a biblioteca. — Eu não me preocuparia com isso. É sério. Confiem em mim. Mas já conversaram com Paul sobre isso?

Anne-Lise não consegue pensar na maneira correta de lidar com esta pergunta direta sobre o diretor do Centro.

Mas Malene não hesita.

— Não, ainda não abordamos o assunto com ele. Você tem razão, precisamos fazer isso.

— Sim, realmente devem fazer. Paul vai às reuniões do conselho e pode lhes dizer como tudo funciona. Tenho certeza de que ele vai confirmar que não há problema.

E então, enfim, Anne-Lise tem que acompanhar Tatiana à biblioteca. Ela lhe mostra os resultados da pesquisa, um conjunto de relatórios das Relações Exteriores de Portugal, escrito em português e cheio de detalhes sobre o genocídio indonésio de 200 mil civis, aproximadamente um terço da população do Timor Leste ocupado.

Ver livros com outra pessoa traz uma sensação especial de intimidade, como ter os cabelos lavados pelo cabeleireiro.

Mais tarde, Anne-Lise e Tatiana sentam-se ao computador de Anne-Lise e procuram por referências ao Timor Leste em revistas internacionais on-line. A biblioteca também tem pesquisas francesas que ainda não entraram no banco de dados e Tatiana perambula em busca de material do arquivo. Anne-Lise manda um resumo de artigos que elas selecionaram à pequena impressora do Jardim de Inverno.

Quando vai pegar os impressos, Iben e Malene estão conversando. Elas claramente sabem que Tatiana não pode mais ouvi-las, e a voz de Iben é baixa e relaxada.

— Malene, nós simplesmente não temos tempo para terminar os textos que você precisa para os cartazes da exposição. Aconteceu tanta coisa nas últimas semanas, desde que Anne-Lise nos mandou aqueles e-mails. — Seu tom de voz é categórico.

Anne-Lise preferiria não dizer nada e se retirar para o próprio espaço, mas percebe que a observação ficará pairando no ar, pronta para magoá-la mais tarde. Mais uma vez elas a obrigaram a participar de seu joguinho.

Ela suspira, porque sabe o que virá a seguir, e fala em voz baixa.

— Eu não mandei os e-mails.

A expectativa da mágoa faz seus olhos brilharem. Malene toma a frente.

— Ah, sim, mandou, sim.

— Sabe que não fui eu. Foi o sérvio. Aquele que a CIA prendeu.

Iben parece se divertir com isso.

— Você mandou um monte de e-mails, para nós e para outras pessoas.

Anne-Lise tenta ficar firme.

— É claro que mandei e-mails, mas não os ameaçadores.

— Mas eu não estava falando deles.

Malene toma o partido de Iben.

— Isso não faz sentido algum. Nós nunca falamos de nenhuma ameaça.

Ela pára e olha para Anne-Lise, a expressão agora revelando assombro.

— Por que diabos você ia pensar que estávamos falando daqueles e-mails?

Anne-Lise se sente apertada por dentro.

— Isso é ridículo! O que eu devia pensar? De que e-mails estavam falando?

— De e-mails diferentes.

— Quais?

A voz de Malene muda, como se tudo não tivesse passado de uma conversa divertida, e agora Anne-Lise ultrapassasse os limites.

— Pare com isso, Anne-Lise, e procure se acalmar.

Iben interfere:

— Não deve ser tão paranóica.

Anne-Lise está prestes a dizer que não é paranóica. Mas a situação é simplesmente insustentável. Todo santo dia acontece uma coisa dessas. Que sentido tem protestar outra vez? Todo dia ela perde mais um ponto no jogo.

Anne-Lise vai ao banheiro para se recompor. Olha o rosto no espelho. Não transparece nada. Nenhuma lágrima molha sua face. Será que suas feições tornaram-se mais duras nas últimas semanas?

Qual foi o significado daquele olhar que Tatiana lhe dera antes? Ela parecia preocupada. Por quê? E elas falaram de ficar bêbada no trabalho. Como devia interpretar isso? Será que as outras estavam espalhando boatos de que Anne-Lise bebia durante o expediente? Isso explicaria a reação de Tatiana.

Agora ela se sente mais calma e volta à biblioteca. Enquanto ela e Tatiana trabalham juntas, Tatiana pergunta a Anne-Lise sobre sua reação aos e-mails. Ela se sente mais segura, agora que o remetente foi preso?

Anne-Lise fica satisfeita com a idéia de que pode perfeitamente revelar muito mais do que faz. E se revelasse, Tatiana a ouviria.

Elas levam quase uma hora para terminar o trabalho na biblioteca. Depois disso, Tatiana precisa voltar ao Conselho de Vítimas de Tortura. Anne-Lise a acompanha pelo Jardim de Inverno até a porta. Malene se levanta para se despedir e logo se empenha em fazer Tatiana rir. Mais uma vez, Tatiana se demora na sala central.

Depois Iben exclama, com a voz ainda cheia de riso:

— Ah, Tatiana, há séculos não temos tempo para conversar! É uma pena, mas tem acontecido tanta coisa desde que todas nós... desculpe, todas exceto Anne-Lise... recebemos aquelas ameaças.

Tatiana não entende o tom da observação de Iben. Sua boca se abre de surpresa.

— Como você...

Malene a ajuda.

— Ah, desculpe! Não está sabendo de nada! É uma piadinha do escritório que Anne-Lise mandou aqueles e-mails.

Tatiana olha em volta e fala devagar, procurando pelas palavras.

— Tu-do bem.

Neste momento, Anne-Lise sente ter identificado uma nova face de Tatiana. A mulher mais velha sempre está tentando fazer um esforço para agir como "jovem" diante de Malene e Iben. Afinal, ela é quase trinta anos mais velha do que as duas, e no entanto se esforça muito para parecer igualmente nova e cheia de energia.

— Arrá! É claro que Anne-Lise deve ter mandado os e-mails.

Todas deviam gargalhar ou sorrir agora, mas a ironia parece estranha partindo de Tatiana, e de certa forma seu comentário soa despropositado.

A Psicologia do Mal II

A psicologia social contribui com uma miríade de insights surpreendentes e desagradáveis para os estudos do comportamento do exterminador.

Por Iben Højgaard

Em seu livro *On Killing*, o tenente-coronel Dave Grossman declara que, em uma situação de guerra, homens e mulheres que matam a uma distância suficientemente grande das vítimas não ficam, de acordo com seu conhecimento pessoal, traumatizados mais tarde. Quanto mais perto os soldados chegam da vítima, mais difícil é matar. E, no entanto, nenhum governo sequer cancelou planos para o genocídio por falta de gente disposta a cumprir suas ordens.

Como resolver essa contradição?

Na edição anterior do *Jornal do Genocídio*, o artigo "A Psicologia do Mal I" referiu-se ao trabalho experimental de Stanley Milgram sobre os parâmetros da "obediência à autoridade". Há dezenas de outras abordagens da psicologia social que também esclarecem a psicologia do exterminador. Este artigo apresenta uma pequena seleção delas.

Os atos talham a postura

Em geral, acreditamos que é a nossa postura que determina nosso comportamento. O contrário também é verdade: o que fazemos afeta nossa maneira de pensar, nossos sentimentos e opiniões.

É inquietante perceber que os atos de uma pessoa estão em conflito com suas crenças. Para se distanciar disso, uma pessoa inconscientemente tende a adaptar sua postura e seus sentimentos, em vez de mudar seu comportamento. Os psicólogos sociais realizaram centenas de experimentos tentando identificar exatamente como é realizada esta mudança na postura.

Festinger e Carlsmith elaboraram um teste em que os participantes recebiam tarefas tediosas cuja conclusão consumia muitas horas, como mudar a posição de estacas, para frente e para trás, e de um lado para outro. Quando o líder finalmente diz aos participantes que o experimento terminou, eles também são informados de que o assistente do líder, que ia instruir o participante seguinte na fila e ressaltar como a tarefa era empolgante, chegaria atrasado. Os participantes atuais eram então indagados se podiam assumir o papel do assistente, recebendo os novos participantes e falando-lhes dos procedimentos. Um grupo foi solicitado a mentir sobre a alegria de participar do experimento. O outro grupo não foi solicitado a demonstrar entusiasmo.

O primeiro grupo foi dividido em duas partes e lhes ofereceram um dólar ou vinte dólares pelo trabalho. Vale mencionar que em 1959 o valor do dólar era relativamente muito mais alto do que é hoje.

Os resultados mostraram que os que receberam um dólar e mentiram aos novos participantes sentiram que o experimento realmente foi uma boa experiência. Aqueles que receberam vinte dólares e os que não foram solicitados a mentir admitiram depois que acharam a experiência insípida. Uma quantia maior proporcionava um incentivo externo mais forte para mentir aos novos participantes, e daí eles não sentiam a necessidade subconsciente de mudar a opinião que originalmente tinham do experimento para explicar seus atos a si mesmos. Só os que receberam uma pequena recompensa precisaram mudar de opinião a fim de fazer uma ligação entre seus pensamentos e seus atos. Este instinto é impelido pela falta de convicção interna, estado desagradável que é um conceito fundamental na psicologia social e é descrito pela expressão "dissonância cognitiva".

Há decisões na vida real que levam à dissonância cognitiva e, portanto, a uma mudança na postura. Consideremos uma diretora de pesquisa com moral e opiniões liberais que recebe a oferta de um cargo em uma agência de publicidade, e aceita. Isso significa que ela começará a experimentar uma discrepância entre seus ideais e seus atos e, a não ser que rejeite a oferta de emprego, deverá tentar readaptar suas convicções para justificar sua nova situação. Depois de alguns meses ela pode argumentar, com paixão autêntica, que a publicidade é um aspecto essencial das sociedades democráticas com economia de livre mercado. Além disso, ela provavelmente sustentará essa opinião pelo resto da vida, mesmo que passe apenas um período relativamente curto na publicidade.

Outro exemplo é a testemunha de Jeová que logo aprende que entregar panfletos na rua serve a um propósito duplo. Ajudará a recrutar novos adeptos à fé, mas também reforçará os vínculos entre os fiéis e a seita. Na primeira vez eles podem muito bem hesitar em fazer panfletagem, mas depois voltarão para casa com brilho da fé mais intenso nos olhos.

O processo pode levar a um comportamento caritativo crescente – ou pernicioso crescente. Pode também criar mudanças profundas na perspectiva, muito mais do que seria possível só por meio das palavras.

Os nazistas dependiam muito desse mecanismo para garantir a conformidade entre os cidadãos alemães. Os riscos incalculáveis da recusa a dar sinais simbólicos de apoio ao regime, por exemplo, a saudação "Heil Hitler", devem ter levado as pessoas a se perguntarem: "Que mal há em levantar meu braço direito?" Mas, a cada vez que alguém se conforma, muda sua maneira de pensar.

A conclusão deve ser a de que atos simples, que em si parecem causar um dano apenas limitado, podem levar a mudanças psicológicas que por sua vez possibilitam ações ainda maiores e mais destrutivas.

Os papéis determinam as pessoas

Em 1971, o psicólogo social Phillip G. Zimbardo e alguns colegas da Universidade de Stanford decidiram investigar as conseqüências psicológicas da relação entre um prisioneiro e um carcereiro.

Procuraram participantes entre os alunos, declarando que precisavam de 21 homens que seriam pagos pelo experimento de duas semanas. Todos os candidatos foram entrevistados, mas só foram selecionados os que pareciam razoavelmente estáveis, maduros e responsáveis. Estes foram depois divididos aleatoriamente em dois grupos: de prisioneiros e de carcereiros.

No primeiro dia, policiais verdadeiros foram à casa de dez dos participantes e os "prenderam sob suspeita" de invasão e assalto à mão armada. Eles foram levados ao corredor do porão da universidade, que fora reformado para parecer uma prisão, e receberam a ordem de se despir, ser despiolhados e colocar o macacão da prisão. Os "carcereiros" designados estavam de uniforme, com óculos de sol espelhados e cassetete.

Os carcereiros foram chamados a uma reunião e informados para manter os prisioneiros sob vigilância, mas não machucá-los fisicamente. Os prisioneiros ficaram na prisão 24 horas por dia, enquanto os carcereiros foram para casa, para sua vida normal, depois de uma jornada de trabalho de oito horas.

No começo do que ficou conhecido como o Experimento de Prisão de Stanford, não houve nenhuma diferença de personalidade significativa entre carcereiros e prisioneiros selecionados aleatoriamente. Mais tarde, os dois grupos mudaram de uma forma extraordinariamente rápida.

O poder absoluto dado aos carcereiros tornou os prisioneiros impotentes e submissos, o que permitiu que os carcereiros ampliassem ainda mais seus poderes. Essa influência mútua foi o começo de um processo perigoso de autorreforço.

Um terço dos carcereiros comportou-se com uma insensibilidade cada vez maior e, de forma arbitrária, iniciou punições sem nenhum motivo e elaborou meios inventivos de humilhar os prisioneiros. Em sua vida comum, eles não mostraram tendências a comportamento agressivo ou tirânico.

Dois dos carcereiros deixaram seu papel de lado para defender os prisioneiros, mas nunca chegaram a enfrentar publicamente os carcereiros hostis. Os demais carcereiros eram durões, mas não davam início a nenhum castigo extra-oficial.

Os prisioneiros ficaram deprimidos, desesperados e passivos. Três deles tiveram que ser "libertados" depois de apenas quatro dias do experimento porque choravam histericamente, perderam a capacidade de pensar com coerência e ficaram profundamente deprimidos. Um quarto prisioneiro foi liberado depois de contrair uma urticária que cobriu todo o seu corpo.

Todos os prisioneiros, com exceção de três, estavam dispostos a dispensar o pagamento pelos dias que passaram no experimento se pudessem ser libertados. Quando souberam que seus pedidos de "livramento condicional" tinham sido negados, arrastaram-se de volta às celas passiva e obedientemente.

O Experimento de Prisão de Stanford demonstrou que prisioneiros e carcereiros agiam de acordo com os papéis que lhes foram dados por um agente externo, mudando aos poucos seus padrões de pensamento, valores e reações emocionais, a fim de se adaptarem. A maioria dos participantes parecia incapaz de fazer uma distinção entre sua identidade real e seu papel no experimento. A brutalidade da prisão aumentava a cada dia. Desapareceram os valores morais comuns, apesar do fato de cada grupo ter sido determinado indiscriminadamente.

Foi necessário interromper o experimento depois de seis dias, principalmente em razão de os prisioneiros restantes estarem inaceitavelmente próximos de um colapso mental.

É claro que há muitos outros contextos em que o papel e a identidade tornam-se contíguos. Como afirma James Waller em seu livro intitulado *Becoming Evil* (partes do relato se baseiam em sua análise de provas reais): "Os atos de maldade não só refletem o self, eles configuram o self."

Grupos formados sem praticamente nenhum motivo

O psicólogo social Henri Tajfel e alguns colegas começaram a estudar quantas características diferentes as pessoas devem ter em comum para que se vejam como parte de um grupo e, como passo seguinte, criem um sistema de preconceitos contra outros grupos.

Seu plano inicial era recrutar pessoas sem considerar nenhuma característica em comum, distribuí-las aleatoriamente em grupos e depois, aos poucos, introduzir entre eles semelhanças, preconceitos negativos e conflitos. Ele esperava que este processo lhe permitisse observar como e quando era formada a identidade de grupo.

Em seu experimento mais conhecido, de "grupo mínimo", ele pediu aos participantes para expressar suas opiniões sobre algumas telas abstratas e os separou depois em dois grupos. Um grupo foi informado de que todos expressaram uma preferência por pinturas semelhantes às de Paul Klee, enquanto os outros preferiam o estilo de Wassily Kandinsky. Nada disso era verdade, já que a distribuição dos grupos foi inteiramente aleatória.

Os participantes não se conheciam e não tiveram contato prévio. Dada a oportunidade de avaliar fotos de todos os participantes, eles classificaram aqueles de seu próprio grupo como melhores em seus trabalhos e de convivência mais agradável. Quando os indivíduos eram solicitados a distribuir dinheiro, os membros do grupo sempre eram favorecidos.

Em um experimento semelhante, alguns participantes tinham um viés tão forte contra o outro grupo que ficaram mais felizes por seu próprio pessoal receber dois dólares em vez de três, com a condição de que os outros recebessem um no lugar de quatro. Em outras palavras, eles estavam mais interessados em "derrotar os outros" do que em conseguir o pagamento mais alto possível para seus próprios membros.

Até esta série de experimentos, a maioria dos psicólogos sociais pressupunha que a identidade de grupo fosse criada gradualmente em reação a experiências compartilhadas. Ninguém esperava que o preconceito e a hostilidade surgissem em meio a pessoas que não conheciam o próprio grupo nem o dos outros.

Os relacionamentos dentro de um grupo, ou entre grupos, constituem um campo clássico de pesquisa na psicologia social. Muitos experimentos diferentes mostram que nosso raciocínio funciona de acordo com um modelo "Nós-e-Eles". É fácil entender a base para isso. Todos são obrigados a pensar em como lidar com um mundo interminavelmente complexo. Para simplificar a existência e classificar informações irrelevantes rapidamente, nós as dividimos em categorias.

A categorização é uma forma humana de pensamento, tão essencial quanto inevitável. Os tipos de categoria variam entre indivíduos e culturas, mas o processo é comum a todos nós. Ela configura como entendemos nosso ambiente e nossa relação com ele.

A psicologia social tem demonstrado algumas distorções coerentes causadas pelo modelo Nós-e-Eles. Tendemos a exagerar as semelhanças daqueles que pertencem a nosso grupo, assim como exageramos a homogeneidade em outros grupos e as diferenças entre eles. E, normalmente, nos importamos mais com os membros de nosso grupo do que com os outros.

Nas crises e nos conflitos abertos, essas atitudes se radicalizam. Toda a humanidade tem potencial para acreditar na máquina de propaganda quando ela repete sem parar: "Mate, ou morra!"

A vítima pede por isso

Todos estamos cientes de que as boas pessoas não são imunes a experiências ruins, todavia uma grande maioria de nós tenta se prender à esperança de um mundo fundamentalmente justo, um bom lugar para criar os filhos.

Como demonstraram vários estudos, essa esperança, combinada com a necessidade humana pouco consciente de significado e coerência nas informações que recebe, nos faz distorcer a realidade para que combine com nossa visão de ordem.

Não são só aqueles que perpetram atos terríveis que são iludidos por seus padrões de pensamento distorcido, lembranças e input sensorial para acreditar que seu mundo ainda é justo e importante. Os que testemunham as tragédias e, de fato, as próprias vítimas também colaboram para essa ficção.

As vítimas de doenças graves, bem como aquelas pessoas próximas do paciente, em geral estão decididas a encontrar a causa. Sentem uma forte necessidade de determinar exatamente o que fizeram de errado para merecer tal sofrimento. Novamente, é comum que vítimas de violência perguntem-se sobre a causa fundamental. "Talvez eu tenha pedido por isto; talvez eu não devesse andar por aquela rua tão tarde da noite; talvez eu não devesse ter usado esse vestido." Essas ansiedades tornam-se o foco de seus pensamentos, independentemente do fato de elas terem o direito de andar por qualquer rua e usar a roupa que quiserem.

Às vezes parece que as vítimas preferem carregar ativamente o fardo da culpa, em vez de reconhecer que o acaso pode interferir e estragar uma vida. Uma profusão de dados experimentais ampara isso nos menores detalhes.

Em um desses experimentos, Melvin Lerner e Carolyn Simmons pediram a 72 estudantes que observassem os castigos, na forma de fortes choques elétricos, aplicados sempre que uma vítima dava uma resposta errada a uma pergunta. A vítima era uma atriz, fingindo dor.

Alguns observadores foram informados de que teriam permissão para interromper os choques mais adiante. Solicitados a descrever como se sentiram com relação à vítima, os que acreditavam que ela continuaria a sentir dor a viram de forma mais negativa do que os que pensaram ser capazes de controlar os choques.

Esse modo de interpretar a posição da vítima é acentuado quando nós mesmos infligimos o sofrimento. A dissonância cognitiva nos faz gostar daqueles a quem ajudamos e rejeitar os que machucamos.

No contexto de seu experimento sobre a obediência à autoridade, Stanley Milgram observou que muitos participantes mais tarde disseram coisas como as que se seguem: "Ele [o 'aluno'] era tão idiota que realmente merecia levar choque." Outro argumento semelhante era de que, uma vez que concordou em participar do experimento, o aluno estava pedindo para ter problemas. Isso apesar do fato de que os que expressaram tal opinião também se juntaram ao experimento e, aparentemente, tiveram sorte no sorteio que decidiu quem era "professor" e quem era "aluno".

Parece que impulsos psicológicos poderosos levam os perpetradores a pensar e sentir que suas vítimas merecem o que acontece com elas. Quanto mais pavorosamente brutal o ato cometido pelo perpetrador, mais fortemente ele passa a acreditar que só ele está correto e é justo.

Todos temos tendência a interpretar a realidade da mesma forma que os civis alemães que comentaram, quando obrigados pelos soldados britânicos a andar por um campo de concentração recém-libertado: "Que crimes horrendos essas pessoas devem ter cometido para ser condenadas a esse tipo de punição."

32

Está tarde e Iben se encaminha a passos largos para seu apartamento no sexto andar. Ela passou o começo da noite na casa de Malene, discutindo sobre Anne-Lise. Sente-se esgotada e a única coisa que tem em mente é dormir.

No último lance da escada, percebe alguém no patamar do lado de fora da porta. Ela olha para cima. O homem é alto, com uma massa de cabelos crespos e cacheados, grisalhos nas têmporas. Ela vê sua jaqueta de couro e o olhar mortal. Em um instante sabe que ele está esperando por ela e por quê.

Iben sai correndo escada abaixo. Ele vai atrás com grandes passadas e logo a alcança. Ele a pega pelo pescoço antes que ela tenha tempo de gritar — ou, pelo menos, é assim que Anne-Lise costuma imaginar. Depois ele a agarra pela cintura. As pernas de Iben, muito mais curtas do que as dele, chutam o ar loucamente. Ela sabe o que vai acontecer em seguida. Assim como Anne-Lise.

O rolo de filme roda sem parar na cabeça de Anne-Lise, mostrando cada detalhe à medida que muda a expressão de Iben. A luz árida produz sombras debaixo de seus olhos. Anne-Lise observa enquanto a expressão de Iben fica cheia de remorso. Enfim ela entende o que fez, como mentiu para si mesma e se convenceu de que era boa — ah, tão boazinha — ao mesmo tempo em que fazia tudo o que podia para arruinar outro ser humano.

Na imaginação de Anne-Lise a faca é grande, com dentes largos e fundos no aço. Iben vai morrer agora. Logo, espasmos reflexos farão seu corpo se contorcer. Ela ficará fraca rapidamente, enquanto seu sangue é drenado.

A mente cansada de Anne-Lise gira em torno das fantasias que se fundem e depois desaparecem de sua mente, enquanto ela tenta se concentrar em outras coisas. As imagens familiares, o estuprador de moletom vermelho que assassina Malene, o homem à espera de Iben, podem começar mesmo quando ela está no Jardim de Inverno, falando com uma das outras mulheres.

Ela gostaria de marcar uma hora para ver Yngve e ser tranqüilizada por ele. Por outro lado, sabe que ele insistirá para que ela confronte Iben e Malene. Anne-Lise também gostaria de contar a Nicola como foram as últimas semanas e, no entanto, não consegue se convencer a atender quando o telefone indica que Nicola está na linha. Ela continuará insistindo que Anne-Lise entregue sua carta de demissão.

Em vez disso, Anne-Lise tenta reprimir suas fantasias e pensa em alguma coisa mais tranqüila. Dirigindo pela via expressa de manhã, ela especula sobre a fusão. Ainda está pensando nisso quando vira à esquerda e entra na rua Jagt, quando estaciona o carro e sobe no elevador antigo e barulhento com as três caricaturas pornográficas rabiscadas num canto. Tudo vai mudar quando o CDIG se tornar parte do IDHD. Novos colegas e um novo chefe.

Anne-Lise pensa na incorporação ao encher a caneca de café até que transborda. Ela ainda está pensando nisso mais tarde, quando manda um e-mail para o endereço errado.

Sua primeira tarefa é atribuir palavras-chave a relatórios confidenciais sobre o genocídio realizado pela União Soviética no Afeganistão. Ela compara os dados de três livros diferentes para procurar por padrões e possíveis correções.

Lê sobre a ocupação soviética no Afeganistão em 1979 e as tentativas de mudar a composição étnica de tribos afegãs. Os chefes do exército tinham um entusiasmo especial por reduzir o número de pathans nas províncias do norte afegão, porque isso facilitaria sua incorporação à União Soviética. São raros os números confiáveis, mas a ONU estima que, entre 1978 e 1992, foram mortos entre 1,5 e 2 milhões de afegãos. Foram submetidos a bombardeios e armas químicas, mas também a brinquedos de crianças cheios de toxinas letais lançados de aviões, massacres e destruição de safras e poços artesianos.

Aproximadamente 6 milhões de habitantes fugiram. Para evitar que voltassem, o exército de ocupação destruiu os sistemas de irrigação de que dependia a agricultura afegã, transformando a terra natal dos refugiados num deserto.

A barra de espacejamento no teclado de Anne-Lise não está funcionando bem; às vezes acrescenta dois ou três espaços, às vezes nenhum. A não ser que ela revise tudo com um cuidado especial, os usuários não vão encontrar o que procuram. Ela está verificando a frase "tortura e assassinato de jornalistas, médicos e funcionários de ajuda humanitária estrangeiros", quando Paul entra no Jardim de Inverno para fazer um anúncio.

— Gunnar virá aqui hoje à tarde. Prometi dar uma volta com ele pelo Centro e conversar sobre o financiamento de nossas operações. Ele insiste em ter uma idéia dessas coisas antes de concordar em integrar o conselho.

Anne-Lise ouve pela porta aberta. Não consegue ver as outras, mas sente que o clima mudou. Os teclados silenciaram e agora gavetas são abertas e há o som de papel sendo folheado.

Quando Iben fala com Malene, será que sua voz está um tanto tensa?

A mesa de Anne-Lise está cheia de papéis, mas eles estão em ordem. Na eventualidade de anotações em Post-it em excesso darem a impressão de que ela está atrasada em muitos trabalhos, ela descarta algumas. Também decide se livrar de três sacos grandes de papel usado que estão perto de sua mesa. Os sacos, cheios de papel de embrulho de livros e revistas estrangeiros, na verdade demonstram como Anne-Lise é eficiente. Mesmo assim, dão a impressão de bagunça. Ela sabe dos lugares que os faxineiros deixam de lado, em especial todo o equipamento elétrico e as tomadas, então faz uma limpeza rápida.

Está quase pronta quando ouve as outras gritando entre si.

— O que eu devo fazer com isso?

— Não sei. Mas e isso aqui?

Anne-Lise não consegue ouvir a resposta, mas elas começam a rir. Depois Iben entra correndo na biblioteca, segurando uma garrafa vazia de rum. Anne-Lise não faz idéia de onde veio a garrafa, mas imagina que Iben trouxe para colocar na lixeira de reciclagem de vidro. É o tipo de coisa que ela faria.

Iben ainda está rindo.

— Você tem muito espaço para esse tipo de coisa! — Ela coloca a garrafa em um dos armários de Anne-Lise e gira a chave.

Anne-Lise não consegue entender o sentido disso, mas percebe que Malene está olhando da porta.

Exasperada, Anne-Lise bate a mão na mesa.

— Por que você... — Ela não tem idéia de como continuar e murmura a primeira coisa que lhe vem à mente. — Eu não tenho problemas com bebida.

Iben está saindo dali. Ela responde de costas para Anne-Lise.

— Não. Claro.

— Nunca dissemos nada desse tipo.

— É claro que não!

Malene coloca a cabeça na porta para dar a última palavra.

— Não devia ficar tão aborrecida. A não ser que a carapuça tenha servido.

Camilla passa para Anne-Lise uma ligação de um dos usuários da biblioteca que procura por livros sobre aspectos da colaboração nazista na França ocupada. Enquanto fala, Anne-Lise pensa na garrafa vazia e como deve se livrar dela rapidamente, antes da visita de Gunnar. Elas não podem ter oportunidade de entrar correndo e abrir a porta do armário enquanto Gunnar estiver aqui.

Quando o telefonema termina, ela enrola a garrafa vazia em um saco plástico azul, enfia em uma caixa de papelão e em um outro armário, mais afastado da mesa. Ela se assegura de que ninguém a veja escondendo a garrafa.

Concluída a tarefa, abre apressadamente todos os armários e gavetas, para o caso de Iben e Malene terem planejado mais pistas falsas que sugiram que ela é alcoólatra. Depois de examinar cada possível esconderijo três vezes, ela tenta se acomodar novamente, mas está perplexa. Por fim, vê Gunnar parado no hall.

Ela se levanta rapidamente, para que também possa estar no Jardim de Inverno quando ele entrar. Ele é como ela lembra: grandalhão, bronzeado, mas não de uma beleza convencional como o lindo Frederik.

Sua desculpa para estar ali é o rolo de etiquetas no armário ao lado da mesa de Camilla. Ela deixa claro que precisa contar com um grande número e as separa. Sorri para Gunnar e ele retribui o sorriso de forma bastante agradável.

— Estou aqui para uma reunião com Paul Elkjær.

Anne-Lise nunca foi infiel a Henrik e não pretende ser. Mas sente-se quente e suas mãos estão formigando.

A camisa de Gunnar está aberta no pescoço e parece muito branca contra sua pele bronzeada. Por cima, ele usa uma jaqueta preta de um couro bastante macio.

Ele olha para Malene. Malene olha para ele. Eles se conhecem — é inconfundível! Nenhum dos dois falou ainda, mas claramente são mais do que conhecidos.

Malene se levanta. Imagina que ele a conheça. Que goste dela. Como se conheceram? Como ele pode gostar dela? Na verdade, Malene dissera que o conhecia, mas Anne-Lise pensou que ela se referisse aos escritos dele, e não pessoalmente.

Anne-Lise também nota a reação de Iben. Ela está usando as duas mãos para mexer em um grampeador cinza. Gunnar sorri para ela e parece conhecê-la também. Ou ele sorri para toda jovem que vê? Talvez ele não conheça Malene, afinal? Anne-Lise olha novamente para Malene. Sim, eles se conhecem.

Iben parece mais pálida do que o normal. Ela agora se levanta, mas sua atitude é diferente. Dá a impressão de querer sumir.

Não se passam mais do que alguns segundos antes de Camilla se voltar para Gunnar.

— Ah, sim. Ele está esperando pelo senhor.

Ela vai bater na porta de Paul. Talvez tenham se passado dez segundos desde que Gunnar chegou. Talvez cinco.

Paul abre a porta. Por uma fração de segundo ele fica surpreso ao ver seu convidado contra o pano de fundo de quatro mulheres, que parecem pontilhar a sala como esculturas. Ele recebe Gunnar e o conduz para dentro.

Anne-Lise volta rapidamente à biblioteca. Será que Gunnar, como tantos outros homens, é indiferente a padrões éticos? Tinha pensado que ele fosse diferente. Anne-Lise se senta à mesa. Não faz idéia de como explicar a qualquer um como isso é ruim. Ela simplesmente vai parecer uma adolescente histérica se disser que seu coração parece terrivelmente vazio só por causa daquele olhar rápido entre Gunnar e Malene.

Ela sinceramente acreditava que havia pessoas que não cairiam sob os encantos superficiais de Malene e Iben, por seu poder de atração juvenil. E que, além das paredes do CDIG, havia outros lugares que funcionavam segundo princípios diferentes.

Evidentemente ela entendeu tudo errado. Todo o mundo funcionava de acordo com as leis de Malene. Não havia lugar para se defender.

A porta para a sala de Paul se abre. Com alguma cerimônia, Paul acompanha Gunnar de mesa em mesa, apresentando-lhe a equipe do Centro. As quatro permanecem sentadas e fingem estar absortas em seu trabalho.

Anne-Lise ouve Gunnar dizer que já conhece Iben e Malene. Na verdade, Malene e ele são "velhos amigos", e ele conhecia Iben. Diz isso de forma casual, mas eles devem ser mais do que meros conhecidos. Desta vez, Malene e Iben estão menos encantadoras e falantes do que em geral ficam na companhia de um homem novo e poderoso.

Paul o leva aos fundos da coleção da biblioteca. Enquanto os dois discutem o arquivo, Anne-Lise ouve a voz de Ole, o presidente do conselho, entrando no Jardim de Inverno.

Camilla parece contente.

— Oi, Ole! Paul está na biblioteca com Gunnar Hartvig Nielsen.

— Tudo bem. Não vim por nenhum motivo importante... Só vim pegar o clipping da semana. Queria levar a pasta para casa hoje.

Todos no Centro gostam de Ole. Sua barba branca e curta lembra a Anne-Lise alguns professores mais velhos que conheceu. Como eles, ele é mais gordo e se veste de forma mas informal, se comparado aos acadêmicos mais novos que aparecem de vez em quando. Talvez seja um retorno à moda universitária da década de 1970.

Ole em geral vem conversar com Paul sobre política ou os assuntos que surgirão na próxima reunião do conselho. De vez em quando, junta-se a eles no almoço de Natal ou num jantar de verão. Até seis meses atrás, mais ou menos, Anne-Lise não pensava muito na vida particular de Ole. Sabia que ele era divorciado e que tinha dois filhos, mas isso era tudo. Depois sua cunhada telefonou num domingo de manhã para contar que Ole foi entrevistado para a série "Meus Demônios" na edição de domingo do *Politiken*.

Anne-Lise foi até a banca e comprou um jornal. Surpreendentemente, como outros homens e mulheres famosos ou quase famosos entrevistados para a série, Ole tinha sido extraordinariamente franco e contou algumas coisas muito pessoais ao entrevistador do *Politiken*.

A entrevista ocupou página dupla e foi ilustrada por uma foto esplêndida, mostrando Ole em toda a sua glória barriguda, parecendo muito cheio de si; ele estava de pé, ereto, em um dos pequenos barcos de pesca que no passado foram usados para introduzir judeus clandestinamente pelos canais para a Suécia durante a Segunda Guerra Mundial.

Ole confidenciou ao jornalista que sofria de um distúrbio afetivo unipolar, ou "depressão", como costumava ser chamado. Suas crises representavam um estresse intolerável para sua família e, em geral, o faziam agir de forma irracional. Dez anos antes, vários anos depois de seus filhos se mudarem, a esposa o deixou porque se sentia incapaz de ajudar. Depois do divórcio, ela foi morar em Moscou com um novo parceiro, um diplomata dinamarquês oito anos mais novo. Ole se mudou para um apartamento pequeno, mas elegante em uma das ruas estreitas atrás do Teatro Real, onde morava desde então.

Ele acrescentou um toque profissional à entrevista mencionando o CDIG.

"No curso do último século, 40 milhões de seres humanos foram mortos em guerras. Mas, no curso do mesmo século, aproximadamente 60 milhões de seres humanos foram mortos em expurgos genocidas organizados por seus próprios governos. Assim, até que ponto é importante entendermos e prevenirmos os genocídios? Bom, se considerarmos os números dos que foram mortos, é o problema mais importante de nossa época."

Parecia não haver limite para o que o entrevistador do *Politiken* podia arrancar de seu entrevistado. Ole falou livremente sobre o modo como a psicofarmacologia moderna mudara completamente sua vida e acrescentou que não conseguia deixar de especular como seria sua trajetória se os antidepressivos estivessem disponíveis algumas décadas antes.

Ele admitiu o fato de que os comprimidos o deixavam impotente, mas achava que este era um revés menor se comparado com o alívio para os meses sombrios de depressão. Além disso, depois de um certo período de uso, ele se orgulhava de dizer que tinha aceitado o desafio e o transformara em um aspecto positivo. Sua vida sexual tornara-se enriquecida por várias novas "abordagens" que, de acordo com sua experiência, agradavam enormemente às mulheres.

Anne-Lise leu a entrevista repetidas vezes. Depois a discutiu com Henrik. Nunca teria pensado que Ole era deprimido. Na época lhe ocorrera que sabia muito pouco de seus colegas de trabalho. Nas últimas semanas, ela vem pensando nisso cada vez mais.

Na segunda-feira seguinte à publicação da entrevista, Iben estava à toda e deu uma palestra sobre psicofármacos, destacando que pequenas alterações químicas podem causar desequilíbrios emocionais e que nenhuma quantidade de terapia poderia ajudar. Este era um de seus argumentos clássicos, como o discurso de "os seres humanos são como animais".

Inevitavelmente, todas fizeram piada sobre as coisas que Ole revelara.

Quando apareceu no escritório alguns dias depois, Ole foi o centro das atenções, muito mais do que o habitual. Todas o elogiaram por ser tão franco e sincero. Iben falou de uma de suas tias, que sofrera muito de depressão. Malene tinha a história de uma amiga cujo casamento fora destruído pela doença. Ole por sua vez se comportou como se esperasse por essa reação. Até certo ponto, ele teve certeza de que receberia elogios das moças antes mesmo que elas os fizessem. Seu reconhecimento de qualquer inabilidade não verbalizada as colocou à vontade imediatamente.

Hoje, com um sorriso largo e a pasta enfiada debaixo do braço, Ole foi até Paul e Gunnar enquanto eles saíam da biblioteca.

— Oi, Gunnar. É bom saber que temos alguma coisa aqui que você pode usar na *Desenvolvimento*.

Gunnar, que é uma cabeça mais alto do que os outros dois homens, parecia radiante. Ser membro do conselho é um reconhecimento que ele devia ter tido há muito tempo.

— Oi, Ole. É claro que há muita coisa aqui. Mas hoje só estou vendo o lugar. Aprendendo um pouco mais antes de aceitar a oferta. — Ele se vira para Paul e sorri. — Estou muito tentado a dizer sim, sabia?

Ole parece perdido, então Gunnar continua.

— Desculpe, a oferta de integrar o conselho... Para substituir Frederik Thorsteinsson.

Por fim Ole fala.

— Sei. Bem, que boa notícia. — Ele deixa por isso mesmo.

Há uma curta pausa na conversa e, de repente, todos que conhecem Ole percebem que ele não fazia idéia da oferta de Paul a Gunnar. Ele não confronta Paul, permitindo que mantenha sua dignidade. Em vez disso, diz que precisa se apressar.

Talvez Gunnar também tenha adivinhado a verdade. A alegria desaparece de seu rosto, mas Paul mantém a frieza.

— Que bom. Agora você teve uma chance de cumprimentar também nosso diretor. Este escritório está sempre movimentado... Muito movimento imprevisível. — Ele o leva até sua sala. — Mas você descobrirá isso muito em breve, depois que conhecer todos nós.

Os homens saem. O silêncio cai no Jardim de Inverno. Anne-Lise quer desesperadamente telefonar para Henrik, mas a porta aberta torna isso impossível. Às vezes ela quer simplesmente poder fechar a maldita porta de novo, para poder ficar sozinha por uns momentos. Sem dúvida, todas reclamariam se ela o fizesse.

Ela não consegue se concentrar nos relatórios sobre o Afeganistão. Em vez disso, abre as caixas que acabaram de chegar do Tribunal Criminal Internacional de Haia e começa a separar os documentos. Ela ouve a conversa do lado de fora.

Iben está falando:

— Gunnar não tem nada a ver com o CDIG agora. Ele não quer se misturar nos jogos de Paul.

Malene não parece concordar.

— Acho que ele vai dizer sim ao lugar no conselho. — Depois de uma curta pausa, ela acrescenta uma explicação: — Quero dizer, eles devem estar discutindo isso agora.

— Ele não vai aceitar!

Desta vez, talvez a primeira, Anne-Lise ouve Iben se exasperar. Ela está ficando cada vez mais estridente. Sua voz aumentou a quase um grito.

— Não pode pensar isso dele!

Malene parece diferente, controlada e particularmente paternalista.

— Iben, não sei há quanto tempo ele está esperando por uma oportunidade dessas. Você sabe que ele precisa voltar à carreira.

— Mas não à custa de outra pessoa e desta forma desleal. Ele não gosta disso!

— Precisa levar em conta que Gunnar morou na África, onde a corrupção está na ordem do dia.

— E daí? Eu também morei na África.

A essa altura, elas se calam. Esta é a primeira vez que discordam abertamente. Parece ter se materializado do nada. Talvez alguém de fora não visse como estavam furiosas uma com a outra, mas para Anne-Lise sua briga é uma revelação. Ela fica satisfeita por ver as duas finalmente direcionando a maldade uma contra a outra.

Em algum momento Malene consegue fazer uma referência à sua doença. Iben não responde.

Um pouco depois, a inquirição de Malene é quase gentil.

—Você sabe tanto assim dele? Deve ser magia. Quero dizer, você só falou com ele uma vez, não foi? Na casa da Sophie?

Iben recuperou o controle e agora parece autoconfiante.

—Tivemos uma boa conversa naquela noite. Certamente. Como diz Rasmus, algumas das melhores conversas são com pessoas que só se viu uma vez.

Malene ridiculariza um pouco.

— Sei. Agora você tem que arrastar Rasmus para isso.

— E por que não?

Depois de mais alguns minutos disso, Iben levanta acampamento para a cozinha a fim de esfriar a cabeça.

Anne-Lise empilha revistas em uma prateleira. De onde está parada, pode ver o Jardim de Inverno.

Iben volta à sua mesa quando por fim a porta da sala de Paul se abre. Gunnar sai, e ele não está sorrindo. Anda rapidamente para a porta da frente e, enquanto a abre, vira-se para olhá-las e diz educadamente:

— Adeus.

A expressão carrancuda dele a teria deixado completamente deliciada, se não fosse pela exaustão que Anne-Lise sentia.

33

Logo depois que a porta da frente bate às costas de Gunnar, Paul sai de sua sala.

Iben pergunta imediatamente:

— Como foi?

— Ah, não muito bem. Que terrível falta de sorte Ole ter aparecido justamente naquela hora. — Paul parece irritado. — Bom, de qualquer forma, agora vamos ver no que isso vai dar. Meu Deus, só estávamos tentando salvar o Centro. É só isso.

Ele volta à sua sala e está prestes a fechar a porta.

— Preciso ligar para Ole.

Elas se entreolham. Então aparentemente Paul não se sente mal por nada, nem está preocupado com a reação de Ole. O que isso significa quanto ao futuro do Centro?

Anne-Lise esquadrinha o Jardim de Inverno, assimilando cada detalhe conhecido e tedioso: a organização apropriada das notas em Post-it na mesa de Camilla, o pequeno *troll* de plástico, criatura do folclore escandinavo empoleirada na mesa de Malene, a mola quebrada da luminária de Iben.

Daqui a alguns meses, tudo pode ser diferente.

Ole não deve ter atendido ao telefone, porque Paul se junta novamente a elas um minuto depois. Está segurando um *croissant*, presumivelmente que restou da visita de Gunnar, e se acomoda na cadeira extra ao lado da mesa de Malene.

— Bom, de qualquer modo, o show deve continuar. Ouçam só isso. Ontem almocei com um amigo. Ele é amigo de uma pessoa do comitê de política externa do Partido Conservador. Foi assim que soube que daqui a dois meses todo mundo que é alguém em Bruxelas estará debatendo a relação da União Européia com a Turquia, em especial à luz do repúdio turco ao genocídio armênio.

Será que Paul pretende fazer com que elas trabalhem como se nada tivesse acontecido?

Anne-Lise olha em volta. Não estariam também as outras achando as maneiras de Paul difíceis de entender? Ela vê que todas fingem que tudo está muito normal.

— Portanto, os armênios estarão na agenda do Parlamento dinamarquês. Tanto a nossa própria mídia como a da União Européia vão competir para publicar a matéria. É por isso que precisamos ser uma fonte para todas as informações vitais e atualizadas sobre o assunto. Impressas e na Internet. Em inglês e em dinamarquês.

Ele se vira para Iben.

— Esta deve ser nossa prioridade máxima. Deixe a Chechênia de lado por enquanto. Uma edição cheia de informações sobre a Turquia deve estar pronta para ir para a gráfica em um mês. Devemos apresentar os melhores dados, os melhores resumos de retrospectivas e entrevistas... na Europa! — Quando Paul está empolgado com alguma coisa, seu entusiasmo é impressionante.

— Nosso website deve oferecer os melhores links. Quando começar o trabalho, tenha o seguinte em mente: o que está oculto nesta região que ninguém mais pensou? Pense em história! Precisamos ser dez vezes mais inteligentes do que a imprensa.

Ele relaxa por um momento.

— Quanto a você, Anne-Lise. Há livros que precisemos conhecer para redigir essa edição? Revistas que já trataram do tema?

Essa é nova. Paul, nem qualquer uma das outras, jamais se virou para ela desta maneira, pensa. É isso. Esperei um ano inteiro e agora aconteceu. Até que enfim eles me deixaram entrar.

Ela começa a falar.

— Evidentemente, há...

Depois perde a fluência.

— Tenho certeza... — Ela não consegue pensar em mais nada para dizer.

As outras se olham maliciosamente. É enfurecedor. Mas é culpa dela. Ela é que não vem se comportando profissionalmente.

Paul se volta para Iben.

— Iben, tem alguma idéia?

É claro que ela tem. Iben sorri. Não há, em suas maneiras, a menor sugestão de que há apenas 15 minutos Ole provou que Paul era fraudulento.

— Se abordarmos os correspondentes estrangeiros freelancers, os caras antenados, vamos conseguir informações muito além de nosso raio de ação habitual. E não há problema algum em compilar uma visão geral das reações de cada um dos maiores Estados da União Européia aos genocídios na Turquia e em outros lugares.

Anne-Lise não pega o resto do que ela disse porque está preocupada com a cena de Iben entrando na biblioteca às pressas, segurando uma garrafa vazia de rum e escondendo-a no armário. Está além da compreensão de Anne-Lise como esta persuasiva acadêmica de cabeça fria é a mesma pessoa infantil e manipuladora.

Iben está chegando ao final de suas sugestões:

— ...daria a nossos clientes uma oportunidade melhor de se informar não só sobre o tema em si, mas também sobre a base para a tomada de decisão conjunta européia.

Paul engole o resto do croissant e ouve Iben.

— Ótimo! Muito bom, Iben! Anne-Lise, precisamos que esteja aqui também.

Em algum lugar por dentro, queimou um fusível de Anne-Lise. A fantasia de Iben sentindo a faca do criminoso de guerra em seu pescoço na luz inclemente da escada fica se repetindo. É somente por uma névoa que Anne-Lise vê Paul limpando farelos da boca. Os lábios dele continuam se movendo, falando com ela.

— É importante que você não só localize muitos artigos e análises, mas que também trabalhe com Iben na seleção daqueles que são mais úteis. Vocês duas terão de trabalhar em equipe. O que acha disso?

Com as mãos em garra, Iben segura a jaqueta de couro do criminoso de guerra. Ela a puxa violentamente. O grandalhão já fez isso muitas vezes.

Anne-Lise se sacode. Será sobre isso que Yngve me alertou?, pergunta-se. Estou entrando em colapso? É por isso que não consigo me concentrar?

Ela olha rapidamente em volta da roda de colegas. Paul viu. Agora ele tem que admitir que as outras estavam certas o tempo todo. Eu sou incompetente. Vou ser demitida e elas terão conseguido.

Sua mente clareia o bastante para entrar em sintonia de novo enquanto Paul termina seu discurso.

— A edição temática do *Jornal do Genocídio* também servirá para legitimar nossa existência aos olhos dos políticos. A questão é ficar na ofensiva. Se pudermos produzir as melhores informações impressas e on-line sobre este assunto, será mais difícil que fechem o Centro. Assim... Iben, Anne-Lise... No próximo mês vocês estarão trabalhando também pela sobrevivência do Centro.

A cabeça de Anne-Lise gira. Será que ele me pediu para fazer mais alguma coisa? Sim, deve ter pedido. Não faço idéia do que é. Será verdade que é impossível trabalhar comigo? Sim, claro que é verdade.

Depois da reunião, Anne-Lise tem dor de cabeça.

Ela pára na porta da biblioteca e coloca o casaco de inverno e o cachecol. Os analgésicos não parecem ter surtido efeito. Seus olhos se estreitam com a forte luz fluorescente do Jardim de Inverno. Fitando o chão, ela fala em voz baixa.

— Preciso ir para casa. Não me sinto bem. Foi por isso que não consegui me concentrar mais cedo.

Paul também está ali. Camilla sorri para Anne-Lise e certifica-se de que ele veja isso. Ela diz em voz alta que não sabia que Anne-Lise não estava concentrada, ela parecia atenta, como sempre.

Do lado de fora, o clima de dezembro é frio e cinzento. Anne-Lise consegue levar o carro pela via expressa para Holte sem nenhum problema, mas, depois de entrar na rua Vase, quase não enxerga um ciclista na luz baixa. Ela pisa no freio segundos antes de atingir o pára-lama traseiro. Sem olhar em volta, desvia o carro até que ele pare, atravessado na rua. O carro atrás dela dá uma freada brusca, cantando pneu. Há um pequeno tremor quando atinge o carro dela.

O motorista pula para fora. Junto com o ciclista, eles gritam com ela e batem as mãos no carro. O motorista diz que o pára-choque da frente do carro dele está amassado; exige o telefone dela e as informações do seguro. Anne-Lise cede.

Ela consegue estacionar no acostamento. Ela e o motorista trocam telefones. Ele lhe pergunta se está se sentindo mal, sugerindo que ela esteja bêbada ou drogada. Ela lhe diz que está com dor de cabeça. Depois que ele vai embora, fica sentada no carro por um tempo com a cabeça entre as mãos.

Por fim, conclui que é arriscado demais dirigir. Falta menos de um quilômetro até sua casa, então pode deixar o carro aqui e seguir a pé o resto do trajeto.

Anne-Lise anda por uma rua ladeada de casas, junto a uma cerca viva cujos ramos longos e nus formam um dossel espinhoso sobre sua cabeça. A dor é tão forte que ela mal consegue olhar para cima.

Uma voz de mulher grita:

— Brigitte!

Depois de ouvir o nome mais algumas vezes, Anne-Lise olha em volta. Há apenas uma mulher que ela não reconhece, então recomeça a andar, mas a mulher a alcança.

— Eu sabia que era você! A amiga de Camilla! É tão bom vê-la! Mora perto daqui?

Anne-Lise não consegue pensar no que ela está falando. A mulher percebe seu olhar vago.

— Não se lembra de mim? O coral. O Coral dos Correios de Copenhague.

— Ah!

Anne-Lise se sente tonta. Sua dor de cabeça torna difícil pensar. Mesmo assim, ela sabe que, se esta mulher descobrir que "Brigitte" é na verdade Anne-Lise, Camilla vai saber. E depois as colegas não hesitarão em grudar o rótulo de "doente mental" em Anne-Lise para sempre.

A mulher está com roupas caras, um casaco azul de lã que cobre quase todo o corpo. O tom de seu batom é vivo demais para sua idade. Anne-Lise não consegue deixar de sentir que esta mulher parece confusa e meio perturbada.

— Brigitte, você também mora por aqui? Precisamos de um coral aqui, e não no centro.

Anne-Lise está a apenas algumas centenas de metros de sua casa.

— Não. Só estou de visita... Uma velha amiga minha.

— Não é a Camilla? Ou ela se mudou para cá? — A mulher, obviamente, não se lembra como terminou a noite de Anne-Lise no ensaio do coral.

— Não. Não é a Camilla. — Anne-Lise sai de baixo da cerca viva. Sabe que não tem energia para continuar com as mentiras por muito mais tempo.

A mulher se repete.

— Eu moro aqui perto. E precisamos de um coral aqui.

Anne-Lise não faz idéia do que ela quer dizer.

— Quem sabe você mora na área de Holte?

— Não, não moro.

A mulher limpa a boca, como se alguma coisa estivesse presa ali.

— Antigamente eu era amiga de Camilla.

— Ah, sim?

— Era. Eu parei de vê-la quando ela começou a se relacionar com ele... Sabe quem é, aquele sujeitinho horrível.

— Sim, eu sei. Qual é o nome dele mesmo?

— Dragan.

— Isso. Dragan.

Aquela mulher não ia parar de falar.

— Nome estranho. Mas ele era um refugiado. Da Sérvia, não era?

— Sim, é verdade. Da Sérvia. — Anne-Lise se obriga a olhar a mulher. — Era Dragan...? Dragan...?

— Dragan Jelisic, não era?

— Isso mesmo. Sim, Dragan Jelisic. Sim, sim. Eu o achava realmente difícil de engolir.

Anne-Lise se desculpa abruptamente e corre para casa.

A melhor coisa depois de poder falar com Henrik seria não falar com ninguém pelo resto do dia. Ela sobe pela entrada de carros, abre a porta e vai se deitar no sofá preto, com pouca esperança de que a enxaqueca passe logo.

Pensa em Camilla e no que pode significar ela ter saído com um refugiado sérvio e ter guardado isso em segredo. Mas, com aquela dor na cabeça, era impossível raciocinar.

Só as fantasias de vingança com Malene e Iben estão claras em sua mente, como se as imagens tivessem vida própria. Um jovem de moletom vermelho ataca o corpo de Malene na relva. O estalar dos ramos se quebrando quando o corpo dela é pressionado no chão do bosque. O pescoço pálido de Iben, a acústica com eco da escada, as veias que ficam visíveis em seu pescoço e sob a pele fina debaixo dos olhos. E, na sombra das árvores, o terror nos olhos de Malene quando ela entende que está sendo castigada por ter arruinado a vida de outro ser humano.

Anne-Lise está decidida a pensar em alguma coisa que a faça se sentir uma boa pessoa, alguém normal e saudável.

O sangue flui do corpo de Malene e encharca o chão.

Ela não sabe quanto tempo se passou quando percebe que sua mente está mais clara. Ainda está deitada no sofá, mas agora se sente capaz de telefonar para Henrik para perguntar se ele pode pegar os filhos hoje.

Sem mover o resto do corpo, Anne-Lise estende o braço e pega o fone do gancho.

Ela ouve vozes. Será que Henrik voltou para casa enquanto ela estava descansando? Como o carro dela não está estacionado do lado de fora, ele não saberia que ela já chegou.

É Henrik. No começo ela não consegue entender o que ele está dizendo. A outra voz pertence a Nils, irmão de Henrik. Ela quer dizer alguma coisa, mas passa por um momento embaraçoso tentando recolocar o fone no gancho.

— ...como se eu já não tivesse dito a ela uma cem vezes. Para lhe falar a verdade, agora está tudo muito difícil.

Nils parece solidário.

— Henrik, eu acredito em você.

Uma pausa, mas Anne-Lise está tão desnorteada que não consegue pensar em nada para dizer. Do que eles estão falando?

— Mas já pensou em conversar com o médico dela? — acrescenta Nils.

— Nós o consultamos juntos. E concordamos depois em fazer o que ele aconselhou. Foi tudo bem. Mas ela está se recusando a vê-lo novamente.

Nils parece mais sério do que Anne-Lise já pensou ser possível.

— Henrik, você pode me telefonar sempre. Lembre-se disso. E sempre pode aparecer para conversar conosco, a qualquer hora. Passe a noite lá, se quiser.

A voz de Henrik é monótona.

— Que bom. Obrigado. Mas tem as crianças.

Tudo se infiltra lentamente através de sua dor de cabeça.

Ela grita.

Ela corre.

Agora ela não consegue suportar a sala, mas não sabe onde quer ir. Ela está no hall, mas não suporta ficar ali também.

Os passos de Henrik estão no segundo andar.

Anne-Lise corre enquanto uma rajada de pensamentos a domina.

Por que eu deveria ter acreditado que eles podiam suportar viver comigo? Estou explodindo com esses pensamentos horríveis. O tempo todo! Como pude me enganar? Eles terão que se mudar. Não, eu tenho que me mudar. Eles podem ficar com a casa. Eu vou embora.

Henrik a alcança na cozinha. Ela desabou no chão. Ele grita:

— Eu não disse nada de ruim sobre você! Não disse!

Mas agora o estuprador de moletom vermelho pula dos arbustos altos. Ele me ataca. Saca a pequena navalha preta. Ele a segura em meu pescoço e me força a entrar nos arbustos.

Henrik grita:

— Anne-Lise, não! Não.

Preciso atingir minha cara com a maior força que eu puder. Mereço ser castigada porque sou uma esposa horrível. Sou uma mãe má, muito má.

A cara sarapintada do estuprador me dá um sorriso arreganhado. Posso ver seus dentes pequenos e pontudos.

Henrik segura minha mão. Eu posso me ferir com a outra mão. Ele tenta pegá-la também, perde o equilíbrio e cai sobre mim. A barriga dele está na minha cabeça. O cotovelo dele entre minhas pernas.

Ele grita:

— Anne-Lise, pare! Pare!

Ele abraça meu tronco. Prendeu meus braços, então não consigo mexê-los. Aperta o rosto contra o meu. Sua boca está perto de minha orelha.

— Acerte a Malene! Ela é que deve ser ferida, e não você. E Iben! Não você. Elas!

IBEN

34

Alguma coisa brilha na parede do outro lado da choça quando capta a luz fraca do lampião a óleo. É a carapaça de um besouro morto. No começo, Iben pensou que a criatura estivesse viva, mas desde então o tempo passou.

Por mais ou menos 35 horas ela ficou olhando a pequena carapaça escura do besouro. Ela a tocou e depois tentou libertá-la da mistura de lama e esterco que parecia cimento na parede.

Iben é a única entre os prisioneiros que não vomitou. Só está sofrendo de diarréia e febre. Sob circunstâncias normais, eles nunca teriam tocado na água da choça, mantida em cabaças e garrafas velhas de plástico.

Um dos seqüestradores se chama Omoro. Ele se agachou ao lado dela várias vezes, perguntou se estava muito doente e rezou para que ela melhorasse logo.

Através da névoa de febre ela o escuta argumentar repetidamente que era essencial capturá-los. Sua tribo deve expulsar a PLE das favelas de Kibera.

Ninguém o contradiz, mas ainda assim ele se repete.

— Olha, nós não somos criminosos. Não é isso que nós somos! — Ele parece infeliz.

Iben não consegue distinguir as feições dele no escuro.

Omoro é o homem da metralhadora que estava sentado ao lado do motorista no caminhão branco e grande da PLE. Agora que ele está andando, ela nota que ele é alto e de boa constituição física. Falta a parte inferior de uma das orelhas.

A febre torna difícil para Iben pensar em uma resposta a suas perguntas insistentes.

— Por favor, não vê que temos direito de fazer isso?

Ela observa a luz do lampião brilhar na lâmina da faca que está pousada entre as coxas dele. Um fedor horrível preenche a escuridão fechada do barraco. Os seqüestradores não deixam os prisioneiros saírem, a não ser quando "têm de ir" no fosso de lama junto à porta e, com a doença, todos os quatro reféns precisam ir várias vezes por hora. Roberto nem sempre tem tempo para isso. Certo dia sequer conseguiu se levantar do chão de terra — estava fraco demais —, mas tentou se limpar com um punhado de palha. Há mais moscas e insetos rastejando no canto dele do que em outro lugar.

Todos tremem, porque a noite está fria e eles só vestem suas camisetas e shorts. Logo o sol vai nascer e seu calor violento tornará ainda mais denso o ar na choça.

Iben está deitada de lado. Está praticamente imóvel, mas de vez em quando estica o indicador e empurra o besouro, como se fosse um botão que, apertando, pudesse impedir que alguma coisa acontecesse. Ela sabe que os outros também estão despertos, mas ninguém ali fala.

Ela nunca sentiu um medo assim. Não é como um choque súbito, um estado passageiro. Os reféns podem ser levados para fora e baleados em cinco minutos, ou em dez, ou em quinze. Metade da noite se passou, mas os tiros ainda podem ser disparados a qualquer hora. Nada muda. Não há pausa na consciência do perigo, só medo crescente.

A febre deixa Iben mole e exausta, mas mesmo assim ela só consegue dormir a intervalos curtos. Os outros têm sofrido mais. Ontem ela precisou limpar o que Roberto vomitou quando estava tonto de febre. Parece que os luos a consideram mais forte do que o resto e se voltam para ela quando precisam falar com os cativos.

O que isso significa para suas chances de sobrevivência?

Quatro outros funcionários de ajuda humanitária de outra seção da PLE foram levados há não muito tempo. As negociações para libertá-los chegaram a um impasse e os seqüestradores decidiram balear um dos prisioneiros, e depois mais um, antes de concordarem em deixar os outros dois irem.

Quem de seu grupo os luos escolheriam primeiro? Seria o prisioneiro que consideram mais forte?

Mas ela não podia deixar Roberto deitado ali no próprio vômito. Precisava fazer alguma coisa. Todos tiveram que continuar bebendo água porque estavam perdendo líquido rapidamente, mas isso significava que sua única alternativa à sede era instigar continuamente suas infecções intestinais.

Ela lavou o vômito da cara dele e o ajudou a sair da choça quando ele precisou ir ao fosso. Cathy e Mark, de Illinois, que são casados, ficaram agarrados um ao outro durante toda a primeira noite, sussurrando o quanto se amam. Agora estão deitados separados e imóveis, encarando o ar ou a parede. Iben não tem certeza do quanto estão realmente doentes. Sua imobilidade pode ser uma estratégia combinada por eles para evitar que os guardas fiquem irritados. Por outro lado, pode ser instintivo. O choque e o medo podem ter paralisado os dois, em vez da doença.

Iben afinal deve ter dormido, porque, na vez seguinte em que olha a soleira da porta, a luz brilha em volta das bordas da cortina de pano. A choça sem janelas sempre está cheia de sombras. Só os espaços em volta do pano permitem a entrada de ar. As flechas de luz do sol ferem os olhos de todos sempre que alguém puxa o pano para o lado a fim de ir à latrina.

Eles ouvem homens passando pelo barraco. Muitos homens.

Seus movimentos parecem calmos e ninguém está gritando, então presumivelmente o amontoado de moradias não está sendo atacado.

Nenhum dos prisioneiros disse em voz alta: "Quando vão nos matar?" ou "Quem morrerá primeiro?".

Desde o começo, Iben pensou que eles evitarão a morte dos reféns de que mais gostavam, o que significava que era importante formar um relacionamento pessoal com o maior número deles o mais rápido possível. O problema é que é difícil parecer agradável com uma gangue de seqüestradores quando se está enfraquecido pela diarréia, pelo medo e pela falta de sono.

Os homens lá fora cantam hinos.

Os olhos dos prisioneiros foram vendados quando eles foram trazidos a este lugar mas, nas idas ao fosso, Iben calculou que sua choça fazia parte de um grupo que abrigava cerca de vinte pessoas. Todos pareciam ser homens. Definitivamente não havia crianças.

Iben reconhece muitos dos hinos por tê-los ouvido em dois LPs do pai, cantados por um coral de igreja da Inglaterra. Ele os tocava todo ano, na época do Natal.

Eles cantam harmonias com suas vozes graves, parecendo surpreendentemente afinados, como se um regente os conduzisse. Iben decide se juntar ao canto. No final de cada hino, ela repete um dos versos em voz alta. Quer se certificar de que os homens do lado de fora a ouçam.

Dá certo. Ela sentira que um pouco de religião seria o ponto fraco de todos.

Agora Odhiambo, um dos guardas que não estavam presentes no seqüestro em Nairóbi, entra para buscá-la. Eles não querem impedir que uma crente em Jesus tome parte do serviço religioso.

Iben não come há mais de 24 horas, mas não sente fome. Sua febre cede um pouco. Ela está forte o bastante para andar ereta, embora suas pernas ainda tremam, e se semicerrar os olhos pode suportar a luz penetrante do sol.

Ela está do lado de fora. Um vento quente tremula em suas roupas sujas. O cheiro é diferente do fedor da choça. Aqui há luz suficiente para ver. Aqui há cores e árvores.

Os homens formaram uma roda fechada. Esses aproximadamente 15 homens devem se importar pouco com ela, uma vez que o serviço religioso está no fim. Eles recomeçam a cantar.

Cruz de Cristo, cruz de sofrimento,
Onde o sangue de Jesus foi derramado,
O Homem Perfeito em Ti sofreu,
O Deus Perfeito em Ti sangrou!

Oh, misterioso condescendente!
Oh, sublime abandono!
O próprio Deus suporta
Todo o sofrimento dos tempos!

Iben pode sentir o cheiro dos arbustos em volta deles. Cheira a madeira seca e esfarelada.

Ela olha de relance o armamento dos luos. Todos parecem ter metralhadoras, assim como facas, e tudo ao alcance da mão. Eles devem temer um ataque de fora da aldeia, porque certamente não acham que algum dos prisioneiros tenha força para lutar com os guardas e fugir para o campo.

Um homem mais velho lidera tanto o canto como a leitura do sermão. Está de calça de náilon preta e uma corrente em volta do pescoço com um amuleto.

Talvez a doença tenha enfraquecido Iben, porque o som dessas vozes graves em adoração toca uma ferida, e o canto penetra mais fundo nela.

> Filhos frágeis do pó, frágeis e fracos,
> Em Ti confiamos, sem Ti fracassamos.

Ou será porque ela foi obrigada a ficar no escuro por tanto tempo? Ela consegue piscar e afastar as lágrimas dos olhos. Alguma coisa a pegou, talvez uma combinação do canto, das palavras e de poder olhar a distância.

Talvez estes baobás sejam a última coisa da natureza que verei, pensa.

> Oh, vem, Cajado de Jessé, liberta
> Os Teus da tirania de Satanás;
> Das profundezas do inferno salva Teu povo,
> E dá-lhes a vitória sobre o sepulcro.
> Rejubilai-vos! Rejubilai-vos!
> Emanuel virá a vós, oh, Israel.

É mais difícil acompanhar as orações entre os hinos, mas Iben murmura suas próprias palavras em dinamarquês. Aqui, do lado de fora, na luz, ela pode ver que os homens estão deprimidos; ninguém sabe como isso terminará. Afinal, dois dos amigos deles já foram mortos.

No momento em que termina a cerimônia, Iben começa a falar calorosamente sobre as injustiças cometidas à tribo dos luos. Prevendo o futuro, ela raciocinou que esta seria sua melhor chance de ter o direito de continuar do lado de fora por algum tempo. E, talvez, conseguir conversar com alguém.

Cinco dos homens se juntam em volta dela. Todos concordam em se manter silenciosos. Tiveram de fazer reféns para expor seus problemas a eles. Iben pergunta diretamente a Omoro se ele era amigo do motorista que morreu ontem.

Sim. Ela pergunta sobre a amizade deles.

Os outros ainda estão ouvindo. Iben tenta ser genuinamente amistosa com todos. Ela se sente fraca e tonta, mas com sorte eles não perceberão. Se os homens sabem o que é bom para si, devem levá-la à choça de novo. Ao deixarem que ela vá tão longe, mostram como são inexperientes.

Iben se lembra de que, na primeira vez que os reservistas de Hamburgo receberam ordem de matar os habitantes de uma pequena cidade judaica, cada homem do batalhão teve que acompanhar um judeu até o local da execução na floresta. Uma vez lá, teve que atirar no prisioneiro e depois voltar para pegar outro judeu. Esses minutos a sós com a vítima, andando pela trilha da floresta, talvez trocando algumas palavras, foram o suficiente para dificultar muito os assassinatos, e muitos desistiram. Outros foram tomados de pesadelos terríveis depois disso.

Os oficiais do batalhão rapidamente aprenderam a planejar as mortes de uma forma diferente. Nos massacres posteriores, os soldados nunca ficaram um único momento a sós com os judeus. A regra era fazer com que as vítimas parecessem uma horda grande e anônima. Os campos de concentração alemães eram regidos pelo mesmo princípio. Cabeças raspadas, famintos e sujos, os prisioneiros tendiam a ser menos perturbadores para o pessoal dos campos alemães porque não pareciam muito humanos, e isso facilitou bastante o trabalho dos guardas do campo.

Iben sabe muito bem que o breve interlúdio do lado de fora da choça tornou muito mais difícil para os homens matarem-na. No momento ela se sente satisfeita consigo mesma.

Um homem baixo, de cabelos grisalhos e com uma cicatriz no rosto, aproxima-se dela. Diz algo em *dholuo* que pode bem significar que ela deve voltar à choça. Odhiambo responde alguma coisa. O que ele diz inclui o nome "Phillip" e, à menção deste nome, o homem da cicatriz olha rapidamente para Iben e verifica se ela percebeu.

Iben sabe da importância de manter a expressão vaga. Phillip é um nome incomum para um luo, o que torna mais fácil deduzir que estão falando de Dalmas Phillip. Embora seja um chefe luo menor, ele é muito conhecido como um dos combatentes mais ativos contra os núbios. Dizem também que estuprou muitas mulheres núbias, apesar de ter mais de sessenta anos de idade.

Iben acha impossível esconder completamente sua reação. O homem registra a mudança imediata em seu rosto. Isso estraga tudo. Eles não podem deixá-la viva se ela sabe a identidade do líder de toda a operação de seqüestro. De repente Iben fica ciente de como está cansada e fraca. Ela desliza para a escuridão da choça e, enroscando-se em seu lugar, chora.

Cathy murmura palavras de conforto, mas Iben sente uma nova reserva entre os três companheiros prisioneiros. É claro que eles também podem ver que o risco de ser o primeiro na fila de execução aumenta para eles quanto mais Iben se aproxima dos homens do lado de fora. Mas o que podem dizer? Iben pode argumentar facilmente que um bom relacionamento com os guardas pode muito bem salvar todos.

Cathy continua repetindo que eles vão conseguir, vão sobreviver. É o mesmo mantra que Iben vem repetindo a si mesma interminavelmente nos últimos dois dias.

Enquanto isso, Iben pensou em todas as hipóteses. Se os luos simplesmente quisessem expulsar a PLE de Kibera, bastaria atirar na direção geral do pessoal da ajuda humanitária. A segurança dos funcionários seria motivo suficiente para fazer com que fechassem o escritório local. A decisão arriscada dos luos de seqüestrar quatro trabalhadores da PLE pode indicar que eles querem muito mais. Os líderes da operação podem muito bem estar almejando um grande pagamento de resgate, por exemplo. E Omoro, Odhiambo e os outros quase certamente não sabem nada disso. De qualquer forma, a PLE nunca pagaria, porque o resultado só levaria a mais seqüestros e, a longo prazo, custaria mais vidas.

Iben não falou de suas suspeitas aos outros, mas agora não consegue deixar de lhes contar que os guardas sabem que ela reconheceu o nome de Dalmas Phillip.

Isso silencia Cathy.

Iben tenta descansar em seu pedaço de terra irregular e dura. Ela coça o dorso do besouro e tenta se obrigar a sonhar com a Dinamarca. Um músculo em seu estômago se contrai. Não dói, mas todo seu abdome se retorce.

Apenas três anos antes ela era uma estudante comum. A esta hora do dia, estava sentada em casa, lendo. Um cheiro veio a ela, o aroma de tinta de impressora e café que enchia os quartos de suas amigas quando elas discutiam os livros.

A voz de Cathy a arranca do devaneio.

— Olha, a PLE terá que entrar em contato com nossas embaixadas. E se os diplomatas ameaçarem suspender a ajuda ao desenvolvimento, de repente Arap Moi e a polícia estarão do nosso lado. E depois eles vão nos encontrar. — O lampião está perto o bastante de Cathy para iluminar a marca do chão em seu rosto. — E quando a polícia vier nos libertar e atacar todos aqui, não vai importar se você sabe sobre Dalmas Phillip.

É bom ouvi-la tentando ser tranqüilizadora. As duas sentem que atacar os luos aqui no mato é quase impossível, mas nenhuma delas diz isso.

Já se passou um longo tempo desde que elas ouviram alguma coisa de Roberto. Iben pergunta como ele está.

A voz dele quase sumiu.

— Não muito bem.

Iben vai se sentar a seu lado. A escuridão e o calor fazem coisas estranhas com o tempo. Deve ser a espera que faz com que o tempo passe desta forma terrivelmente lenta. Por fim eles dormem. Seus sonhos são caóticos.

Iben está em seu canto novamente quando Omoro entra com uma chaleira cheia de um chá horrível servido em tudo que é lugar no Quênia. Sempre vem com leite e muito açúcar. A maioria dos quenianos adora seu chá e é um gesto de consideração por parte de Omoro. Iben e Cathy lhe agradecem profusamente e bebem, embora a bebida doce demais pareça inchar na boca depois de mais de 24 horas de fome.

Pouco depois, Omoro traz um prato de uma papa seca feita de milho. Elas comem com os dedos, fazendo o máximo possível para esquecer aquelas viagens ao fosso. É uma pena que Roberto não tenha apetite, mas é um alívio que seus dedos sujos não mergulhem na comida.

Omoro senta-se ao lado de Iben e sussurra em seu ouvido:

— Se aquele velho da cicatriz quiser levar você para fora, precisa tentar se livrar dele.

Iben gostaria de perguntar a Omoro o que ele sabia sobre Dalmas Phillip, mas não se permite. Em vez disso, tenta imitar o som feito pelos luos quando entendem e aceitam alguma coisa.

Uma mosca insiste em tentar pousar em seu olho. A cada vez que ela a afugenta, a mosca volta. A maioria dos nativos não parece perceber as moscas, e Iben não quer que a intimidade com Omoro seja perturbada com a agitação de seus braços.

Omoro fica em silêncio por um tempo. Por fim ele fala.

—Você também viu Ojiji.

— Sim. — Iben sabe que o amigo de Omoro, o motorista morto, chamava-se Ojiji.

Omoro fica sentado em silêncio por mais tempo, antes de dizer a mesma coisa.

—Você também o viu.

— Sim. Eu vi.

— Você o viu no carro comigo.

— Sim. — Ela tenta parecer gentil e simpática. A mosca investiga sua orelha. — Omoro, foi pavoroso.

Mais uma vez ele parece não saber o que dizer.

Iben murmura para mostrar sua solidariedade. Embora possa vislumbrar o rosto dele no escuro, não consegue distinguir-lhe a expressão. Ela sente, mais do que vê, que ele está chorando em silêncio. A respiração é irregular.

Depois Omoro lhe fala de um coral a que pertencem muitos dos homens. Com o apoio de uma organização de ajuda cristã, eles saíram em turnê pelo Quênia. Além do coral, Omoro e Ojiji também cantavam em um quarteto. Um dia, os quatro viajaram a Mombassa para cantar em um evento no prédio da prefeitura. O prefeito de Mombassa estava na platéia. Eles viram o mar. À noite, dormiram no parque, embora fosse proibido.

Ela já ouvira muitas histórias sobre Ojiji. Após o serviço religioso da manhã. Todos os homens parecem sentir que sua morte foi o acontecimento mais importante das últimas 24 horas. Eles pranteiam Ojiji de um modo diferente daquele outro morto, com mais pesar.

Omoro fala novamente:

— Nunca devíamos ter pedido a ele para dirigir o carro.

— Omoro, vocês acreditavam que era mais perigoso se sentar ao lado do motorista, segurando uma metralhadora. Ninguém podia saber que era o motorista que eles...

Eles conversam por mais algum tempo, falando no escuro. Depois alguém do lado de fora da choça chama Omoro.

Quando ele sai, Cathy se agita.

— Você é boa nisso, Iben.

— Obrigada. É mais difícil com os outros. Acho que Omoro e eu nos damos bem porque sentamos juntos na cabine do caminhão. — Iben se sente esgotada. Ela se deita antes de falar de novo. — Só pode ser vantajoso para todos que eu consiga me dar bem com pelo menos um deles.

Cathy está deitada imóvel. Fica em silêncio.

Depois, muito tempo depois, Cathy sussurra meio para si mesma:

— Eu podia tentar fazer o mesmo. Em geral, sou melhor do que isso.

— Ainda se sente mal?

— Sim. Não. A diarréia parece ter passado, mas eu... Ah, talvez seja só porque estou com medo.

Roberto e Mark devem estar ouvindo.

— E os outros dois? Como estão?

Ninguém responde, a não ser Cathy.

— Está bem difícil para Mark. Mark?

Um suspiro profundo lhes diz que Mark as ouviu. Cathy se vira para colocar a mão na testa dele. Ele sussurra "Não", e ela se afasta.

Iben ergue o pequeno lampião e o segura perto do rosto de Roberto.

— Roberto, como você está?

Ele parece mal. Ela pergunta de novo, mas ele não diz nada.

Iben sente um suor frio irrompendo pela pele. Afaga o rosto dele. Nenhuma reação. Ela sente seu coração martelar quando se curva até ele e puxa delicadamente uma das pálpebras. Os olhos dele se reviraram nas órbitas, de modo que só a parte branca fica visível.

— Roberto!

A voz de Cathy é rouca.

— O que foi?

— Não sei. Ele está ficando mole. Parece estar inconsciente. Ah, meu Deus. Ele está inconsciente, porra. O que vamos fazer?

Iben vai à soleira da porta. Puxa o tecido e fala do jeito mais autoritário que pode.

— Precisamos de um médico!

O guarda do lado de fora é novo para Iben. Ela fica repetindo o pedido.

— Precisamos de um médico! Rápido!

Depois de algum tempo, o guarda chama outro homem. Ele grita novamente e logo vários deles se reúnem em volta da choça.

Aparece o homem mais velho, que conduziu a cerimônia religiosa. Ele entra para examinar Roberto. Quando sai, parece preocupado e se expressa com veemência em *dholuo*. Agora Dalmas Phillip juntou-se ao grupo. Os dois homens mais velhos discutem a situação.

Odhiambo explica a Iben:

— Ochieng vai ajudar seu amigo.

Então Ochieng é o nome do homem mais velho.

— Mas Roberto precisa de um médico de verdade!

Mais discussão. Fica claro que Dalmas Phillip é o homem que toma as decisões. Enquanto pronuncia seu julgamento em *dholuo*, ele observa Iben com uma indiferença calculada.

Odhiambo serve de intérprete.

— Ele diz que seu amigo não será atendido por um médico branco. Não é possível. Mas Ochieng vai ajudá-lo.

Iben percebe facilmente que Odhiambo dá muito crédito às habilidades de Ochieng.

Iben se volta para Phillip. O cheiro dele lhe enche as narinas.

— É muito importante que o doente seja atendido por alguém que possa lhe dar penicilina. E alguma medicação para cólera.

Ela tenta olhar nos olhos de Omoro, mas não pode vê-lo no grupo. Depois o localiza. Ele se afastou dos outros e está andando rapidamente para um grupo de árvores fora do perímetro local.

Ela perdeu a oportunidade, não é mais a prisioneira preferida. Agora é ela quem arrisca o pescoço mais do que os outros.

Ela encontra os olhos de Phillip.

Ele agora se comunica em inglês.

— Será como eu disse. — Ele cai em silêncio.

Há alguma coisa nele, em seus olhos, na pele com cicatriz e no cabelo curto e grisalho. Uma seqüência rápida de coisas que ele fez às mulheres núbias passa pela cabeça de Iben. Não há mais nada que ela possa dizer.

Iben descobre que não ousa fitar os olhos dele de novo e sequer olha em sua direção. Em vez disso, fica agachada e espera. Ela não se mexe até que um dos homens diz alguma coisa, que ela supõe significar que deve voltar para dentro da choça. Ela obedece, incapaz de continuar lutando por Roberto.

Mark e Cathy ouviram tudo, mas não dizem uma só palavra. Iben não tem certeza se não há uma pequena parte deles que fica feliz por ela assumir os riscos.

Quando se senta e toca em Roberto, ele lhe parece sem vida. Cathy o rolou de lado, na posição de recuperação.

Pouco depois, entra Ochieng. Ele faz Roberto inalar o vapor de uma infusão de ervas medicinais, mas parece saber perfeitamente que não pode curá-lo e que o tratamento que está oferecendo é só um paliativo.

A noite está fria e Iben treme em suas roupas leves. Não tem sentido Roberto morrer desse jeito, só a alguns metros de onde ela está tentando encontrar paz suficiente para dormir. Preciso fazer alguma coisa para ajudar Roberto. Preciso tentar. Mas ela sabe que não vai fazê-lo.

Cathy e Mark só ficam deitados ali, em silêncio.

Será que eu devia ficar ao lado de Roberto para aquecê-lo com o corpo? Ela pensa em como evitou dividir seu calor com ele enquanto ele ainda estava consciente. Sentiu-se constrangida com a possibilidade de dormir com os braços em volta de seu chefe doente. Mas agora tudo mudou — não é a sensação de constrangimento que a detém, mas a idéia de acordar no meio da noite abraçada a um cadáver.

Depois de um tempo, ela se aproxima de Roberto e faz com que os outros venham também, para que os quatro possam se aquecer. Ela sonha que está no trabalho, na Dinamarca. Malene, Camilla e Anne-Lise estão histéricas porque há um rastro de sangue no chão, onde alguém arrastou um morto. De algum modo Iben sabe que o sangue é de Ojiji. Acontecem outras coisas de que ela não consegue se lembrar depois.

A noite é tão longa que só a lembrança dos sonhos mostra a Iben que ela dormiu. Quando os espaços na cortina se tornam mais claros, Roberto ainda está vivo.

Eles ficam aliviados, mas Mark se tornou meio estranho, quase agressivo. Ele se mexe desajeitado em seu espaço, esbarra nos outros e os empurra com tanta força que chega a doer. Iben duvida de que ele esteja doente, mas não se atreve a perguntar.

Ela ouve os homens se reunindo para o serviço religioso matinal. Será que deveria cantar com eles de novo? Deveria sair? Se sair, uma demonstração de raiva não tornaria mais difícil a matarem. Tem duas opções: ficar na choça, para demonstrar como considera imperdoável o tratamento que deram a Roberto, ou se juntar a eles, o que vai contra qualquer instinto natural.

Ela pensa: se eu sair, talvez os convença a conseguir um médico para Roberto.

Iben fez coro com os hinos e novamente acrescenta seus versos solo. Depois, pela primeira vez em mais de 24 horas, ela ouve a voz de Mark. Ele fala baixo:

— Cala a boca. Por que não cala a boca?

— Mark! — Cathy parece aborrecida.

Mark continua:

— Iben, não vai ganhar nada puxando o saco deles. Não desses caras.

Iben continua cantando, apesar disso. Esta manhã eles não mandaram um guarda para levá-la para fora. Ela se levanta e, de olho em Mark, tenta sair pela porta. O guarda diz alguma coisa incompreensível, atira Iben de volta para dentro e coloca a cortina no lugar.

Iben não tem mais lágrimas. Os três ficam imóveis e escutam.

Depois Cathy fala:

— Iben! Você é uma guerreira!

Desta vez há menos vozes no coral. Alguns homens devem ter saído; partiram de manhã cedo. Iben consegue distinguir sete vozes.

Ninguém chega com uma refeição matinal. Iben está tonta quando é alertada pelo som de passadas de alguém correndo. Soam quatro tiros. Os homens estão gritando em *swahili*.

Depois, nada.

Tudo fica em silêncio de novo.

Iben espia pela porta. Há militares andando de uma choça a outra, investigando cada uma delas. Seus uniformes são diferentes de qualquer coisa que Iben vira antes, nem da polícia, nem do exército. Alguém deve ter despachado uma unidade especial para libertar os reféns. Há 12 deles. Ela não consegue deduzir quem é o líder até que os soldados arrastam dois luos de uma choça e os empurram no chão diante de um homem de óculos. Ele fala com os luos e depois se afasta para dar novas ordens aos soldados.

O guarda na frente de sua choça desapareceu. Iben fica na soleira da porta e espia pelo tecido, mas não sai. Na outra ponta do acampamento, outros luos desarmados estão parados em fila.

Agora Cathy e Mark se juntam a Iben e colocam a cabeça no outro lado da cortina.

Alguns soldados fazem os luos marcharem para a choça maior e os atiram lá dentro. Omoro está entre os oito homens.

Os olhos dele se arregalam quando vêem Iben. Ele grita para ela.

— Iben! Iben!

Silêncio.

O líder da unidade especial anda até os reféns. Ele está sorrindo.

— Está tudo em ordem?

Iben acha difícil olhar para ele e se concentrar no que ele está dizendo. Ela ouve murmúrios vindos da choça maior. Talvez tenha respondido alguma coisa à pergunta dele. Depois disso, não se lembra.

Os soldados saem novamente. Não ficaram muito tempo ali dentro. As roupas e mãos parecem limpas, mas Iben vê a ponta dos sapatos, onde o couro está manchado de vermelho.

Nenhum dos seqüestradores sai da choça maior.

35

Iben não consegue entender o que Paul está aprontando.

Pouco depois de Gunnar sair do CDIG, Paul lhe disse para parar o trabalho sobre a Chechênia para a próxima edição do *Jornal do Genocídio* e se concentrar na Turquia. Iben não tinha problemas com isso — só que Paul também insistia para que Anne-Lise fosse co-editora dela.

Isso simplesmente era demais. Anne-Lise nunca fez nada jornalístico, nunca escreveu nem editou nada. Ela certamente vai correr para Paul sempre que não conseguir entender uma das decisões de Iben, com a conseqüência provável de que vai arruinar o relacionamento de Iben com Paul e, a longo prazo, também com o conselho.

Depois da reunião, Anne-Lise disse que estava com dor de cabeça e ia para casa — algo para se agradecer, pelo menos. Agora Iben tinha 24 horas para se livrar de sua irritação antes que a colega voltasse.

Paul tinha fechado a porta de sua sala, então não havia necessidade de escapar para a cozinha para ter uma conversa com Malene. Camilla ouviria o que elas dissessem, mas isso não importava. Malene age de forma distante e desinteressada. Obviamente, ainda está insatisfeita por Iben ter verbalizado sua opinião sobre Gunnar mais cedo.

Depois de bater papo por um tempo, Malene diz que vai descer e comprar alguma coisa boa para o café da tarde. Ela leva a bolsa, o que significa que a saída é só um disfarce para que converse com Gunnar ao telefone.

Quando Malene volta, falou com Gunnar, como previsto.

— Ele está bem irritado. Durante a reunião aqui, Gunnar percebeu que Paul não tinha autorização do conselho como dissera. Logo notou que Paul estava tentando usá-lo em uma luta interna pelo poder. — Malene olha para Iben, sem reconhecer que afinal ela teve razão sobre Gunnar. — Ele recusou a oferta de Paul de um lugar no conselho.

Quando chega em casa naquela tardinha, Iben tenta não pensar no projeto com Anne-Lise. Verifica o e-mail e a secretária eletrônica, e se pergunta pela enésima vez se seria correto telefonar para Gunnar.

Ela fatia alguns legumes, coloca azeite por cima e acrescenta alguns temperos. Depois de aquecer a mistura no microondas, come com pedaços de torrada enquanto vê televisão. Poderia dizer que queria ouvir os pensamentos de Gunnar na reunião de hoje. Ela é só uma funcionária dedicada, não havia nada de errado nisso, havia? É o que pode dizer a Malene, se ela perguntar.

Parada ao lado da poltrona pesada cor de vinho que herdou da avó, ela disca o número dele. Ele atende.

— Gunnar. Espero que não seja má hora.

— Não. De forma alguma. É bom ouvir você.

Mas Iben não fica sabendo muita coisa da reunião, porque Gunnar diz que está com pressa, precisa sair.

Iben se sente diminuída de repente. Depois pensa que seria bom saber que ele não está interessado nela. Não há necessidade de mais brigas com Malene.

Gunnar explica que prometeu a um velho amigo ir a uma exibição do documentário dele sobre um projeto imobiliário em Uganda. O cineasta vai dar uma curta palestra sobre seu trabalho e, depois, a platéia participará do debate sobre o filme e o projeto. Iben não gostaria de acompanhá-lo?

A resposta parece presa na garganta de Iben. Uma de suas mãos está raspando as costas da velha poltrona, o corpo tenso. Ela sente um tremor familiar, quase de medo. Cobre o bocal do fone e solta um longo suspiro. Não há nenhum criminoso desta vez, mas ela olha ao redor mesmo assim.

Eles concordam em se encontrar em meia hora no escritório da rua Nørrebro da organização de desenvolvimento Ibis. Quando Iben chega, Gunnar está esperando por ela. Ele parece feliz em vê-la e a apresenta ao amigo.

O barulho da multidão que se reúne na sala de conferências é bem diferente do clima calmo do CDIG. Os militantes de organizações humanitárias e o público em geral vestem-se em cores vivas, conversam em voz alta, riem e se lembram de reuniões com pessoas que viram pela última vez em projetos de campo no exterior. Quase todos estão bronzeados.

Alguns homens mais velhos andam pela sala, transitando entre a multidão. Como Gunnar, estes homens parecem ter muitos amigos e conhecidos na platéia, a maioria de mulheres jovens, e em geral incrivelmente atraentes. Três mulheres que conversam perto de uma janela vêem Gunnar e acenam. Ele parece deliciado e retribui o cumprimento.

Iben fica se perguntando quantas destas pessoas dormiram juntas. Em uma choça no Zimbábue, por exemplo, ou em um barraco em El Salvador. Ou no apartamento de alguém, numa madrugada após uma festa. Segue-se que algumas podem ter estado com Gunnar. Ela não consegue se livrar desses pensamentos. Arrepende-se de ter colocado uma blusa creme empertigada que parecia tão perfeita. Ainda assim, não consegue pensar em outra roupa que pudesse usar.

Gunnar a apresenta a outra "velha amiga", embora ela pareça muito nova. A mulher se inclina para Gunnar enquanto conversam. Iben não consegue entender por que o vestido turquesa dessa garota é tão provocante, dado que é de gola alta e não deixa entrever seu corpo.

Felizmente Iben encontra muitas pessoas que conhece. Elas ainda se lembram dela da cobertura da mídia de seis meses atrás — é claro que uma crise de reféns no Quênia tem uma probabilidade especial de ficar na memória dos militantes.

Gunnar reservou dois bons lugares no meio da sala. Depois de uma breve palestra, o filme começa.

Iben e Gunnar estão sentados lado a lado no escuro, nas cadeiras duras de madeira. Eles não se tocam. Iben deixa uma das mãos pousando na coxa. É a mais próxima dele, só a alguns centímetros de distância. A mão sente o calor do corpo dele, mas nenhum dos dois se mexe. Até o ar entre eles parece parado.

Quando o filme termina, quatro pessoas com copos d'água e blocos de notas sentam-se a duas mesas em um extremo da sala. São apresentadas como "o painel desta noite". Duas delas fazem perguntas a Gunnar, dizendo: "Gunnar, você sabe tudo sobre esta questão." As respostas dele são lúcidas e pertinentes. Ele não se aproveita da oportunidade e evita parecer abertamente acadêmico. Sai-se tão bem que Iben fica levemente desconfiada do que ele tinha em mente quando a convidou. Sente-se feliz em pensar que sua opinião importa.

Depois, no bolo de gente, Gunnar a convida para ir ao Sebastopol Café, ali perto. Lá fora, no ar da noite, Iben e Gunnar andam, empurrando suas bicicletas enquanto conversam sobre o filme. No café, Iben tenta relaxar, mas também manter uma leve distância. Em sentido estrito, isto não é um encontro de namoro, diz a si mesma, e definitivamente não está tentando seduzir o provável amante da melhor amiga.

Eles conversam um pouco sobre a reunião de Gunnar com Paul naquela manhã. Quando Gunnar e Paul se despediram, Paul colocou a mão esquerda nas mãos fechadas no cumprimento e lhe disse que manteria Gunnar "informado se a situação se desenrolasse". Iben e Gunnar dão uma boa gargalhada disso.

Também conversam sobre literatura. Gunnar assina a revista *Granta*. Por acaso os dois leram Botho Strauss. Gunnar sorri de uma citação que Iben consegue lembrar: "O homem silencioso, sentado na mesa limpa à luz fraca do projetor, apoiou-se nos antebraços com o corpo suspenso como uma roupa molhada e pesada de entre os ombros."

Gunnar leu vários dos artigos que ela escreveu para o *Jornal do Genocídio* e eles conversam por um tempo sobre os nazistas de alta patente que simularam doença mental nos julgamentos de Nuremberg. Gunnar conta uma história sobre Karl Dönitz, primeiro comandante da frota submarina alemã, mais tarde comandante-em-chefe de toda a Marinha e sucessor de Hitler no último período da guerra. Dönitz costumava andar pela prisão de cabeça baixa, fazendo uma espécie de barulho de motor. Quando indagado sobre o que estava fazendo, ele respondia que era um submarino. Não pegou, é claro. Ninguém o considerou um lunático por sua performance. Eles riram da imagem do comandante ressoando pelo pátio da prisão. As mãos de Gunnar pousam na mesa muito perto das de Iben.

Na porta de casa, Iben procura as chaves da bicicleta. Quando tenta virar a bicicleta de lado, um pedal atinge a faca abrigada em sua perna. Pela primeira vez, ocorre-lhe que ela se esqueceu do medo de ser emboscada por um assassino profissional.

Apressadamente, ela olha de um lado a outro da rua escura. Longe dali, um homem de ombros largos está parado, olhando em sua direção.

Enquanto corre escada acima, ainda está absorta em pensar em Gunnar. Malene não pode simplesmente mantê-lo só para ela. Ele é velho demais para Malene, disse a si mesma. Mas seria catastrófico para Iben ter que trabalhar tão junto de Malene se elas deixassem de ser boas amigas.

Ela não consegue conciliar o sono naquela noite. Então liga a televisão no quarto e empilha travesseiros para poder se sentar na cama. Depois vai à cozinha pegar *marshmallows* e umas colheradas de sorvete.

Assim que está voltando ao quarto, o telefone toca. Ela corre para a sala e percebe que tem vários recados na secretária eletrônica.

Malene está ao telefone.

— Aonde você foi? Liguei a noite toda! — Ela, obviamente, está muito aborrecida.

Por questão de hábito, Iben pensa que deve ser a artrite, mas que Malene não parece tão subjugada como normalmente fica durante uma crise. Depois ela entende. Iben tem uma sensação sinistra de que sabe o que Malene vai dizer.

— Rasmus saiu de casa! — grita Malene.

— O quê?

— Foi embora! Ele foi embora!

— Ah, não... Mas para onde? Por quê?

Iben sabia, de certa forma; tudo se encaixa muito bem. De todas as noites do mundo, tinha que ser justamente esta.

Sem pensar, Iben atira a tigela de sorvete na prateleira mais próxima. Fragmentos da tigela se espatifam no chão e parte do sorvete se espalha na tela da TV.

Malene está falando. Conta que Rasmus lhe disse mais cedo que nas últimas seis semanas tem tido um caso. Alguém que trabalha como *bartender* em Bopa.

— Então eu o pus para fora!

— Você o pôs para fora?

— Não queria que ficasse no meu apartamento nem por mais um segundo!

Iben sabe que precisa dar apoio à amiga, tranqüilizá-la de que ela fez a coisa certa, reconfortá-la dizendo-lhe como é bom ter autoconfiança para obedecer a seus sentimentos. Mas de algum modo não consegue começar.

— E você não estava aí, Iben.

— Não...

Iben não explica. Ela segura o fone na orelha e, com o fio esticado como a guia de um animal amarrado, vai até a estante, onde parte do *marshmallow* está entre os restos do sorvete, que derrete. Ela coloca um na boca. Depois pega mais dois e os coloca também na boca.

Malene continua falando.

— Então eu me livrei dele. Mas não quero ficar aqui... Não suporto nem olhar para este apartamento. — Há uma pausa curta. — Iben, posso ficar na sua casa?

— Malene, por que não vem para cá? — pergunta Iben, como se não tivesse ouvido a pergunta de Malene.

Quando a ligação é encerrada, Iben vai à cozinha, coloca a chaleira no fogo e encontra o chá preferido de Malene. Pega um detergente no armário para poder limpar o sorvete nos livros e varre os pedaços da tigela quebrada. E é melhor colocar as roupas do trabalho de novo.

Mas ela não faz isso. A caminho do quarto, desaba no sofá e chora, a face apertada no braço inflexível do móvel.

O interfone toca. Iben se levanta rápido e abre a tranca da portaria.

Em seguida precisa trocar de roupa e limpar a maquiagem borrada. Corre para o quarto e tira a blusa. Não há tempo para trocar de calça. Agora o banheiro. Ela passa creme de limpeza no rosto.

Quando Malene entra, a cara de Iben ainda está coberta de creme.

— Malene! Estou aqui!

Malene a encontra no banheiro. Ela parece emocionalmente esgotada, mas dá um abraço em Iben.

— Iben, é tão bom ver você... Você é uma amiga de verdade.

Quando se sentam juntas no sofá, com o chá, Iben já se recompôs. Lembrou a si mesma que não foi ela que perdeu o homem que amou pelos últimos três anos. Precisa estar inteira para Malene.

Ela relembra sua única experiência de rompimento depois de um relacionamento longo. O homem era um dos professores de literatura da universidade e quase 11 anos mais velho. Eles passaram momentos maravilhosos juntos, especialmente considerando-se que ele não só era tido como um acadêmico produtivo e eficiente, mas também tinha uma parceira com quem morava.

Praticamente desde o início ele disse a Iben que não queria prosseguir com o relacionamento, mas depois chegou o dia em que lhe disse que sua mulher estava grávida. Ele não parecia achar que isso precisava afetar sua relação com Iben, mas ela terminou tudo. E levou mais de um ano para se recuperar.

Malene não toca no chá, mas fala numa voz alta e trêmula.

— E eu disse a ele que não tinha sentido. Sair com uma *bartender* de 21 anos. Mas ele disse que eles se davam muito bem. — Ela olha o teto, as lágrimas escorrendo pelas têmporas. — Tão bem... Porque ela fez estudos de cinema por seis meses. Ah, sim. Eles podem conversar sobre filmes. As merdas dos filmes! Deve ser ótimo ter alguma coisa para conversar depois de foder.

— Ah, Malene.

— E eu perguntei a ele se ela era saudável. Ele não disse nada. Insistiu, mas insistiu mesmo, que a saúde não tinha nada a ver com isso. Então eu disse: "Mas você não tem certeza, não é? Pode haver alguma coisa errada com ela. Como, por exemplo, talvez ela tenha Aids. Ou câncer. Qualquer coisa. Não se pode ter certeza. Você não viu que eu era doente, nem quando me conheceu. Nem quando me disse pela primeira vez que me amava."

Malene se inclina para Iben, que mantém a proximidade e tenta dizer todas as coisas certas, embora saiba que não fará diferença alguma. A maquiagem de Malene escorreu e parte dela sujou a blusa branca. Ela assoa o nariz de vez em quando, mas desiste de secar as lágrimas. Sua voz tornou-se rouca e ela fica se repetindo.

— Estávamos tendo uma noite boa também. Comemos, ele parecia feliz e estávamos relaxados. E depois ele de repente me aparece com essa. Havia uma coisa "que ele precisava me contar, era o certo a fazer". E foi tudo como uma bola de neve. O que ele imaginava? Quer dizer, o que ele pensava que ia acontecer quando me contasse uma coisa dessas?

— Não sei.

— Será que ele achava que eu ia ouvir a história dele e só isso? Ele achava que íamos continuar como antes?

Iben pensa no momento em que procurou o professor e lhe disse que estava tudo terminado. Eles estavam sentados em um banco de pedra no extremo da ilha de Amager. A praia era um dos lugares especiais dos dois, um local onde ninguém que eles conhecessem iria. Ele protestou, mas foi como se um técnico tivesse lhe dito para comprar uma geladeira nova. "Iben, tem certeza? Não há nada que eu possa dizer para que você mude de idéia? Então, tudo bem. Acho que é isso." Ele a ouviu, concordou e depois foi para casa.

Iben parou de ir às aulas dele. Foi complicado encontrar cursos suficientes para encher os dias em que ele estava no departamento. Ele nunca voltou a entrar em contato, mas ela não conseguiu deixar de saber pela boataria dos alunos que ele se casara e tinha um filhinho.

Iben olha em volta. Sua sala lhe parece feia de novo, quase repulsiva. Ela odeia a mobília velha e os pôsteres sem moldura. Odeia a luz fria no teto.

Mais tarde, quando Malene está chorando um pouco menos, Iben se levanta e vai à cozinha. Faz um chá fresco e coloca quatro pãezinhos congelados no microondas. Enquanto eles descongelam, ela fatia queijo para as duas.

A partir de agora, Iben cuidará de Malene quando a artrite dela atacar. Não há mais ninguém, a não ser que um admirador novo e inteligente cuide de Malene. E se a doença se agravar e o admirador desaparecer, Iben ficará encarregada disso por um longo tempo.

Ainda frágil, Malene tirou os sapatos e colocou os pés com meia-calça para cima, aquecendo os dedos sob a coxa de Iben. Ela não consegue parar de se atormentar.

— Fico imaginando o que ele está fazendo agora. Eles devem estar tão felizes. Aposto que está trepando desde que entrou pela porta da casa dela.

— Malene, você não acha...

— Aposto que agora ele está nos braços dela. Eles estão nus. E aposto que ela também está feliz porque ele finalmente se decidiu.

Naquela noite, bem tarde, Iben finalmente leva um pano, um balde d'água e um rolo de toalha de papel até a estante. Começa a limpar a sujeira do sorvete.

Malene se senta.

— O que está fazendo?

— Alguma coisa me fez jogar o sorvete na estante quando você telefonou esta noite.

Elas trocam um sorriso fraco e infeliz.

— Iben! Isso não combina com você.

— Não.

— É realmente muito bom de sua parte. Deixar eu vir para cá, desse jeito...

— Não pense nisso.

— E não se importa de eu dormir aqui?

— De jeito nenhum. Será uma noite difícil para você. Fico feliz por estar presente.

— Eu também fico feliz por isso. Aonde você foi mais cedo?

— Deixa para lá. Isso agora não importa.

36

Iben sobe para o apartamento de Malene. Fica em um prédio antigo com vitrais em cada patamar da escada, do chão ao teto. Com o tempo, alguns dos painéis de vidro caíram de seus caixilhos de chumbo e o síndico os substituiu por vidro simples e barato. Iben sempre pensou que a escada era linda, embora os trechos de vidro transparente interrompessem as imagens.

É o final da manhã de sábado. Rasmus disse que pegará seus pertences no apartamento, mas Malene não quer estar ali. Ela está entocada no apartamento de Iben, então Iben prometeu ir lá e dar uma olhada nele. Rasmus não pode levar as coisas erradas ou pegar mais do que lhe é de direito. Iben tem uma boa idéia do que pertence a quem e, além disso, pode telefonar para Malene se tiver alguma dúvida.

Será estranho encontrar Rasmus, agora que o relacionamento deles mudou. Iben sabe que devia ter raiva dele, mas não consegue se obrigar a isso.

Só se passaram quatro dias desde que Malene pensou que Rasmus a amava. Malene desde então tentou convencê-lo de que tudo fora um erro, mas ele agora tinha certeza de que o "certo" era ficar com a nova namorada.

Malene fala de como ele a rejeitou completamente. Foi tudo em um dia. Ele decidiu ser frio com ela e, logo em seguida, ele se foi. O comportamento de Rasmus com Malene fez Iben questionar se os sentimentos dos homens são tão fortes quanto os das mulheres. Não há como saber. Mas há uma diferença grande: os homens parecem conseguir protelar suas reações emocionais até que lhes seja adequado. Até homens que pensamos conhecer podem nos dar as costas em um instante, agindo de forma mais distante do que achávamos possível.

O apartamento fica no quinto andar, e quando chega ao hall Iben pode ouvir Rasmus mexendo nas coisas lá dentro. Ela está prestes a apertar a campainha quando percebe que Rasmus não mora mais ali. Esta é a casa de Malene e agora Iben, a melhor amiga da dona da casa, tem mais direito de estar ali do que ele. Ela tem certeza de que Malene preferiria que ela deixasse isso claro e pensasse em usar a chave, mas decide o contrário e aperta a campainha.

Rasmus abre a porta para ela. O cabelo dele está todo desordenado. Ele deve ter passado os dedos ali várias vezes.

Ela nunca o ouvira falar nesse tom sério.

— Iben! Precisamos conversar. Entre e sente-se. Aqui, no sofá.

Ela o segue até a sala. Muitos objetos já estão em caixas: alguns quadros pequenos dele, alguns livros e CDs. O sistema de som e as caixas acústicas já foram desmontados e estão prestes a ser embalados, junto com a TV grande e as cadeiras dobráveis da mesa de jantar.

— Quer um café? Alguma coisa?

— Rasmus, não sei bem... Talvez não devêssemos... fico pensando em Malene...

Ela se acomoda mesmo assim. Não faz idéia do que ele quer lhe dizer.

Como lhe é característico, ele começa a falar de um programa de computador que está escrevendo. Ao que parece, ele elaborou um *spyware* longo e complexo, que pretendia usar para identificar o remetente dos e-mails.

O que ele está dizendo mesmo? Será que essa história técnica quer provar o quanto Malene significava para ele, embora ele fosse infiel a ela? Qualquer que seja o recado, ele passa tanto tempo nos detalhes da programação que a mente de Iben começa a vagar.

Mais tarde ela o ajuda a levar as coisas para a van branca que ele pegou emprestada. Faz várias viagens com sacos de roupas, CDs e caixas cheias de quinquilharias e peças. Ela sempre gostou de Rasmus. Ele é um cara legal; apenas não é o homem certo para Malene. Os pais dele, que moram em Svendborg, são professores e gostam de velejar. O casal parece confirmar o argumento de que as pessoas com formação em magistério são mais bem preparadas para criar filhos felizes e estáveis.

Malene e Rasmus deram algumas festas a que eles compareceram, e Iben nunca conheceu ninguém que não simpatizasse imediatamente com os pais de Rasmus. Malene costumava ansiar pelas férias de verão em Svendborg, ao contrário dos poucos dias que passaria com a própria família.

Enquanto ajuda Rasmus, Iben tenta pensar em alguma coisa agradável para dizer, agora que é improvável que se vejam novamente. Ela gostaria de dizer que ficou feliz em conhecê-lo e que ele foi muito bom para Malene... por algum tempo. Talvez ela deva dizer que o quer bem, mas de certo modo parece deslealdade. Subindo ao quinto andar, Iben decide guardar os bons votos até que Rasmus tenha empacotado tudo e esteja pronto para ir embora.

Ela pega uma braçada de pôsteres e o chama do hall de entrada:

— Vou levar isso para baixo agora!

— Iben, espere! Só um minuto!

Ela volta para dentro.

— As coisas pesadas devem ir primeiro. Vou começar pela mesa.

— Eu ajudo.

— Não se preocupe. Na verdade é mais fácil fazer isso sozinho. — Ele sai, desequilibrado, levando a mesa grande, feita de madeira de bordo.

Iben olha em volta para ver se há algo útil que possa fazer. Ela vai guardar alguns copos de Malene que estão no escorredor de louça. Enquanto está ali, decide lavar alguns pratos que ainda estão na mesa da cozinha.

Será que foi a voz de Rasmus que ouviu na escada? Com quem ele está falando? Não é uma voz de mulher? Ela fecha a água antes que a cuba da pia esteja cheia.

Será Malene? Por um segundo, Iben tem certeza de ter ouvido a voz de Malene. O que está acontecendo? O que Malene quer?

Não há mais vozes. Ela deve ter se enganado. Talvez não fosse Malene. E é improvável que tenha sido a namorada nova de Rasmus. Quem sabe é só uma vizinha?

Iben pára e escuta. Tudo agora está em silêncio. Ela vai para o corredorzinho do lado de fora da cozinha. No silêncio da escada, ouve Rasmus andar compassadamente. Depois, de repente, há um estrondo que ecoa e um grito.

Ela corre para o hall e vai para o patamar vazio da escada.

— Rasmus?... Malene? Rasmus?

Nada.

No patamar seguinte, nada.

Outro lance vazio de escadas e depois ela vê.

Um grande buraco se abriu na parede. No começo ela não consegue se decidir a se aproximar. Fica parada a alguns passos acima do patamar, olhando o vazio da altura de um homem. Antes devia ser um vitral em mosaico.

Ela se aproxima. Pode ver pessoas andando pelo pátio embaixo e falando com voz assustada. Alguém grita. Iben não tem coragem de olhar o que pode estar lá embaixo. Em vez disso, avança a alguns passos rápidos e descobre no último momento que o degrau em frente da vidraça quebrada está molhado. Ela agarra o corrimão com as duas mãos. Seu corpo escorrega para o lado e cai, pesado. Tentando ficar de pé, coloca uma das mãos no degrau e descobre que a palma desliza na superfície escorregadia. Ela cheira a mão pegajosa. Alguém despejou óleo no chão.

Iben consegue se levantar e contorna o líquido. Corre para a rua e olha em volta. Rasmus não está ali. E Malene também não.

A porta para o pátio dos fundos do prédio está trancada. Iben revira o bolso para encontrar a chave. Leva tempo demais. Por fim consegue abrir a porta. Corre pela passagem escura.

O pátio é dividido no meio por uma cerca de tela e Rasmus está pendurado ali, o corpo dobrado em dois. Iben não fazia idéia de que um corpo humano podia se romper ao meio desse jeito. Uma das estacas de aço da cerca se projeta pelas costas dele.

Apesar de todo o sangue, Iben pode ver que a cara de Rasmus bateu no aço recortado. Está esmagada. O impacto do corpo fez a tela ceder, mas sua borda afiada abriu o abdome de Rasmus.

Iben recua, batendo em alguma coisa no chão, e se senta sem querer. Ela olha no que está sentada. É um pedaço de mesa de Rasmus e Malene. Está limpa e sem uso, como se os últimos dias não tivessem acontecido, como se Rasmus, Malene e Iben ainda estivessem juntos em volta dela, neste pequeno pátio.

Por cima da cerca, um homem fala ao celular. A polícia logo vai chegar. Uma mulher empurra a porta para a escada da cozinha. Ela deve estar tentando manter as crianças longe do pátio.

Iben olha o fragmento de mesa. Não faz muito tempo, estava cheia de pratos, garrafas de vinho, flores. Ela ouve as vozes em volta da mesa: "Me passa o arroz, por favor? Rasmus, encontrei Ole, dos Estudos de Cinema, no ônibus. Nem vai acreditar no que aconteceu no Centro hoje..."

Um nó escuro na madeira clara se fixa nela, como um olho.

Ela tenta se levantar.

37

— Eu estava parada na escada e gritei para Rasmus que ia descer com os pôsteres. Foi por puro acaso que Rasmus me pediu para deixar para depois. Ele queria descer primeiro as coisas grandes, como a mesa.

— E o que aconteceu depois?

— Se alguém estivesse esperando na escada para colocar óleo nos degraus, essa pessoa provavelmente teria suposto que eu seria a primeira a descer.

— Entendi. O que aconteceu, então?

A respiração de Iben está acelerada.

— Veja, onde foi parar o corrimão? Em geral tem um corrimão junto à vidraça. Uma faixa comprida de corrimão marrom. Quando foi que tiraram? Não pode ser coincidência... Vêm acontecendo várias coisas estranhas nos últimos meses... De qualquer modo, não pode ter sido acidente. Alguém está atrás de mim. Ou atrás de Malene. É o apartamento dela. Alguém pode ter pensado que era ela que estava descendo.

Iben e uma policial estão sentadas juntas em uma das três viaturas enfileiradas na frente do prédio de Malene. Detetives estão cercando a escada e o pátio, e interrogando os vizinhos para descobrir se viram alguma coisa.

— Muito bem, Iben. Agora, gostaria que me dissesse de novo o que aconteceu, passo a passo.

Iben descreve como ofereceu ajuda a Rasmus com a mesa e como, quando ele disse que ia conseguir sozinho, ela foi para a cozinha lavar uns pratos. Depois, o que ouviu foi um estrondo e um grito. Ela correu para baixo de imediato, escorregou e quase caiu também pela vidraça quebrada.

Iben também conta à policial sobre Anne-Lise e suas suspeitas de que ela pode ter uma espécie de personalidade dividida. Ela menciona o truque de Anne-Lise de esconder sangue em sua própria sala e despejar em si mesma, e sobre a troca dos remédios de Malene. Ela sabe que Anne-Lise é capaz de fazer esse tipo de coisa. Pode muito bem ter retirado o corrimão e despejado óleo na escada.

Iben pára novamente para respirar. Sente que está apresentando informações essenciais. Pode levar à prisão de Anne-Lise.

A detetive, que ouve em silêncio, agora se manifesta.

— Somos chamados a muitos acidentes fatais. Não podemos supor que um dos entes mais próximos e mais queridos da vítima seja o assassino a cada vez que alguém cai de um andaime ou bate num cabo de alta tensão.

— Não, claro que não. Mas neste caso falta uma parte do corrimão.

— Faltam pedaços de muitas escadas nas construções antigas no centro de Copenhague. Meu trabalho é investigar acidentes. Às vezes os acidentes são o resultado das coincidências mais terríveis. Mas, em 99% da vezes, um acidente é só um acidente. Não é como na TV...

— É claro que eu sei disso. É só que...

A detetive a interrompe.

— Entendo seus problemas com uma mulher no trabalho... Tenho certeza de que dividir uma sala com ela deve ser muito desagradável. Mas, falando francamente, é irrelevante para a investigação policial.

— Mas alguém tirou o corrimão e colocou óleo na escada!

Iben podia muito bem não ter se dado a esse trabalho.

— Meus colegas estão investigando isso agora. Alguns estão lá em cima tirando fotos. Vão descobrir o que deixaram cair ou colocaram na escada e quem pode ter feito isso.

Um policial bate na janela do carro. Veio lhes dizer que não havia mais ninguém na escada na hora. Ninguém viu Rasmus cair.

Quando ele sai, a detetive se volta para Iben.

— Fique com meu cartão. Entre em contato comigo se houver alguma novidade. — O tom de voz sugere que ela não quer isso.

O nome dela é Dorte Jørgensen. Iben sabe que deve tentar parecer mais lógica se quiser que Dorte Jørgensen a leve a sério.

— Eu entendo que você não acredite em mim, mas, sinceramente, em geral não sou uma pessoa nervosa. Alguns meses atrás, antes de começar a acontecer tudo o que lhe contei, eu era calma como você está agora.

Dorte sorri para Iben, mas esta pode ver que ela está distraída.

A voz de Iben fica mais forte.

— Não me agrada a idéia de ir para minha casa agora. Alguém pode ter tentado me matar. O que vai impedi-lo de tentar novamente? Ou tentar matar Malene?

Dorte não responde.

— Precisa fazer alguma coisa! — continua Iben.

Dorte sai, contorna o carro e abre a porta para Iben. Ela sai com cuidado. Seu cóccix e uma das mãos ainda estão doloridos da queda.

Mais cedo, enquanto estava carregando coisas para a van, ela sentia calor. Depois do acidente, não percebera como tinha ficado frio. Quando Dorte fala, seu hálito se condensa em pequenas nuvens no ar gelado.

— O que você tem é uma reação típica ao estresse. É muito natural depois de uma experiência dessas. Passe o resto do dia na casa de um amigo e tire alguns dias de folga do trabalho. Converse com alguém sobre isso. E se ainda se sentir tensa, pode ter aconselhamento terapêutico gratuito com um psicólogo porque você conhecia a vítima e viu em primeira mão as conseqüências do acidente.

Iben pensa que agora, pela primeira vez, há um toque de calor na maneira formal de Dorte falar.

— Gostaria de ajudá-la, mas não sou treinada para isso. Não é meu trabalho.

Iben dá alguns passos atrás de Dorte até a porta do pátio. Talvez ela devesse desistir e aceitar a opinião dos profissionais, mas alguma coisa dentro dela insiste em que eles estão errados. O que aconteceu é simplesmente terrível demais para ser um acidente.

Ela precisa telefonar para Malene e alertá-la. Anne-Lise pode estar a caminho da casa de Iben agora.

Ela tenta imaginar os dois policiais dizendo a Malene que Rasmus morreu. Só Deus sabe como Malene vai reagir depois de ter criticado Rasmus por vários dias. Será que Iben devia ir para casa o mais rápido possível? Ou Malene prefere ficar sozinha?

Iben sabe que deve voltar para o apartamento de Malene para pegar o casaco e a bolsa com o celular, a carteira e a chave da bicicleta. Mas primeiro precisa ver o pátio mais uma vez.

O corpo de Rasmus foi coberto com um plástico cinza-claro. Parece um saco grande, suspenso apenas pela tela fina de metal. A área em volta foi isolada com uma fita vermelha e branca.

O fotógrafo da polícia saiu. Um policial vigia o lugar, as mãos cruzadas às costas. O lugar está silencioso. Há barulhos fracos vindo dos apartamentos vizinhos? Ou a audição dela é sensível demais? Como o momento na cozinha de Malene... Será que realmente ouviu as vozes?

Iben se aproxima do corpo coberto de Rasmus e olha a vidraça quebrada na parede de tijolinhos que se ergue acima dela. Ele caiu bem distante da parede. Deve ter escorregado da escada a uma certa velocidade.

Ele era assim. Sempre com pressa.

Quando o pai dela morreu, também estava frio. Ela andou de um lado a outro do estacionamento do hospital, atravessando o asfalto duro. Ela olha a superfície em que está agora. Não é preta... mais parece um cinza-claro.

A polícia isolou o patamar de onde Rasmus caiu e o lance de escada para o apartamento de Malene. Outro policial diz a Iben para descer e depois subir pela escada dos fundos. Porém, quando ela explica quem é, ele a deixa passar.

Não há sinais de a polícia ter estado no apartamento. Tudo está como antes. Iben usa o telefone para ligar para Malene.

— Eles já contaram a você?

— Já. — A voz de Malene está composta, baixa e sem nenhum vestígio de emoção.

Depois de esperar que ela dissesse mais alguma coisa, Iben rompe o silêncio.

— Quer que eu vá para casa agora?

— Como foi que aconteceu?

— Não lhe contaram?

— Sim. Mas você estava lá?

Iben tenta descrever exatamente como foi. Depois alerta Malene sobre Anne-Lise, percebendo que deve ir para casa afinal.

Quando elas terminam, Iben pega a bolsa e o casaco e entra na sala de estar de Malene e Rasmus. Fica parada ali por um momento. Nem um som a ser ouvido. Ela entra no quarto. Também está silencioso. Depois visita cada cômodo do apartamento para guardá-los na memória. De volta à sala, diz, numa voz baixa, "Rasmus, vou levar os pôsteres para baixo agora".

Silêncio. Ela bate a porta da cozinha depois de sair e pega a escada estreita dos fundos. Dorte Jørgensen ainda está no pátio.

— Há uma coisa que não lhe contei antes.

Dorte não parece interessada.

— Um dado real.

Dorte se afasta do policial com quem estava falando.

— Tudo bem. Vamos falar sobre isso no carro.

Elas saem para se sentar na viatura. Iben explica que pensava ter ouvido uma voz de mulher. E que podia ter sido a de Anne-Lise.

Dorte pega o bloco de notas.

— Por que não me contou isso antes?

— Eu não tinha certeza. Era muito fraca. Uma voz de mulher, eu acho.

— Tem certeza de que era a voz de Anne-Lise?

— Não, não tenho. Como eu disse, não posso ter certeza.

— Pode ter sido, digamos, a voz de Malene?

— Por que pergunta isso?

— Os assassinos mais comuns são de longe o cônjuge ou o parceiro.

— Mas eu conheço Malene. Ela nunca mataria alguém.

Dorte olha para ela.

Iben se repete.

— Tenho certeza de que ela nunca pensaria em fazer uma coisa dessas. Ela não faria. Nunca.

— Calma, Iben. Eu acredito em você. Foi você quem levantou a idéia de assassinato, não eu. — A voz de Dorte se arrasta monotonamente, como se tudo que dissesse fosse rotina.

— Se vai manter esta declaração, terei que seguir esta linha. O apartamento ficará interditado por algum tempo. Meu superior ligará para Malene e para sua colega para perguntar onde estavam no momento do acidente e se podem provar isso.

— Malene será interrogada?

— Sim. E, se o caso prosseguir, deverei pedir a você para prestar depoimento, que você terá que assinar. Está ciente disso tudo?

— Sim, estou.

Talvez Dorte tenha percebido a hesitação de Iben.

— Também sabe que perjúrio dá sentença de prisão?

— Mas eu não disse que tenho certeza de que Anne-Lise estava ali. Só o que eu disse é que ouvi uma voz de mulher. Talvez. E que talvez fosse a voz dela.

Iben está ciente do olhar aflito de Dorte. Sabe que saiu de controle de um jeito que, se estivesse no lugar de Dorte, também ficaria irritada.

Dorte fala calmamente.

— Agora deve pensar com cuidado sobre o que ouviu e o que não ouviu; leve o tempo que quiser. — Ela espera, rolando a esferográfica entre o polegar e o indicador.

— Eu já disse... Não tenho certeza.

Dorte afasta o bloco.

— Você é quem sabe. Por ora, não vou fazer disso uma prioridade.

Ela se endireita e começa a abrir a porta do carro. Está na hora de Iben sair da viatura de novo.

Os pais de Rasmus marcaram o enterro para seis dias depois. A maior parte dos pertences dele já estava embalada, o que facilitou as coisas. Os pais pagaram o crédito educativo de Rasmus, e Malene assumiu a dívida do cartão de crédito da Illum. Ela pôde ficar com a mobília que ela e Rasmus compraram juntos. Legalmente, os pais e o irmão dele têm o direito de reivindicar todas as posses de Rasmus, mas deixaram Malene ficar com o que ela quisesse da vida que tiveram juntos.

Ninguém menciona a namorada nova de Rasmus.

Outros também estão atentos para as necessidades de Malene. Iben fala com ela ao telefone toda noite e vai vê-la com freqüência. Ela também ajuda Malene com as muitas questões práticas com as quais agora deve lidar. É a oportunidade que tem de provar para Malene que é uma amiga leal e confiável. Desde o Quênia, quando deixou de retornar os telefonemas e e-mails de Malene, Iben tem sido incapaz de convencê-la de que nunca a abandonaria.

Iben acha que o luto deixou Malene menos atraente. Ela perdeu peso, talvez alguns quilos, e, como já estava muito magra, suas feições aguçadas deixaram-na com uma aparência mais velha. Não que isso parecesse importante para os homens. Malene ainda chamava a atenção sempre que andava pela rua ao lado de Iben.

Gunnar também se oferece para ajudar Malene. Antes de saber da morte de Rasmus, Gunnar deixou um recado na secretária eletrônica de Iben: "Oi. É o Gunnar. Foi bom ver você. Foi uma noite excelente..." Uma pausa. Quando Iben escuta o recado pela terceira vez, conclui que ele devia ter pensado no que dizer, só que mudou de idéia e improvisou outra coisa. No começo a voz dele parecia meio monótona, como se ele tivesse ensaiado. "Estou sentado aqui lendo um artigo no *Guardian* que me lembrou do que você disse sobre a falta de consciência política na literatura americana. É um artigo interessante, mas não tão interessante quanto o que você disse."

Durante essa última frase, o tom de voz ficou um pouco mais animado. Quando ouviu pela última vez, Iben teve a impressão de que ele estava de bom humor.

"Viu que tem um recital de poesia de Inger Christensen nesta quinta? Ela vai ler parte de seus primeiros trabalhos. Gostaria de ir? De qualquer forma, você sabe o número do meu telefone."

Iben não pode ligar para Gunnar agora. Ela se conforta desligando a secretária eletrônica para que nenhum recado novo seja gravado por cima da voz dele.

Mal havia se passado uma semana desde o enterro quando Iben e Malene vão à IKEA para procurar uma mesa nova. Embora seja dia útil e elas tenham saído do CDIG cedo, os enormes salões com móveis estão cheios de casais jovens que parecem felizes, conversando alto sobre seu futuro. Muitas mulheres estão grávidas e muitos homens levam bebês em bolsas presas à barriga.

Malene não chora, mas está muito tensa. Ela escolhe uma das mesas mais baratas. Levará algum tempo até que possa pagar por uma boa mobília novamente. O problema é que ela realmente não gosta de viver com nenhuma das mesas baratas da IKEA. Iben sente que Malene provavelmente também não quer nenhuma das mesas mais caras.

Ela bate em uma pequena mesa de bétula de 789 coroas.

— Com as abas erguidas, vai parecer a sua mesinha antiga.

Malene não está prestando atenção.

Iben não consegue deixar de pensar: como ficará esta mesa depois que cair do quarto andar? Será que o canto vai rachar, ou as pernas vão se soltar? O tampo vai se dividir?

Os ambientes montados junto à parede dos fundos não só são mobiliados como também iluminados de forma aconchegante e convidativa, e cuidadosamente decorados com pôsteres de cores vivas. Há livros nas estantes e modelos plásticos de comida pronta para ser consumida. Mas o estilo aconchegante sueco se estende só a três metros. No alto há um monte de vigas de concreto de uns 15 metros de extensão. Iben olha as colossais unidades de ar-condicionado suspensas por seus cabos do teto industrial. Ela se pergunta quanto deve pesar uma dessas unidades. Se uma delas caísse, esmagaria uma pessoa embaixo? Dobraria a pessoa em duas?

Enquanto pensa, Iben pára em outra mesa que parece frágil, de fórmica branca e tubos de aço.

Ocorre-lhe pensar: se alguém estivesse atrás de nós, seríamos alvos fáceis agora, andando juntas, nossa atenção em coisas como tampos de mesa, designs, pesos e tamanhos.

A voz de Malene interrompe seus pensamentos.

— Sabe de uma coisa, independentemente de Anne-Lise ter colocado óleo no chão ou não, ele ainda estaria vivo se não fosse por ela.

Iben sabe o que virá a seguir. Não é a primeira vez que ouve isso.

— Antes de tudo, ele não ia querer partir se eu não estivesse tão esgotada o tempo todo. Sabe, por causa de Anne-Lise... Rasmus sempre quis uma mulher sem problemas, que não lhe desse trabalho. Eu sabia muito bem disso. Mas em vez disso eu... Fui eu que estraguei nossa vida juntos. Mas foi culpa de Anne-Lise. Eu sempre ficava acabada depois de mais oito horas por dia com ela. E tinha que explicar a Rasmus. Precisava fazer isso. Não é?

Iben já ouvira tudo isso antes e deixara de prestar atenção.

— Mas se Anne-Lise não tivesse começado a guerra dela... Isso me deixa com tanta raiva. É estranho. Você nunca teve uma raiva dessas, Iben; não sabe o que é. E não há nada que eu possa fazer. Absolutamente nada.

Quando Malene voltou ao escritório pela primeira vez depois da morte de Rasmus, Anne-Lise expressou sua solidariedade. Parecia tão convincente quando arregalou os olhos e disse: "Que horror deve ter sido para você. É a pior coisa que pode acontecer. Aquilo que todos nós mais tememos."

Paul dissera a Malene para tirar o tempo de folga que precisasse, mas cada dia fora era outro dia para Anne-Lise colocar as garras nos usuários do Centro. E se acontecesse a fusão, a associação estreita de Anne-Lise com eles — e, portanto, com o conselho — teria peso quando chegasse a hora de decidir quem seria demitido.

O trabalho na edição sobre a Turquia continuava, embora a colaboração de Iben e Anne-Lise estivesse obviamente sob tensão. Ainda assim, Iben tinha que admitir que Anne-Lise não era completamente inútil quando se tratava de pesquisar em jornais. Ela parecia saber não interferir na redação e na edição de Iben. Também é surpreendentemente útil quando usa as habilidades de bibliotecária para verificar informações e procurar por artigos e nomes de autores no banco de dados de bibliotecas estrangeiras. Durante as últimas semanas, Iben passou a perceber que fora precipitação sua chegar à conclusão de que foi Anne-Lise quem assassinou Rasmus. Pode ter acontecido tanta coisa na escada naquele dia.

Malene e Iben desistem de encontrar a mesa de jantar certa. No restaurante da IKEA, pedem o prato sueco tradicional de almôndegas em molho de creme azedo, acompanhado por geléia de *cranberry*. Elas também bebem taças de vinho. Enquanto Iben come, Malene novamente se estende no tema de que Rasmus era um homem maravilhoso, e de como o comportamento dela foi sordidamente errado. Ela não toca na comida.

— É como segurar um maçarico e não saber para onde dirigir a chama. Você não faz idéia de como é ter esta fúria.

Ela remexe a comida no prato, empurrando molho, batatas e *cranberries* de um lado a outro com movimentos curtos e minuciosos.

— Vou lhe contar uma coisa. Agora Anne-Lise vai aprender o que acontece quando eu não tolero uma pessoa!

Iben não responde.

38

Iben sabia que o jardim seria grande, mas não tanto.

São três horas da manhã. Ela anda pela grama alta e molhada no luar de inverno. As árvores, arbustos e sebes não parecem pretos, mas de certo modo é difícil distinguir os muitos tons de verde e marrom que são visíveis durante o dia. A única cor que consegue enxergar com clareza é um arbusto com ramos de um vermelho vivo.

A casa alta e antiquada do outro lado do jardim também é vermelha.

Ela não sente o frio quando segue devagar para se colocar debaixo de uma das antigas árvores frutíferas. Está com o casaco mais grosso que tem e usa um gorro. No alto, pode ver os galhos nus e, aqui e ali, a silhueta de uma maçã contra o céu escuro.

A casa vermelha também está às escuras. Ninguém está acordado a esta hora da noite, nesta rua de subúrbio. E não é provável que alguém esteja acordado para pedalar, como Iben acabara de fazer, de Nørrebro a Vaserne, ao norte de Holte.

Se uma luz se acendesse em qualquer lugar da casa, Iben poderia se afastar bem antes que alguém saísse para investigar quem estava andando por seu jardim. Mas por que alguém a descobriria?

Ela chega mais perto da casa, anda a seu redor e espia pelas janelas escuras do andar térreo, tentando distinguir os cômodos. Como sempre, a faca está presa ao tornozelo, embora ela não tenha medo algum de Anne-Lise.

Iben deve voltar para casa de bicicleta depois de inspecionar o primeiro andar. Toda a excursão parece uma completa perda de tempo. Ela não consegue pensar no que esperava encontrar.

Uma semana se passou desde que ela percebeu que suas suspeitas de que Anne-Lise matou Rasmus tinham relação com o estresse. É diferente para Malene. Ela não seria capaz de avançar antes de ter um quadro claro do que aconteceu. Ela precisa saber mais sobre Anne-Lise. Iben veio aqui esta noite mais por Malene do que por si mesma.

Se ao menos pudesse encontrar hoje alguma coisa que ajudasse Malene. Também contribuiria para pagar a dívida que ela tem com a velha amiga. Depois, talvez Malene finalmente pudesse deixar de lado tudo que Iben lhe deve por ela lhe ter conseguido o emprego no Centro.

Iben olha o segundo andar novamente. Escuro, nenhum sinal de vida.

Ela coloca a escada que encontrou na garagem junto a uma janela do segundo andar e sobe. Os cômodos devem ter um teto incomumente alto, porque a escada tem mais de sete metros.

Se ela e Malene pudessem voltar a ficar em pé de igualdade, como nos velhos tempos, não haveria nenhum problema em Iben telefonar para Gunnar.

A janela ao lado da escada não está bem fechada, apenas presa por um gancho. É o escritório de alguém. Ela vê um computador e uma prateleira cheia de caixas de revistas e pastas.

Iben tenta escutar algum som. Não há nenhum. Não vai entrar, é claro — isso não faz parte de seus planos.

Pensa no que dirá a Gunnar quando ligar para ele. Aproxima-se do peitoril. Bem na frente da janela há uma grande mesa com pilhas de papéis e pastas. É tão tentador. Iben tira o casaco volumoso e o pendura na beira da janela aberta. Depois tira os sapatos e os pendura pelos cadarços no gancho da janela.

Ela avalia a distância até o tampo da mesa e depois da mesa à porta. Os segundos passados se arrastando pela mesa são os mais críticos. Depois vai colocar uma cadeira sob a maçaneta da porta. Se tentarem entrar, a cadeira deve impedi-los por tempo suficiente para que ela escape.

Consegue subir sem nenhum problema. Suas luvas pretas e grossas de inverno parecem quentes demais, mas ela não as tira. Uma cadeira de madeira é perfeita para prender a porta fechada, mas ela verifica para ter certeza. Acender a luz está fora de cogitação, mas leva tempo para localizar o botão de volume do computador no escuro. Os quartos também devem ficar neste andar e ela não quer que a inicialização do Windows acorde alguém.

O computador é protegido por senha e ela tenta tudo em que consegue pensar, primeiro apertando Enter, depois digitando "Anne-Lise", "Henrik", os nomes dos filhos e suas iniciais. Nada dá certo. Ela começa a vasculhar a estante. É difícil ler na luz fraca e tudo precisa ser levado para mais perto da tela. Depois ela encontra um monte de bugigangas — algumas moedas, uma pilha, um saco plástico. Debaixo do saco está uma pequena lanterna de bicicleta. A bateria está baixa, mas o brilho vermelho e fraco que emite é melhor do que nada.

Com a ajuda da lanterna, ela percebe rapidamente que tudo ali tem relação com o trabalho e as finanças de Henrik. Não há nada aqui. Este é o limite máximo que pode alcançar. Ela sabe que precisa sair agora.

Ela escuta junto à porta. Ainda o silêncio.

Depois de retirar delicadamente a cadeira de baixo da maçaneta, Iben abre a porta um pouquinho. Ela se move suavemente em suas dobradiças. Iben espia pela fresta, depois abre a porta um pouco mais. É provável que o piso estale em uma casa tão antiga.

Atrás de uma daquelas portas, Anne-Lise dorme ao lado de Henrik. Seus dois filhos dormem por trás de outras portas. Iben ouve alguns grunhidos e, por um momento, o ronco de um homem. Os barulhos vêm de trás da porta mais afastada dela.

Só alguns passos até o alto da escada.

Se Henrik acordar e a vir, será bem fácil correr de volta ao escritório dele, bater a porta e disparar escada abaixo.

Ela testa seu peso no piso. Não estala. Varrendo o patamar da escada com a luz vermelha, pode ver que eles instalaram um piso novo e elegante. Ela se esgueira para o alto da escada.

Do hall do primeiro andar, entra em um cômodo que provavelmente corresponde a três cômodos do projeto original. A luz vermelha da lanterna some debaixo daquele teto alto.

A primeira coisa que procura é uma rápida rota de fuga. Dois grandes janelões dão para o jardim, mas estão trancados e ela precisaria de uma chave para abri-los. A porta principal deve ter o mesmo tipo de fechadura. Eles dificultaram a fuga de um ladrão e assim um alarme contra invasão é menos essencial. Se Iben precisar escapar, terá que quebrar o vidro.

Ela começa a investigar a sala de estar. As paredes são brancas e um grande sofá revestido de couro preto foi colocado no meio da sala. Quase tudo é no estilo dos anos 1980, inclusive o sistema de prateleiras azuis e a gravura de Walasse Ting grande e emoldurada. Vendo a qualidade de tudo ali, ela tem certeza de que a litografia de Ting é original.

Mas nada ainda para mostrar a Malene.

A porta para a sala de jantar está aberta, assim como a porta entre a sala de jantar e a cozinha. Todo o primeiro andar tem um leve cheiro de pizza e o chão está cheio de carrinhos e brinquedos. Iben tenta memorizar onde estão os carrinhos, para não escorregar neles se tiver que desligar a lanterna e fugir.

Aqui e ali, nas mesas e prateleiras, há maços de correspondência antiga e outros papéis. Ela os folheia: contas, observações do clube de futebol de Ulrik, folhetos de informação da previdência social, mensagens da Associação de Bibliotecários e um punhado de antigos catálogos de móveis.

Depois há o telefone. Tem secretária eletrônica. Não está piscando, mas ainda pode haver antigos recados gravados. Apalpando com as grossas luvas de inverno, Iben abaixa o volume e aperta "Play".

Quando a fita começa, ela aumenta o volume só o suficiente para ouvir o que está sendo dito. Uma voz arrastada de mulher começa insegura: "É Jutta. Se você... Bom, eu estava, sabe, falando com uma amiga e depois pensei em você e..."

Um sotaque de classe alta. Ela está bêbada feito um gambá.

"Mas lembrei da época em que todas íamos na casa do... qual era o nome dele mesmo? E tínhamos acabado de colocar as calças, ou pelo menos eu tinha acabado de colocar. Mas ela disse que devíamos ir. E você era tão inteligente, e disse que tínhamos acabado de chegar de Odense. Rá-rá! Foi brilhante. Pensei nisso agora mesmo. Porque andei conversando com uma amiga e ela não pensou tanto nisso."

O recado se estende por mais um tempo. Iben não consegue entendê-lo. Mas é estranho. Por que uma bêbada está se confidenciando com Anne-Lise ao telefone? Será que Anne-Lise ligou para ela no mesmo estado? Será que Jutta sabe que Anne-Lise também gosta de beber?

Não há mais recados. A casa está tão silenciosa que Iben fica insegura sobre o volume dos barulhos que faz e a distância que podem percorrer.

A escada estala. Ela se sobressalta, como se o som fosse uma explosão. É alguém descendo? Ela dá alguns passos longos para chegar à lareira e se agarra ao atiçador pesado. Iben nunca usou um desses contra ninguém — seria uma possibilidade tão remota quanto puxar sua faca para Anne-Lise ou Henrik —, mas ela precisa de um implemento pesado para quebrar os janelões. Ela se vê correndo pelos cacos de vidro para o jardim escuro.

Apaga a lanterna, posiciona-se de frente para a porta envidraçada e fica paralisada no lugar, o atiçador erguido. Com sorte, vai reagir rapidamente se alguém entrar, de modo que quem quer que seja não poderá ver nada — só uma sombra escapulindo para a escuridão.

Escuta com atenção. Henrik pode tê-la visto de alguns metros de distância sem que ela ouvisse nada. Mais uma vez, é incapaz de distinguir se os sons são imaginários ou reais. Ruídos baixos do quarto, talvez? Sussurros? Como as vozes que ela pensou ter ouvido antes de Rasmus cair.

Depois de um tempo, abaixa o atiçador. Sua mão e o ombro doem. Virando-se, ela tenta distinguir se há alguém parado na sala escura. Ninguém, ao que parece.

Ela realmente precisa sair da casa.

Ainda assim, não deve se esquecer da cozinha. Ali pode haver algum sinal do alcoolismo de Anne-Lise. Ela olha os armários. Não há nada óbvio, como garrafas de bebida vazias.

Há um calendário-ímã grudado na geladeira. Na luz da lanterna de bicicleta, Iben lê tudo sobre as datas de Henrik e Anne-Lise. Diz aonde foram esta noite. "A + H Reunião na creche. Ref. Clara." Do que se trata? Por que uma reunião sobre a filha?

Não há mais nada que interesse na porta da geladeira.

A lata de lixo está cheia de caixas de pizza dobradas, mas debaixo delas Iben descobre uma folha de papel amassado com anotações manuscritas, parcialmente molhada de molho de tomate. Ela abre a folha entre toalhas de papel, que tem o cuidado de colocar no bolso.

A letra não é de Anne-Lise. É uma caligrafia pequena e precisa com as letras altas um pouco inclinadas para a esquerda. Deve ser de Henrik.

Reunião ref. C.

Nos aborrece ouvir sobre C batendo em crianças. Queremos nos desculpar com os pais delas.

O que podemos fazer para melhorar as coisas?

É verdade que Clara tem sido agressiva com os amigos que vêm brincar em casa. (Tudo bem, vamos admitir que elas a chamem de "incomumente agressiva", mas não vai significar nada mais forte. Não conte a elas sobre o episódio com Victor em nossa casa.)

Destaque isso: nossa disposição de cooperar. Lembre a eles que nós dois fomos ao dia de pais e mestres em agosto (procure desviar a conversa para outra reunião).

Importante — lembre-se: antes não tivemos nenhum problema para administrar a raiva de Clara e nós dois acreditamos que ela vai superar essa fase logo. (Concordo com A-L no carro.)

SOMENTE se necessário: que a família está irritada com outros problemas e isso pode ter afetado Clara. Não irritada com ela. Ela não deve ser culpada. Nenhum problema, isto é, além da terrível situação da mãe no trabalho.

Destaque que estamos otimistas.

Esperamos que o Centro venha a fazer parte dos Direitos Humanos, certamente muito em breve. Então A-L terá novas colegas. Vamos ficar mais fortes à medida que...

A essa altura a folha está manchada demais para que se possa ler. As únicas outras palavras que ela pode ler são "em confiança".

Que alívio. Encontrou alguma coisa!

Com os dedos enluvados e desajeitados, dobra o bilhete e o coloca também no bolso da calça. Fica ciente de uma coceira no tornozelo, pouco acima da faixa da faca. Tenta coçar com os dedos do outro pé, mas o joelho bate na tampa aberta da lixeira e ela se fecha.

Na ponta dos pés, ela volta à sala de estar e assume a mesma posição de antes, o atiçador pronto para quebrar as portas de vidro. Fica absolutamente imóvel. Seu coração martela e sua mente está agitada com fantasias sobre Henrik entrando na sala brandindo um bastão de beisebol... Ou talvez uma arma.

Precisa voltar ao escritório, a não ser que já seja tarde demais! Não há tempo para investigar o porão agora.

Mas, enquanto olha pela janela, descobre que uma coisa no jardim mudou. Quando estava ali mais cedo, podia ver bem distintamente a silhueta reta do tronco de árvore mais próximo. O tronco parece mais grosso agora e seu contorno é irregular. Ou alguma coisa está apoiada nele ou alguém está tentando se esconder ali atrás.

Seu coração bate mais forte e a boca de repente fica seca. Ela se sente tão fraca que tem medo de cair — alguém a seguiu até aqui. Ela pensa de imediato nos amigos quenianos de Omoro. E pensa em Mirko Zigic. Ele decepa o braço de uma de suas vítimas e desenha nas paredes com o sangue. Passa uma corda pelo pescoço de outra mulher e a pendura no teto antes que ele e seus homens a estuprem.

Iben sente um suor frio cobrindo todo o seu corpo.

Ela se obriga a pensar que está enganada: é uma ilusão de ótica provocada pelo luar, ou talvez seja uma árvore diferente. Haverá uma explicação simples. Seu medo é compulsivo e irracional. Ela se move rapidamente para o hall. Está perto do pé da escada quando vê uma porta para o espaço embaixo dela. Poderia se defender naquela barricada se alguém a estivesse esperando no alto da escada?

Abre a porta e dá uma olhada, acendendo sua pequena lanterna. É outro escritório. Papéis estão arrumados em pilhas muito organizadas. Deve ser o espaço de trabalho de Anne-Lise.

Devia ir embora agora, mas não pode perder a oportunidade. Precisa dar uma olhada. Verifica toda uma série de gavetas. Não há tempo para ligar o computador, mas não seria provável que Anne-Lise tivesse um CD de back-up dos arquivos?

A bateria da lanterna está prestes a arriar. A luz vermelha se enfraquece aos poucos.

Iben folheia a pilha de papéis, tentando deixá-los arrumados como estavam. É difícil segurar a lanterna em uma das mãos enluvadas e virar as folhas com a outra.

Por fim, encontra uma coleção de CDs em uma gaveta. Os que estão marcados com datas devem ser back-ups. Ela não pega o mais recente, para que Anne-Lise não perceba; em vez disso, pega três discos de um lugar do meio. Agora pode ir embora.

Ela devolve os CDs restantes. Uma folha de papel escorregou de trás, espremida por todas as outras coisas na gaveta. Ela a puxa. A luz da lanterna está tão fraca que ela mal consegue enxergar as letras, mesmo quando segura a lanterna imediatamente acima do papel:

> ...por causa das fantasias de vingança contra Iben e Malene. Mas, cada vez mais, elas estão se virando contra mim. As imagens são terrivelmente reais e

eu agora faço parte delas, como se nós três, Iben, Malene, eu, estivéssemos nos fundindo. Alguma coisa no fundo de mim deve ter sido destruída quando me castiguei no lugar delas. Como eu fiz naquela vez em que tive o que Henrik chamou de "ataque de nervos". Eu faria qualquer coisa, daria qualquer coisa — exceto minha família — se pudesse ter certeza de que não vou desmoronar antes da fusão com os Direitos Humanos...

Parecia haver mais papéis como este, mas o tempo se esgotara. Iben enfia os CDs e a folha de papel por dentro do cós da calça. Estendendo o pescoço para ver se há alguém na escada, ela reprime um impulso quase irresistível de correr até eles.

Ninguém está no alto da escada. O ronco de Henrik parou. Tudo está em silêncio. Dentro do escritório, com a cadeira novamente colocada debaixo da maçaneta, Iben suspira de alívio. Logo estará do lado de fora. Ela recoloca a lanterna debaixo do saco plástico e dá uma boa olhada no lugar para ter certeza de que não deixou a menor pista que seja de sua presença. Tudo parece bem.

Exatamente quando começa a tirar a cadeira, a maçaneta é empurrada um pouco. Alguém do outro lado também bloqueou a porta.

A maçaneta não se mexe.

Iben corre para a janela.

Uma voz de homem brada:

— Agora! Agora! — A voz dele parece tão desesperada quanto Iben. Ele grita ainda mais alto: — Saia daí agora. Depois CORRA para ele não machucar você!

Pela janela, Iben percebe que a escada não está mais ali.

Pouco abaixo, um homem corpulento e seu cachorro preto e grande montam guarda. O homem fala calmamente ao celular e está perto o bastante para que Iben o ouça.

— Não vou a lugar nenhum. Os invasores não costumam estar armados. Se estiver com uma coisas dessas, a sentença de prisão é triplicada. — O homem está usando um casaco preto e longo e o pijama aparece por baixo. Deve ser um vizinho que Henrik chamou.

O homem trouxe uma lanterna. Ele dirige o foco para a janela do escritório, mas Iben consegue sair de vista bem a tempo. Ele grita na direção da janela:

— Você aí! Quer ficar três meses preso, hein? Talvez cinco! E isso é o mínimo que o espera.

Iben tem vontade de dar um chute em si mesma. Por que pensou em invadir a casa? Devia saber que só podia dar nisso.

O feixe de luz da lanterna viaja pelo teto. Ela cuida para ficar fora do caminho e se acomoda no chão, encostada na parede, com os joelhos para cima. Ela está tremendo.

Nenhum dos dois homens falou em chamar a polícia, presumivelmente porque um deles já fez isso. A polícia deve chegar a qualquer momento.

Uma criança sonolenta fala do outro lado da porta. É um menino.

— O que você está fazendo?

Henrik responde ao filho.

— O papai pegou um ladrão.

— Onde ele está?

— Está trancado na sala do computador.

— Puxa.

A voz seguinte é de Anne-Lise.

— NÃO!

— Por quê, que foi? Mamãe?

— Não deve chegar muito perto da porta!

— E por que não?

— Porque não e pronto. Fique aqui, do meu lado.

— Ele pode atirar pela porta?

Anne-Lise fala em voz baixa.

— Não, querido, não pode.

Iben espera até que o cone de luz some da janela por uns segundos, depois se atira pela mesa e pega o casaco e os sapatos do gancho da janela. O homem no jardim a ouve e volta a mirar a lanterna, mas Iben já está deitada na mesa.

O menino fala de novo.

— Por que não posso ir ali? Ele vai sair?

— Eu só quero que você fique aqui comigo. Já sei, vamos para o seu quarto.

— Nã-ão... Mamãe, eu não quero.

— Sim! Venha.

Iben tira o suéter e vasculha os bolsos do casaco procurando pelo gorro e pelo cachecol. Ela passa o cachecol no rosto e puxa o gorro bem baixo na testa, tentando se certificar que nem um fiapo de seu cabelo louro esteja aparecendo. Depois de abotoar o casaco, ela amarra o suéter em volta do peito. O efeito que ela quer é de coxas magras e um tronco volumoso na esperança de que possa ser confundida com um homem.

Ela pula da mesa e fica parada diante da janela aberta. Que chance tem? Tudo é tão alto nesta casa antiga. Embora só esteja no primeiro andar, o chão parece muito distante.

O homem grita para ela novamente.

— Pular? Não faça isso. Vai quebrar as pernas. — Ele puxa rapidamente a guia do cachorro. — E se não quebrar, o Skipper aqui vai dar conta de você!

A polícia pode estar a um minuto daqui, mas Iben engatinha pela sala. Há uma barafunda de fios de eletricidade debaixo da mesa. Ela puxa duas extensões que saem das tomadas principais e as amarra. O resultado é uma espécie de corda de pelo menos seis metros.

Anne-Lise aparentemente ainda está vagando pelo corredor, mas a voz dela está a uma distância segura da porta.

— E se forem dois?

— Não são. Eu vi esse aí no primeiro andar.

Anne-Lise parece bem diferente de quando está no trabalho.

— O que você acha? Ele vai pular?

— Acho que não. Além disso, o Lars está lá com o cachorro.

Iben abre a parte superior da janela e sobe no parapeito de novo. Agora segura o reforço entre as janelas de cima e de baixo e fica com todo o corpo para o lado de fora da casa. Esticando-se, ela consegue pegar a calha que passa junto ao telhado.

O homem chamado Lars grita:

— Ei! Pare aí! — Ele fala ao celular. — O homem está tentando sair pelo telhado. Aposto que está drogado. É um cara baixinho. Não gosto disso, não parece nada bom.

Ele grita:

— Volte para dentro! A prisão é melhor do que o que está tentando fazer.

Iben consegue colocar um pé na borda superior da janela aberta e se ergue. Testa a calha, que parece firme. Move um pé por ela e depois experimenta impulsionar-se na direção do telhado, mas uma ponta pendurada de seu suéter fica presa. Ela fica pendurada no peitoril da janela do sótão enquanto tenta se libertar.

Lars fala com Henrik de novo:

— É melhor descer a escada do sótão. A polícia terá que subir para pegar o sujeito.

Ela perde muito tempo mexendo no suéter, mas no final ele se rasga. Ela olha o grande buraco com alívio. Apoiada na janela do sótão, Iben engatinha para o cume do telhado, com o cuidado de ficar o mais horizontal possível, embora esteja fora do campo de visão de Lars. Ela não pode vê-lo também.

Ela tira o cachecol. O vento se agita em sua pele.

A casa é grande demais para que Lars vigie em toda parte. Deve ser possível encontrar um lugar onde Iben possa descer e fugir antes que a vejam. Depois ela o avista na frente da casa. Ele se afastou para ficar de olho nela. Ele varre parte do telhado com a lanterna. Apressadamente, coloca o cachecol no rosto de novo, só para garantir.

Há luzes em duas casas vizinhas. Uma delas deve pertencer a Lars, mas talvez outro homem esteja a caminho.

Iben sabe que agora precisa usar os fios para descer, mas não se atreve a isso. Ela então engatinha até estar no meio do cume do telhado. Lars não será capaz de ver aonde ela irá a seguir. Mas Henrik pode abrir uma janela do sótão. E a polícia vai chegar. E talvez mais vizinhos. Mais cães.

Pule agora.

Agora.

Ela ainda hesita. Será que o nó vai segurar os fios? Ela os tira do bolso e verifica o nó com um puxão.

Pensa em Rasmus, lembrando-se de como o encontrou.

Pensa no que vai acontecer se seu suéter ou o casaco se prenderem em alguma coisa — talvez na calha de novo — ou se ela escorregar nas telhas.

Uma luz se acende nas janelas próximas do sótão. Faróis de carro estão se aproximando rapidamente. Só pode ser o carro da polícia.

Agora.

Ela escorrega para uma janela escura do sótão nos fundos da casa. Apoiada no caixilho, faz um laço com uma ponta do fio, coloca-o em volta do caixilho e aperta. Pendurada no fio, desce para a beira do telhado.

Quer chegar ao chão rápido, antes que os outros tenham tempo de encontrá-la, mas não contava com que o fio fosse tão escorregadio. Iben chega ao primeiro nó, mal conseguindo segurá-lo, e depois desliza a toda velocidade pelo que resta dele. Seu plano é parar no meio do caminho para avaliar onde está e escolher o melhor lugar para a queda.

Quando chega ao trecho seguinte do fio, ele passa rapidamente por suas mãos e ela não consegue segurá-lo. Iben cai atrás da casa, perto de um varal e alguns móveis de jardim. Seus pés, joelhos e mãos se chocam nas lajotas.

Sobrevivi, pensa. Esse é o primeiro pensamento que lhe ocorre e a deixa em êxtase.

Ela se levanta. Há uma cerca alta a apenas alguns metros de distância.

Iben empurra a mesa até a cerca e tenta pular. Não consegue. Sente uma dor aguda no pé direito. Rasteja para cima da mesa, depois para a cerca. Ela se arrasta para o outro lado, apoiando o peso do corpo nos braços e no pé esquerdo.

Olha em volta, para o jardim desconhecido, mas, quando ouve vozes perto, enfia o corpo por um buraco na base da cerca viva que leva ao jardim do vizinho. As vozes parecem seguir na direção contrária.

A dor no pé é excruciante. Suas mãos também doem. Examinando a palma das mãos, percebe que o fio rasgou as luvas e chegou a cortar a pele.

Quando as vozes desaparecem, ainda está escuro.

Sua bicicleta está escondida em uma entrada de carros a pouca distância na rua.

Ela se levanta e manca até lá, pensando: Tenho uma coisa para Malene. Agora estamos quites.

39

— É uma mentirosa! É mentira, tudo isso!

Ler aquelas coisas deixa Iben furiosa. Ela chuta o colchão com o pé bom. Iben tomou alguns analgésicos, mas a pancada no outro pé ainda provoca uma pontada de dor. Isso a deixa com uma raiva ainda maior.

Iben estava quase dormindo quando chegou em casa. Levou o laptop para a cama e a tela está coberta de texto.

> Segunda-feira de manhã. Já estou no CDIG há dois meses. Eu entro na sala delas. Ninguém me pergunta sobre meu fim de semana, ninguém se incomoda com a viagem que disse que ia fazer na semana passada. Simplesmente nada!
>
> Eu só digo: "Oi!", parecendo relaxada. Estou tentando esquecer como foram na semana passada, para lhes dar outra chance. Um recomeço. Só uma coisinha à toa. Aparecer na sala que elas dividem e: "Oi!" Camilla também diz: "Oi." Iben não diz uma palavra.
>
> Elas nem se incomodam em olhar para mim. Fico ali por um tempo, esperando por uma pequena atenção ou alguma coisa, pronta para dizer algumas palavras sobre o que eu fiz, como nos divertimos, como o sol brilhava... Alguma coisa, qualquer coisa!
>
> Passam-se três minutos e estou de volta para onde comecei. Largada no meio de toda a infelicidade que consegui ignorar por um tempo. É tão rápido...

O CD de Anne-Lise não é protegido por senha. Iben respira fundo e abre outro arquivo.

Está bem óbvio que elas insistem em me ver como "a bibliotecária", uma figura obtusa cuja presença ninguém precisa perceber. Elas querem que eu me comporte de acordo com o personagem e esteja preparada para fazer tudo o que puderem me obrigar a fazer. Ficam bem irritadas se eu pareço atraente ou digo alguma coisa interessante, porque torna mais difícil para elas me excluir.

Na hora do almoço, Iben briga com Camilla. Tenho certeza de que o motivo foi tê-la pego conversando comigo. Ninguém pode conversar comigo, Iben e Malene cuidarão para que seja assim.

Toda vez que estou afastada de lá, eu me esqueço de como é terrivelmente medonho. Quando não estou cercada disso, simplesmente não consigo acreditar. Como alguém pode ser tão cruel? Eu não entendo!

Iben se remexe e se agita de novo. Felizmente as duas canecas grandes e vazias e o prato de sopa estão na mesinha ao lado da cama. Ela se recosta e limpa o suor da testa com o cobertor. Ainda não se recuperou. São oito e quinze da manhã. Ela não dormiu e na próxima hora deve estar no trabalho, comportando-se normalmente.

Depois de chegar em casa no trem do subúrbio, a primeira coisa que Iben fez foi tomar analgésicos e se meter num banho quente. Ela tomou uma caneca de chocolate no banho e depois preparou uma tigela grande de aveia, misturada com passas, nozes e leite desnatado. Depois foi para a cama.

Pelo que se lembra, não deixou nada na casa de Anne-Lise que possa identificá-la. Ninguém a reconheceu — aparentemente, ninguém sequer percebeu que o invasor era uma mulher. Mas nunca se sabe.

Ela não pode se arriscar a procurar um médico hoje. Se o pé não melhorar em alguns dias, terá que agir como se tivesse acontecido um acidente. Antes disso, Anne-Lise a terá visto em perfeita forma.

Ela abre outro arquivo, escrito há apenas algumas semanas.

Preciso me prender à crença de que as outras não têm desculpas. Preciso me lembrar disso. Elas não têm o direito de decidir que eu devo ser eliminada. Mas, quando dizem que eu não me dou com as pessoas, é verdade. Ou é o que parece — não me dou, não com os usuários do Centro ou com minhas colegas. Tudo está uma confusão. Antigamente eu pensava que era fácil trabalhar comigo, mas talvez todos estivessem só fingindo.

Às vezes eu penso que devia telefonar para minha antiga biblioteca e perguntar se eles realmente gostaram de me ter na equipe. Iam dizer que sim, é claro, mas também seria uma mentira? Nunca vou saber.

A náusea de Iben não cede. É fácil ver, pelo diário, que Anne-Lise é doente — provavelmente uma forma de paranóia, com as ilusões resultantes. Iben decide telefonar para Grith esta noite e discutir o diagnóstico clínico mais exato. Mas, mesmo sabendo disso, ainda é chocante ver aquela imagem distorcida de si mesma. O fato de que está tudo por escrito, e de uma forma tão detalhada e elaborada, torna tudo mais convincente.

Depois de não ter conseguido dormir mais cedo, Iben cochila enquanto está sentada no banheiro. Liga para o escritório para dizer que vai se atrasar. Só 45 minutos, diz ela, e pela primeira vez cede e pega um táxi para o trabalho.

Assim que sair no hall do quinto andar a câmera de segurança vai captar sua imagem. Eles vão poder vê-la e não deverão perceber que seu pé dói terrivelmente. Não deve haver nenhuma sugestão de que ela se sente mal e não dormiu a noite toda, ou que leu as divagações insanas de Anne-Lise sobre si mesma e todas as outras no trabalho. Ela olha a câmera com um ar de desafio e aperta a campainha. Eles abrem a porta para ela. Iben sorri e diz "Olá". A dor lancinante no calcanhar e no tornozelo direitos a faz relutar em dar um passo que seja, mas não pode ficar parada ali. Ela vai até a familiar fila de ganchos para pendurar o casaco da melhor forma que pode.

Talvez seja assim para Malene. Às vezes ela suporta uma dor horrível e agora também luta para esconder o fato de que mal dormiu de tristeza por Rasmus. Antes da morte dele, Malene conversava com Iben sobre seu medo de ficar incapacitada e sozinha. Mais cedo ou mais tarde, poderia estar numa cadeira de rodas, incapaz de ir para o trabalho e ter filhos.

Quando Rasmus morreu, o futuro que Malene temia pareceu mais próximo. Ela parou de falar da artrite. Em vez disso, fala sem parar que Rasmus era maravilhoso, comparando as qualidades sobre-humanas dele com suas próprias deficiências. Foi o comportamento dela que o levou embora. Ela acompanha este surto com mais ataques a Anne-Lise — como arruinou a vida dos dois e depois levou Rasmus a uma morte prematura. Era possível, afinal, afirma ela, que Anne-Lise tivesse despejado óleo na escada e dado um empurrão em Rasmus.

Tudo bem, não é provável — mas é possível.

Numa noite, Iben deixou escapar a Malene que pensou ter ouvido uma voz de mulher na escada pouco antes de Rasmus cair. Malene voltava a isso com tanta freqüência e com tal fervor que Iben se arrependeu de ter dito uma palavra sobre o assunto. Depois de algumas semanas dessas histórias, elas estavam se tornando um tanto insuportáveis.

Atravessando a sala, Iben sente que está fazendo um bom show, até conseguindo conversar sobre uma coisa ou outra.

Mas Malene percebe de imediato que algo aconteceu. Seus olhos se arregalam.

— Iben, qual é o problema?

— Ah, nada.

Iben sabe que Malene não ia acreditar nela e torce um canto da boca em um sorrisinho que só Malene perceberá, para que ela saiba que não quer conversar sobre isso agora. Iben tem toda a intenção de contar a Malene o que aconteceu na noite anterior, mas agora alguma coisa a impede, embora não consiga pensar no que é.

Camilla não diz nada e Anne-Lise está quieta consigo mesma na biblioteca.

— Anne-Lise saiu da biblioteca?

Malene olha para ela.

— Por que pergunta?

— Nenhum motivo especial.

Iben se senta e tenta esconder seu alívio — só vai precisar se levantar na hora do almoço. Ela se abaixa para tirar o sapato direito. O cadarço já está muito frouxo, mas ainda dói quando puxa o sapato por cima do pé. Ela reprime o som que tem vontade de soltar e ele sai como um arfar muito fraco.

Será assim mesmo para Malene, dia após dia?

Pelo ritmo do teclado, ela pode ouvir que Malene está escrevendo e depois corrigindo a mesma palavra várias vezes. Mais um erro. Malene bate no teclado. Ele escorrega para o lado e seus dedos atingem o canto da superfície plana e larga do mouse. Deve ter doído, porque ela puxa a mão de imediato e a esfrega com a outra. Iben e Malene trocam um sorriso.

Ao lado de Iben, há uma pilha de documentos sobre o assassinato turco de 300 mil gregos pônticos entre 1914 e 1922. Embora o extermínio turco de aproximadamente um milhão e meio de armênios tenha eclipsado o assassinato em massa dos gregos, a edição do *Jornal do Genocídio* sobre a Turquia será o espaço perfeito para chamar a atenção para a atrocidade. Entre outros relatos de testemunhas oculares, Iben incluirá uma descrição da maneira como os soldados turcos expulsaram as famílias (mulheres, crianças e idosos gregos) da costa e as mandaram para o deserto. Depois que suas vítimas foram isoladas, a milícia partiu e levou toda a comida e a água.

Iben fica sentada em silêncio, olhando a mesa. Devia continuar trabalhando, mas tem dificuldade de se concentrar no material. Mal consegue responder quando alguém fala com ela. Em vez disso, lê ao acaso edições antigas do *Jornal do Genocídio*. Uma grande mancha de gordura no alto da primeira página chama sua atenção. O título: "A Psicologia do Mal II". É o artigo dela. "(...) em uma situação de guerra, homens e mulheres que matam a uma distância suficientemente grande das vítimas não ficam, de acordo com seu conhecimento pessoal, traumatizados mais tarde. Quanto mais perto os soldados chegam da vítima, mais difícil é matar."

Ela pensa em como está distante de Anne-Lise. Se Anne-Lise sofresse um acidente grave o bastante para incapacitá-la ou até matá-la, a cabeça de Iben lhe diria que era uma tragédia, mas seu coração no fundo ficaria feliz por se livrar dela. Estes novos pensamentos fazem Iben interpretar o próprio texto de uma forma diferente.

"A conclusão deve ser a de que atos simples, que em si parecem causar um dano apenas limitado, podem levar a mudanças psicológicas que por sua vez possibilitam ações ainda maiores e mais destrutivas."

Depois de ler os registros no diário de Anne-Lise, Iben vê como a passagem seguinte também parece válida: "Tendemos a exagerar as semelhanças daqueles que pertencem a nosso grupo, assim como exageramos a homogeneidade em outros grupos e as diferenças entre eles."

Agora a náusea da manhã voltou. Ela fita a mola quebrada que se pendura da luminária da mesa, sua pontinha afiada e os reflexos da luz no metal quebrado.

Seus pensamentos devem ter vagado por um tempo, quando ela ouve Malene e Camilla conversando sobre as sessões de natação de Malene.

"É claro que não se trata só de manter a forma. Faz alguma coisa com sua mente e seu humor também."

Iben lê: "A dissonância cognitiva nos faz gostar daqueles a quem ajudamos e rejeitar os que machucamos."

Ela ouve a voz de Malene de novo:

"Se não ficar em boa forma fazendo alguma atividade, como você faz com o coral, é fácil terminar como aquela ali." Malene move a cabeça na direção da biblioteca.

Iben precisa ficar sozinha. Só por alguns minutos. Ela se abaixa rapidamente para recolocar o sapato. Apesar do pé dolorido e do estômago revoltado, ela vai ao banheiro. Mantém o rosto de lado para esconder a expressão.

É bom ouvir o pequeno clique da fechadura. Ela se acomoda no lindo reservado estreito e alto, com suas paredes amarelo-melão e cheiro de desinfetante de banheiro. Ergue o pé machucado e coloca a mão delicada mas firmemente em volta da pele tensa do tornozelo inchado.

As últimas palavras do artigo ainda estão em sua mente: "Quanto mais pavorosamente brutal o ato cometido pelo perpetrador, mais fortemente ele passa a acreditar que só ele está correto e é justo."

Ela se pergunta se isso é o que elas fizeram com Anne-Lise. Será que o que ela diz no diário é verdade?

A dor latejante se espalhou, espreita por trás dos olhos de Iben, na nuca, no céu da boca, em seus braços. Mistura-se com imagens e palavras de tantos genocídios sobre os quais ela refletiu. Ela não consegue deixar de voltar a uma pergunta que os pesquisadores inevitavelmente se fazem: se eu tivesse nascido na Alemanha antes da Segunda Guerra Mundial, teria apoiado o Holocausto? Depois se lembra de Anne-Lise, que podia muito bem descobri-la se ela não tivesse voltado ao trabalho logo.

Ela encontra Anne-Lise na mesa de Malene, aparentemente irritada com alguma coisa. Nas últimas semanas, desde que Rasmus morreu, todas têm sido gentis com Malene — Anne-Lise também. Agora parece que isso mudou.

Anne-Lise está falando rápido demais e sua voz tem um tom metálico.

—Vocês estavam falando de mim agora há pouco. Eu ouvi você dizer que, a não ser que as pessoas se cuidem, terminam como eu — ela parecia estar à beira de um colapso nervoso.

— Cuidar de dois filhos pequenos mantém você em forma. Camilla, você sabe disso, não sabe?

Malene está bem calma.

— Anne-Lise, eu não disse isso de você.

— Eu ouvi. Você disse "ou vai terminar como aquela ali". E você se referia a mim.

— Anne-Lise, você ouviu mal. Eu não disse isso.

Olhando para Anne-Lise, Iben está prestes a se intrometer: "Malene nunca disse isso. Eu sei que não disse." Mas as palavras não saem. Malene, que está tão acostumada com o apoio de Iben, olha para a amiga com um ar divertido: o que há de errado?

Há uma curta pausa. Iben fica em silêncio.

Malene começa seu teatrinho que nunca deixa de enlouquecer Anne-Lise.

— Se anda ouvindo pessoas falando de você, então talvez deva procurar seu médico.

Como era de se esperar, Camilla se junta a ela.

— Um médico pode ajudar você, Anne-Lise. Bom, de qualquer forma, sempre vale a pena tentar.

Malene olha para Iben. Iben se sente cada vez mais nauseada.

Anne-Lise agora está gritando.

— Mas você disse isso! Você disse!

— Anne-Lise, ouvir vozes é um problema sério. Devia se cuidar.

— Não estou ouvindo vozes! Você disse isso!

— Como é o seu médico? Vai precisar de um dos bons.

— Conheço muitos sites úteis na Internet.

Camilla encara Iben.

Anne-Lise parece retraída. Talvez seja isso o que a leva a se arrastar de volta à biblioteca e se esconder.

Malene ainda não desistiu.

— Nem falamos em você hoje. Falamos, Iben?

Iben não consegue falar.

Malene repete, mais alto e com mais clareza:

— Falamos, Iben?

Passa-se uma fração de segundo.

Parece um teste. Uma avaliação das qualidades mais importantes de um ser humano.

Meio segundo.

Ocorre a Iben que sua situação só confirma o que ela escreveu em seu primeiro artigo sobre a psicologia do mal. O estudo de Christopher Browning mostrou que o que levou alemães comuns a matar judeus não foi a ameaça de punição, mas a mera pressão. Os homens sentiram que não deviam desprezar os camaradas que suportaram um sofrimento tão pavoroso.

Três quartos de segundo.

A pressão sobre Iben tem outras semelhanças com as forças que impelem as pessoas a matar, e a voltar a matar. Um breve momento pode ter conseqüências incalculáveis e determinar que lado uma pessoa assume pelo resto da guerra.

Um segundo inteiro.

Não há mais tempo para pensar.

Malene tem passado por uma época difícil. Nada devia aumentar sua angústia. Se eu a humilhar na frente das outras, pensa Iben, nossa amizade pode não sobreviver. Ela vai perder o que resta da confiança que tem em mim. Ela pode contar a Gunnar. Isso também pode mudar minha vida. Se ao menos Malene e eu pudéssemos ter conversado sobre isso a sós.

Estou me demorando demais. Todas estão me encarando. Que coisa estranha. Acredito que nenhum grupo tem o direito de destruir uma pessoa. É uma profissão de fé para nós daqui do CDIG. E agora devo escolher: ou minha ideologia, ou minha melhor amiga. Uma voz interior me diz para concordar com Malene. Meu instinto humano, como o instinto de milhões de alemães, russos, chineses, cambojanos, exige que os outros sejam eliminados.

Tanta coisa seria sacrificada se eu rompesse relações com Malene. E como posso ter certeza de que Anne-Lise merece esse tipo de sacrifício? Não quero virar minha vida pelo avesso.

O Jardim de Inverno está em silêncio, exceto pelo leve zumbido dos computadores. Iben olha diretamente para Anne-Lise. Ela não consegue se lembrar da última vez em que fez isso.

— Estávamos falando de você, Anne-Lise — Iben pestaneja. A luz é tão forte. Ela recomeça. — Você não imaginou nada. De jeito nenhum.

Malene bate a palma das mãos na mesa.

— COMO É?

Iben repete, e agora sua voz é mais firme.

— Estávamos falando de você, Anne-Lise. O que você ouviu foi exatamente o que dissemos.

Iben pode ver Malene perdendo a confiança.

— Iben, você não quer dizer o que está dizendo. Você realmente ouviu o que estávamos falando? O que você... Não está dizendo que...?

Os olhos de Iben se enchem de lágrimas. É difícil olhar para Malene. Em vez disso, ela se vira para Anne-Lise, que também não consegue sustentar o olhar.

— Anne-Lise, escute. Você não é psicótica! Você está certa! Tudo o que ouviu foi dito. Nós falamos de você. Falamos de você antes também.

Iben pode ouvir que Anne-Lise também começou a chorar.

— Está passando para o lado dela?! — Malene está gritando.

— Não! Não! Não estou do lado de ninguém. Só estou dizendo a verdade a ela. Nós falamos de Anne-Lise. Fizemos isso.

— Agora você é amiga dela!

— Não. Só estou dizendo...

Malene dá a impressão de que mal consegue respirar.

— Não posso suportar isso... Você simplesmente...

Anne-Lise ainda está parada ao lado de Iben quando Malene corre para fora da sala, batendo a porta depois de sair.

40

Iben dispara porta afora atrás de Malene com a maior rapidez que lhe permite o pé machucado.

Malene não está na escada, nem na calçada do prédio. Iben liga para o celular dela. Nenhuma resposta. Além da interminável fila de carros, a rua está totalmente vazia. O ar da manhã é frio e Iben se abraça ao se apoiar na parede de tijolinhos, e tenta controlar seus pensamentos.

Depois ela telefona para o Centro. Anne-Lise atende e parece bem diferente. Iben percebe que Anne-Lise está morrendo de vontade de falar sobre o que acabou de acontecer, mas Iben evita o assunto. Só o que ela diz é que está com dor de cabeça e vai para casa. Vai ficar fora o resto do dia.

Ela pega um táxi e liga para a casa de Malene. Depois de dez tentativas, Malene finalmente atende.

— Iben, então agora está do lado dela?

— Não. Malene, eu sou sua amiga, sempre! Mas você está fora de si.

Malene interrompe com negativa, mas Iben continua.

— Olha, Malene, o motivo é óbvio, depois de tudo o que aconteceu. Mas estou preocupada com você.

Malene está gritando.

— Odeio pensar em como você é quando está realmente preocupada, porra! — ela bate o fone no gancho e não atende mais.

• • •

Quando Iben acorda, seu quarto está escuro. O rádio-relógio mostra que são nove da noite. Nove horas se passaram desde que ela se deitou.

Ela vai claudicante até a cozinha e prepara uma porção de aveia, passas e leite desnatado; pensa em Malene. Tudo deu errado. O pé de Iben está doendo e ela se sente emocionalmente esgotada. Senta-se à mesa, colocando com cuidado o pé em uma das cadeiras velhas. O laptop está ligado e o CD de Anne-Lise anda está no drive. Ela verifica mais arquivos enquanto come.

Há uma coleção de fotos do verão no jardim e de umas férias em família dois anos antes, na ilha grega de Rodes. As crianças estão brincando no mar e Henrik, cujo corpo é excepcionalmente pálido e magro, sorri para a fotógrafa.

Iben sabe o que procura e por quê, mas não se importa. Dezenas de experimentos em psicologia social provaram que, depois de tomar uma decisão complexa, as pessoas em geral procuram por motivos que confirmem que estão certas. Os fatores decisivos podem ter sido marginais, ou até aleatórios, mas nos experimentos os voluntários formulam argumentos e encontram informações em apoio às decisões tomadas. Nesse momento, eles se esquecem de outras considerações e se convencem de que suas opções eram significativamente diferentes. Dito de forma simples: a justificativa pós-fato facilita a vida.

Iben havia comido seu cereal quando chega a fotos antigas da família, que está visivelmente feliz. Iben sente orgulho da atitude que teve hoje — sua recusa em ajudar a destruir esta mulher sorridente. Ela está bem ciente de que as decisões que as pessoas tiveram de tomar durante o Holocausto eram completamente diferentes das dela. Mesmo assim, pensa que talvez possa ter feito parte do pequeno e seleto grupo de heróis que se recusam a obedecer. Em sua mente, imagina os sobreviventes em seus quartos. Vê uma mulher a uma mesa olhando fotos de uma vítima que salvou, o pé direito machucado pousado em uma cadeira.

Iben passa por outros registros sobre a infelicidade diária que Anne-Lise suportou no Centro. Na cama, naquela mesma noite, Iben pensa no que leu. Como pode ser, pergunta-se, que eu não conseguisse enxergar as conseqüências do que fizemos até ver tudo por escrito? De certo modo, eu devia saber o tempo todo. Malene também devia saber.

Ela pensa que, na realidade, ela e Malene conseguiram sustentar três crenças contraditórias ao mesmo tempo. Primeiro, acharam que não havia problema em seus atos porque não estavam magoando Anne-Lise — ela era insensível demais para perceber. Segundo, não havia problema em seus atos porque Anne-Lise merecia sofrer por destruir o bom ambiente de trabalho no CDIG. Terceiro, elas sabiam que o tratamento que davam a Anne-Lise era fundamentalmente errado, embora nunca ousassem colocar isso em palavras, nem mesmo reconhecer a idéia. De certo modo sentiam que não deviam contar a ninguém de fora do escritório o que estavam fazendo.

Na manhã seguinte, quando Iben chega ao trabalho, Paul está parado à mesa de Malene. Eles estão fofocando sobre alguns colegas alemães. Paul parece relaxado e Iben pensa que ele não faz idéia do que aconteceu na véspera.

Como sempre, Iben cumprimenta todo mundo no Jardim de Inverno. Depois, pela primeira vez, entra na biblioteca para cumprimentar Anne-Lise.

— Oi.

— Oi, Iben.

Iben tenta entender a expressão de Anne-Lise.

— Como vão as coisas?

— Tudo bem. Mesmo. Ótimas. E com você?

— Ah, tudo bem.

Anne-Lise hesita por um momento.

— Sabe de uma coisa? Estou me sentindo bem feliz.

Iben aponta para os papéis na mesa dela.

— Do que se trata?

— Tenho que classificar as palavras-chave desta pilha de livros novos.

Iben boceja.

— Acho que é melhor eu começar a trabalhar também.

Anne-Lise diz:

— Sim. — Depois usa uma das frases de Malene: — É melhor sermos boazinhas.

Quando Iben se senta à sua mesa, Paul já saiu. Malene se inclina na mesa ao máximo e cochicha:

— Precisamos conversar.

Elas vão juntas para a Salinha de Reuniões. Iben destaca como teria sido muito melhor não ter sido obrigada a discutir na frente dos outros. Malene se desculpa por isso e por suas palavras ao telefone. Como Paul está no Centro, elas não podem passar muito tempo afastadas das mesas, mas prometem ter uma longa conversa mais tarde.

Iben precisa trabalhar no artigo sobre a Turquia. Mas, do jeito que as coisas estão, talvez fosse melhor evitar Anne-Lise por um tempo. Ela manda um e-mail a ela, dizendo que tem certeza de que a discussão que planejaram vai gerar todo tipo de idéias empolgantes, mas que gostaria de adiar por alguns dias.

Anne-Lise compreende bem o que está acontecendo e responde por e-mail um simples "Por mim, tudo bem".

Iben se volta para Malene e sugere que trabalhem nos prospectos dos delegados para a conferência sobre limpeza étnica dos alemães do leste europeu entre 1945 e 1950. Iben vai se sentar ao lado de Malene para que as duas possam repassar o rascunho juntas. Iben, que trouxe a caneca de café, toma um gole e começa a ler o texto de Malene.

O cabeçalho lhe parece fraco: "Bem-vindo à Conferência Internacional sobre Limpeza Étnica de Alemães, 1945-50."

Lendo, a primeira frase também está estranha e inadequada, dado o tema. A frase seguinte é tão pesada que você simplesmente quer fugir dela. Ela vai para a página seguinte. Também não está bom. Depois ela abandona a segunda página também. Isto é impossível.

Iben tenta se lembrar do que pensou do rascunho anterior de Malene. Pelo que consegue se lembrar parecia bom. Por que este está tão diferente? O que ela pode dizer?

Ela tenta encontrar alguma coisa positiva antes de começar a criticá-lo.

Iben desvia os olhos da leitura e vê que a melhor amiga a observa. Será que hoje Malene sente o mesmo que Iben com relação à amizade delas? Provavelmente não. Nos últimos meses, Iben tem se sentido inquieta com isso, mas Malene parece não ter percebido. Mas por que deveria? Não é como se Iben realmente tivesse dito alguma coisa.

Por sorte, Iben encontra uma coisa que funciona na última página do artigo sobre a conferência. Agora pode elogiar com sinceridade.

— Malene, gosto muito desta passagem no final. É tão convidativa. Simpática.

— Tentei escrever como se estivesse escrevendo a um amigo.

Elas sorriem.

Iben está de volta à sua própria mesa, preparando uma resenha de um novo livro sobre a Iugoslávia para o website do CDIG, mas novamente tem dificuldade para se concentrar.

Ela cria um novo arquivo para as anotações. Seus comentários podem formar a base para outro artigo em sua série sobre a psicologia do mal.

Pelo menos agora não está perdendo tempo no trabalho. Além disso, esse é o único tema em que consegue se concentrar.

O mal. Psicol. III

Quase todo mundo deve ter ouvido uma amiga elogiar o ótimo relacionamento que tem com um namorado e dizer, logo depois do rompimento, que sabia desde o início que não ia durar. Ela vai insistir que "sabia", mesmo quando eles compraram um apartamento ou tiveram um filho juntos.

A questão interessante é a afirmação da amiga de saber de tudo enquanto age como se não soubesse. Isso pode ser algo a se ter em mente quando se tenta entender as pessoas que cometeram atos terríveis que, em outras épocas da vida, teriam afirmado jamais poder cometer. Pode ser que devamos parar de tentar ver cada ser humano como um todo coerente. Uma imagem melhor da psique humana pode ser de um cacho de uvas: cada "uva" é um conjunto de características, visões de mundo e códigos morais. Subconscientemente, escolhemos uma uva ou outra em épocas diferentes.

Sem que sejam um verdadeiro caso clínico de personalidade dividida, as pessoas são capazes de sustentar crenças contraditórias ao mesmo tempo, cada uma delas desenvolvida e honrada por anos de experiência. Isso apesar de a pessoa estar ciente de apenas um estado da mente na época.

Iben acrescenta uma nota: "Será cedo demais para inserir referências ao distúrbio de personalidade dividida? Tenho outros exemplos para fundamentar este argumento? Deve haver alguma coisa — mas onde?"

Essa interpretação de como as pessoas agem pode explicar, por exemplo, por que muitos professores sérvios na Bósnia puderam ter um papel ativo na morte de seus alunos e dos pais destes. Em muitos casos, os pais que sobreviveram se declararam incapazes de entender como o professor teve coragem de fazer o que fez. Ele sempre demonstrava ser muito carinhoso com os alunos. A única explicação parecia ser a de que ele mentiu para eles durante anos.

Mas ele não mentiu. Quando a guerra começou, ele escolheu outra uva do cacho. E quando a guerra terminou, ele retrocedeu. Esse movimento pode explicar por que tantos criminosos de guerra não têm remorso. Eles reassumem a vida anterior à batalha, e tudo que diz respeito a seus atos na guerra é nebuloso. Para eles, é como se uma outra pessoa tivesse enlouquecido, matando crianças e adultos inocentes.

Outra nota: "Será que preciso de um bom *lead* aqui? Quem sabe o próximo artigo deva ser diferente? Ou 'A Psicologia do Mal IV'? É a esta altura que as perspectivas se abrem."

Em *God, Gulliver and Genocide*, o escritor Claude Rawson (professor de inglês em Yale) analisou os discursos pré-guerra de Hitler. São muito vagos na questão do que deve ser feito com os judeus. Deveriam eles ser deportados para Madagascar, ou algum outro rumo de ação? Superficialmente, os alemães não tinham certeza do que Hitler queria – e no entanto, ao mesmo tempo, sabiam. Hitler conseguiu toldar as implicações apavorantes de sua política enquanto tornava claras como cristal suas vantagens para cidadãos alemães não-judeus.

Padrões semelhantes podem ser observados nas transmissões de rádio e na propaganda de Ruanda, que tinham por alvo os soldados alemães. Ninguém declara diretamente as palavras "morte" ou "assassinato". Mas todos sabem o que está acontecendo e a mensagem subjacente é clara sob toda a linguagem vaga e tortuosa que desumaniza as vítimas. Expressões como "exterminar a peste" ou "limpar a aldeia" permitem que os propagandistas liguem o sofrimento real das vítimas a uma "uva mental" parcialmente inconsciente.

Uma possibilidade importante para a pesquisa futura pode ser examinar se esta obscuridade da linguagem no estímulo ao genocídio é algo mais que lingüístico. O uso pode refletir a dinâmica de um mecanismo psicológico central, essencial ao resultado final catastrófico. Poderia ser que o genocídio simplesmente não acontecesse sem uma massa crítica de expressões indistintas em apoio à distribuição conveniente de processos mentais em uvas adequadas? Isto é, o processo que culmina no genocídio depende da coordenação de várias percepções ao mesmo tempo – pensamento paralelo por linhas múltiplas, em vez da coerência que em geral acreditamos ser a regra nas decisões na vida.

Esta pesquisa também pode nos contar sobre a maneira como as pessoas pensam e chegam a suas decisões de modo mais geral – não só na esfera do genocídio.

Iben se recosta na cadeira. Sente-se muito melhor agora. Não há como saber se este artigo um dia será publicado na revista, mas pelo menos está seguro, armazenado no computador.

Malene olha a própria tela e Paul entra novamente na sala delas. Parece ter decidido que deve mostrar a cara com mais freqüência e conversar com sua equipe. Quer ser inspirador e dar apoio, mas tende a escolher os momentos errados.

Durante o almoço, ele pergunta a Iben o que ela andou lendo recentemente. É claro que se refere a artigos relevantes para o trabalho no CDIG, mas ela não consegue deixar de mencionar de novo os textos clínicos sobre DID e lhe conta sobre o artigo embrionário que acabou de escrever. Depois de um tempo ela pára, sentindo-se subitamente constrangida por falar tanto.

Mas Paul mostra interesse.

— Incrível! É sério, Iben! Esse é o tipo de discussão que devíamos ter. É maravilhoso que você explore linhas inteiramente novas de pensamento.

Ele acrescenta ao comentário uma série de críticas, mas críticas construtivas. Seu objetivo é esclarecer a hipótese do cacho de uvas. Como se ajusta aos dados reais? Quais são as possíveis aplicações?

Quando o intervalo termina, ele pede a Iben para ir à sala dele. Isso a deixa nervosa. Paul se senta e gesticula para que ela se sente de frente para ele. À medida que ele recosta na cadeira, ela nota que a barriga dele aumentou. A porta para o Jardim de Inverno está aberta às costas dela. Não pode ser nada sério, ou ele teria fechado a porta, diz a si mesma.

— Olha, preciso lhe dizer isso, mas acredito que Robert Jay Lifton já escreveu alguma coisa parecida com o que está propondo no livro dele, *The Nazi Doctors*.

Iben sorri, feliz. Claramente só o que Paul queria era continuar a conversa.

— Nele, Lifton introduz um conceito que chama de "duplicidade", descrevendo o que aconteceu na mente de médicos que passavam os dias fazendo experiências que envolviam tortura e mutilação de seres humanos vivos, e depois iam para casa e se comportavam normalmente, brincando com os filhos e assim por diante.

Iben está familiarizada com isso.

— Mas, Paul, a teoria da duplicidade de Lifton é diferente. Declara que, sob a pressão das condições especiais nos campos de concentração, os médicos desenvolveram só uma personalidade separada. E este "outro" era independente de seus *selves* normais, o que os tornava perfeitamente capazes de mergulhar pessoas em água fervente...

A voz dela fica mais alta do que devia em uma conversa com o chefe.

— O que tentei elaborar é se a situação é mais complexa do que apenas a divisão de uma personalidade. Entende, minhas "uvas" não são estratégias mentais criadas sob pressão. Elas já existem dentro de todos nós.

Paul não responde. Coloca a mão atrás da cabeça e depois tira. Iben tem medo de ter dito alguma coisa errada.

Por fim ele fala.

— Não tenho certeza se concordo com você, mas a questão não é essa. Quero que saiba que, se vamos ter como chefe Morten Kjærum e atravessar essa estrada, vou me empenhar para manter você. Não podemos perdê-la. Levando em conta que você é uma analista de informações e não uma pesquisadora paga, devo dizer que é excepcionalmente talentosa. E precisamos de talento. Vou enfatizar isso a todos.

Iben sente alívio e orgulho. Ao mesmo tempo, está bem ciente da porta aberta; as outras sem dúvida estão ouvindo.

— Obrigada... Muito obrigada. É gentileza sua dizer isso.

Durante a manhã toda Paul tentou criar um bom ambiente elogiando cada uma delas, mas sua declaração a Iben prova que ela agora está no topo de sua lista.

Ela volta à mesa de trabalho. Seu pé dói menos hoje e é mais fácil se mover sem mancar. Camilla, que está bem do lado de fora da porta de Paul, deve ter ouvido tudo o que ele disse. Mas não deixa isso transparecer. Iben tenta ver os olhos dela. Camilla olha atentamente a tela do computador.

Se houver uma fusão, Malene, como gerente de projetos, quase certamente será a primeira da fila para ser demitida, embora esteja no cargo há mais tempo. A expressão de Malene agora lembra a Iben a de Cathy, na choça imunda, quando percebeu que Iben tinha se tornado mais amiga de Omoro do que o restante deles. Mas, ao contrário de Cathy, Malene não diz nada de conciliatório.

Em vez disso, ela gesticula:

— Você vem?

Elas saem para conversar no pequeno depósito onde, só dois meses e meio antes, estiveram as duas e Rasmus, procurando pela senha de Anne-Lise.

Malene se senta na velha cadeira e olha para Iben.

—Você acredita realmente que estávamos falando de Anne-Lise?

— Sim, mas... Vocês estavam.

— É claro que não estávamos.

— Mas...

Malene a interrompe.

— Anne-Lise está surtando. E você não parecia estar em seu juízo perfeito. Como se não tivesse dormido a noite toda. Tem certeza do que ouviu e não ouviu?

Alguém passa no corredor. Anne-Lise? Iben e Malene ficam em silêncio até que o som dos passos desapareça.

— Não tem certeza, não é? Posso ver na sua cara.

— Sim, eu tenho certeza.

— Não suporto o modo como sempre temos que tolerar a paranóia de Anne-Lise. Nós temos sido razoáveis. Ao contrário dela, temos agido profissionalmente e estamos dando o máximo para que este lugar funcione adequadamente. Tentamos ajudá-la, embora ela tenha gritado conosco e Paul tenha se recusado a lhe dar licença médica.

Enquanto fala, Malene aperta as pontas dos dedos no pulso da outra mão. A última vez que Iben a viu fazendo isso foi quando elas estavam no apartamento de Malene. Malene estava deitada no sofá, apoiada em um monte de almofadas. Ela simplesmente disse: "Quando estou descansando assim, posso ouvir meus ossos estalando, todos sozinhos."

— Eu simplesmente não entendo por que você a está encorajando ao dizer que estávamos falando dela, quando não estávamos.

— Mas você estava falando dela.

— Não quero mais conversar sobre isso. Não é difícil entender o que você está aprontando.

— Como assim?

— Você não quer admitir, não é?

— Bom, primeiro terá que me contar o que quer dizer...

— Toda essa história com Paul, empregos e cooperação com Anne-Lise.

— Do que está falando? Malene, não deve pensar...

— Sabe de uma coisa, o que aquele e-mail disse sobre você é absolutamente certo. Eu sempre pensei assim. Você é hipócrita.

Elas estão de volta às mesas. Iben não tem certeza se ainda são amigas. Ela vê Malene digitar no teclado ergonômico. Como pode se concentrar? Como será capaz de escrever? Será que, como Iben, ela quer ir para casa? Mas Malene também é uma guerreira.

O que vai acontecer agora? Iben imagina um futuro em que estará livre para ficar com Gunnar. Eles jantarão juntos, os rostos próximos, as mãos dela nas dele, íntimos.

Iben começa a folhear a enorme pilha de documentos.

Malene obviamente é capaz de acreditar que não disse algo que realmente falou. Que outras coisas pode fazer sem se lembrar depois? Colocar sangue em uma caixa de arquivo? Mandar e-mails cheios de ameaças?

Iben observa a velha amiga. Não faz idéia do que está se passando na cabeça de Malene. Malene sente que Iben está olhando para ela e a ignora. Parece estar absorta em algumas pastas que estão ao lado do quadro de avisos.

Não pode ter sido a voz de Malene que Iben ouviu na escada pouco antes de Rasmus cair. Até agora, Iben considerava isso fora de cogitação.

Malene

41

Em uma das primeiras vezes em que Iben e eu fomos ao cinema juntas depois de ela começar a trabalhar no Centro, estávamos atravessando a praça na frente do prédio da prefeitura e ela disse: "Nossa prefeitura não é incrivelmente parecida com a principal casa da guarda da SS em Auschwitz-Birkenau?" E pouco depois: "Viu aquele cachorro? É igual ao que pertenceu ao subcomandante de Treblinka."

Iben não trabalhava há muito tempo no CDIG, mas já estava pensando constantemente em genocídios e em sua psicologia. Não acho que ela tenha a estabilidade mental necessária para trabalhar num lugar desses; ela é sensível demais. Ao contrário do resto de nós, ela não consegue manter a frieza. Não posso culpá-la — ela é quem é. Mas fico *absolutamente louca* quando ela me olha como se pensasse que sou uma espécie de oficial nazista prestes a submeter Anne-Lise à Solução Final. O que se pode fazer com uma amiga que pensa isso de você?

Ela não disse diretamente, mas insinua o tempo todo. Fico com tanta raiva dela. O que está dizendo zomba das pessoas que viveram o genocídio real. Como pode traçar um paralelo entre os sofrimentos deles e uma bibliotecária mimada que não consegue entender por que as pessoas não gostam dela? Como Iben pode me ver em termos de uma assassina genocida? Acho possível que ela esteja à beira de um colapso nervoso.

Como pode ter deduzido, não consigo deixar de suspeitar de que foi Iben quem mandou aqueles e-mails e trocou meus comprimidos. Tenho certeza de que ela é esquisita o bastante para esconder.

O telefone toca. Malene se levanta do computador e olha em volta. Percebe como a sala ficou escura enquanto estava escrevendo. Realmente sombria. Ela vai acender algumas luzes depois de tratar do telefonema.

É a mãe de Malene.

— Malene, você precisa trocar a mensagem da sua secretária eletrônica.

— Ah, mãe, eu sei. Eu sei.

— É um choque ouvir a voz dele.

— Eu sei. É só uma daquelas coisas... — Malene esfrega a cara com os nós dos dedos da mão esquerda. — Sabe como é, eu ainda recebo contas endereçadas a ele. Como se ele ainda estivesse usando o celular e... é horrível.

— Mas, Malene, trocar a mensagem da secretária não é só para o seu bem... É em consideração aos outros.

— Vou trocar. Prometo.

Será que preciso mesmo gastar dinheiro com outra secretária eletrônica?, pensa. Sabe que não tem coragem de simplesmente apagar a voz de Rasmus. Algumas noites ela toca a mensagem gravada repetidas vezes. Ela pode beber uma garrafa de vinho, resvalando devagar para o esquecimento enquanto aperta o botão vezes sem conta.

A mãe lhe interrompe os pensamentos.

— Importa para as pessoas que telefonam para você.

Mais cedo ou mais tarde pode haver um corte de energia, pensa Malene. Ou alguém pode mexer nos fios, e então vou perder a mensagem dele de qualquer forma. Eu devia comprar uma secretária nova.

A mãe diz que esbarrou com algumas velhas amigas em Kolding. Elas souberam de Rasmus e expressaram sua solidariedade por Malene.

— Precisa nos dizer se há alguma coisa que seu pai ou eu possamos fazer por você. Qualquer coisa. Nós nos preocupamos muito com você.

Malene não responde.

— Está escrevendo para Rasmus?

— Hummm.

— Isso é bom. Quer dizer, é bom para você escrever o que sente. Tenho certeza de que há muitas coisas que gostaria de dizer a ele.

— Hummm.

Depois, Malene vai acender as luzes. Alguém que não sabe sobre sua artrite pode deixar passar os pequenos sinais de sua doença espalhados pelo apartamento: um jogo de cadeiras ajustáveis de estrutura de metal entre as cadeiras da sala de jantar; facas especiais e outros utensílios de cozinha; pequenos objetos que parecem brinquedos para exercitar os dedos.

Ela se senta e continua a carta.

Admito que Iben tem razão em algumas coisas. Temos sido rudes demais com Anne-Lise. Não devíamos descer tanto ao nível dela. E no entanto foi Anne-Lise quem começou tudo isso. Foi ela quem convenceu Paul a lhe dar parte de minhas responsabilidades mais estimulantes. Foi ela quem manobrou as coisas de modo que eu fosse a primeira na fila para ser demitida, quando e se houver a fusão com os Direitos Humanos. Não importa que eu esteja aqui há mais tempo e que sofra desta doença cruel e diabólica, que pode tornar difícil conseguir outro emprego. E que eu perdi você há três semanas.

Rasmus, não consegue entender como tudo isso faz com que eu me sinta horrível? Amargurada o bastante para fazer coisas que nunca pensei que fosse capaz de fazer?

Mesmo assim, sempre me comportei como uma profissional com relação a Anne-Lise. Eu não fui simpática, mas sempre fui educada. Iben me arrastou para algumas de suas maluquices — ela pensou numas coisas realmente loucas. Ainda assim, acho que Iben me repreendeu, daquele jeito afetado dela, pelo que ela própria me induziu a fazer.

Malene bate na tecla errada várias vezes. "Estou irritada demais para escrever agora. Não posso..." Levanta-se, pega o chá e toma metade dele antes de se sentar novamente.

É claro que não sou tão idiota que não possa entender por que isso está acontecendo agora. Iben precisa pensar num motivo para se livrar de mim e deve acreditar em cada palavra que diz. É o que a hipócrita fará por você.

Ah, Rasmus, estou tão decepcionada com ela. Nem posso imaginar que volte a confiar nela um dia.

Malene olha a sala. Os restos do jantar estão na mesa de centro. Ela se senta para comer no sofá, porque não comprou uma nova mesa de jantar.

Agora você se foi. Iben disse que pensa que nosso relacionamento não era tão bom quanto eu me lembro, mas o que ela pode saber? O que alguém pode saber? Só você e eu sabemos!

42

É um dia especial para o CDIG.

Uma pesquisadora de genocídios acabou de concluir sua tese de doutorado e hoje vai defendê-la no Instituto de História da Universidade de Copenhague. Anita estudou os assassinatos em massa do Grande Terror de Stalin, um período em que, pelo menos de acordo com algumas estimativas, morreram 4,5 milhões de cidadãos soviéticos.

Ole, que integra o conselho diretor do CDIG, foi o orientador. Em certa época, Anita passava praticamente todos os dias no Salão de Reuniões examinando a coleção extensa, mas bastante caótica, de documentos soviéticos. Todo mundo do Centro gostava dela. Enfermeira formada e mãe de três filhos, ela começou a estudar história aos 33 anos. Agora, depois de dez anos e um divórcio, conclui seu doutorado.

Ole, Frederik e vários outros membros do conselho comparecerão à defesa pública formal. É um evento acadêmico, mas também um motivo para comemorar com a candidata a doutorado na recepção que haverá depois. O Centro ficou fechado na parte da manhã para que Paul e sua equipe também pudessem comparecer.

Malene está correndo pela rede inescrutável de largos corredores de concreto do campus de Amager da universidade. Ela pega uma esquina errada, tenta outra e erra novamente. Sabe que nem mesmo os ex-alunos conseguem se orientar neste lugar. Iben antigamente o comparou a uma teia tecida por uma aranha esquizofrênica.

Dois alunos estão sentados com seus papéis espalhados em cima de uma das cadeiras fixas de concreto. Eles se viram para olhar Malene, que usa um casaco verde-escuro apertado que combina com seu cabelo claro. Ela própria desenhou as botas novas de salto alto, fornecendo os detalhes para o sapateiro ortopédico.

Malene pensa em qual seria a hora certa para ligar para Gunnar. Seria bom ficarem juntos novamente. Ela telefonou para ele uma vez, mas ele não estava e ela não deixou recado. Sabe que a revista de Gunnar o mandou ao Afeganistão, mas a esta altura ele já deve ter voltado. Talvez a viagem tenha se estendido.

Por fim ela vê um grupo de historiadores bem-vestidos no extremo de outro corredor. A cabeça loura de Frederik se projeta acima do grupo. Ela vai cumprimentá-los.

Ole também está ali, no meio deles. Onde está Paul? Será que ele e Frederik se encontraram desde que o conselho descobriu sobre as maquinações anti-Frederik de Paul?

Malene cumprimenta todos. Ela e Frederik conversam daquele jeito de sempre, como quem flerta, enquanto as pessoas começam a entrar no auditório. Ela olha em volta, procurando por Iben e as outras funcionárias do CDIG. Elas já devem ter se sentado.

Ao entrar, Malene vê vários outros rostos conhecidos. Muitos não têm ligações especiais nem com Anita, nem com os expurgos soviéticos, pelo que Malene sabe. Será que vieram para cair nas boas graças de Ole, ou de Tatiana? Nada de Paul ainda. Isso a deprime. No pé em que as coisas estão, ele, entre todas as pessoas, devia tentar agradar ao presidente do conselho.

Depois ela vê Iben sentada entre Anne-Lise e Camilla. Então, a que distância devo me sentar de Iben?, pergunta-se. Ficaria óbvio demais ir para o outro lado da sala.

Rapidamente ela se espreme entre algumas mesas para poder se aproximar pelo outro lado e se sentar junto de Camilla, e não de Anne-Lise.

Malene pode ouvi-las conversando. As vozes chegam a ela. Especialmente Iben está falando um pouco alto demais.

— Dragan e Zigic se conhecem?

Nervosa, Camilla vira a cabeça de um lado para o outro. Dá a impressão de que gostaria de estar em outro lugar.

— Mas, Iben, Dragan odeia Zigic!

— Camilla, a questão não é essa. Eu perguntei se eles se conhecem.

— Dragan o odeia!

— Mas eles se conheceram?

— Não, nunca. Não se conheceram! — Camilla sacode a cabeça. Alguma coisa em sua linguagem corporal mostra que ela está mentindo.

Malene olha em volta rapidamente. Quantos outros estão ouvindo isso? Mais provavelmente, bem poucos.

Iben pressiona mais.

— Demos uma olhada em Dragan Jelisic em nosso banco de dados. O nome é mencionado em um livro chamado *Days of Blood and Singing*. Quando estive no Centro hoje de manhã, procurei pelo livro, mas não está mais na biblioteca, embora a ficha diga que não foi retirado.

Malene se senta e pergunta o que está acontecendo, mas todas estão absortas demais na conversa com Camilla para responder. Ela pergunta novamente, e Anne-Lise explica, recostando-se para trás das outras duas.

— Ontem à noite, Iben viu na Internet que retiraram todas as acusações contra o sérvio de Chicago que disse ter mandado os e-mails.

— Tudo bem, mas o que...

Malene não consegue imaginar como isso pode ter perturbado Iben. Porém, ela tem coisas mais sérias com que se preocupar.

— Ninguém nos informou. Iben decidiu telefonar para algumas pessoas para ter certeza — acrescenta Anne-Lise.

Enquanto isso, Iben continua a interrogar Camilla.

— Sabe onde o livro pode estar?

— Não, não sei.

Camilla franze os lábios e olha o tampo da mesa. Por que ela mente tão mal? É como se estivesse pedindo para ser castigada.

O murmúrio de vozes em volta delas diminui quando o público vê que o presidente da banca examinadora se levantou.

Os olhos de Iben fixam-se em Camilla.

— De qualquer forma, alguém esteve no Centro e... — Depois ela percebe que é a única que está falando.

O presidente da banca dá as boas-vindas a todos e apresenta Anita. Com um vestido azul longo, ela está radiante e muito controlada. Diz que está deliciada em ver tantos amigos e colegas com quem trabalhou nos últimos quatro anos e acrescenta uma desculpa àqueles que tiveram que se sentar atrás. Enquanto Anita começa a explicar sua tese, Malene tenta entender o que aconteceu.

Ontem à noite, Iben descobriu que o suposto remetente dos e-mails afinal não estava preso. E até ontem, Malene teria sido a primeira pessoa a quem ela telefonaria com a novidade. Não era mais assim. Pode ser que ela tenha entrado em contato com Paul e com Camilla. De qualquer forma, obviamente telefonou para Anne-Lise.

Algum tempo atrás, Anne-Lise disse saber que Camilla tinha namorado um refugiado sérvio. Camilla negou na época, e elas concordaram que Anne-Lise tinha inventado. Agora, Iben claramente mudara de idéia.

Iben e Anne-Lise devem ter procurado o nome de Dragan no Google e verificaram no banco de dados do CDIG. Anne-Lise deve ter ficado muito satisfeita por trabalhar com Iben nisso.

Pedir a Camilla para se explicar está fora de cogitação enquanto Anita defende a tese, mas Malene não consegue se concentrar no que ela está dizendo. Ela se inclina um pouco para a frente para observar Camilla, que está sentada rigidamente, quase paralisada. Os olhos de Malene encontram os de Anne-Lise, ela também está olhando para Camilla.

Iben colocou o celular à sua frente na mesa. Ele pisca, mas não toca. Iben se levanta e tenta sair discretamente, mas está levando a pasta do computador e precisa passar por uma fileira inteira de pessoas da platéia. O arrastar de cadeiras gera um estardalhaço. Ela acena o celular, como quem se desculpa, para Anita, que parece não se perturbar e continua falando.

O Centro não está se apresentando bem hoje. O chefe cabulou, a equipe não consegue calar a boca e a analista de informações se levanta e sai no meio da apresentação de Anita.

Por que o telefonema é tão importante? Alguma coisa a ver com Dragan Jelisic? Mesmo assim, não podia esperar? Desde que voltou do Quênia, Iben tem estado muito paranóica, de forma intermitente. Agora deve estar imaginando todo tipo de horrores sobre o ex-namorado de Camilla.

Há um intervalo depois que o primeiro examinador termina de debater a tese com Anita. Grupos de pessoas lentamente saem para o corredor e para a porta. Malene se vê de pé ao lado de dois professores universitários com quem trabalhou num projeto de pesquisa sobre a política de imigração dinamarquesa durante a década de 1930. Acha que seria de bom-tom falar com eles. Depois que chega ao corredor, Iben e as outras já estão fora de vista. Coloca a cabeça pela porta da recepção, onde vinho, queijos e tira-gostos sortidos esperam para ser servidos. As outras também não estão ali. Mikala, outra historiadora, diz que está ajudando Anita no planejamento da festa.

Elas conversam por um tempo e de repente Ole e Frederik aparecem. Ole tem uma Coca-Cola na mão. Ele se volta para Malene, que percebe que há um pequeno farelo de chocolate em sua barba.

— Onde está Paul?

— Não faço idéia.

— Ele está me evitando. Não consegui falar com ele pelo celular também.

— É estranho. Em geral ele mantém o celular ligado o tempo todo.

Malene não se importa com o modo como Ole e Frederik parecem estar mancomunados.

— Talvez a bateria tenha arriado.

Ole e Frederik trocam um olhar estranho.

— Ah, espero que não tenha sido um acidente.

Frederik sorri para ela.

— Não, não é isso.

— O que quer dizer?

Frederik faz uma careta e Malene sente que não deve perguntar mais nada. Normalmente, ela consegue que ele lhe conte tudo. Talvez a presença de Ole o esteja impedindo.

A conversa do lado de fora da sala vira um burburinho.

Malene consegue passar pela multidão e segue o corredor até o final. Volta pela multidão e vai para o extremo oposto. Também não há ninguém ali. Depois vira uma esquina e ouve vozes de trás da porta fechada de uma sala de aula.

Iben está gritando.

— Como você explica isso?

Malene abre a porta exatamente quando Iben começa a ler a tela do laptop.

— "É um fato notório que um trauma duradouro das pessoas que sobreviveram a torturas severas incluirá flashbacks claros e intensamente dolorosos em que elas revivem todo o sofrimento por que passaram. Este fenômeno de recordação é incitado sempre que elas vêem alguma coisa que as lembra da tortura. Os milicianos que entraram nos campos de Omarska manipularam o fenômeno do flashback com uma inventividade interminável. Mirko Zigic, agora procurado pelo Tribunal de Crimes de Guerra de Haia, e um de seus soldados, Dragan Jelisic...”!

Iben pára teatralmente e encara Camilla, que não consegue parar de chorar. Continua a ler.

— “...e um de seus soldados, Dragan Jelisic, pensaram no truque de colocar garrafas de Coca-Cola no campo de visão de prisioneiros torturados. Pelas décadas à frente, os sobreviventes da tortura reviverão todo o terror da dor destrutiva a que foram submetidos sempre que virem uma garrafa de Coca-Cola. E onde no mundo podem se esconder da visão ocasional de uma garrafa de Coca-Cola?”

Anne-Lise, que estava empoleirada na beirada de uma mesa, se levanta.

— Este homem foi seu namorado!

Camilla de certa forma parece uma aluna sendo repreendida.

— Mas eu não sabia disso na época. — Ela olha as mulheres. — Foi pavoroso quando descobri. Por isso fui trabalhar no Centro. Vocês me conhecem. Eu acho que coisas assim são terríveis, e certamente vocês me conhecem muito bem!

— Quanto tempo você e Dragan ficaram juntos? — pergunta Iben.

— Quatro meses.

Agora Camilla está chorando mais alto, a cabeça entre as mãos. Iben esboça o gesto de abraçá-la, mas Camilla a afasta com raiva.

Agora elas só podem ficar paradas e olhar. Estão perplexas. Ninguém acendeu as luzes, apesar do dia cinzento. A luz melancólica do dia deixa as paredes com cor de papelão molhado e faz com que os tampos das mesas pareçam poças de água estagnada. Iben e Anne-Lise também empalidecem.

Iben coloca o computador em uma mesa e Malene anda até ele. Iben estava lendo uma seleção em e-mail de páginas escaneadas do livro *Days of Blood and Singing,* e a fonte é alguém que trabalha para a Comissão de Direitos Humanos da ONU, em Genebra. O e-mail chegou durante a apresentação da tese de Anita.

Camilla se aconchega. Seus olhos têm um jeito distante, e ela fala numa voz baixa e delicada.

— Ele não era assim, como descrevem neste livro. Eu fiquei com ele antes de ficar com Finn. Dragan se importava comigo, embora eu fosse gorda demais. Ele não ligava para o meu corpo.

Malene olha do computador para o corpo de Camilla, que não parece ter tido excesso de peso nenhum.

Anne-Lise assume o interrogatório.

— Onde o conheceu?

— Em uma festa. Ele era um garoto mirrado. Parecia nunca ter feito mal a uma mosca. Eu lamentei por ele. Era um refugiado, perseguido em seu próprio país. Ele disse que as três irmãs tinham sido estupradas por bósnios. Mataram as meninas depois. Ele me contou tudo isso e parecia tão infeliz que eu... Sei lá. De qualquer forma, nós nos encontramos mais vezes.

Camilla enxuga a face na manga.

— E ele falou que tudo o que dizem sobre ele neste livro não é verdade.

Iben ainda está claramente agitada, mas sua voz é mais baixa.

— Já lhe ocorreu que um homem como Jelisic, que matou centenas de seres humanos, podia mentir para você?

Camilla não responde. Todas ficam em silêncio.

Depois de um tempo, Camilla fala novamente.

— Ele admitiu que fez coisas ruins. Incontáveis pessoas morreram, é verdade. Mas ele não era assim quando o conheci. E ele não queria falar no assunto. Estava dilacerado demais por dentro.

— Você ainda o vê? — pergunta Iben.

— Não, eu não... Claro que não.

— Você o viu desde que leu este livro?

— Não.

— Mas você perguntou a ele se o que o livro diz é verdade... Não foi o que acabou de contar?

É estranho ver Camilla assim, ela sempre pareceu tão sensata. Agora era como se fosse outra pessoa. Seu choro e as mentiras transparentes lembram Malene do que Grith lhes dissera sobre mulheres com DID, em especial a parte sobre elas estarem sujeitas a maus-tratos quando criança. Em geral uma de suas identidades tende a ser a de uma criança desamparada.

Iben respira fundo.

— Será que nossas opiniões sobre este homem são realmente tão diferentes? Você pareceu apavorada quando achou que ele lhe mandara aquele e-mail de ódio. Mais assustada do que nós... E você ainda está assim. Por quê?

Camilla não responde.

Anne-Lise pergunta:

— Ele ainda está na Dinamarca?

A cabeça de Camilla está mais inclinada. Ela belisca o braço em vários lugares.

— Não sei.

— Mas acredita que ele mandou os e-mails?

— Não sei.

— Mas acha que ele mandou o seu?

Camilla não responde.

Iben assume.

— Acha que ele foi responsável pelo sangue e pela troca do remédio?

Camilla olha para baixo de novo.

— Eu fico confusa quando você age assim, Iben. Simplesmente não consigo... É só que...

— Acha que ele empurrou Rasmus?

— Pare com isso! Pare de me atacar!

Anne-Lise parece indecisa quanto a tentar reconfortar Camilla ou manter distância.

Camilla ainda está gritando.

— Eu quero ir para casa!

— É claro que quer. Sei que isso é duro para você, posso ver que é. Vamos ajudá-la a encontrar um táxi... Mas, primeiro, diga uma coisa. Precisamos ter cuidado? Este homem vai tentar mais alguma coisa? Ele realmente tentaria nos matar?

Embora Iben esteja falando calmamente, Malene detecta um medo verdadeiro por trás das palavras.

Quando Camilla repete que quer ir para casa, Iben responde delicadamente:

— Vamos parar depois de mais algumas perguntas. Não consegue ver que todas estamos nisso juntas? Precisamos pensar como grupo em como nos protegermos melhor. Concorda?

— Sim. — Camilla as olha. — Sim, tem razão. Mas preciso ir ao banheiro.

— É claro.

Depois que Camilla bate a porta, Malene acende a luz.

O intervalo acabou há tempos. Malene olha para Anne-Lise, assimilando o rosto largo e de queixo quadrado, o cabelo escuro na altura dos ombros e as roupas caras e sem graça.

Ninguém fala.

Por fim, Iben rompe o silêncio.

— Quando ela voltar, precisamos tentar ser mais gentis. Talvez tenhamos sido um pouco duras demais.

Os minutos passam e depois de um tempo fica evidente que Camilla não vai voltar.

Iben fica junto à janela, olhando cuidadosamente os prédios cinza e as árvores nuas, como se um miliciano sérvio pudesse estar a sua espera. Malene sabe que é exatamente isso que ela tem em mente.

Anne-Lise vai olhar pela janela também. Com as luzes acesas, as faces das duas mulheres, paradas ali juntas, são refletidas nos grandes painéis de vidro contra o cenário de inverno do exterior.

Malene quer fazer o mesmo que Camilla: simplesmente escapulir dali.

43

Primeiro ele murmura o som do baixo de uma antiga música de Barry White: "Daaaum... daum daum... da da." Depois começa a mensagem.

"Você ligou para a secretária eletrônica de Rasmus e Malene. Onde estamos agora? Nem nós sabemos. Então, deixe seu recado após o sinal, por favor."

É noite agora e Malene acendeu alguns abajures pequenos, espalhados por sua sala de estar. Ela escuta lacrimosa a mensagem de Rasmus. Depois de ouvir algumas vezes, vai à cozinha e tira uma garrafa de vinho branco da geladeira. Beber vai estragar sua noite, mas ela não liga. Acomodando-se no sofá claro e grande, toca a mensagem novamente.

"Daaaum... daum daum... da da. Você ligou para a secretária eletrônica de Rasmus e Malene. Onde estamos agora? Nem nós sabemos. Então, deixe seu recado após o sinal, por favor."

Ela termina a taça, bebe outra e vai pegar a camiseta azul-clara dele. Ele se esqueceu de levar esta porque estava no cesto de roupa suja. Ela não lavou. Ela se deita de costas no sofá e segura a camiseta no peito.

Iben acharia isso incompreensível, pensa, embora não perguntasse a Malene por que se atormentava desse jeito.

"Daaaum... daum daum... da da. Você ligou para a secretária eletrônica de Rasmus e Malene. Onde estamos agora?..."

Seus dedos estão formigando. É por causa de todo aquele choro. Ela quer um pouco de sorvete. Malene se recompõe e anda numa linha razoavelmente reta até a cozinha. Pega uma caixa de sorvete de baunilha com espirais de calda de cereja. A concha tem o tipo certo de cabo, largo e macio, mas mesmo assim ela precisa deixar que o sorvete amoleça um pouco. Não importa. Ela dá estocadas nele, machucando com isso a mão. Malene enxuga algumas lágrimas com a manga e volta à sala.

Ela está de costas no chão da sala escura, ouvindo a mensagem repetidamente. A garrafa está vazia. Ela sabe que devia parar, mas em vez disso enche um copo de rum, suco de laranja e gelo, e se lembra do que disse a Rasmus da última vez que se viram.

Eles estavam parados juntos no hall. Ele ia para a casa da nova namorada com três casacos pendurados no braço. Os ganchos de bronze tocam a nuca de Malene. Os casacos e jaquetas dela estão pendurados em outros ganchos, sem forma nem vida, como carcaças em um matadouro. A gola de pele de seu casaco verde está desagradavelmente perto de seu rosto.

Ela gritou para ele, como está fazendo agora.

— Então por que não vai embora? Saia! Não quero mais você aqui! Um mentiroso de merda! Não pense nem por um segundo que eu vou aceitar você de volta quando ela o expulsar de lá! — Ela bate nele com os braços, como se ele estivesse ali.

Ele tentou acalmá-la.

— Malene, Malene, por favor. Eu lamento tanto...

— Não lamente! Você perdeu o direito de dizer "Malene" desse jeito! Vá embora. Mentiroso!

Ele tentou novamente.

— Será que não podemos só... Isso é tão difícil.

Ela bate o pé no chão e atinge o casaco verde atrás de si.

— Você é um merda completo! Nunca vou aceitar você de volta! O que quer que aconteça com você!

— Ah, Malene. Me desculpe.

Foi o que ele disse. Disse: "Ah, Malene. Me desculpe."

Como estava carregando os casacos, não pôde se defender quando ela bateu nele. A mão dela doeu terrivelmente, mas ele pareceu não sentir nada.

Em todo esse tempo Malene tinha certeza de que ele voltaria para ela. Ele teria que voltar.

Ela também tinha certeza de que ele lhe daria as costas e nunca mais voltaria.

Quando ela bebe mais um pouco, as palavras começam a mudar.

Ela está no hall. Ele está ali. Os ganchos vazios se projetam, brilhantes e atraentes.

— Não vá embora! Não me deixe, droga! Quero que fique aqui, eu quero! Seu mentiroso. Eu quero você!

— Ah, Malene. Me desculpe.

É o que ele diz. Diz: "Ah, Malene. Me desculpe."

— É um erro. Um mal-entendido. Você quer ficar comigo!

— Sim. Eu quero.

Eles se beijam. Ela estende os braços. Com uma das mãos, pega uma das pernas curtas e pretas da mesa de centro e, com a outra, as pernas grossas do sofá.

Ela fica imóvel, os olhos fechados.

Agora que está em silêncio, Malene pode ouvir o vizinho alvoroçado no apartamento de baixo. Ele bate nos canos e grita: "Cala a boca!"

É simplesmente demais. Ele sabe que Rasmus morreu. Sem se mexer, ela grita:

— Cala a boca você!

Ela vê o desenho da luz no teto branco. Suas mãos e seus pés começam a doer. Ela precisa tomar um dos analgésicos fortes.

Malene se levanta devagar, segurando-se na mesa de centro.

De pé, não dói tanto; ela não está completamente bêbada. Mas seu corpo parece estranho, como uma peça de carne que cozinhou por horas e horas até que a carne se desprendesse dos ossos.

Ela vai devagar ao banheiro. Cada passo lhe provoca a sensação de ardência em um dos pés.

Ela toma um comprimido.

De volta à sala, olha a hora. São só quinze para as onze.

O telefone toca e mostra o número de Gunnar.

Ela decide atender.

— Oi, Malene. É o Gunnar. Muito tarde para ligar?

— Não. De forma alguma.

— Tem certeza de que não estou incomodando? Você parece meio desligada.

— Não, estou bem. Eu dormi no sofá e acabo de acordar. É bom ouvir você.

—Voltei do Afeganistão. Eu vi que telefonou.

— Bom, acho que sim.

— Pensei que talvez a gente possa sair juntos.

— Eu gostaria muito.

—Vamos marcar agora?

Malene pensa por um segundo.

— Quer vir aqui? Hoje?

Uma pausa.

— Acha realmente que é uma boa idéia?

— Seria ótimo ver você. Pode me contar sobre o Afeganistão. Enquanto tudo ainda está fresco em sua cabeça.

— Tudo bem. Parece bom. Devo levar uns vinte minutos.

Malene pega as almofadas e as toalhas de papel molhadas, limpa o suco derramado na mesa de centro e recoloca o castiçal e os livros que tinham caído no chão. Abre bem as janelas para arejar a sala e troca de roupa, colocando um vestido revelador. Sabe que deve se comportar de forma conveniente, embora fique excitada só de pensar em Gunnar. Talvez seja a combinação do álcool com o analgésico.

Quando ela abre a porta, ele olha rapidamente o vestido. Um olhar surpreso atravessa seu rosto. Gunnar está bronzeado, o que deixa seus olhos mais claros. Ele trouxe uma garrafa de vinho. Com um sorriso largo, ele a abraça e pergunta como vão as coisas.

Malene está prestes a contar tudo, mas percebe que isso estragaria a noite.

— Ah, você vai ouvir a história toda, mas não agora. Quero saber de sua viagem.

Sentados no sofá, ele não começa a falar das viagens — em vez disso, apenas olha para Malene com uma certa surpresa. Será que ela parece bêbada? Certamente não. Ele foi afastado destas paredes por tanto tempo, e agora ela está deixando que o portão se abra com a mais sutil das batidas. Ele finge estender a mão para a taça de vinho, deixando o pulso tocar o braço dela. Ela o olha nos olhos. Pode ser a expressão no rosto dela que o faz beijá-la.

Ele é bom nisso. Seu corpo parece mais quente do que o de Rasmus.

Ela nunca ficou com um quarentão ou alguém de mais idade, mas Gunnar está mais em forma do que ela pensava e, surpreendentemente, parece conhecer o corpo dela melhor do que Rasmus conhecera. Quando sua respiração se aprofunda, ela se lembra de estar velejando e pular nua no mar. A sensação de estar debaixo da água lhe volta agora, a leve pressão da água em todo o corpo, o cabelo se espalhando a seu redor. Ela subiu em busca de ar, arfando.

Ela e Rasmus costumavam nadar nus e depois ir à superfície juntos, engrolando, cuspindo água salgada e rindo um para o outro.

Ela irrompe em lágrimas.

Gunnar a abraça com força e a deixa chorar.

— Isso parece errado para você?

— Não. Não.

— Eu sei que você deve... Sabe como é, sentir falta dele. Deve sentir. Mas pensei que...

— Gunnar, está tudo bem. Nós nos conhecemos há anos e estou muito feliz por você estar aqui hoje. Eu gosto muito de você.

Gunnar pega o vinho e as taças. Eles começam a conversar sobre Rasmus e sobre o Afeganistão. Mas a atenção dos dois parece vagar de volta aos corpos um do outro.

São quase três da manhã. Descobrem que estão com fome e vão para a cozinha. Malene pega azeitonas, pão, alguns queijos diferentes, frutas em conserva e vai ao banheiro tomar outro comprimido. O primeiro ainda está fazendo efeito; o segundo é só para garantir.

Gunnar começa a se lembrar de quando era mais novo do que Malene é agora. Ele estava decidido a fazer algo diferente pelo mundo, a torná-lo uma sociedade mais justa e melhorar as condições do Terceiro Mundo.

— Sabe que a garrafa de vinho que bebemos hoje podia ter pago a vacinação de vinte crianças e salvado a vida de pelo menos uma? Não somos diferentes dos alemães durante a Segunda Guerra. Eles sabiam que os judeus estavam sendo mortos, mas ignoraram o que isso significava.

Malene massageia os nós dos dedos da mão direita.

— Mas não é a mesma coisa, o Estado os matou na época. Está falando de ajuda aos pobres.

— Eu acredito que, em essência, é a mesma coisa. Usamos sapatos produzidos por uma criança que está sendo aleijada pelo trabalho. Tomamos café comprado a preço de fome.

Gunnar se inclina sobre a mesa, pega a mão dolorida de Malene e a aquece entre suas mãos.

— Tenho muita esperança de que o mundo venha se tornar um lugar melhor. E se isso acontecer, nossos netos poderão olhar para nós do modo como os jovens de hoje consideram a geração que colaborou com os nazistas. Eles vão dizer: "Eu não entendo você." Vamos explicar que a vida simplesmente era assim. "A fome vem e vai, e ninguém fez nada a respeito disso. Pessoas morreram de fome para nos abastecer com um café mais barato." Vamos ter que confessar que sabíamos, mas preferimos não fazer nada.

Malene se sente inquieta, mas não consegue entender por quê. Quer puxar a mão de volta, mas não o faz. Tem o impulso de dizer "Seu velho socialista", e zombar dele, mas sabe que não deve.

— As crianças nos odiarão porque elas nunca estiveram na nossa situação. Vão se virar para nós e dizer: "Você deve ter sido muito diferente na época. Como pôde ver um filme ou comer em um restaurante quando sabia que o dinheiro que gastava poderia ter salvado a vida de uma criança?" Dirão: "Não entendo isso. Eu nunca faria uma coisa dessas."

Gunnar olha com expectativa, esperando pela resposta dela. Malene percebe o que a está deixando pouco à vontade. É o jeito de falar dele: o ritmo maníaco de suas palavras e a completa absorção no assunto. Ele a lembra Iben.

Malene finge exaustão, mas a energia de Gunnar não diminui. Ela lhe pergunta se dormiu no avião.

— Não muito — diz ele vagamente e começa um assunto que vem fascinando Iben nos últimos meses: a psicologia do mal.

— Ignorar o pequeno lampejo de dúvida que você tem... Isso é o mal. Ninguém se acha mau, mas essa ilusão faz parte da natureza desse sentimento. E você não pode mentir para si mesma o tempo todo. Depois de algum tempo, há o momento em que você questiona se está fazendo o que é certo. E esta é a sua única chance de escolher o que é bom, de fazer o que é certo. E o momento dura talvez 15 minutos mês sim, mês não, talvez menos. A maioria das pessoas imediatamente decidirá não agir. Francamente, elas não se incomodam, e depois não leva muito tempo para que se esqueçam de que havia outra opção. Elas se prenderam aos velhos comportamentos... fossem eles bons ou ruins.

Malene tem dúvidas sobre Gunnar.

— Por que tem sentimentos tão fortes com relação a isso?

— Porque eu sei o que é ser apanhado na maldade. Há muito tempo, era um membro radical do Partido Trabalhista Comunista. Passei anos lutando pela ideologia de pessoas que eram responsáveis por mais assassinatos em massa e genocídios do que os nazistas. Na verdade, estávamos sustentando esses ditadores. Eu sabia a verdade... É claro que sabia. Pelo menos, sabia de vez em quando.

Malene nunca ouviu Gunnar falar tão abertamente de sua vida passada.

Ele interrompe os pensamentos dela.

— Mas não tenho mais motivos para me arrepender do que os neoliberais de hoje. Os socialistas não são responsáveis por tantas mortes quanto aqueles que apóiam a política dos Estados Unidos e da Europa, política que reforça a pobreza e a dependência econômica. E isso está acontecendo aqui e agora.

Está escuro como breu lá fora, além das janelas da cozinha. Malene começa a guardar a comida. Ela vê que Gunnar adora desvirtuar argumentos. Iben também. Há anos Malene gosta de ouvir os dois.

A verdadeira origem de seu desconforto é a idéia de como Iben e Gunnar se dariam bem juntos.

44

De manhã, Malene está cansada. Gunnar colocou o despertador para as seis porque tinha uma reunião cedo. Ela teria adorado alegar doença, mas não se atrevia a isso — não com o escritório neste fluxo de instabilidade. Em vez disso, dorme até as nove, telefona para o trabalho com uma desculpa sobre uma consulta com o dentista e diz que chegará lá pelas onze.

Camilla, que atende o telefone, começa a se desculpar. Fala sem parar.

— Eu sei que não devia ter saído daquele jeito, sem dizer nada, mas eu... Sabe, estar numa sala de aula me traz de volta as coisas que me aconteceram na escola. E eu me senti péssima sobre Dragan Jelisic.

Malene está deitada no sofá, enrolada em um cobertor.

—Você não sabia mesmo que tipo de pessoa ele era?

— Não, não sabia. Mas, Malene, eu fui tão idiota. Devia ter contado a você sobre ele logo. Agora eu sei. Foi um erro e estou irritada comigo mesma. Me perdoe, por favor. Espero que não esteja com raiva.

— Não, não. De jeito nenhum. — Malene é sincera. Se ela soubesse da ligação indireta de Camilla com Mirko Zigic há um mês, podia ter ficado mais irritada. Mas agora o que mais a preocupa é como vai conseguir viver sem Rasmus, e está preocupada com Gunnar, com sua amizade com Iben desmoronando e com a possibilidade de perder o emprego. Não há espaço para ficar apavorada com um assassino em massa sérvio que pode — pode — ter mandado os e-mails assustadores para elas. Ela sabe que é diferente para Iben.

Quando Malene chega ao Centro, Iben está a todo vapor.

Ela passou a noite telefonando para pessoas de novo. Primeiro ligou para Camilla com o intuito de pressioná-la a dar mais detalhes e convencê-la a ligar para Paul e lhe contar tudo sobre o contato com o iugoslavo. Depois ligou para jornalistas e especialistas em genocídio de todo o mundo. Ouvindo a conversa das mulheres, Malene toma conhecimento de que Anne-Lise também descobriu mais sobre Jelisic.

Eu devia ter telefonado para Iben ontem à noite, diz Malene a si mesma. Em vez disso, Anne-Lise deve ter ligado para ela para se condoer.

Elas parecem já ter discutido a probabilidade de Zigic ainda ter vínculos com o ex-namorado de Camilla e analisado várias opções para descobrir mais sobre Jelisic. Evidentemente, andaram compartilhando seus temores.

Logo Malene quer voltar para a cama. Quando Rasmus morreu, Paul lhe disse que ela podia fazer o que quer que precisasse. Só que ela não queria ficar sozinha. Seria ótimo telefonar para Gunnar em busca de solidariedade, mas agora era impossível, depois de terem passado a noite juntos.

Ela pega a caneca de café e se senta de frente para Iben.

— Como está? — elas se perguntam.

Iben coloca Malene a par de sua pesquisa sobre Jelisic e fala sobre seu medo dele.

Esta é sua mais antiga e mais querida amiga? Ela não consegue acreditar em quantas coisas mudaram entre as duas, e que está perdendo Iben justamente quando mais precisa dela. Ainda assim, Malene deve encarar o fato de que Iben mudou, possivelmente para sempre. Como Iben pode ser tão fria e calculista, especialmente depois da morte de Rasmus? Mas parece que Malene tornou-se um obstáculo na busca de Iben por Gunnar e por uma nova carreira no IDHD. Por que se incomodar em ser sentimental com o passado? — apesar do vazio na forma de Iben na vida de Malene?

Ela ouve Iben ligar para o escritório de Belgrado do Tribunal Internacional de Crimes de Guerra e ser transferida de um contato a outro sem saber de nenhuma novidade. Malene olha os detalhes familiares: a mola quebrada na luminária de Iben, o *troll* de plástico em sua própria mesa. Depois se volta para o quadro com todas as fotos alegres das duas posando com Tatiana em

Praga, sentadas ao lado de Frederik e Paul a uma mesa de jantar em Odense, e de pé, cercadas de acadêmicos, em uma conferência em Oslo.

Malene está esgotada. Levanta-se e vai à copa. Serve-se de mais café e volta. Imprime algumas informações e vai pegar os documentos na impressora central ao lado da biblioteca. No caminho, dá uma olhada na grande coleção de documentos do Leste Europeu. Procura alguns artigos nas caixas de revista atrás da mesa de Camilla. Faz qualquer coisa para não se sentar de frente para Iben, olhando seu rosto pálido.

Mais tarde, enquanto Malene está se demorando na copa, comendo biscoitos de um saco plástico, Camilla entra num rompante, obviamente sem esperar encontrar alguém. Ela fica visivelmente perturbada. Vendo Malene, rapidamente tenta mudar de expressão, mas é tarde demais. Malene lhe pergunta o que aconteceu.

Camilla anda de um lado a outro no pequeno espaço.

— Elas não vão parar!

— Como assim?

— Agora estão me perguntando sobre os amigos de Dragan. "Algum deles é louro?"

— É mesmo?

— Elas começaram pelo telefone ontem à noite e não pararam a manhã toda. Dei um relato detalhado de cada pessoa que conheci com Dragan.

Malene parece incrédula.

— Na verdade, é Iben — explica Camilla. — Ela está convencida de que Zigic está na Dinamarca e que eu devo ter conhecido o homem sem saber. Acha que ele está aqui sob nome falso e está fazendo de tudo para encontrá-lo. Mas tive que dizer a ela que nenhum dos homens que conheci com Dragan era parecido com as fotos de Zigic! Mas ainda assim ela fica me atormentando, o tempo todo, sem parar. Diz que eu devo ter conhecido um monte de ex-milicianos sérvios quando saía com Dragan.

Malene quer acalmá-la e tenta pegar sua mão, mas Camilla a afugenta. Ela esfrega as mãos na blusa e continua andando.

— Ela acha que estou mentindo, o tempo todo. Agora pensa que era eu que estava lá... Na escada, com Rasmus!

A voz vira um gemido.

— Malene, você não pensa assim, pensa? Só Iben imaginaria uma coisa dessas... Não é?

— Não, claro que não penso isso. De jeito nenhum. — Malene coloca os biscoitos num prato e oferece a Camilla. — Entendo como está se sentindo. É uma loucura completa.

Camilla pára e sacode a cabeça, olhando o prato.

— Não, eu não devia. Mas obrigada.

— Faria bem a Iben dormir mais de quatro horas por noite, não acha, Camilla? E não passar a maior parte da noite lendo livros cheios de descrições de doenças psiquiátricas ou assassinatos de milhões de pessoas? Isso poderia ajudá-la, não é?

Esta é a primeira vez que alguém do trabalho ouve Malene criticar Iben. As duas percebem que, a partir de hoje, todas as antigas alianças estão nulas e nada significam. A não ser que queira se tornar um lobo solitário no trabalho, Malene precisará encontrar uma nova aliada: Camilla. Ela sabe que elas são diferentes demais para que venham a ser amigas íntimas, mas isso não importa. Afinal, Anne-Lise nunca será verdadeiramente íntima de Iben.

Malene tenta de novo reconfortar Camilla. Diz-lhe como se sente com relação ao modo como Iben tem se comportado nos últimos dias. Mas há coisas sobre Iben que Malene não ia revelar. Logo depois da morte do pai, Iben aparentemente andou pelas ruas em um estado de total depressão. Adquiriu profunda aversão às pessoas, e essa antipatia levou a uma reação tão exagerada que em duas ocasiões Iben precisou passar a noite em uma ala psiquiátrica.

Agora Iben é vista como uma pessoa muito competente. Poucos adivinhariam as falhas secretas que Malene conhece tão bem. Ou os outros percebem alguma coisa? Poderia ser este o motivo para que todos fiquem tão maravilhados com as histórias de heroísmo de Iben no Quênia?

Quando Malene volta ao Jardim de Inverno, Iben ainda não desenterrou nenhuma outra informação sobre Jelisic. Nada, a não ser pelas histórias conhecidas de Omarska que já circularam na imprensa e foram relatadas ao Tribunal de Crimes de Guerra. Como aquelas que contam que Jelisic e outros dois guardas voluntários de campo mataram alguns prisioneiros, obrigando-os a beber óleo diesel, e fizeram os pais arrancarem os testículos de seus próprios filhos. Horrores desse tipo.

Iben não tem pistas de onde ele se encontra e o que está fazendo. Camilla insistiu nesta manhã que, ao contrário de Zigic, Dragan não é membro da máfia iugoslava, e disse que ele não tem mais contato com Zigic. Mas Iben não consegue esconder o fato de que não confia nada em Camilla.

Anne-Lise continua aparecendo para contar a Iben sobre os últimos telefonemas. Ela sabe fingir que está tão assustada quanto Iben. E quando elas vão de um computador a outro, Anne-Lise segue Iben como um cachorrinho — um cachorrinho ansioso, que de tempos em tempos olha nervoso para Malene.

Malene tenta se concentrar na leitura de um artigo sobre a expulsão de 3,5 milhões de habitantes de regiões alemãs da Tchecoslováquia. O plano é publicar na época da conferência um livro com os artigos dos delegados sobre o destino de 15 milhões de alemães étnicos na Europa Oriental. Quando ocuparam a Tchecoslováquia, os alemães se comportaram de uma forma mais contida do que em qualquer outro lugar, exceto a Dinamarca, mas muitos dos alemães locais apoiaram a ocupação. Assim, durante a guerra, o futuro presidente tcheco disse que exigiria "uma solução radical e definitiva" para o problema alemão — ele imaginou um "extermínio totalmente eficaz de alemães". Durante o primeiro ano pós-guerra, cerca de 270 mil alemães foram mortos e mais de 3 milhões, expulsos.

O telefone toca. A resposta estranha de Camilla à chamada distrai Malene. Em geral tão simpática, ela parece hesitante e sem palavras.

— Se eu puder ver com você... Sim. Acho que está tudo bem se seu nome estiver no verso.

Ela capta o olhar de Malene e faz uma careta.

— Sei. Então não... Se eu não devo falar nem com Paul, então... Sim, mas... Tudo bem, vou fazer isso. Sim, prometo que vou destruí-la. Entendo. Vou me livrar dela. Até logo.

Confusas, Malene e Iben olham para Camilla. Anne-Lise aparece na porta da biblioteca.

— Era Ole — diz Camilla.

— É mesmo?

As três parecem atordoadas.

— É. Veja só, Ole escreveu uma carta a Paul, mas agora disse que é essencial que Paul não a receba. Vou pegar a carta da bandeja de entradas de Paul e rasgá-la. Não devo ler nem contar a Paul.

— É a demissão! — irrompe Iben. — Ole conseguiu o apoio do resto do conselho para se livrar de Paul e ontem escreveu a carta de demissão. Mas por que mudou de idéia hoje?

Todas concordam que provavelmente isso significa o pontapé em Paul. Malene tenta deduzir as conseqüências para si mesma, mas tem dificuldades. As possíveis hipóteses tropeçam em sua mente. Ela está cansada e fraca demais para pensar direito. Se a tensão entre ela e Iben chegar a uma espécie de crise e uma delas tiver que ir embora, Paul vai manter Iben. Mas, se Paul tiver que sair primeiro e Frederik ainda for vice-diretor do conselho, então é provável que ele demita Iben. Mas se Frederik não estiver mais no conselho do CDIG e Gunnar assumir o lugar dele? Quem Gunnar preferiria?

Malene percebe que, antes de ela chegar, as outras também devem ter discutido a desagradável situação de Paul com relação a Frederik. Anne-Lise diz que o marido dela tem muita experiência nisso porque integrou muitos conselhos de corporações. Na opinião de Henrik, a tentativa de Paul de eliminar Frederik foi uma manobra ultrajante, e com ela o conselho não tem alternativa a não ser se livrar dele.

Elas discutem sobre quem deveria assumir a liderança temporária do CDIG — Anne-Lise acha que Iben deveria ser a substituta de longo prazo de Paul. Elas conversam sobre o que Paul faria a seguir e se a saída dele aumentaria a probabilidade de uma fusão com os Direitos Humanos. E, é claro, têm que se perguntar por que Paul está tão calmo com tudo isso e onde ele esteve nos últimos dias.

Malene tem muitas perguntas diferentes, mas não consegue se obrigar a falar com Iben ou com Anne-Lise. Não suporta sequer olhar nos olhos de Anne-Lise desde que Rasmus morreu. Em vez disso, volta-se para Camilla. Será que está detectando alguma coisa? Uma coisinha de nada. Minúscula. Como se Camilla estivesse tentando evitar o olhar de Malene.

Isto vai ficar pior, pensa Malene. Há menos de uma hora, eu a reconfortei quando Iben a aborreceu. Mas, na frente de Iben, Camilla sabe quem é a mais forte e escolheu o lado de acordo com essa percepção.

Malene odeia Iben por isso também.

Malene vê uma imagem dela mesma em uma rua de subúrbio em Kolding, passeando e falando ineptamente com grupos de conhecidos, exatamente como a mãe costumava fazer quando Malene ainda morava com ela. Malene é a fantasma social, desempregada, metida num vestido-saco sem graça e velho, e reclamando, como fez sua mãe: "Foi como se minhas velhas colegas me quisessem morta e fora do caminho. Como as pessoas podem ser assim?"

Parece que nada que ela fez, ou conquistou, ajudou-a a escapar da sombra da mãe — mudar-se para Copenhague ou conseguir um diploma universitário. E é culpa de Iben.

Elas precisam voltar ao trabalho. Malene está decidida a não falar no nome de Gunnar.

Pouco mais de 15 minutos depois, ela sorri para Iben e fala do velho jeito confiante, como se não fizesse idéia de que a amizade das duas mudou.

— Iben, Gunnar passou a noite comigo.

— Ah, foi? — Iben consegue parecer simpática e curiosa, como se a semana anterior não tivesse acontecido, como se Malene estivesse falando de um homem qualquer.

Ela depois dispara para o corredor, em direção ao banheiro. Malene suspira. Relaxa e sorri para Camilla, que a olha de maneira questionadora. Talvez mais tarde Malene vá se sentir mal, mas talvez não.

Iben volta. Parece mais pálida do que de costume. Um músculo pequeno se retorce por baixo da pele azulada sob o olho direito. Ela se senta. As duas continuam lendo seus artigos.

Depois de alguns minutos, Iben fala:

— Não consigo me concentrar com você me olhando desse jeito.

— Não estou olhando para você.

— Está, sim.

— Não estou!

Iben se levanta de novo.

— Tenho muita coisa para fazer.

— Sei muito bem disso.

— Até agora, passei o dia todo focada em Dragan Jelisic. Preciso terminar a edição sobre a Turquia.

— Eu sei.

— E você fica me encarando.

— Não, Iben. Não estou.

— Olha, não estou tentando castigar você nem nada que esteja imaginando. É só que não consigo fazer nada quando você fica sentada aí olhando para mim. Imagino que também não consiga se concentrar comigo aqui, não é?

Iben tem razão, mas Malene não responde.

— Nós duas ficaremos mais à vontade se eu trabalhar em outro lugar. Vou me mudar para uma das mesas de leitores na biblioteca.

Malene se enrijece e quase grita:

— Vai se sentar perto de Anne-Lise?

— Era exatamente assim que eu não queria que você reagisse. Eu não... "vou me sentar perto de Anne-Lise". Vou me sentar em um lugar onde você não possa ficar me olhando como está fazendo agora. — Iben começa a reunir a papelada.

Tudo está acontecendo rápido demais. Logo a imagem da rotina do escritório será completamente diferente.

Malene observa Iben enquanto ela sai com os maços de papéis. Ela não está mais preparada para lutar pela velha amizade.

Perto do final do dia, Malene vai ao banheiro.

Quando volta, Camilla desapareceu. Malene pára na soleira da porta, chamando no ar vazio:

— Camilla?... Camilla?

Ninguém responde.

No silêncio, os pensamentos de Malene disparam desorganizados. Camilla está na biblioteca? Ela está se juntando às outras duas ali? A idéia é excluir Malene?

Malene escuta. Ouve um murmúrio de vozes vindo da biblioteca, mas não sabe dizer se são duas ou três.

Ela vai para o meio do Jardim de Inverno e estanca. A luz das lâmpadas fluorescentes se reflete nas folhas largas e brilhantes das plantas nos peitoris das janelas. Ela vem cuidando dessas plantas há séculos. Ela se vira, mas ninguém está parado atrás dela.

Novamente, ela chama:

— Camilla? Onde você está? Camilla?

CAMILLA

45

Certa vez Camilla ouviu sem querer duas mulheres conversando atrás dela no ônibus. No meio da fofoca, uma delas disse: "Ela é uma daquelas mulheres que sempre escolhem homens que são ruins para elas." Camilla se esqueceu do resto que falaram, mas essa frase nunca saiu da sua cabeça.

Ela conheceu Dragan quase dez anos antes, em uma festa dada por Lena, que pertence ao coral. Camilla apareceu numa tarde para ajudar Lena e Simo, o marido, a arrumar os móveis, fazer saladas e preparar a comida. Às sete horas, Camilla estava ansiosa para começar a se arrumar. Vestiu uma blusa larga azul-escura recém-passada e uma saia na altura dos tornozelos num tom de marrom-claro que combinava com seu cabelo — roupas que realçavam sua aparência. Lena percebera que ela estava ficando rubra e lhe disse para não se preocupar. Os amigos de Simo sempre chegavam tarde e trôpegos. Simo era eletricista da Iugoslávia, mas mudara-se para a Dinamarca bem antes de a guerra civil começar em sua terra natal.

Lena tinha razão. A maioria dos iugoslavos chegou bem tarde, e seu comportamento na festa foi um choque para Camilla. Para começar, a bebedeira era muito mais intensa, a dança, mais turbulenta, e a música, mais alta. E todos pareciam achar que as festas não só eram para conversar sobre uma coisa ou outra, mas também uma válvula de escape para suas emoções.

A certa altura, durante a noite, um homem de barba escura e queixo quadrado ficou parado do lado de fora da sacada e gritava incompreensivelmente para as pessoas na rua. No apartamento, todos riram, como se o comportamento do homem fosse uma parte normal de sua diversão de sábado à noite. Alguns amigos o fizeram entrar de novo e o sentaram no sofá. Camilla começou a conversar com ele. O inglês do homem era muito bom. Ele disse que seu nome era Dragan e que fora professor na Bósnia. Tinha vindo para a Dinamarca há um mês e morava perto de Lyngby, em um campo de refugiados para iugoslavos que procuravam asilo. Parecia estar perto dos trinta anos, mais ou menos a idade de Camilla, mas não falou nada sobre ter esposa ou filhos.

Eles se levantaram para dançar, mas não foi bom. A música era diferente de tudo o que Camilla ouvira na vida, uma mistura surreal de melodia cigana e punk rock. Dragan dançava quase como um louco, com grandes saltos e agitando os braços mas, mesmo com todo o barulho e sob as luzes baixas, Camilla não conseguia se soltar.

Mais tarde, ela foi à cozinha para descansar as pernas. Duas amigas do coral também estavam ali. Enquanto conversavam, irrompeu uma briga em outro cômodo. Houve um estrondo terrível.

Elas correram para descobrir o que tinha acontecido. Um grupo de iugoslavos irritados tinha se reunido em volta de Dragan. Alguém explicou que Dragan começara a discutir com um amigo, que se trancara no banheiro. Depois de trocarem alguns gritos através da porta, Dragan a derrubou. Alguns convidados pareciam muito assustados.

O próprio Dragan ainda estava muito agitado com o que quer que o homem do banheiro tivesse dito, e não conseguia parar de gritar. Alguma coisa fez Camilla ir na direção dele. Ela ouviu Lena dizendo ao marido que ia expulsar Dragan. Simo respondeu que não queria que ela fizesse isso.

Quando Camilla parou diante de Dragan, ele a pegou nos braços. Eles ficaram juntos por um tempo. Imóveis. Ele parou de gritar. Em seguida os dois foram dançar.

Alguns minutos depois, Lena se aproximou deles. Disse que queria agradecer a Camilla por acalmar Dragan. Perguntou se ele havia estragado a noite de Camilla e se ela gostaria que Lena lhe pedisse para ir embora. Camilla disse que não.

Eles ficaram dançando e conversando. Mais tarde, fizeram amor sobre o grande casaco preto de Dragan, aberto no chão do matagal atrás de um grande prédio de primeira classe em Frederiksberg. Ele a acompanhou até em casa e parecia bastante diferente do modo como agira na festa. Recitou longos poemas de amor sérvios, que sabia de cor, e falou das idéias e dos personagens nos livros escritos por autores russos cem anos atrás.

As semanas seguintes foram especiais. Camilla de repente tornou-se membro de um círculo de iugoslavos que incluía refugiados recentes e imigrantes mais antigos que vieram morar na Dinamarca antes da guerra. Ela foi a dezenas de suas festas, bem como a algumas reuniões nas salas do campo de exilados e em apartamentos desleixados com uma decoração decididamente dos Bálcãs. Uma vez que os refugiados tinham muito tempo livre, havia uma reunião quase toda semana.

Um apartamento que pertencia a Goran, técnico de palco no Teatro Betty Nansen, era o lugar preferido dos encontros. Noite após noite o hall de entrada ficava cheio de casacos pretos dos convidados, freqüentemente com cheiro de umidade porque, mesmo quando chovia, os amigos andavam a pé para economizar dinheiro.

Eles se davam bem juntos, sérvios, muçulmanos e croatas. Em seu país natal, os irmãos, pais, colegas de trabalho e de estudos estavam ocupados matando uns aos outros, mas ali eles se esforçavam muito para formar uma comunidade que os ajudasse a viver com alguma dignidade no que esperavam que fosse seu novo lar.

Além de Camilla e de três mulheres iugoslavas, todos no grupo eram homens — jovens com traços fortes e, às vezes, o corpo musculoso modelado pelo treinamento militar. Eles iam ao apartamento de Goran, tomavam sopas substanciosas na sala e brincavam uns com os outros. Quando viam televisão, ficavam muito sérios e discutiam tudo que houvesse sob o sol. E quando pensavam em alguma coisa para comemorar, bebiam grandes doses de *slivovitz*, conhaque de ameixa que Dragan explicou ser principalmente uma bebida de velhos na Iugoslávia.

Camilla percebeu que os demais respeitavam Dragan. Eles o consideravam sensato e culto. Só quando ele bebia demais é que sua personalidade mudava. Ele comprava brigas com os outros, gritando insultos e xingando. Certa vez, atirou um televisor pela janela por causa de alguma coisa que foi dita no noticiário.

Mesmo assim, todos pareciam gostar dele de verdade. Esta era uma coisa que Camilla percebeu fazer parte da cultura deles: mantinha-se a amizade, independentemente de qualquer coisa. As pessoas se permitiam errar e explodir, diferentemente dos dinamarqueses, que faziam o contrário. Esta lealdade resoluta era uma coisa que Camilla recordava sem parar quando contava à amiga Anja sobre o novo namorado e o mundo dele. Camilla soube que apenas uma pessoa não podia ser perdoada. O homem era Mirko Zigic. Naquele tempo, ela não fazia a menor idéia do motivo por que Zigic era uma figura tão odiada. Os outros nunca diziam mais do que "Zigic gosta da guerra, enquanto todos os outros sofrem". Dragan disse que mataria Zigic se eles se encontrassem de novo.

Dragan se mudou para o pequeno apartamento de Camilla apenas duas semanas depois da festa na casa de Lena e Simo. Toda manhã, ela acordava se sentindo feliz e meio purificada. O sexo com ele era maravilhoso e a livrava do passado, porque ele a procurava com a mesma paixão que parecia impulsionar sua raiva.

Em geral ele ficava na cama enquanto ela cumpria as obrigações da manhã. Com freqüência — talvez com freqüência demais — ela chegava atrasada nos Correios, onde trabalhava como secretária júnior.

Um dia, uma amiga lhe disse que, durante a fuga da Bósnia, Dragan morou um tempo em uma caçamba de lixo. Ele colocou um colchão e dormia ali à noite, depois de fechar uma tampa por dentro para que ninguém pudesse roubá-lo ou matá-lo. Outra pessoa lhe contou o que aconteceu quando Dragan pegou um trem de Banja Luka. Um grupo de milicianos sérvios parou o trem, ordenou que os homens muçulmanos saíssem e os empilhou em caminhões grandes e fechados. Eles também levaram os jovens sérvios, obrigaram-nos a integrar a milícia depois de um curto período de treinamento militar e lhes disseram que qualquer desertor seria baleado. Esse foi o motivo de Dragan ter sido membro da milícia fardada.

Ela procurou desvendar o passado de Dragan, mas, sempre que tentava perguntar, ele se irritava e lhe dizia para cuidar da própria vida. No entanto, ela sentia que, como sua namorada, tinha o direito de saber.

Certa noite, depois do jantar, decidiu pressionar novamente, querendo respostas. Ele começou a gritar com ela e a atirar coisas. Embora não a tenha machucado, ela sabia que ele o faria se não tivesse se controlado e disparado porta afora, indo para a rua. Às dez da noite ainda não havia voltado. Preocupada, Camilla ligou para Goran para saber se Dragan estava lá. A namorada de Goran, Natasa, disse que não. Ela percebeu como Camilla estava transtornada e conseguiu convencê-la a contar toda a história. Natasa a tranqüilizou. Ela morava e trabalhava na Dinamarca há dez anos e conhecia muito bem as duas culturas.

— Camilla, quero que saiba que Dragan gosta muito de você. Significa muito para ele que você perceba o homem caloroso e sensato que ele é.

— Ah, sim, percebo mesmo.

— Mas entenda uma coisa: para seu relacionamento durar, você também deve respeitá-lo como homem.

— Eu respeito, sinceramente.

— É difícil para ele acreditar nisso. Lá está ele, morando em seu apartamento sem pagar nada. Há apenas dois anos ele era professor, com boas perspectivas. Ele se saiu bem sozinho em um país que, de muitas formas, era bem parecido com a Dinamarca. Ele quer que você o veja como o tipo de homem capaz de citar de cor Dostoievski, Borges e Kundera. Foi humilhante ter que morar em uma lixeira. Foi humilhante ser incapaz de enfrentar homens que o arrancaram de um trem e o colocaram num caminhão do exército. E é humilhante viver da caridade do governo dinamarquês, e não estar em seu próprio país, defendendo-se e à sua família.

Camilla entendeu tudo isso perfeitamente, mas ainda não conseguia compreender por que ele tinha tantos segredos.

Mais tarde, Natasa voltou a esta questão.

— Talvez tenha alguma coisa a ver com defender a família... ou não.

— Como assim? — Camilla soube imediatamente que estava prestes a ouvir algo que não sabia.

— Camilla, não há sequer um de nossos amigos que não tenha vivido alguma coisa verdadeiramente terrível. Não conversamos sobre isso, mas todos sabemos.

— Sim?

Natasa respirou fundo.

— Eu não falei nesse assunto com Dragan, mas todo mundo de nosso grupinho parece saber. De vez em quando eles ouvem alguém confidenciar que os muçulmanos bósnios estupraram e depois mataram três irmãs de Dragan.

Seguiu-se um silêncio. Camilla não conseguia pensar no que dizer.

— Alguém tem certeza disso?

— Sim. Você deve se lembrar de que tudo na vida de Dragan teria sido diferente se ele tivesse liberdade para decidir. Tudo!

Quando Camilla chegou do trabalho no dia seguinte, um cheiro delicioso de comida a envolveu no patamar da escada. Dragan tomara posse de sua cozinha depois de pegar dinheiro emprestado com alguns amigos para comprar os ingredientes para uma caçarola e uma boa garrafa de vinho.

Nenhum dos dois se referiu à noite anterior. Durante a refeição, Dragan recitou versos em sérvio para ela. Explicou que eram de um poema escrito na década de 1950, ou talvez nos anos 1960, de um poeta exilado. Ele saiu da Iugoslávia por causa do governo comunista e foi morar em Londres. O poema era muito longo e se intitulava "Lamento por Belgrado". Nele, o poeta descrevia suas viagens às mais lindas capitais do mundo. Independentemente de onde estivesse, fosse Paris, Roma ou Lisboa, sua cabeça estava cheia de lembranças amargas, de morte e vacuidade. Ele ansiava por sair daquelas cidades e voltar à Belgrado de sua juventude. Pensava nela como a cidade entre os rios, cheia de luz e de uma vontade férrea de lutar pela autopreservação.

Dragan citou uma tradução de um poema famoso:

Belgrado, teu sangue, como orvalho, caiu de novo nas planícies
O frio do hálito de todos aqueles cujo fim está próximo.
O sol se levanta em meus sonhos. Agora brilha! Lampeja! Brame!
Seu nome, Belgrado, soa, como relâmpago de um céu azul e sem nuvens.

Na cama, naquela noite, eles compensaram com impaciência as 24 horas que ficaram separados.

Depois Dragan ficou deitado com as mãos na nuca e falou com ela em voz baixa.

— Tive que fugir. Isso é o mais importante. Arrisquei minha vida para fugir. O que está feito, está feito. Preciso aprender a deixar o passado para trás. De agora em diante, assim como você, vou viver corretamente. Você é tão boa.

Camilla se aproximou dele e beijou sua bochecha, mas ele não virou o rosto para ela. No escuro, ela viu o reflexo de uma luz da rua, como um ponto de luz, na pupila dele. Ele estava absolutamente imóvel, encarando o teto. Ela o beijou delicadamente mais uma vez.

Na última vez que Camilla falou com os pais ao telefone, o pai passou o aparelho à mãe com muita rapidez: mau sinal. Sempre que havia necessidade de contar mentiras inofensivas, o pai em geral deixava a esposa cuidar disso. Todos eles sabiam que ela fingia melhor do que ele.

Camilla já chegara à conclusão de que eles não gostavam de Dragan. Pouco importava que não o conhecessem: seus pais desaprovavam todos os namorados dela. Sempre levou a sério a reprovação deles. Simplesmente não conseguia deixar de querer lhes agradar.

Depois que ela e Dragan estavam morando juntos há quase dois meses, Camilla sentiu que ele devia conhecer seus pais. Eles convidaram Camilla e Dragan para um almoço de domingo. O apartamento dos pais ficava em Vanløse, e Camilla ainda odiava o lugar. Pelo resto da vida ela sempre pegaria os caminhos e desvios mais longos para não ter que avistar sua antiga escola. A casa era apinhada de todo tipo de quinquilharias que, de uma forma estranha, trazia reminiscências dos velhos apartamentos de imigrantes iugoslavos.

Os pais dela os receberam sorrindo. O pai e a mãe de Camilla não falavam bem inglês, mas tentaram, uma vez que o dinamarquês de Dragan era ainda pior. Foi o suficiente. Eles primeiro encaminharam Dragan à sala de estar e depois os levaram à mesa de jantar. A refeição começou com brindes de *aquavit* e explicações sobre os *schnapps* dinamarqueses e seus diferentes sabores.

Camilla sabia o tempo todo que tinha razão. Tudo estava tão obviamente orquestrado, tão perfeitamente suave, que não havia jeito de saber o que eles verdadeiramente pensavam.

Durante o almoço, eles trocaram nomes de vários alimentos em inglês, dinamarquês e sérvio. Os pais de Camilla pareciam interminavelmente surpresos com a diferença entre palavras que denotavam a mesma coisa e traziam à baila outros pratos para falar deles.

Ela os observou. Eles evitavam o contato visual e cuidavam para nunca sair da sala ao mesmo tempo: sabiam que ela pensaria que estavam criticando Dragan pelas costas.

Anteriormente, ela havia lhes contado como os lares iugoslavos eram cheios de trabalhos manuais, então a mãe dela cobriu a mesa com uma toalha de renda, uma herança de família feita pela tia-avó. Dragan elogiou a renda delicada e lhes contou sobre as diferentes técnicas de renda usadas naquela toalha de mesa.

A mãe de Camilla assinalou que a prima Susanne também estava com um estrangeiro. Dragan de imediato se lembrou de uma música de Leonard Cohen sobre uma Suzanne, que "o leva para seu lar perto do rio". Na música e na letra de Cohen, Dragan descobrira as profundezas sombrias que adorava na arte. Ele citou essa música e depois outras, analisando a música, os andamentos e como se relacionavam com as palavras. Camilla sorriu para ele para demonstrar apoio. Ele estava se esforçando muito para mostrar aos possíveis sogros que era um homem culto. Na Dinamarca, sua educação ensejava respeito, mas Camilla sabia muito bem que tudo o que ele disse entrou por um ouvido dos pais e saiu pelo outro. Ainda assim, eles tentavam cumprir com seu papel, rindo, fazendo perguntas.

Quando Camilla se inclinou para a frente e estendeu a mão para pegar o arenque condimentado, a mãe ficou paralisada. Alguma coisa chamou a atenção dela. Camilla sabia o que era.

A cadeira da mãe foi atirada para trás e caiu enquanto ela se levantava de um salto e fugia da sala de jantar. Camilla correu atrás dela, puxando a blusa para cobrir o hematoma azulado e oblongo que aparecia na clavícula.

Parada na cozinha, a mãe de Camilla, que também era meio gorducha, estava sem fôlego. Camilla parou a alguns metros dela. Queria dizer "Por que tem que ser assim, sempre?", ou "Por que sempre pensa o pior de todo homem que está na minha vida?". Mas não conseguia se decidir.

A mãe de Camilla estava aos prantos.

— Por favor, me perdoe. Desculpe. Eu não devia ter corrido daquele jeito.

— Não se preocupe, isso não importa — murmurou Camilla involuntariamente.

A mãe a abraçou.

— Ah, Camilla, obrigada. Nós realmente tentamos, sabe disso. Nos esforçamos tanto... Mas você não faz idéia de como foi difícil para seu pai e eu quando você estava com Morten.

— Mas você não sabia como ele era na época. — Camilla recuou do abraço.

A mãe deixou.

— Nós percebemos, sabe disso. Percebemos o que estava havendo. E ficamos tão preocupados que alguém começasse a maltratar você de novo.

Camilla ficou furiosa com a mãe e também estava chorando. Dois meses antes, Camilla nunca teria ousado dizer alguma coisa. Mas Dragan lhe dera a confiança para falar.

— Vocês não gostam dele. Não querem que eu seja feliz!

— É claro que queremos! Só queremos o melhor para você!

Os joelhos de Camilla cederam e ela se sentou no pequeno banco da cozinha com seu estofamento duro e vermelho. Era ali que se sentava com o copo de suco e sanduíches de geléia todo dia depois da escola, tentando se refazer depois de outro dia de tormentos.

A mãe observava Camilla enquanto ela ficava sentada em silêncio.

— Nos agrada muito que você goste de Dragan. Tenho certeza de que ele é bom para você. Eu não quis... O que fiz foi horrível.

— Sim.

Novamente a mãe tentou tocar em Camilla.

— É só que... Bom, houve ocasiões em que conversamos ao telefone, e quando você veio nos ver aqui nos últimos meses e não parecia... Você está feliz?

Camilla olhou a mãe nos olhos.

— Sim, mãe. Estou.

— Ele a faz feliz?

— Sim, faz.

— E você gosta mesmo dele?

— Sim. Gosto!

— Mas então está tudo bem! Fico feliz também. Se você está feliz e realmente gosta dele... Então está tudo bem.

46

Naquela noite, Dragan saiu sozinho para ver alguns amigos. Depois disso, Camilla telefonou à amiga Anja para dizer que gostaria de fazer uma visita. Anja era enfermeira. Em certa época, ela e Camilla moraram no mesmo prédio, mas depois Anja se mudou para um bangalô com o marido.

Sentada na sala iluminada e arrumada de Anja e Finn, Camilla contou a ela sobre o almoço terrível na casa dos pais. Queria que Anja entendesse como a mãe era insuportável. Anja concordou, mas a expressão em seu rosto parecia menos segura.

— O que foi?

— Como assim?

— O que está pensando?

— Só estou pensando em como é a sua mãe.

— Não, é outra coisa.

— Não, é só isso.

Parecia que todo mundo podia ver alguma coisa em seu relacionamento com Dragan que Camilla não conseguia ver.

— Anja, você é minha melhor amiga. Se houvesse alguma coisa com relação a Dragan que a estivesse preocupando, você me contaria, não é?

— Eu só acho ótimo que você tenha conhecido um cara legal. E que seja louca por ele, e ele, seja louco por você.

Isso não importava. Camilla sabia que, se não tivesse aprovado Finn, nunca teria dito a Anja. Enquanto conversavam, Camilla se perguntou se tinha cometido um grande erro ao pensar que Dragan era o homem certo para ela. Sentia que ele a ajudava a ficar mais corajosa. Por que os outros não viam isso? Será possível, pensou ela, que seja exatamente isso que não agrada a eles? Será que as pessoas a meu redor prefeririam que eu continuasse retraída e insegura?

Finn veio se juntar às duas, vestindo jeans rasgado e uma camiseta roxa. Era um homem de constituição frágil, já ficando careca. Trocaram um sorriso. Finn sempre foi gentil com as amigas de Anja. Ele se sentou no sofá ao lado da mulher com a perna dobrada embaixo do corpo.

Camilla os observou. Ele era o tipo de homem com quem a mãe gostaria de vê-la casada. Anja e Finn eram tão íntimos que pareciam dois lados da mesma pessoa. Conversando com eles, Camilla se perguntou se tinham uma boa vida sexual. Podiam ter almoços de domingo com os pais dela semana sim, semana não.

Anja estava falando do trailer que estavam economizando para comprar, e Camilla ficou pensando. Eu seria feliz com um homem como Finn? Minha vida poderia ser bem mais fácil. Ainda assim, o sexo não seria tão bom. Mas é claro que não se pode ter certeza.

Quando os amigos de Goran se reuniam para assistir a vídeos no apartamento dele, ele sempre desconectava a antena da televisão. Ninguém queria correr o risco de pegar o noticiário, nem mesmo durante o breve momento antes de o vídeo começar. Os noticiários estavam cheios de relatos da Iugoslávia, e isso perturbava todos demais. Eles se enfureciam com as mentiras dos jornalistas e ficavam agressivos, em particular Dragan.

Dragan via muita televisão em casa e mostrava mais simpatia pelos sérvios e sua causa do que quando estava com os amigos muçulmanos. Sentado diante da televisão de Camilla, via o noticiário na TV1 e na TV2, bem como os noticiários e os programas de atualidades na BBC e na CNN. Também ouvia rádio, embora com freqüência isso fizesse seu sangue ferver. Ele corria pelo apartamento rugindo, batendo ou chutando coisas.

Às vezes seus argumentos eram muito convincentes. Camilla acreditava que ele tinha conhecimento e experiência bem além do que os jornalistas podiam apurar.

"Os jornalistas não sabem nada de história! Idiotas! Pensam que esta guerra é nova! Mas estamos em guerra há quinhentos anos, porra! Eles não têm nenhuma perspectiva!"

Camilla aprendeu que não devia responder quando ele estava nesse estado de espírito. Ela ficava no quarto ou saía. Se ela se escondesse no banheiro, ele ficava do lado de fora da porta e continuava gritando.

"Em seus livros de história sobre a Segunda Guerra Mundial, eles escrevem que os croatas nos obrigaram a entrar em nossas igrejas e atearam fogo em tudo? Escrevem? Por que não falam disso na TV? Nós os queimamos vivos? Camilla? Camilla, responde! Nós os queimamos vivos? Não! Nós os expulsamos para nos proteger! Temos o direito de tentar sobreviver, não temos?"

Camilla ficava imóvel, desejando que ele não derrubasse a porta.

Ele aumentava o volume para que os relatos da televisão pudessem ser ouvidos em todo o pequeno apartamento.

"Mas a Otan nos ataca do mesmo jeito, Camilla! Eles estão bombardeando meu país! Estão bombardeando minha cidade! O que querem que a gente faça? Que cometa suicídio em massa? Querem que a gente se mate? Ou que deixemos que os croatas e os muçulmanos nos matem, então? Isso agradaria à Otan?"

Em outras ocasiões, a frustração dele com a própria impotência o sobrepujava. Suas emoções pareciam estar além das palavras e ele só conseguia se expressar em uma mistura de palavrões sérvios e uivos rudes.

Além da cama, ele só batia nela depois de ver o noticiário.

Por duas vezes Camilla tomou a decisão agonizante de terminar tudo entre os dois. Mas a cada vez pensava no que ele devia estar passando, experiências além da compreensão dela, e achava que entendia que levaria muito tempo para que ele se tornasse um ser humano normal de novo. Quando não se recordava da situação pavorosa em seu país e de como sofrera, Dragan era tudo o que ela queria. A guerra, certamente, deveria terminar um dia, e depois as tensões desapareceriam de seu relacionamento.

Antes de conhecer Dragan, Camilla estava decidida a nunca mais morar com um homem violento, mas eles se amavam muito. Ela e Dragan concordaram que ele só devia ver ou ouvir os noticiários e ler os jornais enquanto Camilla estivesse no trabalho ou, pelo menos, não em casa. Duas horas antes de ela chegar, ele devia desligar tudo e jogar os jornais fora.

Isso quase resolveu o problema.

• • •

Dragan já estava morando no apartamento dela há quatro meses quando ele e Camilla passaram uma noite em um bar com alguns amigos do casal. Também apareceu um grande grupo de iugoslavos de outro campo de refugiados. Ela começou a conversar com um dos recém-chegados enquanto esperava pelo pedido no balcão. O lugar estava apinhado de gente e levou algum tempo para que ela fosse servida.

O homem não parecia bêbado, no entanto falava inglês com um sotaque estranho e a olhava com os olhos semicerrados. Tudo nele era muito estrangeiro.

Ele sinalizou indicando a mesa dela.

— Olha quem está sentado ali. Aquele que nunca será perdoado.

— O que disse?

O homem não lhe respondeu diretamente, mas continuou sua linha de raciocínio sem nenhuma sugestão de ironia.

— Esse homem merece cada tormento que o mundo pode atirar nele.

— Quem? Por que está dizendo isso?

— Aquele do queixo quadrado. — Ele olhava diretamente para Dragan.

Imediatamente Camilla se sentiu afundando.

— Em Banja Luka, ele era líder de uma gangue. Eles chegaram na minha rua e estupraram três irmãs. Depois as mataram.

— Está enganado, francamente. Ele não fez isso. Foram as irmãs dele que... — Camilla parou e não disse mais nada. Seus olhos estavam fixos na cara do homem e as coisas começavam a se encaixar — pequenas coisas, de suas conversas diárias, para as quais ela não tinha palavras.

O homem recuou, perturbado ao perceber que ela conhecia a pessoa a que ele se referia.

— Quem é você?

Camilla pensou rapidamente; queria saber mais.

— Sou professora. Dou aulas às pessoas naquela mesa ali.

O homem olhou para ela desconfiado.

— Não pode contar a eles o que eu disse.

— Não vou contar.

— Nunca! Não deve contar nunca!

— Não. Eu prometo.

O barman trouxe a cerveja do homem. Era óbvio que ele queria sair logo dali, embora tenha gastado dinheiro na bebida. Ele olhou em volta e tentou explicar.

— Ele vai me matar. Dragan não vai hesitar, nem por um segundo. Ele não me viu aqui. Mas eu o conheço. Sei como ele é.

Camilla sorriu e tentou se acalmar.

— Eu prometo. De verdade. Não vou contar nada a ninguém.

Dragan se levantou e olhou na direção deles. O homem fez um movimento convulsivo.

Camilla queria saber mais.

— Mas eu não entendo. Ele nos disse numa aula de dinamarquês que foi obrigado a se unir à milícia.

Mas o homem simplesmente se virou e correu desequilibrado para a porta.

Dragan veio e a ajudou a levar as cervejas para a mesa. Camilla não disse nada. Mais tarde, porém, quando teve a oportunidade de falar em voz baixa com o marido de Lena, Camilla contou a Simo o que o homem dissera.

— Quem era ele?

— Não sei.

— Pode me contar, Camilla. Não se preocupe.

— Eu não sei quem era ele. É sério.

Simo se afastou.

Momentos depois Dragan puxou o braço de Camilla com força para levá-la a um canto sossegado.

— Quem contou histórias a você?

— Não sei quem era. Um homem.

— Conte-me. Agora!

— Por que você... Olha, foi só uma coisa que ele disse. Um boato, algo indefinido...

Dragan a sacudiu e olhou nos olhos dela.

— Fala. Conta para mim!

Camilla sabia que ele estava trincando os dentes, como fazia antes de bater nela.

— Se bater em mim aqui, vou ter que acusá-lo de agressão.

Isso só serviu de combustível para sua raiva, e ele bateu o punho na parede ao lado de Camilla.

— Não me ameace!

Mas não bateu nela. Ele sabia muito bem que bastavam algumas palavras à polícia e ele ficaria preso por anos. Ou transformado em fugitivo mais uma vez, passando uma eternidade em aeroportos de todo o mundo.

Dragan voltou para os amigos. Logo em seguida, Camilla viu alguns deles se espalharem pelo bar, falando com quem pudesse ter estado ao lado de Camilla. Eles apontaram para ela e para a banqueta do bar em que ela se sentara.

Cinco minutos depois, quatro deles se levantaram de um jeito decidido, vestiram os casacos e saíram do bar sem se despedir.

Dragan só voltou para casa quando eram quase três e meia da manhã. Camilla tinha ido para a cama, mas ainda estava acordada. Ela chorava.

Dragan veio se deitar ao lado dela na cama, ainda de roupa. Ele a abraçou e falou delicadamente.

— Não chore, por favor. O que você ouviu não é verdade. Mas, se ele contar mentiras sobre mim neste país, eu corro o risco de ser preso. Ou expulso. Serei mandado de volta. Se nós dois quisermos ficar juntos, esse homem precisa ser obrigado a parar de mentir.

Camilla olhou para ele. Sentia-se como uma garotinha.

— Então não é verdade, Dragan? Era tudo mentira, não era?

— Camilla, por favor. É claro que era tudo mentira. — O braço dele a apertou, e ela se aproximou mais. Ela queria sentir o cheiro dele e colocou o nariz em seu peito.

— Mentira. Tudo mentira. Tudo mentira — repetia para si mesma.

Dragan interrompeu sua ladainha.

— Confie em mim. Quando digo que uma coisa é mentira, é isso mesmo. Mas você também precisa entender que nunca vai saber como é a guerra. É horrível. É difícil viver sabendo disso. Ninguém reage como se espera... Nem você reagiria. E eu não reagi. Mas eu fugi. Arrisquei minha vida.

Depois falou novamente o que lhe dissera muitas vezes:

— Tive que dar um fim a tudo isso. Agora já passou. De agora em diante, quero ter uma vida normal. Quero viver aqui com você e ser bom, como você.

Camilla o apertou desesperadamente, mal deixando que ele tirasse a roupa.

Foi assustador para ela descobrir que agora o sexo era ainda melhor, com a incerteza sobre o que ele fizera ou não; a incerteza sobre o que ele poderia fazer.

Dessa vez, o arrebatamento de estar totalmente livre do passado, bem como do futuro, durou mais. Ela ainda estava cintilante de euforia quando, mais tarde, examinou seu corpo diante do espelho grande do banheiro, em busca de novos hematomas.

De manhã, Dragan dormia tão profundamente que parecia impossível que acordasse. Camilla não conseguia voltar a dormir. Estava atormentada por imagens pavorosas sobre o que aconteceu com o homem do bar. O que quer que tivesse acontecido, seria culpa dela. O que eles fizeram com o homem?

Depois de tomar o café-da-manhã sozinha, ela pensou em lavar as roupas de Dragan para se livrar do cheiro de cerveja e tabaco. De certo modo, queria compensar por ter ameaçado entregá-lo à polícia. Era verdade que não fazia idéia do que realmente aconteceu naquela guerra. Só podia ter certeza de que Dragan era uma de suas vítimas.

Ela pegou as roupas que ele atirara em uma cadeira e as levou para fora do quarto. Quando sacudiu as calças marrons, percebeu que havia uma coisa em um dos bolsos: um pacote pequeno e macio. Parecia uma camisinha.

Camilla, que tomava pílula, teve uma visão de como apareceria furiosa diante dele se aquilo fosse uma camisinha. Ia voar de fúria e não daria a mínima se ele batesse nela depois disso.

Mas não era uma camisinha. Era um saco plástico pequeno e transparente contendo um pó branco.

Parecia com os pacotes de cocaína que ela vira nos filmes. Deus Todo-poderoso, como ele podia pagar por essa coisa? Será que era viciado? Talvez ele fosse traficante e vendesse drogas para pagar por seu próprio vício — talvez vendesse aos amigos dele. Mas isso significava que eles também eram usuários — pessoas como o marido de Lena e o gentil e hospitaleiro Goran. Poderia ser verdade?

O tempo todo ela pensou que os amigos de Dragan o respeitassem. Teriam medo de Dragan? Será que lhe deviam dinheiro pelas drogas? Ou talvez o temessem e tivessem pena dele ao mesmo tempo. Assim como a própria Camilla.

Ela o expulsou. Ele se mudou para o campo de refugiados.

Durante os dias que se seguiram, ela investigou a vida de Dragan na Iugoslávia de todas as formas que pôde. Percebeu que havia relatos demais confirmando suas suspeitas para que todos fossem baseados em mentiras e mal-entendidos. Por exemplo, estava bem claro que Dragan, junto com Mirko Zigic, apresentara-se como voluntário para deveres de guarda e "interrogatório" no campo de Omarska. Rotineiramente realizava-se tortura ali, como todos sabiam na época.

Folheando um livro que Dragan deixara, uma coletânea de poemas de Crnjanski, ela descobriu um pequeno bilhete entre as páginas. Começava com uma escrita que continha a palavra "Dragan", depois mais palavras incompreensíveis e depois a assinatura "Mirko Z".

Ela ainda não conseguia se decidir por entregar Dragan como possível criminoso de guerra bósnio, nem mesmo como traficante de cocaína. Também não quis acusá-lo de violência doméstica; as conseqüências para ele teriam sido bastante drásticas.

Um dia, encontrou-o de novo na casa de Lena e Simo. Agora tinha muito mais medo dele do que sentira de Morten; e, no entanto, mais uma vez, eles terminaram juntos no casaco preto dele no matagal atrás do prédio da Frederiksberg. Ele voltou a morar com ela. Ela esperava ser rápida para relevar o vício dele em álcool e cocaína se não soubesse de seus sofrimentos do passado.

Depois de algum tempo, ela o expulsou de novo, apenas para recomeçar tudo novamente. Depois que esse ciclo se repetiu algumas vezes, ela ainda não sabia como ele pagava pela cocaína, mas decidiu experimentar. Descobriu que tinha personalidade de viciada. Já se tornara dependente da comida e do sexo dele, e agora, num piscar de olhos, também de suas drogas.

Então, um dia, Dragan conheceu outra mulher. Ficou violentamente apaixonado por ela, como acontecera com Camilla apenas seis meses antes.

O caso terminou. Nos dois anos seguintes, Camilla ficou profundamente deprimida. Não havia nada que preenchesse sua vida, a não ser as visitas intoleráveis para ver os pais ou à casa de Anja e Finn para outra noite de aconchego, tomando chá e batendo papo.

Camilla se comprometeu a comparecer regularmente aos ensaios do coral. Com a ajuda dos pais e de um grupo de apoio, obrigou-se a se livrar do vício. Por fim, entendeu claramente que a bruxa que lhe roubara Dragan, na verdade, salvara sua vida.

47

Camilla e as crianças acordaram na mesma hora que Finn. Ele acordava cedo, em geral às cinco e meia da manhã.

Ela chega ao Centro cerca de uma hora e meia antes das outras.

A luz vermelha da secretária eletrônica brilhava na semi-escuridão, mas não piscava. Camilla rapidamente acendeu as luzes. Elas bruxulearam algumas vezes e depois tudo ficou normal de novo. Ela ligou seu computador e foi fazer café.

O escritório estava silencioso, as paredes revestidas de livros absorvendo os barulhos do exterior. Ainda era cedo demais para o trânsito da manhã ter começado. Até há pouco tempo, esta hora, de manhã cedo, era a preferida de Camilla no escritório, um momento tranqüilo para si mesma, quando podia organizar seu trabalho. Mas, nestes últimos dias, tudo mudou.

Desde que descobriu que Camilla se envolvera com um criminoso de guerra, Iben a excluiu. Camilla sabia muito bem o que isso significava.

Ela volta à sua cadeira e encontra uma pilha de documentos para o banco de dados. Antes de sair de casa, tomou duas aspirinas, mas ainda se sentia podre — em especial o estômago.

Eram assim as suas manhãs muito tempo atrás. Para que chegasse ao trabalho a tempo, a mãe deixava Camilla na escola cerca de vinte minutos antes da primeira aula. Durante anos, Camilla começava cada dia sentada com os joelhos unidos no banco velho e gasto do pátio da escola, especulando sobre o que iria acontecer naquele dia. Como as colegas de turma a castigariam hoje?

Ah, minha cara, talvez não devesse tomar café com o estômago embrulhado. De qualquer forma, deve estar pronto. Ela se serve de uma xícara.

Depois as outras chegam e as primeiras duas horas passam como Camilla sabia que passariam.

No final daquela manhã, ela decide trocar a lâmpada fluorescente que falhava na sala de Paul. Paul anda reclamando dela há séculos e seu conserto dá a Camilla a oportunidade de não ter que ficar no mesmo ambiente que Malene.

No depósito, Camilla se demora pegando a escada e procurando uma nova lâmpada. Passa às pressas pelo Jardim de Inverno, fecha a porta da sala de Paul e trabalha com a maior lentidão possível. Enquanto está no alto da escada tentando colocar a lâmpada nova no lugar, Iben entra repentinamente e começa a falar sem parar.

— Entrei em contato com um jornalista sérvio e ele me disse que um colega dele foi assassinado por seu ex-namorado há cerca de um ano.

— O quê...?

— Dragan deu coronhadas nesse homem até a morte, Camilla. Alguém que escreveu um artigo crítico sobre o amigo de Dragan, Zigic, e a causa sérvia. Como eu fiz.

— Mas...

Camilla tem que descer da escada levando consigo a lâmpada.

— Precisa nos ajudar. Precisamos de mais informações.

— Mas não posso lhe contar mais do que já contei.

— Por que sempre tenho impressão de que você está mentindo quando se trata de Dragan?

— Não estou mentindo. Simplesmente não há mais nada a dizer. Olha, eu me sinto exatamente como você. Também estou com medo de que ele venha atrás de nós, mas o que posso fazer?

Os músculos em volta do queixo de Iben se retorcem visivelmente. Ela fica parada, com os pés plantados e separados. Brigitte, a mais cruel das meninas da turma de Camilla, costumava ficar parada daquele jeito diante da mesa da professora. As outras se reuniam em volta dela. Quando ela achava algum objeto para atirar em Camilla, as outras também começavam a atirar coisas.

Camilla precisa se sentar. Ela afunda em uma das cadeiras da mesa de reuniões de Paul e enterra o rosto nas mãos, apertando os dedos nos olhos.

A voz insistente de Iben lhe chega na escuridão.

— Eu queria acreditar em você. Mas esse seu jeito não deixa. Você mente muito mal, Camilla.

— Mas não estou mentindo!

Camilla pode ouvir a própria voz ficar aguda e trêmula. Mesmo de cabeça baixa e olhos fechados, pode sentir Iben observando-a em silêncio em sua postura belicosa.

Camilla se repete.

— Não estou mentindo! Não estou mentindo! Não estou mentindo!

Ela ouve Iben se virar e sair.

Camilla sabe que merece tudo pelo que está passando. Elas têm razão em castigá-la. Ela andou mentindo, e isso atrasou a procura pelo homem que está ameaçando matar Iben. E se Iben for morta, ou uma das outras, só porque Camilla não contou a verdade? Camilla ainda está sentada com o rosto entre as mãos quando ouve a voz de Iben pela porta aberta.

Iben conta às outras sobre sua descoberta.

— Telefonei para Ljiljana Peric. É a mulher que foi colega de secundário de Zigic. Lembram que eu a entrevistei para meu artigo sobre ele? Por intermédio dela, consegui o nome de um jornalista de Belgrado que conhece Dragan, mas agora está amedrontado demais para escrever uma palavra sobre ele ou Zigic. O jornalista disse que, sem dúvida nenhuma, Dragan está envolvido em tráfico de drogas, prostituição e seqüestro. E só pode significar uma coisa: a máfia.

Iben ergue a voz para ter certeza de que Camilla não perca uma só palavra.

— Escrevi sobre o superior militar de Dragan durante a guerra. E Dragan era namorado dela. Não foi necessariamente Zigic que matou Rasmus; pode muito bem ter sido Dragan. Ele pode ter mandado os e-mails. E invadido o escritório antes da instalação do sistema de circuito interno.

Mesmo que Camilla já não fosse hipersensível a maus-tratos, trabalhar no CDIG teria sido suficiente. O modo como costumavam ameaçar Anne-Lise era totalmente despropositado. Camilla quis ajudar centenas de vezes, mas, quando tentou ser agradável com Anne-Lise, Iben e Malene começaram a hostilizá-la. E, afinal, precisava dividir o escritório com elas, tinha de ser uma boa integrante da equipe para que o trabalho corresse sem atropelos.

Certa vez ela resolveu se manifestar e disse que elas deviam tratar a nova colega com um pouco mais de consideração. Malene respondeu: "Mas, Camilla, não percebe que é diferente de Iben e eu? Somos velhas amigas. Anne-Lise é só uma pessoa que trabalha no mesmo lugar que a gente."

Era como se elas não fizessem idéia dos danos que seu comportamento provocava, ou do efeito que podia ter a longo prazo. Camilla sabia. Tinha visto o suficiente. Quase todo dia Anne-Lise se retirava para a biblioteca, atrás da coleção sobre o Leste Europeu.

Não fazia muito tempo que Anne-Lise estava lá quando Camilla começou a achar que não podia mais olhá-la nos olhos. Decidiu mencionar isso a Paul. Lembra-se bem de como foi.

— Paul, não tenho certeza se Anne-Lise está se adaptando. Pode conversar com ela? Talvez haja alguma coisa que possamos fazer, algo que a ajude.

— Por que acha que ela não está satisfeita?

— Durante o intervalo do café, pensei que ela podia ter andado chorando, porque os olhos pareciam injetados e ela estava corada.

— O que é isso, Camilla, não percebeu que ela é assim o tempo todo? Deve ser algum problema de pele, imagino.

Ele estava de saída. Camilla voltou ao trabalho e tentou ficar despreocupada enquanto Iben e Malene faziam piada de tudo. Mas agora Iben e Anne-Lise estavam conversando na biblioteca, enquanto Malene lutava para encontrar um jeito de ficar sozinha.

Na hora do almoço, Iben continua a falar com Anne-Lise sobre Dragan. Camilla não tem vontade de dizer nada. Ela ainda não se sente muito bem e come seus talos de aipo às mordidinhas.

Ninguém na mesa do almoço é quem costumava ser. Anne-Lise é a única que parece satisfeita. Malene tenta abrir um pacote de torradas de centeio, mas se atrapalha e a coisa toda escorrega de suas mãos. O pacote cai no chão e várias fatias se esfarelam. Ninguém se incomoda em fazer brincadeira com isso para que ela se sinta melhor. Também ninguém a chama de desajeitada. Elas simplesmente ficam em silêncio.

Somente quando ficou adulta Camilla soube do maior segredo do sobrevivente. É simples. Quando alguém está com raiva, você fica de lado para que a raiva da pessoa passe e atinja o próximo da fila. Ela só queria ter percebido isso muitos anos atrás. No ano passado, a "próxima da fila" era Anne-Lise. Agora parece ser Malene.

Malene pega a fatia de torrada mais esfarelada. Tenta mostrar preocupação com a nova informação que Iben descobriu sobre Dragan. Em vez disso, só parece perdida.

Camilla não pode negar que, de um jeito ou de outro, está satisfeita por ver Malene abatida. Antes de tudo, ela não suporta o modo como Malene se veste, com calças de cós baixo e blusas curtas e sensuais — completamente inadequadas para o trabalho.

Malene está comendo um sanduíche. Camilla pode ver um pouco de queijo e pão presos entre seus dentes quando ela abre a boca para falar.

"Sabe de uma coisa, não consigo deixar de me perguntar que outras mentiras anda contando para nós."

Ela é tão transparente! Malene espera a aprovação de Iben e de Anne-Lise.

Ninguém responde.

"Muito bem. É melhor sermos boazinhas."

Ela ainda está se esforçando para parecer a velha Malene, mas mesmo este comentário tem um tom falso. Em geral elas sempre se levantam e voltam a suas mesas, mas não desta vez. Iben e Anne-Lise não acabaram de comer. Só depois de vários minutos Anne-Lise empurra a cadeira para trás. Iben a segue de imediato. E Camilla faz o mesmo.

Depois do almoço, Camilla começa a comparar uma seleção de hotéis escandinavos. O CDIG pretende dar um pequeno seminário internórdico. Paul lhe pediu para fazer uma lista comparativa das vantagens e desvantagens de cada um, bem como de seus preços, para que ele possa tomar uma decisão bem fundamentada. Isto é, quando ele finalmente aparecer. Ela peleja com números e taxas de câmbio. Enquanto isso, os usuários do Centro continuam telefonando.

No meio disso tudo, Malene a importuna. É óbvio que, como não conseguiu vencer as outras quando as escolheu como alvo, Malene percebeu que sua única chance era de as duas somarem forças. Assim, Camilla não teve um momento de paz a tarde toda, porque Malene continua aparecendo para conversar sobre uma coisa ou outra — programas de TV, ou fofoca sobre o conselho, ou os usuários.

Camilla responde o mais brevemente possível à tagarelice de Malene e continua olhando os itens do hotel no monitor. Pelo menos é satisfatório conhecer seus truques e saber como se proteger.

Quando Camilla sai para pegar uma nova caixa de etiquetas no depósito, Malene logo aparece.

"Camilla, quero que saiba do seguinte. É muito importante que você entenda como Iben reage às coisas."

Mas agora Camilla está decidida a ignorar tudo o que Malene diz. Ela finge procurar por alguma coisa em uma das prateleiras, mas Malene continua:

"Iben teve que fazer tratamento psiquiátrico quando tinha 19 anos. Ela está longe de ser estável como gostaria de aparentar. Na época, tinha muito mais raiva e era mais ansiosa do que é agora. Na verdade ela andava pelas ruas com uma faca presa na perna. Isto é, depois que começaram a ameaçá-la."

Camilla se vira para olhar Malene.

"Sabe, pode ser que Iben tenha problemas de identidade", continua ela. "Uma personalidade dividida, se preferir. E se foi ela quem mandou os e-mails? Talvez ela não consiga encarar quem realmente é e isso a esteja colocando contra nós duas."

O que Malene também está sugerindo é que Iben pode ter sido a pessoa que despejou óleo na escada do prédio dela e retirou o corrimão da frente da vidraça. Ela só não diz isso.

Camilla não consegue se livrar do fato de que pode haver alguma veracidade no que Malene fala. É verdade que por uma ou duas vezes Camilla percebeu um volume estranho por dentro da calça de Iben. Será que Iben tem uma faca presa na perna o tempo todo? Será que ela está prestes a ficar paranóica? E também perigosa e agressiva? Talvez ela esteja doente há muito tempo.

Depois das revelações de Malene, Camilla encontra um pouco de pesquisa a fazer na biblioteca. Passando atrás de Iben, quer ver se ainda há um volume em algum lugar nas pernas da calça e dá uma olhada no que Iben está escrevendo freneticamente a semana toda, entre os telefonemas para a Iugoslávia e as dificuldades que cria para ela.

Camilla descobre que é impossível ver qualquer protuberância debaixo da roupa de Iben e, sempre que se aproxima, Iben fecha a janela do documento. Nos últimos dias, Iben vem imprimindo alguma coisa quase a cada hora, o que em geral faz quando está escrevendo um de seus longos artigos para o *Jornal do Genocídio*. Mas, pelo que Camilla sabe, Iben não está programada para mandar outro artigo desses tão cedo.

O fervor de Iben deixa Camilla nervosa. Talvez ela esteja inventando um monte de mentiras sobre Camilla e Dragan para mostrar a Paul quando ele voltar. O que mais pode ser? Será que Iben pesquisou mais sobre eles? Ela vai conseguir a demissão de Camilla?

Camilla não consegue vasculhar o cesto de lixo de Iben em busca de páginas impressas, mas no final da tarde os faxineiros às vezes colocam o conteúdo dos cestos no imenso saco na sala da impressora. Ela terá de dar uma olhada. O saco está cheio. Talvez ainda haja ali a papelada do dia anterior.

A porta da sala da impressora não pode ser trancada. E se alguém aparecer e a encontrar vasculhando o saco preto cheio do lixo dos outros? Qual será sua desculpa?

Camilla não consegue pensar em nenhuma. Ela fica imóvel e escuta. Nenhum som, nenhum passo se aproximando, nem vozes. Mas quem disse que ia ouvir alguma coisa? Camilla espia do lado de fora. Neste exato momento, Iben desvia os olhos do monitor. Camilla dá um sorriso duro. Nenhuma reação. Iben não sorri, só continua escrevendo.

Camilla fecha a porta e continua sua busca. A primeira camada é composta de papel de embrulho dos livros que chegaram para Anne-Lise esta manhã, e a seguinte é de resmas de impressos do banco de dados. Depois, quase no fundo, Camilla encontra o conteúdo dos cestos de lixo do dia anterior. Exatamente como esperava.

Ela folheia vários maços de impressos sem os tirar do saco. Depois escava mais fundo. Bem no fundo do lixo há uns pedacinhos de papel rasgado. Alguém teve o trabalho de picotar sua obra antes de jogar fora. Camilla leva alguns fragmentos maiores até a janela e começa a ler:

COLOGIA DO MAL IX

Somos ratos! Ratos de laboratório. Só condenados
correm no labirinto segundo leis psicossociais
que não conhecemos.

Ela une mais pedaços no peitoril da janela.

s interes
gan quando um dia li em um jornal sob
vestigação sobre o trânsito em um estacionamento. As pessoas levaram muito tempo para sair de sua vaga se outro carro esperava para

estacionar ali. Os homens deixam seus lugares mais rápido se o carro que espera é de uma marca de prestígio.

As mulheres eram indiferentes à marca e ao suposto preço do carro que esperava. Nenhum dos motoristas sabia que estava agindo de acordo com estas regras. Eles só faziam o que faziam. Todos somos previsíveis. Somos ratos.

Camilla não duvida nem por um segundo que foi Iben quem escreveu isso. Ela não consegue pensar no que fazer consigo mesma ou com Dragan. Os pedaços restantes são pequenos demais para fazer sentido.

assassinos entre nós que não reconhe
Gunnar um dia no futuro

Camilla mergulha no saco de novo. Fitas de plástico e bordas de papelão espetam sua axila. Mas desta vez, quando emerge, tem todo um punhado de pedaços de papel. Alguns parecem formar um texto, que ela monta no peitoril da janela.

LOGIA DO MAL X

Também foi Primo Levi quem escreveu sobre o severo
tre prisioneiros quando estava em Auschwitz: "É ingênuo, absurdo e historicamente falso acreditar que um sistema infernal como o nacional-socialismo santifica suas vítimas; ao contrário, ele as degrada, as torna parecidas com ele mesmo."

O estilo desses fragmentos sugere um artigo acadêmico, mas não parece provável que Iben esteja escrevendo para o *Jornal do Genocídio* nem para o site do CDIG. É muito incoerente e repetitivo.

Somos escravos de
previsí
errível! Não somos nada a não ser ratos! Como pode um ser hu
deixar de ser

No Jardim de Inverno, ela ouve as outras falando:

— Oi, Paul!

— Paul, olá! Aí está você!

Depois a voz de Paul, alta e animada.

— Hora da festa!

Camilla esconde apressadamente os pedaços de papel sob duas caixas e corre para encontrá-lo.

Todos estão ali. Paul parou pouco além da porta da frente. Tem um sorriso amplo e acena com uma garrafa de champanhe.

— Voluntárias, por favor! Quem vai pegar os copos?

Mas as mulheres estão curiosas demais e nenhuma delas quer sair dali.

— Ei, Malene! Pode pegar cinco copos na cozinha?

E depois ele começa a lhes contar o que aconteceu.

— Frederik saiu do conselho! O único obstáculo para nossa sobrevivência não existe mais!

Iben precisa perguntar:

— Ele foi embora? Mas...

Paul dá um tapinha em seu ombro e responde antes que ela possa terminar a pergunta.

— É isso mesmo, não estou em condições de votar pela saída dele. Nem ninguém mais, nem mesmo Ole. O único jeito era ele renunciar.

Anne-Lise se intromete.

— Ele renunciou? E nós pensamos que podia ser você que Ole...

Rindo, Paul a interrompe.

— Sim, mas não pode. Se eu não estiver aqui como chefe, não há financiamento do Estado para o Centro. Parece que Ole se esqueceu disso temporariamente.

Anne-Lise, que está parada atrás de Iben, avança um pouco.

— Paul, o que você...

— Um velho amigo meu é porta-voz deste setor no partido que detém o voto decisivo. E o CDIG recebe suas dotações dependendo da palavra dele. Ou não recebe.

Iben entende rapidamente e começa a rir também.

— Você tem um amigo que... Entendi! É claro que tem!

Anne-Lise não está satisfeita.

— Que partido é esse?

Paul se apóia na mesa de Malene.

— Anne-Lise, adivinhe!

— Seu velho amigo é parlamentar do Partido Popular Dinamarquês? Aquele em grande parte racista?

Paul sorri com orgulho.

— É. É isso mesmo.

Depois ele percebe o olhar na cara dela.

— O que quer que façamos aqui, estamos fazendo para servir a nossa causa. Isso é tudo o que importa.

— Sei. Mas e agora?

— Vamos continuar como sempre. Mas agora temos um novo troféu para colocar em nossa coleção. E o risco de ficarmos sob a autoridade do IDHD é um pouco menos iminente.

Malene volta com os copos e tenta acompanhar a conversa.

— E Frederik, e ele? Vai tolerar a decisão de Ole de deixar você ficar?

— Não. Isso ele não vai fazer.

Malene olha em volta para encontrar os olhos de alguém.

— Frederik e Ole não são mais amigos? Ele está saindo do conselho?

Paul começa a abrir o champanhe.

— Malene, é exatamente por isso que estamos comemorando!

A rolha se solta e vai aterrissar em uma estante, no alto. Camilla olha para Iben. Se não tivesse visto sua raiva esta manhã, ou ouvido a história sobre o passado dela, ou lido os fragmentos de seu artigo, bem, teria pensado que Iben era quase normal. Sempre que Paul diz alguma coisa que deveria ser engraçada, Iben ri mais alto e por mais tempo do que de costume. Dá a impressão de já ter bebido algumas. Camilla beberica o champanhe e amaldiçoa o dia em que permitiu que Dragan entrasse em sua vida. Três anos se passaram desde que ela soube de todas as coisas que Iben agora descobria sobre ele. Quando pensa nos homens de sua vida, fica tão grata por Finn. Depois de Dragan, casar-se com alguém como Finn foi a melhor decisão que podia ter tomado.

Malene não tocou no champanhe e parece inquieta.

— Paul, ficamos tão preocupadas com você... E com o Centro também. Com todas nós. Você desapareceu tão de repente, e depois pensamos: talvez Ole tente...

Paul olha as bolhas em seu copo, balançando-o delicadamente para os lados para que elas subam.

— Eu estava pensando em todas vocês também, Malene. Mas a situação ficou mais complicada do que eu esperava porque um grupo de políticos tinha acabado de sair em uma viagem de inspeção ao Iraque. Então eu não podia me reunir com as pessoas que precisava ver... Pelo menos até que voltassem. Eu não havia previsto isso.

Quando termina de servir o champanhe, seus olhos encontram os de Malene.

— E se o conselho pretende trabalhar como uma equipe, Ole não poderá ter a chance de me dizer as coisas erradas ou me mandar uma carta de que se arrependeria mais tarde. Tudo deve ser adiado.

Iben tem mais perguntas.

— Paul, quando disse que não havia previsto isso, quis dizer...? Sabe, quando Gunnar estava aqui e Ole apareceu "por acaso"...? Você planejou isso?

Paul ergue o copo para ela e dá um sorriso exultante.

— Estritamente *off the record*.

Camilla fica em silêncio. Sua atenção está se dispersando. O ambiente no escritório de repente fica muito animador, e ela percebe agora que alívio é ter lido os rabiscos de Iben, sem nenhuma menção a Camilla ou Dragan em parte alguma. Ela suspira e toma um gole ávido do copo.

Iben tem insistido, dia após dia, que Camilla está mentindo. Mas agora parece certo que Iben não sabe mais sobre seu passado do que já anunciou.

Camilla vai se sentar em sua cadeira. Agora está muito cansada. Seria um sonho se este novo e jovial Paul lhes dissesse para tirar o dia de folga, mas é claro que ele não ia fazer isso. Ele serve mais champanhe a todos e derrama um pouco em seu casaco preto. Isso não parece preocupá-lo. Ele está a toda.

— Eu deveria ter comprado outra garrafa!

O copo de Malene ainda está cheio, mas Iben e Anne-Lise querem mais.

Como é possível que Paul não veja como tudo mudou enquanto ele estava fora?

Ele ergue o copo em outro brinde. O terceiro, no mínimo.

— Malene, esta comemoração é para você também! Nenhuma de vocês precisa se preocupar mais. Nosso Centro tem futuro. Somos mais fortes do que nunca. Este é um bom dia para os estudos de genocídios!

Iben

48

Tudo começa sem o menor sinal de alguma coisa fora do comum.

Uma professora do Missouri está falando ao telefone com Iben.

— Na minha opinião, nós complicamos demais o processo que leva ao genocídio. Fundamentalmente, é fácil de entender. Depois que um grupo demográfico vê vantagens em matar outro, é incitada um seqüência de mecanismos psicológicos. Aos poucos, são feitos ajustes adequados na ideologia do grupo. A história é revisada de acordo com isso. Surgirão espontaneamente intensos debates públicos e, passo a passo, será desenvolvido o fundamento intelectual para o extermínio.

Ela continua.

— No final, a verdade cabal é que os membros de um grupo matam os membros de outro. A única possibilidade de impedi-los é a comunidade mundial demonstrar que está atenta à situação e não vai tolerar nenhuma atividade criminosa.

Iben faz objeção, mas só para que a discussão prossiga. Na verdade, ela está tão farta de seus próprios argumentos, que soam ingênuos e meio dinamarqueses, que quase deseja que a contradigam. A professora atende.

— Sabe, Iben, mais cedo ou mais tarde todo mundo percebe o falseamento da história que leva ao genocídio, a ideologia e assim por diante, e decide que deve ter sido isso que o incitou. Mas examine os genocídios com os quais você está mais familiarizada e verá que, no fim das contas, os exterminadores sempre são impelidos pelo egoísmo. Não importam as histórias que eles usem para convencer a si mesmos ou o mundo. Ou suas vítimas.

Mais tarde, naquele mesmo dia, Iben sente náusea e tremor. Ela definitivamente não está bem e toma duas aspirinas, embora não consiga identificar nenhuma dor.

A edição do *Jornal do Genocídio* sobre a Turquia foi muito atrasada pelos transtornos dos últimos dias. Ela precisa tentar se concentrar. Mesmo assim, uma hora antes de terminar o dia de trabalho, não consegue mais ficar sentada ali. Precisa ir para casa.

Esta angústia não lhe é estranha — ela a reconhece de quando tinha 19 anos e sofreu um colapso nervoso: seu corpo está acometido por alguma coisa, como se ela tivesse contraído uma doença terrível, mas nada dói.

Está apavorada com a possibilidade de ser mandada a uma clínica psiquiátrica e voltar a tomar remédios. Muitos de seus antigos companheiros de tratamento provavelmente só são capazes de viver com a ajuda de drogas que subjugam a mente. Dez anos antes, Iben teve de lutar para recuperar a estabilidade e conseguir trabalhar, e não tem certeza se consegue fazer isso de novo.

Antes de sair do trabalho, dá uma olhada para certificar-se de que não há nenhum homem de cabelos escuros e queixo quadrado esperando na rua. É inútil, porém. Não se pode ver bem daqui de cima. Talvez Dragan Jelisic esteja ali. Talvez não.

Iben anuncia que precisa ir para casa porque está com dor de cabeça. Rapidamente verifica a imagem da câmera na tela. O hall de entrada está vazio. O elevador também. Ninguém espera por ela na rua.

Ela vai para casa de bicicleta. É um dia de fevereiro que não está tão frio. Então percebe que seu equilíbrio é deficiente demais para continuar pedalando. Pára a bicicleta a poucas centenas de metros do CDIG.

Homens, com sorrisos largos no rosto, seguram várias cabeças humanas nas mãos. Imagens de arquivo flutuam nas visões de sua mente.

Nós distorcemos nossas lembranças quando isso serve aos nossos propósitos. Nossos pensamentos também. Não podemos confiar nem em nossos sentidos; remodelamos as mensagens que eles mandam de modo que se adaptem a nossas necessidades.

Até que ponto o que estou pensando não passa da racionalização egoísta *post-hoc* de que a professora estava falando?

Quando defendi Anne-Lise, eu acreditava que era boa. Estaria mentindo para mim mesma? Minha opção de arriscar meu emprego e minha amizade com Malene foi baseada em nada mais do que uma noção do que seria vantajoso para mim?

Três milhões de cadáveres espalhados pelos arrozais do Camboja. Todos chacinados por seus próprios conterrâneos, acreditando que estavam certos — mas também porque achavam que podia haver alguma vantagem para si.

Cinco crânios, projetando-se de um fosso cheio de água. Plantas, lançando seus ramos para cima, em volta e entre eles.

É claro que eu posso ganhar com a perda de minha amiga. Eu estaria livre para namorar Gunnar. Além disso, estaria livre do dever de ajudar Malene, cuja artrite só vai piorar com o tempo.

Como eu pude acreditar que estava fazendo um sacrifício por resistir aos maus-tratos? Mas não acreditei nisso. Eu verdadeiramente pensei que era difícil tomar a decisão que tomei. Senti-me heróica. Verdadeiramente boa.

— Ei! Olha por onde anda!

Iben caminha de cabeça baixa, sem olhar aonde vai. Agora ela quase caiu sobre um buldogue branco e pequeno. Gemendo, ele pula de lado contra um muro, obviamente pensando que está prestes a ser pisoteado.

O dono grita com ela enquanto puxa a guia vermelha e comprida do cachorro.

— Não é a dona da calçada, sabia?

— Desculpe. Sinto muito! — ela suspira.

Enquanto isso, um pensamento grudou nela. É isso! Embora tenha me visto como idealista, eu menti para mim mesma. Esse é o ato cruel que no fundo me vem corroendo o dia todo. Eu não consegui entender. Mas, agora que sei, minha náusea vai diminuir e desaparecer.

Mas a sensação de intranqüilidade e mal-estar não a deixa. Ela endireita o corpo e olha em volta. Não foi muito longe. Ninguém parecido com Jelisic. Ela olha as ruas nas duas direções. Os pedestres são poucos e espaçados, mas ele pode estar em um dos carros. O trânsito parece não ter fim.

Ela não pode se defender de um homem em um carro.

Não pode ir para casa agora.

Jelisic poderia encontrá-la, sem nenhum problema — lá não há porta revestida de aço, nem câmera de circuito interno. Se fosse para casa, não conseguiria relaxar.

As ruas movimentadas são seu melhor esconderijo. Ela agora anda rapidamente, com passos largos e decididos. Isso ajuda contra seu tremor, que fica mais fraco quanto mais rápido ela anda.

Nada de Jelisic no retorno da Vibenhus ou na rua Tagens, nem na Nørrebro.

Ela praticamente voa, uma rua depois da outra, correndo para fugir de Jelisic e do mal que sente em todos que alcança. Ela sabe que, em dado momento da vida, cada uma das pessoas por quem ela passa fez coisas cruéis com outra, mas elas não pensam mais nisso. Todas fingem que são inocentes.

Se pensassem que os beneficiaria, esfaqueariam o homem ao lado pelas costas, cada um deles. Só a falta de oportunidade determina se eles se tornam assassinos genocidas ou não. Se seus líderes comunitários apertarem os botões certos, estas pessoas sairão à caça de imediato.

Quando chega à Nørrebro, há mais pessoas ali e é mais difícil manter distância.

Iben pode sentir o mal dentro de um jovem que passa bem na frente dela. Ele veste um casaco comprido e leva uma pasta, mas ela o vê dentro de um helicóptero do exército russo, atirando brinquedos minados para matar crianças no Afeganistão. A impiedade escoa de seus poros e o cheiro formiga dentro das narinas de Iben, como os refrigerantes de limão recém-abertos, lembranças da infância.

Dá uma guinada para passar por ele, sobe na ciclovia e ouve a buzina de dois ciclistas que se aproximam por trás. Iben salta para a calçada de novo.

Pára ao lado de uma jovem que anda em sua bicicleta velha com um assento para crianças na garupa. É o tipo de pessoa que, como enfermeira formada, ajudou a eliminar inválidos em câmaras de gás bem antes da Segunda Guerra. A marca de sua maldade fede como a carne podre deixada em um saco plástico que você se esquece de jogar fora antes de sair de férias.

Sou como um rato, diz a si mesma. Meu olfato é o de um rato. Um rato de laboratório.

Quando estimularem um pedacinho do meu cérebro com uma corrente elétrica, vou correr para um lado, e quando estimularem outra parte, irei para a direção oposta. Como todo mundo faria. Os psicólogos sociais podem prever o que você fará a seguir. E quando um pesquisador me colocar em uma gaiola com outro rato, vamos nos dilacerar e nos morder até que um de nós morra.

Independentemente das idéias intelectuais que usamos para nos exibir, é isso que fazemos. Ratos de dentes afiados, sem livre-arbítrio.

Um garotinho está preso na cadeirinha da garupa da bicicleta. Ele dorme e sua cabeça, no pequeno capacete, está caída. O macacão jeans que veste está aberto no pescoço, e o cheiro do mal sai dele como fumaça de mato queimado.

Estou doente, pensa. É óbvio. Não é normal sentir o cheiro das pessoas desse jeito. Nem pensar desta forma. Em seguida ela está suando copiosamente no casaco fino. Todo o seu corpo fica molhado e frio.

Ela sabe por quê. E ela sabe que não quer pensar no que está por vir. Sua náusea aumenta, até que por fim ela vomita. Apoiada em um cartaz de propaganda de um restaurante árabe, o conteúdo de seu estômago é bombeado para fora e cai na sarjeta.

Não tive uma crise dessas no trabalho uma noite? As outras tinham ido embora. E me lembro de como estava furiosa comigo mesma. E com Malene. O que eu fiz lá? Foi alguma coisa que aliviou a pressão. Algumas pessoas quebram louças ou se cortam. O que eu fiz?

O que eu estava fazendo? Sei que estava escrevendo. Quando piro, eu escrevo ou leio.

Ela chora.

Estou mentalmente doente. Não quero ficar doente. É abominável. Quero ser capaz de trabalhar no CDIG. E morar com Gunnar.

Eu quero uma vida.

Não tenho muito mais tempo. Logo, logo os outros vão perceber que eu é que sou a anormal. Sou a única no trabalho que esteve em uma ala psiquiátrica. A única que Frederik chamou de "Batgirl", porque ele — como os demais — sabe que eu sou diferente. Sou a única que anda voluntariamente por aí há quatro meses com uma faca presa na perna.

Ela esfrega a boca com as costas da luva e limpa o vômito. Ainda está apoiada no cartaz. Lembra que, depois da noite no escritório, teve dor de cabeça quando pedalava para casa.

Eu estava doente então. Como agora. Quando passei pela rua São Kjeld, fiquei dizendo a mim mesma: "Não sou assim, eu não fiz isso." E no entanto lembrei que era assim que eu fazia. Mas, quando entrei na rua Jagt, tudo ficou muito distante, como uma história de alguém numa festa tarde da noite. Quando cheguei à Tagens e em casa, tinha parado de dizer que "não fiz isso".

Sua capacidade de raciocinar se foi. Ela quer se deitar, mas não pode fazer isso na calçada. A melhor coisa a fazer seria se sentar em um banco por algum tempo ou talvez entrar em uma loja para descansar, mas isso também está fora de cogitação. Ela se sente mais segura de Jelisic enquanto está em movimento. Agora precisa correr, ou ele vai encontrá-la.

Tenho a sensação de ter escrito a verdade. Parecia tão correto: "Você, Malene Jensen, jurou, por sua crueldade secreta..." E depois: "Você, Iben Højgaard, por seus atos foi reconhecida como hipócrita entre os homens."

Ela avança, os músculos parecendo mais fortes agora que vomitou.

Na frente da Estação Nørrebro, ela pára. Agora, aonde deve ir? Iben quer ir para o apartamento de Gunnar. Ele entende de perigos. Vai saber que ela deve se proteger de Jelisic. Mas ele não deve vê-la neste estado. Pelo menos ela tem presença de espírito para entender isso.

A outra coisa que tem vontade de fazer é ir à casa de Malene e lhe contar como lamenta. É uma boa idéia, embora não consiga imaginar que Malene vá perdoá-la.

Escureceu. As luzes nas lojas e nos carros formam padrões inconstantes em volta dela. Iben precisa esgotar o cérebro, afogar as emoções. Outras pessoas podem tomar tranqüilizantes ou jogar água fria no rosto, mas ela consegue o mesmo efeito trabalhando intensamente. Ela precisa se concentrar agora para se distrair de todas essas emoções.

Ela vai formular todo um artigo em sua cabeça, sem deixar espaço para nenhum outro pensamento. Mais tarde, só o que terá de fazer é escrever.

A Psicologia do Mal XXII

Aqui, os artigos anteriores do Jornal do Genocídio *são acompanhados de um relato dos processos, descobertos por psicólogos sociais, que permitem que os perpetradores cheguem a uma fase em que são capazes de realizar um assassinato depois de outro.*

Por Iben Højgaard

O psicólogo social Albert Bandura recrutou um grupo de estudantes para que o ajudassem com "um estudo experimental do aprendizado" que também envolvia um grupo de alunos de outra universidade...

Ela pensa em Omoro naquela choça do Quênia.

Nunca terei oportunidade de lhe pedir que me perdoe. Ele morreu porque eu hesitei. E eu hesitei porque vi uma vantagem para mim em me refrear. Ele agora está morto.

Ela tenta mais uma vez.

A Psicologia do Mal XXII

Aqui, os artigos anteriores do Jornal do Genocídio *são acompanhados de um relato dos processos, descobertos por psicólogos sociais...*

Duas jovens saem de uma butique. Sua aura de crueldade tem cheiro de picles e peixe podre.

A concentração de Iben está sumindo. Ela se apóia em uma parede e tenta pegar o fio da meada.

O psicólogo social Albert Bandura recrutou...

Seus "ajudantes" deviam auxiliá-lo em um experimento administrando choques elétricos em membros do outro grupo quando eles não se saíssem bem em testes. Assim que estavam prontos para começar, o grupo de ajudantes ouviu "sem querer" um assistente falar dos "alunos".

Eu sei por que todo mundo me elogia, pensa: porque eu corri para os policiais de Nairóbi e tentei fazer com que eles ajudassem os reféns. A imprensa, como meus amigos, falou sem parar que eu coloquei minha vida em risco para salvar os outros. É porque eles precisam ouvir essas coisas — ser tranqüilizados de que a bondade existe. Eles sonham com isso. Eles vêem na televisão. Mas é tudo mentira! Aqueles poucos segundos só provaram que eu não concebia a possibilidade de que a polícia espancasse ou matasse uma mulher branca. Eu acreditava que não corria perigo. A cor branca me tornava invulnerável, ou assim eu pensava.

Ela reconhece a portaria do prédio de Malene. Iben deve pedir perdão a ela. O perdão seria um alívio. Ou talvez não?

Malene não atende o interfone, então Iben usa a chave para entrar e subir para bater na porta.

Ninguém atende. Ela pode entrar, mas não faz isso. Bate novamente.

Ao descer, não consegue ver os padrões dos grandes vitrais, porque está escuro demais lá fora. Um painel de vidro liso foi colocado na vidraça de Rasmus.

Ela precisa se recompor. Não pensar em nada a não ser no artigo.

A Psicologia do Mal XXII

Aqui, os artigos anteriores do Jornal do Genocídio *são acompanhados...*

O psicólogo social Albert Bandura recrutou um grupo de estudantes para que o ajudassem com "um estudo experimental do aprendizado"... Somos ratos, todos nós.

Apesar do que foi escrito na revista antes. Somos simplesmente

Apesar do que foi escrito na revista antes, nós podemos

Apesar disso, deve-se admitir que agora estou doente. Tão pavorosamente doente que não consigo mais pensar.

Iben, concentre-se!

A Psicologia do Mal XXII

Aqui, os artigos anteriores...

As muitas mentiras apresentadas em nossa revista são... A verdade é... Também estamos na cabeça dos outros. Assassinem-se quando ninguém estiver vendo. As teorias hipócritas anteriormente descritas no *Jornal do Genocídio* são...

Iben agora não consegue andar. Ela se senta em uma lixeira no ponto de ônibus. Terá que vomitar de novo em breve. É toda essa gente que traz isso — seu cheiro: fritura, urina, cloreto; decomposição. Ela está desaparecendo. É tão difícil manter o controle. Só o trabalho para se firmar, e o pensamento lógico.

A Psicologia do Mal XXII

Aqui, os artigos anteriores do Jornal do Genocídio *continuarão, doentiamente como sempre, e... incapaz de pensar mais. O motivo é que todos somos ratos e estamos prontos para arrancar a cabeça um do outro.*

Vou ficar sentada aqui, apesar dos ratos humanos que fedem... No alto de uma lixeira em um ponto de ônibus... E em nome do Centro Dinamarquês de Informações sobre Genocídios... Maldade até sob minhas unhas, fazendo com que cheirem mal, e por dentro... As rugas prematuras em meu rosto. Em minhas células, em meu DNA. Em mim.

Eu desisto.

Um casal apaixonado espera pelo ônibus. Eles não olham na minha direção. Vestem o mesmo tipo de casaco comprido, cor de caramelo, e não estão nada interessados em uma mulher desnorteada sentada em uma lixeira.

Agora uma adolescente aparece para esperar. Tem nomes de bandas e cantores pintados em toda a mochila, como eu tinha quando adolescente. Ela tem mais ou menos a mesma idade de um monte de soldados do Khmer Vermelho do Camboja. Eu sei o que ela pode fazer com esse casal.

E os namorados? Parecem tão inocentes. "Esperando o ônibus", é só isso.

Mas de perto você vê que a gordura vaza de seus poros — vermes longos e amarelados. Estes dois, seu fedor não vai sair, embora eles provavelmente tomem banho todo dia. Não devia ser assim. Nunca.

Eu não devia ter adoecido de novo. Devia estar com Gunnar, na cozinha da casa dele, arrumando o pão e os pratinhos para um delicioso almoço de domingo. Ele viria e ficaria atrás de mim, e me abraçaria com força enquanto beijaria meu pescoço. E as duas filhas dele, que são minhas também, estariam correndo pela casa, entrando e saindo da cozinha.

Conheço muito bem esta cena. É como deveria ser. E nós teríamos sido tão felizes. Não teríamos matado ninguém, nem ele, nem eu. Nenhum de nós teria sofrido de paranóia ou adoecido da cabeça.

Agora eu sei que nunca vai acontecer. Vou ficar estranha demais para ele. Não deveria — *não deveria* — ter sido assim.

Um homem alto de cabelo louro e comprido está se aproximando de mim. Ele fala comigo. Diz que quer colocar alguma coisa no lixo? Eu me levanto, mas ele continua falando.

Tenho que falar com ele.

— Quer usar a lixeira? É isso, a lixeira? Eu acabo de me afastar. — Depois me ocorre que o homem fala em inglês, com um sotaque arrastado. O que está dizendo?

— Agora me diga. O que você pretende?

Não entendo o que ele quer, mas concluo que é melhor mudar para o inglês também e repito a parte sobre a lixeira.

Ele parece irritado.

— Qual é o seu problema, Malene? Eu não ligo para essa lixeira. O que está querendo?

— O quê? Meu nome não é Malene.

Eu olho bem para ele. Ele pode ter sido um astro do rock do passado, antigamente foi bacana, mas está em decadência agora. Sua pele está em péssimo estado e ele ficou flácido, como os homens quando passam de seu auge. Quero que ele vá embora e me deixe em paz.

— Meu nome não é Malene.

Ele me olha nos olhos.

— Eu sei quem você é, Malene. Estava esperando por você quando saiu do Centro. E quando você saiu de sua casa.

Eu sacudi a cabeça.

— Entendeu tudo errado, eu não...

É neste momento que Iben percebe quem é o homem.

49

É como quando você está no ar, voando por cima do guidom de sua bicicleta. Depois, na fração de segundo antes de cair ao chão, todos os seus músculos se tensionam e sua mente de repente fica totalmente concentrada.

Como Iben pode escapar? Ela olha em volta. A uns cinco metros de distância de Iben e Mirko Zigic, um homem de aparência forte está parado com as mãos nos bolsos de sua jaqueta de piloto. Quando os olhos dele capturam os de Iben e ele percebe que ela o viu, os cantos de sua boca se contorcem um pouco — algo que não é bem um sorriso.

Na frente dele, a uns 15 metros, está parado outro homem. Ele também a observa. O cabelo é muito curto e há alguma coisa bem do Leste Europeu em sua calça e sua jaqueta de brim.

Agora ela olha de novo para Zigic, sentindo o peso da faca na própria perna. Seu coração está aos saltos. Será que ela levaria a melhor numa briga com ele? É claro que não. Será que estes homens têm outras armas além de facas? É claro que têm.

Zigic a interroga.

— Para quem você trabalha?

— Para o Centro Dinamarquês de Informações sobre Genocídios.

— Sei disso. Quem mais?

— Ninguém. — Ela não faz idéia do que ele procura e como deve responder. Deveria fingir estar confiante? Ser simpática? Patética?

Zigic já está irritado.

—Vai ter que me dizer! Quem são eles! E o que querem! Ou, então, nada de acordo.

— Eu não tenho idéia do que está falando. Trabalho para o CDIG e ninguém mais.

Ele a encara como se quisesse ver através dela. As palavras dela só parecem piorar tudo.

— Como é? Malene, quer que eu acredite que você mandou aquele e-mail por conta própria?

— Não mandei e-mail algum.

Iben não consegue entender por que não reconheceu Mirko Zigic imediatamente. Ele parece exatamente o homem das velhas e conhecidas fotos desenterradas pela Interpol. Por intermédio de um amigo em comum, Iben conseguiu as fotos de um analista de informações do equivalente britânico do CDIG. As fotografias foram acompanhadas de um vídeo e de documentos sobre os pais e irmãos mais novos dele. A família de Zigic também dera depoimentos, jurando que Mirko não podia ter sido o executor e torturador dos acampamentos sérvios. Ele era gentil, insistiam. Devem tê-lo confundido com outra pessoa. Era impossível que ele tivesse criado sua própria facção na máfia sérvia.

O vídeo era uma cópia reticulada em preto-e-branco da câmera de segurança de uma lanchonete de Munique. Pelo que a Interpol sabia, era a última vez que Mirko fora localizado. As imagens de péssima qualidade o mostravam, um homem alto de cabelo louro e comprido, tendo uma desavença com um dos balconistas sobre seu troco, ou coisa parecida. Depois Zigic pula por sobre o balcão. Ele pega a cabeça do homem, curva o pescoço para trás e empurra o cabo de um garfo de plástico branco em suas narinas. Ao retirarem o garfo, viram que Zigic causou tamanho dano cerebral que o homem morreu quase instantaneamente.

A câmera grava Zigic pulando de volta e saindo da lanchonete calmamente antes que alguém entendesse o que tinha acontecido. Desde então, ninguém mais o viu.

Iben sente um cheiro forte de genitais masculinos. Ela não tem certeza se vem dele ou se sua mente ainda está disfuncional.

Ele sorri quando percebe que ela está olhando o homem sobre quem escreveu. Por que esse alvoroço todo por conta de uma funcionária pública dinamarquesa comum?

Ele responde sem ser indagado.

— Não posso correr riscos, Malene. Você é uma mulher muito inteligente.

Uma pausa, e ele continua.

— Gostaria de lidar com isso pacificamente. Vamos fazer um acordo com você e seus chefes. Mas, se você e seu pessoal não colaborarem, vou me defender... pela força. E posso lhe garantir que não vai gostar nada disso.

— Tudo bem. Vamos conversar.

— Assim está melhor. Está sendo sensata. Agora, me diga para quem trabalha.

Um ônibus pára. Zigic avança um passo, só o suficiente para se colocar entre Iben e o ônibus. Ela não tem dúvida do que aconteceria se tentasse embarcar com os outros passageiros.

Ela observa os namorados com seus casacos compridos, a adolescente e alguns outros desaparecerem dentro da luz amarela e quente do ônibus. As portas se fecham com um ruído alto e o ônibus arranca, deixando Iben e Zigic parados no fedor do escapamento de diesel.

— Eu trabalho sozinha.

Ele ri alto.

— Isso é bom. Não vai me contar para quem está agindo. Acho que gosto de você. Mas deve saber que não sou idiota. Sei que o que está dizendo não é verdade. Se fosse, eu a mataria aqui mesmo. E você sabe disso também, Malene, você tem coragem.

Como se ela tivesse passado em algum tipo de teste, ele lhe sorri. Ela tenta sorrir também.

— Sim. Acho que sim.

Ela observa que a pele do rosto dele é estranhamente sem vida. É exatamente como Ljiljana Peric descreveu: entalhada em cera. De uma forma horrível, parece combinar com o cheiro que exala. Ela olha a rua escura. Ninguém está por perto, a não ser os homens dele.

— Agradeço por nenhum dos meus homens ter sido acusado. É bom, e entendo isso. Você quer fazer um acordo.

Iben não tem a menor idéia do que ele está falando. Obviamente, se ela quiser ter alguma chance de escapar dessa, precisa continuar calma e firme.

Ela pode fazer isso. É capaz de ficar imóvel, sem tremer, ela é capaz de olhá-lo nos olhos.

— Fico feliz que pense assim.

— Mas sabe o que queremos de você.

— Bom, não... Podem ser coisas muito diferentes.

Ele pestaneja.

— Então vamos, vamos para sua casa e ligamos seu computador. E veremos o que há nele.

Ele faz um sinal para seus homens, vira-se e começa a conduzir Iben na direção do apartamento de Malene.

— Só o que precisamos é recuperar minha agenda de endereços, junto com meu diário e todas as cópias de segurança. Por favor. Depois está livre para ir.

Enquanto eles andam, tudo o que Iben aprendeu passa por sua mente.

Ele aparentemente acredita que Malene tem um CD que contém não só a agenda de endereços dele, mas também informações que implicariam todos cujos nomes aparecem nela. Sem esse apoio, Zigic não conseguirá mais escapar das garras do Tribunal de Crimes de Guerra. Ele vai esperar pelo arquivo pelo tempo que acreditar que ela precisa ter. Mas, assim que perceber a verdade, vai matá-la. Ela está bem ciente de que ele estuprou e mutilou centenas de vítimas até que lhe dissessem tudo o que sabiam.

São só trinta metros do ponto de ônibus até a entrada do prédio de Malene. O homem de brim está postado do outro lado da rua, montando guarda.

Iben tem as chaves disponíveis, mas o homem da jaqueta de piloto quer se mostrar para o chefe. Já arrombou a fechadura e abriu a porta do apartamento de Malene quando Iben e Zigic chegam ao hall.

E se Malene estiver ali? Talvez ela não quisesse receber Iben mais cedo. Iben gostaria de gritar em alerta para dar a Malene a chance de fugir pela escada dos fundos, mas não há como. Além disso, se ela estiver em casa, eles vão matar Iben de uma vez e poupar Malene.

Iben prende a respiração, esperando pela voz de Malene. E se ela gritasse: "Iben! Não pode simplesmente entrar! Devia ter me devolvido a chave há séculos!", Zigic iria querer ver a identidade das duas e no momento seguinte iria se livrar de Iben. Ele não usaria uma arma, isto é certo. Alguma coisa silenciosa: um garfo de plástico, um pedaço de corda, as mãos nuas.

O Jaqueta de Piloto entra primeiro. Zigic empurra Iben e a segue.

Os homens não olham o apartamento com as pistolas em punho, como sempre fazem nos filmes americanos. Em vez disso, andam de um cômodo a outro, completamente à vontade, mas examinando tudo com cuidado, enquanto ficam atentos, como especialistas, a um possível ataque. Seus movimentos são silenciosos mas coordenados, e em um ou dois minutos sua inspeção é concluída. Eles verificaram todos os armários, cantos e esconderijos, acenderam as luzes necessárias e puxaram as cortinas. É como se tivessem praticado buscas em casas desde a primeira infância, pensa Iben, e agora as fazem com a facilidade com que dizem as horas ou amarram os cadarços dos sapatos.

Por sorte o apartamento está vazio, mas Malene pode ter descido para ir ao quiosque ou na loja da esquina. Será que vai aparecer em alguns minutos?

O quadro de avisos de Malene está pendurado na parede do corredor. Iben vai até o outro lado de Zigic e fala com ele, para que se afaste do quadro e olhe para ela. Antigamente, havia quatro fotos de Iben no quadro, mas, quando ela olha discretamente por sobre o ombro de Zigic, as fotos não estão mais ali. Em vez disso, há fotos de Malene com Rasmus, que ela havia retirado quando ele a deixou.

Na sala, Zigic se vira para ela.

— Primeiro, prove que tem o CD. Depois vamos conversar sobre o que você quer.

— O que o faz pensar que está aqui? Não sou tão idiota. Mantenho cópias em outros lugares. Preciso do dinheiro primeiro, depois entrego. E depois você consegue o CD.

— Entendo. Quanto quer?

— Eu diria um milhão de euros.

— Isso não é problema.

Iben adoraria dizer: "Que bom, vamos sair e pegar o dinheiro agora." É melhor não.

Zigic está sorrindo de um jeito que, tratando-se de outro homem, poderia ser atraente, quase estimulante.

— Agora vamos, Malene! Mostre para mim. Sei que está aqui.

— Isso não é verdade.

— É claro que tem uma cópia em seu computador.

Iben não responde. Tenta parecer confiante.

Zigic está começando a perder a paciência.

— Ligue o computador, por favor.

O jogo de "vamos fazer um acordo" acabou. Mas toda a sugestão de um acordo nunca foi realista — quem quer que tenha visto o arquivo deve morrer, e ela sabe disso.

O computador inicializa. O Jaqueta de Piloto diz a Iben para digitar a senha.

Iben sabe que a senha que Malene usava era "mufa", de "muito futuro adiante", mas ela pode ter trocado.

Nenhum dos homens diz nada. Ela precisa tentar alguma coisa.

Ela digita as letras. Isto precisa dar certo. Ela só tem uma chance.

Janelas se abrem no computador. Iben reprime um suspiro de alívio. O Jaqueta de Piloto a tira do caminho, clica em Pesquisar e digita "Zigic".

Enquanto esperam pelo computador, Zigic conduz Iben para o sofá e coloca a mão no ombro dela.

— Por que não se senta? Fique aqui no sofá. Leia uma revista ou qualquer coisa. Enquanto isso, vamos dar uma olhada no apartamento.

Por algum motivo, algo desmorona dentro dela. Ela não consegue mais reprimir as lágrimas e começa a chorar sem fazer nenhum som.

Ele fica ali. O que ele quer? Ele disse alguma coisa sobre ler uma revista. Há uma pequena pilha de revistas *Eurowoman* na mesa de centro. Ela pega um exemplar e abre, segurando-o diante do rosto. Por fim ele se afasta.

Agora ele está junto à estante de Malene. Ela o ouve retirar alguns livros, folheá-los e atirá-los no chão. Iben o espia de trás da revista. Ele levanta o braço e seu comando é como um grito:

— Leia!

Iben volta a olhar as páginas diante dela, mas o texto é um borrão. Há alguma verdade no que ele disse? Senão, por que ele se arriscaria a vir à Dinamarca?

É culpa de Malene se eu morrer agora, pensa Iben. Foi Malene quem esteve em contato com Zigic, e não Camilla. E, apesar do que os outros pensam, não era eu que estava sendo paranóica. Na verdade, fui a única a encarar a realidade.

Há outra coisa: isso significa que não fui eu quem mandou aqueles e-mails, afinal de contas. Eu me lembro de tê-los escrito, pelo menos pensei ter feito isso porque tudo parecia tão real, tão vívido e convincente, mas era só uma fantasia. Agora passou. Mas foi Malene quem os mandou? Desde que voltei do Quênia, ela tem estado cheia de ressentimento contra mim. Por que não seria ela?

Zigic terminou de vasculhar o conteúdo da estante. Encontrou uma caixa de CDs de gravação caseira, que ele põe ao lado do Jaqueta de Piloto. Se Iben ouviu corretamente, Zigic chama o Jaqueta de Piloto de "Nenad". Ela tem a impressão de que Nenad está inquieto, presumivelmente porque não consegue encontrar o arquivo.

Zigic desaparece no quarto e começa a mexer em tudo. Ela fica sozinha com Nenad, que está de costas. Por que eles não estão tomando nenhuma precaução para evitar que ela fuja? Eles nem a revistaram; não sabem que ela tem uma faca oculta ali. Será possível que não liguem a mínima, porque estão convencidos de seu próprio poder?

Seu bom senso está diminuindo. Ela quer desesperadamente acreditar que seus algozes a deixarão viva — que, afinal, realmente será possível fazer um acordo. Mas, se o trabalho dela no CDIG ensinou alguma coisa, foi que os perpetradores de genocídio sempre fazem com que as vítimas tenham esperança de que vão sobreviver se cooperarem, porque até o vestígio mais sutil de esperança é essencial para o plano deles. É mais fácil controlar as vítimas quando elas acreditam que o mundo ainda fará algum sentido e que, se não irritarem seus captores, elas sobreviverão. Com a guarda baixa, elas ficam mais fracas, menos capazes de resistir, o que torna sua execução tão fácil e inevitável quanto esmagar uma mosca.

Iben incita a si mesma a aceitar a realidade da situação. Não há esperanças. Afinal, os detidos do gueto de Varsóvia e do campo de Sobibor só se revoltaram quando encararam o fato de que não tinham nada a perder.

Nenad ainda está sentado, olhando em outra direção.

Ela se levanta, lenta e silenciosamente. Depois afasta-se um passo da mesa de centro.

A voz de Nenad é alta.

— Não!

Zigic de repente aparece na porta. Iben praticamente caiu no sofá e rapidamente levanta a revista até o rosto. Às cegas, espera pelo que virá a seguir, mas, quando espia de trás das páginas, Zigic voltou ao quarto. Ela olha uma matéria sobre bolsas. Como eles souberam? Será que Nenad viu sua imagem refletida em alguma coisa brilhante na mesa de Malene? Ou Zigic apenas passou por ali?

Um filme passa em sua cabeça mostrando a paisagem da Bósnia, os campos e os prédios, os cadáveres retirados de covas coletivas — pilhas de cadáveres com crânios rachados e dedos decepados; closes dos corpos em melhor estado; as marcas pretas das amarras que prenderam as vítimas de tortura a suas cadeiras.

Ela passou dois anos tentando entender homens como os que agora estão no apartamento de Malene. Será que o cheiro do mal em volta deles é diferente do cheiro das pessoas comuns? Só o que ela consegue distinguir é uma mistura de loção pós-barba e desodorante — loção pós-barba e desodorante caros. Zigic tem muito dinheiro.

Zigic volta à sala e anda por ali, testando as cadeiras de Malene, erguendo-as e sacudindo-as. Ele bate várias cadeiras no chão, escolhe uma, coloca no meio da sala e depois se vira para Iben.

— Tem algum barbante?

— Pode haver algum na quarta gaveta de cima para baixo na pia da cozinha — Iben não tem a intenção de dizer a ele que há um na escrivaninha de Malene.

Quando ele for pegar o barbante, ela vai ficar sozinha com Nenad por alguns segundos, sua última chance antes de eles a amarrarem e começarem a torturá-la. Ela precisa correr para a porta da frente. Será quase impossível livrar-se deles no corredor e na escada, mas ela se obriga a se lembrar de Varsóvia. E de Sobibor.

Todo seu corpo está tenso. Ela esconde o rosto atrás da revista. Eles não devem perceber. Agora ela se inclina para a frente. Seus calcanhares no chão.

Só que Zigic não foi à cozinha. Nenad foi.

— Vou fazer um café também.

Zigic e Iben ouvem Nenad abrindo e fechando gavetas na cozinha.

— Não tem nada aqui!

Zigic de repente se lembra de ter visto um rolo de barbante. Ele revira o conteúdo da escrivaninha no chão e o encontra embaixo do aquecedor. Vai até a cadeira e se vira para Iben.

— Malene, venha aqui. Vamos ter que deixá-la sozinha por um momento. Não será muito tempo. Mas acho que terei de amarrá-la a uma cadeira.

Não importa se ele está mentindo ou não, e ele sabe disso. O que ela pode fazer a não ser esperar que seu bom senso e todos os seus instintos estejam enganados?

Enquanto Zigic amarra os braços de Iben às costas, Nenad coloca a cabeça pela porta da cozinha. A cena não o incomoda em nada — deve ser rotineira.

— Ei, onde está o seu café?

Iben acha difícil falar, suas cordas vocais parecem cobertas de uma cola grossa.

— No vidro... perto do peitoril da janela.

Nenad parece ter outra idéia. Ele parece satisfeito consigo mesmo e ergue uma sobrancelha.

— Tem bolo ou biscoito?

— Não.

Zigic aperta o barbante. Ele fere os pulsos de Iben e dói muito — nada comparado à dor que está por vir. Logo ele vai encontrar a faca de Iben.

— Sabe de uma coisa, tem uns biscoitos. Só sobraram três. Ele deve estar comendo agora mesmo.

Zigic parece achar isso engraçado. Ele dá um puxão forte no barbante para se certificar de que ela não pode se mexer e vai até a cozinha.

Iben puxa a perna direita por baixo da cadeira o máximo que pode, alcança a faca e a pega. É uma coisa que ela praticou muitas vezes. Ela se corta enquanto dá estocadas com a ponta da faca no barbante, mas de repente seus braços estão livres e ela consegue se levantar.

Com a velocidade de um raio, ela desliza silenciosa para o corredor. Pode alcançar a porta sem ser descoberta.

O Roupa de Brim, porém, está guardando a escada. No momento em que ela destrancar a fechadura, eles vão ouvir na cozinha. Respira fundo algumas vezes. Alguém na cozinha atira alguma coisa; ela os ouve correr.

Ela gira a maçaneta e quase voa escada abaixo, os pés mal tocando os degraus. Eles estão apenas alguns metros atrás dela. À medida que se atira em um giro na escada, ela atinge o corrimão e quase tomba numa queda interminável. Agarra o corrimão com as mãos ensangüentadas para impedir que o corpo desabe nos degraus e a faca cai com ruído no chão. Esta quase queda acelera sua descida, mas ela precisa parar para pegar a faca.

Os homens atrás dela gritam em sérvio para o guarda abaixo.

Ele grita de volta:

— Tudo bem!

Iben já está no hall do andar térreo quando ele entra em seu campo de visão, subindo lentamente a escada na direção dela. É um homem grandalhão.

Ela se lembra exatamente de como é o pátio.

Se, como Rasmus, você estivesse descendo a escada e se lançasse pela janela, seu corpo cairia para a direita e seria trespassado pelas estacas da cerca; mas se você estivesse subindo, o ângulo da queda seria diferente. Deve ser possível se desviar do corrimão largo de aço e cair no asfalto, longe da cerca.

Iben dá mais alguns passos para baixo. O Roupa de Brim está chegando mais perto. Ela gira o corpo, encarando o patamar da escada. Com as mãos, pega o corrimão dos dois lados da escada e dá impulso com braços e pernas a toda velocidade. Seu corpo voa para cima e para a frente. No patamar, ela não vira a esquina, mas coloca um dos pés no corrimão e se atira nos antigos vitrais. Protegendo o rosto com os braços contra os cacos de vidro colorido, ela cai de uma forma menos desajeitada do que naquela noite no jardim de Anne-Lise. Imediatamente põe-se de pé, sem saber até que ponto se cortou. Corre junto ao muro até a entrada que dá no depósito coletivo de bicicletas no porão. Ela não ouve passos. A outra extremidade leva à rua atrás da casa de Malene.

Ela continua correndo. O ar agora está muito mais frio. Normalmente sentiria dor respirando as golfadas de ar gelado, mas não agora. Porém já está consciente da dor nas mãos e nos pés.

Enfim, chega à rua de Gunnar.

50

Ela se atira nos braços de Gunnar. Seu nariz está escorrendo e o pulso sangra, deixando manchas grandes e escuras na camisa dele.

Gunnar a leva para dentro.

— Iben, que diabos...

Ele seca o rosto dela delicadamente com a camisa e pergunta de onde vem o sangue. Iben chora tanto que ele não consegue entender o que ela tenta dizer.

Ele examina as mãos dela e começa a tirar fragmentos de vidro de sua blusa.

— Olha, Iben. Precisa tirar sua blusa e tomar um banho para que possamos ver onde está ferida...

— Eu quero me deitar.

— Claro que vai se deitar. Mas primeiro precisamos descobrir onde você está sangrando.

— *Eu quero me deitar!*

— Sim, sim. É claro. — Ele a ajuda a ir para o sofá.

A luz é muito forte. Ela fecha os olhos, mas a claridade não desaparece. Parece formar desenhos dançantes em suas pálpebras. Ela pede uma almofada para cobrir os olhos. Com o rosto parcialmente escondido, tenta se recompor.

— Precisamos avisar a Malene. É muito importante.

Ela tenta explicar o que aconteceu, mas o que diz soa deturpado.

— Vamos chamar a polícia agora, Iben.

Iben não responde.

— Tem certeza absoluta de que ninguém a viu entrar aqui?

— Acho que não.

— Tudo bem, então não há mais dúvida disso. Temos que ligar para a polícia.

— Espere. Só um pouco.

— Mas, Iben, é essencial...

— Apenas espere. — Todo o seu corpo treme.

Gunnar se levanta.

— Não vá.

— Só vou ligar para um médico.

— São só alguns cortes nas minhas mãos. É só isso. Parece pior do que é.

— Claro, mas...

— Gunnar, por favor. Não telefone para ninguém.

Ela o ouve se sentar em uma poltrona a seu lado.

— Preciso de toalhas de papel e uma tigela de água. Posso limpar seus cortes enquanto estiver deitada aqui. Está tudo bem, não é?

— Sim. Eu prefiro assim.

— Você é quem sabe... Só vou telefonar para alguém amanhã de manhã.

— É muita generosidade de sua parte. Eu só...

Quando Iben retira a almofada, a primeira coisa que vê é que a sala está cheia de livros, assim como a dela. O apartamento é grande, com espaço entre os móveis. O efeito é de uma certa incompletude, como se ele houvesse tido direito à metade da casa da família depois do divórcio e deixasse o tempo passar sem comprar nada de novo.

Ela olha para Gunnar. Quer que ele a abrace com força outra vez, como no momento em que ela chegou. Tenta se lembrar do calor do corpo dele. Achou um lugar seguro onde Zigic não vai encontrá-la e onde cuidarão dela. Iben toca a coxa de Gunnar com a mão e relaxa. Ela de repente arrota. Os dois dão uma gargalhada. Iben começa a se sentir bem o bastante para ficar constrangida na frente dele.

Passos lentos. Em algum lugar. Iben não consegue deduzir o que é, mas eles podem estar vindo de fora da porta, do outro lado da sala.

Ela reage sem pensar. Em um instante, a faca está em sua mão. A outra mão, ainda manchada de sangue seco, está agarrada a uma pedra laranja que estava na mesa de centro. Antes que Gunnar consiga dizer alguma coisa, Iben está de pé, pronta para lutar.

Malene entra na sala, uma toalha molhada em volta da cabeça.

— Iben? O que está fazendo aqui?

Malene está muito sensual. O cabelo e o corpo irradiam calor.

— Ah, não! *Meu Deus!* Iben? Meu Deus, o que você fez?

Iben pisca várias vezes e grita:

— O que foi que *você* fez?

— Mas... Eu não lhe contei? Gunnar e eu estamos juntos.

Iben não fazia idéia disso.

— Não, o que fez com Zigic?

— Zigic? Que quer dizer?

— Você roubou a agenda de endereços dele? Está chantageando Zigic?

— Não! De jeito nenhum! — Agora Malene parece apavorada. Ela deve pensar que Iben está fora de si.

Ainda assim, Iben não consegue reprimir um grito:

— Você e seus truques! Você quase me matou!

— O quê?

— Para quem você trabalha? Além do Centro?

— Mas, Iben, eu não entendo.

Malene é bastante crível, como se não tivesse feito nada de errado. É demais. Gunnar tenta intervir e acalmar as duas mulheres.

— Fique fora disso!

Ele estende a mão para segurá-la, mas Iben recua rapidamente e ergue a faca.

— Cuidado! Fique longe de mim!

Gunnar e Malene a encaram. De repente, Iben recupera o juízo.

— Ah, não, por favor. Gunnar, me desculpe, eu não quis fazer isso. Sabe que eu nunca...

Todos estão paralisados.

— É tudo muito confuso.

— Não se preocupe, eu entendo perfeitamente. Venha se deitar.

— Eu não sou assim... Não quero que pensem que eu...

— Iben, acredite, nós dois entendemos. Vamos cuidar de você.

Iben luta contra sua suspeita de que eles estejam colaborando com Zigic. Ela não deve ficar paranóica. Percebe as manchas de sangue no sofá. Gunnar não poderá mais usá-lo. Murmura "Desculpe" e se deita devagar, depois de devolver a pedra de Gunnar ao seu lugar.

Iben começa a contar a história a Gunnar e Malene, desta vez de forma mais coerente. Por várias vezes ela se interrompe para perguntar a Malene que tipo de contato ela teve com Zigic. Malene insiste que não tem nada a ver com Zigic, nem com os arquivos dele. Ele deve ter confundido Malene com outra pessoa.

Gunnar vai até a cozinha para pegar alguma coisa para Iben comer. Iben começa a limpar o braço esquerdo, mas Malene a detém.

— Iben, deixe que eu faço isso. Fique deitada.

Que estranho ser tratada por Malene. Durante os últimos seis anos, sempre aconteceu o contrário.

Pela primeira vez Iben sente o cheiro de sexo que paira no ar — como se Gunnar e Malene estivessem numa fúria sexual há dias, usando cada superfície disponível. Iben se sente tão amargurada. Tudo está desmoronando. A dor começa a dominá-la.

Malene deve ter percebido. Pega dois analgésicos fortes na bolsa. Iben fica deitada imóvel, esperando que os comprimidos surtam efeito, e olha as mãos de Malene. Enquanto ela estava cativa de Zigic, essas mãos acariciavam Gunnar.

Gunnar volta com uma garrafa de uísque, um prato de sanduíches e canecas de chocolate quente para todos.

Iben repete como Zigic a capturou.

Desta vez Malene diz que eles devem chamar a polícia.

— Mas e se um dos homens que me perseguiram viu para que rua eu corri, mas não em que porta entrei? Talvez eles ainda estejam esperando. Quando a polícia chegar, seus problemas serão resolvidos.

— Então era por isso que não queria que eu telefonasse antes!

Malene começa a murmurar.

— Não é só um pouco...

Mas, em vez disso, ela muda de estratégia.

— Acho que posso saber como tudo isso começou. Lembra a primeira vez que liguei para Rasmus no meu celular para contar a ele sobre as ameaças por e-mail? Ele falou na possibilidade de escrever um programa *spyware*. Ele ficou trabalhando no programa sempre que tinha tempo. A idéia era mandar ao remetente. Depois ele copiaria os dados do computador do remetente. Qualquer coisa... como uma lista de endereços e a agenda... e depois os dados seriam mandados para nós, para nos ajudar a pegar o criminoso. Mas eu não sei até agora o que ele conseguiu.

— Mas como Zigic sabe quem copiou os arquivos?

— Acho que não pode saber... A não ser que tenha conseguido seu próprio *spyware* depois da morte de Rasmus. Não sei. Mas digamos que ele descobriu meu nome pelas assinaturas que eu pago on-line pelo computador de Rasmus. Depois, se me procurou no Google, pode ter descoberto que trabalho no CDIG e pensado que eu tive alguma coisa a ver com a invasão ao computador dele.

— Isso simplesmente... Quer dizer que, se o software de Rasmus copiou tudo, deve haver um arquivo em algum lugar no seu computador que pode aniquilar toda a organização de Zigic. Contas bancárias, nomes de quem o apóia, dados das pessoas que ele está usando ou chantageando.

Malene se levanta e vai até o laptop. Ela faz log-on na conta de Rasmus, depois experimenta brevemente as outras identidades de e-mail que ele costumava usar.

Eles a observam em silêncio, Iben no sofá e Gunnar em uma poltrona. Gunnar está tão perto que Iben pode estender o braço e tocar nele.

De repente Malene grita, animada.

— É! É, olhem aqui! Rasmus mandou um e-mail com o programa anexado a lperic@brat.org.yu. Tem que ser Ljiljana Peric... a mulher que você entrevistou sobre Zigic.

— Mas por que ele mandou para ela?

— Não sei.

Iben tem uma idéia.

— E se ele quisesse ver se funcionaria com a versão sérvia do Windows? Isso faria sentido, não acham?

— Faria. E deve ter funcionado, porque no dia seguinte ele mandou um e-mail a revenge_is_near@imhidden.com e outro para zigl@tin.co.yu. Esse deve ser o e-mail de Zigic. Como será que ele conseguiu isso?

— E se o *spyware* o achou na lista de contatos de Ljiljana? Afinal, ela e Zigic eram colegas de turma. Ela deve conhecê-lo melhor do que deixa demonstrar.

Malene fala enquanto clica pelo e-mail de Rasmus.

— Olha. O *spyware* retornou o mail dos dois endereços. O cabeçalho mostra que o e-mail de Zigic é de um servidor sérvio. O outro foi mandado de um servidor dinamarquês.

Uma onda de náusea percorre Iben, o mesmo enjôo que a fez se sentar na lixeira do ponto de ônibus. O interior de sua boca parece ter sido revestido de um muco espesso.

Malene fala, meio para si mesma.

— Então, obviamente não foi Zigic quem mandou os e-mails ameaçadores. Foi alguém deste país. E o nome deve estar neste arquivo!

Gunnar e Iben se inclinam para a frente, esforçando-se para ver. A testa de Iben está coberta de gotas de suor. Ela tenta falar com entusiasmo, mas sua língua não parece se mexer.

— Imagine! Rasmus descobriu quem é.

A voz de Malene está seca.

— Descobriu mesmo. E depois morreu.

Acontece muito de repente. Alguma coisa se contrai dentro de Iben e seu nariz se enche do fedor de creosoto e banha de porco. Agora ela pode sentir o cheiro da maldade.

Iben se levanta do sofá num salto e consegue dar alguns passos na direção do banheiro antes de vomitar tudo o que comeu. Ela se ajoelha, como se estivesse prestes a mergulhar de cabeça. A poça de líquido é marrom, mais escura do que o mundo de crueldade em que antes ela quase desaparecera.

Gunnar e Malene vão ajudá-la, um de cada lado. A mão de Malene sustenta a testa de Iben.

— Iben, você deve ter tido um dia pavoroso. É compreensível, você simplesmente não agüenta mais.

A cabeça de Iben fervilha novamente com os mesmos pensamentos que teve mais cedo: e se minhas lembranças forem reais? E se eu mandei os e-mails e Rasmus descobriu? Eu saberia que ele podia destruir minha vida. Tudo.

Iben sussurra:

— Eu não me sinto muito bem.

— A gente está vendo. Não deve se preocupar.

Ela fecha os olhos e tenta pensar. Sua testa pegajosa está pousada na mão de Malene.

O que exatamente eu me lembro do dia em que Rasmus ia fazer a mudança? Ele estava muito sério e disse que tinha que "conversar comigo". Ele me falou do *spyware* e como o havia projetado. Eu esperava que ele tagarelasse sobre Malene e ele mesmo, mas começou a me dar uma aula de programação e... eu perdi a concentração. Depois eu o ajudei a levar as coisas para a van. Qual era o tema que ele abordou com tanta hesitação? Por que era importante conversar comigo?

— Iben, venha comigo. Vamos voltar para o sofá.

Malene fede a mijo.

Ela ouviu Rasmus falar de seu programa, mas depois o que aconteceu? Desci com alguma engrenagem de bicicleta? Uma lata de lubrificante sem tampa? Será que derramei lubrificante na escada, bem na frente da janela sem corrimão? Será que disse a mim mesma para limpar e avisar Rasmus? Vi minhas mãos gordurosas e pensei: ah, é melhor lavar as mãos antes de levar mais alguma coisa para baixo — por que estou tão suja? Eu deixei cair alguma coisa?

Malene olha para Iben.

— É bom poder cuidar de você, pelo menos uma vez.

— Malene, eu estou tão... confusa.

— Vá descansar agora. Relaxe. Vamos ficar sentados aqui com você e abrir os arquivos de Rasmus.

Iben tem mais uma onda de náusea, mas seu estômago está vazio.

Malene clica duas vezes no arquivo anexado do e-mail de resposta de revenge_is_near. Ele não abre. Uma caixa de diálogo pergunta sobre o aplicativo correto para este tipo desconhecido de arquivo.

— Não tenho a menor idéia. Rasmus criou o tipo de arquivo. O que devo fazer agora?

Gunnar faz algumas sugestões, mas nada funciona.

Malene está ficando irritada.

— Por que está nos amolando com isso? Quando estamos tão perto de descobrir quem mandou aquelas merdas de e-mails que começaram tudo!

Gunnar tem outra sugestão.

— Talvez Rasmus tenha escrito um programa especial para abrir arquivos como parte do *spyware*.

Iben diz:

— Talvez nem esteja instalado no computador.

Malene se ilumina.

— Está se sentindo melhor agora, Iben? Fico tão feliz.

Depois de se esgotarem todas as possibilidades, o arquivo ainda está fechado. Derrotados, eles ficam sentados, olhando a maquininha na mesa diante deles.

Iben bebe um copo de água. Não sente mais nenhum cheiro. Seus pensamentos estão mais coerentes, e ela se lembra do bom clima que havia entre ela e Rasmus quando ela o ajudou a se mudar. Não faz sentido pensar que Rasmus a tenha acusado de mandar as ameaças de morte. Ela decide que, como os e-mails, imaginou o que tinha acontecido na escada. Como antes, sua doença faz com que tudo pareça real. Ela olha a amiga. Alguma coisa mudou. O calor voltou aos olhos de Malene.

Malene, porém, parece derrotada.

— O que não entendo é por que Rasmus não me contou que tinha descoberto quem mandou os e-mails.

Iben percebe que Gunnar parece se afastar a cada vez que Malene menciona Rasmus.

Talvez seja porque vocês terminaram dois dias antes da chegada dos dados de Zigic?

— Mas de qualquer forma... — Malene olha para Iben. — Você estava com ele no dia da mudança. Por que ele não contou a você, então?

Iben luta para encontrar uma resposta. Nada lhe vem à mente.

— Não sei. Eu realmente não sei.

51

É tarde agora. Iben se convence de que seria paranóia demais afirmar que Zigic ainda está vigiando a rua. Ela concorda que eles devem ligar para a polícia.

Logo em seguida, o interfone toca.

— A polícia chegou.

Iben tem o impulso de alertá-los: "Preparem-se! Podem ser atacados quando abrirem a porta", mas não quer que o homem pense que ela é neurótica.

Enquanto Malene e Gunnar vão ao hall de entrada, Iben procura por uma forma de se defender. Zigic não deve encontrar sua faca se desta vez a revistar no corpo. Ela corre até a escrivaninha de Gunnar, encontra um rolo de fita adesiva e rapidamente cola a faca debaixo de uma das três poltronas. Zigic não vai procurar ali.

Ela tem tempo suficiente para devolver a fita ao lugar e voltar ao sofá.

Malene grita. No minuto seguinte a porta bate e depois, com um ruído de rachadura, é aberta novamente.

O coração de Iben começa a martelar. Levada por instinto a pular, ela corre para a janela. Eles estão no quarto andar, mas não importa. O que mais pode fazer? Ela vira a cabeça para olhar a sala enquanto empurra os puxadores da janela maior.

Nenad chega ao lado dela num instante. Ela tenta lutar. Mas ele a atira facilmente no chão e ordena que fique de cara para baixo com as mãos na nuca. Será muito pior desta vez. Eles não vão se arriscar. Ela sufoca com o choro. É difícil tossir naquela posição desajeitada.

Gunnar e Malene são levados para dentro e lhes ordenam que se deitem no chão na mesma posição de Iben. Todos são revistados. Agora os homens estão muito menos relaxados, mais duros e mais eficientes. Mesmo assim, eles se divertem à custa de Malene e a revistam repetidamente. O Roupa de Brim é tão rude que Malene grita de dor e medo, até que lhe mandam calar a boca.

Zigic enfia a mão com força entre as pernas de Malene, mas olha para Iben quando fala com ela.

— Você quer isso, não é?

Ela sabia que ele viria. Sabe como ele é. Gunnar e Malene não fazem idéia. Eu deveria ter agido, diz Iben a si mesma. A frase permanece. Eu deveria ter agido. Deveria ter agido.

De algum lugar no alto ela ouve Zigic imitando uma voz de mulher, que deve ser a sua.

— Ah, meu bem! Acho que vou fugir de Mirko Zigic.

Ela levanta um pouco a cabeça. Ele desce uma bota pesada na parte de trás de sua cabeça.

Alguma coisa estala — como acontece quando uma tesoura de trinchar corta uma coxa dura de frango. De repente a dor atinge cada parte de seu rosto. Iben grita de agonia. Diante de seus olhos, a superfície clara assume um vermelho escuro.

Zigic a chuta na lateral do corpo.

— Cale a boca. Eu tentei ser gentil e pegar leve com você. Você não quis cooperar, não foi? Me obrigou a tratá-la de outra forma.

Nenad encontrou o computador. O e-mail aberto com o arquivo anexado o faz assoviar empolgado, o que atrai a atenção de Zigic.

Iben levanta a cabeça com cuidado e a vira de lado, para tirar o peso do nariz quebrado. Agora a mesa de centro está na sua linha de visão. Ela pode ver que Nenad está falando e apontando a tela, e Zigic sorri, obviamente satisfeito. A nova posição de sua cabeça reduz o fluxo de sangue a um gotejar constante. Iben vê as gotas e tenta se esquecer da dor pensando no que fará. Zigic terá que levar os prisioneiros para outro lugar, pensa. Cedo ou tarde os vizinhos de Gunnar vão chamar a polícia. E, além disso, a delegacia vai começar a se preocupar por ter perdido contato por rádio com seus homens, que provavelmente estão mortos no térreo.

Para onde será que Zigic os levará? Para algum esconderijo, onde poderá mantê-los indefinidamente. Ele vai precisar torturá-los até saber quem pode ter visto o arquivo ou feito cópias do HD. Vai fazer com que o mundo pareça completamente distante e sem significado para eles. Será que vai querer os três? É mais difícil controlar três prisioneiros do que dois, ou um. Será que Zigic os pegará um por um para descobrir se sabem de alguma coisa, depois os matará se não souberem? Se ele decidir se livrar de alguém agora, quem escolherá?

Zigic ergue o teclado do laptop e remexe no pequeno HD, até que ele sai. Coloca-o no bolso da jaqueta de Nenad e fala com ele em sérvio.

Depois vira-se para os três prisioneiros.

— Tudo bem, agora temos uma cópia do arquivo. Onde estão os back-ups?

Ninguém responde.

— Tá legal. Olhem aqui. Se por acaso aparecerem outras cópias depois de minha visita à Dinamarca, as coisas vão ficar feias para vocês. Mais feias do que podem imaginar.

Zigic não tem pressa para sair do apartamento.

— Mesmo que eu não possa voltar para matar vocês pessoalmente, alguém o fará. E não pensem que só vocês vão morrer. Suas famílias morrerão também, e todos os que são próximos.

Esse pequeno discurso parece calmo e ponderado. É tão tentador pensar que tudo vai ficar bem depois que ele garantir os arquivos.

— Olhem, se quiserem sair dessa, rezem para Deus. "Querido Deus, por favor, por favor, nos ajude a lembrar de dizer a Mirko sobre cada coisinha. E, por favor, Deus, não nos deixe cometer o menor erro em nada que contarmos a Mirko!" Entenderam meu recado? Entenderam?

— Sim.

Zigic está satisfeito.

— Muito bem. É melhor sairmos daqui, mas, antes de irmos, me digam uma coisa. Existem cópias do arquivo em outro lugar?

— Não.

— Que bom. Próxima pergunta. Vamos levar vocês a um lugar que conhecemos. Há algum local em que devamos parar, alguma cópia escondida em outro lugar?

Gunnar fala.

— Sim. Há uma cópia no meu escritório.

Iben pensa que aquela é uma boa idéia. A recepção do escritório de Gunnar no Ministério das Relações Exteriores funciona 24 horas por dia e é bem guardada. O prédio tem corredores compridos, ideais para a fuga.

Zigic se vira para ele.

— É mesmo? Em seu escritório, todo mundo vai ficar no carro, menos você e um de meus homens.

Ele se move até que suas botas fiquem bem em frente à cara de Gunnar.

— E se não me der um arquivo, vamos matar uma das mulheres. Imediatamente. Desta vez, pense com cuidado antes de responder. Há uma cópia do arquivo em seu escritório?

— Não — grita Gunnar.

Iben fica muito decepcionada com ele. Ele caiu na armadilha de Zigic. É porque ele não se atreve a não confiar no carcereiro. Gunnar precisa acreditar na única opção tranqüilizadora, que é a de que poderão sobreviver se cooperarem.

O Roupa de Brim terminou a ronda pelo apartamento. Ele volta com um sorriso largo na cara, acenando uma camisinha usada, e Nenad se une a ele na brincadeira. O Roupa de Brim por fim esvazia o conteúdo na cabeça de Malene.

Iben quer que Gunnar saiba que não deve se preocupar em assumir a responsabilidade.

— Eu tenho um back-up. Deixei no Ministério das Relações Exteriores, por segurança.

Zigic vai até ela e repete sua ameaça.

— Vamos verificar. E lembre-se, se não for como você disse, vou matar um de seus amigos. Então é a sua vez de pensar bem e me responder. Você tem uma cópia no Ministério?

— Tenho.

Ao ouvir isso, Malene arfa e grita para Iben.

— Não, você não tem!

Iben passa para o dinamarquês.

— Malene, você acabou de me matar ao dizer isso.

— Como é?

— Ele vai me matar agora. Se eu não tiver um arquivo, ele vai me matar aqui. Você acabou de dizer a ele para fazer isso.

A explosão de Iben faz Malene recuar. Ela começa a chorar de novo.

Zigic chuta Iben.

— Não falem em dinamarquês. Se falarem, vamos matar as famílias de vocês.

Malene tenta falar em inglês, mas está chorando tanto que é incompreensível.

— Mas o que mais... Iben, ah, Iben... Quando não encontrarem, eu é que vou...

Zigic ri. Ele vai até Iben. De algum jeito, ele saca a arma. De repente ela está ali, na mão dele. É a primeira vez que Iben a vê. Um pequeno estalo enquanto ele solta a trava.

Gunnar fala rapidamente.

— Iben. Aquela cópia que eu lhe dei. É dela que você falou? Guardada no Ministério das Relações Exteriores?

— É.

Zigic se volta para Gunnar com um sarcasmo condescendente.

— Olhe só você, o covardão. Que interessante. Acho que acredito em você.

Ele se curva até Iben, empurra o cano da arma contra sua cabeça e o desliza para baixo até que afunde no buraco onde o crânio encontra o pescoço.

— Eu acredito em você, senhor Covardão — e aperta o gatilho.

A mente dela explode. Gunnar. Malene. O mal. Um futuro. Uma vida. Omoro, que morreu. Rasmus, que morreu. O pai, que morreu. Um momento na África, quando ela ficou na carroceria de um caminhão branco e decidiu que tudo devia ser diferente a partir de então.

O sangue sob a bochecha. A poça de vermelho escurecido está prestes a escorrer para dentro de sua orelha. Ela percebe que não houve tiro, nenhuma bala no tambor da arma.

Ela olha para Zigic. Ele ainda está parado acima dela. Ainda está deitada aos pés dele.

Malene grita, um uivo longo, com a cara apertada contra as tábuas do piso.

Zigic fala baixo com Iben.

— Não tive sorte. Não foi desta vez. Talvez tenha sorte na próxima.

Zigic ordena que eles se levantem.

Nenad se vira para Iben, explica que vai limpar o sangue de seu rosto. É claro — o rosto ensangüentado tornaria um pouco mais difícil dirigir pelo centro de Copenhague sem chamar a atenção.

Nenad vai pegar um rolo de toalhas de papel e, nesse meio tempo, Iben mergulha no meio das três poltronas. Ele volta, limpa a bochecha e o nariz dela, torce a toalha de papel em suas narinas e empurra. Dói terrivelmente, mas Iben pensa em como ele está sendo cuidadoso. É meio como ser uma peça de carne, marinada com carinho por um chef, mas sabendo que segundos depois ele pode decidir trinchá-lo ou amaciá-lo com um socador.

Enquanto ele se concentra no nariz dela, Iben apalpa um pouco debaixo da cadeira. E depois ela também está pronta para partir.

Os três sérvios seguem escada abaixo com os prisioneiros entre eles. Zigic está ao lado, com o Roupa de Brim na frente e Nenad seguindo atrás, de olho na escada. Disseram-lhes para fazer silêncio e, quando Gunnar tenta olhar nos olhos de Iben, Zigic o chuta na virilha.

Nevou. Uma camada fina polvilha a rua escura e abandonada.

Uma viatura policial vazia está estacionada na calçada branca em frente ao prédio de Gunnar. Iben olha em volta procurando pelos corpos, mas não estão à vista em lugar nenhum.

Zigic lhes ordena que entrem em um carro prata estacionado ali perto, primeiro Iben. Ela se senta atrás, com Malene no colo. Gunnar é ordenado a se sentar na saliência do meio do banco traseiro e orientar o motorista. O Roupa de Brim se senta ao lado dele. Zigic assume o volante e Nenad vai no banco do carona, para manter a arma nos prisioneiros.

Com o nariz quebrado, Iben não consegue sentir o cheiro da amiga, mas elas estão tão perto que ela tem a sensação de que pode sentir seu gosto. O sabor do sangue se mistura à pressão quente do corpo de Malene. É o mesmo corpo conhecido que ela abraçou tantas vezes, quando elas se encontravam ou quando acontecia alguma coisa importante.

Iben percebe que a mão de Malene tenta encontrar a dela. Ela reage, estende a mão, apesar de tudo o que se passou entre as duas. Os movimentos do carro apertam a coxa de Gunnar em Iben, fazendo-a sentir cada leve vibração.

Eles atravessam o canal na ponte Knippel. Depois de virarem à esquerda, Zigic dirige uma pergunta ao banco traseiro.

— Mais uma vez me digam. Há uma cópia de segurança no Ministério?

Gunnar e Iben lhe respondem:

— Há.

— Tudo bem. E vocês sabem o que vai acontecer se não a encontrarmos.

— Sim.

A camada fina de neve fresca faz com que as ruas e prédios pareçam delicados. A cara de Iben está perto das costas da amiga. Uma vez, quando o carro passa por uma lombada, seu nariz bate na coluna de Malene e Iben sente ser nocauteada. O sangue deve ter ensopado o papel retorcido, porque agora uma gota vermelha mancha o tecido azul-claro da blusa de Malene.

O corpo de Malene treme e ela chora em silêncio.

Eles estacionam numa vaga na frente do Ministério, um prédio grande que está quase completamente às escuras. Duas filas de postes de luz lançam uma iluminação fraca no pátio coberto de neve.

Zigic se vira para Iben.

— Você. Está pronta para vir comigo?

Iben responde imediatamente.

— Sim.

Talvez ela tenha parecido ansiosa demais. Zigic se vira para Gunnar.

— Sabe onde está também, não é?

— Sim.

— E tem autorização para entrar neste lugar à noite?

— Tenho.

— Ótimo. Você deve estar mais preocupado com seus colegas do que a piranha que está do seu lado. Você vem comigo. E sabe o que vai acontecer se alguma coisa der errado? Qualquer coisa?

— Sei. — Então não será Iben quem terá a oportunidade de esfaquear Zigic e fugir nos longos corredores do Ministério. Será Gunnar. Desarmado.

Iben pisca para Gunnar quando ele sai. É só o que ela pode tentar para lhe dizer que ele deve se sentir livre para fazer o que puder porque, quando voltar ao carro, Iben e Malene ou estarão mortas ou terão ido embora.

O Roupa de Brim também sai. Começa a andar inquieto, de um lado para o outro, fora do carro. Talvez esteja começando a se preocupar.

Malene se senta ao lado de Iben. Nenad as vigia. Sua arma parece diferente de qualquer coisa que Iben conheça. Mais comprida do que em outros revólveres, a boca do cano é quadrada de perfil e há uma protuberância abaixo da coronha, junto ao gatilho.

Ele fica de olho nelas, mas não consegue ver tudo. A faca de Iben está escondida na calcinha, junto às nádegas. Ela coça o bumbum. No momento seguinte está com a faca na mão, escondida atrás do banco do motorista.

Malene vê. Sua expressão fica pétrea. Ela permanece imóvel.

Iben observa a pulsação no pescoço de Nenad. Bate em um ritmo lento. Da-dum. Da-dum. Da-dum. Está vivo. A vida de Nenad está ali. Ela fita. Da-dum. Nenad é bom com computadores. Ele gosta de café e biscoitos. Nenad tratou o nariz de Iben com cuidado. Lá está. Aquela coisinha pulsando, o local que sua faca deve atingir. Exatamente ali. E a vida será esguichada para fora dele.

Ela se inclina para a frente, passando a faca para a mão direita, atrás do banco do motorista. Os músculos de suas pernas se enrijecem na prontidão para o salto.

Ela espera. O melhor momento possível pode não ser agora. Talvez nunca chegue. Talvez o Roupa de Brim volte a qualquer segundo.

Pode ter sido a respiração acelerada de Malene que alertou Nenad, ou o olhar assustado em seu rosto. Ele avança, esticando o pescoço para ver. Logo descobrirá o que Iben está escondendo.

Ela lança o corpo pelo carro pequeno e ergue a faca com as duas mãos. Iben a crava direto na pulsação que sustenta a vida.

O sangue dele espirra em Iben e no carro. Os olhos se reviram. Os lábios se retraem nos dentes e os braços começaram a se sacudir. Ainda assim, seus olhos a encaram. Depois fecham-se lentamente. Ele cai.

Ela pega a arma no colo dele. O Roupa de Brim, que estava a dez metros de distância, deve ter ouvido alguma coisa e corre até o carro. Iben não abre nenhuma janela, apenas atira nele pelo vidro traseiro. Ela só toca no gatilho, mas é disparada uma saraivada de tiros. É uma espécie de minimetralhadora.

A cara de Malene está branca. Ela parece prestes a desmaiar. Iben grita com ela:

— Sai! Fora! Fora!

Iben grita:

— Corre!

Malene corre.

Iben vasculha os bolsos de Nenad, mas não consegue encontrar uma chave extra do carro. Terá que sair e correr também.

Tinha dado apenas alguns passos quando Zigic e Gunnar saem pela porta principal fortemente iluminada do Ministério. Zigic a vê. Ele não se vira para Gunnar, mas enfia a faca de lado com um golpe instantâneo. A lâmina é levada precisamente ao meio do peito de Gunnar e ele tomba no chão.

Malene chegou ao outro lado do estreito canal de água escura que flui entre o complexo de prédios do Ministério e deságua no porto. Ela grita que viu um táxi. Iben corre atrás dela, seguindo o curso de água.

Chega a tempo de ver o táxi do outro lado do complexo do Ministério. Apesar de Malene agitar os braços e gritar, o táxi se afasta.

Zigic está se aproximando de Iben. No pior lugar concebível para se correr. O embarcadouro de paralelepípedos está deserto. Armazéns altos e escuros de um lado, do outro, a água escura e enregelante do canal. Onde ela pode se esconder? Não há nada. Ela continua correndo.

Zigic é rápido. Iben se vira para atirar nele, mas, depois de uma rajada curta, o pente já está vazio. É muito menor do que uma metralhadora de verdade. Ela a atira na neve e corre.

Só um objeto iluminado se destaca no escuro — uma forma branca e grande: uma casa flutuante. Está se afastando do cais. As cordas de ancoragem foram retiradas e seu convés parece completamente abandonado. Está prestes a se afastar, a deixá-los, mas é lenta. Elas ainda podem pular a bordo.

Iben ultrapassa Malene, cujos pés artríticos devem estar doendo terrivelmente. Mais alguns segundos e Zigic estará quase em cima delas, e tudo se acabará para as duas.

Iben chega às docas e pula. Cai no convés. Agora, precisa resgatar Malene. Só resta um momento. Ela se vira para estender a mão à amiga.

Iben imagina uma cena no apartamento de Gunnar. Malene e Gunnar estão juntos, molhados de suor, na cama.

Ela hesitou por um momento longo demais antes de estender a mão? Iben não sabe. Quanto tempo antes de agir? Dois segundos, ou três? Ela não sabe. Talvez não tenha hesitado nada.

E agora a distância é grande demais. Malene não pode pular.

Ela grita.

Iben fica parada sob a luz forte da pequena área do convés. Diante dela, uma parede de aço branco com uma porta. Ela empurra a maçaneta. Está trancada.

Como é? Que porra é essa? A casa flutuante está a apenas três metros do cais, movendo-se com tal lentidão que está praticamente parada.

Iben dá alguns passos até o outro lado. O convés é obstruído ali, e ela não consegue seguir adiante. Corre de volta. Outra barreira. Ela esmurra a porta.

Aquele barco não significará a liberdade e a sobrevivência. É uma jaula flutuante. Ela sobe uma escada soldada à parede branca. Iben se pendura no flanco do barco, iluminado, como um ponto preto em uma enorme folha de papel. Está a apenas alguns metros da arma de Zigic.

Ela continua subindo enquanto olha por sobre o ombro. E vê. Zigic pára alguns metros atrás de Malene. Ele levanta a arma e mira. Iben sobe, mas leva tempo para escalar tantos degraus pequenos.

Ele está tão perto que ela pode ver seu indicador se curvando para apertar o gatilho.

Ele a pega agora.

Iben
Malene
Anne-Lise
Camilla

52

Iben aparece em boa hora. Hoje parece ser um dos primeiros dias característicos da primavera. A luz brilhante do sol realça cada fenda na calçada em que ela anda. As sementes logo germinarão por entre as frestas.

Os pais de Malene são os únicos presentes além dela. Como Iben, eles esperam em silêncio, olhando a extensa rua de mão única. Os carros devem aparecer logo.

Nos últimos cinco dias, a mãe de Malene telefonou para Iben quase toda noite. Os pais de Malene chegaram a Copenhague ontem e Iben queria conhecê-los.

Não se passará um dia sequer sem que os pais de Malene se perguntem por que foi a filha e não Iben. Mesmo agora, eles devem ficar acordados à noite, pensando que deveria ter sido Iben.

Sozinha, Iben assiste ao *Animal Planet* e toma potes de sorvete com *marshmallow* noite após noite. Pensa no que Malene fez. Na cama, ela se contorce, se vira e pensa no que ela mesma fez.

Um carro verde aparece no final da rua. O pai e a mãe de Malene acenam. Quando o carro se aproxima, Iben reconhece a tia de Malene e seus três filhos, que ela conheceu em suas visitas a Kolding com a amiga.

Outra coisa que Iben vem ponderando: deveria voltar à terapia? Mas como isso ajudaria agora?

Mais carros encostam. Ela não deve ficar tão nervosa. Zigic não pode mais chegar perto dela.

Toda uma frota de viaturas policiais reagiram imediatamente aos tiros. Foi fácil prender Zigic, cercado pela água gelada, segurando uma arma descarregada. O HD que Zigic levara representou um problema bem mais difícil. Os detetives revistaram ele, o carro, os cestos de lixo e os corredores do Ministério, as lixeiras do pátio e cada local possível. Mergulhadores da polícia vasculharam o fundo do canal várias vezes. O HD nunca foi encontrado, mas o homem de roupa de brim sobreviveu aos tiros de Iben e contou à polícia sérvia onde encontrar o computador de Zigic. Os dados que continha foram suficientes para encurralar quase toda a organização.

A tia abraça os pais de Malene e, depois de algumas palavras em voz baixa, dirige-se a Iben.

— Iben, deve ser difícil para você.

— Sim. É sim.

— E você tem muito a agradecer.

— Pode acreditar, eu sei.

O tio também fala com ela, assim como outros membros da família de Malene. Iben olha os próprios pés. Será que eles vêem alguma coisa em seu rosto? O que estão pensando?

Frederik sai de um táxi e a vê. Anda rapidamente até ela, tropeça no meio-fio e se recupera dando alguns passos apressados.

Todos vieram: os amigos de Malene, bem como os colegas, a família de Rasmus e, é claro, Camilla, Anne-Lise, Paul e os membros do conselho do CDIG.

Uma van de transporte encosta para a chegada de duas mulheres de cadeira de rodas. Iben nunca as viu. Presumivelmente conheciam Malene da Associação de Jovens Artríticos.

Por fim ela vê Gunnar saindo de outro táxi. Observa seu terno preto, que parece novo e caro. Os olhos dele estão injetados e tão inchados que todo seu rosto está diferente. Ela o visitou no hospital nos últimos dias. Iben entra na capela com Gunnar. Ela conhece a música e os hinos que a mãe de Malene escolheu. Todos ecoam em sua cabeça.

— O que aconteceu no cais foi uma exceção e eu estou perfeitamente ciente disso. Em princípio, não deveria ter acontecido. Cada instinto dela a teria levado a tentar salvar a própria vida. Então, o que ela fez foi... excepcional. Incompreensível. Contra a natureza.

É o dia seguinte ao funeral e Iben está sentada na Salinha de Reuniões do CDIG. Só há outra pessoa na sala. Dorte Jørgensen, a detetive rechonchuda, que falou com Iben depois da queda de Rasmus.

Dorte franze o cenho e fecha a porta com firmeza. Iben está sendo interrogada. Ela não pretende se sujeitar à tensão que a detetive tenta criar e continua sua linha de raciocínio.

— Não foi nada de miraculoso. O modo como os seres humanos se comportam está subordinado a leis naturais. Então, de repente, de uma hora para outra, acontece uma exceção. O fato de que estou viva é precisamente graças a uma exceção dessas, tão extraordinário quanto uma maçã subir do chão e se grudar em um galho de macieira. Ou um tumor maligno regredir e desaparecer sem deixar vestígios. Ou o sangue gotejar de uma estátua de Cristo.

— Que interessante. Agora, tem alguma explicação para o desaparecimento do HD do computador de Rasmus?

— Acho que Zigic deve ter jogado em algum lugar perto do Ministério.

— Veja você, o disco contém informações sobre a organização dele. Procuramos em toda parte. E quero dizer em toda parte mesmo. Até no fundo do canal. Não encontramos absolutamente nada.

— Bom, eu realmente não posso... — Dorte está dando nos nervos de Iben.

— Esse HD não continha apenas informações sobre Zigic. Também trazia o nome do remetente do e-mail, que é daqui, da Dinamarca. Não é difícil demais entender o que estou pensando, é?

— Acho que sim. Eu não entendo.

— Pensei que fosse bastante óbvio. O homem que você matou no carro podia ter o disco em um dos bolsos. E você pode ter tirado antes de fugir. Com toda aquela agitação, ninguém a revistou.

— Mas eu não tinha motivo...

— Bom, agora, isso é questionável.

— O que quer dizer com isso?

— Uma possibilidade é a de que foi você quem mandou os e-mails e que um arquivo no HD provasse isso. Rasmus pode até ter lhe contado que sabia quando você ajudou na mudança dele.

— Mas... Por que eu mandaria e-mails ameaçadores a alguém?

— Por quê, não é mesmo? Por que alguém faria isso?

— Não tenho motivo algum.

Iben soube pela mãe de Malene que a polícia lacrou o apartamento de Malene e que ainda não podiam começar a limpar. E com a descoberta de que Zigic estava na Dinamarca, a polícia agora está considerando a tese de que Rasmus pode ter sido assassinado.

Dorte faz uma pausa deliberada antes de continuar.

— A coisa especial que eu senti entre você e Gunnar quando os dois estavam na delegacia... Estou errada quanto a isso?

— Como assim?

Iben sabe que Dorte pode ver algo em seu rosto e ela coça o curativo do nariz.

— Se, antes que os e-mails fossem mandados, você já estivesse apaixonada pelo homem que era amante de Malene... Isso poderia ter causado animosidade entre vocês, não é?

Iben não consegue responder. Ela respira fundo.

— Talvez você tenha se arrependido de ter mandado os e-mails. Ou talvez não. De uma maneira ou de outra, o *spyware* descobriu você, e Rasmus lhe contou.

Será que Dorte faz isso com as outras pessoas que interroga? Seria possível que seu método incluísse fazer acusações desvairadas, só para ver se uma delas atinge o alvo?

Iben tenta se defender parecendo constrangida.

— Olha, isso não faz sentido! Rasmus e eu nos divertimos muito naquele dia. Eu o ajudei a levar parte das coisas dele. De jeito nenhum teríamos ficado juntos poucos minutos depois de ele me acusar de mandar ameaças de morte por e-mail.

Os olhos de Dorte ainda estão fixos em Iben.

— Você pode ter dito a ele que deixou seu laptop no trabalho e que Anne-Lise teve acesso a ele. Isso o acalmaria. Afinal, Anne-Lise foi uma das pessoas a quem você tentou impingir os e-mails.

Iben não consegue pensar no que dizer.

Dorte pousa os braços na mesa.

— Mas, se Anne-Lise não teve acesso a seu computador na época em que os e-mails foram enviados, isso poderia ter sido descoberto no dia seguinte e você teria perdido seu emprego, sua velha amiga e qualquer esperança de Gunnar um dia vir a se tornar seu amante.

É insuportável. Esta mulher, Dorte Jørgensen, está instalada aqui, na sala de almoço deles, acusando calmamente Iben de ter matado o companheiro da melhor amiga! Será que ela vai tão longe assim com todo mundo?

Iben tem vontade de agitar os braços e gritar que tudo isso é uma completa insanidade. Estas últimas semanas a perturbaram terrivelmente e de certo modo ela acha que Dorte pode até ter razão.

Ela belisca a própria coxa para despertar. Precisa se concentrar.

O que aconteceu? Deveria desistir? Devo dizer o que fiz e cumprir uma pena de prisão perpétua?

Mais uma vez sua mente conjura uma imagem que tem sido recorrente desde a primeira vez em que ela viu Gunnar. Ela está na cozinha dele, preparando um monte de pratos saborosos, ele de pé atrás dela, abraçando-a. E as filhas dele entram correndo, rindo, da sala de estar.

Iben não está em seu juízo perfeito durante o resto do interrogatório. Quando se levanta, abre a porta e vai para o corredor, Dorte se vira e fala por sobre o ombro.

— Bom, Iben. Vamos dar uma olhada nisso. É uma boa idéia. A mãe de Malene mencionou que a filha escrevia cartas para Rasmus depois da morte dele. Certamente vamos seguir esta linha de investigação.

53

Na calçada, um pouco à minha frente, um homem de cadeira de rodas estava sendo empurrado pela esposa. Eu os alcanço. Os dois pareciam bem idosos e estavam imersos numa conversa. Assim que passei, a mulher deu uma gargalhada. Pouco depois, eu me virei para olhar os dois e eles ainda estavam falando ao mesmo tempo, aparentemente dividindo uma história de que gostaram muito. E eu passei a pensar em Iben.

Rasmus, você sempre foi amoroso e gentil, me ajudando sempre que eu precisava. Mas não consegui deixar de sentir que eu era um inconveniente para você. Nunca foi assim com Iben.

Nas vezes em que eu não conseguia fazer nada sozinha e precisava de tratamento hospitalar, e tinha que ser arrastada pela escada até o táxi, ela nunca agia como se estivesse se sacrificando. Eu não achava que eu era um problema. Ou quando ela ia fazer compras comigo, ajudava-me a me vestir — coisas assim. Durante anos, ela esteve comigo e me via mais do que você. E em todo esse tempo nos divertimos muito. Nós rimos muito.

Eu a odeio agora pelo que ela me fez sofrer nos últimos meses. É uma realidade. Mas nunca vou encontrar uma amiga como Iben. Ela era especial: uma exceção.

• • •

Lembro-me de uma vez, quando eu estava na sala e você na cozinha. E de repente eu ouvi um estrondo.

No começo, fiquei satisfeita. Ele deixou cair alguma coisa, pensei. Talvez tenha derramado água fervendo nos pés. Pelo menos uma vez, pensei, ele vai saber como é não ter total controle das mãos. Mas logo comecei a ficar preocupada.

Eu chamei seu nome.

— Ah, meu Deus! Rasmus! Deixou cair alguma coisa? Você se machucou?

É claro que você não sabia o que estava se passando em minha cabeça. De seu próprio jeito, aquele momento parecia o tipo de distúrbio de identidade dissociativa de que Iben sempre estava falando.

Rasmus, eu lamento tanto pelo que aconteceu na escada. Eu simplesmente não sei o que deu em mim. Você é o único que sabe como me sinto mal com isso. Você é o único que pode entender.

Só Deus sabe o quanto Iben ouviu. Não era minha intenção empurrar você pela vidraça. Não faço idéia do motivo que me levou a ficar cega de tão furiosa quando você insistiu que seu *spyware* provava que eu tinha mandado os e-mails.

Eu o empurrei. Ninguém pode lamentar mais do que eu agora. Estou mesmo mentalmente doente, Rasmus? É isso?

54

Elas agora são um doce. Falam e riem com ela. Tudo mudou completamente — tanto que Anne-Lise acha difícil acreditar em como as coisas eram não muito tempo atrás.

Paul também está diferente, bem diferente do que era. Ele fica muito mais no escritório e de repente é da opinião de que é "simplesmente natural que as funções do CDIG e do IDHD devam ser coordenadas". Não está mais preparado para lutar pela independência do Centro.

Anne-Lise não consegue entendê-lo. Recentemente ele fez tudo o que podia para ajudar o Centro a sobreviver, tentando até obrigar Frederik a sair do conselho. Será alguma coisa de machão? O motivo poderia ser que qualquer organização só tem espaço para um homem do tipo deles?

O escritório ficou fechado por um dia depois da morte de Malene. No dia seguinte Iben trouxe uma rosa vermelha, que colocou na mesa da amiga. Na manhã seguinte, Iben a substituiu por uma rosa fresca e fez o mesmo no dia seguinte. Era como se Iben acreditasse que Malene era uma santa e que sua mesa e a cadeira eram sagradas.

Quando as pessoas apareciam para usar a biblioteca, Iben lhes dava uma palestra sobre até que ponto sua sobrevivência se deveu a um "milagre psicológico". Paul disse a ela várias vezes que, se tivesse vontade de ficar em casa, devia fazer isso, mas Iben não pareceu entender a dica. Talvez quisesse estar no trabalho.

Todo dia telefonavam pessoas para dar pêsames e saber detalhes do que acontecera. Às vezes, é demais para Iben, e Anne-Lise assume a tarefa.

— Iben estava subindo a escada da casa de barcos, então não conseguiu acompanhar o que aconteceu no cais. Mas muitos armazéns haviam sido convertidos em apartamentos, e as pessoas estavam vendo das janelas porque ouviram o tiro que Iben disparou em Zigic. Todas as testemunhas disseram que Zigic apontava a arma para Iben. Mas, no momento em que estava pronto para puxar o gatilho, Malene gritou. Ninguém sabe por quê. Ela se atirou na frente da arma. Iben então conseguiu chegar ao teto e isso a salvou. A aresta de metal a protegeu.

A certa altura, em cada telefonema, a pessoa se maravilhava com o ato de coragem de Malene. Elas queriam saber mais, e a resposta de Anne-Lise se tornava cada vez mais precisa.

— Sim, é verdade. Bastante extraordinário. Nunca ouvi nada parecido... É claro, mas o que Iben fez no Quênia foi diferente. Ela própria diz isso, sabe? Depois de fugir, quando voltou aos reféns, ela não pensou que estivesse assumindo um risco. Simplesmente não conseguia imaginar que a polícia queniana pudesse estar do lado dos seqüestradores... Sim, isso é bem verdade. Malene era muito especial. Temos muito orgulho de ter trabalhado com ela. Não, acho que não percebemos que ela era assim — Anne-Lise não lamenta completamente que Malene esteja morta.

Algum tempo depois dos funerais, Iben coloca uma foto grande de Malene no quadro de avisos. Ela pára de trazer rosas e também sugere a Anne-Lise que as duas devam sair de suas mesas na biblioteca e se mudar para o Jardim de Inverno.

Assumir o lugar de Malene tão pouco depois de sua morte deixa Anne-Lise inquieta, mas Iben diz que, por ela, tudo bem. Paul e Camilla concordam.

As coisas de Malene foram colocadas em uma estante atrás de Iben, e Anne-Lise se senta de frente para ela. Anne-Lise pôs a foto de Henrik e as crianças quase exatamente onde costumava ficar o *troll* de plástico de Malene.

Até que um novo gerente de projetos seja nomeado, Iben assume as tarefas de Malene. Elas param de falar incessantemente de Malene durante os intervalos e passam a outros assuntos. À medida que continuam a trabalhar juntas na edição especial sobre a Turquia, a conversa flui facilmente entre as mesas, exatamente como Anne-Lise costumava sonhar que seria. Tudo está como esperava que fosse quando ela saiu da Biblioteca Central de Lyngby. Os únicos problemas que perturbam Anne-Lise têm base em sua própria mente.

Olha como sorriem, pensa, tão docinhas, como se nunca tivessem tentado me enlouquecer. É claro que elas dizem a si mesmas que nunca aconteceu. Isso faz com que se sintam bem. E como seria melhor se eu também conseguisse esquecer tudo! Mas como posso perdoá-las? Como serei novamente capaz de confiar em alguém como fiz um ano e meio atrás?

Certa noite, ela concorda em ir com Henrik a uma degustação organizada pelo clube de enologia dele.

Ele fica radiante e lhe dá um beijo.

— Você é a minha velha Anne-Lise de novo!

A degustação acontece em uma loja grande, especializada em vinhos, em Østerbro. Está abarrotada de gente e todos parecem de bom humor. Alguns vieram direto do trabalho e ainda estão de terno. Outros, como Henrik, trocaram de roupa.

Dois dos velhos amigos de Henrik da universidade fundaram o clube e a maior parte de seu círculo se uniu a eles, porque era uma boa maneira de se manter em contato. Henrik e Anne-Lise em geral encontram muitos da antiga turma.

Nicola corre para cumprimentar Anne-Lise.

— É ótimo que você vá na casa de Jutta e Stig! E muito obrigada pelo convite à sua casa. Estou tão feliz por você ser a velha Anne-Lise de novo!

Anne-Lise e Nicola se vêem muito mais ultimamente.

O dono da loja apresenta o primeiro vinho, e a primeira rodada de taças é servida na comprida mesa de estilo francês no meio do salão.

À medida que um vinho se segue a outro, várias pessoas se aproximam para dizer como estão encantadas em ver Anne-Lise. Elas devem ter falado de mim muito mais do que eu percebi, pensa. É como se ela tivesse passado um tempo no hospital com uma doença ou coisa assim.

Tudo se torna excessivo para Anne-Lise. Ela encontra Henrik e indica uma passagem estreita entre duas paredes de caixas de vinho. Eles escapolem dos outros.

— Henrik, escute aqui. É bom que ninguém tenha percebido nada de diferente em mim, mas não está certo o que todos estão dizendo. Eu não sou a "velha Anne-Lise".

Henrik parece atordoado; dá um passo para trás e bate a cabeça na quina de uma caixa. Ela deve ter parecido muito mais dura do que pretendia.

— Estou tentando me comportar como uma boa pessoa, mas é um esforço e tanto. Estou muito amargurada.

— Mas, Anne-Lise, meu amor.

— Minha cabeça está explodindo de fantasias de vingança. Você não faz idéia! E elas não vão parar. Não posso lidar com isso! Nunca mais serei quem eu era! — Os lábios de Anne-Lise estão fechados com força e ela afunda em uma cadeira alta de madeira.

Henrik suspira, arrasta uma caixa até a cadeira, senta-se e coloca o braço em torno dela. Fala com ela delicadamente.

— Você será você mesma de novo, Anne-Lise. É claro que será. Só não acontece da noite para o dia, é só isso.

— Não. Iben tem razão. Os outros modelam quem eu sou. Não posso me transformar no que quero ser. Todos temos dentro de nós assassinos, carrascos e criminosos de guerra.

O braço de Henrik aperta os ombros de Anne-Lise.

— O que está dizendo?

— Henrik, pelo amor de Deus. Eu não seria a mulher que sou agora se pudesse ter escolhido. Mas Iben disse que não podemos escolher. Os outros determinam quem somos.

Henrik muda a caixa de lugar para poder se sentar de frente para ela e tomar seu rosto entre as mãos.

— Por favor, me explique isso devagar. Procure me ajudar a entender o que está dizendo.

Anne-Lise tem vontade de atirar a taça de vinho no chão do depósito.

— É assim. Iben vê filmes sobre a natureza e diz que as pessoas se comportam do mesmo modo que os animais. Ela diz que há padrões de comportamento a que todos se moldam porque são instintivos e predeterminados... São leis psicológicas da natureza. Ela andou estudando biologia do desenvolvimento e psicologia social, e pesquisa artigos sobre a psicologia do exterminador. E ela escreveu dois artigos sobre o mal, intitulados "A Psicologia do Mal I" e "II". Eu odeio os artigos dela e também suas aulinhas. A perspectiva de Iben é tão sombria e melancólica! Eu a ouvi dizer coisas como: "Quanto mais aprendo, mais convencida fico de que todos agiríamos exatamente do mesmo modo que os exterminadores se estivéssemos na situação deles."

— Sei. O que as outras dizem de tudo isso?

— Ninguém no trabalho chega a discutir com Iben. E agora percebo que ela tem razão.

— Ela está errada, você sabe disso.

Anne-Lise não deve começar a chorar agora, quando todos os amigos deles podem ouvir. Ela tenta ficar o mais imóvel possível.

— Não quero ser assim, Henrik. Eu sou má. — Ela olha o rosto de Henrik e sente o que ele está pensando: "Ah, meu Deus, isso não vai acabar nunca?" Ele merece coisa muito melhor.

— Anne-Lise. Você não é cruel.

— Mas eu não lamentei saber que a cabeça de Malene explodiu em pedaços, não foi? Se as outras morressem também, eu não teria me importado. Será que isso é da "velha Anne-Lise"?... É?

Anne-Lise dirige o carro grande e azul-escuro de Henrik para casa, ao sair da degustação de vinhos. Ele lhe pede para parar pouco antes de chegarem na casa dos pais de Anne-Lise. A mãe dela está cuidando das crianças, mas ele prefere que esperem um pouco mais antes de pegá-los.

— Eu pensei no que você disse. Lembre-se do que Malene fez. Ela era a pior de todas. E no entanto ela fez uma coisa que as teorias de Iben não conseguirão explicar, nem em mil anos. Sacrificar sua vida por alguém que não é seu filho... Como Iben lida com isso? Ela não pode. E se Malene pôde fazer uma coisa assim, então há algo em todos nós que é ao mesmo tempo imprevisível e potencialmente bom. Isso existe em você. E em mim.

Eles ficam sentados juntos, em silêncio. Anne-Lise se aproxima de Henrik e pousa a cabeça no ombro dele. Ele a abraça.

Uma semana depois de a polícia interrogar todos do Centro sobre a morte de Rasmus, Camilla começa a pressionar Iben para saber como está a investigação. Ela fica nervosa com suas sessões com Dorte Jørgensen e ansiosa por saber o que está acontecendo.

Quando Iben baixa o fone, sua mão está tremendo.

— Falei com Dorte Jørgensen. A investigação está encerrada. Malene escreveu no computador da casa dela que estava ciente de ter uma personalidade dividida. Ela confessa ter matado Rasmus.

Todo o trabalho pára. Parece inacreditável a princípio, e depois a imagem de Malene muda em um instante. Elas decidem telefonar novamente para se certificar de que Iben não se enganou. Anne-Lise faz a chamada.

Iben está chocada, mas todas estão. Elas conjuraram uma lembrança compartilhada de Malene, como um quebra-cabeça. Agora ele se dividiu e cada peça assume um novo significado.

Os boatos sobre Malene se espalham rapidamente pelo mundo dos direitos humanos. Anne-Lise ouve Iben falando com uma das pessoas que telefonam.

— Naturalmente estou profundamente grata pelo sacrifício pessoal de Malene. Profundamente. Mas estou confusa. Isso não se encaixa. Agora é incompreensível. Ela estava atormentada pela culpa de ter matado Rasmus. E talvez ela estivesse mentalmente doente. Isso explicaria muita coisa.

Iben ouve a voz do outro lado da linha.

— Sem dúvida nenhuma. O que ela fez não foi a reação de um ser humano saudável. Na verdade, seu sacrifício de modo algum contradiz as teorias que discuti em meus artigos sobre o mal no *Jornal do Genocídio*.

55

Paul abre a porta da frente com um estrondo e entra, radiante de felicidade. Mal havia passado da soleira da porta quando começa a dar a novidade.

— Enfim, posso contar a todo mundo!

— Oi, Paul! Contar o quê?

— É um alívio poder contar a vocês. Prometi que não abriria a boca antes que fosse oficial. Hoje é o dia! Morten Kjærum aceitou um cargo nas Nações Unidas em Nova York. A vaga que deixou como presidente nos Direitos Humanos será anunciada logo, possivelmente já em maio.

Iben é a primeira a falar.

— Então ela é sua, a troco de nada?

— Até agora, é impossível saber.

— Mas você parece extasiado, não é?

Paul coloca o paletó em uma cadeira e se senta em outra.

—Vamos colocar desta forma: para ser franco, os concorrentes peso pesado são Frederik e eu. Eu sou o chefe deste lugar e membro do conselho do Centro para a Democracia. Temos sido muito ativos no CDIG, organizando coisas como conferências e outros eventos que nos mantêm visíveis para o público... Ao contrário do Centro para a Democracia. Pense no sucesso da conferência sobre a Iugoslávia em Louisiana... O pessoal de Frederik não teve chance alguma, em termos da organização. Isso significa que eu ganhei uma vantagem. Além disso, Frederik se retirou de nosso conselho há não muito tempo. De uma forma ou de outra, ele perdeu grande parte de seu poder.

— Há quanto tempo sabe disso? — perguntou Anne-Lise.

— Há duas semanas.

Iben, Anne-Lise e Camilla se entreolham. De repente fica claro para todas por que Paul se comportou de forma tão estranha nas últimas semanas. Fingiram estar satisfeitas por ele. Mas logo Camilla viu que a novidade também trazia vantagens para elas. Paul obviamente quer permanecer encarregado do CDIG e dará início à fusão com o IDHD assim que possível.

Iben terá todo um bando de intelectuais com quem poderá discutir o dia todo.

Anne-Lise terá outras bibliotecárias em volta dela. Ela vai querer isso, mesmo que ela e Iben demonstrem se dar tão bem. Camilla pode claramente ver que Anne-Lise adoraria ter outras colegas com quem conversar. Agora os sonhos dela se tornam realidade, e sem o aborrecimento de procurar por um novo emprego.

Só uma delas tem motivos para se preocupar e essa pessoa é a própria Camilla. Ela sabe que, quando esse tipo de lugar se funde com outro, os chefes sempre tentam salvar os cargos de secretária.

São apenas três da tarde, mas Iben começa a limpar a mesa. Ela parece muito feliz ultimamente e parou de ficar até tarde no trabalho toda noite. Ao que parece, ela vê muito Gunnar Hartvig Nielsen.

A bolsa de Iben está pronta em sua mesa quando entra aquele maltrapilho exigente do Erik Prins. Como sempre, ele pára nas mesas de Iben e Anne-Lise para conversar. Começa a lhes falar de um novo livro que viu. O assunto o lembra dos artigos de Iben.

Ele continua com sua voz aguda:

— Sabem como todos tagarelam sobre como é estranho que os oficiais de campos de concentração fossem para casa e se comportassem como pais amorosos e decentes? O que há de tão estranho nisso? Todos somos assim.

Iben balança a cabeça e diz que concorda. Parece que não está com tanta pressa de ir para casa, afinal. Eles conversam e depois ela se lança em um de seus discursos.

— Ficamos veementes de idealismo e grandes palavras, mas não passam de racionalizações de nosso comportamento egoísta. Não só mentimos para os outros, como também mentimos para nós mesmos. Cada um de nós vive em uma casa de espelhos... Nossa hipocrisia instintiva distorce o modo como vemos a realidade, e assim podemos justificar nossos atos para nós mesmos. E não há jeito de podermos escapar.

Iben e Erik estão na mesma sintonia. Camilla, porém, pode ver facilmente como aquilo desagrada Anne-Lise, e também sente que ela não suporta mais nenhum dos dois.

Antes, Camilla poderia ter gritado "E Malene? Todo mundo é capaz de escolher ser uma exceção a suas teorias! Caso contrário, não valeria a pena viver". Mas qual é o sentido de dizer "E Malene? Se você é uma assassina cheia de culpa e doente mental, então pode ser uma exceção".

Anne-Lise de repente se levanta e corre para o banheiro. Ela está se comportando do jeito de sempre.

A caminho de casa, Camilla pega Dennis no clube depois da aula e o leva com ela ao supermercado.

Quando chegam em casa, o carro de Finn ainda não está lá. Eles acabam de entrar quando o telefone toca. Ela baixa as sacolas de compras e corre para atender.

Uma voz de homem fala em inglês.

— Oi, Camilla.

Imediatamente ela reconhece a voz. A pele de sua nuca e da coluna parece se contrair. Se ele está usando o celular, pode estar perto. Bem do lado de fora, pelo que consta! Ele é capaz de qualquer coisa. Pode entrar em sua casa. Não importaria nada para ele se Finn estivesse ali. Ela se concentra em esconder o medo do filho e cobre o bocal do fone.

— Dennis, é para mim. Por que não vai jogar CounterStrike no computador do seu pai?

Dennis grita:

— Éééééé! — E corre escada acima. Com Dennis fora de alcance, ela fala com o interlocutor ao telefone.

— O que você quer?

Ela já sabe, é claro. Ele quer o de sempre quando está na Dinamarca e tem tempo.

— Eu odeio você! — grita Camilla. — Você se vendeu e vendeu todas as chances que tinha na vida. Zigic tem seu nome na lista. Sei o tipo de coisas que você fez por ele. Você trabalhou para ele durante anos.

Ele só faz bufar.

Isso a irrita ainda mais, mas ela diz a si mesma para ficar fria ou Dennis vai ouvir. Ela reúne todo seu autocontrole.

— Dragan, lembre-se de que eu o conheço muito bem. Sei que você não precisa ser assim.

— E você sabe que posso entrar em sua casa a hora que eu quiser. Ou aparecer onde você trabalha. Camilla, você sabe muito bem que eu podia estar no seu quarto agora.

Ela respira fundo.

— Você pensa que, quando diz coisas assim, faz com que eu o queira. Não quero. Não é bom. Acho que você é um fracasso.

Dennis está parado na soleira da porta.

— Ei, mãe, com quem está falando?

— Ninguém especial, meu amor.

— Tem que ser alguém.

— É, está certo. Olha, por que não sai e vai jogar bola no jardim?

— Por quê?

— Porque gostaria que fosse.

— Posso jogar CounterStrike agora?

— Não, agora não. Vá para o jardim.

— Ah, mãããe.

Depois de ter certeza de que o filho está lá fora, ela sussurra no fone:

— Eu não quero mais você. Você não me compreende em nada.

Dragan ri.

— Estou no Plaza e vou ficar no meu quarto esta noite. Meu nome é Guido Pirandello.

Ela pode ver Dennis. Ele corre até a janela, aperta a cara contra o vidro, sorri e depois dá uma gargalhada. Ela tenta rir também para o filhinho e fala com Dragan ao mesmo tempo.

— Dragan, vou entregar você. Vou contar à polícia onde você está. Não me telefone novamente!

Bate o fone no gancho. Depois desaba no sofá e chora, tentando ouvir Finn ou Dennis na porta.

Finn só volta cerca de uma hora depois. Ela o abraça e o beija calorosamente. Eles conversam, principalmente sobre os canos que Finn está fornecendo à cozinha de uma grande empresa de vestuário. Ela fez torta de peixe para o jantar, acompanhada de batata cozida e de sua receita caseira de molho de mostarda e creme azedo.

Quando Finn termina de ajudá-la a tirar a mesa, eles preparam um bule de chá e se acomodam para ver *Boa Noite, Dinamarca* e *Notícias & Opiniões* na televisão.

Mais tarde, a caminho do Plaza Hotel, ela pensa. Ele é o demônio! Sua cabeça está cheia de imagens de Dragan. Não odiei ninguém tanto assim desde que saí da escola.

Ela disse a Finn que ia à casa de Vibeke para ensaiar algumas músicas para o coral.

— É melhor você colocar as crianças na cama — disse-lhe ela. — Posso chegar meio tarde.

Ela imagina os filhos crescidos e, quando eles de alguma forma souberem o que a mãe aprontou uma ou duas vezes por ano, pode ouvi-los perguntando: "Mãe, é verdade? Quando éramos pequenos, você realmente fez amor com um assassino?"

Enquanto o elevador do hotel sobe, Camilla pode sentir a pele se eriçar ao pensar na resposta.

"Não, não, não fiz isso. Eu nunca faria isso."

"Então o que vocês faziam juntos? Você era infiel ao papai, não era?"

"Meu Deus, de onde tirou essas idéias horríveis? Eu nem sonharia com isso. Como pode pensar essas coisas? Eu sou sua mãe!"

56

É uma e meia da manhã. Iben está recostada na cabeceira da grande cama de Gunnar. Ele está ao lado dela e os dois escrevem em seus laptops. Documentos e livros se espalham pelo edredom. Os dois estão absortos no que fazem, mas de vez em quando um conta ao outro uma idéia ou uma parte do texto. Ou se tocam, se beijam e esperam para ver o que vai acontecer.

Silenciosamente, na luz dos abajures ao lado da cama, suas mentes brincam uma com a outra em um jogo particular que os dois adoram. Seus corpos estão em repouso, como se estivessem flutuando em uma piscina aquecida.

O peito de Gunnar tem uma cicatriz rosa e pequena da faca de Zigic. Iben a cobre com a mão, como se pudesse protegê-lo agora, com um mês de atraso. A mão se move, desliza pelos pêlos do peito dele e a outra mão larga um livro sobre o genocídio de armênios.

Iben e Gunnar ficam acordados a maior parte da noite, mas no CDIG, na manhã seguinte, Iben está explodindo de energia. Ela sempre vai se lembrar de Malene e respeitar sua memória, mas é um fato que o escritório está funcionando muito melhor sem ela e que não há mais problemas de relacionamento entre as pessoas. Anne-Lise tem florescido de uma maneira totalmente inesperada e Paul aparece toda manhã em plena forma.

A única preocupação de Iben diz respeito à edição do *Jornal do Genocídio* sobre a Turquia. Tem sido uma fonte de angústia para ela desde que soube, por um lado, que Paul tem certeza absoluta de que será o próximo chefe do IDHD e, por outro, que ele é íntimo de um representante do Partido Popular da Dinamarca.

De repente Paul tirou do cronograma a edição planejada sobre a Chechênia, o que significa que desceu pelo ralo um estudo sobre o assassinato de muçulmanos pelos cristãos. Em vez disso, todos os recursos do Centro devem ser utilizados na edição sobre a Turquia — inclusive como os muçulmanos mataram mais de 1 milhão de cristãos.

O motivo declarado de Paul foi que a Turquia entrará em discussão em Bruxelas. Ainda assim, ultimamente ninguém fala do genocídio realizado pelos turcos. Inevitavelmente, vem à mente que Paul fez algum acordo secreto com figuras influentes do Partido Popular, que se opõem a todos os imigrantes, mas sobretudo ao contingente muçulmano. Eles já impediram Ole de demitir Paul. Quem sabe o próximo passo será instalá-lo no topo do Instituto de Direitos Humanos?

E, se assim for, será que o trabalho de Iben vai servir, acima de tudo, para estimular o medo dos muçulmanos e o ódio crescente a eles? E talvez fazer com que ela mire na grande comunidade turca na Dinamarca? Naturalmente Paul nunca lhe diria isso diretamente. Agora ela não tem alternativa a não ser preparar uma boa edição sobre a Turquia, abrangente ao máximo, apoiando o Centro e a causa em geral.

Depois do trabalho, ela vai à casa de Gunnar. Semana sim, semana não, as filhas dele também estão lá. Iben gostou imensamente delas desde que as conheceu. Parece que elas também gostam de Iben. De uma vez, Iben pertence a uma família — uma nova em folha, mas assim mesmo uma família.

É inacreditável que Iben e Gunnar tenham se conhecido há menos de meio ano. Na festa de Sophie. Três dias depois, elas receberam os e-mails ameaçadores.

Ela está sentada na cama do quarto da filha mais velha, ouvindo música, olhando os mais recentes downloads que a menina fez na Internet de fotos de popstars.

Quando o interfone toca, Iben atende. É Dorte Jørgensen.

— Espero não estar incomodando.

Iben se apruma e sorri, embora ninguém esteja ali para vê-la.

— De forma alguma, Dorte. Pode vir.

No geral, Iben está feliz. Nas últimas semanas ela descobriu do quanto é capaz. Embora tenha se sentido nervosa uma ou duas vezes, ela percebeu que é melhor ficar em seu próprio apartamento nestes momentos. Ela não quer que Gunnar ou as meninas percebam nada de estranho nela.

Sempre que Dorte aparece, sua sensação de autocontrole começa a se esvair. Pairando no fundo da mente de Iben está o medo de que uma daquelas visitas vá provocar uma crise de pânico — e o medo agonizante de que isso possa fazê-la revelar coisas íntimas.

Iben diz olá e bem-vinda, chama Gunnar e se oferece para fazer um café. As filhas entram também e todos se reúnem em torno da mesa de centro. O sofá de Gunnar manchado de sangue foi jogado fora e substituído pelo sofá elegante de designer de Malene, que a mãe insistiu para que Iben herdasse, embora ela não tivesse espaço para ele no apartamento.

Dorte olha em volta com uma expressão que parece sugerir que a permanência de Iben aqui é suspeita. Iben serve café e pergunta a Dorte o que ela tem em mente desta vez. Eles vão tentar ajudar como puderem.

De olho em Iben, Dorte explica que andou examinando a carta confessional de Malene a Rasmus.

— Tudo nela é coerente com as outras cartas a Rasmus. Com uma exceção. Todas as outras cartas foram repetidamente salvas. Parece que Malene era uma redatora nervosa e ficava apertando "Salvar" a cada cinco minutos. Mas, se verificar a opção Estatística no menu de Propriedades de Arquivo em busca desta carta em particular, verá que ela só foi revisada uma vez.

— Sei. O que isso quer dizer?

— Quer dizer que a carta pode ter sido escrita por outra pessoa. Não por Malene e, portanto, possivelmente depois da morte dela. É fácil acrescentar uma data falsa ao documento.

— É mesmo? Acha que...

— Bom, estamos nos perguntando sobre isso. Uma coisa é interessante, descobrimos que alguém ligou o computador e o usou depois que a polícia lacrou o apartamento de Malene.

— Então só pode ter sido um de vocês... Ou...?

— Isso é sempre possível, é claro. Dado que não parece ter havido invasão, é a resposta mais provável, suponho.

Iben sente que ainda está controlada. Mas as meninas parecem preocupadas. Talvez ela seja mais transparente do que imagina. Iben olha para Gunnar, que entende imediatamente.

— Ei, está na hora de começar a preparar o jantar. Vamos para a cozinha.

Dorte começa de onde parou o interrogatório de Iben da última vez, renovando seus ataques verbais de todos os ângulos.

— Com relação ao e-mail que você recebeu, quem quer que o tenha escrito a chamou de "hipócrita". Essa pessoa conhece você? O que você acha?

— Não sei dizer mesmo.

— Não tem nenhuma idéia? Mesmo que seja vaga.

— Malene confessou isso, mas é...

O coração de Iben bate forte. Agora sente a pressão. Isso lhe dará foco. Deixará sua mente clara e calculista, como no Quênia. E na casa de Anne-Lise. E quando Zigic a pegou. Estou mudando agora, tornando-me uma "guerreira", pensa ela.

Mas, por algum motivo, não acontece. Será porque Malene está morta? Ela não consegue focalizar. Não consegue se salvar.

Dorte continua:

— Iben, você precisa viver com seu passado. Seus atos irão afetá-la. E afetarão seu marido também. O primeiro mês pode ser fácil para você. E o mês seguinte, e o seguinte... Mas cedo ou tarde o que você fez irá alcançá-la. Por que acha que estou tão certa disso?

Iben não quer responder, mas responde como deve:

— Não sei.

— Porque somos responsáveis. Temos que assumir a responsabilidade pelo que fazemos. No final, só você decide como agir. Veja Malene. Ninguém teria previsto que ela se sacrificaria...

— Malene era mentalmente doente. Ela mesma escreveu isso.

— É o que você diz.

Iben se recosta e suspira.

— Devo dizer que você verifica tudo completamente. É muito tranqüilizador. Eu ficaria feliz em ajudar de alguma maneira.

Dorte assente. Seus olhos não deixam Iben nem por um segundo.

— É bom saber disso.

Iben se levanta. Vai até a parede com a estante de pinho de Gunnar e depois volta.

— Olha, gostaria de examinar meu computador? Pode procurar no *spyware* de Rasmus, ou ameaças por e-mail, ou rascunhos da confissão de Malene.

Dorte não consegue deixar de sorrir para isso.

— Obrigada! Vou aceitar sua oferta, obrigada.

— Sua teoria é meio forçada, se não se importa que eu diga. Duvido que seja convincente o bastante para que você consiga um mandado de busca. Eu só espero que você entenda que não tenho nada a esconder.

— Claro. Você usa outros computadores?

— Não. Eu levo meu laptop para o trabalho.

— Terei que conseguir confirmação independente disso.

— Eu entendo.

Talvez Iben saia da sala com um pouco de ansiedade demais. Quando volta do quarto trazendo o computador, Dorte é gentil.

— Vocês dois devem sentir muita falta de Malene, não é?

— Sim, sentimos. E o que ela fez foi extraordinário.

Quando Iben entrega o laptop, Dorte pega um CD no bolso e pede permissão para instalar o útil programinha de busca que trouxe.

Iben concorda, notando que Dorte esperava ter acesso ao computador.

Enquanto as duas esperam, o programa busca os itens no disco rígido. Dorte rompe o silêncio.

— Acha que seu trabalho a afeta muito?

Iben pensa que esta pode ser outra tentativa de pegá-la com a guarda baixa.

— Não sei. Mas somos constantemente lembrados de como são frágeis os laços que restringem nossos instintos e evitam que façamos coisas terríveis.

— Talvez trabalhar todo dia nessas coisas possa afetar sua sensibilidade, não é?

— Pode ser verdade. Sim.

O programa de busca parou. Dorte digita alguns comandos, semicerra os olhos e se inclina para a tela.

Dorte tentou parecer despreocupada com relação ao programa que "tinha no bolso", mas Iben rapidamente viu que a detetive não é exatamente uma entusiasta da informática. Pode ser que tenha vindo esta noite por puro desespero. Provavelmente, o consenso na delegacia seja de que o caso já estava encerrado desde que a confissão de Malene veio à luz. Dorte não tem em que se apoiar a não ser que descubra alguma coisa no computador. E ela não descobre.

Iben ouve Gunnar e as crianças se divertindo na cozinha. Ela se sente muito melhor agora e volta ao tema anterior.

— ...mas, por outro lado, trabalhar no CDIG pode ter o efeito contrário. Isto é, não entorpece nossa percepção, mas nos faz apreciar mais a vida que temos o privilégio de ter.

Dorte continua olhando a tela.

— Permitiram-nos acreditar que uma existência cotidiana organizada e nosso carinho e respeito pelos outros são uma dádiva. Nosso trabalho mostra que não são. Também abre nossos olhos para a importância da generosidade. Precisamente porque ela pode desaparecer com muita rapidez.

Enfim Dorte desvia os olhos da tela e declara o óbvio.

— Nenhum vestígio de nada.

Assim que Iben diz a si mesma que o pior já passou, Dorte tem outra idéia.

— A propósito, sabe de alguém que possa ter uma chave do apartamento de Malene? Ou alguém que possa saber a senha do computador dela?

Iben agora precisa pensar rápido. É um teste. Ela levanta o pedaço do mineral laranja da mesa de centro.

— Não que eu saiba. Malene nunca me informou sua senha. Não tenho a chave, e tenho certeza de que ninguém mais tem.

— O caso é que quem quer que tenha escrito a confissão devia ter uma chave. Com ou sem chave, seria preciso muita frieza para invadir e entrar em um apartamento sob vigilância constante da polícia, em especial se o passo seguinte fosse se acomodar para trabalhar no computador.

Elas conversam por mais um tempo, mas Dorte começa a demonstrar cansaço. Ela se levanta para ir embora e retira seu CD.

— Desculpe por tê-la incomodado. Espero que não tenha sido muito desagradável para você.

— Não, de forma alguma. Quer dizer, você obviamente deve investigar cada pista possível. Devemos isso a Malene e a Rasmus. Por favor, fique à vontade para ligar a qualquer hora.

Iben acompanha Dorte até a porta e depois vai à cozinha, onde Gunnar está preparando um monte de pratos para um jantar no estilo americano. As meninas preparam uma grande tigela de salada.

Gunnar pergunta como foi. Iben murmura palavras evasivas.

Ela se coloca por trás de seu homem, que está fritando pequenas fatias de lombo de porco na manteiga. Abraça-o e apóia a cabeça em suas costas, sentindo o calor dele no rosto.

As duas meninas sorriem para ela. A orelha de Iben está apertada entre as omoplatas de Gunnar e ela pode ouvir o coração dele batendo.

Era exatamente assim que eu queria que fosse, pensa. Assim.

1ª edição FEVEREIRO DE 2008
impressão ASSOCIAÇÃO RELIGIOSA IMPRENSA DA FÉ
papel de miolo CHAMOIS FINE DUNAS 70G/M²
papel de capa CARTÃO SUPREMO ALTA ALVURA 250G/M²
tipologia BEMBO